Frank U. Möser

Shoganai
Oder der Deal meines Lebens

Frank U. Möser

Shoganai

Oder der Deal meines Lebens

Roman

Impressum

Bibliografische Information der Deutschen Nationalbibliothek: Die Deutsche Nationalbibliothek verzeichnet diese Publikation in der Deutschen Nationalbibliografie; detaillierte bibliografische Daten sind im Internet über http://dnb.dnb.de abrufbar.

Lektorat: Edda Minck
Korrektorat: Dr. Meike Fritz, Berlin
Coverdesign: Klaus Trommer, klaustrommer.de

Verlag: BoD · Books on Demand GmbH, In de Tarpen 42, 22848 Norderstedt
Druck: Libri Plureos GmbH, Friedensallee 273, 22763 Hamburg

ISBN: 978-3-7597-6627-4

Für Miye, die als wegweisende Begleiterin geduldig und kritisch immer dabei ist.

Wenn Du verstehst, dass andere anders sind als Du,
dann fängst Du an, weise zu werden.

Zenmeister Dogen Zenji, Kloster Eihei-ji, 13. Jh.

25. Februar 2024, Düsseldorf

Wenn ich heute die ganze Geschichte noch einmal aufrollen könnte: Wäre ich auf Japan besser vorbereitet gewesen, hätte ich zuvor Bücher gelesen, Informationen gesammelt über Geografie, Geschichte, Religion, Essen und kulturelle Gepflogenheiten.

Dann hätte ich gewusst, dass Japaner hochgebildet und meistens sehr gut informiert sind. Dass nicht nur ihre Schrift und Sprache, sondern vor allem ihr Common Sense und ihre Logik kompliziert und im Vergleich zu unserer Art zu denken von ganz eigener Wesensart sind. Ich hätte gewusst, dass mir mein Erkenntnisstand über andere Länder nicht viel nutzt, denn Japan ist nicht irgendein anderes Land, es ist einfach Japan.

Dienstag, 9. Januar 1979, Düsseldorf

Mir war längst klar, dass ich an diesem Tag zu spät ins Büro kommen würde, denn der Herrenschneider, bei dem ich zur Anprobe für meinen Hochzeitsanzug vor dem Spiegel stand, hatte einen langen Atem, wenn es darum ging, am Stoff herumzuzupfen, mit Nadeln zu hantieren und mich in alle Richtungen zu drehen, um dann festzustellen, dass die Jacke in den Schultern immer noch nicht saß.

Ich betrachtete mein Spiegelbild im mittelgrauen Cutaway samt Zylinder auf dem Kopf und kam mir seltsam fremd vor, wie ein Zirkusdirektor oder ein Zauberer, der sogleich eine Taube aus seinem Hut holen würde. Aber was tat man nicht alles für die Hochzeit des Jahres? Die zukünftige Frau Welter will ihren Prinzen im Cutaway – dann bekommt sie ihn im Cutaway.

Ich ließ die Prozedur über mich ergehen, und der Schneider versprach, dass alles rechtzeitig fertig werden würde. Hätte mich auch gewundert, denn bis zum Sommer war es noch lang hin, in der Zeit könnte er glatt noch zehn Versuche starten, die Ärmel gut aussehen zu lassen. Vielleicht könnte ich mich bis dahin auch an meinen Anblick in diesem Aufzug gewöhnen. Die Vorstellung, ihn nur einmal im Leben tragen zu müssen, beruhigte meine Nerven nicht wesentlich.

Nach dieser wenig befriedigenden Anprobe und der Aussicht auf weitere, lief ich in dichtem Schneetreiben zum Café Buschmann, trank eine Tasse Kaffee und überlegte, ob ich an diesem Tag mit den Amerikanern noch zu Potte kommen könnte. Technologietransfer und Lizenzvergaben über so viele Ländergrenzen hinweg sind ein heikles Unterfangen. Aber man verdient eine Menge Geld damit. Ich zahlte und ging zum Büro, wo ich von meinen Lieblingsgeräuschen empfangen wurde: tickernde Telexmaschinen, ratternde Schreibmaschinen, das Gurgeln der Kaffeemaschine und das dezente Klingeln von Telefonen. Ich begrüßte Irene und Anne, unsere Sekretärinnen, und schaute kurz bei Karl, meinem Kompagnon, rein, der telefonierte und mir nur kurz zuwinkte. Irene kam aus dem Sekretariat und sagte: „Na, sitzt er endlich?"

„Zylinder und Schuhe ja, aber der Rest noch lange nicht. Der Schneider ist jedoch guten Mutes."

„Das will ich ihm auch geraten haben." Sie drückte mir einen Aktenordner in die Hand. „Detroit hat sich gemeldet. Sie wollen den Vertragsentwurf auf einmal ganz schnell."

„Dann wollen wir mal."

Ich nahm den Ordner und ging in mein Büro, um Detroit glücklich zu machen. Nach einer Stunde des Formulierens war ich hochzufrieden mit mir und der Welt, als Irene, entgegen ihrer sonst ruhigen Art hereingestürmt kam und mit einer Telexfahne wedelte: „Alarm! Alarm!" Zu ihrer Unterstützung hatte sie Anne im Schlepptau. Im Krisenmodus traten unsere Sekretärinnen immer im Doppelpack auf.

„Was gibt's?"

„Das hier", sagte Irene und legte das Telex mit spitzen Fingern auf meinen Schreibtisch. Während ich es kurz überflog, guckten mich die beiden mit angehaltenem Atem an, als erwarteten sie in der nächsten Sekunde eine Explosion. Damit lagen sie nicht so falsch, denn mit jeder Zeile legte mein Puls einen Zahn zu. Weil ich kaum glauben konnte, was ich da las, las ich es noch mal. Aber der Inhalt der Nachricht blieb derselbe.

„Wann ist das gekommen?", fragte ich und hoffte, dass Irene und Anne meine zitternden Finger nicht bemerkten.

„Gerade eben. Kennung 9. Januar 1979, 11.22 Uhr. Sie haben doch mit Eberhardter letzten Freitag telefoniert. Da war alles noch in Ordnung."

„Anne, ist Karl noch da, der wollte doch …?"

„Ich glaube, er ist gerade raus", sagte sie, riss im nächsten Augenblick das Fenster auf und beugte sich gefährlich weit hinaus. „Ah, da ist er noch … Herr Schumann … Herr Schumann …! Wir brauchen Sie hier oben, dringend!"

Ich konnte nicht verstehen, was er antwortete, aber Annes Blick sprach Bände, wieder mal tränenumflort. Irene beugte sich ebenfalls hinaus und rief: „Es geht um Leben und Tod!" Sie schloss das Fenster. „Er kommt."

„Danke", flüsterte Anne.

Zwei Minuten später stand Karl in meinem Büro, paffte seine Pfeife und schüttelte sich den Schnee aus dem Schal. „Wehe, Leute, ich verpasse nachher den Umtausch der Weihnachtsgeschenke mit meinen Söhnen."

„Wir werden alle was verpassen, mein Lieber. Und jetzt die schlechte Nachricht: Lies mal." Ich schob ihm das Telex hin.

Dass sich sein Blutdruck erhöhte, sah ich daran, dass die Rauchwolken aus seiner Pfeife einen flotteren Rhythmus bekamen. Endlich nahm er sie aus dem Mund und sagte: „Was soll das heißen? ... *muss ich Ihnen mitteilen, dass die Bestellung von Masuhara Sangyo, Tokyo, ohne jegliche Begründung gestern, Montag den 8. Januar 1979, via Telex zurückgerufen wurde ... Bla, bla... Ihre Provisionsrechnung über zweihunderteinundzwanzigtausend Mark ist somit gegenstandslos. Wir behalten uns weitere juristische Schritte gegen Ihre Firma vor. Eberhardter* ... Was?!"

Die Luft im Raum hätte man in Scheiben geschnitten raustragen können. Irgendjemand musste jetzt irgendetwas sagen, bevorzugt etwas Konstruktives. Durch die eingetretene Stille verstärkte sich das Nageln der schweren Dieselmotoren und das Tatütata der vorbeifahrenden Feuerwehrwagen, das von draußen hereindrang. Blaulicht malte Kringel an die Decke des Büros. Und mitten in meine Gedanken an die Konsequenzen dieser Schreckensnachricht, flüsterte Anne: „Oh, da ist bestimmt was Furchtbares passiert."

„Wir machen erst mal Kaffee", sagte Irene und zog Anne mit ins Sekretariat.

Na, das war doch schon mal was, obwohl mir in dem Augenblick ein Schnaps lieber gewesen wäre.

„Karl, ich rufe den Eberhardter sofort an. Masuhara kann doch die Bestellung nicht einfach stornieren, und dann noch so spät. Wir sind im Verschiffungsmodus. Mehr fällt mir im Augenblick auch nicht ein."

Karl kaute auf seinem Pfeifenstiel und nuschelte: „Polo, das Problem ist, dass *wir* ursprünglich den Auftrag von *Masuhara* erhalten und *danach* an Eberhardter einfach weitergeleitet haben. Die haben dann mit den Japanern die weiteren Details direkt vereinbart. Nachdem wir über ein Jahr um den Auftrag gerungen haben, dachten wir, wir wären da raus und könnten uns die Provision von Eberhardter so einfach einstreichen. Jetzt storniert Masuhara direkt bei Eberhardter, obwohl *wir* de facto ihre Auftragnehmer sind."

„Will *was* heißen, Herr Jurist?"

„Das ist ein Mix aus Zuständigkeiten, den wir hätten vermeiden müssen. Wir waren zu enthusiastisch bei unserem ersten Japan-Auftrag. Das meint Eberhardter, wenn er uns mit juristischen Schritten droht. Im schlimmsten Fall müssen *wir* ihm die Anlage bezahlen. Das ist eine Sonderanfertigung, die er an keinen anderen Kunden weiterverkaufen kann. Und das, Polo, heißt für uns: Wir werden unglückliche Besitzer einer Hochgeschwindigkeitsstanzanlage für die japanische Autoindustrie sein - und … pleite."

Das Wort Pleite kam in meinem Sprachgebrauch eigentlich nicht vor. Aber nun hatte Karl das böse Wort ausgesprochen. Es hing wie der berühmte Elefant im Raum und blähte sich sekündlich auf … Fünf Jahre Aufbau unserer TransGlobal Services-Plattform, aufgestiegen zum Wegbereiter der Internationalisierung deutscher Firmen mit Kundenstamm des deutschen Who's Who. Das alles soll durch das Storno eines einzigen Auftrags vernichtet werden? Viereinhalb Millionen D-Mark, das würde uns definitiv umbringen. Mich hielt es nicht mehr auf dem Stuhl, ich musste durchs Büro tigern, sonst würde mein Kopf platzen.

„Karl, wer hat da nicht aufgepasst? Waren wir das, oder Eberhardter?"

„Ich würde sagen fifty-fifty. Lass uns erst mal in Ruhe überlegen, bevor du es noch schlimmer machst." Karl stopfte seine Pfeife neu, während ich die Bombe ticken hörte. Aber er war erst bereit weiterzusprechen, als wieder Wölkchen an die Bürodecke stiegen. Seine Art würde mich eines Tages noch um den Verstand bringen.

„Und? Hast du jetzt lange genug überlegt?"

„Gemach, gemach …"

„Wir müssen sofort handeln, sonst kriegen wir die Karre nie aus dem Dreck." Schon hatte ich den Telefonhörer in der Hand. „Irene, bitte Eberhardter auf meine Leitung."

„Verbinde …"

Ich schob Karl den separaten Hörer über den Tisch, damit er mithören konnte.

„Ah, Herr Welter, Sie haben mein Telex bekommen. Da haben Sie mir ja schön was eingebrockt. Die Verschläge mit der Anlage stehen beim Spediteur im Hamburger Hafen und werden heute Nacht noch verladen. Wie Sie ja wissen, sind wir Ihrem Auftrag gefolgt und liefern deshalb ohne Akkreditiv gegen offene Rechnung. Wir haben zwar schon zwanzig Prozent Anzahlung bei Auftragserteilung und fünfzig bei Fertigstellung erhalten, aber die wird Masuhara von uns zurückfordern. Außerdem fehlen uns jetzt die vereinbarten dreißig Prozent bei

11

Lieferung. Laut Vertrag sind Sie mein Auftraggeber. Schaffen Sie die Kuh umgehend vom Eis, in Ihrem eigenen Interesse."

„Herr Eberhardter, Sie hören von uns." Ich legte auf. Mir zitterten die Hände.

„Das war eine schnelle Rasur", sagte Karl.

Mir entfuhr nur noch ein schwaches „Pffft."

Irene und Anne hatten sich während des Anrufs mit Kaffee und Tassen ins Büro geschlichen und standen nun vor meinem Schreibtisch, als erwarteten sie Befehle, die uns aus der Bredouille helfen könnten. Unser Desaster war auch ihr Desaster.

„Wie spät ist es?", fragte ich.

„Kurz nach zwölf. In Tokyo ist es schon Abend", sagte Irene.

„Machen Sie mir eine Verbindung mit der Schildkröte und bringen Sie mir Kekse oder irgendwas Süßes, bitte."

„Wie kannst du jetzt an Kekse denken, Polo?"

„Ich brauche Kohlenhydrate."

Karl blies die Backen auf.

„Ja, du hast deine Pfeife, ich meine Kekse. Und wenn ich mit der Schildkröte sprechen muss, brauch ich umso mehr Nervennahrung."

Besagte Schildkröte hieß eigentlich Ono und war seit drei Jahren unser Korrespondent in Japan. Er hatte den Kontakt zu Masuhara Sangyo in Tokyo, hergestellt und uns bei den Verhandlungen unterstützt, deren untertouriges Tempo ich seinerzeit schon kaum ausgehalten hatte.

„Ich rede mit ihm, er soll mit Masuhara sprechen und rausfinden, warum die plötzlich stornieren. Was fällt denen eigentlich ein?"

Karl nickte und schickte weitere Wölkchen in den Raum. „Gute Idee. Die Expertise von ihm war einwandfrei. Seriöse Firma, Automobilbranche, sechshundert Mitarbeiter. Wir hatten keinen Grund, ihm dahingehend nicht zu vertrauen. Vielleicht war das leichtsinnig. Oder naiv. Oder beides."

Irene kam zurück, stellte eine große Keksdose auf meinen Tisch und sagte: „Bei Ono meldet sich niemand."

„Dann schicken Sie ihm ein Telex, er soll mich zu jeder Tages- und Nachtzeit dringend zurückrufen. Geben Sie ihm auch meine private Telefonnummer. Schreiben Sie dazu, dass Masuhara storniert hat und uns der Arsch auf Grundeis geht."

„Genau so?", fragte sie.

„Ja, oder so ähnlich."

Irene rauschte hinaus. Karl legte seine Pfeife in den Aschenbecher und nahm sich einen Keks. „Lass uns doch erst einmal die Situation in Ruhe überdenken. Auf jeden Fall dürfen wir uns von Eberhardter nicht unter Druck setzen lassen. Es gibt für alles eine Lösung."

„Das sehe ich genauso, bis auf den Teil mit *in Ruhe überdenken*. Ich werde sofort nach Japan fliegen und ordentlich Dampf machen."

„Ich hab's befürchtet."

„Nimm dir erst mal einen Keks, vielleicht wird's dann besser."

Er schob mir die Dose hin. „Nimm du lieber einen."

„Irene", rief ich ins Sekretariat „wann geht der nächste Flug nach Tokyo? Rufen Sie im Reisebüro an, Hansen soll uns die schnellste Verbindung raussuchen, es eilt. Ich brauche auch ein Hotel in Tokyo."

Karl schüttelte den Kopf. „Du machst das wirklich …"

„Wolltest du dich nicht mit deinen Zwillingen zum Geschenkeumtausch in der Stadt treffen?"

„Oh, ja, ich muss jetzt erst mal meine Frau anrufen, vielleicht geht sie mit den Jungs. Ich geh nirgendwohin, Polo. Siebzehn Mann auf des toten Kerls Kiste."

Wie recht er hatte. Die Pest hatten wir schon an Bord, fehlte nur noch der Rum.

Während wir auf eine Antwort aus Tokyo warteten, zogen sich die Stunden wie Kaugummi. Irene und Anne sorgten für mehr ungesunde Verpflegung, Karl für Rauchschwaden, während er in seinem Büro Gesetzestexte auf der Suche nach einem Schlupfloch wälzte. Im Sekretariat dudelte leise das Radio. Und ich brütete vor mich hin und krümelte den Schreibtisch voll. Viereinhalb Millionen Deutsche Mark! Wenn dieser Deal sich in Luft auflöst, kriegen wir nie wieder ein Bein auf die Erde, dachte ich. Bestenfalls würde ich danach eine Karriere als Schiffsschaukelbremser am anderen Ende der Welt anstreben können. Besser, Masuhara nimmt das Storno zurück. Aber um ihn dahin zu bringen, müssten wir erst mal wissen, worum es überhaupt geht, und wie es zu dieser Situation gekommen ist. Und dafür brauchen wir die Schildkröte.

Mitten in meine schwarzen Gedanken kamen Irene und Anne in mein Büro gestürzt.

„Telex", rief Irene.

Karl tauchte hinter den beiden auf. „Von Ono?"

„Ja."

„Geben Sie mal her", sagte Karl und nahm Irene den Telexstreifen aus der Hand. *„Ich weiß nichts von Stornierung. Mache Nachfrage. Wait a while."*

„Wait a while?! Ja, wie lange soll ich warten, und auf was, Karl, auf was?"

„Lass ihn doch erst mal machen, es ist Nacht in Tokyo. Die Nachricht scheint ihn ja auch völlig kalt erwischt zu haben."

„Wozu haben wir ihn denn? Dass der das nicht mitgekriegt hat! Der ist doch vor Ort."

„Stimmt. Er hätte den Braten riechen müssen, wenn er mit Masuhara in Kontakt wäre."

„Irene!"

„Ich stehe vor Ihnen, Chef."

„Ah, ja … Wann?"

„Hansen ist dran. Er braucht mehr Zeit. Immerhin wollen Sie die schnellste Route und nicht die landschaftlich schönste, oder?"

Bei *braucht mehr Zeit* sträubten sich mir die Nackenhaare. „Mensch, hat sich denn heute alles verschworen? Machen Sie ihm Dampf. Oder soll ich mal mit ihm sprechen?"

„Lieber nicht."

„Ich warte jetzt noch eine halbe Stunde, Irene, dann ruf ich ihn selbst an."

Sie wedelte die Kekskrümel von meinem Schreibtisch, und wie auf Kommando stellte Anne mir den zwanzigsten Kaffee hin. „Wir gehen dann mal wieder", sagte sie.

„Treten Sie Hansen auf die Füße."

„Tout de suite", trällerte Irene.

Kaum war ich mit den Schokokeksen mit Kokosraspeln durch und wollte mich eben denen mit Marmeladenfüllung widmen, als Irene wieder angesaust kam und verkündete: „Morgen 7.10 Uhr, mit Lufthansa von Düsseldorf nach Hamburg, dann über Anchorage nach Haneda/Tokyo mit Japan Airlines. Hansen muss aber noch die Tickets ausstellen lassen."

„Hervorragend. Schicken Sie bitte eine Nachricht an Ono, dass ich auf dem Weg bin. Er soll mich am Flughafen treffen. Kann Anne die Tickets abholen?"

„Du bist irre", sagte Karl. „Und was wird das kosten?" „Viertausendvierhundert. Nur der Flug", sagte Irene.

„Du bist definitiv verrückt, Polo. Kannst du nicht mal einen Moment abwarten?"

Irene zuckte die Schultern und sagte im Hinausgehen. „Anne ist schon auf dem Weg zum Reisebüro."

„Danke, Irene."

Ich bot Karl eine Hälfte des letzten Kekses an und sagte: „Vielleicht solltest du mitkommen."

„Nee. Einer muss hier die Stellung halten. Vielleicht meldet sich Ono doch noch mal. Ich bleibe über Nacht hier."

„Wenn schon die Amis seit ein paar Tagen mit den Chinesen wieder diplomatische Beziehungen aufgenommen haben, dann werde ich doch wohl auch mit den Japanern klarkommen können, oder?"

„Da ging aber eine jahrelange Eiszeit voraus. So lange können wir nicht warten."

„Gut. Dann rufen wir Eberhardter noch mal an."

Gesagt, getan, beim ersten Klingelton hatte ich ihn schon in der Leitung. „Herr Welter, ich hoffe, Sie haben gute Nachrichten."

„Noch nicht, Herr Eberhardter. Ich werde das Problem vor Ort angehen."

„Sie fliegen nach Japan?!"

„Natürlich. Wir kümmern uns."

Karl übernahm den Hörer und schaltete sich ins Gespräch ein. „Wenn Sie uns eventuell mehr Zeit verschaffen könnten, indem Sie die Verschiffung vorläufig stoppen?"

Wir konnten förmlich durch den Lautsprecher hören, wie Eberhardters Gehirn arbeitete, bis er endlich sagte: „Na gut. Ich werde es versuchen. Viel Glück bei den Japsen. Ich wusste gleich, dass das …"

„Ich melde mich, Herr Eberhardter. Bis dann." Karl legte auf, bevor Eberhardter sich in Rage reden konnte. Seine Hand zückte wieder zur Keksdose, aber die war leer. Also stopfte er die nächste Pfeife und sagte: „Bisschen stürmisch grad, nicht wahr?"

„Deine Ruhe möcht ich haben."

„Pleite ist auch nur ein Wort, Polo. Wo man reinkommt, kommt man auch wieder raus. Das hat schon dein reisender Namensvetter gewusst."

„Ja, fragt sich nur, wie man hinterher dasteht."

„Unter Umständen etwas lädiert, aber aufrecht. Darauf kommt's an."

„Ich wäre lieber nicht lädiert und pleite schon gar nicht."

„Wir werden sehen. Das ist doch nicht unsere erste Krise."

„Weiß ich, aber die Erste, die sehr, sehr weit weg ist."

„Nomen est Omen. Wenn wir TransGlobal sind, dann sind es auch unsere Krisen – logischerweise."

Ich hätte meinem Freund an die Gurgel gehen können. Dass es nicht so weit kam, war Anne zu verdanken, die vom Reisebüro zurück war und mir die Tickets auf den Tisch legte. „War doch tatsächlich ein schwerer Verkehrsunfall vor dem Schauspielhaus. Da sind mehrere Autos auf Glatteis ineinander gerutscht. Die Feuerwehr scheint aber alles unter Kontrolle zu haben."

Ich hörte gar nicht hin, stopfte alles in meinen Aktenkoffer und nahm Jackett, Schal und Mantel von der Garderobe. „Ich geh dann mal packen, Leute."

„Gute Reise, Chef", sagte Irene. „Nehmen Sie sich einen Pullover mit, in Japan ist jetzt auch Winter." Sie drückte mir einen Polyglott für Tokyo in die Hand. „Mit besten Empfehlungen von Herrn Hansen. Kann ja nicht schaden."

„Danke."

„Passen Sie auf sich auf", sagte Anne. „Was man so hört, soll in Japan ja alles anders sein, besonders das Essen. Und gestern haben sie im Radio gesagt, dass Tokyo vor einem riesigen Erdbeben steht. Die Vögel am Fujiyama singen nicht mehr, ein böses Omen." Aus ihr sprach Düsseldorfs Kassandra und die Verfechterin deutscher Hausmannskost. Wenn es nach ihr ginge, könnte man alle Krankheiten dieser Welt mit einem rheinischen Sauerbraten heilen.

„Mach ich, Anne. Ein paar Reisröllchen werden mich nicht umbringen."

„Und benimm dich nicht wie ein Berserker", sagte Karl.

Natürlich nicht, mein Freund, dachte ich, ich werde wie ein Samurai alles elegant niedermetzeln, was sich mir in den Weg stellt.

Kaum hatte ich zu Hause den Koffer aus dem Schrank geholt und aufgeklappt, klingelte in der Diele das Telefon. In Erwartung von Neuigkeiten aus dem Büro ging ich ran.

„Ich habe schon zigmal versucht, dich zu erreichen. Sogar im Büro war es immer besetzt."

Ich musste einen Augenblick darüber nachdenken, wer da sprach. Aber endlich fiel der Groschen, und ich sagte: „Das liegt daran, dass grad die Hütte brennt, mein Schatz."

„Tut sie das mal irgendwann nicht?"

„Nun, ja … Kathrin, nein … nur diesmal. Aber gut, dass du anrufst." Ich klemmte mir den Telefonhörer zwischen Ohr und Schulter, nahm das Telefon, entwirrte die extra lange Schnur und ging ins Schlafzimmer.

„Natürlich ist es gut, dass ich anrufe. Ich möchte, dass morgen Abend nichts schiefgeht."

Während ich den Schrank ausräumte und alle Kleidungsstücke auf mein Bett warf, arbeitete mein Gehirn auf Hochtouren, um herauszufinden, um was es morgen gehen sollte.

„Warum klingst du so seltsam, Polo? Ist irgendwas mit deinem Telefon?"

„Nein, ich packe. Ich hätte dich sowieso gleich angerufen. Morgen kann ich nicht." Was immer es auch sein mochte, hätte ich gerne gesagt, ließ es aber lieber sein.

„Marco! Das ist nicht dein Ernst. Weißt du überhaupt, was morgen alles auf dem Spiel steht?"

Ehrlich gesagt, nein, immer noch nicht. Aber sie nannte mich bei meinem richtigen Vornamen. Alarmstufe Rot. Ich kippte meine Aktentasche auf dem Bett aus und nahm den Kalender zur Hand. Und da stand es, mit rotem Filzstift für den morgigen Tag: HOCHZEITSPROBEESSEN, Breidenbacher Hof.

„Ja, aber du musst das Probeessen allein machen. Ich bin auf dem Weg nach Japan."

Am anderen Ende der Leitung war es still.

„Kathrin? Bist du noch dran?"

„Das geht nicht. *Papa* kommt." Sie sprach das Wort immer französisch aus, mit lang gezogenem zweitem A. „Und meine Brautjungfern, sogar mein Patenonkel aus Paris wird anreisen. Wir haben das so lange in Voraus geplant, und jetzt sagst du mir …"

„Es geht nicht anders."

„Das hast du doch schon vorher gewusst, erzähl mir jetzt bitte nicht …"

„Nein, habe ich nicht. Entschuldige mich bei Tisch und bei deinem Vater. In der Firma ist die Hölle los."

Ich stand vor dem Bett und überlegte, welche Hemden mit welchen Pullovern zusammenpassen und ob ich lieber im Einreiher oder im Zweireiher in Tokyo aufschlagen sollte. Tragen Samurais Wollsocken? Ich entschied mich für Kammgarn in dezentem Hahnentritt, und für bessere Gelegenheiten nahm ich den Dunkelgrauen aus Italien. Nobel geht die Welt zugrunde.

„Hörst du mir überhaupt zu, Marco? Ich habe gesagt …"

„Kathrin, bitte. Ich vertraue dir. Du machst das schon. Ich esse alles, was du aussuchst. Ich heirate ja dich und nicht den Breidenbacher Hof. Und dein Onkel schreibt für den Guide Michelin, der wird dich gut beraten."

Sekundenlang hörte ich nur Kathrins flachen Atem durch die Leitung. Das hieß, dass sie einen neuen Schlachtplan schmiedete. Und als sie sich wieder meldete, klang ihre Stimme gleich ganz anders. „Polo, kannst du es nicht aufschieben? Japan ist übermorgen auch immer noch da, wo es schon immer war."

„Können wir nicht das Probeessen verschieben? Der Breidenbacher Hof ist sogar in einer Woche noch da, wo er schon immer war."

„Auf gar keinen Fall. So kurz nach Neujahr gibt es keine Termine mehr. Es war nur *Papa* zu verdanken, dass das morgen klappt. Du kannst ihn doch nicht verprellen." Ein dezentes Schniefen kündigte Unheil an.

„Er wird das verstehen, er ist auch Geschäftsmann. Der weiß, dass es manchmal sehr plötzlich hoch her gehen kann."

„Wie hoch?"

„Wenn ich das Problem nicht vor Ort klären kann, ist unsere Firma bankrott."

„Wie bankrott?"

Ich hatte gar keine Ahnung, dass es mehrere Abstufungen von Bankrott geben könnte. „Na ja, bankrott eben, sehr bankrott, wie: kein Geld mehr, ruiniert, tot. Um das Schlimmste für uns aufzufangen, müsste ich die Wohnung verkaufen, die ich vor zwei Monaten für uns gekauft ..."

„Das wird *Papa* nicht gerne hören."

Und ich wusste, wer das auch gerade nicht hören wollte. Aufgewachsen zwischen Internat und Zooviertel, waren die Worte *kein Geld* für Kathrin aus einer Welt, die nichts mit ihrem Leben zu tun hatte.

„Noch ist das Kind nicht in den Brunnen gefallen. Wenn ich wirklich die Wohnung wieder verkaufen muss, dann stehen wir ja nicht auf der Straße. Du hast ein Riesenappartement im Haus deiner Eltern, und meine hundert Quadratmeter in der Altstadt sind doch auch nicht ohne. Wir starten eben etwas bodenständiger ins Glück."

„Du glaubst doch bitte nicht, dass ich mein Eheleben in einer Mietwohnung oder im Haus meiner Eltern beginne ... und ... und ..., dass *Papa* mich mit einem Pleitier verheiraten wird. Und schon gar nicht wird er für die Hochzeit aufkommen, wenn er das erfährt."

„Ich war immer dagegen, dass er das macht. Ich brauche so einen Pomp nicht. Und wenn du es ihm nicht sagst, wird er es nicht erfahren. Es wird keine Pleite geben, weil ich die Angelegenheit vor Ort klären werde."

„Du verdirbst ihm den Spaß."

Nein, meine Liebe, dachte ich, ich verderbe grad dir den Spaß, und das tut mir auch leid, aber ich kann es nicht ändern.

„Lass doch Karl das machen. Es geht schließlich um unsere Hochzeit. Polo!"

Ah, jetzt war ich wieder Polo.

„Kathrin, wir haben das heute so entschieden. Karl bleibt im Büro und hält die Fäden in der Hand, und ich gehe raus in die Welt und töte den Drachen. Wirst du mich bei deinem Vater entschuldigen?"

„Weiß ich noch nicht. Wenn ich das mache, wird das zur schlechten Angewohnheit. Ich werde zwar irgendwie und irgendwann auf einem Stück Papier stehen haben, dass ich eine Ehefrau bin, aber meinen Mann entschuldige ich überall und nirgends. Sogar unsere Kinder werden mich irgendwann fragen, wer der seltsame Mann ist, der da am Frühstückstisch sitzt, falls du jemals Zeit haben wirst, welche zu machen, weil es offenbar immer und überall brennt. Vermutlich sogar an unserem Hochzeitstag. Du musst auch mal Prioritäten setzen, Marco! Wenn dir deine Firma wichtiger ist als ..."

„Kathrin, ich bitte dich! Ich war bislang überall dabei: Hochzeitstorte, Dekoration, Geschenkliste, Einladungskarten etc., etc., aber jetzt werde ich *einmal* nicht dabei sein."

„Du liebst mich gar nicht."

„Doch, das tue ich."

„*Papa* war immer gegen die Hochzeit."

„Weiß ich. Also, sei tapfer, such alles aus, was du willst."

„Vielleicht such ich mir einen anderen Mann."

„Sei nicht albern. Können wir nächste Woche darüber sprechen? Ich muss jetzt packen ... und ... meine Maschine geht in aller Herrgottsfrühe."

„Mal sehen, wo ich nächste Woche bin. Vielleicht auf Safari in Afrika - mit meinem neuen Freund? Einen, der mich nicht vor allen blamiert und über dem nicht ständig der Pleitegeier kreist!?"

„Wusste gar nicht, dass du eine offene Beziehung anstrebst. Aber umso besser, dann kann ich ja ohne schlechtes Gewissen meine Zeit in Tokyo mit einer Geisha verbringen."

Oh Gott, warum hatte ich das jetzt gesagt?

„Marco!"

Ich konnte direkt vor mir sehen, wie die ach so kühle Kathrin mit ihrem zarten Fuß den Parkettboden traktierte.

„Wieso? Gleiches Recht für alle. Du Safari mit Freund und ich Geisha."

„So was sagt man nicht im Scherz."

„Also hast du das ernst gemeint? Darf ich fragen, wie dein Neuer heißt? Ich meine, als Verlobtem steht mir das doch zu, oder?"

„Du bist so ein ... ein ..."

„Nein, bin ich nicht. Ich versuche unsere Zukunft zu retten." „Wie wäre es, wenn du anfangen würdest, unsere Hochzeit zu retten? Falls du verstehst, was ich dir damit sagen will. Und das meine ich wirklich ernst."

Sie warf den Hörer auf die Gabel, dass es in meinen Ohren schepperte.

„Aua", sagte ich und legte auf.

Das war eine nicht so schnelle Rasur, hätte Karl dazu gesagt. Kathrin und ihr Herr *Papa*! Seit er gemerkt hatte, dass ich nicht bereit war, bei Gregorius Farben & Lacke und in seinem Karnevalsverein in seine

Fußstapfen zu treten, war er mir gegenüber merklich reservierter. Meine Unabhängigkeit war und würde mir immer heilig sein und ich würde beim ersten Gegenwind nicht bei Kathrins Vater unterkriechen. Wie oft hatte sie zu mir gesagt: „Wir könnten so ein schönes Leben führen. Wenn du nur mal einen kurzen Moment nachdenken würdest. Mein Vater wäre glücklich, ich wäre glücklich. Seine Firma zu übernehmen, da lecken sich andere die Finger nach."

Und ich hatte jedes Mal geantwortet: „Ja, Kathrin, ich bin aber nicht die anderen." Und ich hätte auch sagen können, was soll ich mit Fabriken für Farben und Lacke mit Hang zu hässlichen Wandfarben und stinkenden Lösungsmitteln?

Apropos Farben - ich entschied, den dunkelblauen Pullover mitzunehmen, legte ihn in meinen Koffer und knallte den Deckel zu. So hatte ich mir den ersten Auftrag aus Japan und die Vorbereitung auf meine Hochzeit nicht vorgestellt. Alles verhext.

„Also Mr Welter, um es klipp und klar zu sagen, es gibt keinerlei Geschäftsbeziehung zwischen uns. Wir haben storniert und ich wüsste nicht, worüber wir weiter diskutieren sollten."

Gerade als ich Masuhara an den Kopf werfen wollte, was für ein Idiot er ist, klingelte das Telefon und holte mich aus meinem Traum. Es war Karl – und auch noch munter wie eh und je.

„Hast du genügend Visitenkarten eingepackt?"

„Ist das die Lösung aller Probleme?"

„Nein. Setz die Leute von Masuhara unter Druck."

„Mit Visitenkarten? Kann ich sonst noch was für dich tun?"

„Hör mir einfach zu: Stornierungen sind nach internationalen Regeln so nicht möglich. Und noch was: Eberhardter hat gerade angerufen. Keine Möglichkeit, die Verschiffung zu stoppen. Die sieben Container sind als erste verladen worden. Das Schiff verlässt in dreißig Minuten Hamburg."

„Was?! Was kostet das?"

„Eberhardter hat FOB Hamburg geliefert. Alles Weitere wird von Masuhara bezahlt."

„Dann sind wir ja aus dem Schneider."

„Nee Marco, wenn Masuhara die Anlage nicht abnimmt, dann sind wir dran. Der Eberhardter wird uns da nicht helfen. Ich hab ihn gefragt was das kosten könnte."

„Und?"

„Pro Container tausend bis fünfzehnhundert Dollar durch den Suez Kanal. Containerhubgebühr hundertzwanzig Mark pro Hub pro Container. Zolldeklaration und Versicherung für die Anlage und die Container, weiß nicht in welcher Höhe ..."

„Hör auf Karl. Ich werd grad wahnsinnig. Das kann doch in die Abertausende gehen."

„Eben, es gibt nur einen Weg. Sieg. Das Schiff läuft ungefähr 47 Tage nach Yokohama, das ist die Zeit, die wir haben, um die Kuh vom Eis zur kriegen. Sag Masuhara, dass die Anlage längst auf See ist. Es gibt rechtlich gesehen kein Zurück. Am besten, du schreibst dir das auf."

„Ich kann's mir auch so merken."

„Vielleicht sollte doch lieber ich ..."

„Ja, Karl. Das hat Kathrin auch gesagt."

„Was hat die denn damit zu tun?"

„Sie ist verstimmt, weil ich morgen nicht zum Hochzeitsprobeessen erscheinen werde. Falls dir nach einer Zwölf-Gänge-Tafel ist, geh hin. Und jetzt muss ich schlafen."

„Wenn's hilft, Polo. Gute Reise – und komm bitte früher als dein Namensvetter wieder zurück."

„Also neunzehn Jahre?"

„Achtzehn wäre mir lieber."

Immerhin konnten Karl und ich noch Witze machen. Dabei hatte ich ihm noch gar nicht gesagt, dass Marco Polo gar nicht in Japan, sondern in China war.

Mittwoch, 10. Januar 1979, Düsseldorf/Tokyo

Zugegeben, ich erwachte nicht eben ausgeschlafen. Mein Gedankenka-russell über Maschinenanlagen, Masuhara und meine Braut setzten ein, noch bevor ich den ersten Kaffee getrunken hatte. Und auch nach dem Kaffee wurde es nicht besser.

Während das Taxi zum Flughafen vor dem Haus hupte, rannte ich zweimal wieder zurück in die Wohnung, weil ich etwas vergessen hatte. In letzter Sekunde kritzelte ich eine Nachricht für Hilde Schenk, meine Haushaltshilfe, die auch unser Büro in Ordnung hielt, auf einen Fetzen Papier: *Bin ein paar Tage in Japan. Bitte Kühlschrank vollmachen, Frühstück reicht* und legte noch einen Zwanziger daneben. Sie machte sich sonst immer fürchterliche Sorgen, wenn sie nicht wusste, wo ihre Schäfchen abgeblieben waren.

Als ich endlich im Wagen saß und keine Anstalten mehr machte, wieder davonzulaufen, sagte der Fahrer: „Schlüssel?"

„Wie bitte?"

„Ob Sie Ihren Schlüssel haben."

„Ja."

„Pass?"

„Ja."

„Tickets, Unterlagen, Aktentasche, Unterwäsche, Socken, Anzug, Hemden, Manschettenknöpfe, Krawatte, Kaffeemaschine ausgemacht, Schuhe, Regenschirm."

Ich lachte und sage: „Ja, ja, ja, ja, nein, und jetzt aber Tempo, bitte."

„Wenn Sie bitte mal aus dem Fenster schauen wollen, bei dem Wet-ter bräuchten wir für Tempo-Tempo eine russische Troika."

Die Dame am Lufthansa Check-In war für diese frühe Stunde schmerzhaft guter Laune.

„Guten Morgen, Herr Welter. Sie fliegen von Hamburg nach Tokyo weiter. Soll ich Ihr Gepäck bis Haneda durchchecken? Sie wissen ja, dass Sie Ihren Pass in Hamburg benötigen."

Ich dachte an den fürsorglichen Taxifahrer und sagte: „Wollen Sie ihn jetzt sehen?"

„Nein, nicht nötig. In Hamburg begeben Sie sich bitte für den Wei-terflug zum Japan Airlines-Transitschalter. Gute Reise und einen angenehmen Aufenthalt in Japan." Sie reichte mir die Tickets und die Bordkarte.

„Danke."

„Bis zum Boarding haben Sie noch Zeit für einen Kaffee in der Lounge, Herr Welter. Wir servieren heute echten brasilianischen Maragogype. Ein echter Muntermacher." Ihr Gesichtsausdruck war unergründlich, aber ich fühlte mich ertappt.

Gemäß ihrem Ratschlag machte ich es mir in der Lounge bequem. Um nicht wieder in Tiefschlaf zu fallen, sah ich mir die Leute an und konnte meinen Blick nicht von einem Japaner abwenden, der mich stark an einen Bekannten erinnerte, dem Kathrin und ich den Spitznamen *Der General* gegeben hatten. Dieser Japaner stand aufrecht wie ein Zinnsoldat. Der schwarze Anzug mit dem blütenweißen Hemd, das am Kragen und an den Manschetten einen auffälligen Kontrast zum Anzug bildete, war seine Uniform. Das weiße Einstecktuch seine Ordensspange. Zur Uniform passend waren seine Schuhe auf Hochglanz poliert. Als Bewaffnung hatte er einen makellosen schwarzen Aktenkoffer dabei.

Im Flugzeug nach Hamburg verlor ich ihn aus den Augen, nur um ihn auf dem Anschlussflug nach Tokyo wiederzutreffen. Er war mein Sitznachbar. Mit stoischem Gesicht schlüpfte er im Gang aus seiner Jacke, legte mit abgespreizten Fingern die Schulterseiten aufeinander, faltete sie zu einem Päckchen und legte sie sorgfältig in der Gepäckablage ab. Ich staunte, als er aus einem grauen Stoffbeutel Lederslipper holte, seine Schuhe abstreifte, ohne die Schnürsenkel zu öffnen und sie akkurat in den grauen Beutel legte, der flugs im Gepäckfach über uns verschwand. Ein kurzer Ruck und der Schlips war gelockert. Seinen Aktenkoffer schob er unter den Sitz des Vordermanns. Dann nickte er mir zu und begrüßte mich in reinstem Oxford Englisch: „Guten Tag. Wir werden die nächsten siebzehn Stunden hier zusammen verbringen. Mein Name ist Shimura Hiroshi."

„Ah, guten Tag, ich bin Marco Welter aus Düsseldorf."

„Ich habe Sie schon in der Lounge gesehen."

„Ja, ich Sie auch."

„Fliegen Sie häufiger nach Japan?"

„Nein, es ist das erste Mal. Ich habe mich gestern erst entscheiden."

„So kurzfristig?"

„Es geht um einen Auftrag."

„Dann wünsche ich Ihnen viel Glück."

„Danke." Ich hätte ihn gerne gefragt, was er in Japan so macht, aber die Triebwerke heulten auf und das Flugzeug setzte sich in Bewegung. In meinem Kopf sang Reinhard Mey *Über den Wolken*. Je höher wir stiegen, desto kleiner wurde Hamburg, bis wir die Wolkendecke durchbrachen und es ganz aus meinem Blickfeld verschwand und klarer blauer Himmel uns umgab. Wo er recht hat, hat er recht, dachte ich und trotz Schlafmangels fühlte ich mich aufgekratzt wie ein Pimpf, der auf seine erste große Klassenfahrt geht. Ich wollte gerne glauben, dass die Geschichte gut ausgehen würde. Von hier oben sah alles wirklich nichtig und klein aus.

Schade, dachte ich, dass Kathrin das wohl nie so sehen wird. Sie hat schreckliche Flugangst. Von wegen Safari in Afrika. Unsere Hochzeitsreise wird im Erster-Klasse-Abteil der Bundesbahn in die Schweiz gehen. Chalet-Hopping bei *Papas* reichen Freunden. Ich wäre lieber in die Südsee abgedampft, Hütte unter Palmen und drei Wochen nur blaues Wasser, Kannibalen und Sandstrand.

Die Wolken unter uns sahen aus, als könne man auf ihnen bis Bora Bora spazieren … Irene wäre bestimmt gerne dabei. Die fürchtet sich vor nichts und niemandem, noch nicht mal vor Kathrin und ihrem Herrn *Papa*, und was die Kannibalen angeht - die nimmt sie zum Frühstück. Irgendwie Schade eigentlich, dass sie mir altersmäßig 20 Jahre voraus war.

Mit einem sanften Pling erloschen die Anschnallleuchten, Bora-Bora samt Kannibalen verschwand, und Herr Shimura nahm seinen Aktenkoffer vom Boden auf. „Darf ich den zwischen uns auf den freien Platz stellen?"

„Kein Problem."

Immer wieder schaute ich zu ihm hinüber und konnte mich nicht auf den englischsprachigen Reiseführer konzentrieren, der mich von meinen Südseeträumen ablenken sollte. Was heißt das, wenn unter Onsen geschrieben steht: *What is different is the setting, the sense of having the mountains there to look at, but to be sunk into.*

Während ich mich durch fremdartige Ausdrücke wühlte, wie Senpai, Kohai, Depaato, markierte Herr Shimura mit einem Montblanc-Kugelschreiber seine Listen und schrieb winzig kleine japanische Schriftzeichen an den Rand. Er war der Welt vollkommen entrückt, und ich traute mich nicht zu fragen, ob er schon mal Fugu-Fisch gegessen habe, den der Reiseführer als hochgiftig und nur etwas für echte Abenteurer beschrieb, die keine Angst vor letalen Folgen haben.

Als Essensduft durch die Kabine zog, griff mein Sitznachbar mit einer zackigen Handbewegung nach seinen Papieren, legte sie in den Aktenkoffer und fragte: „Mögen Sie japanisches Essen?"

„In Düsseldorf gibt es ein Sushi Restaurant auf der Klosterstraße. Da gehe ich mit Freunden ganz gerne hin."

„Sie meinen bestimmt das Kikaku von Ito-san. Da bin ich mittags auch hin und wieder."

„Macht er auch Fugu?", fragte ich.

„Oh, nein. Das nicht. Das dürfen nur hoch ausgebildete Meisterköche und auch nur in Japan. In Deutschland ist es verboten."

„Haben Sie schon mal …?"

„Ah, vielen Dank", sagte Herr Shimura zur Stewardess, die uns die Tabletts mit völlig ungefährlichen grünen Bohnen und Steak brachte. Wir kauten in schweigender Eintracht und nach dem Essen hielt er sich seine linke Hand vor den Mund, um sich dahinter mit einem Zahnstocher die Zähne zu reinigen. Diese Art der dezenten Zahnreinigung sah ich zum ersten Mal. Als er damit fertig war, vertiefte sich mein Sitznachbar wieder in seine Akten, und mir fielen die Augen zu. Ich wurde erst wieder wach, als er sagte: „Guten Morgen. Wir befinden uns eine Stunde vor Anchorage. Haben Sie gut geschlafen?"

Mein Hemd lag feucht auf meiner Brust, der Kragen fühlte sich durchgeschwitzt an und mein Hals war trocken. „So leidlich." Ich versuchte, das Hemd glatt zu streichen, die Krawatte zu richten und einen Schluck Wasser zu trinken. „Und Sie, Herr Shimura?"

„Oh, bestens. Schauen Sie mal … unter uns."

Ich warf einen Blick auf die schneebedeckte Bergwelt Alaskas.

„Wenn wir später auf der rechten Seite die Sleepy Lady den Mount Susitna sehen, landen wir kurz darauf in Anchorage."

„Fantastisch", sagte ich, und nach einer Weile deutete Herr Shimura auf ein Bergmassiv, dessen Konturen man nur mit größter Fantasie als müde Lady bezeichnen könnte.

„Da. Das ist sie!"

„Für mich sieht es eher aus wie ein schnarchender Seehund."

Herr Shimura lachte und sagte: „Kann sein. Aber es ist immer schön, diesen Berg zu sehen, dann weiß ich, dass der Weg nicht mehr so weit ist. Von Anchorage nur noch sieben Stunden bis Tokyo. Werden Sie in Tokyo bleiben?"

„Ja. Ich werde dort Geschäftspartner treffen. Kennen Sie das Hotel New Otani, ich werde dort übernachten, ich hoffe, das ist okay?"

„Aber sicher. Ein erstklassiges Hotel."

So, wie er das sagte, schien es in Japan nur erstklassige Hotels zu geben.

Wir konnten das Thema nicht vertiefen, weil wir aufgefordert wurden, die Tische hochzuklappen und die Sicherheitsgurte anzulegen. Herr Shimura wechselte noch die Schuhe, zurrte seinen Schlips zurecht und schlüpfte in seine Jacke. Und das alles in einer einzigen eleganten Bewegung. Alles an ihm hatte den Flug unbeschadet überstanden, die knitterfreie Jacke, sogar die strengen Bügelfalten seiner Hose, das weiße Hemd, das an den Ärmelenden um Zentimeter hervorblitzte. Er musste wohl, während ich schlief, seine Zähne geputzt haben, denn er verströmte den Geruch von Zahnpasta und Haarpomade. Ich hatte den richtigen Zeitpunkt für die Morgentoilette verpasst. Mit einem ordentlichen Wumms setzte die Maschine auf der Landebahn auf. Aufwirbelnder Schnee raubte die Sicht. Ich schob mir ein Kaugummi in den Mund und wollte nur noch raus und frische Luft tanken.

Die Idee hatten auch alle Mitreisenden, die, kaum hatte der Flieger seine Parkposition erreicht, für einen Stau vor den Türen sorgten. Nach reichlich Gedrängel schob ich mich aus der Maschine.

„Merken Sie sich die Nummer dieses Gates", sagte eine Bodenstewardess und drückte mir eine gelbe Plastikkarte in die Hand, auf der TRANSIT stand. Ich ließ mich im Strom der Mitreisenden treiben und staunte, dass sich die ersten an einem unscheinbaren Stand schon über eine Schüssel Alaska Noodle beugten. Ein bisschen roch es wie im Kikaku, nach Sojasoße. Ich wurde in die enge Passage zwischen den Tax-Free-Shops geschoben. Mein Versuch, vor dem Laden mit den handgeschnitzten Authentic Alaska Made Totem Poles im Taschenformat stehen zu bleiben, scheiterte, die Masse Mensch zog mich einfach mit. Eine Japanerin lachte mit ihrer Begleiterin über ihren Fang, einen handtellergroßen Seelöwen aus Speckstein. Dann verschwand der Löwe zu den anderen Dingen in ihrer Einkaufstüte. Wer braucht so was? Da leuchtet mir der flaschenweise Einkauf von schottischem Whisky und französischem Cognac schon eher ein.

Eine Prozession von Reisenden umrundete immer wieder den Gang vor den Abflug-Gates. Es war kein Durchkommen, fast wie im Düsseldorfer Karnevalszug, ich konnte nur mitschwimmen und schieben, die Richtung langsam ändern, um irgendwie zum Ziel zu kommen. Endlich eroberte ich die Poleposition und entdeckte, was den Auftrieb ausgelöst hatte: tiefgefrorene Alaska-Krabben und Lachs. Ich staunte über geduldige Asiaten, die auf die Aushändigung ihrer Bestellung warteten. Eine Verkäuferin drückte mir einen Gürtel mit grünen Steinapplikationen in die Hand und sagte auf Deutsch: „Sehr schön, das. Echt von Alaska-Eskimo gemacht."

Beim näheren Hinsehen entpuppte sich der Gürtel als *Made in Hongkong*, und ich gab die Fälschung dankend zurück. Kaum drehte ich mich um, schaute ich einem drei Meter großen Eisbären in die Augen. Wie gut, dass er ausgestopft in einem Glaskasten stand.

Neben einer Säule fand ich ein ruhigeres Fleckchen, genoss das wilde Treiben um mich herum und konnte mich nicht sattsehen. Düsseldorf mit allen Querelen war weit weg. Das hier war eine neue Welt. Halb Asien schien sich in Anchorage zu treffen, um einzukaufen. Über Lautsprecher wurden Passagiere, deren Abflugzeit längst überschritten war, zum letzten Mal aufgerufen. War mein Abflug etwa auch schon dabei gewesen? Ich stürzte mich wieder ins Gewühl und war erleichtert, als ich Herrn Shimura als Ersten in der Schlange vor dem Gate stehen sah. Die Passagiere mit ihren vollgestopften Einkaufstüten trudelten gemütlich und entschuldigend lächelnd nach und nach ein.

Herr Shimura vollführte in unserer Sitzreihe wieder sein Vorbereitungsballett, und kaum hatten wir unsere Siebensachen verstaut, sagt er: „Welter-san, sehen Sie, das ist hier immer so. Boarding-Time ist lange überschritten, aber alle warten noch, bis ihre Mitbringsel verpackt werden. Haben Sie gesehen, wie lange die vor dem Alaska Crab Geschäft warten?"

„Unglaublich. Warum kaufen die Leute hier so viel?"

„Souvenirs, Omiyage für die Lieben daheim. Bei uns ist es unmöglich, von unterwegs mit leeren Händen nach Hause oder in die Firma zu kommen." Dann fragte er mich unvermittelt: „Sind Sie Raucher?" Und bevor ich antworten konnte, empfahl er mir für den Rückflug am

Kopfende des Flughafens über eine Treppe auf einen kleinen Balkon zu steigen und in der frischen Alaskaluft eine Zigarette zu rauchen. „Diesen Balkon kennt kaum einer. Man ist dort fast immer alleine. Schauen Sie sich die Abflüge und Landungen an, und atmen Sie die kalte Luft tief ein."

Nach dem Abendessen bestellte Herr Shimura einen Whisky mit Eis, dann noch einen und noch einen. Bewundernswert, wie er danach seinen Sitz so weit wie möglich zurückstellte und in Sekunden einschlief. Ich dämmerte dahin und träumte von Eisbären beim Krabbenfang. Irgendwann ging das Licht über unseren Sitzen an und Herr Shimura sagte: „Bevor ich es vergesse: Das ist meine Visitenkarte." Er hielt sie zwischen beiden Daumen und Zeigefingern und reichte sie mir mit einer leichten Verbeugung an. Ich musste meine erst aus der Brieftasche kramen, hielt sie ihm lässig zwischen Zeige- und Mittelfinger entgegen. Seine Mundwinkel zogen sich unmerklich nach unten. Er nahm meine Karte mit beiden Händen und einer leichten Verbeugung entgegen. Seiner Reaktion entnahm ich, dass ich etwas falsch gemacht hatte. Während er meine Karte las, indem er mit seinen Lippen meinen Namen nachformte, steckte ich seine in meine Brieftasche.

„Ah, Marco Welter-san, Sie sind der Präsident der TransGlobal Services GmbH. Was macht Ihre Firma?"

„Wir sind Drehscheibe und Wegbereiter zur Globalisierung deutscher Firmen. Wir machen das seit fünf Jahren."

Herr Shimura drehte immer wieder meine Visitenkarte in seinen Händen, schaute auf die blanke Rückseite, als ob er dort nach etwas suche. Das gab mir die Gelegenheit, nun doch seine Karte zu studieren. *General Manager Germany, Dainichi Kokusai Bank, Düsseldorf.* Der General war also Banker.

„Sie sind auf der Immermann Straße, da sind wir ja fast Nachbarn. Unser Büro ist auf der Goltsteinstraße am Hofgarten."

„Ich bin seit drei Jahren in Deutschland, aber mein Deutsch ist leider nicht besonders gut."

„Sie sollten mal mein Japanisch hören."

Zuerst guckte mich Herr Shimura ratlos an, aber dann lachte er und ich fragte: „Stimmt es, dass am Mount Fuji die Vögel nicht mehr singen und damit ein großes Erdbeben in Tokyo ankündigen?"

„Mit der Gefahr leben wir in Japan ständig. Man gewöhnt sich daran."

„Cool."

„Wir sagen zur Akzeptanz von Unvermeidlichem Shoganai."

Da von seiner Seite offenbar dem nichts mehr hinzufügen war, fiel er in Tiefschlaf.

Sieben Stunden später verabschiedete ich mich am Band der Gepäckausgabe von Herrn Shimura mit Handschlag und freute mich über sein Angebot. „Wenn Sie wieder in Düsseldorf sind, rufen Sie mich an. Wir können dann mal zum Lunch ins Nippon Kan oder zu Ito-san gehen. Viel Erfolg in Japan."

„Sehr gerne, Herr Shimura. Und wenn Sie mal Lust haben, einen Zug durch die Altstadt in Düsseldorf zu machen, sind Sie herzlich eingeladen. Bis bald. Und das mit den Visitenkarten übe ich noch."

Kaum ausgesprochen reichte er mir mit formvollendeter Geste erneut seine Karte. Ich bemühte mich, sie ebenso höflich auf japanische Art entgegenzunehmen. Dann gab ich ihm meine mit beiden Händen und einer kurzen Verbeugung. Er nahm sie entgegen und schien zufrieden mit meinem Lernerfolg.

„Es war mir ein Vergnügen, Herr Shimura."

„Es war mir ebenfalls ein Vergnügen, Herr Welter", antwortete er in akzentfreiem Deutsch und war binnen Sekunden in der Menschenmenge verschwunden.

Donnerstag, 11. Januar 1979, Tokyo

Warum müssen Flughäfen so eng und warm sein? Ich hatte das Gefühl
zu müffeln, und zittrige Beine kannte ich sonst auch nicht. War das der
Ruf des Abenteuers oder einfach nur der Jetlag?

Während ich in einer endlosen Schlange vor der Passkontrolle für
Aliens wartete, rauschten alle Japaner mehr oder weniger lässig am
Schalter für Japanese vorbei. Wenn mir bis jetzt nicht klar war, ein
Fremder zu sein, geradezu außerirdisch – jetzt hatte ich es amtlich.

Die Zollkontrolle war zackig und gründlich, aber höflich; die Dame
am Schalter für Devisenumtausch reichte mir Yen, und dann endlich
öffnete sich die Tür des Flughafens. Ich trat hinaus, zehntausend Kilometer fern der Heimat, mit nichts im Gepäck als einem Haufen Ärger,
jeder Menge Sprachschwierigkeiten und der Hoffnung, alles zum Guten zu wenden. Wie sagte Irene immer so schön? „Beim Reisen nimmt
man sich leider selber mit, und im Rucksack befinden sich nicht nur
saubere Socken."

Mit meinem Koffer auf dem Trolley, den Mantel über den Griff gelegt, stand ich vor einer Phalanx von Abholern, die im Halbkreis mit
hochgehaltenen Namensschildern die beiden Ausgänge umlagerten,
und suchte die Schildkröte. Nach ein paar Minuten, gerade noch aus
dem Augenwinkel, entdeckte ich im Schilderwald meinen Namen.

„Mr Ono?!"

„Yes. Are you Mister Welter?"

Der kleine Mann im verknautschten grauen Anzug und dem hochroten Gesicht lotste mich winkend um die Abholer herum. Als ich vor
ihm stand, zückte er als Erstes ein Mäppchen, holte eine Visitenkarte
heraus und überreichte sie mir wie Herr Shimura zwischen Daumen
und Zeigefingern mit beiden Händen und einer tiefen Verbeugung, dabei murmelte er seinen Namen: „Masamichi Ono, President, Ono Licensing Ltd."

Aha, das also war unser Mann in Japan, der uns diesen dicken, aber
derzeit unverdaulichen Fisch Masuhara geangelt hatte.

Ich übergab ihm meine Karte mit beiden Händen. Trotz des Trubels
um uns herum las auch Herr Ono meine Karte laut vor: „Marco Welter.
Ja, Sie sind Welter-san. Welcome to Japan. Kommen Sie, wir nehmen

die Monorail zum World Trade Center Building. Von da aus fahren wir mit dem Taxi zum Hotel New Otani."

Im Gewirr von Treppen und Gängen auf dem Weg zur Monorail verlor ich den Überblick. Ich wunderte mich, dass hier alle, auch Herr Ono, mit einem Affenzahn unterwegs waren, sie rannten beinahe, und ich rannte hinterher. Das tat meinen schwachen Beinen gut, mein Kreislauf kam wieder in Schwung.

Ono kaufte an einem Schalter, den ich nie im Leben alleine gefunden hätte, unsere Fahrkarten, und schon saßen wir in der Bahn.

„Dieser Zug wurde für die Olympiade 1964 gebaut und führt ins Zentrum von Tokyo", erklärte er.

Ich nickte müde. Hoffentlich wird das keine Sightseeingtour, dachte ich; wurde es aber doch, denn unser Mann in Tokyo nahm seinen Job sehr ernst und erklärte mir auch noch den letzten Stein, der unter uns auftauchte. Als wir endlich im Taxi saßen, hatte er scheint's den kompletten Polyglott heruntergebetet, aber in meinem Kopf war nichts davon hängen geblieben. Ich unterbrach seinen Redefluss und sagte: „Können wir heute noch Masuhara besuchen? Haben Sie einen Termin gemacht?"

„Welter-san, Masuhara möchte nicht mit uns sprechen."

„Warum nicht?"

„Man hat mir gesagt, dass von Ihnen über Wochen keine Antworten gekommen sind. Warum sollten sie Sie jetzt empfangen?"

„Was denn? Ich weiß von keinen unbeantworteten Fragen."

Onos Gesichtsfarbe wechselte zu einem gefährlichen Tiefrot.

„Jetzt mal Klartext, Herr Ono – haben die finanzielle Schwierigkeiten?"

„Nicht dass ich wüsste."

„Dann finden Sie das mal heraus."

„Welter-san, kommen Sie erst mal in Tokyo an. Morgen früh fahren wir zu Masuhara, auch ohne Termin. Ich werde heute Nachmittag noch einmal mit seinen Leuten telefonieren und ihnen sagen, dass Sie in der Stadt sind und klärende Gespräche führen möchten." Und dann, ohne Umschweife, gab er wieder den Reiseleiter, als das Taxi vor dem Hotel New Otani anhielt.

„Hier wurde neunzehnhundertsechsundsechzig der James Bond Film ‚Man lebt nur einmal' gedreht. Das ist das größte Hotel Asiens …"

Wenn mich sein Powerslide in der Konversation schon verblüfft hatte, die Taxitür, die sich wie von Geisterhand öffnete, legte noch ein Sahnehäubchen obendrauf. Sofort sprang ein Hotelpage herbei, nahm mein Gepäck und geleitete uns zum Check-in-Schalter.

„Ich warte im Azalea Coffee Shop auf Sie", sagte Ono und war schon im Gewusel der riesigen Eingangshalle verschwunden. Der Page parkte mich an der Rezeption und verbeugte sich. Und während ich kaum Zeit hatte, mich über den dicken Teppich zu wundern, in denen meine Schuhe bis über die Sohlen versanken, hatte er meinen Zimmerschlüssel in der Hand, und ich wurde mit einer knappen Verbeugung wieder in seine Obhut entlassen. Der junge Mann begleitete mich im Fahrstuhl bis zu meinem Zimmer im 8. Stockwerk. Er erklärte die Minibar, auch die Bedienung der Klimaanlage, dann wies er mich in Telefonate mit dem Ausland ein. Ich zückte mein Portemonnaie, um ihm ein Trinkgeld zu geben, fand aber nur große Scheine. Das war mir sehr peinlich. Warum hatte ich die Dame beim Umtausch nicht nach Kleingeld gefragt? Als ich ihm erklärte, dass ich keins dabei hätte, winkte er ab. „Danke. Ich nehme kein Trinkgeld."

„Warum nicht?"

„Das ist nicht üblich, Welter-san."

„Gar nicht?"

„Gar nicht. Ich wünsche einen angenehmen Aufenthalt in unserem Haus."

James Bond hätte das gewusst, Herr Welter.

Ich warf meinen Koffer aufs Bett und rief im Büro an.

„Hallo Globetrotter", flötete Irene, „ist das Hotel in Ordnung?"

„Mehr als das; ein Palast mit knietiefen Teppichen und Wasserfall. James Bond war schon hier."

„Weiß ich", sagte Irene.

„Möchte gar nicht wissen, was das kostet."

„Woanders war nichts frei, hat mir Hansen gesagt."

Und obwohl zehntausend Kilometer zwischen uns lagen, wusste ich, dass sie grinste.

„Ist Karl im Haus?"

„Ich verbinde."

„Hast du schon mit Masuhara gesprochen?", fragte er ohne Umschweife.

„Dir auch einen schönen Tag, Karl. Ich bin erst vor einer Minute im Hotel angekommen. Ono hat mich abgeholt. Den Reiseführer kann die Schildkröte perfekt, aber er hat keinen Termin bei Masuhara bekommen."

„Und jetzt?"

„Fahren wir morgen ohne Termin hin und sehen was passiert."

„Klingt nicht gut. Hoffentlich lassen sie dich überhaupt rein. Eberhardter hat sich auch schon gemeldet. Der nagt an der Tischkante."

„Ich treffe mich gleich noch mal mit Ono. Den bringe ich auf Touren. Rufst du bitte Kathrin an und sagst ihr, dass ich gut angekommen bin?"

„Mach ich. Wie ist das Hotel?"

„Geht so", sagte ich, um Karl wegen der Kosten nicht zu beunruhigen, und legte auf.

Ein paar Minuten später schwebte ich mit dem Lift wieder ins Erdgeschoss. Ich sah Ono, der sich gerade von einer schicken Japanerin im Kimono verabschiedete. Was macht er hier? Hat er etwa Sorge, ich würde auf dem Weg zum Café verlorengehen, weil er mir noch keinen Vortrag über das Hotel gehalten hat? Kaum hatte er mich gesehen, kam er auf mich zu. „Es ist jetzt sechs Uhr, Welter-san, wollen wir etwas zusammen essen?"

„Ich weiß nicht, eigentlich habe ich gar keinen Hunger."

Er guckte mich enttäuscht an.

„War das eben Ihre Frau, Mister Ono?"

Er zog die Augenbrauen hoch, als hätte ich was Anstößiges von mir gegeben.

„Das war eine der Aufzugdamen, sie sind nur nachmittags und abends im Dienst."

„Tatsächlich?"

„Fremde Länder, fremde Sitten, Welter-san."

„Wo können wir denn in Ruhe sprechen. Ehrlich gesagt haben wir mehr von Ihnen erwartet. Wir stehen mit dem Rücken zur Wand, falls Ihnen das was sagt. Uns rennt die Zeit davon."

Ich war mangels Training nicht gut darin, in asiatischen Gesichtern zu lesen, aber für Onos brauchte ich keine Übersetzungshilfe. Blankes Entsetzen wäre noch untertrieben gewesen.

„Was ist?", fragte ich.

Ono antwortete nicht. Aufzüge kamen und gingen, spuckten Menschen aus und saugten wieder welche ein. Die schöne Japanerin immer dabei. Ono schwieg beharrlich. Vermutlich hatte ich etwas gesagt, das ihn sehr verstimmt hatte. Schließlich lenkte ich ein und sagte „Also gut, Ono-san, gehen wir was essen."

Immerhin huschte ein Hauch von Entspannung über sein Gesicht, als ich die korrekte japanische Anrede wählte. Ich nahm mir vor, vorsichtiger zu sein, mit dem was ich sagte, denn mit einem bockigen Ono im Schlepptau würde ich am nächsten Tag nichts erreichen. Also folgte ich ihm schweigend aus dem Hotel hinaus und durch Tokyos Straßen. Diesmal erklärte er gar nichts, und ich kam mir ein bisschen abgehängt vor.

In einem winzigen Lokal mit einem roten Lampion in der Größe eines riesigen Schinkens neben der Tür, wurden wir von einer älteren Frau in Küchenschürze mit tiefen Verbeugungen begrüßt. Wir waren die einzigen Gäste. Ono nannte die Dame Mama-san. Wir setzten uns an die Theke und Ono bestellte, ohne mich zu fragen. Stattdessen sagte er: „Nochmals Welcome to Japan, Welter-san", als wolle er alles wieder auf Anfang spulen.

Bevor ich antworten konnte, stellte die Hausherrin zwei Flaschen Kirin Bier auf die Theke. Ono hob seine Flasche und fragte: „Wie war Ihr Flug?"

„Lang", antwortete ich und prostete ihm zu, „und ehrlich gesagt, bin ich zu müde für Smalltalk. Lassen Sie uns über Masuhara reden."

„Erst werden wir essen."

Erst werde ich dich erwürgen, dachte ich, aber Mama-san brachte das Essen, bevor ich explodieren konnte. Miso-Suppe, eine Schale mit Reis und in Streifen geschnittenes Fleisch mit verschiedenen Gemüsen. Während ich noch darüber nachdachte, wie ich das Essen ohne Unfall in meinen Mund bugsieren sollte, legte sich Ono die Fleischstreifen auf den Reis, führte die gefüllte Schale zum Mund und schaufelte dann alles mit unglaublicher Geschwindigkeit in sich hinein. Da Mama-san keine Einwände gegen seine Tischmanieren hatte, machte ich es ihm so gut ich konnte nach. Kaum war seine Reisschale leer, sagte er: „Mögen Sie kein japanisches Essen?"

„Doch, doch, es ist nur ... etwas widerspenstig."

Ono sprach mit Mama-san und beide lachten.

Ja, amüsiert euch nur … möchte euch mit einer Rinderroulade und Messer und Gabel sehen.

„Können wir jetzt über Masuhara sprechen, Ono-san?"

„Schlafen Sie erst mal eine Nacht, dann sehen wir morgen weiter."

„Wir haben keine Zeit für so was. Ich bin hier nicht auf Urlaub."

Offenbar gefiel Mama-san mein Tonfall nicht, denn plötzlich redete sie im Stakkato auf Ono ein. Die Fettnäpfchen schienen hier dicht aufgestellt zu sein.

„Sie will wissen, ob etwas mit dem Essen nicht in Ordnung war, Welter-san."

Ich rang mir ein Lächeln ab. „Es war alles bestens. Ganz köstlich."

Nachdem Ono wortreich übersetzt hatte, sah Mama-san Gott sei Dank davon ab, mit Messern nach mir zu werfen.

„Sie fragt, ob Sie noch etwas wünschen."

„Nein danke. Und übrigens, zurück zum Thema: Hinhaltetaktik zieht bei mir nicht. Wir brauchen positive Ergebnisse, schnell."

„Welter-san, bitte glauben Sie mir. Besser jetzt schlafen, morgen Frühstück im Azalea. Wenn Sie es eilig haben, sollten Sie den nächsten Umweg nehmen."

„Was?"

„So sagt man hier. Ich bringe Sie jetzt zum Hotel zurück."

Er legte ein paar Yen-Scheine auf die Theke, und ich fragte mich, wie lange das zwischen uns noch gut gehen würde. Seine Kalendersprüche konnte er sich sparen.

Draußen war es dunkel geworden, die Fenster der Büros in den Hochhäusern waren hell erleuchtet. Uns umschwärmten Kopien von Herrn Shimura, Männer in schwarzen Anzügen, weißen Hemden mit Krawatten und Aktentaschen wohin das Auge reichte. Und alle ohne Mäntel in dieser feuchten Kälte. Wo kamen die um diese Uhrzeit her und wohin waren sie unterwegs? Immerhin war es weit nach 20 Uhr. Zu meiner Verblüffung antwortete Ono auf meine unausgesprochene Frage: „Businessmen. Wir arbeiten viel, Welter-san."

Vielleicht, dachte ich, solltet ihr nicht so viele Umwege machen, dann wäret ihr früher zu Hause. Aber das sagte ich um des lieben Friedens willen dann doch nicht. Stattdessen nickte ich und sagte: „Und wann sind die Herren wieder zu Hause?"

„Manchmal um Mitternacht, manchmal am Wochenende, manchmal länger nicht. Wie es die Arbeit und die Kontakte zu Kunden und Mitarbeitern erfordern."

„Und Frau und Kinder?"

„Sind zufrieden. So lebt man hier. Die Arbeit geht vor. Wer vor zehn Uhr zu Hause ist, wird in der Firma nicht gebraucht. So denken die Nachbarn und die Ehefrauen. Manchmal denken die Frauen auch: Hauptsache mein Mann ist gesund und nicht zu Hause."

Jetzt war ich es, der verstört aus dem Anzug guckte.

Das Klingeln eines Telefons riss mich aus dem Schlaf. Ich tastete nach dem Hörer, den ich erst im dritten Anlauf zu fassen kriegte. „Ja?"

„A call from Germany, Sir."

„Okay."

Es knackte in der Leitung, es rauschte, dann hörte ich Kathrins Stimme. „Hallo Marco. Wie schön, dass Karl mich angerufen hat."

„Ja … Und?"

„Hattest du keine Zeit, selbst anzurufen?"

„Ehrlich gesagt nein."

„Wie läuft's mit der Geisha?"

Ich war alarmiert und saß plötzlich kerzengerade im Bett. „Prima Kathrin. Ganz wunderbar. Rufst du aus Afrika an, es knistert so in der Leitung."

Kaum ausgesprochen schlug mein Kreislauf einen Salto, ich sank zurück aufs Kissen und erfuhr im selben Augenblick, dass meine Verlobte nicht zu Scherzen aufgelegt war.

„Ich will dir nur sagen, dass *Papa* stinksauer auf dich ist. Wie konntest du ihm das antun? Wir mussten alles abblasen. Der Breidenbacher war noch halbwegs freundlich … Die halbe Stadt weiß es schon. Und wie stehen wir jetzt da?"

„Wie jemand, der aus nichtigem Anlass ein Probeessen abgesagt hat?"

„Marco, du könntest wenigstens ein wenig Reue zeigen. Aber solche Regungen kennst du ja wohl nicht. Mein Onkel war nicht erbaut. Und ich, ich musste meine Freundinnen ausladen, nur weil du irgendwo in der Weltgeschichte rumgondelst."

„Hätte alles nicht sein müssen, ihr hättet ohne mich hingehen können."

„Lass es, Marco. Ich hatte Zeit nachzudenken ... Ich habe mich mit *Papa* besprochen." Ihre Stimme zitterte. „Es wäre besser, wenn du dich nicht mehr bei mir meldest."

„Du willst eine Auszeit? So kurz vor der Hochzeit?"

„Nein."

„Was dann?"

„*Papa* und ich ..." Ihre Stimme stockte, und allmählich dämmerte es mir, worauf das Ganze hinauslief.

„Du brichst die Verlobung ...?!"

„Wir haben beschlossen, dass es das Beste ist."

„Aha?! Mich hat keiner gefragt, ob es für mich das Beste ist."

„Eine Notbremse jetzt ist besser als eine Braut, die ohne ihren zukünftigen Gatten vor dem Altar steht."

„Ich würde dich nirgendwo stehen lassen."

„Hat man ja gesehen."

„Kathrin! Nur noch mal zum Verständnis. Wegen eines Abendessens, an dem ich nicht teilnehmen konnte, bläst du die Hochzeit ab?!"

„Es ist nicht nur das."

„Was denn noch?"

„Ach, das hat doch keinen Zweck, Marco. Wir kommen immer wieder an diesen Punkt. Du verstehst einfach nichts, weil ..."

„Weil dein Herr Papa mich nicht leiden kann?"

„Nenn es, wie du willst. Ich habe eingesehen, dass das zwischen uns zu nichts führt. Wir passen einfach nicht ..."

„Tut mir wirklich leid, dass du fünf lange Jahre mit mir leiden musstest. Hätte ich das geahnt, hätte ich dir nie geholfen, deinen kaputten Reifen zu wechseln. Das hätte ich den Prinzen in deiner Liga überlassen. Die reiten ja auf ihren weißen Rössern vorzugsweise mitten in der Nacht durch Düsseldorf. Seinerzeit war dein *Herr Papa* noch sehr froh über meinen Einsatz."

„Sei nicht kindisch. Er hat immer gewusst, dass du nicht der Richtige bist. Ich hätte auf ihn hören sollen."

„Hast du ihm etwa von unseren Problemen in der Firma erzählt?"

„Ruf mich nicht mehr an", sagte sie, und dann war die Leitung tot.

Ich saß noch minutenlang mit dem Hörer in der Hand da. Himmel noch mal, was war das denn? Und obwohl ich Karl gar nicht gefragt hatte, antwortete er trotzdem: *Keine Rasur, mein Freund, das war ein Gemetzel ohne Rasierschaum.* Und weil er so recht hatte, fasste ich mir tatsächlich ans Kinn, als müsste ich das Blut wegwischen.

Freitag, 12. Januar 1979, Tokyo

Die Nacht war unerquicklich, aber wenigstens kurz gewesen. Länger hätte ich die Endlosschleife in meinem Kopf sowieso nicht ausgehalten. Noch vor dem Anruf des Weckdienstes war ich wach und schaute aus dem Fenster auf den Moloch Tokyo. Ich stellte mir vor, wie die Anzüge mit ihren Aktentaschen wieder in ihre Büros wieselten. Wenn alles gut geht, werde ich einige von ihnen heute kennenlernen. Aber bevor es so weit war, bekämpfte ich den Duschvorhang, der an meinen Beinen klebte, sobald ich das Wasser aufdrehte. Die nächste Lektion für den Düsseldorfer Samurai – Physik ist überall auf der Welt dieselbe.

Pünktlich um 9.00 Uhr traf ich Ono zum Frühstück. Er wedelte von einem der Tische mit einem Blatt Papier, als er mich sah.

„Haben Sie gut geschlafen, Welter-san?"

„Na ja, jetzt könnte ich schlafen."

„Jetlag, das gibt sich. Vielleicht macht Sie die gute Nachricht wach: Wir haben um zehn einen Termin bei Masuhara. Der Herr Präsident wird selbst beim Meeting dabei sein. Um halb zehn nehmen wir ein Taxi. Haben Sie Ihre Unterlagen?"

Ich sprang auf. „Im Zimmer. Ich geh sie schnell holen."

Im selben Augenblick bemerkte ich, dass ich der Einzige war, der sprach. Alle Gäste im Azalea waren verstummt und starrten an die Decke. In meinem Kopf machte sich ein Vakuum breit, mir wurde schwindelig, in meinen Ohren klingelte es leise. Wie alle anderen schaute ich hoch und erfasste, dass der gesamte Raum schwankte und das Geräusch vom riesigen Kronleuchter über unseren Köpfen kam. Ono trank derweil seinen Kaffee, als ob nichts wäre, zuckte mit den Schultern und sagte: „Ein kleines Erdbeben."

Ich hielt mich an meiner Tasse mit dem hin- und herschwappenden Kaffee fest. Die Stille füllte den Raum aus, das Klirren wurde lauter, und in meiner Brust breitete sich ein unangenehmer Druck aus. Plötzlich nahmen alle wieder schnatternd ihre Gespräche auf, als wäre nichts geschehen. Mit zitternden Händen setzte ich die Tasse auf dem Tisch ab. Waren das Minuten oder Sekunden gewesen? Hatten wirklich die Vögel aufgehört zu singen?

„Alles okay, Welter-san?"

„Ja, ja. Hoffentlich ist niemandem etwas passiert."

Ono schaute sich im Saal um und sagte: „Vermutlich nicht. Beeilen Sie sich."

Wie ferngesteuert machte ich mich mit weichen Knien auf den Weg. Alle sechs Aufzüge waren wegen des Bebens angehalten worden. Natürlich. Aber ein Page beruhigte mich, in ein paar Minuten würden sie wieder fahren. Endlich ging eine der Aufzugtüren auf, und ich stieg ein. Leider stoppte die Kabine auf dem Weg nach oben auf jeder Etage. Ich rannte über den langen Flur zu meinem Zimmer, packte meine Aktentasche und war rechtzeitig zurück, um noch den kalt gewordenen Kaffee zu trinken und eine Scheibe Toast mit Marmelade zu essen.

Um zehn hielt das Taxi vor der Zentrale von Masuhara Sangyo Co. Ltd. in Shinagawa. Am Empfang saß eine junge Dame in hellblauer Firmenuniform. Sie verbeugte sich tief und begrüßte uns mit piepsiger Stimme auf Englisch: „Wir haben Sie erwartet. Darf ich Sie in den Sitzungsraum führen?"

Im dritten Stockwerk wurden wir von einer weiteren Dame in Uniform erwartet, die ihr Sprüchlein aufsagte: „Wir haben Sie bereits erwartet. Entschuldigen Sie bitte, dass ich vor Ihnen hergehe." Dabei versuchte sie im 45° Winkel, leicht vorgebeugt, voranzugehen. Ihr rechter Arm zeigte in Richtung des Sitzungsraums, den linken Arm ließ sie dabei leicht nach hinten hängen. Sie öffnete nach einem Klopfen die Tür zu einem hellen Raum mit einem großen ovalen Tisch, an dem noch niemand saß. „Entschuldigen Sie bitte, unser Präsident wird Sie gleich empfangen. Bitte nehmen Sie an der rechten Seite des Tisches Platz." Im Rückwärtsgang verließ sie gebeugt den Raum.

Die Sessel um den Tisch waren zu niedrig. Ich schaute mit meiner Brust gerade über den Tischrand. Ono verschwand fast unter der Tischplatte. Es klopfte zaghaft an der Tür und eine weitere Mitarbeiterin trat ein. „Entschuldigen Sie bitte die Störung. Unser Masuhara kommt gleich, bitte haben Sie noch einen Moment Geduld." Mit einer weiteren Verbeugung servierte sie auf einem Tablett zwei Schalen mit grünem Tee und rückte alles auf den lackierten Untertassen vor Ono und mir zurecht. Dann reichte sie zwei lackierte Untersetzer mit feuchten, weißen Handtuchrollen und schwebte mit einer Verbeugung rückwärts aus dem Raum. Ono verbeugte sich, und ich ertappe mich dabei, dass ich es auch tat. Gerade dachte ich noch darüber nach, dass sie sagte,

41

unser Masuhara, da klopfte es erneut, diesmal energischer. Es erschienen vier Herren. Anstelle einer Anzugjacke trugen sie einen hellgrünen Blouson mit Masuhara Emblem und Firmenlogo. Jeder hielt ein Lederetui in der linken Hand, denen sie ihre Visitenkarten entnahmen, um sie mit einer Verbeugung zu überreichen. Bei jedem Austausch sagten sie nacheinander: „Hajimemashite, my name is Masuhara Masahiro; my name is Kizawa Takeshi: my name is Tsuda Shota; my name is Matsui Saburo."

Ich schickte eine stumme Dankesbotschaft an Herrn Shimura, denn dank seiner Einweisung brachte ich die Visitenkartezeremonie halbwegs gut über die Runden und sagte: „I am Marco Welter. Nice to meet you."

Ono legte die Karten vor mir auf den Tisch in der Sitzfolge der Teilnehmer, damit ich die Namen zuordnen konnte. Nur Herr Masuhara als Präsident der Firma hatte eine Visitenkarte mit englischer Rückseite. Ono schrieb Namen und Titel der anderen drei in Englisch auf die Karten. Das alles passierte, während die Herren meine Visitenkarte studierten, sie mehrfach wendeten und nur eine leere Rückseite vorfanden. Das schien sie nicht zufriedenzustellen. Vermutlich war eine bedruckte Rückseite ein Zeichen für meinen Rang in der Welt. Der mit dem abweisenden Gesicht und den unnatürlich tiefschwarz gefärbten Haaren war Kizawa, Board Member, er musste über sechzig sein. Tsuda zeigte ein freundliches Gesicht und nickte mir ständig zu. Ich schätzte sein Alter auf Mitte vierzig. Er war der Produktions- und Betriebsleiter, ebenfalls Board Member. Nur Matsui war viel jünger, Anfang dreißig, ein sportlicher Typ, Manager der Einkaufsabteilung. Er war nervös, starrte nur auf den Papierstapel, der vor ihm auf dem Tisch lag. Der Präsident, Herr Masuhara, ein Grandseigneur mit kurz geschnittenem, grauem Haar, saß mir gegenüber und musterte mich mit durchdringendem Blick, den ich gerne erwiderte. Währenddessen wurden mit tiefer Verbeugung Teeschalen und feuchte Tücher für die japanischen Herren hereingebracht. Der Präsident wies mit einer sparsamen Geste auf unsere Teeschalen, was so viel bedeuten sollte: Bitte trinken Sie ihren grünen Tee. Alle am Tisch führten ihre Schalen zum Mund, und erst als die Tee-Choreografie überstanden war, sagte Ono: „Danke, dass Sie dem Wunsch nach einem kurzfristigen Termin entsprochen haben. Herr Welter hofft, dass wir heute alle offenen Punkte klären können." Er sagte das auf Japanisch, um mir dann umgehend die englische Übersetzung ins Ohr zu wispern.

„Welter-san, danke, dass Sie den weiten Weg von Deutschland nach Tokyo zu Masuhara Sangyo gekommen sind. Matsui-san wird Ihnen zunächst unsere Firma vorstellen", sagte Herr Masuhara. Er ließ mir von Herrn Matsui eine japanische Firmenbroschüre übergeben und bat ihn, mit der Präsentation zu beginnen. Onos dahinplätscherndes Gewisper führte dazu, dass ich meine Augen schließen und meinen Kopf am liebsten auf die Tischplatte gelegt hätte. Bevor es dazu kam, beendete Matsui seine Präsentation, und ich wurde unversehens von Herrn Masuhara gebeten, im Gegenzug TransGlobal Services vorzustellen.

Nur gut, dass ich das im Schlaf konnte. Um mich zu rächen, holte ich weit aus, begann bei Adam und Eva, kam zur Notwendigkeit deutscher Firmen sich zu internationalisieren, langweilte mit abgeschlossenen Kooperationen und Technologietransfers und brachte meine Freude zum Ausdruck, dass unsere Hauptmärkte USA und Europa seien. Ich vergaß auch nicht das Namedropping international bekannter Firmen und erklärte, dass TransGlobal derzeit die einzige Verbindungstelle zwischen Japan und Deutschland sei.

Ono kam bei meiner Präsentation ins Schwitzen, aber die Herren schienen begeistert zu sein. Matsui sagte: „Danke für Ihre Präsentation. Können Sie uns etwas über Ihr Verhältnis zu Eberhardter Präzisionsmaschinen sagen?"

Mein Adrenalinschub reichte auch dafür. „Eberhardter Präzisionsmaschinen ist einer unserer Kunden, für den wir bereits auf dem amerikanischen Markt Kooperationen erfolgreich abgeschlossen haben. Als wir von Herrn Ono erfuhren, dass Sie auf der Suche nach einer hoch spezialisierten Produktionsanlage sind, haben wir den Kontakt mit Ihnen aufgenommen und Eberhardter ins Boot geholt, weil er der Einzige in Deutschland, wenn nicht gar in Europa ist, der solche Maschinen konstruiert und maßanfertigt."

Die Herren nickten zufrieden. Kizawa flüsterte mit Tsuda, Matsui sortierte seine Papiere. Da keiner was sagte und auch Herr Masuhara sich in Schweigen hüllte, wagte ich einen Vorstoß, ohne Ono zu fragen.

„Ich bin heute so kurzfristig zu Ihnen gekommen, weil wir nicht verstehen, warum Sie so plötzlich den lange verhandelten Auftrag storniert haben, obwohl die Anlage bereits in Hamburg verschifft wurde.

Laut internationalem Handelsrecht ist eine so kurzfristige Stornierung unmöglich. Ich hoffe, dass wir heute zu einem positiven Ergebnis kommen."

Ich schaute in ausdruckslose Gesichter. Herr Masuhara zog bei meinen Worten seine Augenbrauen etwas in die Höhe. Mir kam der Verdacht, dass Ono nicht alles übersetzte, obwohl er lange redete. Als er geendet hatte, sagt er zu mir: „Welter-san, jetzt noch nicht, wait a while."

„Und wie lange noch, Ono-san? Können wir mal endlich auf den Punkt kommen?"

„Warten Sie es ab. Haben Sie Geduld."

Masuhara blätterte in einem Stapel handgeschriebener Papiere, guckte zu Kizawa hinüber, als fordere er ihn auf, Stellung zu nehmen. Doch der dachte nicht daran, schaute missmutig zu Herrn Tsuda, der wiederum forderte nunmehr Matsui auf, mir etwas zu sagen. Matsui zog mit lautem Zischen Luft durch die Zähne, bevor er, ohne mich dabei anzusehen, sprach: „Die Anlage von Eberhardter ist für die Produktion unserer Automobilteile von höchster Wichtigkeit. Wir können damit eine herausragende Position in Japan einnehmen. Aber es ist auch ein enormes Investment in sehr teure Maschinen aus Deutschland. Unsere Entscheidung des Direktimports war sehr schwierig, weil Sie nicht auf dem japanischen Markt vertreten sind, was für uns riskant ist. Es wäre für uns einfacher gewesen, wenn Sie einen Vertreter mit entsprechendem Service oder einen Kooperationspartner in Japan gehabt hätten, der uns die Importabwicklung sowie das Risiko der Installation und der laufenden Wartung abgenommen hätte."

Ich verstand zwar nicht, was Matsui mit ‚riskant' meinte, aber bemerkenswert war, dass die drei Herren mich endlich direkt anguckten. Die Freude hielt nicht lange an, denn Matsui schob hinterher: „Wir müssen heute erst einmal klären, wer unser Auftragnehmer und wer unser Lieferant ist."

Ich besprach mich kurz mit Ono und fragte, ob ich die Flipchart benutzen könnte, das gab mir Gelegenheit, meinen durchgeschwitzten Hosenboden vom niedrigen, mit Kunstleder bezogenen Sessel zu befreien und meinen Kreislauf anzukurbeln. Ich zeichnete ein Organigramm, um den Herrn klarzumachen, dass wir Eberhardter lediglich bei der kaufmännischen Abwicklung unterstützen und Eberhardter für die technische Kommunikation zeichne. Ich konnte nicht verschweigen, dass Masuhara uns den Auftrag erteilte und wir diesen an Eberhardter weitergegeben hatten. Das untermalte ich mit Kringeln und Pfeilen, um zu verdeutlichen, wer welche Position einnahm. Ein bisschen Verwirrung konnte ja nicht schaden. Mein Kunstwerk wurde mit einer Polaroidkamera festgehalten. Es entbrannte eine heftige Diskussion zwischen den Herren Kizawa, Tsuda und Matsui, die mir von Ono aber nicht übersetzt wurde. Papiere wurden zwischen den Herren hin und her geschoben, meine Kringel und Namen auf der Flipchart betrachtet, es wurde darauf gezeigt und in nicht sehr freundlichem Ton Meinung ausgetauscht. Herr Masuhara beendete das Schauspiel und sagte: „Danke für Ihre Erklärung. Wir müssen das noch einmal intern besprechen."

Matsui schob nach: „Seit wir die fälligen Zahlungen an Firma Eberhardter geleistet haben - und noch bevor die Anlage an uns geliefert werden sollte -, haben wir in den vergangenen Wochen mehrmals täglich Fernschreiben mit essenziellen Fragen geschickt. Diese wurden gar nicht oder nur sehr unzureichend beantwortet. Deshalb haben wir alles noch einmal zusammengefasst und an Eberhardter geschickt. Die Antwort darauf war genauso unzureichend."

Wieder nickten die Herren. Ich konnte die Anschuldigungen nicht verstehen und sagte: „Wir haben doch über ein Jahr sämtliche Fragen abgearbeitet. Und wenn ich mich recht erinnere, waren zwei Ihrer Ingenieure in Stuttgart und haben alles vor Ort mit Eberhardter besprochen. Außerdem muss Herr Ono von allem eine Kopie bekommen haben. Von einer Zusammenfassung habe ich keine Kenntnis."

Mit in die Ferne gerichteten Blicken guckten die Herren durch mich hindurch. Mir schwante Fürchterliches und ich fragte Ono direkt: „Haben Sie unsere Fernschreiben und Briefe etwa nicht weitergeleitet?"

Er zuckte zusammen und sprach nur noch mit der japanischen Seite, ohne etwas für mich zu übersetzen. Ich versuchte, mich ins Gespräch einzuschalten, indem ich Herrn Masuhara direkt in Englisch ansprach. Was zu keinem Ergebnis führte, außer dass Ono sehr verärgert wirkte und ich keine Antworten bekam.

Bevor ich endgültig aus dem Hemd springen konnte, wurde Kaffee serviert. Alle schwiegen, entzündeten ihre nächsten Zigaretten und schlürften den Kaffee. In null Komma nichts füllte sich der Raum mit Qualm.

„Herr Ono, was haben Sie mit denen besprochen?"

„Wir treffen uns morgen hier um 10 Uhr wieder."

„Warum übersetzen Sie nicht für mich? Darf ich erfahren, was hier gespielt wird?"

Ono stürzte seinen Kaffee herunter.

„Herr Ono! Ich warte."

Masuhara stand auf, die Herren folgten seinem Beispiel, verbeugten sich förmlich und alle gingen hinaus. Ono zupfte an meinem Ärmel und wir gingen hinterher. Matsui begleitete uns bis zum Empfang und wartete schweigend, bis wir ins Taxi eingestiegen und abgefahren waren.

„Ono-san, was war das da oben?" Ich konnte meine Verstimmung nicht verbergen und wollte das auch gar nicht. Demensprechend wurde ich laut. Sogar unser Taxifahrer zog den Kopf ein.

„Welter-san, es gibt ein großes Problem."

„Ja, als ob ich das nicht schon selbst bemerkt hätte. Ich frage mich nur, um was es geht und wer es verursacht hat."

„Masuhara hat das Vertrauen in TransGlobal und Eberhardter verloren."

„Warum?!"

„Die Herren sprachen untereinander darüber, morgen ihre Rechte bei Ihnen durchzusetzen."

„Was?! Wir haben alles getan, was erforderlich war. Die Anlage ist auf die speziellen Anforderungen von Masuhara gebaut worden, die können wir so nirgends weiterverkaufen, außerdem ist sie bereits auf dem Weg nach Yokohama, Ono-san."

„Vielleicht ist das Masuhara bewusst, aber TransGlobal ist der Auftragnehmer, das haben Sie ja gerade bestätigt. Masuhara will Ihnen morgen seine Sicht der Dinge präsentieren."

„Und warum nicht heute?"

„Ich weiß es nicht. Da ist irgendetwas im Busch, das ich nicht präzisieren kann. Herr Kizawa hatte mich gebeten, Ihnen nicht alles zu übersetzen. Die wissen nicht, dass ich auf Ihrer Seite bin."

„Ehrlich gesagt, Ono-san, ich weiß manchmal nicht, auf wessen Seite Sie stehen."

Ono guckte aus dem Fenster und schwieg. Mein Magen funkte, dass dringende Nahrungsaufnahme erforderlich sei. Meine Hände zitterten. Und wenn ich unserer Schildkröte dreimal auf die Zehen getreten war, ich fand, dass er mir eine Antwort schuldig war.

Tokyo zog an mir vorbei, und vielleicht zieht auch bald mein Leben an mir vorbei, wenn das so weitergeht, dachte ich. Mein Magen siegte über meinen Unmut und ich sagte: „Können wir irgendwo etwas essen, Ono-san?"

„Ich muss zu einem anderen Meeting. Ich hole Sie Morgen um halb zehn im Hotel ab."

Und dann stand ich Minuten später im kalten Nieselregen alleine vorm Hotel, während Ono mit dem Taxi davonrauschte. Am liebsten hätte ich sofort mit Karl gesprochen, aber in Deutschland war es 5.00 Uhr morgens. Also beschloss ich, zu Mama-san zu gehen. Wenn hier schon nichts klappte – ihr Essen war genau die Nervennahrung, die ich brauchte.

Leider hatte ich am Abend zuvor nicht so recht auf den Weg geachtet, irrte durch die Straßen und musste mir sehr bald eingestehen, dass ich mich verlaufen hatte. Mein Aktenkoffer wurde mit jedem Schritt schwerer. Meine zaghaften Versuche, Passanten nach dem Restaurant zu fragen, scheiterten. Die Menschen wichen vor mir zurück, wenn ich sie nur ansah. Andere wechselten die Straßenseite und einer lief weg, als ich ihn ansprach. Vielleicht war es besser, die Suche aufzugeben und in irgendein Restaurant zu gehen, bevor ich schlapp machte. Das nächste nehme ich, teilte ich meinem Magen mit.

Gesagt, getan. Neben der Tür hing ein Lampion, der einen aufgeblasenen Fisch zeigte. Ich betrat einen schmalen Treppenaufgang. Oben angekommen wurde ich von einem Mann empfangen, dessen stattliche Ausmaße in einer weißen Kochjacke steckten. Anstatt mich ins Lokal an einen Tisch zu begleiten, schüttelte er den Kopf, formte mit seinen Unterarmen ein X und blockierte die Tür. Ich musste auf halber Treppe stehen bleiben. Der Koloss war zwar um etliches kleiner als ich, aber mindestens doppelt so breit.

„Closed?", fragte ich.

Der Mann schüttelte den Kopf.

„Fully booked? I'd like to eat, please."

Wieder Kopfschütteln.

„Do you understand me?"

„Yes", sagte der Mann. „You cannot eat here."

„But I'am hungry …" Ich zeigte auf meinen Magen und führte meine rechte Hand zum Mund.

Der Kerl war erbarmungslos, sagte wieder nur „Sorry", und wies mit einer Hand die Treppe hinab. Bevor ich mich noch weiter erniedrigte, wandte ich mich grußlos um und ging. Was ist hier los, fragte ich mich und betrachtete mich in der Schaufensterscheibe eines Geschäfts. Meine Kleidung saß und mein Gesicht schien auch sauber zu sein. Vielleicht hatte er mich doch nicht verstanden.

Ich lief auf der Suche nach einem Taxi weiter durch die Straßen, bog um die nächste Ecke und stand plötzlich vor Mama-sans Laden. Mich empfing der Duft von gegrilltem Fleisch und Sojasauce. Das kleine Restaurant war bis auf den letzten Platz besetzt. Mama-san sah mich und schüttelte den Kopf. Die jetzt nicht auch noch. Ich holte meinen Polyglott aus der Manteltasche. Mama-san, und mittlerweile auch alle Gäste beobachteten, wie ich in dem Büchlein blätterte. Aber ich fand keine Übersetzung im Teil ‚Nützliches im Restaurant', die mir weiterhelfen konnte. Aufgeben war keine Option, und mit unmissverständlichen Gesten der Nahrungsaufnahme machte ich ihr klar, dass ich Essen mitnehmen wollte. Dazu formte ich mit einer Hand einen Teller und mit der anderen ließ ich Zeigefinger und Mittelfinger laufen. Wieder schüttelte sie den Kopf. Ein Gast sagte in gebrochenem Englisch: „No lunch outside."

„But I am hungry."

Er sprach mit der Chefin, und alle anderen verfolgten, wie die Geschichte ausgehen mochte. Ein anderer Herr mischte sich ein und redete mit Mama-san. Am Ende der Diskussion hoben beide Herren die Daumen und nickten mir zu. Die Gespräche wurden wieder aufgenommen und ich wartete. Mama-san machte eine Schüssel zurecht, deckte sie mit Alufolie ab und reichte sie mir in einer Plastiktüte an. 1.000 Yen schrieb sie auf einen Block. Ich zahlte und trat mit einem „Thank you very much. Bye-bye" und einer Verbeugung in die Runde auf die Straße.

Der Plastiktüte entwichen Düfte, die meinen Magen vor Glück Saltos schlagen ließ. Da weit und breit kein Taxi zu sehen war, klemmte ich mir den Aktenkoffer unter den linken Arm, balancierte die Plastiktüte und versuchte im Gehen mit den beigefügten Stäbchen aus der Schüssel zu essen. Mein ungelenker Versuche, Essen in meinen Mund zu bugsieren, zog die Blicke der Passanten auf sich, aber wenn ich es recht betrachtete, lachte niemand, ganz im Gegenteil. Alle schauten durch mich hindurch, als ob es mich nicht gäbe. Was ist jetzt wieder verkehrt?

„Das solltest du hier nicht machen", sagte eine Stimme in breitestem texanischem Zungenschlag. Vor Schreck ließ ich beinahe die Plastiktüte fallen. Der Mann fing meinen stürzenden Aktenkoffer auf, bevor er aufs Pflaster schlagen konnte, und klemmte ihn mir wieder unter den Arm. Meine Verwirrung wurde noch größer als ich bemerkte, dass seine Gesichtszüge eindeutig nicht asiatisch waren, er aber in einem üppigen schwarzen Gewand, bestehend aus einer Art Kleid mit Überwurf und grauem Brustbeutel um den Hals, steckte. An den Füssen trug er weiße Socken und Strohsandalen. Seine Hände verschwanden in den großen Ärmeln seines Überwurfs, sein Schädel war kahl rasiert.

„Was mache ich denn?"

„Du isst auf der Straße – im Gehen. Das macht man hier nicht."

„Oh."

Er musterte mich von oben bis unten. „Das lernst du auch noch."

„Okay. Halten Sie bitte mal kurz meinen Aktenkoffer?"

Er war so nett, und ich deckte die Schüssel wieder mit Alufolie ab und nahm meinen Koffer zurück. „Danke. Sie scheinen sich ja gut auszukennen. Ich durfte vorhin noch nicht mal ein Lokal betreten."

„Das kann passieren."

„Ich hätte mich über Fisch gefreut."

„Was für Fisch?"

Ich überlegte. „Einen dicken, aufgeblasenen ... da hing ein Lampion neben dem Eingang."

Der Mann wollte sich ausschütten vor Lachen und schlug mir freundschaftlich auf die Schulter. „Kein Wunder", sagte er, „das war ein Fugu-Lokal. Niemand riskiert hier einen toten Gaijin."

„Einen was?"

„Einen Ausländer."

„Oh … ich verstehe. Die hätten mir ja auch irgendeinen anderen Fisch anbieten können."

„Nein, können sie nicht, im Fugu-Lokal gibt es nur Fugu und keinen Notarzt."

„Danke für die Erklärung. Wo finde ich das nächste Taxi? Ich muss zum Hotel New Otani."

Er guckte mich verwirrt an. „Aber das ist doch nur zwei Blocks von hier. Einmal geradeaus, dann die nächste rechts und schon siehst du es."

Ich hätte ihm vor Freude gerne die Hand geschüttelt, aber ich hatte keine frei, und sein Blick auf meine Hände, an denen Sojasauce klebte, sagte alles.

„Danke noch mal, am Ende hätten die mich noch gelyncht."

„Das nicht gerade. Japan ist ein zivilisiertes Land. Mach's gut ..."

Und bevor ich nach seinem Namen fragen und ihn auf ein Bier einladen konnte, war mein Retter verschwunden.

Mama-sans Essen schmeckte auch noch im lauwarmen Zustand. Ich schob den Sessel vors Fenster, und mit Blick auf Tokyo verbesserte ich meine Stäbchentechnik. Ich werde das alles hier noch verstehen, irgendwann, dachte ich. Ein Blick auf die Uhr sagte mir, dass Karl bestenfalls gerade unter der Dusche stand. Ich rief die Rezeption an und bat um einen Weckdienst in zwei Stunden. Tokyo hatte mir heute die kalte Schulter gezeigt. Na warte! Die Schöne wollte erobert werden, aber ein müder Samurai würde nichts erreichen. Da war ich wie durch ein Wunder mit Ono plötzlich ganz einer Meinung. Liegt vermutlich am Essen, dachte ich noch, bevor ich im Sessel einnickte.

Kaum wurde ich vom Weckdienst aus einem traumlosen Schlaf geholt, wählte ich unsere Büronummer. Und als hätte Karl im Sekretariat auf der Lauer gelegen, hatte ich ihn sofort am Apparat. Er brummte: „Was ist beim Meeting herausgekommen?"

„Nichts. Ich bin gar nicht richtig zu Wort gekommen. Alles ist im Formalen erstickt. Firmen vorstellen und so weiter. Die räuchern mich mit ihrem Zigarettenqualm ein, und der Boss schweigt oder guckt böse. Matsui vom Einkauf ist nervös, schaut mich nicht einmal an. Aber er ist der Hauptmatador."

„Ja und?"

„Als ich denen unser Geschäftsmodell mit Eberhardter erklärt habe, wurden die ganz nervös, haben untereinander geredet, um dann zu dem Schluss zu kommen, dass wir der Geschäftspartner von Masuhara sind und nicht Eberhardter."

„Stimmt ja, aber das ist nicht gut für uns."

„Aber noch größerer Mist ist, dass Ono mir erzählt hat, dass sie wegen Vertrauensverlust auf dem Storno bestehen und ihre Rechte von mir einfordern wollen."

„Vertrauensverlust?!" Ich hörte, wie Karls Zähne den Pfeifenstiel bearbeiteten. „Lass dich auf das Spielchen nicht ein."

„Natürlich nicht. Vor allem, weil ich nicht weiß, was die meinen. Es geht um angeblich nicht beantwortete Fragen aus einer Zusammenfassung. Die haben wir nie gesehen. Vielleicht kriege ich morgen mehr raus. Das wird schon."

„Polo, wenn die ihre Drohung wahrmachen, kommt es zu einem Rechtsstreit biblischen Ausmaßes. Wir können uns das nicht leisten."

„Die aber auch nicht."

„Hoffen wir, dass die das auch wissen. Wie kommst du mit Ono zurecht?"

„Manchmal könnte ich ihm an die Gurgel gehen."

„Soll ich rüberkommen und dir helfen?"

„Warum? Damit wir der Schildkröte gemeinsam den faltigen Hals umdrehen?"

Karl lachte.

„Bleib in Düsseldorf. Ich ruf dich morgen wieder an."

„Moment noch. Kathrin hatte gestern im Büro einen bühnenreifen Auftritt. Sie hat einen Brief an dich dagelassen und mir ihre Schlüssel zu deiner Wohnung auf den Tisch geknallt. Ich weiß nicht, was da zwischen euch läuft. Sie war irgendetwas zwischen verstimmt, beleidigt und Königin der Nacht."

„Oh."

„Klär das. Eine Großbaustelle reicht im Moment."

„Haben wir schon geklärt. Sie hat die Verlobung aufgelöst."

„Was?!"

„Ich bieg das wieder hin."

„Deinen Optimismus möchte ich haben. Sogar Irene hat eine Augenbraue hochgezogen, als das Fräulein Gregorius hier durchgerauscht ist."

„Tut mir leid für euch. Ich melde mich. Drück mir die Daumen."

„Noch was, Marco. Im Radio wurde berichtet, dass es in Tokyo diese Nacht ein großes Erdbeben gegeben hat. Hast du was mitgekriegt?"

„Ach, halb so schlimm, der Kaffee hat in der Tasse geschwappt, das war alles."

„Na, Gott sei Dank, dann kann Anne ja mit dem Beten aufhören. Mach's gut."

Ich legte auf, nahm eine Cola aus der Minibar und genoss den Ausblick auf Tokyo. Wie löscht man zwei Brände gleichzeitig? Gar nicht, sonst geht einem das Wasser aus. Da ich im Fall Masuhara im Moment nichts tun konnte, rief ich Kathrin an. So impulsiv wie sie manchmal war, aber meinen Schlüssel hatte sie mir bisher noch nie zurückgegeben. Das war alarmierend. Nach mehreren Versuchen durch die Vermittlung klingelte es endlich in Düsseldorf und ich hatte ihren Vater in der Leitung.

„Gregorius", schnarrte seine Bassstimme.

„Marco, ich rufe aus Tokyo an."

„Ach, der Herr Welter", sagte er, als hätte er längst vergessen, wer ich war. „Da haben Sie uns ja was Schönes eingebrockt."

„Das lag nicht in meinem Sinne. Aber wenn es um die Firma geht …"

„Ihre Geschäfte laufen schlecht, kurz vor der Pleite, hörte ich."

„So schlimm ist es nicht. Das erste größere Japangeschäft birgt eben ein paar Probleme. Die werde ich umgehend lösen, dafür bin ich ja hier."

„Dafür haben Sie jetzt alle Zeit der Welt."

„Herr Gregorius, ich weiß, dass ich nicht Ihren Vorstellungen eines Lieblingsschwiegersohns entspreche …"

„Wie wahr. Ich werde meine Tochter nicht mit einem Hasardeur verheiraten, dessen Firma alle paar Wochen auf der Kippe steht. Kathrin hat das lange genug mitgemacht. Als Vater bin ich verpflichtet …"

„Ihr zwei gegen mich, jetzt?"

„Sie sind ein Emporkömmling und bald werden Sie wieder ein Niemand sein."

„Und Sie sind schon immer oben gewesen. Verstehe."

„Lassen Sie das!"

„Nur merkwürdig, dass Sie Ihren Freunden TransGlobal immer als die Macher der Globalisierung vorgestellt haben."

„Um meine Tochter nicht zu verprellen, aber nun ist es genug. Sie sieht die Dinge endlich klar. Es wird keine Hochzeit geben, und Kathrin ist nicht zu sprechen." Damit legte er grußlos auf. Genauso hatte sie es bei ihm gelernt. Menschen auf ihren Platz verweisen, wenn es der Familie Gregorius gerade passt, die offenbar seit Olims Zeiten die Spitze der Nahrungskette anführte. Natürlich war ich für ihn ein Niemand. Schon immer gewesen. Meine Eltern hatten keine Fabriken, und ich war auf keinem Internat gewesen. Ich musste mich ernsthaft fragen, ob Kathrin all die Jahre auch so über mich gedacht hatte, immer auf der Hut, ob ihr Marco in irgendein Fettnäpfchen trat. Manchmal hatte sie sich aufgeführt, als käme ich aus dem Dschungel und sie hätte mir das Essen mit Messer und Gabel beibringen müssen … Nie vor anderen Leuten, versteht sich, aber ab und zu musste ich mir schon im stillen Kämmerlein anhören, was man alles tut oder eben nicht tut in ihren Kreisen. „Polo, man sagt nie, ob einem das Bild *gefällt*", hatte sie mich gewarnt, bevor wir zur feierlichen Eröffnung ihrer Galerie geschritten waren, die der alte Gregorius ihr zum Abschluss ihres Studiums der Kunstgeschichte eingerichtet hatte. „Was sagt man denn dann?", hatte ich gefragt und einen Blick von ihr geerntet, mit dem sie normalerweise krabbelnde Insekten bedachte. Also hatte ich den ganzen Abend vermieden, an einem Bild Gefallen zu finden. „Worüber hast du dich denn mit Beuys und Polke die ganze Zeit unterhalten?", wurde ich später ins Kreuzverhör genommen.

„Ach, so über dies und das … Fußball. Und ich schwöre, mir hat kein einziges Bild in deiner Galerie *gefallen*", hatte ich geantwortet, um sie ein bisschen zu ärgern. Was mir auch gelungen war, denn Kathrin glänzte eine Woche lang durch Abwesenheit, unaufschiebbare Termine mit Künstlern. Es war schon seltsam, in ihrer Galerie tummelten sich Hans und Franz, manchmal ungewaschen, manchmal betrunken. Das schien ihr nichts auszumachen, solange sie Geld brachten, aber ihre private Türschwelle übertraten sie nie. Und ich stand jetzt auch *vor* ihrer Tür. Wie schnell sich das Leben ändern kann, dachte ich und erwartete so etwas wie einen Stich ins Herz, eine Revolte meines Zwerchfells, aber da meldete sich bestenfalls ein leises Bedauern. Vielleicht hatte ich es noch nicht begriffen und der große Liebeskummer würde noch kommen? Carpe diem. Bis dahin wollte ich einen Spaziergang machen und Tokyo erkunden.

Der Concierge gab mir den Tipp zur Ginza, der Prachtstraße Tokyos, mit dem Taxi zu fahren. Dazu überreichte er mir eine Karte des Hotels und einen Ministadtplan, auf dem rückseitig das verwirrende U-Bahn-netz von Tokyo aufgedruckt war. Wenig später wurde ich durch den nachmittäglichen Verkehr kutschiert. Mein Fahrer trug Uniform mit Mütze und weiße Handschuhe, die Rücklehnen der Sitze waren bis zur Hälfte mit blütenweißen Spitzendeckchen überzogen. Ich dachte an meine Großeltern, die so was als Schoner auf den Armlehnen ihrer Wohnzimmersessel mit Nadeln befestigt hatten. Mein Versuch, mit dem Fahrer auf Englisch ins Gespräch zu kommen, scheiterte. An einer belebten Kreuzung hielt er an, das Taxameter zeigte 980 Yen. Ich gab ihm einen Tausend-Yen-Schein und wollte aussteigen, doch er bestand darauf, mir 20 Yen Wechselgeld zurückzugeben. Es gab kein Entrinnen, die Tür öffnete sich erst, als ich den Zwanziger entgegengenommen hatte.

Im Licht der Schaufenster schlenderte ich über die Königsallee To-kyos. Damen in schicken Mänteln mit aufgeplusterten Pelzkragen ka-men mir entgegen. Und natürlich waren wieder Scharen von schwarzen Anzügen unterwegs, die eiligen Schrittes in den verwunschenen Seiten-straßen der Ginza verschwanden. Über die Straße fegte ein eisiger Wind. Das nächste Kaufhaus auf meinem Stadtplan war das Matsuz-akaya, der Concierge hatte es rot unterstrichen, also trat ich ein, und das Gewusel, von dem ich umgeben war, erinnerte mich an den Flughafen in Anchorage. Gebannt schaute ich den Damen nach, die in ihren Kimo-nos mit schwebender Eleganz durchs Kaufhaus trippelten. Auf dem Rücken waren ihre teilweise golddurchwirkten Obis zu einer breiten Schlaufe wie zu einem Tornister gefasst. An den Füßen trugen sie trotz des winterlichen Wetters nur Söckchen zu unifarbigen Zoris, die die Eleganz ihrer kleinen Schritte unterstrichen. Ich schaute in freundliche Gesichter, hörte ihren schnatternden hohen Stimmen zu und dachte, dass sich alleine für diesen Anblick mein Besuch des Kaufhauses ge-lohnt hatte. Aber das Konsumparadies hielt noch mehr Überraschun-gen für mich bereit. Ich konnte mein Glück kaum fassen und erstand in der Spielzeugabteilung nach vielem Hin und Her zwei schnarrende, knallende, blinkende, quäkende, herummarschierende Roboter für Karls Zwillinge. Ich überlegte, ob ich für mich auch so einen mitnehmen sollte, doch die Vernunft siegte. Wohin damit? Wenig später gesellten sich noch zwei handtellergroße weiß-blaue Porzellankatzen mit einem Grinsen im Gesicht und erhobener Pfote für Irene und Anne dazu.

„Die bringen Glück", sagte die Verkäuferin in gut verständlichem Englisch. Und weil es gerade so gut lief mit Tokyo, fragte ich die Dame nach der Lebensmittelabteilung. Mit vielem Fingerzeigen und Verbeugen schickte sie mich ins Basement. Eigentlich hatte ich nur vor, etwas Brot und Käse zu kaufen, um es im Hotelzimmer zu essen, aber hier war der Teufel los. Es wäre eine Schande gewesen, mich nicht unters Volk zu mischen und von allem zu naschen, was mir auf einem Tablett gereicht wurde. Die Fischverkäuferinnen trugen weiße Kopfbedeckungen, weiße Schürzen und dunkelblaue Blusen. Andere Damen standen in weißen Kochjacken hinter ihren Verkaufsständen und boten Häppchen an. Ich griff überall zu und lernte eingelegtes Gemüse, frittierte Garnelen im Teigmantel, unterschiedlichste Brotsorten und wohlgeformtes Rührei kennen. Sobald ich etwas vom Tablett genommen hatte, wurde meine Wahl mit einem strahlenden Gesicht und einer kleinen Verbeugung quittiert. Schließlich entschied ich mich für ein Obento, ein kleines, vorgefertigtes Päckchen mit Reis, verschiedenen grünen Gemüsen und frittiertem Hühnchen, das vor dem Bezahlen noch liebevoll in Matsuzakaya-Papier eingeschlagen wurde wie sonst nur die Preziosen bei Tiffanys. Dazu gab es eine passende Papiertragetasche, Holzstäbchen und eine Serviette. Mit meiner Beute in diversen Tüten hielt ich ein Taxi auf der Ginza an und zeigte dem Fahrer die Karte des Hotel New Otani. Er nickte und in null Komma nichts war ich zurück in meinem Zimmer. Ich hatte mich nicht verlaufen, ich war niemandem auf die Zehen getreten oder hatte mich ungebührlich benommen. Das rechnete ich mir hoch an.

Auf dem Teppichboden lag ein Briefumschlag. Telex von Karl: *Mit Eberhardter telefoniert und gefragt, ob seine Firma in den vergangenen Wochen Fernschreiben von Masuhara unbeantwortet gelassen hätte. Vertriebsleiter rief zurück, sagte, dass sie von M. mehrere Telexe und einen Brief in miserablem Englisch bekommen hätten. Alles Nebensächlichkeiten, Wiederholungen. Fragen nach Details, als ob die die Maschine nachbauen wollten. Alles müsste beantwortet sein. Für E. wäre nichts mehr offen. Viel Erfolg morgen. Karl.*

Werde ich haben, mein Freund, dachte ich und widmete mich meinem Essen. Wenn dir das Leben eine Zitrone gibt, mach Limonade daraus. Noch so ein Kalenderspruch, aber heute hatte er mir ein paar vergnügliche Stunden beschert. Das Essen aus der Box war fantastisch, der

Ausblick auf das Lichtermeer von Tokyo atemberaubend. Nach dem Essen juckte es mich in den Fingern, die beiden Roboter auszupacken und über den Teppich laufen zu lassen. Aber sie waren so schön einge-packt, dass ich es bleiben ließ, und freute mich schon auf Karls Gesicht, wenn die Zwillinge die auspacken würden – die Blechkameraden wa-ren weit entfernt von pädagogisch wertvollem Spielzeug und würden deshalb besonders gut ankommen. Und wenn Karl sich erst mal umfas-send über den „Schrott" geäußert hatte, würde er der Erste sein, der auf dem Teppich lag und damit spielte.

Samstag, 13. Januar 1979, Tokyo

Der Morgen sah mich um 7.00 Uhr müde aus dem Bett taumeln. Nach dem üblichen Kampf mit dem Duschvorhang steuerte ich in meinem besten Anzug den Azalea Coffeeshop an. Ich frühstückte allein. Das gab mir ein bisschen Luft, um über Masuhara nachzudenken. Aber was gab es da viel zu denken? Ich würde die offenen Fragen beantworten, und schon wäre das Missverständnis aus der Welt. Mittlerweile wusste ich so viel über die Anlage, dass ich Vorträge darüber hätte halten können.

Um 9.30 Uhr traf ich Ono mit seiner Ziehharmonika-Hose vor den Aufzügen. Er war genau das Gegenteil meines Mitreisenden Shimura. Ono sah aus, als hätte er in seinem Anzug geschlafen.

„Guten Morgen Welter-san, ich hoffe, Sie hatten eine gute Nacht?"

„Ono-san, guten Morgen", und mit Blick auf seinen Anzug schob ich hinterher: „Ich hoffe, dass Sie eine ruhige Nacht hatten."

„Bestens", sagte er, und ich musste ihm glauben, dass sein Anzug nicht seinen Allgemeinzustand wiedergab.

„Übersetzen Sie heute bitte nur das, was ich Ihnen sage. Sie sprechen immer so lange in Japanisch, da kann nicht das rüberkommen, was ich eigentlich sagen will."

„Das geht nicht so einfach, ich …", sagte er, aber bevor er mir einen Vortrag halten konnte, unterbrach ich ihn: „Das kann ja nicht so schwer sein. Also?"

„Welter-san, ich muss der japanischen Seite unsere Situation ausführlich vor Augen führen, da kann ich nicht Wort für Wort übersetzen, wir denken anders als Sie. Im Übrigen wird es heute hoch hergehen. Was wollen Sie machen?"

„Alle offenen Punkte ansprechen und die Fragen, die Masuhara noch hat, beantworten."

„Okay, aber bitte nur Schritt für Schritt, sonst kommen wir nicht weiter."

„Ich hoffe, die haben begriffen, dass sie gerade dabei sind, internationales Handelsrecht zu brechen."

„Lassen Sie mich das machen, Welter-san."

„Sie hatten Ihre Chance. Heute spreche ich."

Das hätte ich besser nicht gesagt, Ono war eingeschnappt. Er redete kein Wort mehr mit mir. Im Taxi versuchte ich ihn wieder ins Boot zu holen. „Ono-san, es geht ja auch um Ihre Provision, wenn wir nicht zusammen rudern, werden wir untergehen."

„Legen Sie nicht Ihre deutschen Maßstäbe an. Akzeptieren Sie das einfach und lassen Sie mich das auf japanische Art und Weise machen. Bitte."

Eine gewisse Schärfe in seiner Stimme war nicht zu überhören.

„Übersetzen Sie mir wenigstens alles, was gesagt wird, sonst kann ich mich nicht einbringen. Die Kuh muss vom Eis, heute."

Ono blieb stumm und schaute aus dem Fenster. Für mich eine gute Gelegenheit, ihm endlich die Plastiktüte mit Mama-sans Schale in die Hand zu drücken. „Bitte geben Sie die Mama-san zurück. Ist gespült. Habe ich da gestern mitgenommen."

Er guckte unverwandt auf die Tüte, sagte aber nichts. Sein Schweigen hielt, bis wir im Besprechungszimmer bei Masuhara Sangyo saßen und die Heiße-Tücher-und-Tee-Zeremonie hinter uns gebracht hatten und nach einem heftigen Anklopfen die Herren Kizawa, Tsuda und Matsui erschienen. Ihre Zwanzig-vor-fünf-Gesichter ließen auf nichts Gutes hoffen. Eine knappe Verbeugung, dann nahmen die Herren uns gegenüber Platz. Matsui zog wieder vernehmbar Luft durch die Zähne. Ono flüsterte mir zu. „Daran können Sie erkennen, dass das Gespräch heute unangenehm wird. Herr Masuhara wird deshalb nicht teilnehmen."

„Aha, der zieht den Schwanz ein", flüsterte ich zurück.

„Er will sich keiner Peinlichkeit aussetzen, das ist normal."

„Dann wollen wir mal", sagte ich zu Ono und wandte mich sofort an die drei Herren: „Bitte erklären Sie mir, warum Sie einen gültigen Vertrag brechen? Ich höre, dass Sie das Vertrauen in uns verloren haben. Das möchte ich gerne zurückgewinnen und hoffe, dass Sie mir heute die offenen Fragen vorlegen. Ich bin sicher, dass ich sie so beantworten kann, dass wir jedes Missverständnis aus der Welt schaffen können."

Während Ono übersetzte, wanderten die Mundwinkel der drei Herren noch tiefer herab. Dann entbrannte eine heftige Diskussion unter ihnen. Ich schaute Ono fragend an. Er flüsterte: „Die wollen Ihre Fragen nicht beantworten, und die wollen auch …" Ono konnte seinen Satz nicht zu Ende bringen, denn Matsui ergriff das Wort: „Mr Welter, wir haben einen Vertrag mit TransGlobal Services GmbH auf Lieferung der Anlage von Eberhardter Präzisionsmaschinen GmbH abgeschlossen.

Seit Wochen ist von Ihrer Seite keine Kommunikation aufrechterhalten worden ... Wir hatten viele Fragen, Sie hatten keine Antworten."

„Herr Matsui, ich bin tausende von Kilometern geflogen, um Ihre Fragen zu beantworten. Worum geht es denn überhaupt?"

Es war, als hätte er nicht gehört, was Ono übersetzte.

„Wir können und werden die Anlage nicht mehr abnehmen. Wir fordern Sie auf, unsere geleistete Anzahlung in Höhe von 2.800.000 D-Mark an uns zurückzuüberweisen." Mit diesen Worten schob er einen Briefumschlag über den Tisch und sagte: „Die Rechnung."

Ich schob das Papier zurück. „Jetzt hören Sie mir mal gut zu, Herr Matsui. Über ein Jahr haben wir sämtliche Details besprochen, den Preis sogar noch gesenkt, Ihre Fragen wieder und wieder beantwortet. Wir haben Ihnen angeboten, einen Monteur zur Aufstellung der Maschinen gegen Kostenersatz zu schicken. Sie haben das abgelehnt. Ist das so?"

Ich wartete, bis Ono mit der Übersetzung fertig war und sprach weiter, bevor Matsui seinen Mund aufmachen konnte. „Von unserer Seite ist nichts offen geblieben. Sie haben den Auftrag erteilt und die Zahlungen an Eberhardter geleistet. Der Vertrag ist gültig. Das Schiff ist unterwegs. Der Deal ist nicht anfechtbar ... nirgendwo auf der Welt."

Die Gesichter von Kizawa, Tsuda und Matsui blieben leer. Hatte ich etwa in eine schwarze Tonne gesprochen? „Also gut, meine Herren. Ich bestehe auf Erfüllung des Vertrages."

Matsui schob mir die Rechnung wieder zu. Ich schob sie zurück.

Die drei standen abrupt auf und Matsui sagte: „Wir erwarten Ihre Zahlung innerhalb von acht Tagen."

„Stopp! Stopp! So können wir nicht miteinander umgehen."

Ohne Ono anzuhören, verließen meine Gesprächspartner den Raum. Ich schnappte mir die Rechnung und lief ihnen hinterher, erwischte Matsui noch am Aufzug und sprach ihn auf Englisch an: „Warum greifen Sie plötzlich zu verbotenen Mitteln? Wollen Sie einen Prozess riskieren? Sie glauben doch nicht, dass wir uns das gefallen lassen!"

Matsui murmelte mit gesenktem Kopf: „Ich kann nichts machen. Das ist der Beschluss der Geschäftsleitung."

„Sie haben es so gewollt!"

Als er sich an mir vorbeidrängen wollte, ging ich einen Schritt zur Seite und riss dabei versehentlich Ono die Plastiktüte aus der Hand. Es schepperte gewaltig und Mama-sans Schüssel zersprang in tausend

Stücke. Eine Mitarbeiterin eilte herbei und hob die Tüte mit den Scherben auf. Ono packte meinen Ärmel und hielt mich zurück, denn ich war drauf und dran, hinter Matsui herzulaufen. In Begleitung der ewig lächelnden Begleiterin fuhren wir schweigend nach unten.

Kaum saßen wir im Taxi, platzte mir der Kragen. „Und jetzt, Ono-san, was jetzt?!"

„Shoganai, Welter-san." Er zuckte die Achseln und hob die Plastik-tüte mit der zerbrochenen Schüssel hoch, als wolle er mir das Unglück auch noch verdeutlichen.

„Was soll das heißen? Bitte keine Kalendersprüche."

„Wir akzeptieren das. Vorerst."

„Auf keinen Fall. Auf einen groben Klotz gehört ein grober Keil."

„Welter-san, mir ist das in meiner jahrelangen Praxis so auch noch nicht passiert. Aber Emotionen machen alles nur noch schlimmer. Etwas hinzunehmen bedeutet doch keine Schwäche. Man zeigt Stärke und wartet auf die eine Eingebung für eine Lösung. Hören Sie auf, blind zu kämpfen."

„Bla. Bla. Bla. Da bin ich vollkommen anderer Meinung."

„Das merke ich. Lassen Sie mich machen. Ab jetzt müssen wir einen Plan B verfolgen. Ich werde alles daransetzen, mich in den nächsten Tagen mit Herrn Matsui zum Dinner zu verabreden, um herauszufinden, wie wir das Geschäft retten können. Er scheint mir der Einzige zu sein, der daran interessiert ist. Eigentlich war er von Anfang an die treibende Kraft. Ich werde herausfinden, wie dringend der Einsatz der Anlage in der Produktion gefordert ist. Vielleicht können wir da den Hebel ansetzen."

„Das dauert viel zu lange. Wir verlieren nur Geld. Ich brauche einen Anwalt in Tokyo, kennen Sie einen?"

„Ich habe niemals einen Anwalt benötigt."

„Tja, irgendwann ist immer das erste Mal."

„Sprechen Sie mit der Deutschen Industrie- und Handelskammer, das Büro ist ganz in der Nähe Ihres Hotels."

Ono fischte einen kleinen Schreibblock samt Stift aus seiner Jacken-tasche, notierte eine Nummer, malte daneben eine Skizze und drückte mir den Zettel in die Hand. „Zeigen Sie das dem Taxifahrer. Er bringt Sie hin."

„Kommen Sie nicht mit?"

„Keine Zeit. Aber heute Abend können wir uns treffen, halb sechs. Ich hole Sie im Hotel ab."

„Okay. Vielleicht habe ich bis dahin Neuigkeiten."

Ono ließ den Fahrer anhalten, erklärte ihm, wo ich hin wollte und stieg aus.

Wenig später stand ich vor der Tür der Handelskammer im Akasaka Tokyu Plaza-Gebäude. Lange reagierte niemand auf mein Klingeln, bis endlich ein Mann im weißen Hemd erschien und mir öffnete.

„Guten Tag, ich bin Marco Welter aus Düsseldorf und suche bei Ihnen Rat."

„Da haben Sie aber Glück, dass ich am Samstag hier bin. Kommen Sie erst mal rein."

In seinem Büro angekommen, tauschten wir Visitenkarten aus. Ich las: *Dr. Klein, stellvertretender Geschäftsführer der Deutschen Industrie- und Handelskammer in Japan, DIHKJ.*

„Dann falle ich mal am besten gleich mit der Tür ins Haus."

„Nur zu, Herr Welter."

In knappen Worten erklärte ich ihm, was der Stand der Dinge war, während sich Dr. Klein Notizen machte.

„Schöne Zwickmühle," sagte er, kaum dass ich mit meiner Geschichte fertig war.

„Ja, aber so kann man doch nicht mit einem Lieferanten umspringen. Ich bin extra nach Tokyo gekommen, um die Sache persönlich zu klären. Leider war das Gespräch heute mehr als unerfreulich. Wir brauchen einen Anwalt."

„Welche Shosha hat Masuhara zur Abwicklung eingeschaltet?"

„Was ist Shosha?"

„Ein japanisches Handelshaus, das von der Importabwicklung bis zur Finanzierung und Organisation der Wartung alles übernimmt."

„Herr Dr. Klein, davon habe ich noch nie gehört."

„Das geht vielen so. Direktimporte sind mit Japan äußerst schwierig, weil es gegen jahrhundertealte Handelsstrukturen verstößt."

„Mit anderen Worten, ich bin ins größte Fettnäpfen der Welt getreten?"

„So könnte man es ausdrücken. Aber einen Anwalt würde ich in dieser Phase noch nicht engagieren, obwohl wir Ihnen durchaus erstklassige in Tokyo empfehlen können. Aber kann denn Ihr Vertreter vor Ort nichts ausrichten?"

„Ich bin skeptisch, ob er es nicht war, der eventuell Fehler gemacht hat und diese jetzt nicht zugeben möchte. Er akzeptiert das Verhalten der Gegenseite viel zu schnell. Mir wäre schon geholfen, wenn Sie mir die Namen und Adressen der deutschen Kanzleien geben würden. Mein Partner ist Jurist, der könnte sich sofort von Düsseldorf aus der Sache annehmen."

Dr. Klein blättert in einem Buch mit hunderten von Visitenkarten. „Ich könnte Ihnen auch einen Vermittler vorschlagen, bevor Sie teure Anwälte bemühen."

„Wenn er vertrauenswürdig ist, gerne."

„Ja, Herr Welter, lassen Sie mich überlegen und das mit meinem Kollegen besprechen. Ich rufe Sie im Hotel an oder hinterlasse eine Nachricht."

„Ich wohne noch bis übermorgen früh im Hotel New Otani Zimmer Nummer 843. Ich kann morgen jederzeit wieder zu Ihnen kommen, wenn das nötig ist. Danke zunächst einmal, dass Sie mir helfen wollen."

„Keine Ursache. Ich melde mich bei Ihnen."

Mit zwei Adressen von deutschen Anwälten in Tokyo in der Tasche machte ich mich auf den Rückweg.

Kaum im Zimmer angekommen, hörte ich das Klingeln des Telefons. Es war Karl. „Hast du was erreicht?", fragte er sofort.

„Das war heute mein absolutes Waterloo. Unglaublich, die haben sich auf kein Gespräch eingelassen, haben Ono und mich wie dumme Jungs dasitzen lassen. Herr Masuhara ist erst gar nicht zum Meeting erschienen."

Ich hörte, wie Karl auf seinem Pfeifenstiel herumkaute. Dann war die Leitung still.

„Karl, bist du noch dran?"

„Ja, ich ringe gerade nach Luft, mein Lieber."

„Die schlechte Nachricht kommt jetzt. Die haben mir eine Rechnung über zwei Komma acht Millionen Mark übergeben. Masuhara will die Anzahlung von *uns* zurück. Ono war immerhin perplex. Angeblich sei ihm so was noch nie passiert."

„Hast du noch was, das mir den Blutdruck hochtreibt?"

„Nein Karl, das ist bis jetzt alles. Was machen wir?"

„Wirf die Rechnung weg, die zahlen wir sowieso nicht. Über den Rest muss ich nachdenken."

„Ich war schon bei der deutschen Handelskammer. Dr. Klein hat mir zwei deutsche Kanzleien empfohlen. Soll ich Kontakt machen?"

„Nee, lass mal. Das machen wir zusammen, wenn du wieder im Büro bist."

„Gut. Er hat auch vorgeschlagen, es mit einem Vermittler zu versuchen, wenn wir mit Ono nicht klarkommen. Außerdem hat er mich gefragt, welches Handelshaus Masuhara zur Abwicklung eingesetzt hätte."

„Ein Handelshaus?"

„So was hätte uns Ono sagen müssen. Das ist üblich, wie Dr. Klein mir erklärt hat. In Japan wird so ein Geschäft über ein Handelshaus abgewickelt."

„Ehrlich gesagt, ich weiß nicht, ob unsere Schildkröte nicht sogar auf Seiten von Masuhara steht, wenn er uns so wichtige Dinge nicht mitteilt. Kennt Klein jemanden, der tauglicher ist?"

„Er meldet sich bei mir. Übrigens, Ono will sich außerhalb der Firma mit dem Manager des Einkaufs treffen, um eine Lösung zu finden. Er nennt das Plan B."

„Na wunderbar, hätte er sich mal eher ins Zeug gelegt. Eberhardter ruft mich dreimal am Tag an. Gestern Abend erzählt er mir, dass seine Rechtsabteilung ihm geraten hat, uns die Rechnung über die letzten dreißig Prozent zu schicken. Der denkt, er könnte das Geld von Masuhara behalten und wir bezahlen auch noch den Rest, weil wir es verbockt hätten."

„Was?!"

„Nicht nur du hast schlechte Nachrichten."

„Hör auf zu grinsen, Karl. Ich weiß, dass du grinst … Verdammt noch mal, jetzt sitzen wir auf zwei Rechnungen."

„… die wir aber auf keinen Fall bezahlen werden, Polo. Reg dich ab, geh Sake trinken. Wir hängen uns da rein, wenn du wieder da bist."

„Dem Eberhardter werde ich auf den Zahn fühlen. Entweder seine Leute haben Mist gebaut – oder Ono. Ich werd's rausfinden."

„Halt mich auf dem Laufenden. Tschüss."

Kaum hatte ich aufgelegt, klingelte das Telefon wieder. Ich hob ab und hoffte inständig, es möge mal eine gute Nachricht reinkommen.

„Marco Welter."

„Klein hier. Ich habe eine Idee. Ich möchte Ihnen eine Dame empfehlen. Sie ist Dolmetscherin für Deutsch, Französisch und Englisch, verfügt über erstklassigste Kontakte zur deutschen und japanischen Industrie. Ich habe von ihr bisher nur Gutes gehört."

„Aha?!"

„Sie heißt Tsurumi Michiko und hält sich zurzeit in Deutschland auf. Ihre Kontaktdaten bekomme ich noch und melde mich wieder."

„Bei allem Respekt, Herr Dr. Klein, aber eine Frau? Halten Sie das für richtig? Was ich so über Asien gehört habe …"

„Das ist schon richtig, aber Frau Tsurumi ist gegenüber den meisten Dolmetschern weit im Vorteil. Sie hat ihre Fremdsprachen nicht nur in Japan auf der Uni gelernt, sondern einige Zeit in Europa gelebt. Das heißt, sie kennt vor allem Ihre deutsche Mentalität, Herr Welter, und weiß, was und wie sie übersetzen und zwischen Ihnen und Masuhara vermitteln muss. Es wird sehr von Vorteil für Sie sein, wenn nicht nur Worte übersetzt werden."

„Wenn Sie es sagen, nehme ich Ihren Ratschlag gerne an. Danke sehr für Ihre Bemühungen."

„Keine Ursache. Bis dahin."

Tsurumi Michiko kritzelte ich in meinen Kalender und setzte noch ein Fragezeichen dahinter. Mein lieber Ono, du bekommst Konkurrenz. Bis zum Treffen mit ihm hatte ich noch zwei Stunden. Ich zog mir was Bequemes an, holte Erdnüsse und Cola aus der Minibar und hoffte, der Ausblick auf Tokyo würde mich für das Desaster am Vormittag entschädigen. Ein Desaster im Wert von über vier Millionen Mark. Das musste man sich erst mal auf der Zunge zergehen lassen. Von allen Krisen, die Karl und ich schon durchgestanden hatten, war das immerhin die teuerste. Nobel geht die Welt zugrunde, dachte ich und schüttete mir Erdnüsse aus der Tüte in den Mund.

Ono wartete in der Lobby auf mich. „Heute Abend gehen wir in die andere Richtung ins Akasaka Viertel. Koreanisches Barbecue", sagte er.

„Aha? Und was gibt's da?"

„Sie werden sehen."

Auf dem langen Weg zum anderen Gebäudeteil des Hotels mit Buchläden, Boutiquen, einem Antiquitätengeschäft und der Garden Lounge verfiel Ono wieder in seinen Lieblingsjob – Reiseführer. „Welter-san, das Hotel ist eine komplette Stadt. Zweitausendeinhundert Zimmer, das größte Hotel Asiens. Läden, Restaurants, Cafés, Post, Kliniken, Reinigung, alles da. An dieser Stelle waren früher die Ländereien von drei berühmten Fürstenfamilien …"

„Alles gut und schön mit Ihren Fürstenfamilien, aber warum haben Sie uns nichts zum Thema Shosha gesagt?"

Ono blieb stehen und guckte mich unverwandt an. „Sie haben nicht gefragt, Welter-san."

„Aha."

Offensichtlich konnte er meine Mimik nicht lesen, denn die stand auf: Gleich erwürge ich dich! Flucht wäre seine angemessene Reaktion gewesen, aber er setzte seinen Vortrag fort, als wäre nichts geschehen: „Der alte Name von Tokyo ist Edo."

Ich überlegte, ob ich gegrillten Ono mit oder ohne Sojasauce zum Abendessen wollte.

„Alles fokussiert sich auf Tokyo. Dreißig oder vierzig Millionen Menschen. Gehen Sie mal in den Garten hinter der Garden Lounge. Wasserfall, Teiche, Koi-Karpfen. Eine echte Oase in der Stadt, die niemals schläft."

Endlich hatten wir das gesamte Hotel durchquert. Zum Akasaka Viertel waren es nur noch ein paar Schritte. Schreiende Neonreklame, Restaurants, Gebäude mit haushohen Infokästen, Menschen, die sich vergnügen wollten, und dazwischen auch noch Autos, die sich durch das Gewusel schlängelten. Meine geliebte Düsseldorfer Altstadt, die längste Theke der Welt, sah gegen das hier aus wie die Vergnügungsmeile von Hintertupfingen.

Vor einem Restaurant blieb Ono stehen. „Da sind wir."

Drinnen wurden wir von infernalischer Hitze und dem beißenden Geruch von gebratenem Fleisch und Gemüse empfangen. Mit geröteten Gesichtern hockten die Gäste an kleinen Tischen. Bier wurde in 1-Liter Krügen serviert. Auf den Tischen landeten Fleischscheiben mit verschiedenen Gemüsen auf einem Edelstahlnetz, unter dem ein Feuer loderte. So ähnlich musste es in der Hölle zugehen. Nachdem wir Platz genommen und unsere Jacketts ausgezogen hatten, sagte Ono: „Sie haben bestimmt großen Hunger."

„Masuhara ist mir ein bisschen auf den Magen geschlagen."

Ono guckte mich enttäuscht an, und wieder mal fragte ich mich, ob der Kerl mich auch richtig verstand oder mir nur mangelnden Enthusiasmus beim Essen vorwarf. Er bestellte wieder, ohne mich zu fragen. Als Fleisch, Gemüse, eingelegter Kohl und Salatblätter serviert wurden, bekam ich einen Vortag von ihm, wie das Ganze zu essen sei, dass Kimchi scharf sei, wie man die Salatblätter rollt und dass das Bier genauso gekühlt wird wie in Deutschland.

„Kampai, Welter-san. Cheers."

Nach zwei Happen war ich vollkommen überzeugt, dass der Höllenschlund des Grills paradiesisches Essen garantierte.

„Großartig", sagte ich, und zum ersten Mal lächelte Ono. Das Kimchi brannte mir die Magenwände weg, ich versuchte mit Bier zu löschen und verstand, warum es literweise ausgeschenkt wurde.

„Ich soll Ihnen ausrichten, dass Mama-san Ihnen nicht böse ist. Ich habe ihr vorhin die Scherben der Schüssel vorbeigebracht. Mama-san entschuldigt sich, dass sie keine bessere Verpackung für das Domburi hatte, sie ist nicht auf Außer-Haus-Geschäfte eingerichtet. Sie sind jederzeit bei ihr willkommen."

„Oh, danke sehr."

„Waren Sie bei der deutschen Handelskammer?"

„Ja, das war ich." Ich zeige ihm die beiden Anwaltsadressen in meiner Kladde. Den neuen Vermittler erwähnte ich lieber nicht.

„Die kenne ich sehr gut. Aber es ist viel zu früh dafür. Das verhärtet die Situation noch mehr. Warten Sie mein Gespräch mit Matsui-san ab."

„Also wir haben keine Situation verhärtet, Ono-san. Wir haben diesen Irrsinn nicht losgetreten. Einfach nur Abwarten und Tee trinken wird uns nicht weiterhelfen."

„Ich billige Masuharas Verhalten nicht. Verstehen Sie das bitte nicht falsch. Ich sehe nur, was ist, und gehe die Sache ohne Emotionen und ohne inneren Widerstand an. Das ist der Unterschied. Wir beide sind dabei, eine Lösung zu finden. Ich mit Plan B und Sie eventuell mit den deutschen Anwälten."

„Dann wollen wir mal sehen, wer am Ende die Nase vorn hat", sagte ich und erhob mein Glas. „Ihre Methoden gegen meine."

Ono schüttelte den Kopf wie ein Lehrer, dessen Schüler immer noch nicht versteht, dass eins und eins niemals drei sein wird.

„Meine Firma ist seit Jahren im Geschäft, Welter-san. Und das wäre sie nicht, wenn ich kein Gespür für Situationen hätte."

Da könnte was dran sein. Ich nickte.

„Sehen Sie", sagte er, „wir arbeiten international, genau wie Sie. Japan verändert sich rasant."

„Und wie?"

„Das Land ist auf dem großen Sprung in die Globalisierung – in allen Bereichen. Banken, Industrie … Schauen Sie mal, was alleine in Tokyo gebaut wird. Die Grundstückspreise steigen unaufhörlich. Man sagt, was Japan nicht hat, sind Rohstoffe und Baugrundstücke. Also werden die Preise weiter durch die Decke schießen."

„Weltmeister im Kopieren unserer Produkte seid ihr schon."

Ono strahlte, als hätte ich ihm ein Kompliment gemacht.

„Ich bin davon überzeugt, dass TransGlobal mit seinem Service große Chancen auf dem japanischen Markt hat. Allerdings müssen Sie sich dann auf den Umgang mit uns Japanern einlassen."

„Danke Ono-san, aber im Moment müssen wir Masuhara überleben, sonst gibt es keine Zukunft. Weder in Japan noch sonst irgendwo."

„Das weiß ich."

„Und warum macht ihr Japaner es einem dann so schwer, wenn ihr expandieren und Geschäfte mit dem Rest der Welt wollt?"

Ono lachte. „Glauben Sie mir, Japaner finden Europäer und Amerikaner genauso gewöhnungsbedürftig wie umgekehrt. Sie können sich nicht vorstellen, wie meine ersten Jahre in dem Geschäft waren. Mein erster Deal zwischen Japan und Amerika …? Das war die Fortsetzung des zweiten Weltkriegs mit anderen Mitteln."

„Na, wenn ich mir unsere Verhandlungen so anschaue, sind wir nicht weit davon entfernt. Um einen Beitrag zur Völkerverständigung zu leisten, bestellte ich wild gestikulierend noch zwei Bier und die Rechnung. Und schon ging es wieder los. Ono wollte nicht, dass ich bezahle. Erst nach einem ordentlichen Hin- und Hergezerre an der Rechnung lenkte er schließlich an der Kasse doch ein. Meine gesamte Barschaft an japanischen Yen ging für den Abend drauf. Wir liefen zurück zum Hotel und verabschiedeten uns in wesentlich besserer Stimmung als noch am Vormittag.

„Welter-san, vielen Dank. Ich werde Sie von meinen Bemühungen mit Matsui-san unterrichten. Geben Sie mir Bescheid, wenn sich auf

Ihrer Seite etwas Neues tut. Und denken Sie an Japan und die Chancen hier. Und zeigen Sie Geduld, das hilft."

„Danke Ono-san. Ich hoffe sehr, dass Sie Erfolg bei Matsui haben. Das mit der Geduld überlege ich mir."

Und sein ‚Sie haben nicht gefragt', würde auf ewig in meinem schwarzen Buch bleiben.

„Shoganai." Ono lachte.

Lach nur Schildkröte.

Schon im Aufzug fiel mir der unangenehme Gestank nach Braten und Fett auf. Die hübsche Aufzugdame schien nichts zu bemerken, aber kaum in meinem Zimmer angekommen, zog ich Mantel, Anzug, Hemd und Hose aus, verstaute alles im Wäschebeutel des Hotels, stellte ihn vor die Zimmertür und rief die Rezeption an. Nach zwei Minuten schon hörte ich den Pagen auf dem Flur.

Ich nahm eine Dusche, lümmelte mich danach im Pyjama auf den Sessel und schalte den Fernseher ein. Ich verstand kein Wort, musste ich auch nicht, denn es tobte eine wilde Schlacht zwischen Godzilla und einem anderen Monster.

Sonntag, 14. Januar 1979, Tokyo

Es war vier Uhr morgens. Ich war im Sessel eingeschlafen. Der Fernseher lief immer noch. Ich schaltete ihn aus und war hellwach. Mein Nacken schmerzte. Dichter Nebel hing über der Stadt. Das schillernde Tokyo war verschwunden. Beim Zimmerservice bestellte ich eine Kanne Kaffee, die so schnell gebracht wurde, dass ich vermuten musste, dass der Page bereits vor der Tür gewartet hatte.

Ich schlug meine Kladde auf und schrieb den Bericht für Karl. Irene würde sich freuen, das Gekritzel zu entziffern. Kaum war ich damit fertig, drängte sich Kathrin in meine Gedanken. Das hatte schon was, als Bräutigam nach Tokyo geflogen, als Single wieder zurück. Aber so schnell wirft man doch keine Beziehung weg. Was soll das dann in den letzten Jahren gewesen sein? Am liebsten hätte ich das auf der Stelle mit Kathrin geklärt, aber so was macht man unter vier Augen und nicht am Telefon. Wie wär's mit ein bisschen Abwarten? Was hatte Ono gesagt: Zeigen Sie Geduld? Und wie hieß das Zauberwort? Shoganai? Warum nicht? Vielleicht fällt mir, bis ich wieder in Düsseldorf bin, ein, wie ich die Situation retten kann. Wenn sie mich wirklich liebt … Ja, wenn …

Als ich meine Unterlagen in der Aktentasche verstaute, hatte ich plötzlich die Rechnung von Masuhara in der Hand. Ich riss den Briefumschlag auf und betrachtete die irrwitzige Summe von 2,8 Millionen. So viele Nullen … und alle vor dem Komma.

Es klopfte an der Tür. Ein Page reichte mir zwei Kleiderbügel mit den gereinigten Sachen und eine Nachricht.

„Der Anrufer wollte Sie nicht stören, Sir", sagte er.

Ich bedankte mich und faltete das Blatt auseinander. Dr. Klein schrieb: *Sehr geehrter Herr Welter, Frau Tsurumi ist ab Montag für drei Tage in Köln zu erreichen. Die Telefonnummer ist wie folgt …*

Der Page stand immer noch da.

„Ist noch was?"

Er schüttelte den Kopf. „Wollen Sie mir eine Antwort mitgeben?"

„Ach so, nein, alles okay. Ah, … bevor Sie gehen, ich brauche Bargeld."

„Das bekommen Sie jederzeit an der Kasse in der Lobby, Sir." Der junge Mann verbeugte sich und ging.

Obwohl das Wetter mit Schneeregen nicht gerade einladend war, beschloss ich, nach dem Frühstück einen weiteren Streifzug durch Tokyo zu machen. Wenn einem ein freier Tag in den Schoß fällt, sollte man ihn genießen. Ich hätte auch versuchen können, meinen Rückflug vorzuverlegen, Karl hätte es aus Kostengründen sicherlich begrüßt, aber wer konnte schon sagen, ob ich diese Stadt noch mal wiedersehen würde.

Von den riesigen Ausmaßen des Kaiserpalast-Areals hatte ich mir vorab keine Vorstellungen gemacht, für eine Umrundung mit dem Taxi brauchte man eine ganze Weile. Am Palace Hotel, stieg ich aus und sah mich einer Phalanx aus schwarzen Anzügen mit silbrigen Schlipsen, Damen in Kimonos oder im eleganten Kleid mit Stola gegenüber. Alle trugen die gleiche weiße Tüte mit der Aufschrift: *Palace Hotel Tokyo*.

Ich wollte einen Blick ins Hotel werfen und betrat die Lobby. Kichernde Mädchen in bunten Kimonos kamen mir entgegen und junge Männer, die noch in ihre Anzüge hineinwachsen mussten. Ein irres Geschnatter und Gekicher. Dann schwebte aus dem Aufzug, begleitet von aufbrandendem Applaus, eine Braut mit ihrem Angetrauten. Sie trug einen cremefarbenen Kimono, in ihre hochgesteckten Haare waren zarte Blumen eingeflochten. Ich klatschte spontan mit und rief: „Congratulations."

Die Braut strahlte mich aus großen Mandelaugen an und sagte etwas auf Japanisch zu mir. Der Bräutigam nickte zu mir herüber. So etwa hätte meine Hochzeit auch aussehen können. Wir kommen aus der Neanderkirche in der Düsseldorfer Altstadt. Kathrin ganz in Weiß mit Schleier, ihre Brautjungfern halten ihre endlos lange Schleppe und streuen Blümchen. Aber dann: Auftritt Bridezilla. Traum zu Ende.

Ich verfolgte den Abzug der Hochzeitsgesellschaft, ging als Letzter mit hinaus und überquerte die mehrspurige Straße, um auf das Gelände des Kaiserpalasts zu gelangen. Die bestimmt zehn Meter hohen, mittelalterlich anmutenden Trutzmauern aus dunklen Granitsteinblöcken ließen darauf schließen, dass Volk und Tenno ein eher distanziertes Verhältnis hatten. Ein weißes, zweigeschossiges Wachhaus mit kleinen Dachvorsprüngen und einem steilen Dach hoch oben auf einer Ecke der Mauer spiegelte sich im Wassergraben wider. Die sich im Wind wiegenden Kiefernbäume auf den Mauerkronen waren ein ideales Postkartenmotiv. Schade, dass ich keinen Fotoapparat dabei hatte. Eine schmale Brücke gegenüber dem Palace Hotel führte zum Eingang auf das Gelände. Doch am Ote-mon Gate hielt mich ein Polizist in dunkelblauer Uniform mit gekreuzten Armen auf. Er sah den Polyglott in meiner Hand und zeigte darauf. Da hätte ich auch selbst darauf kommen können. Ich blätterte und fand heraus: Sonntag ist der Park am Kaiserpalast geschlossen. Der Polizist guckte mich streng an. Aus reinem Übermut fischte ich eine Visitenkarte aus der Manteltasche. Er nahm sie mit entsetztem Blick entgegen, denn er hatte keine Visitenkarte. Sein Gesicht war mir den Schabernack wert. Ich verbeugte mich und lenkte meine Schritte in Richtung Bahnhof. Der Polyglott sagte, dass Amsterdam Centraal mit seinen großen Seitenflügeln und der riesigen, mit einer Kuppel gekrönten Eingangshalle das Vorbild für den Bau gewesen war. Mich zog es in die Halle, vorbei an uniformierten Karten-Knipsern. Wenn keine Fahrgäste durch die Sperre zu den Bahnsteigen gingen, klapperten sie mit ihren Lochzangen ein immer schneller werdendes Stakkato. Ein Wettbewerb, wer von ihnen den zackigsten Rhythmus intonieren konnte? Eine Etage tiefer verlor ich in einem Gewirr von Gängen, breiten Treppen und Ladenlokalen vollkommen die Orientierung. Ich war erleichtert, als ich irgendwo das erlösende Wort Exit in lateinischer Schrift las. Leider der falsche Exit. Draußen erkannte ich nichts wieder, und die Dunkelheit brach herein.

Ich ließ mich durch die Straßen treiben. In einer Seitengasse baumelte über einem Hofeingang mal wieder ein Lampion – ein aufgeblasener Fisch. Neben dem Eingang, in einem hell erleuchteten Becken, schwammen Kugelfische. Hinter Glas wirkten sie eher niedlich. Wenn die wirklich so giftig wären, würden die Leute die doch nicht essen, dachte ich, nahm all meinen Mut zusammen und schob die Eingangstür zur Seite. Ein kahler Raum ohne Gäste. Aus dem Hintergrund tönte ein Irrashaimasse, doch schon eilte eine Kellnerin auf mich zu. „No, no. Off limits, Sir!"

Was sollte das wieder bedeuten? Off limits? Das kannte ich nur von amerikanischen Soldaten, die eine Zone nicht betreten durften.

Ich sagte: „No army."

„Sir, off limits. Fugu, Fugu…", wiederholte sie und drängte mich in den Innenhof. Ich erklärte ihr noch mal, dass ich nicht vom amerikanischen Militär sei und gerne Fugu essen wolle. Doch ihr irrer Blick verriet mir, dass ich keine Chance hatte. Bevor sie unter Umständen noch nach ihrem großen Bruder rief, irrte ich lieber auf der Suche nach einem freundlicheren Lokal weiter durch die Terra incognita. Es gab genügend Restaurants, aber die meisten hatten ihre Rollläden runtergelassen oder sahen finster aus. Endlich bekam ich an einem beleuchteten Schaukasten mit Wachsnachbildungen der Mahlzeiten eine 3D Speisekarte zu sehen. Genau das Richtige für einen Alien wie mich. Spaghetti Bolognese mit einer darüber schwebenden Gabel und einem kleinen Schüsselchen Salat, das Ganze für 850 Yen überzeugte mich. Ich schlug den vor dem Eingang hängenden Noren zur Seite und stand in einem einfachen Lokal mit sechs Tischen. Zwei Frauen in Küchenschürzen überschlugen sich förmlich mit ihrem Irrashaimasse. Am einzig besetzten Tisch saßen vier junge Frauen, tranken Bier und ließen von Zeit zu Zeit Lachsalven durchs Lokal rollen. Auf meine Frage, ob sie Englisch sprächen, lachten die beiden Kellnerinnen und riefen: „Ego damme."

Ich vermutete, dass das Nein bedeutete, und nahm einfach eine der beiden an der Hand, zog sie nach draußen zum Schaukasten und deutete auf die Spaghetti mit der schwebenden Gabel. Die Frauen bombardierten mich mit Fragen. Ich sagte einfach „Coca-Cola", das schien die richtige Antwort zu sein, denn eine der beiden verschwand hinter einem Vorhang und kam kurz darauf mit einem Glas Cola und einem Glas mit Eiswürfeln zurück. Ist das nun vornehm, oder war das die Frage gewesen: Mit oder ohne Eis? Die dampfenden Spaghetti wurden mir ohne die schwebende Gabel, aber mit einer Erklärung gebracht: „Spaghetti Meato Sauce."

Ich sagte: „Bolognese."

Die beiden Frauen wollten sich ausschütten vor Lachen. „Meato Sauce, Sir. Meato Sauce."

„Okay", sagte ich, „Dann eben Meato Sauce Bolognese."

Beim Essen wurde ich von den Frauen scharf beobachtet und löste wahre Heiterkeitsschübe aus, als mir die Soße aufs Hemd kleckerte. Ich lachte mit, als eine der beiden mit einem feuchten Lappen herbeieilte und den Flecken bearbeitete, was ihn nur noch größer machte.

„Shoganai", sagte ich und erntete Beifall. Bevor ich von den beiden adoptiert werden konnte, rieb ich Daumen und Zeigefinger aneinander, weil ich zahlen wollte. Plötzlich lachte niemand mehr. Ich hörte regelrecht, wie meine Schuhe im tiefsten aller Fettnäpfen schmatzend versanken und sagte: „Sorry."

An der Kasse wurden mir fünfzig Yen erlassen, warum würde ich wohl nie erfahren. Beide Kellnerinnen traten mit mir auf die Straße, verbeugten sich tief zum Abschied und riefen „Bolognese!"

Ich verbeugte mich in ihre Richtung und machte mich auf den Weg. Danke, ihr wart der Höhepunkt des Tages. Einmal in Tokyo König sein, und das für nicht einmal fünfzehn Mark. Es gelang mir sogar, ein Taxi herbeizuwinken, das mich zurück zum Hotel brachte, wo der Portier heraneilte, um mich in Empfang zu nehmen.

Ich fragte ihn, wie es komme, dass sich die Türen wie von Geisterhand öffnen und schließen. Er bat den Taxifahrer, mir die Vorrichtung zu zeigen. „Sehen Sie, den kleinen Hebel an der Fahrerseite, er funktioniert wie eine Handbremse. Damit zieht der Fahrer die Tür mechanisch zu und öffnet sie auch so. Ganz einfach."

Tja, alles ist einfach, wenn man nur weiß, wie es geht.

Bevor ich als geschlagener Samurai meine Koffer packen musste, war mir nach einem Drink. Im Aufzug hatte ich einen Hinweis auf das Trader Vics im Untergeschoss des Garden Tower gesehen. Mir schoss die Erinnerung an das Trader Vics im Bayerischen Hof in München durch den Kopf, wo ich Kathrin auf Knien einen Heiratsantrag gemacht hatte, während der Barkeeper meiner Angebeteten einen Zweikaräter im Champagnerglas servierte - woraufhin Kathrin zuerst den Ring geprüft und dann gesagt hatte: „Ich dachte schon, du fragst nie." Eigentlich hätte ich damals schon wissen müssen, dass das nicht gut gehen konnte.

In der Bar wartete niemand auf Ringe und Champagner, hier hing ein südpazifisches Longboat von der Decke und alte Gerätschaften, geschnitzte polynesische Möbel und bemalte Götterfiguren standen herum. Bambusstangen hielten die Decken aus Palmwedeln zusammen, darunter versetzten Glasballons in Fischernetzen die dunklen Räume in ein sanftes Licht. Der Empfangschef eilte auf mich zu. „Good evening, Sir. Kommen Sie zur Happy Hour? Möchten Sie etwas trinken, oder kommen Sie zum Dinner zu uns? Sind Sie alleine, Sir?"

„Ein Platz an der Bar wäre prima."

„Probieren Sie unseren weltberühmten Mai Tai."

Nach der Erniedrigung durch die Masuhara Leute, dem schwächelnden Ono, abweisenden Fugu-Verkäufern und kichernden Kellnerinnen wollte ich hier am letzten Abend alleine mit meinen Gedanken sein.

Aber noch bevor mich der Empfangschef an die Bar begleiten konnte, hörte ich eine laute, amerikanische Stimme. Da saß doch tatsächlich in Jeans, Cowboystiefeln und mit Stetson auf dem kahlen Kopf der Kerl, der mich Freitag davon abgehalten hatte, auf der Straße Mama-sans Reistopf zu essen. Ich setzte mich neben ihn und sagte: „Hallo Cowboy, erkennen Sie mich wieder?"

Langsam drehte er sich zu mir, lachte, zeigte auf mich und sagte in breitestem texanischem Slang zum Barmann: „Das ist der Irre, von dem ich dir erzählt habe." Dabei schlug er mir mit seiner Riesenpranke auf die Schulter.

„Was machst du hier ohne Bademantel und Strohlatschen?"

Er tippte mir mit seinem dicken Zeigefinger auf die Brust und sagte: „Schweres Gemetzel, was?"

„Oh … Spaghetti Meato Sauce, um genau zu sein. Was machst du hier?!"

„Dasselbe könnte ich dich fragen."

„Ich hab zuerst gefragt."

„Und ich bin bewaffnet."

„Nicht im Ernst."

Der Barmann verfolgte gebannt unsere Konversation. Vielleicht erwartete er ein Duell.

„Also gut", sagte ich und erzählte, was ich in Tokyo gemacht hatte und den ganzen Rest dazu.

„Hm. Okay", sagte der Texaner. „Klingt unerfreulich in alle Richtungen. Darf ich dir einen guten Rat geben?"

Ich nickte.

„Ziel nach oben. Sehr weit nach oben, da, wo die Luft dünn wird."

„Ist das jetzt so ein Koan, das ich lösen soll?"

„Woher willst *du* wissen, was ein Koan ist?"

„Polyglott."

„*Ich* war im Kloster, nicht *du*. Und es ist kein Koan."

„*Du* warst im Kloster? Komm, denk dir eine andere Geschichte aus. Welcher Schönheit gehörte der Bademantel und wie bist du in diese peinliche Situation geraten?"

„Das ist kein Bademantel, es ist ein Gewand für Novizen. Ja, so ist es. Ich gehe jedes Jahr für zwei Monate in Kamakura ins Engaku-ji Zen Kloster, rasiere mir die Haare, wische Fußböden, harke Kieselsteine, reinige Latrinen, esse Shojin Ryori, bis ich fünf Kilo abgenommen habe, sitze stundenlang auf harten Meditationskissen, schlafe bei Arschkälte in einer kleinen Kammer, meditiere, lasse mir dabei vom Meditationsmeister mit einem Keisaku auf die Schultern schlagen, wenn ich wegpenne oder hin und her zappele. Und ich kann seit Jahren meinem Lehrer keine Antwort auf mein Koan geben – und finde es toll. Es reinigt die Murmel ungemein, kann ich dir sagen. Vor allem, wenn alle Welt glaubt, man sei auf Hawaii."

„Tatsache?"

„Tatsache."

„Ja, dann", sagte ich. „Ich habe davon gehört, dass einige Leute das machen. Aber du bist wirklich der Allerletzte, der mir für so eine Veranstaltung einfallen würde."

„Warum? Weil ich Texaner bin, oder was?"

„Hm … Nein. Ich meine … Nein. Ganz praktisch."

„Okay, werd's mir merken."

Er erzählte mir, dass er aus Austin sei, dabei kramte er seine Visitenkarte aus der Brusttasche. Ich las: *Ralph D. Delaney. Motivation Missioner.*

„Und der macht was genau?"

„Lies die Rückseite."

Never Give Up, No Excuse, Try Again, Take the Challenge, Be always prepared.

„Du bist ein Pfadfinder?" Ich gab ihm meine Karte. Er überflog sie kurz und steckte sie ein. „Lach nur, Marco aus Düsseldorf, das ist mein Programm. Ich berate Firmenbosse auf der ganzen Welt. Wenn du mal Probleme hast, Telex oder Anruf genügt. Mein Tag kostet tausend Dollar plus Spesen und Business Class Tickets. Nur für dich!"

„So preiswert? Was nimmst du denn von den anderen?"

„Zweitausend Dollar."

„Ich fühle mich geehrt. Könntest du mir für einen doppelten Whiskey sagen, was für ein Geschenk ich für meine widerspenstige Verlobte kaufen soll? Aber nur, falls du als Psychocoach der Meinung bist, dass sich da noch was gerade biegen lässt." Ich winkte dem Barmann, er stellte einen doppelten Whiskey vor meinen neuen Freund auf die Theke. Ralph kippte ihn auf ex und sagte: „Gehen wir." Er gab dem Barkeeper ein Zeichen. „Lass die Flasche stehen, der Irre zahlt. Bin gleich wieder da."

Ralph schien sich bestens auszukennen. Er lotste mich zu einem Geschäft gegenüber der Garden Lounge mit wahnwitzig kostbar aussehenden Kimonos.

„Meinst du, das gefällt deinem Honey Pie, wenn du den Preis dranlässt?"

Ich zuckte die Schultern. „Keine Ahnung."

„Ich hab es auch schon versucht, hat aber nicht geklappt. Das teuerste Ding aus Seide, und was sagt die Süße? Geh mir weg mit dem Flatterfummel. Ralph, ich steh auf Frottee."

„Und jetzt?"

„Machen wir es etwas preiswerter. Die hier willst du sowieso nicht bezahlen. Auf ins Basement."

Wir machten uns auf den Weg, und ich war irritiert, als die Verkäuferin eine Etage tiefer, Ralph wie einen alten Bekannten begrüßte. In kürzester Zeit hatte er ein Exemplar ausgesucht, das er für tauglich hielt, und ich bezahlte – immer noch eine stattliche Summe –, aber wie mein neuer Freund mir versicherte, nur ein Bruchteil dessen, was eine abgesagte Hochzeit oder jahrelange Paartherapie kosten würde.

„Wie lange bleibst du noch?", fragte ich ihn, als wir wieder aus dem Geschäft traten.

„Ich fliege morgen. Der letzte Abend gehört ganz Ralph und seinen Lastern, damit er zurück in die Zivilisation findet. Zu viel Heiligkeit ist auch nicht gut."

„Ich hab mich schon gewundert. Als Mönch darf man ja vieles nicht."

„Richtig. Aber Ralph darf alles – und jetzt bin ich wieder Ralph."

„Und alle glauben, du bist auf Hawaii?"

„Nur meine Sekretärin weiß, wo ich bin. Wenn einer meiner Kunden mit Großaufträgen droht, sagt sie im Hotel Bescheid, ein Page macht sich auf den Weg zum Kloster etc. etc. … Meine Frau Charlene denkt, ich sei auf Hawaii." Ralph wollte sich ausschütten vor Lachen. „Charlene kommt mit der Vorstellung, ich würde mir jede Nacht ein anderes Hulagirl aufs Zimmer mitnehmen, besser klar, als sich ihren Ralph dabei vorzustellen, wie er Klos schrubbt und auf einem Kissen sitzt."

Ich musste Charlene in diesem Fall zustimmen, ging mir ähnlich.

Ich lud Ralph noch auf einen Absacker ein, aber er winkte ab.

„Du musst Koffer packen, Marco Ich muss in der Bar noch einiges trockenlegen. War mir eine Ehre." Er lüpfte seinen Stetson zum Abschied. „Ruf mich an, ich will wissen, wie es gelaufen ist. Wenn alles den Bach runtergeht, komm nach Texas, ich brauch auf meiner Ranch immer jemanden, der Zäune repariert."

„Ich kann doch gar nicht reiten."

„Ich sage ja, wird lustig."

„Guten Flug. Ich melde mich."

„Lern reiten. Und vergiss niemals: In Japan ist alles anders."

Montag, 15. Januar 1979, Tokyo/Düsseldorf

Auf dem Flug nach Anchorage blieben die beiden Sitze neben mir frei. Kurz nach dem Essen kringelte ich mich unter einer dünnen Decke zusammen. Mich hatten die Erlebnisse in Tokyo so mitgenommen, dass ich die Zwischenmahlzeit verpasste und erst aufwachte, als die Reifen quietschend den Asphalt der Landebahn in Anchorage berührten.

Mit der Transitkarte in der Hand suchte ich schlaftrunken einen Weg zur geheimen Tür, die zum ominösen Balkon führen sollte. Und tatsächlich fand ich eine unscheinbare Stahltür, die offenbar nicht abgeschlossen war. Ich musste ich mich ordentlich dagegen stemmen, so stark drückte der arktische Sturm darauf. Wie Herr Shimura prophezeit hatte, waren nur zwei andere Europäer so mutig, dem Wetter zu trotzen.

„Hallo, ziemlich kalt hier draußen", begrüßte ich die beiden und fühlte mich wie ein Insider.

„Wohin fliegen Sie?", wurde ich gefragt.

„Düsseldorf, und Sie?"

„Tokyo."

„Das erste Mal?"

Die zwei Männer nickten.

„Viel Vergnügen – und niemals auf der Straße essen."

„Aha?" Die Irritation war ihnen ins Gesicht geschrieben.

„Guten Flug." Ich schaute einen Moment über den Flughafen von Anchorage, dann musste ich auch schon wieder in die Wärme des Flughafengebäudes zurück.

Durch die achtstündige Zeitverschiebung war es bei meiner Ankunft in Düsseldorf 20.15 Uhr. Kathrin holte mich nicht ab. Ich hatte eine leise Hoffnung gehabt. Am Taxihalteplatz erwischte ich den letzten freien Wagen.

„Na, da haben Sie aber Glück gehabt, junger Mann", sagte der Fahrer. „Wo darfs denn hingehen?"

„Altstadt."

Kaum hatte ich es mir in dem überheizten Wagen gemütlich gemacht, ging auch schon die Konversation richtig los.

„Wir hatten heute Nacht minus acht Grad und in Donaueschingen sogar Minus vierunddreißig. Hoffe, Sie kommen nicht aus der Sonne", sagte der Fahrer und lenkte das Taxi vorsichtig auf die schneebedeckte Straße.

„Aus Tokyo. Da wars auch kalt."

Im Radio dudelte Peter Alexander: „Und manchmal weinst du ein paar Tränen."

„Und wie sind die Weiber so in Tokyo? Man hört ja so einiges ... von wegen Geishas und Teezeremonie ... haha ... ", fragte der Fahrer, und ich wünschte mir prompt die weißbehandschuhten, schweigenden Tokyoter Exemplare seiner Zunft zurück.

Zu Hause angekommen drehte ich die Heizung auf und rief als Erstes Kathrin an. Sie war sofort am Apparat. „Ach nee. Der Mann aus Tokyo. Hast du meinen Brief nicht verstanden?"

„Soll es das nach all den Jahren gewesen sein? Wir wollten heiraten, hast du das schon vergessen? Lass uns doch mal vernünftig miteinander ..."

„Dazu hattest du alle Zeit der Welt. Da gibt's nichts mehr zu besprechen. Übrigens, ich bin nicht die Einzige, die sauer auf dich ist, das ist Karl auch. Mach dich auf was gefasst." Es krachte in der Leitung.

Willkommen daheim, Polo. Aber selbst schuld, was musste ich sie auch anrufen? Ich warf den Koffer aufs Bett und machte mich ans Auspacken. Das tat ich mit einer Akribie und Langsamkeit, die ich sonst nicht an den Tag legte, bis mir auffiel, dass ich wohl gerade alles dafür tat, Karl nicht anzurufen. Ich warf die Hemden in den Wäschekorb und nahm den Hörer in die Hand. Karl nahm sofort ab und brummte eine Begrüßung.

„Hallo, ich bin wieder zurück. Leider nichts Neues. Den Bericht habe ich fertig, den muss Irene morgen nur noch abtippen. Hat sich was bei Eberhardter getan?"

„Allerdings. Die gute Nachricht: Wir haben einen Anschlussauftrag für eine Maschine von Eberhardter aus den Staaten bekommen. Wert: zwei Komma eins Millionen. Und jetzt die schlechte: Statt sich zu freuen, will er unsere Provision des neuen Deals als Anzahlung auf seine Rechnung über die noch nicht bezahlten dreißig Prozent des Japandeals einbehalten."

„Das kann er nicht machen … die Deals sind untereinander nicht verrechenbar."

„Seh ich auch so."

„Ein echter Schwabe."

„Bis Morgen."

„Gute Nacht."

Und wo war jetzt Karls angebliche Verstimmung?

Mein Magen knurrte und ich machte mich auf die Suche. Hildchen hatte Hering in Tomatensoße eingekauft, und frisches Brot war auch da. Herz, was willst du mehr?

Dienstag, 16. Januar 1979, Düsseldorf

Unausgeschlafen saß ich nach einem Fußmarsch durch die Düsseldorfer Arktis um 8.00 Uhr an meinem Schreibtisch und schrieb eine Liste:

1. Frau Tsurumi in Köln anrufen
2. Besprechung mit Karl
3. Mit Eberhardter telefonieren
4. Hochzeit – Ausladungen schicken oder telefonieren

Irene legte ich meinen handschriftlichen Bericht auf ihre Schreibmaschine. Dann wählte ich die Kölner Telefonnummer, die mir Dr. Klein gegeben hatte. Ich stellte mich vor und wurde sofort unterbrochen: „Liebelein, ausjerechnet am frühen Morje enne Anruf us Düsseldoorf."

„Ja, sorry. Wir sind eben früh auf den Beinen."

Keine Reaktion von der anderen Seite. Ich hätte vielleicht um diese Uhrzeit die alte Köln-Düsseldorfer Feindschaft nicht zum Thema machen sollen und riss mich zusammen.

„Ich habe Ihre Telefonnummer von Doktor Klein von der Handelskammer in Tokyo. Kann ich bei Ihnen Frau Tsurumi erreichen?"

„Ach ..., dat Michiko ...," kam es aus der Leitung, „die es jerade met menem Kääl ins Büro jefahren. Do es d'r frühe Düsseldorfer öm zehn Minutte ze spät. Isch sag et ehr nachher. Jevve Se mr evens Ihre Telefonnummer. In... Düsseldooorf... falls die Michiko da übberhaupt aanrofe well."

Ich diktierte ihr meine Büro- und meine private Telefonnummer. Die Dame am anderen Ende wiederholte sie zweimal.

„Vielen Dank", sagte ich. „Haben Sie meinen Namen notiert? Firma TransGlobal und ich heiße Marco Welter."

„Han isch, Liebelein. Tschööö."

Zwischenzeitlich waren auch Irene und Anne eingetrudelt. Beide standen vor meinem Schreibtisch, als erwarteten sie Tagesbefehle.

„Guten Morgen. Is was?"

„Herr Schumann hat gesagt, dass es nicht so besonders gelaufen ist?"

„Der Bericht liegt auf Ihrem Schreibtisch, Irene, wenn Sie den abgetippt haben, wissen Sie mehr als er."

„Jawohl Chef, wird gemacht. Sie haben bestimmt noch nicht gefrühstückt."

„Woher wissen ...?"

„Ihr hungriger Blick." Irene wedelte mit der Brötchentüte. „Kaffee mit Milch oder heute schwarz mit Schnaps?"

„Ja", sagte ich.

Sie rollte die Augen, und die beiden Damen gingen tuschelnd ins Sekretariat, wo Minuten später heftiges Schreibmaschinenklappern einsetzte.

Als Karl eintraf, war ich satt und der Bericht fertig. Ich überflog ihn kurz und reichte ihm das niederschmetternde Dokument über den Schreibtisch. Anne brachte Kaffee und Kekse. Wir griffen beide zu und schauten uns ratlos an, Krümel fielen auf die Schreibmaschinenseiten, ich steuerte noch einen Kaffeefleck bei.

„Telex von Ono", rief Irene aus dem Sekretariat und kam zusammen mit Anne in mein Büro.

„Was steht drin?"

„*Habe persönliches Dinner mit M. am Mittwoch. Ono*", las Anne vor.

„Sein Plan B."

„Bin gespannt, was dabei rauskommt; wenn überhaupt irgendwas dabei herauskommt", brummte Karl und stieß schnell nacheinander Rauchzeichen zur Decke. Um die Situation zu entschärfen, holte ich meine Mitbringsel aus der Tüte: „Ich habe euch etwas aus Japan mitgebracht. Ohne Omiyage darf da niemand nach Hause kommen. Karl, für deine Zwillinge. Das neueste Elektronikspielzeug. Für Erwachsene streng verboten. Und für Sie beide die glücksbringenden Katzen. Der hochgehaltene Arm bedeutet Glück und Gesundheit."

Alle drei packten ihre Geschenke aus. Karl schob zwischen zwei Rauchwölkchen hervor: „Was können die Blechmänner?"

„Jede Menge Lärm, und sie laufen herum."

„Hm."

Begeisterung sieht anders aus, dachte ich. Aber den Jungs wird es gefallen. Manchmal muss man die pädagogischen Ansprüche der Eltern einfach ignorieren.

„Herr Welter, danke, dass Sie bei all dem Trubel an uns gedacht haben. Die Katzen werden auf unseren Schreibtischen einen Ehrenplatz bekommen", sagte Anne, und Irene schob hinterher:

„Glück können wir wahrlich gebrauchen."

„Ja, dann ... alle wieder an die Arbeit", sagte Karl, und ein paar Sekunden später saß ich allein vor den Kekskrümeln und widmete mich dem neuen Angebot für Amerika. Aber die Ruhe währte nicht lange.

„Herr Welter, eine M i c h i k o will Sie sprechen!", rief Irene aus dem Sekretariat. „Das ging aber schnell."

„Haben Sie jemals gesehen, dass ich irgendetwas langsam angehe?"

„Nein, Chef. Das macht Sie ja so unwiderstehlich."

„Stellen Sie das Gespräch durch, es ist Frau Tsurumi. Sagen Sie Karl Bescheid, er soll rüberkommen und mithören."

Eine Sekunde später stand er vor meinem Schreibtisch. „Warum haben wir eigentlich eine Gegensprechanlage, wenn Ihr sowieso alles über den Flurfunk abwickelt?"

„Wegen der Gediegenheit", sagte Irene und bezog im Türrahmen Stellung.

„Guten Morgen Frau Tsurumi, nett dass Sie so schnell zurückrufen", sagte ich.

„Meine Freundin hat mir gesagt, dass es dringend ist. Herr Doktor Klein von der DIHKJ ist bei Ihnen?"

„Nein. Ich bin gestern Abend aus Tokyo zurückgekommen. Ich hatte ihn wegen eines problematischen Auftrags getroffen. Er hat mir empfohlen, mich mit Ihnen in Verbindung zu setzen, weil Sie mir vielleicht helfen können."

„Ach so ...", sie machte eine Pause, als ob sie keine Lust mehr hätte, mit mir zu sprechen. Doch dann sagte sie: „Was kann ich denn für Sie tun?"

„Wir haben ein Problem mit einem Kunden in Japan, das ich bei meinem Besuch nicht lösen konnte. Darüber möchte ich gerne mit Ihnen sprechen. Es eilt."

„Ja, es eilt immer. Ich bin die nächsten Tage in Köln. Warten Sie mal".

Ich hörte, wie sie mit jemandem sprach, der ihr in wunderbarem kölschem Singsang antwortete.

„Ich wohne bis Donnerstag im Excelsior Hotel Ernst am Dom. Wenn Sie es eilig haben, kommen Sie heute um sieben Uhr zum Essen ins Hotelrestaurant Hanse Stube. Was halten Sie davon?"

„Sehr viel. Danke. Ich bringe eventuell meinen Partner, Herrn Schumann, mit."

Karl schüttelte den Kopf.

„Frau Tsurumi, ich komme doch allein. Also um sieben."

„Bis dann."

Irene war nicht auf ihre Kosten gekommen und zog sich ins Sekretariat zurück.

„Schade, Karl, dass du nicht mitkommen kannst. Aber … ich habe noch eine Frage, bevor wir über den Bericht sprechen. Was meinte Kathrin damit, dass du auch sauer auf mich wärst?"

„*Das* hat sie gesagt? Oh, Mann die stürmt hier rein, wirbelt in mein Büro, knallt mir deine Schlüssel auf den Tisch und fragt mich, ob ich nicht auch sauer auf dich bin. Was soll ich da sagen? Ja, natürlich, wenn du mal eben ein paar Tausender für eine Reise nach Japan ausgibst ohne positives Ergebnis."

„Abgesehen davon, dass es Kathrin gar nichts angeht, ob wir sauer aufeinander sind … Es hätte auch gut ausgehen können."

„Ist es aber nicht. Dein Ono taugt auch nichts. Aber lassen wir das."

„Ohne meine Reise hätte ich keinen Termin mit Frau Tsurumi, und wir säßen total auf dem Trockenen und hätten nichts außer langen Gesichtern."

„Ist schon gut." Karl schob mir die Schlüssel über den Tisch. „Der Brief liegt in deinem Posteingang."

Ich ging zurück in mein Büro. Mit spitzen Fingern nahm ich den Briefumschlag aus dem Korb und drehte ihn ein paar Mal hin und her. Ich sah nur, dass er dick, an niemanden adressiert und ohne Absender war. Außerdem fühlte ich noch etwas Hartes darin. Ungeöffnet warf ich das Ding in den Papierkorb. Reisende soll man nicht aufhalten.

Die Atmosphäre im Büro verdüsterte sich stündlich. Es war, als hätte jemand sämtliche Energie abgesaugt. Karl paffte an seiner Pfeife und gab vor, zu denken; Anne und Irene tippten sogar leiser als sonst; ich bereitete meine Spesenabrechnung vor, und danach wollte ich mich auf Amerika konzentrieren, konnte es aber nicht und war froh, der dicken Luft zu entkommen, als es endlich Zeit war, nach Köln zu fahren.

Beim Eintreten ins Restaurant schien Frau Tsurumi noch nicht da zu sein. Ich ließ meinen Blick durchs Restaurant wandern – aber nichts.

„Ich dachte schon, Sie kommen nicht mehr. Ich bin Michiko und Sie sind sicherlich Marco Welter."

Ich war so verdattert, dass plötzlich eine kleine Japanerin in einem Wildleder Outfit vor mir stand, dass mir nur ein klägliches: „Ja, bin ich", herausrutschte. Was hatte ich denn erwartet? Eine Kirschblüte im Kimono?

„Setzen wir uns doch. Ich habe noch nichts bestellt." Sie winkte den Kellner an den Tisch. „Was trinken Sie? Ich nehme erst mal ein Kölsch."

„Ich auch", sagte ich und ertappte mich dabei, dass ich meinen Blick nicht von ihren Mandelaugen und ihren lackschwarzen Haaren losreißen konnte. „Sorry, dass ich mich verspätet habe. Aber bei dem Wetter … die Autobahn war total dicht. Ich hoffe, Sie warten noch nicht allzu lange auf mich." Seit wann stotterte ich denn?

„Ach lassen wir das. Ich bin Michiko. Japanische Nachnamen kann sich hier sowieso keiner merken."

„Ich bin Marco." Das war jetzt die Gelegenheit, ihr meine Visitenkarte auf japanische Art zu übergeben.

„Danke", sagte sie nur und schob mir ihre Visitenkarte mit Namen, Telefonnummer und ihrer Post Box Nummer über den Tisch. „Wenn du mir einen Brief schreibst, dann über das Asahi P.O. Box Numero fünf."

„Wie kann man dich denn erreichen, wenn du so viel unterwegs bist?"

„Ich lebe bei meinen Eltern. Meine Mutter ist so etwas wie meine Organisatorin, und jedes Hotel hat Telex, das klappt immer. Sie kennt meinen Kalender, und sie weiß, wo man mich erreichen kann. Ansonsten bin ich irgendwo mit Kunden unterwegs. Du erreichst mich per Brief oder über Telex in den Hotels, wo ich dann gerade bin. Aber lass uns jetzt über deine Firma sprechen."

„Ja natürlich."

Ausführlich erklärte ich ihr das Aufgabengebiet von TransGlobal. Aber wenn ich in ihrem Gesicht richtig las, war sie nicht beeindruckt.

„Und wie kommt ihr jetzt nach Japan?"

„Wie die Jungfrau zum Kind … ähm, das sagt man hier so. Eigentlich ist Asien nicht unser Zielgebiet, aber wir haben über Ono Licensing in Tokyo eine Anfrage von Masuhara Sangyo aus …"

„Shinagawa."

„Du kennst die Firma?"

„Ja."

„Und der Präsident, Masahiro Masuhara …"

„… habe ich schon einige Male bei Verhandlungen mit Amerikanern gedolmetscht. Masahiro-san ist die zweite Generation. Ein ruhiger, feiner Mann, er hat das Geschäft stark ausgebaut."

„Genau der macht uns schwere Probleme. Darüber wollte ich mit dir sprechen."

„Was genau?"

Dass sie Masuhara kannte, öffnete bei mir Schleusen der Mitteilsamkeit. Fast minutiös beschrieb ich ihr die Entwicklung des Desasters.

„Das kann ich mir bei Masuhara gar nicht vorstellen. Er ist konservativ und seine Firma vom alten, vornehmen Schlag. Was kann ich da tun?"

„Ja, das weiß ich nicht. Ich glaube, dass es unterschiedliche Auffassungen gibt. Kizawa, ein Vorstandsmitglied, will nicht, der Betriebsleiter Tsuda will, aber er kann nicht, und Matsui, der Einkäufer, ist irgendwo dazwischen. Ono meint, dass Matsui das größte Interesse am Geschäft hätte. Irgendwie eine verfahrene Kiste."

„Hm, ich könnte versuchen, mit Herrn Masuhara zu sprechen und ihn dabei rundweg auf dein Problem ansprechen, um gemeinsam zu einer Lösung zu kommen. Ob das der richtige Weg ist, können wir erst sagen, wenn wir ihn gegangen sind." „Ein Versuch wäre es wert. Wann bist du denn wieder in Japan? Du wirst verstehen, dass es bei uns brennt."

„Die ganze Welt brennt jeden Tag, Marco. Ab Montag kommender Woche kann ich mich darum kümmern."

„Das ist eine lange Zeit."

„Ich brauche ein Dossier, damit ich mich vorbereiten kann. Schreib mir die Kontaktdaten von Ono auf, vielleicht brauchen wir den noch dabei."

„Den sollten wir lieber raushalten. Ich will ihn nicht restlos vergraulen. Das könnte passieren, wenn er merkt, dass wir noch jemanden ins Boot geholt haben. Und eventuell bringt er ja eine gute Nachricht am Mittwoch nach dem Gespräch mit Matsui."

„Darüber kannst du mich informieren. Je mehr ich weiß, desto besser. Wenn Masuhara-san eins nicht leiden kann, dann sind es unvorbereitete Leute."

„Ich bringe dir morgen alles ins Hotel. Ach ja, ich hab in Tokyo einen verrückten Amerikaner getroffen, der meinte, dass wir den Fall ganz hoch aufhängen sollten."

„Was meint er damit? Etwa die Regierung?"

„So was in die Richtung. Wenn wir uns da vielleicht, sagen wir mal beim Wirtschaftsministerium oder bei einem Staatssekretär über Masuharas Methoden beschweren, würden die so was in den schwierigen Zeiten nicht gerne sehen. Was meinst du dazu?"

„Oh, das ist wirklich ganz weit oben. Muss ich mir überlegen. Du brauchst nicht nach Köln zu kommen. Ich bin morgen in Düsseldorf zum Dinner im Nippon Kan mit einem japanischen Banker verabredet, da kannst du mir das übergeben. Was hältst du davon, wenn du einfach dazukommst?"

„Ich weiß nicht ... einfach so?"

„Er hat für sieben Uhr auf den Namen Shimura ein Zimmer bestellt, in dem wir in Ruhe weiterreden können."

„Dainichi Kokusai Bank?"

„Kennst du ihn?"

„Herr Shimura war letzte Woche mein Sitznachbar auf dem Flug nach Tokyo."

„Das wird ein großes Hallo."

„Habt ihr denn nichts Geschäftliches zu besprechen?"

„Komm einfach. Das wird lustig."

Der Kellner trat schon das dritte Mal an unseren Tisch. Endlich erhörten wir den armen Mann und gaben unsere Bestellung auf.

„Du sprichst perfekt Deutsch, woher kommt's?"

„Auf der Uni gelernt und im Goethe Institut in Heidelberg. Ich hab meine Diplomarbeit über eine mögliche Wiedervereinigung Deutschlands geschrieben - in Deutsch."

„Und zu welchem Ergebnis bist du gekommen?"

„Das wird noch lange dauern, wenn es überhaupt jemals geschieht. Aber zurück zum Geschäftlichen, die Probleme, wie du sie gerade hast, sind nicht neu. Ich würde sagen: kulturelle Dissonanzen."

„Und woher kommen die?"

„Europäer und Amerikaner sind immer gehetzt und gewinnorientiert, alles muss zackzack erledigt sein; ihr seht das große Ganze nicht, vor allem die Beziehungen nicht, wenn es ums Geschäft geht, und ihr werft die Flinte zu schnell ins Gras."

„Korn."

„Meinetwegen auch dahin."

„Ich war vier Tage in Tokyo, davon habe ich vielleicht zweieinhalb Stunden mit Masuhara verbracht. Ich hätte auch mehr Zeit gehabt."

„Marco ..."

„Meine Freunde nennen mich Polo,"

„Ach was, Marco Polo, der große Entdecker?" Sie lachte und ließ ihre weißen Zähne blitzen.

„Ja, ein bisschen vielleicht."

„Polo, ohne Vertrauen läuft bei uns nichts. Wie konnte Masuhara in der kurzen Zeit Vertrauen zu dir aufbauen?"

„Also, an mir lag es nicht."

„Es liegt immer an dir. Und es gibt immer eine Vorgeschichte. Es könnte auch noch was Firmeninternes mit hineinspielen. Ich werde es herausfinden."

„Wie wärs mit Dessert?"

„Lieber nicht. Auf Reisen esse ich viel zu viel."

„Espresso?"

„Gerne."

„Bist du viel unterwegs, Michiko?"

„Ja, mein Job ist meine Leidenschaft und mein Hobby. Und, was machst du so? Sport? Bist du verheiratet? Hast du Kinder?"

„Geht mir wie dir, Geschäftsreisen nach USA, Frankreich und Polen und in die DDR. Sport, na ja ... Wenig Zeit, ab und zu Squash mit Freunden. Verheiratet? Kürzlich knapp dran vorbeigeschrammt. Kinder, keine. Ich fand Japan übrigens toll, werde bestimmt noch mal hinfliegen."

„Gute Idee. Das Land ist im Aufwind, der Nabel der Welt. Bei uns geht die Post ab. Vielleicht etwas zu schnell. Sehr interessantes Umfeld für Big Business."

„Hat Ono auch gesagt. Alles boomt. Wäre dumm, wenn man nicht dabei wäre."

Wir plauderten, ohne zu bemerken, wie die Zeit verging. Ich hatte das Gefühl, dass ich Michiko schon lange kenne. Der Ober legte die

Rechnung auf den Tisch. Wir schauten uns um, niemand mehr da außer uns.

„So spät schon?", sagte ich

„Ja, so spät", sagte der Ober.

Ich zahlte und verabschiedete mich vor dem Hoteleingang von Michiko. „Ich könnte die ganze Nacht mit dir reden."

„Ein andermal vielleicht. Eventuell kann ich morgen Nachmittag bei dir im Büro vorbeikommen … um mir anzugucken, mit wem ich es wirklich zu tun habe."

„Gute Idee. Es ist immer jemand da. Und keine Angst vor Karl, der grummelt gern."

Mittwoch, 17.Januar 1979, Düsseldorf

„Wie war's mit Frau Tsurumi im Feindesland?", fragte Karl mit spöttischem Unterton, kaum dass ich am Schreibtisch saß.

„Frau Tsurumi ist eine Granate."

„Auf welchem Gebiet?"

„Karl!" Ich riss das Fenster auf, weil er wieder Qualm ausstieß wie Jim Knopfs Wilde 13. „Sie kennt Masuhara und hat verschiedentlich für ihn gearbeitet."

Irene und Anne hatten sich in der Tür postiert und warteten auf Neuigkeiten.

„Als was?"

„Karl! Hör auf damit. Was denkst du denn? Sie ist Diplomdolmetscherin, und sie wird sich um das Problem kümmern. Irene, bitte kopieren Sie meinen Bericht für Frau Tsurumi und legen Sie die Kontaktdaten von Ono bei."

„Mach ich, Chef", sagte sie, blieb aber seelenruhig im Türrahmen stehen.

„Wo hat sie ihr Büro, wenn sie überhaupt eins hat", fragte Karl.

„Sie hat keins. Sie arbeitet von zu Hause aus. Ihre Mutter fungiert als Organisatorin und koordiniert ihren Terminkalender."

„Das hört sich wieder mal nach deinem privaten Vergnügen an, aber nicht nach dem Rettungsanker vor einer Millionenpleite."

„Zugegeben, da habe ich auch leichte Bedenken. Eventuell kommt sie später bei uns vorbei, dann könnt ihr sie alles fragen, was ihr auf dem Herzen habt. Sie will nämlich auch erst mal schauen, mit wem *sie* es zu tun hat, bevor sie den Auftrag annimmt. Verständlich. Und heute Abend gehe ich mit ihr ins Nippon Kan."

Alle guckten mich erstaunt an, und ich spürte, wie meine Ohren heiß wurden. „Ich werde dort Herrn Shimura von der Dainichi Kokusai Bank treffen, mein Sitznachbar auf dem Flug nach Tokyo. Das kann ich mir ja wohl nicht entgehen lassen."

„Wie hast du das denn angestellt, deine Michiko und die oberste Etage von Dainichi Kokusai?"

„Wer weiß, was sich mit dem Banker noch anbahnen lässt. Kontakte, Kontakte, Kontakte … je höher, desto besser. Da, wo die Luft dünn wird, ist es erst richtig interessant." Ich bedankte mich im Geiste bei Ralph für den schönen Satz.

Karl sog an seiner Pfeife und sagte: „Polo, meinst du im Ernst, diese Frau Tsurumi könnte uns helfen?"

„Werden wir sehen. Auf alle Fälle haben wir jetzt drei Möglichkeiten: Michiko, Ono und eventuell die Anwälte. Das sind schon zwei mehr als letzte Woche."

Karl zog sich grummelnd in sein Büro zurück. Anne und Irene traktierten den Xerox.

Am späten Nachmittag stand Irene mit undurchdringlichem Gesichtsausdruck in der Tür zu meinem Büro. „Sehen Sie mal, wen ich Ihnen hier mitbringe", sagte sie und bat Michiko, diesmal im dunkelblauen Businesskostüm, in mein Büro.

„Ah, Michiko, schon so früh in Düsseldorf. Wir gehen in den Besprechungsraum. Irene, sagen Sie bitte Karl Bescheid."

Wie auf Stichwort kam er schon mit rauchender Pfeife um die Ecke. Er musterte unseren Gast unverhohlen, ohne ein Wort zu sagen. Dann produzierte er noch zwei Rauchwölkchen und sagte: „Willkommen bei TransGlobal Services. Ich bin Karl Schumann, nennen Sie mich einfach Karl."

„Ich bin Michiko. Danke, dass ich bei der Kälte zu euch kommen konnte. Ich hatte dann doch eine große Lücke zwischen zwei Terminen. Absagen in letzter Minute ... Na ja. Hat ja wunderbar gepasst. Ihr habt ein schönes Büro. Direkt am Park und an einem Fluss."

„Das ist die Düssel", sagte Karl. „Der Park dahinter ist ein Teil des Hofgartens, dazu gehört ein kleines Schloss, das kann man nur erahnen, wenn man hier am Fenster nach halb rechts schaut ... Schloss Jägerhof." Und schon hatte er Michiko über den Flur in sein Büro gelotst. Sie bewunderte die Aussicht, aber noch mehr bewunderte sie die Kunst an den Wänden. „Wunderbare Bilder. Bekannter Künstler?"

„Die sind von Freddo, ein Freund von Polo aus der Altstadt. Kein Rembrandt, aber er malt diese riesigen Formate und stimmt sie auf die Räumlichkeiten ab. Halb Düsseldorf ist voll davon ... also die Büros, meine ich."

Vor der Tür hörte ich Anne und Irene tuscheln: „Sehr hübsch, und so klein – und diese Augen. Wenn du mich fragst – Kathrin ist endgültig Geschichte."

„Ich kann euch hören", sagte ich amüsiert.

Irene schwebte von dannen und ich hörte sie Michiko fragen, ob sie Kaffee oder Tee wollte, und Karl rief über den Flur: „Marco, kommst du endlich?"

Ich ging zum Besprechungsraum. Irene hatte Tee gebracht und den Bericht.

„Dann will ich erst mal das Dossier lesen", sagte Michiko.

Wir beide saßen ihr wie Schulbuben gegenüber. Karl qualmte die Bude voll, Michiko schrieb Notizen an den Rand. Die Minuten vergingen. Schließlich schaute sie auf und sagte: „Ihr müsst hier nicht sitzen. Das dauert noch. Ich melde mich, wenn ich fertig bin."

„Aber sicher", sagte ich, ging hinaus und zog Karl mit mir.

„Wie lange soll das denn dauern?", flüsterte er, „Ich bin mir nicht sicher, ob die den Text überhaupt versteht. Und im Übrigen liest die Dame gerade Firmeninterna. Ob das eine gute Idee ist?"

„Hast du eine bessere?"

„Du bist zu blauäugig."

Karl verschwand in seinem Büro und ich ging in meins.

Eine Stunde später klopfte Irene an und sagte: „Frau Michiko wäre dann so weit."

Sekunden später saßen wir wieder wie die Pennäler da und harrten der Dinge, die da kommen sollten.

„Nun", sagte Michiko, „gestörte Kommunikation zwischen Eberhardter und Masuhara. Einen ganzen Brief mit zusammengefassten Fragen nicht oder nur rudimentär zu beantworten, führt zu Unsicherheit und zerstört das Vertrauen, nicht nur in Eberhardter, auch in die Maschinen. Und was macht der verunsicherte Japaner dann? Verweigerung der Abnahme. Wenn Eberhardter Full Service verspricht, muss er den auch liefern. Das hier", sie tippte auf das Dossier, „ist noch nicht mal Service. Von *full* will ich gar nicht sprechen. Nun ja. Nicht schön, aber so kommt Bewegung in die Sache."

„Was können wir tun?", fragte ich.

„Rausfinden, um welche Fragen es sich handelt. Ihr scheint ja nicht zu wissen, was da wirklich gelaufen ist. Ich kann Masuhara sagen, dass ihr euch bemüht, die Kuh vom See zu kriegen."

„Vom Eis", sagte ich.

„Meinetwegen auch das."

Karl guckte nervös von einem zum anderen. „Und Sie trauen sich das zu? Wie wollen Sie das denn machen?"

„Nun, Karl, TransGlobal macht seine Hausaufgaben und ich meine. Dann werfen wir unsere Ergebnisse zusammen und sehen, was wir erreichen können. Hm?"

„Ich hörte, dass die Kommunikation mit Ihnen schwierig, ja fast unmöglich ist."

„Davon hab ich bisher nichts bemerkt. Meine Geschäfte laufen bestens."

„Ach ja, spricht Ihre Mutter denn Englisch, wenn wir dringend Bedarf haben, Informationen auszutauschen?"

„Ach …", Michiko lachte laut auf, „meine Mutter ist Künstlerin, sie beschäftigt sich mit Ikebana, Malen, ihren Kimonos und mit Haikus. Sie ist keine Mitarbeiterin von mir. Sie hilft nur, meine Termine in eine Liste einzutragen. Bis jetzt habe ich noch nichts verpasst."

Und bevor Karl weiter auf Michiko herumhacken konnte, sagte ich leise zu ihm: „Was haben wir zu verlieren?"

„Wertvolle Zeit. Und vielleicht verprellen wir Ono, dann haben wir nichts."

„Darf ich euch etwas fragen? Ihr habt über Ono-san den Auftrag bekommen, seid aber dann an die Grenzen des Geschäfts mit Masuhara gestoßen. Ono-san hat bis jetzt nichts geklärt. Ich gehe fest davon aus, dass er über seinen Kanal, Matsui-san, auch nichts bewegen wird. Ohne ein persönliches Gespräch mit Herrn Masuhara und mit Kizawa-san werdet ihr nicht weiterkommen, und was bleibt euch dann? Vielleicht der Versuch über die deutschen Anwälte in Japan. Ich rate davon ab. Das wird alles noch schlimmer machen. In Amerika und Europa verlässt man sich auf Anwälte – in Japan auf gute persönliche Beziehungen. Unsere Anwälte sind weitestgehend arbeitslos, wenn ich das mal so sagen darf."

Karl guckte beleidigt, und bevor er etwas dazu sagen konnte, sagte Michiko: „Möchtet ihr jetzt, dass ich den Auftrag für euch übernehme, oder wollt ihr weiter auf Ono-san und auf die deutschen Anwälte setzen?"

„Lass mich mal eben draußen mit Polo sprechen. Sind gleich zurück."

Vor der Tür zischte Karl: „Du schleppst da eine wildfremde Japanerin an und willst unser Schicksal in die Hände dieser zwar sehr ansehnlichen, aber auch sehr unbekannten Dame legen? Polo! Das ist unmöglich."

„Sei nicht so laut. Ich habe mit ihr kein Problem. Ich habe in Tokyo gesehen, wohin das führt, wenn du keinen Zugriff bekommst. Und sie hat Zugriff auf Masuhara, weil sie oft für ihn arbeitet."

In dem Moment öffnete Michiko die Tür. „Ich muss jetzt leider gehen. Polo, ruf mir bitte ein Taxi, wir sehen uns heute Abend."

Karl war endgültig angefressen und verschwand mit einem „Goodbye" wie ein angeschossenes Reh in seinem Büro. Michiko ließ sich von Irene den Mantel geben.

„Ich begleite dich nach unten. Sorry, Karl ist manchmal etwas unbeweglich. Ich kann dir versichern, dass du den Auftrag bekommst. Egal, was es kostet."

„Gut, ich nehme den Auftrag an. Über Kosten können wir dann sprechen."

„Du musst kein Taxi nehmen, ich kann dich auch eben hinfahren. Wohin möchtest du jetzt?"

„Lass mal. Wir sehen uns heute Abend. Der gute Shimura-san wird staunen."

Der Wagen stand vor der Tür, als wir beide auf die Straße traten, und schon saß sie drin und winkte, während in der zweiten Etage Irene und Anne am Fenster des Besprechungsraums auf Beobachtungsposten standen.

Als ich nach oben kam, erwartete mich Karl im Flur. „Polo, das war Mist."

„Hast du was Besseres? Ich habe ihr den Auftrag erteilt."

„Was soll das wieder kosten?"

„Wird sich zeigen – mehr als Ono bestimmt nicht. Jetzt sei mal nicht so kleinklariert."

„Na ja, wenn ich dich daran erinnern darf, dass wir pleitegehen könnten, dann meine ich, dass ich schon das Recht habe, nach dem Preis zu fragen."

„Ich werde unsere Hausaufgaben machen, Eberhardter anrufen und ihn um die Korrespondenz bitten."

„Tu das, aber über deine Alleingänge sprechen wir noch."

„Vor der Pleite oder danach?" Ich ließ Karl im Flur stehen, ging in mein Büro und ließ mich von Irene mit Eberhardter verbinden.

„Guten Tag Herr Eberhardter, Marco Welter hier. Ich bin aus Japan zurück."

„Was haben Sie erreicht?"

„Wir müssen zunächst mal die Korrespondenz zwischen Ihren Leuten und Masuhara prüfen. Da scheint es Dissonanzen gegeben zu haben … oder Missverständnisse. Aber um das herauszufinden, müsste ich die erst einmal lesen. Können wir eine Kopie der Fragen von Masuhara und den Antworten Ihrer Mitarbeiter bekommen? Wir sparen keine Kosten und Mühen, damit Ihre Anlage abgenommen wird …"

„So, so, bisschen spät …"

„Eben war eine Spezialistin für die Kommunikation mit Japan hier bei uns im Büro, die die Korrespondenz für uns gerne prüfen möchte."

„Herr Welter! Bei uns bleibt nichts liegen, das habe ich Ihnen doch schon mal gesagt. Warum jetzt der Aufstand? Lösen Sie das Problem mit dem Käufer, nicht mit mir."

„Wir wollen es nicht auf einen Rechtsstreit mit den Japanern ankommen lassen, das dauert Jahre, kostet uns alle einen Haufen Geld und bringt nichts außer verbrannte Erde. Ich kann nichts tun, wenn Sie sich der Aufklärung verweigern. Schicken Sie uns jetzt die Unterlagen oder nicht?"

„Mein Standpunkt ist klar und deutlich, Herr Welter. Nein."

„Dann bin ich mit meinem Latein am Ende. Tun Sie mir den Gefallen. Bitte. Es wird uns allen weiterhelfen", sagte ich und wunderte mich selbst über meine Ruhe. Eine Weile war es still am anderen Ende der Leitung und ich sagte: „Herr Eberhardter?"

„Ja, ja, aber ich halte das für Mumpitz. Wir melden uns. Guten Tag."

Ich warf den Hörer auf die Gabel. Aus dem Sekretariat hörte ich, wie Anne zu Irene sagte: „Hast du gesehen, wie sie ihre Haare hochgesteckt hat, raffiniert. Ich dachte immer, dass Japanerinnen sich vor der Sonne schützen, Michiko scheint allerdings viel in der Sonne zu sein."

„So ebenmäßig braun möchte ich auch mal sein. Hat sie jetzt einen dezenten Lippenstift benutzt, oder sind ihre Lippen von Natur aus so rot?"

Irene kicherte und sagte: „Die hat unseren lieben Herrn Schumann ganz schön auf den Pott gesetzt. Hat ihm nicht gefallen …"

„Ich kann euch schon wieder hören! Nur falls es jemanden interessiert."

Irene steckte den Kopf zur Tür herein. „Wir machen uns auch Gedanken."

„Verstehe ich ja Irene, aber ich will es nicht dauernd hören."

„Noch Kaffee, Chef?"

„Ja, sehr gerne."

„Übrigens, der Brief … von Kathrin … Da ist was drin."

„Ach ja?"

„Ich glaube ein Ring … Wo ist denn der Umschlag?"

Irenes Blick fiel auf den Papierkorb. Sie holte den Brief heraus. „Chef, ich glaube, Sie haben es wirklich dicke, wenn Sie einen Zweikaräter in den Müll werfen können."

„Ich hab nicht damit gerechnet, dass der da …"

„Bei Kathrin muss man mit allem rechnen."

„Wie wahr. Was mache ich jetzt mit dem Ding?"

„Ist die Trennung endgültig? Falls ja – wieder verkaufen. Sie werden Geld verlieren."

„Schon klar. Sobald sie aus dem Schaufenster raus sind, sind sie nur noch halb so viel wert. Kann ich noch einen Keks?" Ich steckte den Ring in meine Hosentasche.

„Nicht vor dem Abendessen, Chef. Nippon Kan." Sie tippte mit dem Zeigefinger auf ihre Armbanduhr.

„Den Brief schreddern Sie bitte. Ich will den gar nicht lesen. Und noch was – haben Sie die Liste für die Hochzeitseinladungen meiner Freunde noch?"

„Aber sicher."

„Gibt es irgendwo vorgedruckte Karten für Ausladungen?"

„Aber, Chef …"

Ich holte meinen Mantel, während aus dem Sekretariat die gierigen Messer des Reißwolfes zu hören waren, die Kathrins Elaborat zerfetzten. Bevor ich aus der Tür war, gab mir Irene die Einladungsliste. Ich faltete sie zusammen und steckte sie in die Manteltasche.

Pünktlich schlug ich den blauen Noren des Nippon Kan zurück und fragte nach Herrn Shimura. Allein die abgedunkelte Beleuchtung erzeugte in mir das Gefühl, zurück in Tokyo zu sein. Von einem zentralen Raum gingen im weiten Halbkreis einzelne Räume ab, nur getrennt durch leichte Holz-Schiebetüren. Diese Zimmer waren über eine kleine, in der Mitte nach oben gebogene Brücke zu erreichen, die Beleuchtung lieferten japanischen Steinlaternen. Eine Kellnerin führte mich zu Herrn Shimuras Zimmer. Auf den Fersen sitzend klopfte sie zweimal an, schob die Tür zur Seite, verbeugte sich tief und kündigte mich an.

Noch hatte mich Herr Shimura mit dem Rücken zur Tür sitzend nicht erkannt. Er drehte sich langsam um, erstaunt, dass ein Gast für ihn kam. Nach einem Augenblick der Irritation sagte er: „Ah, Welter-san! Schön, dass ich Sie wiedersehe. Kommen Sie herein."

Michiko sagte etwas in Japanisch. Mir war die Situation peinlich. „Guten Abend, Herr Shimura. Michiko hat mich eingeladen. Ich hoffe, dass es Ihnen recht ist?"

Zur Kellnerin, die immer noch auf ihren Fersen hockte, gab er in Japanisch Anweisungen. Dann zeigte er auf den Platz ihm gegenüber. „Woher kennen Sie sich?"

Michiko antwortete, bevor ich überhaupt Luft geholt hatte: „Lass mich das mal auf Japanisch erklären, dann können wir zum spaßigen Teil des Abends übergehen."

Während sie berichtete, hörte ich den Namen von Masuhara Sangyo. Herr Shimura hörte ihr aufmerksam zu. Zwischendurch fragte er mich. „Trinken Sie Bier, oder Sake?"

„Ich brauche heute beides."

Kaum bestellt, wurden Flaschen mit Kirin Bier und Sake auf einem Tablett hereingeschoben. Michiko schenkte mir warmen Reiswein aus einer kleinen bauchigen Porzellanflasche ein und ermahnte mich: „Bitte halte deinen Becher etwas hoch, mir entgegen, während ich dir einschenke. Das ist zur gegenseitigen Achtung und Aufmerksamkeit. Immer, wenn ich dir einschenken möchte, halte bitte deinen Becher hoch.

Das Gleiche tue auch mit Shimura-san, wenn er dir gleich Bier einschenken wird. Und umgekehrt. Wenn wir ein leeres Glas vor uns stehen haben, dann übernimmst du das Einschenken. Und immer mit einer ganz kleinen Verbeugung."

Yes Sir, Madam, dachte ich und im gleichen Augenblick hielt mir Herr Shimura schon die Flasche mit dem Kirin Bier hin. Ich hob mein Glas an und ließ es mir von ihm auffüllen. Danach hielt er sein Glas hin, und Michiko schenkte ihm über den Tisch gelehnt Bier ein. So ging das den ganzen Abend. Meine Ausbildung der japanischen Art begann im Nippon Kan.

„Wie ich von Michiko höre, hat Masuhara Sangyo Sie herausgefordert, und Sie konnten während Ihres Besuchs zu keinem Ergebnis kommen. Erzählen Sie mir noch etwas mehr über Ihre Firma."

„Ich bin von Haus aus auch Banker", begann ich.

„Ah", machte Herr Shimura. Ob er begeistert war oder nicht, konnte ich nicht sagen und fuhr fort: „Wir müssen in Deutschland Schritt halten mit der Globalisierung, das ist allerdings für deutsche Firmen nicht so einfach ..."

Michiko unterbrach mich wieder und sprach mit Herrn Shimura Japanisch. Immer wieder fiel der Name TransGlobal, Masuhara Sangyo und auch Ono Licensing. Als sie geendet hatte, sagte Herr Shimura: „Sorry Marco-san, aber so geht das einfach schneller. Ich habe Michiko meine Unterstützung zugesagt, ein Telefonat mit Herrn Masuhara in der kommenden Woche in Tokyo zu arrangieren. Masuhara Sangyo ist Kunde unserer Bank, eventuell können wir helfen."

„Da bin ich Ihnen sehr dankbar."

„Abwarten."

„Noch ein Punkt", sagte ich und berichtete, dass mir der Amerikaner geraten hatte, mit dem Projekt höher zu zielen ...

„Oh, ist vielleicht ein bisschen früh, aber da ist was dran. Darüber muss ich in Ruhe nachdenken. Doch lassen wir das Geschäftliche hinter uns und reden von schöneren Dingen."

Herr Shimura war viel legerer, sogar gesprächig, zwar hing seine Jacke akkurat hinter ihm auf einem Bügel an der Wand, doch von dem Pingel, den ich im Flugzeug kennengelernt hatte, spürte ich hier nichts mehr. Eher strahlte er Wärme aus und zeigte Interesse an meiner Arbeit. War es Michiko, die auf sanfte Art das Gespräch am Laufen hielt?

Kurz vor elf Uhr war der Abend beendet.

„Marco-san, Sie müssen müde sein von der Reise. Ich bin es auf jeden Fall. Ich bestelle Michiko einen Wagen, der sie nach Köln bringt. Rufen Sie mich zum Lunch oder Dinner einfach an, ich stehe Ihnen zur Verfügung."

Mir blieb nur noch, mich bei Shimura für den Abend zu bedanken.

Draußen wartete ein schwarzer Mercedes mit Fahrer. Reichlich angeheitertet hielt ich Michiko die Tür auf, wünschte ihr eine gute Weiterreise und bat sie, mich von Hamburg aus anzurufen, bevor sie in den Flieger nach Anchorage stieg. „Damit wir über den Stand der Dinge reden können", sagte ich.

„Natürlich, vielleicht tauchen ja noch weitere Fragen auf."

Die Autotür schloss sich, der Wagen setzte sich in Bewegung und verschwand in der Nacht.

Donnerstag, 18. Januar 1979, Düsseldorf

Der Radiomoderator verkündete, dass der Unterbacher See zugefroren war. Im Rheinstadion wurde für das Spiel am 20., Fortuna gegen den VfL Bochum, Schnee geschippt. Wie der Sprecher sagte, waren dazu Arbeitslose abkommandiert worden. Mir schoss durch den Kopf, dass ich bald dazugehören könnte. Ich schaltete den Radiowecker aus und stieg aus dem Bett. Das Klingeln des Telefons holte mich endgültig aus den warmen Kissen.

Trotz meines Hangovers hörte ich den Alarmton in Irenes Stimme. „Chef, ich verbinde Sie mit Karl."

Bevor ich nachfragen konnte, knackte es in der Leitung und ich hatte ihn am Apparat. „'morgen Karl, was ist los?"

„Vor fünf Minuten ruft mich unser Banker von der Kreditabteilung an, Herr Kurtz lädt uns zum Gespräch … Er will mit uns über den Kreditrahmen sprechen. Heute! Das ist los."

„Und was soll das?"

„Wollte er mir am Telefon nicht sagen."

„Termin?"

„Elf Uhr. Kommst du vorher noch rein?"

„Klar."

„Bis dann."

Duschen, Kaffee, Anziehen waren eins. Wenn eine Bank über den Kreditrahmen sprechen will, hängt der Haussegen schief, da brauchte ich mir über die Sockenfarbe zum Anzug keine Gedanken mehr machen.

Eine halbe Stunde später empfing mich Karl mit hochrotem Kopf und ohne seine Pfeife. „Stell dir mal vor, was ich von einem Freund …"

„Und welcher?"

„Ein Kollege aus der Anwaltskanzlei, bei der ich vor TransGlobal gearbeitet habe. Jedenfalls, der fragt mich, ob es wahr wäre, dass Trans-Global Services bankrott sei … So! Jetzt bist du dran."

„Was?!"

„Angeblich weiß es schon die halbe Stadt."

„Und die Bank. Na, hervorragend. Und jetzt?"

„Trink Kaffee. Du siehst schlimm aus. Anne! Starken Kaffee für Herrn Welter, bitte. Wir haben gleich Termin bei Herrn Kurtz."

„Kommt sofort."

„Moment noch, Anne. Sie haben doch eine Freundin in der Kredit-abteilung bei der Bank, fragen Sie die doch mal ganz privat, was sie über unsere Firma hört. Angeblich sind wir ja pleite."

„Stimmt das denn?"

„Natürlich nicht.

„Ich werde es versuchen."

„Und Anne, kein Wort zu niemand, bitte. Wir sind nicht pleite."

„Ja, Chef."

Ich ging durch den Flur, um mir den Kaffee im Sekretariat abzuho-len, und hörte, wie Anne zu Irene sagte, „… da müssen wir uns einen anderen Job suchen … und das zu Beginn des neuen Jahres. Na bravo."

„Die Damen … noch mal zum Mitschreiben: Wir sind nicht pleite. Wir klären das. Bevor Sie beide sich neue Jobs suchen müssen, werde ich die Bank überfallen … nach dem Kaffee."

Zuversicht war gerade Mangelware, aber ich wusste, dass Irene un-sere leicht zu beeindruckende Anne wieder beruhigen würde.

Eine Viertelstunde später kam Karl mit Anne zu mir ins Büro.

„Hör dir das mal an, Polo."

Anne legte die Hände vor ihrer Brust zusammen. „Von mir haben Sie das nicht."

Wir schüttelten beide die Köpfe.

„Die haben in der Kreditabteilung über das Engagement mit Trans-Global Services diskutiert, auch dass auf Anweisung des damaligen Di-rektoriums keinerlei Sicherheiten für den Rahmenkredit hinterlegt wer-den mussten. Jetzt hat irgendwer gehört, dass wir uns an einem Auftrag mit Japan übernommen hätten und kurz vor dem Aus stünden. Die Bank ist in Sorge, dass wir den Kredit nicht mehr bedienen können. So-weit meine Freundin. Bitte behalten Sie das für sich. Sie kommt sonst in Teufels Küche."

„Danke, Anne. Vielen Dank."

Karl klopfte mit dem Pfeifenstiel an seine Zähne.

„Sag mal, Karl, welcher Idiot setzt denn so einen Mist in die Welt? Wir müssen das stoppen. Aber sofort!"

„Hol mal Luft, Polo. Und Anne, in welcher Höhe nehmen wir den Kreditrahmen zurzeit in Anspruch? Wie hoch sind unsere Außen-stände? Haben wir noch weitere Belastungen neben den laufenden

Kosten? Das Übliche. Bitte stellen Sie mir das alles zusammen. Marco, trink Wasser, das macht fit."

Anne flüchtete regelrecht ins Sekretariat.

„Danke für die Fürsorge, aber ich habe außer einem Kater noch was beizutragen: Herr Shimura kennt Herrn Masuhara persönlich, weil seine Bank die Hausbank von Masuhara Sangyo ist. Er will Michiko unterstützen, damit sie die Sache für uns regelt."

Karl runzelte die Stirn. „Ja, schön wär's Polo, wenn es nicht so vage wäre."

„Irgendwer spielt da ein ganz faules Spiel mit uns. Und ich ahne auch schon, wer."

„Und zwar?"

„Mein Ex-Schwieger-Daddy."

„Wie kommst du darauf?"

„Kathrin ist die Einzige, die gehört hat, dass unser Auftrag in Japan in den Seilen hängt. Und! Er spielt Golf mit unserem Bankdirektor. Noch Fragen?"

„Oh, ja … Warum hast du ihr das erzählt?"

„Musste ich – wegen des Probeessens. Das war aber, bevor sie mir mitgeteilt hat, dass wir geschiedene Leute sind."

„Und die erzählt's dem Herrn Papa …"

„Und der rasiert mich kalt ab."

„Nein Marco, der rasiert *uns* kalt ab. *Unsere* Firma! Und warum? Weil er es kann. Verflucht noch mal!" Karl machte auf dem Absatz kehrt und ließ mich einfach stehen.

Mein Telefon klingelte.

„Chef, Michiko ist am Telefon."

„Stellen Sie durch … und nicht mithören, Irene."

Es knarzte in der Leitung. „Guten Morgen Michiko, schön, dass du mich anrufst."

„Auch einen guten Morgen, Polo. Ich wollte dir nur sagen, dass Shimura-san mit seinem Headquarter in Tokyo gesprochen hat. Seine Leute haben ihm gesagt, dass die Anlage dringend gebraucht würde, Konkurrenz für euch gibt es keine, es müsste sich also um eine lösbare Aufgabe für mich handeln."

„Hörst du, wie mir gerade ein dicker Stein vom Herzen fällt?"

„Hast du von Ono-san gehört?"

„Noch nicht."

„Ich werde ihn Montag anrufen und hören, was er rausgefunden hat."

„Überlass den guten Ono mir."

„Okay. Muss ich noch was wissen?"

„Nein, eigentlich nicht. Schreib mal meine private Telefonnummer auf ... für alle Fälle."

„Für alle Fälle, natürlich ...", sagte sie.

Kaum hatte ich aufgelegt, riss Anne die Türe auf und wedelte mit einer Telex-Fahne. „Die Amerikaner! Die Amerikaner wollen einen Entwurf für einen Lizenzvertrag", rief sie und rannte über den Flur zu Karls Büro. Irene folgte ihr, in der Hand einen dicken Aktenordner. Ich ging ihnen hinterher. Karl stopfte seine Pfeife und las das Telex aus Detroit.

„Wirklich eine super Nachricht, Marco, wenn Detroit die Lizenz nimmt, sind wir in der amerikanischen Automobilindustrie angekommen." Er drückte mir das Fernschreiben in die Hand. „Genau im richtigen Moment."

Irene legte den Ordner auf Karls Schreibtisch und zupfte mir das Telex aus der Hand. „So schön das auch ist, aber Sie müssen beide los."

Um elf Uhr saßen wir im Besprechungsraum an einem Mahagonitisch, an dem mindestens zwanzig Personen Platz gehabt hätten. Fürs Protokollieren hatte Herr Kurtz Annes Freundin dabei. Sie wirkte nervös und hatte rote Flecken am Hals. Ich nickte ihr zu, sie nickte zurück und wirkte gleich etwas ruhiger. Herr Kurtz blätterte in seinen Papieren. Nach den Eingangsfloskeln kam er zur Sache: „Um es auf den Punkt zu bringen, meine Herren, wir müssen über die Besicherung Ihres Kreditrahmens sprechen. Bisher sind wir unser Engagement mit TransGlobal Services GmbH ohne Sicherheiten eingegangen, das müssen wir ändern, Anweisung von ganz oben."

Karl rutschte auf seinem Stuhl nach vorne und lehnte sich über den Tisch. „Herr Kurtz, wie kommen Sie darauf, dass wir unseren Kredit jetzt plötzlich besichern müssen? Sie verdienen doch prächtig an uns."

„Ja, meine Herren, die Zeiten ändern sich. Die Politik unseres Hauses verlangt jetzt nach Sicherheiten." Er hob beide Hände, wie zum

Abschluss einer salbungsvollen Predigt. Aber Karl und ich waren noch lange nicht bei Amen und Gehet in Frieden.

„Und, was verlangt die Politik Ihres Hauses von uns genau?"

Gerade als Herr Kurtz die Bedingungen aufzählen wollte, klopfte es an der Tür und er wurde hinaus gewunken.

Ich beugte mich über den Tisch und flüsterte Annes Freundin zu: „Danke noch mal, unsere Lippen sind versiegelt."

Kurtz kam zurück. Aschgrau im Gesicht. „Meine Herren, ich höre soeben, dass Sie Rechnungen Ihres deutschen Lieferanten und Ihres japanischen Kunden nicht begleichen können …!"

„Wollen", fiel ich ihm ins Wort. „Wir *wollen* nicht begleichen. Das ist ein schwebender Deal. Wir wären schön dumm, wenn wir jetzt bezahlen würden!"

„Das ist Ihre Lesart."

„Wir …!", Karl hielt es beinahe nicht mehr auf dem Stuhl. „Woher, Herr Kurtz, haben *wir*! denn diese unsinnige Information? Und seit wann machen *wir*! Geschäfte mit Gerüchten?"

Kurtz blinzelte und zuckte mit den Schultern. Da es ihm offensichtlich die Sprache verschlagen hatte, setzte Karl nach: „Sie haben uns einen Kreditrahmen in Höhe von einer Million eingeräumt, von dem wir für den Aufbau des amerikanischen Marktes in den vergangenen Jahren maximal bis zu hundertneunzigtausend in Anspruch genommen haben. Wo ist das Problem?"

„Dass sich die Politik unseres Hauses geändert hat und Ihr Ruf nicht mehr derselbe ist wie noch vor einer Woche. Wir dürfen keine Kredite ohne Besicherung mehr an Sie auslegen."

„Unsere Sicherheiten sind unsere Geschäfte. Gerade eben kam die Nachricht, dass der Abschluss des Lizenzvertrages mit American Automotive, dem bedeutendsten Zulieferer der amerikanischen Automobilindustrie in Detroit, bevorsteht. Bisher waren Sie von unserem Geschäftsmodell überzeugt, und plötzlich taucht ein Gerücht auf, und Sie zwingen uns …"

„Herr Schumann, von zwingen kann keine Rede sein. Wir müssen! Die Leitung will das so. Das ist dem finanziellen Zustand Ihrer Firma geschuldet."

„Welcher Zustand denn?" Karl war kurz davor zu platzen, und ich hätte auch aus der Haut fahren können. „Und wer, bitte schön, hat diesen Zustand, der Sie in Panik versetzt, diagnostiziert?", fragte ich ihn.

Kurtz wand sich auf seinem Stuhl und gab keine Antwort.

„Okay. Dann ist es wohl an der Zeit, mit Ihrem Vorgesetzten weiterzureden, Sie scheinen ja nur der Bote zu sein", sagte Karl und stand auf.

Kurtz schnappte nach Luft und lockerte seinen Schlips. „Meine Herren, bitte." Er bemühte sich, Ruhe zu bewahren und schickte seine Mitarbeiterin los, den Leiter der Kreditabteilung zu holen. Annes Freundin konnte sich ein Grinsen nicht verkneifen. Karl setzte sich wieder hin.

Es war Zeit für meinen Einsatz: „Wissen Sie, Herr Kurtz, mein Freund, Herr Shimura, Geschäftsführer der Dainichi Kokusai Bank für Deutschland, würde sehr gerne mit uns zusammenarbeiten. Er ist von unserem Geschäftsmodell mehr als beeindruckt. Wir haben gestern Abend noch besprochen, wie wir weiter in den boomenden japanischen Markt einsteigen können. Er will uns sogar die Türen zum ..."

Karl trat mich unter dem Tisch. Im selben Moment kam Annes Freundin zurück. „Herr Kurtz, der Chef ist für ein paar Tage in der Hauptverwaltung in Frankfurt."

„Dann machen wir einen neuen Termin", sagte Karl und stand wieder auf, als wolle er auf der Stelle gehen.

„Nicht nötig, Herr Schumann. Im Fall seiner Abwesenheit bin ich voll umfänglich befugt, Entscheidungen zu treffen. Also ..." Kurtz neigte leicht seinen Kopf. „Wie lange kennen Sie denn Herrn Shimura? Seine Bank ist auf dem Sprung, die größte der Welt zu werden. Und den wollen Sie kennen?"

„Man könnte sogar sagen, wir sind befreundet", sagte ich.

Karl trat mich schon wieder, was mich nicht davon abhielt, Herrn Kurtz auf seinen Platz zu verweisen. „Bis wann bekommen wir Bescheid, dass Sie von der unsinnigen Besicherung Abstand nehmen? Sehr wahrscheinlich werden wir den Kreditrahmen voll ausschöpfen, wenn wir mit Herrn Shimuras Hilfe den japanischen Markt aufrollen."

„Sie hören von mir, meine Herren."

„Wenn nicht, Herr Kurtz, dann werden wir das Konto ausgleichen und ohne Ihre Bank weitermachen."

„Meine Herren, ich melde mich."

„Mit guten Nachrichten, hoffentlich", sagte ich und zwinkerte Annes Freundin zu. „Im Übrigen, Herr Kurtz, es ist nicht alles wahr, was auf dem Golfplatz am neunzehnten Loch getratscht wird. Wiedersehen."

Wir gingen zu Fuß zurück ins Büro. Karl war gefährlich still geworden. Auf halber Strecke blökte er mich plötzlich an: „War das dein Ernst?!"

„Was denn …?"

„Dass wir den offenen Kredit ablösen! Womit denn?"

„Wir haben in den vergangenen Jahren so viel Geld verdient, da können wir uns doch auch mal von der Bank freimachen, oder? Wir geben jeder ein Darlehen von hunderttausend in die Firma, und fertig."

„Also, wenn du das machst, bitte sehr, aber ich werde mich nicht beteiligen."

„Warum nicht?"

„Es soll so bleiben, wie es ist. Wir haben mit USA, Frankreich und den Ostblockländern genug zu tun. Ich will nicht noch mehr Geld in die Firma stecken. Das mit Japan war doch wohl eine Finte, oder?"

„Nein, nicht wirklich. Ich bin der festen Überzeugung, dass wir dort einsteigen und investieren sollten. Karl."

„Wovon denn? Wir wühlen zurzeit nur im Dreck. Die Bank ist verunsichert. Unsere Damen sind verunsichert. Du brichst die Verlobung."

„Stopp, stopp. Nicht ich. Das war Kathrins Idee."

„Ist doch egal. Übrig bleibt, dass ihr Vater offenbar Gerüchte streut, die uns das Genick brechen können."

Im Büro angekommen ging die Diskussion in Karls Büro weiter: „Stopp mal, Karl. Freu dich über den Auftrag für Eberhardter aus den USA. Dann mach mal ein paar Luftsprünge zusammen mit mir, dass wir auch noch kurz vor dem Abschluss mit Detroit stehen. Das ist ein Meilenstein. Die Geschäfte mit Polen und der DDR laufen langfristig sowieso wie geschmiert."

„Eben, was soll da deine Schnapsidee mit Japan? Ist dir langweilig, Marco?"

„Wo du Risiko siehst, sehe ich Chancen. Du bist'ne Spaßbremse", sagte ich und hatte dabei Ralphs Visitenkarte vor mir: *Take the Challenge.*

„Lass das Persönliche aus dem Spiel. Wir müssen erst mal die Baustellen aufräumen."

„Tun wir doch. Die Situation mit Masuhara finde ich auch nicht schön, aber das kriegen wir hin. Wir arbeiten doch dran. Die Banker werden den Schwanz auch wieder einziehen. Hey, Karl, wach auf! Das ist nicht das Ende der Welt."

Doch anstatt aufzuwachen, bellte er mich an: „Noch eins Marco: Du schleppst uns da irgendeine Frau Tsurumi an, die angeblich die Lösung aller Probleme ist. Du kennst die doch gar nicht. Mutter als Sekretärin. Pah! Wohnt mit dreißig noch zu Hause, ist dauernd unterwegs. Nein, Marco und noch mal nein. Und außerdem, das weiß doch jeder, Frauen in Japan im Geschäft. Unmöglich. Ich bin dagegen." Mit einem heftigen Wumms knallte er mir die Tür zu seinem Büro vor der Nase zu. Ich ging ins Sekretariat und bat Irene, mir einen Kaffee zu bringen.

„Danke", sagte ich, als sie kurz darauf die dampfende Tasse auf meinem Schreibtisch abstellte. Statt zu gehen, blieb sie, wo sie war, was so viel hieß wie: Raus mit der Sprache. Wenn sie dabei ihre Arme vor der Brust verschränkte, folgte meistens noch ein: Aber dalli.

„Also gut: Wir haben unsere Haut teuer verkauft. Es ist alles okay. Der Vorstand der Bank wird uns seine Entscheidung mitteilen. Bis dahin haben wir alle Zeit der Welt und können in Ruhe den neuen Auftrag und die guten Aussichten in Amerika feiern. Zufrieden?"

Irene schüttelte den Kopf.

„Karl ist sauer auf mich, weil ich ein bisschen zu dick aufgetragen habe. Und, nein, wir haben Annes Freundin nicht in die Pfanne gehauen."

„Brav. Dann kümmern wir uns jetzt um Karl."

„Tun Sie das."

„Gleich ist Mittag, dann geht er mit Anne raus, und wir beide sprechen hier mal entre nous."

Als Karl und Anne weg waren, kam Irene mit einem Glas Wasser zu mir. „Chef?"

„Ich höre."

„Das Sekretariat bemerkt die Unstimmigkeiten zwischen Ihnen beiden durchaus. Was ist los?"

„Heute bei der Bank ist mir klar geworden, dass wir in die Defensive geraten sind. Diese Rolle wollte ich beim Gespräch mit Kurtz

durchbrechen. Dabei bin ich pampig geworden und etwas vorge-
prescht. Richtig, das sollte mir, trotz Kater, nicht passieren. Karl war
nicht amüsiert."

„Und wie sah das aus?"

„Ich habe ein bisschen mit Herrn Shimura und der Dainichi Kokusai
angegeben und Herrn Kurtz angeboten, den Kredit abzulösen und woanders hinzugehen. Was letztlich bedeutet: Karl und ich müssten das
mit unserem eigenen Geld machen."

„Oha … da haben Sie den sparsamen Herrn Schumann auf dem fal-
schen Fuß erwischt."

„Was wissen Sie denn, das ich nicht weiß?"

„Seine Frau bekommt wieder Zwillinge."

„Oh, gratuliere. Aber ist das ein Grund, keine neue Bank zu wollen?
Er will nicht in Japan investieren, und schon gar nicht will er Michiko."

„Weil sie eine Frau ist, nehme ich mal an?"

„Ja … und Japanerin."

„Ja."

„Oh weh, Karl ist erst fünfundvierzig, benimmt sich aber wie achtundachtzig. Ich hol Kaffee. Wollen Sie ein Brötchen mit Käse?"

„Gerne."

Ich legte die Füße auf den Schreibtisch, und Irene war in null Komma
nichts mit einem gefüllten Tablett zurück, verteilte Tassen und Brötchen
auf meinem Tisch. Ein gutes Zeichen.

„Wissen Sie was, Irene. Im Grunde genommen hat Karl ja recht. Da
von Ono nicht viel zu erwarten ist, hängt alles von Michiko ab. Der Fa-
den ist in der Tat etwas dünn."

„Geschäftlich läuft's zwar, nur die eine Sache in Japan nicht, und
schon sehen Sie Ihre Unabhängigkeit in Gefahr, und was machen Sie?"

„Ich löse das Problem. Aber im Gegensatz zu Karl denke ich, Angriff
ist die beste Verteidigung."

„Kann funktionieren, muss aber nicht. Ist das nun wahr, oder war
das nur so gesagt, dass wir nach Japan expandieren?"

„Wenn's nach mir ginge, sofort. Da ist Musik drin, sage ich Ihnen.
Eine Dynamik, die mir in den Fingern kribbelt. Da müssen wir hin. Das
mit Masuhara sind Kinderkrankheiten. Das wird. Verstehen Sie?"

„Durchaus. Jetzt Brötchen, Chef."

Ich biss hinein, dass die Krümel flogen, und sagte mit vollem Mund: „Überall spüren wir doch Veränderung nach den beiden Ölkrisen. Ich hoffe nicht, dass uns eine neue Krise bevorsteht, es sieht aber so aus. Im Iran wackelt der Schah, die alte Welt ist unsicher, wir müssen neue Märkte auftun. Deshalb: Ohne Risiko und ohne Veränderung können wir nicht wachsen. Karl kapiert es nicht."

Wir kauten in stiller Eintracht. Irene wedelte die Krümel von ihrem Kostüm.

„Mensch, machen Sie doch einfach. Karl zieht dann schon mit, wie immer. Er ist eben kein Düsseldorfer, macht sich das Leben manchmal selbst schwer. Und Michiko? Wenn Sie mich fragen, die Frau hat Biss. Genau das, was wir brauchen."

„Meinen Sie wirklich, Irene?"

„Wenn ich es sage. Noch Lust auf einen Zitroneneclair von Buschmann?"

„Aber immer."

Freitag, 19. Januar 1979, Düsseldorf

Karl glänzte an diesem Morgen durch Abwesenheit. Zum wiederholten Mal fragte ich Irene: „Von Ono immer noch nichts gekommen? Es ist schon Freitag, Mittwoch wollte er sich mit Matsui treffen. Rufen Sie ihn an, wenn Sie ihn am Apparat haben, verbinden Sie mich."

„Chef, ich habe ihm längst ein Telex geschickt. Ich warte bis Mittag, dann versuche ich es noch mal."

„Gut. Sind die Kopien von Eberhardter gekommen?"

„Ja, Anne hat sie Karl auf den Tisch gelegt. Ich hol sie mal schnell."

Bei der Durchsicht stellte ich fest, dass tatsächlich kaum Antworten von Eberhardter auf die Fragen von Masuhara, auch nicht auf den zusammenfassenden Brief gegeben worden waren. Das Englisch auf beiden Seiten musste man sich auch zusammenreimen. Allmählich konnte ich Masuhara verstehen. Gute Kommunikation sieht anders aus.

„Mensch Irene, wie konnten wir uns das aus der Hand nehmen lassen?", rief ich ins Sekretariat.

„Was denn?"

„Die Kommunikation zwischen Masuhara und Eberhardter. Wenn Karl kommt, müssen wir direkt mit Eberhardter reden. Wie sag ich's dann meinem Kinde?"

Irene seufzte und sagte: „Mit Bedacht?"

„Dafür ist Karl zuständig. Diplomatie ist nicht mein zweiter Vorname."

Kaum ausgesprochen, rauschte mein Kompagnon mit finsterer Miene ins Büro. Um ihn ein bisschen aufzuheitern, ging ich mit den Unterlagen von Eberhardter zu ihm. „Karl, guten Morgen. Hier ist die Korrespondenz." Ich legte ihm die vorsortierten Schreiben hin. Doch er schaute sich die Papiere nicht einmal an. Stattdessen bat er mich, mit ihm nach draußen zu gehen. Unter den fragenden Blicken unserer Sekretärinnen verließen wir das Büro in Richtung Chambre séparée für Chefgespräche, eine Bank am Ufer der Düssel. An diesem Tag etwas ungemütlich, dank Bodenfrost. Kaum hatten wir unseren Sitzplatz vom Schnee befreit, ließ Karl die Katze aus dem Sack: „Polo, du willst das Japangeschäft machen, dann klär du das auch mit Eberhardter. Ich halte mich ab jetzt da raus. Ich bin nicht mehr bereit, deine Schnellschüsse mitzutragen."

„Was ist dir plötzlich über die Leber gelaufen?"

„Ich habe keine Lust, darüber zu reden, du hörst ja doch nicht zu."

„Ist es wegen der neuen Zwillinge?"

„Woher weißt du das schon wieder?"

„Flurfunk. Ich hätte mich gefreut, wenn ich es von dir erfahren hätte."

„Hab's im Tumult der letzten Tage einfach vergessen."

„Ich verstehe ja, dass da noch mehr Verantwortung auf dich zukommt. Aber, du meine Güte, wir ziehen doch sonst an einem Strang."

„Du hast gut reden, hab du erst mal eine Familie, dann weißt du Bescheid."

„Is' ja gut. Trotzdem, kein Grund zu verzagen."

„Es ist nicht von der Hand zu weisen, dass seit deinem Aus mit Kathrin alles schiefläuft. Ihr Alter legt sich quer, wirft uns Knüppel zwischen die Beine. Streut Gerüchte. Du machst Michiko schöne Augen. Denkst du, wir sehen das nicht? Und meinst du, das wäre gut fürs Geschäft?"

Ein Spaziergänger mit Hund kam vorbei, zog es aber vor, seinen Hund schnell weiterzuzerren, nachdem er unser lautes Gespräch gehörte hatte.

„Aha. Hauptsache, ich bin schuld. Interessant. Zähl doch mal auf, was dich so bedrückt? Banksicherheiten, Rechnungen von Eberhardter und von Masuhara. Na und?! … Du hast doch selbst gesagt, dass wir die nicht zahlen werden. Unsere Firma steht finanziell gut da, den Kredit können wir schnell aus der Welt schaffen, du musst nur mitziehen. Ich werde das Thema Japan in die Hand nehmen. Aber um eins bitte ich dich, wenn ich deine Meinung hören möchte, sei nicht so bockig."

„Mir gefällt die Richtung nicht, die du einschlagen willst. Ich habe genug. Kümmere dich um Eberhardter." Karl sprang auf und ging. Ich zuckte nur die Schultern und ging hinterher. Auf dem Flur trennten sich unsere Wege und jeder zog sich in seinen Bau zurück.

Kaum saß ich auf meinem Stuhl, steckte Anne den Kopf zur Tür herein. „Herr Eberhardter am Apparat, wer will mit ihm sprechen?"

„Ich mach das."

Sofort klingelte mein Telefon und ich hob ab. „Guten Morgen Herr Eberhardter, hier Welter", säuselte ich in den Hörer. „Danke für die

Überlassung der Korrespondenz. Haben Sie sich die auch mal angesehen?"

„Ja, Herr Welter, das habe ich in der Tat. Wir sollten uns kurzfristig treffen und in aller Ruhe darüber reden. Eins muss ich vorab sagen: Ich muss mich entschuldigen. Ich konnte wirklich nicht davon ausgehen, dass meine Leute so instinktlos reagiert haben."

Ich traute meinen Ohren nicht und guckte verwirrt den Hörer an, aus dem die Worte gekommen waren.

„... Herr Welter. Sind Sie noch da?"

„Ja, natürlich. Zu Ihrer Beruhigung: Zurzeit sind unser Herr Ono und ein japanischer Consultant, empfohlen von der deutschen Handelskammer in Tokyo, vor Ort dabei, die Wogen bei Masuhara zu glätten."

„Es tut mir wirklich leid, dass ich Ihnen so viele Umstände mache. Was halten Sie davon, wenn ich morgen nach Düsseldorf komme und wir gemeinsam nach einem Ausweg suchen?"

„Gerne, wann können Sie hier sein?

„Ich nehme den Zug an Düsseldorf elffünfzehn und könnte gegen elfrdreissig bei Ihnen im Büro sein. Passt Ihnen das?"

„Ich hole Sie am Bahnsteig ab."

Ich konnte es kaum fassen, wie handzahm Eberhardter plötzlich war. Nach dem Gespräch bat ich Irene zu mir, ich musste meine Freude über diese Wende mit jemandem teilen, Karl wollte es ja nicht hören.

„Stellen Sie sich vor, Irene, Eberhardter sieht ein, dass die Verwerfungen durch seine Leute verursacht wurden. Er kommt morgen hierher. Bestellen Sie mir den Tisch im Park Hotel für zwölf hinten links am Fenster."

Anne war Irene gefolgt und stand im Türrahmen. „Glückwunsch, Herr Welter. Hoffentlich haben wir bald eine Sorge weniger."

Sogar Karl kroch aus seinem Gehäuse. „Was höre ich da, Eberhardter lenkt ein?"

„So ist es. Er ist alleine drauf gekommen, dass seine Leute den Schwarzen Peter haben. Ist noch Champagner im Haus?"

„Dafür ist es noch zu früh."

„Wenigstens ein Bier, Karl. Freu dich doch auch mal."

„Später, Marco, später", sagte er und zog sich zurück. Irene rollte die Augen und ging hinterher. Die Freude währte nicht lange, mein Telefon klingelte und Irene rief aus dem Sekretariat: „Chef, Kathrin ist am Apparat."

Kann man nicht mal fünf Minuten ...?

„Hallo Kathrin, was verschafft mir die Ehre?"

„*Papa* hat gehört, dass ihr Schwierigkeiten mit der Bank habt."

„Da weiß dein Vater aber mehr als wir."

„Polo, ich will dir doch nur helfen."

„Aha, indem du deinem *Papa* erzählst, dass ein Auftrag in den Seilen hängt. Die Gerüchte streut *er* doch überall. Hat er sie auch bis in die Bank gestreut? Das sind Interna, Kathrin. Die hast du von mir und tratschst sie gleich weiter. Mir reicht's!"

„Jetzt sei doch nicht so. Wollen wir heute Abend essen gehen? Wir können doch über alles sprechen."

Ich werde von dem Nektar, den du mir gerade reichst, meine Liebe, nicht trinken. Was glaubt du eigentlich, wie viel auf eine Kuhhaut geht, Mädchen?

„Marco, bist du noch da?"

„Ja. Zum Verständnis, Kathrin: Du hast mir das Aus verkündet, dein Vater grätscht uns ins Business. Was willst du noch? Ein Abendessen? Also, ich bin schon satt. Mach's gut."

Ich legte auf und kam über Kathrins Chuzpe mit dem Kopfschütteln nicht hinterher. Glücklicherweise riss mich der erneute Anruf von Eberhardter aus meinen Gedanken.

„Herr Welter, danke, dass Sie am Ball geblieben sind. Ich habe den Werkstattleiter und meinen Chefingenieur zum Rapport bestellt. Das wird blutig. Eine Bitte habe ich noch: Können wir morgen in die berühmte Düsseldorfer Altstadt gehen?"

„Kein Problem."

„Bis dann."

Irene kam herein. „Eberhardter gleich zweimal?"

„Zeichen und Wunder, Irene."

„Weiß Karl das schon?"

„Erzählen Sie es ihm ruhig."

„Er hat sich hinter seinem Schreibtisch verschanzt. Auch Anne braucht er heute Nachmittag nicht mehr."

„Das gibt sich wieder. Ist vielleicht ein bisschen viel Remmidemmi für ihn. Noch eins: Bestellen Sie bitte den Tisch im Park Hotel ab.

Eberhardter will in die Altstadt gehen. Versuchen Sie den Napoleon Tisch im Schiffchen zur kriegen."

„Werd's versuchen."

Irene und Anne gaben sich die Klinke in die Hand. Anne sah verstört aus und flüsterte: „Die Bank spielt verrückt Herr Welter. Meine Freundin rief mich gerade an. Streng vertraulich."

„Was gibt's?"

„In Kürze: Der gesamte Kreditrahmen muss von Ihnen beiden besichert werden oder sofortige Rückführung des Kredits. Beschluss des Direktoriums. Und übrigens, der Leiter der Kreditabteilung war gar nicht in Frankfurt, der saß in seinem Büro. Das war erst mal alles"

„Danke. Noch so einen Tritt könnte ich jetzt auch nicht gebrauchen."

„Was machen wir jetzt?", fragte Anne.

„Sie und Irene greifen bitte in die Portokasse und gehen zu Buschmann und essen Kuchen. Ich geh mit Freddo zum Squash und lüfte mein Hirn aus – und jeder Ball, auf den ich eindresche, wird einen Namen haben. Das verspreche ich."

Samstag, 20. Januar 1979, Düsseldorf

Ich ging früh zum Büro, um den Ordner für das Gespräch mit Eberhardter vorzubereiten. Zu meiner Überraschung saß Irene an ihrem Schreibtisch.

„Es ist Wochenende, was machen Sie denn hier? Wollten Sie nicht mit dem Sonderzug nach Winterberg?"

„Ach, Schnee hängt mir mittlerweile zum Hals raus. Und das elendige Fernsehprogramm, Chef. Dalli Dalli kann ich schon nicht mehr sehen ..."

„Dafür kann ich aber nix, oder?"

„Das mit dem Schiffchen geht klar. Napoleon Tisch. Machen sie nicht gerne für zwei Personen, aber weil Sie es sind, doch."

„Wunderbar, danke."

„Die Unterlagen für Ihr Treffen liegen sortiert auf Ihrem Schreibtisch."

Kaum hatte ich den Ordner in meinem Büro aufgeschlagen, rief Irene aus dem Sekretariat: „Dafür kann *ich* jetzt nix, Kathrin in der Leitung."

„Hallo Polo, hast du es dir noch mal überlegt?"

„Was denn?"

„Wir wollten doch zum Essen gehen und noch mal über die Sache sprechen."

„Also, ich habe keinen Bedarf. Aber wenn es dich glücklich macht, treffen wir uns morgen in unserer In-spe-jetzt-wieder-Ex-Wohnung auf der Cecilienallee. 14 Uhr?"

„Okay."

„Tschüss."

Bevor ich Zeit hatte, mich über mich selbst zu wundern, stand Karl vor meinem Schreibtisch. „Irene sagt, dass der Eberhardter heute nach Düsseldorf kommt, um zu Kreuze zu kriechen."

„Ich hoffe nur, er hat es sich über Nacht nicht anders überlegt; falls doch, werde ich ihn im Schiffchen vor allen Leuten flambieren."

Karl lachte endlich mal wieder und ging in sein Büro.

Der Zug aus Stuttgart war trotz Schnee- und Eisregen nur fünf Minuten zu spät. Eberhardter sah jünger aus als einundfünfzig, mit seinem grau gewellten Haar und seinem Maßanzug unterm aufgeknöpften

Wintermantel war er der Prototyp des erfolgreichen Unternehmers. Wenn da nur nicht sein schwäbischer Akzent gewesen wäre. Er begrüßte mich, als ob er einen alten Freund wiederträfe. „Herr Welter, schön, dass Sie mich abholen. Um fünfzehnzehn geht mein Zug zurück. Hoffe, wir sind bis dahin durch."

Auf dem Weg zum Lokal berichtete er mir von seinem Gespräch mit seinem Betriebsleiter. Der hatte eingestehen müssen, dass sein Englisch fürs internationale Parkett nicht reiche, und räumte auch ein, dass die Umgangsformen verbesserungswürdig seien. Und dann wollte Eberhardter nur noch wissen, von welcher Seite man die Altstadt am besten aufrollte.

„Wir gehen ins Schiffchen, seit 1628 das älteste Restaurant in Düsseldorf. Wir haben den Napoleon Tisch."

„Kerle, das ist spitze", schwäbelte er mich an.

Mit Eberhardter durch die Altstadt zu gehen, war, als hätte man zehn Hundewelpen an der Leine. Er fand alles interessant, stoppte hier und da, guckte in Schaufenster und pfiff den Damen hinterher. Selbst im Lokal machte er erst mal eine Besichtigungstour, bevor wir uns an den Ecktisch unter die Napoleon-Büste setzen konnten. Unter der Büste des Imperators stand: *Hier saß Napoleon 1811 mit seinen Generälen.* An der Ecke hing eine gerahmte Urkunde aus dieser Zeit.

Eberhardter war entzückt. „Dass ich das erleben darf. Ich sitze da, wo Napoleon schon gesessen hat." Dabei rutschte er auf der Eckbank hin und her, ihm fehlte nur noch die Uniform, um eine Hand zwischen die Knöpfe zu schieben. Im Anzug machte die Geste nicht so viel her. Aber seine Augen leuchteten, als er mich fragte: „Ihr trinkt doch Altbier, das brauche ich jetzt." Er winkte die blaubeschürzte Bedienung an den Tisch: „Herr Ober, zwei Altbiere."

Als der Mann ihn komisch anguckte, sagte ich zu Eberhardter: „Nicht Herr Ober, nur: Köbes, zwei Alt."

„Der Mann heißt Köbes?"

„Nein, so nennt man hier Kellner. Aber Vorsicht! Die Herren sind bei auswärtigen Gästen gerne zu derben Späßen aufgelegt."

„Na denn ..."

Nachdem er das erste Bier gezischt hatte, breitete er Kopien der Korrespondenz mit Masuhara vor uns aus. Überall da, wo er keine

Antworten auf Fragen hatte finden können, prangten rote Markierungen. Das Papier sah aus wie eine Klassenarbeit mit Note: mangelhaft!

Bevor wir in die Details einstiegen fragte ich ihn, ob er die Spezialität des Hauses essen mochte, Schweinshaxe. Er schaute lieber in die Speisekarte und bestellte Leberknödel mit Sauerkraut und Kartoffelpüree. Der Köbes stellte uns unaufgefordert zwei weitere Alt auf den Tisch. „Samtkragen dazu?"

„Was ist das, Herr Köbes?", fragte Eberhardter.

„Der weiß nit, wat en Samtkraren is, woher kommt der dann?"

„Stuttgart", antwortete ich.

„Dann willisch ma nit so sin. Dat is en Korn mit Boonekamp. Eisjekühlt. Lecker. Zwei Mal?"

Eberhardter zog die Stirn kraus. Der Köbes reagierte mit nachsichtigem Tadel. „Bonekamp is' Magenbitter. Der schwimmt auf dem Korn, das sieht dann aus wie ein Samtkragen. Ist hochprozentig. Also, soll ich?"

„Ich bitte darum." Eberhardter rieb sich die Hände. „Reisen bildet, sag ich doch immer. Doch jetzt mal zu Masuhara. Entschuldigen Sie die Unannehmlichkeiten, die wir Ihnen und dem Projekt zumuten mussten. Eins möchte ich vorausschicken, wir werden natürlich für alle dadurch entstandenen Kosten aufkommen."

Bevor ich mein Erstaunen zum Ausdruck bringen konnte, kam der Köbes mit unserer Bestellung und wünschte Guten Appetit. Aber nicht, ohne eine Mahnung dazulassen: „Beim Essen wird nich jelesen!"

Wir arbeiteten uns an Schweinshaxe und Leberknödeln ab, tranken unser Alt, und Eberhardter bestellte noch einen weiteren Samtkragen. „Sie auch noch einen?"

„Nein danke, ich muss nachher noch fahren."

Mit jedem weiteren Schnaps, den Eberhardter in sich hineinkippte, wurde er zutraulicher und quittierte meinen Bericht über den Fortgang der Ereignisse in Japan mit einem „Broschd."

Nach dem fünften Samtkragen war ich mit meinem Rapport fertig. Eberhardter zeigte keine Ermüdungserscheinungen und orderte den sechsten und nuschelte kein bisschen, wenn er redete.

„Ich bin überrascht, was Sie in der Kürze der Zeit alles auf die Beine gestellt haben, Herr Welter. Es ist eine Unverschämtheit der Japaner, Ihnen eine Rechnung über deren Anzahlung an meine Firma aufzumachen. *Wir* sind deren Gesprächspartner. So geht das gar nicht. Das ist ab jetzt Chefsache. Was meinen Sie, wir beide nehmen das zusammen in die Hand."

Klang beinahe so, als wären wir schon eine Firma. *Samtkragen & Co.KG.* Eberhardter bestellte ohne zu zögern noch einen siebten Schnaps.

Mit so einem Hans Dampf Geschäfte zu machen, ist zwar lustig, aber ob das gut gehen konnte? Mir stellte sich die Frage, ob er sich am nächsten Tag überhaupt noch an unser Gespräch würde erinnern können.

„Mein Vorschlag, wir warten die Ergebnisse ab, hören auf den Rat von Ono und von Frau Tsurumi, und dann entscheiden wir, was wir machen."

„Des is an Käs! Wir fliegen nach Tokyo und klären das. Broschd."

„Nächsten Dienstag wissen wir mehr. Dann können wir planen."

„Einverstanden."

Eberhardters Hand schoss über den Tisch und fegte dabei beinahe die Menage herunter. Ich schlug ein. Dann ging es nur noch über seine überbordende Freude über den Anschlussauftrag aus den USA, und er versprach, die Kosten für die Reise nach Tokyo zu übernehmen und TransGlobal beim Verband der Maschinenbauer in Baden-Württemberg weiterzuempfehlen. Nicht wiederzuerkennen dieser Mann. Nun ja, nach acht Samtkragen und diversen Altbieren hätte ich auch so meine Schwierigkeiten, mich selbst wiederzuerkennen. Es war an der Zeit, meinen letzten Haken zu setzen. Das hätte ich lieber getan, wäre er nüchterner gewesen, aber die Zeit drängte. „Eins noch Herr Eberhardter, bitte stornieren Sie ihre Rechnung an uns, und geben Sie die Auszahlung unserer Provision für den Auftrag aus den USA frei."

„Sie haben übermorgen einen Brief in der Post. Aber jetzt muss ich zum Bahnhof, Herr Welter. Schade, dass wir keine Zeit mehr für einen Killepitsch im Kabüffke haben. Davon hat mir ein Freund erzählt. Muss der Wahnsinn sein."

„Ist es tatsächlich. Das machen wir ein andermal."

Ich war froh, dass die Zeit fürs Kabüffke (Absturzgarantie) nicht mehr reichte, brachte den seligen Eberhardter heil zum Zug und fuhr ins Büro zurück. Kaum war ich durch die Tür, wollte Irene wissen, wie das Treffen war.

„Holen Sie mal Karl, dann kann er mithören. Ist Anne auch da?"

„Am Samstag?"

„Aha, die hat also ein besseres Fernsehprogramm."

„Nein, die hat Familie."

Karl bequemte sich, und als seine Pfeife die richtige Betriebstemperatur hatte, konnte ich mit dem Bericht beginnen, der mit Eberhardters wundersamer Transformation begann und damit endete, dass wir einen neuen Freund in Baden- Württemberg hatten. Über das Fassungsvermögen unseres Geschäftspartners sagte ich lieber nichts. Karl klatschte Beifall, Irene machte ein frohes Gesicht, im Sekretariat ratterte der Fernschreiber. Es fühlte sich an, als sei nie etwas geschehen. Der Haussegen war wieder im Lot. Leider nicht auf Dauer, denn Irene brachte ein paar Minuten später ein Telex von Ono, das mir die Milch sauer werden ließ.

Keine Einigung. K war von Beginn an gegen die Anlage, T braucht sie unbedingt, will Masuhara Sangyo damit in die Zukunft führen, deshalb wollen sie selbst Import, Installation und Maintenance abwickeln. Grund für die vielen Fragen an E. Jetzt seine tiefe Enttäuschung, dass E ihn mit Antworten hängen ließ. Dazu wurde T von E auch noch bloßgestellt. Großes Problem. Ts Autorität ist dadurch bei Masuhara untergraben. K duldet keinen Widerspruch, ist in Firma zu mächtig. M weiß, dass das auf unserem Rücken ausgetragen wird, entschuldigt sich bei mir, ist aber machtlos. Was kann ich tun?

„Wie gewonnen so zerronnen", sagte Karl.

„Geh nach Hause zu deiner Familie. Ich mach das schon."

„Viel Glück." Karl sah plötzlich wieder aus wie achtundachtzig und schlurfte aus dem Büro.

„Irene, bitte schreiben Sie ein Telex an Ono: Sehen nur eine Möglichkeit, komme zusammen mit Eberhardter nach Japan. Bitte Termin nächste Woche mit Masuhara machen. Haben Sie das?"

„Ja, Chef.

„Und bitte ein Telex an Eberhardter: Müssen schnell nach Tokyo. M stellt sich quer, fühlt sich beleidigt, nach Möglichkeit bitte heute noch Rückruf."

Ich rechnete nach, Eberhardter würde in einer Stunde zurück in seinem Büro sein, wenn er den Halt in Stuttgart, dank Samtkrägen, nicht verschlafen hatte. Karl verabschiedet sich ins Wochenende.

Irene rief über den Flur: „Chef, haben Sie einen Moment?"

„Klar, kommen Sie rein, bringen Sie mir ein Wasser mit, die Haxe stößt mir auf."

Sie kam mit einem halben Catering aus Wasser, Keksen und Kaffee. Fehlte zur Gemütlichkeit nur noch leichte Musik im Hintergrund, leise rieselnden Schnee vorm Fenster hatten wir schon.

„Chef, die Lage mit Eberhardter scheint sich ja zu beruhigen. Aber zu viel Ungelöstes steht noch im Raum. Was wollen Sie mit den Sicherheiten für die Bank machen?"

„Nichts. Warten, ob die ernst machen. Ich werde nichts unterschreiben. Glaube auch nicht, dass Karl irgendetwas anbieten wird."

„Dann drehen die uns den Hahn ab."

„So schnell schießen die Preußen nicht. Wir bekommen die Provision von Eberhardter. Damit lösen wir den Kredit ab und verzichten auf den Überziehungsrahmen."

„Wenn es klappt, wunderbar. Und das mit der Expansion nach Japan … ist das nun Ihr Plan? Wenn ja, ich bin dabei."

„Danke. Machen Sie endlich mal Feierabend und genießen Sie das Wochenende."

„Eins noch: Lesen Sie mal." Sie legte ein Blatt vor mich hin. „Und das auf Büttenpapier. Es gibt nämlich keine Ausladungskarten für abgesagte Hochzeiten. Sie müssen nur noch unterschreiben. Hier unten. Dann wird das komplett gedruckt. Ich tüte es ein, und fertig."

Ich setzte meinen Otto unter ihren Entwurf für die Hochzeitsabsage. „So machen wir es. Danke, Irene. An Ihnen ist eine Schriftstellerin verloren gegangen. Meine Freunde werden begeistert sein, dass sie sich nicht in Frack und Zylinder quetschen müssen. Und jetzt ab mit Ihnen ins Wochenende.

Ich warte noch auf den Anruf von Eberhardter."

Kaum ausgesprochen, klingelte das Telefon

„Herr Welter, ich bin zurück. Danke für das tolle Meeting. Samtkragen! Könnte mein Lieblingsgetränk werden. Wann wollen wir fliegen? Soll meine Sekretärin für Sie mitbuchen?"

„Unsere Sekretärinnen werden das untereinander klären, hängt davon ab, wann wir Flüge bekommen."

„Ist Ihre Sekretärin noch im Haus? Dann können die beiden schon loslegen."

„Ja, sie ist noch da, ich verbinde."

Irene schüttelte den Kopf. „Das zum Thema Feierabend."

Sonntag, 21. Januar, 1979 Düsseldorf

Ich wurde von Irene aus dem Bett geklingelt und konnte, schlaftrunken wie ich war, kaum den Telefonhörer halten.

„Chef, hat doch lange gedauert. Aber alles okay. Sie treffen Eberhardter morgen früh am Lufthansaschalter. Er bringt die Tickets mit. New Otani ist auch klar. Warmen Pullover und Pass nicht vergessen. Der Ordner mit den Unterlagen liegt auf Ihrem Schreibtisch."

„Danke Irene, was würde ich bei besserem Fernsehprogramm nur ohne Sie machen? Ist es noch spät geworden?"

„Lassen Sie mal. Bringen Sie mir noch eine Winke-Katze mit für zu Hause."

„Mache ich."

„Vergessen Sie heute 14 Uhr nicht."

„Ohne Sie würde die Welt in zwei Minuten untergehen."

„Süßholzraspler."

Kaum aufgelegt, machte ich mich ans Werk. In meiner Wohnung hatten sich über die Jahre viel zu viel persönliche Dinge von Kathrin angesammelt. Alles, was ich finden konnte, inklusive des Fotos von ihrem Herrn Papa, warf ich in einen Karton. Danach sah mein Bad aus wie neu, und mein Kleiderschrank war halb leer. Ich musste zweimal zum Auto gehen, um all den Kram von Fräulein Gregorius einzupacken. Und dann war da noch der Verlobungsring, den sie mir ohne Originalverpackung und Zertifikat zurückgegeben hatte. Die Rechnung musste zwar noch in irgendeiner Schublade liegen, aber was den Rückkaufwert anging, ahnte ich Fürchterliches. Ich überlegte kurz, ob ich den Kimono mit in die Kiste werfen sollte. Nein, der hat was Besseres verdient, dachte ich und legte ihn zurück in den Kleiderschrank. Im selben Augenblick war mir klar: Kathrin war Geschichte. Trotzdem wurde ich während der schlingernden Fahrt zur Cecilienallee durch Hagel und Schnee doch noch ein bisschen sentimental. Es gab ja schließlich auch gute Erinnerungen. Die waren aber mit einem Schlag weggewischt, als ich Kathrin vor dem Hauseingang in ihrem Pseudo-Hippie-Outfit mit Felljäckchen stehen sah.

„Schön, dass du kommst", sagte sie und wollte mir Begrüßungsbussi geben. Ich wich zurück. „Wo hast du dein Auto stehen? Ich habe ein paar Sachen von dir eingepackt."

Sofort legte sie den Schalter um und war Madame Gregorius, die Unfehlbare. „Die hätte ich auch bei Gelegenheit bei dir abholen lassen können."

Sie ging zu ihrem BMW, ich dackelte mit den Tüten und dem Karton hinterher und lud alles auf den Rücksitz.

„Willst du noch mit raufkommen?"

„Warum sollte ich? Da gibt's doch nichts zu sehen. Unausgepackte Küchen interessieren mich nicht."

„Dann mach's gut." Ich zuckte die Achseln und ging zur Tür. Wenn ich schon mal da war, konnte ich mir den Fortgang der Renovierungsarbeiten anschauen und überlegen, was ich mit der Wohnung machen sollte.

Als ich am Treppenabsatz stand, tauchte plötzlich Kathrin vor mir auf. Schweigend gingen wir nach oben.

Die Wohnung war bis auf die Küchenkisten leer. Die Maler hatten ganze Arbeit geleistet, jeder Raum erstrahlte in Eskimo-Weiß von Gregorius Farben und Lacke. Jeder Schritt hallte durch die Räume. Kathrin lehnte sich an eine Fensterbank und verschränkte die Arme vor der Brust.

„Also, alles gesehen?", fragte ich.

„Viel gibt's ja nicht zu bewundern."

„Kathrin, jetzt hör mir mal zu …"

„Warum denn? Du hast mich hängen lassen, du hast kein Verständnis für mich gezeigt und alle guten Möglichkeiten, der Nachfolger bei Gregorius Farben und Lacke zu werden, in den Wind geschlagen. Wir wären ein Superteam gewesen. Ach, was rede ich überhaupt?"

Ja, das fragte ich mich auch mittlerweile.

„Hast du meinen Brief überhaupt gelesen?"

„Nein, aber der Reißwolf weiß Bescheid."

Kathrin guckte mich entsetzt an. „Und der Ring?!"

„Harrt der Dinge, die da kommen werden."

Ihr Mund stand auf zwanzig vor fünf und sah in dem Moment gar nicht mehr begehrenswert aus.

„Kathrin, es ist vorbei. Du und dein Vater … ihr habt mich vom Hof gejagt. Ich hab's kapiert."

„Aber das wollte ich doch gar nicht …"

„Dafür hat es aber gut funktioniert, meine Liebe. Den Scherbenhaufen, den dein Vater fabriziert hat, werde ich schon irgendwie auffegen."

„Ja, siehst du, das war mein Vater, nicht ich."

„Dann pfeif ihn doch zurück."

Sie drehte sich um und starrte aus dem Fenster.

„Aha. Der hohe Herr ruiniert mal eben mit zwei Sätzen an der Bar im Golfclub alles an Reputation, was Karl und ich in den letzten Jahren aufgebaut haben. Und du guckst ihm dabei zu."

„Lassen wir das, Marco. Damit habe ich nichts zu tun."

„Na gut, dann eben nicht", sagte ich, obwohl ich plötzlich wusste, wie sich jemand fühlen kann, der seinem Gegenüber die Gurgel umdrehen will. Dank meiner guten Erziehung sagte ich nur: „Was anderes: Gibt es noch Sachen, die ich wegen der abgesagten Hochzeit regeln muss, außer meinen Freunden Bescheid zu geben?"

„Nein, das macht das Büro meines Vaters. Da bist du fein raus. Und so viele Freunde hast du ja nicht."

„Aber ich habe wenigstens welche."

Kathrin warf ihre lange Mähne zurück und marschierte zum großen Abgang mit finalem Knall der Wohnungstür.

Ich schaute aus dem Fenster und beobachte, wie sie durch den Hagelsturm auf ihren Wagen zulief und beim Einsteigen beinahe lang hinschlug. Als sie losfuhr, brach das Heck ihres Wagens aus, aber sie kam dann doch vom Parkplatz, ohne andere Wagen zu touchieren.

„Und - Amen", sagte ich und spürte in meinem Rücken einen kalten Luftzug. Eine leere Wohnung ist nicht eben erbaulich. Ich wanderte durch die leeren Räume, als könnte die Wohnung mir eine Antwort darauf geben, was ich mit ihr machen sollte. Aus der Altstadt hierherziehen oder wieder verkaufen? Würde ich jemals die Erinnerung loswerden, dass die Wohnung für Kathrin und mich gewesen war? Wie schnell könnte ich verkaufen? Lohnte sich eventuell eine Vermietung? Eine Antwort fand ich weder an den kahlen Wänden noch in den Küchenkisten. Musste das heute entschieden werden? Ich beschloss, dass das noch Zeit hatte, fuhr nach Hause und packte wieder mal den Koffer. Das gleiche Spiel wie vor zwei Wochen, nur stellte ich diesmal fest, dass die Hemden knapp wurden. Ich hatte vergessen, in der Reinigung vorbeizugehen. Hoffentlich haben sie in Japan Hemden für Männer über einsfünfundachtzig, dachte ich und war plötzlich wie ausgewechselt.

Denn Hemden kaufen bedeutete Kaufhaus, und da wartete ein Roboter auf mich. Manchmal passte doch alles hervorragend zusammen. Spielkind, sagte meine innere Stimme und in wesentlich besserer Stimmung als noch vor einer Stunde und bar jeglicher Mordgelüste wählte ich Karls Telefonnummer. „Vielleicht weißt du es schon von Irene, ich bin morgen früh mit Eberhardter auf dem Weg nach Japan. Und bevor du fragst, er übernimmt die Kosten"

„Na, immerhin. Viel Glück."

„Ich hätte etwas mehr Enthusiasmus erwartet, Karl."

„Vielleicht nächste Woche wieder." Und schon hatte er aufgelegt.

Ich packte die schmutzige Wäsche in zwei Leinensäcke und schrieb eine Nachricht für Hilde: *Bin wieder ein paar Tage in Japan. Ein Sack für die Reinigung, der andere für die Waschmaschine. In der Reinigung fragen, ob ich da ein Paket nicht abgeholt habe. Abholschein finde ich grad nicht. Geld liegt in der Küche. Lieben Dank.*

Wenn ich meine alte Frau Schenk nicht hätte, würde es hier über kurz oder lang aussehen, wie auf einem Schlachtfeld. Ich warf mich mit einer Zeitung aufs Sofa und fühlte die Erschöpfung plötzlich in allen Knochen. Ich wollte nichts als schlafen und wünschte mir eine einfache Lösung, am besten für alles. Kurz bevor mir die Augen zufielen, wusste ich auch schon, wie das zu bewerkstelligen war:

Liebe Hilde, wischen Sie doch kurz noch mal in der Bank vorbei, und wenn Sie noch Zeit haben, entsorgen Sie auch bitte gleich den alten Gregorius und spülen Sie das Japanproblem in den Abfluss. Müllsäcke sind im Wandschrank.

Montag, 22. Januar 1979, Düsseldorf/Tokyo

Vor der Tür erwartete mich an diesem kalten Morgen derselbe Fahrer wie schon vor zwei Wochen. Als er mich sah, lachte er und ich sagte: „Ich habe alles dabei. Ich muss vorher nur kurz in der Goltsteinstraße vorbei. Los geht's."

„Und dann?"

„Flughafen. Bin schon wieder auf dem Weg nach Japan."

„Sie Glückspilz."

„Das werden wir sehen."

Die Straßen waren leer und wir schafften die Strecken trotz miserabelster Straßenverhältnisse in kürzester Zeit. Zum Abschied gab mir der Fahrer mit der Quittung seine Visitenkarte. „Ich heiße Jussef. Sie können mich auch direkt anrufen."

Ich schaute die Karte an. Jussef war nicht nur Taxiunternehmer, sondern auch im Import-Export-Geschäft tätig. Ich zahlte und reichte ihm meine Karte. „Man sieht sich, Jussef."

Eberhardter stand am Lufthansa Schalter parat, begrüßte mich wie einen alten Freund und händigte mir die Tickets aus.

„Schade, dass wir keine Zeit für ein Mittagessen in der Altstadt haben. Im Flieger gab es nur Brötchen und Kaffee."

„Beim nächsten Mal."

Ich checkte ein und Eberhardter dackelte mir hinterher. Er hatte ein Gerätekoffer dabei, auf den er wie ein Schießhund aufpasste.

„Was ist da drin?"

„Werden Sie schon sehen. Vorbereitung ist alles."

„Waren Sie schon mal in Japan?"

„Nein. Ich bin total auf die Mädels gespannt." Er boxte mir freundschaftlich in die Rippen. Und ich überlegte, ob Eberhardter auf einer Geschäftsreise oder einer Vergnügungstour sei. Jedenfalls konnte ich ihn mit allem, was ich von Herrn Shimura gelernt hatte, weder beeindrucken noch Begeisterungsstürme abnötigen. Bis Hamburg war er mit Kaffee beschäftigt, und bis kurz vor Anchorage war er mit allen Stewardessen auf Du und Du und hatte ihre Telefonnummern eingesammelt. Die Sleeping Lady fand er langweilig und den einsamen Balkon in Anchorage auch. Und bevor ich mich umdrehen konnte, war er mir in der Ankunftshalle abhandengekommen. Schließlich fand ich ihn vor dem ausgestopften Eisbären wieder und konnte ihn nur mit Mühe davon abhalten, sich in die Schlange für die Alaska Crabs zu stellen, wo er bereits Bekanntschaft mit einer japanischen Schönheit gemacht hatte, von der ich ihn loseisen musste. Die Zeit reichte gerade noch für einen Abstecher in den Duty-Free-Shop, um eine Flasche feinsten Cognacs zu erstehen.

„Sie werden sehen, Herr Welter, vielleicht brauchen wir den noch. Entweder zum Feiern oder um unsere Nerven zu beruhigen."

„Ich hoffe Ersteres, Herr Eberhardter."

Er klopfte mir auf die Schulter, drückte mir die Tüte mit der Flasche in die Hand, weil er ja seinen Koffer schleppen musste, und wir erreichten in letzter Minute unseren Anschlussflug.

Auf dem Weg nach Tokyo informierte ich Eberhardter über Ono, erwähnte aber nicht, dass ich nicht sehr viel von ihm hielt. „Das Problem liegt, wie ich Ihnen schon erzählt habe, bei Mr Kizawa. Er ist der starke Mann, der sich durchsetzt und blockiert. An ihm und Tsuda hängt die Lösung. Die beiden zu knacken und von Ihrer Vertrauenswürdigkeit zu überzeugen, das ist ab morgen unsere Aufgabe."

Ich hätte auch mit einer Parkuhr reden können, denn mein Reisegefährte war eingedöst und wachte erst wieder auf, als die Maschine am Flughafen Haneda ihre Parkposition erreichte.

Dienstag, 23. Januar 1979, Tokyo

Eberhardter stieg reichlich derangiert aus der Maschine, während ich mit geputzten Zähnen und gekämmt startklar war.

Ono erkannte ich sofort. Die Visitenkartenzeremonie kam nicht in Schwung, weil Eberhardter seine nicht griffbereit hatte.

„Sorry, Mr Ono, wird nachgeliefert", sagte er in seinem schwäbischen Englisch.

Ono guckte mich pikiert an. Sollte wohl heißen, dass da noch erheblicher Verbesserungsbedarf bestand, für den ich gefälligst zu sorgen hätte.

„Wir haben morgen früh mit den Herren Kizawa, Tsuda und Matsui um 10.30 Uhr den Termin, Herr Masuhara ist leider verhindert."

„Schade, ich möchte mit dem Chef direkt sprechen", sagte Eberhardter nicht eben freundlich. „Das lässt sich bestimmt noch arrangieren, Mr Ono? Ich komme doch nicht den ganzen Weg nach Tokyo, damit Herr Masuhara etwas Besseres vorhat."

Ono zog den Kopf ein und sagte sein Sprüchlein auf: „Das werden wir morgen erfahren. Ich kann nichts versprechen."

Diesmal verzichtete er auf seinen Vortrag aus dem Polyglott, und so recht wollte bei der Fahrt zum Hotel keine Konversation entstehen. Das New Otani schien Eberhardter auch nicht sonderlich zu beeindrucken. Er fragte Ono, wo man was Vernünftiges zu essen bekomme und ob er mit wolle. Mir flüsterte er zu: „Um die Damen für den Nachtisch können wir uns später kümmern. Ich glaube, damit kennt sich Ono wohl nicht aus."

„Aufs *Dessert* sollten wir lieber verzichten, wir haben morgen einen harten Tag."

Ono guckte uns irritiert an und fragte: „Soll ich etwas vorbestellen? Das wäre in Tokyo angebracht. Was möchten Sie denn essen, Eberhardter-san?"

„Ganz egal, irgendwie Japanisch, Mr Ono. Für 18 Uhr."

Eberhardter verschwand mit dem Gepäckträger im Aufzug.

„Wo soll ich reservieren?", fragte mich Ono.

„In einem der besseren Restaurants. Sie machen das schon."

„Okay."

„Hat es was zu bedeuten, dass Herr Masuhara nicht dabei ist?" „Ich weiß nicht. Es wurde nichts kommuniziert."

„Na wunderbar. Das soll mir was werden."

Um siebzehn Uhr klopfte es an der Tür. Ich sprang schlaftrunken aus dem Sessel, um einem Pagen zu öffnen, der eine Nachricht brachte. *Dear Mr Welter, on behalf of Mr Shimura we would like to inform you that you could get in touch with Ms Tsurumi under her well-known telephone number in Yokohama. If you require any further assistance, please call … Dainichi Kokusai Bank.*

Mein Jetlag war wie weggeblasen und ich wählte Michikos Telefonnummer.

„Moshi, Moshi. Tsurumi desu."

„Michiko, bist du das?"

„No, no, I am mother." Dann war die Leitung still. Ich wollte schon auflegen, weil ich vermutete, dass die Verbindung getrennt worden war, aber plötzlich knackte es und meine Stimmung hob sich schlagartig.

„Michiko, wer spricht?"

„Ich bin es, Polo. Ich rufe dich aus dem New Otani an. Eberhardter ist auch hier. Ein gemeinsamer Versuch, wenn man so will."

„Gut. Ich habe am kommenden Sonntag ein Dinner mit Herrn Masuhara und seinem Bankberater von der Dainichi Kokusai Bank."

„Wie hast du das geschafft?"

„Shimura-san hat das eingefädelt. Wie lange bleibst du?"

„Leider nur bis Samstag. Morgen wird Masuhara nicht beim Meeting sein. Hat das was zu bedeuten?"

„Das weiß ich nicht. Kann ich dich heute Abend noch mal anrufen?"

„Natürlich. Versuch's einfach gegen zehn, dann bin ich auf jeden Fall vom Essen zurück. Bis dann."

Meine Zeit reichte gerade noch für den Kampf mit dem Duschvorhang, und kurz darauf machte sich der Herrenklub auf den Weg. Ono hatte im Restaurant Tenichi im Ginza Viertel reserviert, wie er uns stolz berichtete „Wir sitzen über Eck an der Theke, damit Sie dem Tempura-Meister bei seiner Arbeit zuschauen können. Ich hoffe sehr, dass ich für Sie das Richtige ausgewählt habe, Eberhardter-san."

„Da bin ja mal gespannt. Tempura … hab ich noch nie gehört" Eberhardter schaute mich an: „So eine Chance bekommen wir nicht jeden
Tag geboten, nicht wahr, Welter-san?"

Immerhin hatte er sich schon die korrekte Anrede gemerkt.

Wir schauten dem Tempura-Meister zu, wie er Scampi in zähflüssi-
gem Teig schwenkte, um sie dann behutsam in einen Kupferkessel mit
brodelndem Öl zu geben. Vollkommen konzentriert nahm er nach ein
paar Schwenkern mit seinen langen Holzstäbchen die goldgelb gerös-
teten Scampi aus dem Öl und legte sie auf ein Gitter zum Abtropfen.
Erst danach garnierte er sie auf rechteckigen Keramikplatten. Dann
zeigte er uns, welche Soßen dazu passten.

„Man kann sie auch mit reinem Salz ohne Soße essen", sagte Ono.

Eberhardter schmeckten alle Variationen, was er laut zum Ausdruck
brachte, Ono freundschaftlich auf die Schulter klopfte und eine Runde
Bier nach der anderen orderte. In kürzester Zeit war er in ausgelassener
Stimmung und servierte auf *Schwäbenglisch* Anekdoten aus seiner Hei-
mat. Ono lachte, obwohl ich mir sicher war, dass er kein Wort verstand.
Nach dem siebten Bier sang Eberhardter *Auf der schwäb'sche Eisenbahne
… trula trula, trulala …* und übertrug mir die Aufgabe, Ono den Text ins
Englische zu übersetzen.

Gäste, Bedienung und der Tempura-Meister versuchten, ihre Irritation wegzulächeln, aber als Eberhardter ankündigte, gleich morgen dieses Lokal wieder mit seiner Anwesenheit beehren zu wollen, wurden
die Gesichtsmuskeln aller etwas hart. Das wurde auch nicht besser, als
er den Chefkoch nötigte, Arm in Arm mit ihm *trula, trula, trulala* zu singen. Um halb zehn konnte ich ihn endlich von der Theke loseisen. Ono
hielt ein Taxi für uns an und machte sich selbst zu Fuß auf den Heimweg.

Kaum saßen wir im Wagen, sackte mein Schwabe schnarchend auf
dem Sitz zusammen.

Der Hotelportier half mit, ihn aus dem Wagen zu bugsieren, und mit
vereinten Kräften schoben wir ihn zum Aufzug. Ab da musste ich alleine sehen, wie ich mit meinem Reisegefährten klar kam.

„Herr Eberhardter, wir sehen uns morgen früh *hier* vor den Aufzügen um neun zum Frühstück", sagte ich in der Hoffnung, dass er sich
am nächsten Tag noch daran würde erinnern können, schob ihn in sein
Zimmer und rannte zu meinem. Als ich aufschloss, höre ich schon das

Telefon klingeln. Ich hechtete durch die Tür und griff nach dem Hörer.

„Michiko? Hallo."

„Ja. Bist du gerannt?"

„Ja."

„Wo wart ihr?"

„Im Tenichi."

„Nobel, nobel. Alles klar für morgen?"

„Das kann ich noch nicht sagen. Eberhardter hat das Partytier raus-
hängen lassen und den Tempura-Meister umarmt. Wie würdest du das
deuten?"

Sie lachte und sagte: „Was hältst du davon, wenn wir abends in mein
Lieblingslokal gehen, da kann sich der Herr mal richtig austoben, und
ihr könnt mir erzählen, wie es gelaufen ist. Das kann ich gut für mein
Meeting am Sonntag gebrauchen. Weiß Ono von mir?"

„Bis jetzt nicht."

„Dann lass ihn morgen erst mal machen."

Als es Mitternacht war und wir immer noch redeten, fielen mir beinahe die Augen zu, und ich musste mich von Michiko verabschieden.

Mittwoch, 24. Januar 1979, Tokyo

Nachdem Eberhardter nicht wie verabredet am Aufzug war und nicht auf mein Klopfen an seine Zimmertür reagiert hatte, stellte ich kurz darauf erleichtert fest, dass er geschniegelt und gebürstet am Empfang stand und sich mit dem Concierge unterhielt. Ein Page trug seinen Mantel, seine Aktentasche und den ominösen Gerätekoffer und wartete auf Anweisung. Aus dem Augenwinkel sah ich eine hübsche Japanerin, der Eberhardter eine Kusshand zuwarf. Die Dame verbeugte sich und tippelte in ihrem Kimono davon. Als er mich sah, rief er gut gelaunt: „Na?! Auf geht's."

Der Page eskortierte uns bis ins Azalea.

„Hatten Sie eine angenehme Nacht, Herr Eberhardter?"

„Danke. Haben Sie die hübsche Dame gesehen? Zufällig im Aufzug getroffen, wenn Sie verstehen. Heißer Feger." Er zwinkerte mir zu und schlug mir auf die Schulter. Am Tisch angekommen, ordnete der Page Eberhardters Gepäck auf einem freien Stuhl, verbeugte sich und eilte davon.

„Coffee, please!", rief Eberhardter, und im weiteren Verlauf des Frühstücks noch mindestens zehn Mal. Als er meinen fragenden Blick sah, sagte er: „Ich bin kaffeesüchtig. Gibt's Kaffee bei Masuhara?"

„Zuerst müssen Sie deren grünen Tee trinken, danach wird erst der Kaffee serviert. Die Herren rauchen übrigens wie die Schlote."

„Was schlagen Sie vor, wie wir vorgehen sollen?"

„Haben Sie ihre Visitenkarten gefunden? Das scheint mir die Lieblingsbeschäftigung bei Masuhara zu sein, Visitenkarten austauschen."

„Ja, und dann?"

„Ich schlage vor, dass Sie Ihre Firma, Ihre Produkte, Ihre Vernetzung, Ihre Kunden weltweit und wenn Sie wollen mit Umsatzzahlen und Umsatzentwicklung über die letzten Jahre vorstellen. Die Herren werden das Gleiche machen. Das ist deren Lieblingsbeschäftigung Numero zwei."

Er klopfte auf den Koffer. „Allzeit bereit", hebelte ihn auf den Tisch, holte ein rotes Gestell heraus und sagte: „Na? Ist das nix?"

„Ein Overhead-Projektor? Sie schleppen das Ding um die halbe Welt?"

„Inklusive Adapter für Japan und Ersatzlampen. Überall, wo ich hinkomme, fehlen Projektoren oder die Lampen sind kaputt. Aber nicht bei mir."

Ich staunte über das schwäbische Cleverle, aber beruhigt war ich nicht, denn wie ich mittlerweile festgestellt hatte, war Eberhardter immer für eine Überraschung gut. Fragte sich nur, ob die immer erfreulich war.

Ein Page trat an unseren Tisch und meldete, dass das Taxi abfahrbereit sei und Herr Ono uns erwartete. Wir rafften unsere Sachen zusammen, Eberhardter stürzte einen letzten Kaffee herunter und los ging's.

Vor dem Hotel rief Eberhardter Ono zu: „Auf in den Kampf Torero, die Schwiegermutter naht!"

Ono schüttelte den Kopf in völligem Unverständnis.

„Ach, nichts", sagte ich. „Nur so eine deutsche Begrüßung." Mittlerweile dürfte auch der Letzte im Umkreis von einem Kilometer wissen, dass die Deutschen da sind.

Bei Masuhara begrüßte uns die Empfangsdame in fehlerfreiem Deutsch und mit einer tiefen Verbeugung.

„Ha no, schwätzat man denn hier Deutsch?", fragte Eberhardter und erntete lediglich ein entschuldigendes Lächeln von ihr.

„Ich hoffe, sie begleitet uns", sagte er. Aber die Aufzugtüren schlossen sich, und wir schwebten ohne sie nach oben.

Der Visitenkartenaustausch mit Kizawa, Tsuda und Matsui ging ohne Verletzungen über die Bühne. Am Verhandlungstisch gab es grünen Tee und kräftige Zigarettenschwaden. Ono ordnete die Visitenkarten für Eberhardter auf dem Tisch, aber der wartete die offizielle Begrüßung gar nicht ab, stand auf und bat Ono um Übersetzung.

„Meine Herren, von Mister Welter habe ich gehört, dass Sie das Vertrauen in unsere Firma und unsere Produkte verloren haben. Um eines klar zu sagen. Erstens: Ich verstehe Ihre Reaktion. Zweitens: Die Behandlung Ihrer Fragen durch meine Mitarbeiter entsprach nicht dem hohen Qualitätsanspruch, den ich für gewöhnlich anlege, sei es an meine Mitarbeiter oder unsere Maschinen und Anlagen. Und drittens: Ich übernehme die Verantwortung dafür und möchte mich bei Ihnen in aller Form entschuldigen. Wenn Sie nun Fragen an mich haben, ich stehe Ihnen voll und ganz zur Verfügung."

Kizawa & Co. stand die Verblüffung ins Gesicht geschrieben. Sie rutschten auf ihren Sesseln hin und her. War das ein gutes oder schlechtes Zeichen? Kizawa ergriff schließlich das Wort, und nach der japanischen Gebrauchsanweisung für Begrüßungen hieß er uns bei Masuhara willkommen und fragte, ob wir die Firmenpräsentation von Masuhara sehen wollten.

„Danke, ich bin vollauf durch Herrn Welter informiert. Aber wenn Sie mir einen Stromanschluss zeigen, werde ich Ihnen meine Maschinenfabrik samt Entwicklungsabteilung vorstellen. Ihre beiden Mitarbeiter, die uns vor einem Jahr besucht haben, waren jedenfalls begeistert. Ich hoffe, Sie werden es auch sein. Wo sind die beiden überhaupt? Ich hätte sie gerne begrüßt, tolle Bengels."

Tsuda sagte irgendwas zu Ono, aber der zuckte nur die Schultern.

Zum Erstaunen aller hob Eberhardter den Overheadprojektor auf den Tisch, richtete ihn auf die einzige freie Wand hinter uns aus und holte neben einem Adapter unzählige Folien aus seinem Aktenkoffer. Er zog seine Jacke aus, krempelte die Hemdsärmel hoch und legte los.

Tsuda nickte zustimmend, Kizawa folgte dem Vortrag regungslos, und Matsui hatte nach fünf Minuten seinen Stift zur Seite gelegt. Ono kam mit dem Übersetzen kaum hinterher, schwitzte, wischte sich mit einem Taschentuch immer wieder über seine spärlichen Haare, und ein um das andre Mal schaute er Eberhardter hilfesuchend an. Zum Schluss seiner Präsentation lachte er triumphierend in die Runde. „Meine Herren, das ist die Geschichte meines Babys."

Ich fand, ein Applaus sei angebracht, aber ich ließ es lieber sein. Vielleicht gehörte sich das nicht. Ono wischte sich die Schweißperlen von der Stirn. Kizawa und Tsuda verbeugten sich vor Eberhardter, und Matsui, der zunächst versucht hatte, jedes Wort für seinen Bericht mitzuschreiben, fragte: „Können wir Ihre Folien in Kopie bekommen?"

„Herr Welter, was meinen Sie? Ich kann die Folien doch hierlassen, oder?" Ohne meine Antwort abzuwarten, schob Eberhardter den gesamten Stapel über den Tisch. „Für Sie Mister Matsui-san. Made in Germany." Dann holte er aus seinem Aktenkoffer etliche zusammengeheftete, eng beschriebene Schreibmaschinenseiten. „Und das, meine Herren, sind alle Antworten auf Ihre Fragen. Diesmal vollständig und ausführlich."

Jedem einzelnen, auch Ono und mir, legte er je ein Exemplar seiner Ausarbeitung vor. Einige Mitarbeiter bei Eberhardter hatten wohl eine schwere Nachtschicht hinter sich bringen müssen.

„Wenn Sie das gelesen haben, werden Sie keine Fragen mehr haben und können die Anlage getrost annehmen ... worum ich Sie höflich bitte. Denn damit wären alle Irritationen ausgeräumt."

Vor ein paar Wochen hätte ich noch gesagt: Veni, vidi, vici für Eberhardter. Aber ich verkniff mir jede Euphorie. Kizawa schaute auf seine Uhr. „Oh, bereits nach zwölf Uhr. Danke für Ihre Präsentation und Ihre Aufstellung. Wir werden das studieren. Sie sind bestimmt hungrig. Dürfen wir Sie zu einem kleinen Lunch einladen? Bitte erwarten Sie nichts Besonderes. Ihre Sachen können Sie hierlassen, wir kommen danach hierher zurück."

Eberhardter schaute Ono an. „Haben Sie das richtig übersetzt, oder habe ich das nicht verstanden? Warum gehen wir jetzt zum Essen? Ich dachte, die Sache wäre erledigt."

Ono zuckte die Achseln. Die Herren waren schon auf dem Weg zum Aufzug, und uns blieb nichts anderes übrig, als hinterherzugehen.

Im Lokal fanden wir harte Tatamimatten statt bequemer Stühle vor. Also hieß es, Schuhe ausziehen und die langen Beine irgendwie unterbringen. Es ging alles recht gesittet und unfallfrei vonstatten, bis Eberhardter beschloss, ein Häuflein grüner Paste von seinem Teller direkt in seinen Mund zu befördern. Ein fauchender Drache war nichts gegen ihn. Die Masuhara-Leute taten so, als hätten sie es nicht gesehen. Ono rief einen Kellner, der das Malheur auf dem Tisch beseitigte.

„Was war das denn?" Eberhardters Gesicht war rot angelaufen, er hustete und versuchte, den Brand mit Bier zu löschen.

„Wasabi", sagte Ono. „Scharfer Meerrettich. Nur in kleinen Dosen zu genießen. Reinigt den Magen und das Herz."

Eberhardter keuchte: „Damit kann man bestimmt auch Rost entfernen."

Unsere Gastgeber wussten nicht, ob sie lachen oder weinen sollten, und Kizawa sagte sein erstes englisches Wort: „Sorry."

Eberhardter kniff die Augen zusammen, wischte sich den Mund ab und sagte: „Von der schnellen Truppe, was?"

Ono verstand nichts, und ich lächelte und sagte: „Genau."

Tsuda zwinkerte mir zu, dann lachten alle am Tisch. Die Peinlichkeit war vergessen. Eberhardter ging nun wesentlich zurückhaltender mit dem Essen um, fragte ein um das andre Mal bei Ono nach, was man wohin legt und wie viel man davon nehmen sollte. Ono fand seine Fassung wieder und erklärte geduldig.

Als wir das Lokal verließen, sagte Eberhardter zu mir: „Wenn mir die Füße nicht eingeschlafen wären, wäre es richtig lecker gewesen. Die quälen uns hier nur zum Vergnügen. Aber warte, ich hab noch ein Ass im Ärmel."

„Was soll ich übersetzen?", fragte Ono.

„Sagen Sie den Herren, dass es uns sehr gut geschmeckt hat." Dem Ass im Ärmel, von dem ich nicht wusste, was es war, sah ich mit gemischten Gefühlen entgegen.

Im Konferenzraum stand der Kaffee bereit. Kizawa gab das Zeichen für Kaffee und Zigaretten. Eberhardter griff in die Aktentasche und verteilte Zigarren. Seine knipste er sofort ab, rollte das eine Ende im Mund hin und her und sagte: „Und jetzt Sie, meine Herren. Zum glücklichen Abschluss eines großen Deals." Er beugte sich in meine Richtung und flüsterte: „Na, wie hab ich das gemacht?" Er zündete die Zigarre an, der Qualm verbreitet sich im Konferenzraum, die Herren husteten und sahen nicht glücklich aus. So richtig schien das Ass nicht zu stechen. Ono schaute mich ratlos an. Ich schüttelte den Kopf, denn ich ahnte, dass wir hier noch lange nicht fertig waren und es keinen Grund für eine Feier gab.

Wie auf Stichwort kam eine der Mitarbeiterinnen herein und öffnete das Fenster. Als der Qualm abgezogen war, sagte Matsui:

„Danke, dass Sie uns die Antworten auf unsere Fragen mitgebracht haben. Wir werden das im Team besprechen."

Eberhardter, gerade noch euphorisch, fiel kurz die Kinnlade herunter und ich fragte: „Habe ich Sie richtig verstanden, Sie schicken uns ohne Zusage ins Hotel zurück?"

Das eben noch freundliche Gesicht von Herrn Kizawa war versteinert. Mit einer Handbewegung zu Matsui deutete er an, dass der uns jetzt die offizielle Antwort geben sollte. Peinlich berührt und ohne uns anzusehen, sagte er: „Wir schätzen Ihre Bemühungen sehr. Bitte geben

Sie uns Gelegenheit, die Details heute Nachmittag zu prüfen. Wir möchten Ono-san bitten, uns bei der Übersetzung ins Japanische zu helfen."

Ono nickte zustimmend.

„Dürfen wir Ihnen anbieten, dass wir uns morgen um 10.30 Uhr hier wieder treffen?"

„Heißt das, Matsui-san, dass wir morgen die Freigabe bekommen?", fragte ich.

„Das können wir heute noch nicht sagen. Wir brauchen Zeit für die Überprüfung."

Eberhardter paffte seine Zigarre und raunte mir zu: „Jetzt verstehe ich, was Sie hier durchgemacht haben." Und als wollte er seinen Unmut deutlich machen, schickte er ein paar perfekte Rauchkringel in Richtung Matsui. Ob das die Lage entspannte, wagte ich zu bezweifeln.

Uns blieb nichts weiter, als das Feld zu räumen. Draußen wartete ein Taxi auf uns, das uns zum Hotel zurückbrachte. Wie die begossenen Pudel saßen wir auf dem Rücksitz, bis es nach einigen wütenden Schnaubern von Eberhardter schließlich aus ihm herausbrach: „Mein lieber Herr Gesangsverein. Die Bande ist zäh wie Leder. Da lob ich mir die fixen Amis. Zack, zack und fertig. Schade, dass keiner meiner Herren vom Werk heute dabei sein konnte. Die müssen selbst mal erleben, was an der Front vom Kunden erwartet wird. Die werden was zu hören kriegen, wenn ich zurückkomme!"

Der Taxifahrer zuckte zusammen und drehte sich nach uns um.

„Okay, okay", sagte ich.

Dann hing wieder jeder seinen Gedanken nach, bis wir in der Lobby des Hotels vor den Aufzügen standen. Eberhardter schien immer noch so geschockt zu sein, dass er noch nicht mal Augen für die Nachmittags-Lift-Dame hatte, als die Türen sich vor uns öffneten und wir einstiegen.

„Und jetzt werde ich mich hinlegen, Herr Welter. Können Sie den Bericht verfassen und mir die Telexkopie zukommen lassen?"

„Ja, sicher. Heute Abend wollen wir mit meinem Consultant, Frau Tsurumi, zum Essen gehen. Ich sage Ihnen Bescheid, wann wir uns am Aufzug treffen?"

„Gut, gut."

„Danke für Ihren Einsatz, Herr Eberhardter. Das war filmreif."

„So was lernen Sie auch noch. Fragt sich nur, ob es was gebracht hat. Bis später."

Zurück in meinem Zimmer zerrte ich mir die Krawatte vom Hals, kickte meine Schuhe in die Ecke, warf mich aufs Bett und rief Michiko an.

„Wie war es?", fragte sie.

„Ich fürchte ein Reinfall. Wir haben morgen den nächsten Termin."

„Was hast du erwartet? Doch wohl nicht, dass sie das Storno sofort aufheben, nur weil ihr zu zweit nach Tokyo gekommen seid, oder?"

„Doch, Michiko."

„So läuft das hier nicht."

„Aha. Und wie läuft es dann?"

„Mit Gaman. Einfach etwas mit Geduld und Gelassenheit ertragen und am Ball bleiben."

„Geduld ist ein Fremdwort für mich."

„Ich hab's befürchtet. Also: üben, üben, üben."

„Mit dir zusammen? Ich meine, du bist bestimmt ein gutes Vorbild."

„Wie sieht's heute Abend aus? Ich kann um sieben im Hotel sein. Ich werde die nächsten Tage dort bleiben."

„Wunderbar."

„Kommt zum kleinen Counter hinter der Garden Lounge, den mit den Flaschenböden in der Wand."

Bevor ich noch etwas fragen konnte, hatte Michiko aufgelegt. „Gaman", sagte ich laut und schüttelte den Kopf.

Eberhardter klang am Telefon verschlafen, versprach aber, pünktlich zu sein.

Im Business Corner des Hotels machte ich die Lochstreifen für die Telexe nach Stuttgart und Düsseldorf fertig, als im selben Augenblick ein Fernschreiben für mich reinkam: *Antwort von der Bank eingetroffen. Bis Ende Januar müssen wir Haftung über eine Mio. unterschreiben oder Konto ausgleichen, Kreditrahmen nur noch gegen Sicherheiten. Was hast du erreicht? Gibt Eberhardter die Zahlung der Provision frei? Karl.*

Zurück im Zimmer wählte ich seine Nummer und wurde sofort angegrummelt. „So eine Scheiße mit der Bank, Polo. Ich lese gerade deinen Bericht, auch großer Mist. Und du bist nicht da. Hat Eberhardter wenigstens die Provisionszahlung freigegeben?"

„Karl, alles Fragen, die ich nicht mit einem Ja beantworten kann. Das geht hier alles nicht so schnell."

„Sollte es aber. Uns geht der Arsch allmählich auf Grundeis."

„Wir bleiben mal alle ruhig. Heute Abend treffen wir uns mit Michiko und stecken die Köpfe zusammen."

„Ja, ja … was soll die schon ausrichten können. Viel wichtiger ist, was machen wir mit der Bankbürgschaft? Du weißt, ich bin nicht bereit, Eigenkapital zu riskieren."

„Ich bin bereit, hunderttausend als Darlehen zu geben. Du könntest etwas mehr Einsatz zeigen."

„Und du solltest verstehen, dass Eigenkapital nicht die Lösung ist. Sieh zu, dass du das Geld von Eberhardter bekommst."

„Sag den Herren von der Bank, ich wäre in Japan, sie sollen sich nicht so anstellen."

„Polo, so einfach geht das nicht."

„Wenn du alles ablehnst, was soll ich dann noch tun? Eins ist klar, die Provision für die Maschine in die USA wird von Eberhardter nicht einbehalten. Wir finden schon eine Lösung, und vertröste die Bank bis nach meiner Rückkehr."

„Die kleine Geisha hat ja mächtig Eindruck bei dir hinterlassen."

„Karl! Ich weiß nicht, welcher Esel dich getreten hat, aber trotzdem schöne Grüße. Begreifst du nicht? Ich werde mein letztes Hemd geben, um meinetwegen auch zweihunderttausend zusammenzukriegen. Ich verkaufe die Wohnung auf der Cecilienallee … was willst du noch? Du sagst immer nur Nein."

„Ich glaube, du bist verrückt geworden."

„Bin ich nicht. Dein Haus ist abbezahlt, deine Familie ist versorgt, und verhungern wird niemand. Du bist der Bremser, nicht ich."

Wenn ich die Geräusche richtig deutete, war Karl gerade dabei, seinen Pfeifenstiel zu zerbeißen.

„Schreib du mir nicht vor, was ich mit meinem Geld machen soll. Ich werde mir was einfallen lassen, Marco. Aber das wird dir dann auch nicht gefallen."

„Lassen wir es drauf ankommen. Tschüss."

Ich legte auf und hatte nicht übel Lust, mir die Flasche Cognac bei Eberhardter auszuleihen. Karl ging mir mit seinem Gezeter gehörig auf die Nerven. Ich tat doch schon, alles, was ich konnte. Was wollte er denn noch? Ich nahm eine Cola aus der Minibar und schaute aus dem Fenster. Die Aussicht war gar nicht mehr so berauschend wie noch vor zwei Wochen. Tokyo war ein Moloch von einer Stadt – und heute lächelte er ganz und gar nicht. Es war nasskalt und diesig. Aber mit der wunderbaren Aussicht, Michiko am Abend wiederzusehen, war ich fest entschlossen, mich von diesem Monster nicht fressen zu lassen.

Kurz vor sieben, dank der Reiseleitung eines Pagen durch das halbe Hotel, standen Eberhardter und ich pünktlich am Counter mit der Flaschenwand. Als ich Michiko sah, hätte ich am liebsten stolz verkündet: Eberhardter, da, das ist sie. Sie wird unser Geschäft in Japan und mich retten. Stattdessen sagte er: „Sehen Sie die Dame im grauen Mantel mit dem schwarzen Pelzkragen? Das wäre doch was für mich."

Bevor ich ihn aufklären konnte, kam Michiko auf uns zu und gab mir rechts und links einen Begrüßungskuss auf die Wange. Eberhardter nahm ihre Hand und hauchte einen Kuss darauf. „Schade, ich wusste nicht, dass Herr Welter Sie schon gebucht hat. Gibt es eventuell eine Schwester von Ihnen, die mich heute beglücken kann?"

Michiko guckte fragend von einem zum anderen.

„Herr Eberhardter, darf ich vorstellen: Das ist Frau Tsurumi, die Dame, die uns bei Masuhara weiterhelfen wird. Michiko, das ist Herr Eberhardter aus Stuttgart, um dessen Deal es geht." Ich beugte mich zu ihm hinüber und zischte: „Und die hat keine Schwester."

Eberhardter zischte belustigt zurück: „Woher wollen Sie das denn wissen?"

Michiko befreite ihre Hand aus Eberhardters Pranke. „Leider habe ich nur einen jüngeren Bruder. Und meine Freundinnen sind zurzeit alle sehr beschäftigt. Wie schade für Sie."

Nicht im Mindesten peinlich berührt, rammte Eberhardter seinen Ellenbogen in meine Rippen. „Die ist gut, die ist gut."

Ich wünschte mir, ich wäre woanders.

„Wollen wir, meine Herren? Heute Abend nur Tanoshimimasho. Einverstanden?", sagte Michiko und war schon auf dem Weg zum Ausgang.

„Was immer das ist", sagte Eberhardter, „wenn sie dabei ist, bin ich es auch."

Wir folgten ihr zum Ausgang, und ich flüstere Eberhardter zu: „Frau Tsurumi ist *keine* Geisha."

„Vielleicht ändert sich das im Laufe des Abends noch." Er beschleunigte seine Schritte und bot Michiko an, sich bei ihm unterzuhaken. Sie drehte sich um. „Polo komm, sonst werde ich noch entführt."

Als ich zu den beiden aufschloss und Michiko sich bei mir unterhakte, sagte Eberhardter: „Die Dame hat mich durchschaut."

Wie gut für uns alle, dachte ich.

Während wir über die Mitsuji Dori schlenderten, erklärte Michiko die Reklametafeln an den Gebäuden. „Das sind die Schilder der einzelnen Karaoke Bars, bestimmt fünfzig bis sechzig in einem Gebäude. Da wird getrunken und gesungen. Wenn ihr nach dem Inakaya noch wollt, gehen wir ins Moon und singen."

Beinahe liefen wir an Michikos Lieblingslokal vorbei. Eine Außentreppe führte nach oben in den ersten Stock.

„Die weißen Kegel, die ihr hier rechts und links auf der ersten Stufe seht, sind aus Salz. Es soll den Teufel abhalten. Und für euch beide heißt das heute Abend, lasst eure Teufel draußen und vergesst eure Sorgen. Das ist Tanoshimimasho."

Aus dem Lokal drang lautes Rufen und Geschrei bis auf die Treppe. Michiko stieß die Tür auf und sofort kam uns ein schnauzbärtiger Kellner in der blauen Kleidung japanischer Bauern aus dem vergangenen Jahrhundert entgegen. Ich hörte nur seine laute Bassbaritonstimme mit einem „Irrashaimasse Michiko-san", und schon schallte es im Chor aus dem Lokal zurück „Irrashai Michiko-san, Irrashaimasse."

Eberhardter winkte in die Runde. „Ich glaube, hier sind wir richtig."

Kaum hatte uns der Schnauzbart die Mäntel abgenommen, wurden wir auf kurzbeinigen Hockern an einem U-förmigen Tresen platziert und von zwei jungen Köchen begrüßt, die inmitten von Gemüsen, Meeresfrüchten, Hühnerschenkeln, Rind- und Schweinefilets und weiterer Köstlichkeiten knieten. Sobald etwas bestellt wurde, annoncierten die Kellner laut schreiend durch das gesamte Lokal. Die Köche brieten das Gewünschte über einer offenen Flamme, nicht ohne vorab im Chor mit den Kellnern zackig etwas zu rufen, das Michiko uns übersetzte: „Michiko hat soeben frittierten Oktopus mit heißen Kartoffeln und Butter bestellt, danke. Ja, ja, ja. Wird sofort gemacht!"

„Offensichtlich kennt man dich hier", sagte ich.

„Ich bin mit allen befreundet."

„Wie lange müssen die armen Jungs denn auf ihren Knien hocken?", fragte Eberhardter.

„Nur zwei Stunden, dann werden sie abgelöst."

Eberhardter guckte auf seine Knie. „Das wäre nix für mich."

Als das Telefon so laut schellte, dass es den hohen Geräuschpegel übertönte, wurde sofort der Hörer abgenommen und Köche und Kellner riefen im Chor: „Maido arigato gozaimasu, Akasaka Inakaya desu."

Michiko übersetzte: „Danke für Ihren Anruf. Hier ist das Inakaya in Akasaka."

„Toll! Das ist ja wie Fasnet", rief Eberhardter.

Ein Bier gab das andere, und wir stiegen irgendwann auf heißen Sake um, was die Thekenmannschaft mit lautem: „Hai, Hai, Hai", quittierte. Und vom Bier beflügelt, riefen Eberhardter und ich auch: „Hai, Hai, Hai!" Er prostete mir zu und krähte: „Düsseldorf, Helau! Und dazu einen Samtkragen. Lokalrunde für alle, bitte!"

Die Bedienung schwärmte aus, um allen Gästen Sake zu bringen. Sie prosteten uns dankend zu.

Bei der dritten Lokalrunde tranken bereits alle aus großen Teetassen.

„Und jetzt mal zu uns Hübschen", sagte Eberhardter, beugte sich zu Michiko hinüber und legte ihr den Arm um die Schulter. „Ich heiße Walter und du?"

Michiko hob ihre Tasse. „Ich bin Michiko."

„Na, geht doch." Er drückte ihr einen feuchten Schmatzer auf die Wange. Sie lächelte gequält und wand sich aus seiner Umarmung.

„Und jetzt du, Herr Welter!"

„Marco."

„Toll, Marco."

Bevor ich es verhindern konnte, hatte er mich im Klammergriff und auf meinen Wangen landeten feuchte Bruderküsse. Die Köche schauten uns irritiert zu, sagten aber kein Wort.

Ich flüsterte Michiko zu: „Ich glaube, es ist so weit. Haben wir irgendeine Ahnung, wie wir Walter ins Hotel kriegen?"

„Schubkarre?"

Eberhardter versuchte die Toilette zu finden und landete an einem anderen Platz knapp neben dem niedrigen Hocker, was von allen mit herzhaftem Gelächter und lautem Helau begleitet wurde. Wir halfen ihm auf, und er hielt Michiko sein Portemonnaie unter die Nase: „Zahl mal bitte, Mädchen."

Sie legte der Bedienung etliche Yen-Scheine hin, was mit vielen Verbeugungen quittiert wurde.

Michiko und ich hakten Eberhardter unter, und er schmetterte noch ein letztes „Sayonara und Helau" in die Runde. Dann verließen wir das Lokal unter lautem Gelächter und Segenswünschen aller Beteiligten und hielten ein Taxi an. Aber kaum hatten wir unseren Freund hineinbugsiert, rief er: „Marco! Wir müssen noch mal zurück."

„Hast du was vergessen?", fragte Michiko.

„Ja. Wir müssen denen noch Zicke Zacke, Hühnerkacke, Hoi, Hoi, Hoi beibringen ... und wir haben nicht geschunkelt."

Donnerstag, 25. Januar 1979, Tokyo

Am frühen Morgen rief ich Michiko mit rauer Stimme an und erwartete zumindest eine ordentliche Standpauke. Doch das Erste, was sie sagte, war: „Weißt du, ob Eberhardter noch lebt?"

„Das will ich ihm geraten haben – wer feiert, kann auch arbeiten."

„Ich habe seine Brieftasche noch. Die gebe ich an der Rezeption ab."

„Danke. Ich hoffe, du hast jetzt keinen sooo schlechten Eindruck von uns bekommen."

„Geht so ...", sagte Michiko ernst. „Der Abend war toll, aber Walter sollte es vermeiden, nachts an die Türen junger Damen zu klopfen."

„Er hat was?!"

„Geklopft. Für ihn war der Abend noch lange nicht vorbei. Das ist die Kurzfassung."

„Und dann?! Warum hast du mich nicht angerufen?"

„Das bekomme ich schon alleine hin. Der Sicherheitsdienst ist mit zwei Pagen gekommen, und die haben ihn zurück in sein Zimmer gebracht."

„Also, das tut mir wirklich leid, aber Walter ist manchmal ..."

„Alles nicht so schlimm. Wir sehen uns heute Abend. Vielleicht hat er bis dahin seinen natürlichen Charme zurück."

„Michiko, also wirklich ... Das ist ..."

„Ich sage doch: Nicht der Rede wert. Er ist nicht der Erste und er wird auch nicht der Letzte sein, der die Dinge sehr falsch versteht. Und ich bin ein großes Mädchen und weiß mir zu helfen. Bis später."

Walter traf ich wie geplant vor dem Azalea zum Frühstück.

Er war bestens gelaunt, und ich hätte ihm den Hals umdrehen können. Was fiel diesem Spätzle-Casanova eigentlich ein?

„Guten Morgen, Walter. Auf ein Wort, bitte." Ich zog ihn vom Eingang weg in eine ruhige Ecke.

„Was ist denn los, Marco?"

„Belästigst du noch einmal Frau Tsurumi, lasse ich dich hier stehen und dann kannst du zusehen, wie du klarkommst. Haben wir uns verstanden?"

„Ich soll was?"

„Frag den Mann vom Sicherheitsdienst, der erklärt es dir bestimmt gerne, er hat dich ins Bett gebracht. Jeden Kimono anzumachen, der dir über den Weg läuft, ist eine Sache, aber meinen Consultant zu belästigen, ist eine ganz andere. Wenn Michiko wegen deiner seltsamen Art zu Flirten aussteigt, dann war es das, dann kannst du zusehen, wie du hier klarkommst."

Eberhardter wankte ein bisschen. Dann räusperte er sich und sagte: „Tut mir leid … Ich kann mich gar nicht … erinnern."

„Wie schön für *dich*. Michiko erinnert sich leider an alles."

„Und jetzt?" Plötzlich sah Eberhardter aus wie der Lümmel von der letzten Bank, der sich vor dem Schuldirektor verantworten musste.

„Wie wäre es mit einer Entschuldigung? Vorzugsweise ehrlich gemeint."

„Ja. Ja. Marco … das mache ich."

„Und wenn nicht, hetze ich dir die Yakusa auf den Hals, die schneiden dir den kleinen Finger ab."

„Wer sind die denn, diese …"

„Die japanische Mafia." Wie gut, dachte ich, dass der Polyglott auch ihnen ein Kapitel gewidmet hatte.

Uns blieb nicht mehr viel Zeit. Eberhardter schüttete Mengen von Kaffee in sich hinein. Etwa bei der zehnten Tasse sagte er:

„Die ist aber auch toll. Marco, siehst du das nicht? So ein Mädel ist eine Zehn, wenn nicht sogar eine Elf … So was in meiner Sammlung zu haben …"

„Walter! Denk an deine Finger."

„Ja, ja … schon gut." Der Rest seiner Lobeshymne auf Michiko ging in der nächsten Kaffeelieferung unter. Und kaum hatte er den letzten Schluck getrunken, sprang er auf und eilte zur Rezeption. „Bin gleich wieder da."

Ono erwartete uns Punkt zehn Uhr an den Aufzügen. Eberhardter kam dazu. Er rieb sich die Hände. „So, alles erledigt."

„Und zwar?"

„Blumen und Präsentkorb, mit Karte … für … was weiß ich wie viel Yen …"

Ich musste grinsen. Vor allem, weil Ono uns wieder anguckte, als kämen wir aus einer anderen Welt, was ja der Fall war, wenn man es genau nahm.

Eberhardter wandte sich Ono zu. „Wie war's gestern noch bei Masuhara? Sind Sie klargekommen?"

„Es war ein langer Tag, aber ich habe alles übersetzt."

„Und jetzt ist alles in Butter?"

„Das Team von Tsuda-san hat wohl die ganze Nacht über die Fragen und Antworten diskutiert."

„Was gibt es da so lange zu quasseln? Es ist doch alles schriftlich zusammengefasst worden. Ich verstehe das nicht."

„Eberhardter-san, in Japan gehen die Uhren anders. Hier wird jeder Stein hundertfach umgedreht und geprüft, ob es auch ein fester Stein ist. Das ist nervtötend für Sie, das weiß ich. Aber, Shoganai, da kann man nichts machen. Das ist so."

Ich sah, wie sich Eberhardters Wangen röteten, und wollte etwas Beschwichtigendes sagen, doch er kam mir zuvor: „So geht das nicht Onosan. Die haben doch alle Regeln im internationalen Geschäft gebrochen. Muss ich denen das auch noch erklären?"

„Walter, bitte."

Die umstehenden Hotelgäste warfen bereits Blicke.

„Da ist noch etwas", sagte Ono. Er hatte seine Stimme gesenkt. „Ihre Leute haben Herrn Tsuda vor der gesamten Firma bloßgestellt und seine Autorität untergraben. Das habe ich gestern noch erfahren."

„Was sollen meine Mitarbeiter ...?!"

„Es muss wohl mehrere Telefongespräche zwischen dem Team von Tsuda-san und Ihrem Betriebsleiter gegeben haben, um endlich Antworten auf die Fragen im Brief zu bekommen. Bei einem Gespräch, bei dem alle mitgehört haben, soll der Satz gefallen sein: Auf solche Fragen antworten wir nicht, dass wüsste in Deutschland jeder Lehrling im ersten Lehrjahr. Außerdem wären die Fragen bereits mehrfach beantwortet worden. Dabei wollte Tsuda-san lediglich sicher gehen, dass sie alles richtig verstanden hätten, um die Anlage selbst aufbauen zu können."

„Das kann ich mir nicht vorstellen", sagte Eberhardter.

„So muss es aber gewesen sein, denn Kizawa-san hat seitdem die Oberhand und kann alles damit Zusammenhängende ablehnen. Tsuda dagegen will frischen Wind in die Firma bringen und ohne Zwischenhändler vom Import über Aufbau und Maintenance solche Anlagen selbst betreiben. Und jetzt muss er gegen das Beharrungsvermögen des Establishments ankämpfen."

„Da muss ich meinen Betriebsleiter fragen. Was können wir tun?"

„Das weiß ich nicht, das werden wir heute sehen. Bitte erwähnen Sie mit keinem Wort, was ich Ihnen gerade erzählt habe."

Im Taxi brütete jeder vor sich hin. Bei Eberhardter war ich mir nicht sicher. Schmiedete er Mordpläne, oder schlief er seinen Rausch aus? Und ich? Nun ja, Mordpläne konnte man das nicht nennen, aber Sorgen machte ich mir schon. Nach allem, was ich bis jetzt in dieser Angelegenheit erlebt hatte, war ich auf alles gefasst, und falls sich Onos Aussage bewahrheitete, müsste ich Eberhardters Betriebsleiter persönlich zum Duell fordern.

Bei Masuhara Sangyo ging es zwar los, aber dass nur Kizawa und Tsuda zum Meeting angetreten waren, ließ mich aufhorchen. Matsui wurde entschuldigt, er wäre noch mit dem Team dabei, die Antworten durchzugehen.

Walter polterte sofort los. Sein *Schwäbenglish* wurde von Satz zu Satz unverständlicher. Auf Onos Stirn sammelten sich dicke Schweißperlen, während die Herrn Kizawa und Tsuda gelassen wie die Buddhas dasaßen. Ich war mir nicht mal sicher, ob sie überhaupt zuhörten.

Endlich war Eberhardter fertig, und Herr Kizawa wandte sich direkt an mich: „Welter-san, unsere Rechnung an Ihre Firma ist noch offen, wir haben Sie um sofortige Zahlung gebeten." Wohl auch, um weitere Diskussionen zu vermeiden und noch bevor ich überhaupt protestieren konnte, sprach er Eberhardter an. „Bitte lassen Sie uns Ihre Antworten mit Ihnen noch einmal durchgehen."

Eberhardter war kurz davor zu explodieren, und ich sagte: „Mach es einfach."

„Okay. Welche Fragen haben Sie?"

Ab jetzt ging es um Details und Finessen, die er bis in die verzweigten Einzelheiten beantwortete. Gut, dass zwischenzeitlich Kaffee serviert wurde, meine Kehle war ausgetrocknet. Zum Zuhören verdammt, wurde mein Kopf immer schwerer. Eberhardter und Ono ackerten sich durch alle Fragen, die Kizawa stellte, und Tsuda schrieb fleißig mit. Meine Gedanken wanderten zu den bedrohlichen Rechnungen und zu meinem sturen Karl. Kizawa bremste mein Gedankenkarussell mit den Worten: „Danke Eberhardter-san und Ono-san, Sie haben uns sehr geholfen. Wir werden Ihre Informationen an unsere Members weitergeben und beim nächsten Board Meeting entscheiden, wie wir weiter vorgehen."

„Beim nächsten Board Meeting? Und wann wird das sein, meine Herren?", fragte ich und warf Ono einen warnenden Blick zu. Er reagierte sofort und sagte: „Lassen Sie mich mal machen."

„Nein, Ono-san."

„Genau *das* wollte ich auch gerade sagen", polterte Eberhardter dazwischen. „Teilen Sie den Herren mit, dass ich meine Zeit nicht gestohlen und den langen Flug nicht auf mich genommen habe, um mir jetzt anhören zu müssen, dass beim nächsten Board Meeting, wann auch immer das sein soll, beschlossen werden *könnte*, wie Masuhara gedenkt, weiter vorzugehen. Ich habe alle Fragen beantwortet, machen Sie denen das klar. Es gibt einen gültigen Kaufvertrag, egal ob zwischen meiner Firma und Masuhara oder zwischen TransGlobal Services und Masuhara. Den will ich heute hier und jetzt erfüllt wissen. Und noch eins: Die Container sind längst auf dem Weg hierher! Es gibt für Masuhara laut internationalem Wirtschaftsrecht kein Zurück. Sagen Sie ihm das. Aber deutlich, wenn ich bitten darf."

Ono übersetzte, und als er geendet hatte, schauten Kizawa und Tsuda durch uns hindurch.

„Meine Herren", sagte ich, „Sie brauchen doch diese Anlage dringend, warum ziehen Sie alles so in die Länge?"

Die beiden blieben stumm. Eberhardter sprang auf. „Ich mache Ihnen ein Angebot, wenn Sie die Anlage zur Auslieferung heute, ich sage ausdrücklich, nur heute … freigeben. Hören Sie gut zu, das ist ein einmaliges Angebot: Ich schicke Ihnen zwei Monteure, die die Maschinen aufbauen und einfahren ... auf meine Kosten."

Ono übersetzte. Dann sagte fünf Minuten lang keiner was, bis Kizawa das Wort ergriff: „Danke für Ihr Angebot, Eberhardter-san. Wir wissen das sehr zu schätzen, doch bitte haben Sie Verständnis, dass wir erst mit unserem Team sprechen und dann die Entscheidung abwarten müssen."

„Was hindert Sie daran, sich *jetzt* mit Ihrem Team zurückzuziehen und die Freigabe zu besprechen? Herr Eberhardter steht Ihnen *jetzt!* zur Verfügung", sagte ich und erntete nichts weiter als beklemmende Stille.

„Das Meeting ist beendet, es gibt auch keine Einladung zum Lunch. Ich erkläre Ihnen nachher, was das bedeutet", flüsterte Ono.

„Wann ist das dämliche Team-Meeting?", fragte Eberhardter und beugte sich weit über den Tisch, dass Kizawa und Tsuda zurückwichen. Kizawa sprach endlich wieder und Ono übersetzte: „Montagvormittag nächster Woche. Danke noch einmal, dass Sie den weiten Weg zu uns auf sich genommen haben."

Wir packten unsere Sachen zusammen. Ono zog uns beide aus dem Raum. Im Taxi klärte er uns auf: „Die konnten die Stornierung heute nicht zurücknehmen. Da sind jetzt so viele Leute von Masuhara involviert, die nach Vorlage aller Antworten ihre Einschätzung abgeben werden. Daraus wird dann die Vorlage für den kommenden Montag abgefasst. Das ist das japanische System."

„Jetzt mal ehrlich, es ist eine Frechheit, uns so zu behandeln. Sie waren gestern Abend dabei. Was denken Sie persönlich darüber?"

„Ah, Eberhardter-san. Shoganai. Es ist wie es ist. Ich denke nichts. Am Montag werden wir weitersehen. Setzen Sie sich nicht unter Druck. Und vor allen Dingen, zeigen Sie nicht Ihren Unmut."

„Mit anderen Worten, wir sind nicht weiter als vorher."

„Doch, das sind wir wohl. Masuhara ist vollständig informiert. Und Sie haben ein sehr großzügiges Angebot gemacht. Ich hoffe nur, das reicht zur Rehabilitation von Tsuda-san."

„Na, wenn das alles ist. Erfolg sieht für mich anders aus. Ich bestehe auf einer Entscheidung. Rufen Sie da nachher noch mal an. Teilen Sie denen das mit."

„Das wird niemanden beeindrucken, Eberhardter-san. Glauben Sie mir."

Eberhardter schnaubte und sagte auf Deutsch: „Das ist auch so ein Weichei. Was machen wir jetzt, Marco?"

„Was Ono sagt. Abwarten und Plan B. Wir sind noch nicht am Ende der Fahnenstange. Vorausgesetzt, deine Blumen und der Präsentkorb erfüllen ihren Zweck. Falls nicht, warten wir bis Montag und überlegen uns schon mal, wie lang der Strick sein soll, an dem wir uns aufhängen werden, falls Masuhara immer noch nicht zufrieden ist."

„Deinen Humor möchte ich haben, Marco."

„Ja, den wollen viele, aber nur wenige sind auserwählt."

Und endlich hellte sich Eberhardters Gesicht wieder auf. Er klopfte mir auf die Schulter. „Schon gut, Marco. Schon gut."

Nachdem wir uns im Hotel von Ono verabschiedet hatten, gingen wir auf unsere Zimmer. Auf meinem Bett lag ein Umschlag mit einem Telex von Karl: *Der alte Gregorius will bei uns mit fünfzig Prozent einsteigen. Da käme schnell Geld in die Kasse. Würde unser Problem sofort lösen. Deine Meinung? Ruf mich an. Neues von Masuhara? Karl.*

„Was?!" Mit dem Telex in der Hand lief ich hin und her, warf mich aufs Bett, nur um sofort wieder aufzuspringen. Im Bad schnauzte ich mein Spiegelbild an: „Der Alte Gregorius?! Ist Karl von Sinnen? Marco! Was passiert hier gerade?!"

Der Marco im Spiegel wusste es auch nicht. Der vor dem Spiegel bekam beinahe einen Atemstillstand. Der Herr *Papa* wagt es, seine Finger nach unserer Firma auszustrecken?! Alles, bloß das nicht!

Ich musste mit Karl sprechen, egal wie früh oder spät es grad in Deutschland war. Nach dem zehnten oder zwölften Klingeln knackte es in der Leitung.

„Schumann?"

„Karl, ich bin es. Wir müssen reden."

„Aber nicht um fünf Uhr morgens."

„Oh doch! Wir kommen eben von Masuhara zurück. Entscheidung fällt erst am Montag nächster Woche. Mehr war nicht drin."

„Und Eberhardter?"

„Hat getan, was er konnte."

„Kann ja nicht viel gewesen sein."

„Doch, das war jede Menge. Er hat alles in die Waagschale geworfen, inklusive finanzieller Einbußen für seine Firma. Und jetzt zu Gregorius: Aus welchem Loch kommt der gekrochen?"

„Frag deine Ex, du Plaudertasche. Aber vielleicht hat das auch sein Gutes, er will fünfzig Prozent unserer Anteile. Die Bankangelegenheit übernimmt er auch. Über den Preis haben wir noch nicht …"

„Stopp, Karl. Stopp! Das ist doch keine Lösung."

„Seh ich anders. Sein Einstieg wäre auch für unsere Akquise *die* Gelegenheit. Der wird eine Menge Kontakte mitbringen.

„Nur über meine Leiche."

„Jetzt hör doch mal zu. Ich habe mit der Bank immerhin eine Gnadenfrist von zwei Wochen ausgehandelt."

„Wenn wir Montag das Okay bekommen, ist der Spuk doch vorbei. Und fang um Himmels willen keine Verhandlungen mit Gregorius an."

„Wenn du unbedingt dabei sein willst, hiev deinen Hintern hierher. Am besten morgen."

„Ich fliege zurück, wenn der Job hier erledigt ist. Alles andere muss warten."

„Wird es aber nicht, Marco."

Bevor ich noch etwas erwidern konnte, wurde ich von Karl abgehängt. Mir war danach, einen Stuhl durchs geschlossene Fenster zu werfen, aber ich beherrschte mich und setzte mich buchstäblich auf meine Hände, damit ich nichts Unüberlegtes veranstaltete. Ich brauchte frische Luft. Ich musste meine Gedanken sortieren. Ein Fußmarsch würde mir guttun, und ich machte mich auf den Weg ins Kaufhaus. Dort stopfte ich mich in der Lebensmittelabteilung mit allem Guten, was es dort gab, voll und erntete Beifall für mein Fassungsvermögen. Dann kaufte ich einen Roboter für mich, einen hübschen Schal für Hilde, drei Hemden für mich, eine Glückskatze für Irene und ließ mir von einer Verkäuferin den Weg zur Porzellanabteilung zeigen. Dort suchte ich zwei wunderschöne Schüsseln für Mama-san aus, die ich auf dem Rückweg zum Hotel umgehend bei ihr auslieferte. Ihr Lachen und die vielen Verbeugungen ließen darauf schließen, dass ich adoptiert war. Jetzt fehlte mir nur noch Ralph D., egal, ob mit Bademantel oder ohne, aber der war längst in Texas und beriet Firmen dabei, durchzuhalten. Man kann nicht alles haben.

Die kleine Tour hatte immerhin dazu beigetragen, dass ich mich besser fühlte. Eberhardter schien sich auch wieder gefangen zu haben, denn als ich ins Hotel zurückkam, wurde mir von einem Pagen am Empfang mitgeteilt, dass er mich in der Garden Lounge erwartete. Bevor ich mich auf den Weg machte, bat ich den Concierge, meine Zimmerreservierung bis Dienstag zu verlängern und mein Ticket umzubuchen. Die Einkäufe ließ ich auch gleich da.

Walter saß an einem Tisch am Fenster mit direktem Ausblick auf den breiten Wasserfall, der nur fünfzig Meter vor uns in die Tiefe rauschte.

„Na, ein bisschen Dampf abgelassen, Marco?"

„Nicht, was du denkst. Musste noch ein paar Besorgungen machen und eine Schuld begleichen. Alles okay. Hast du dich inzwischen sortiert?"

„Man glaubt ja gar nicht, was eine Massage alles bewirkt, auch wenn die Masseuse ausgesehen hat wie ein schlecht gelaunter Samurai. Ich hab mich gar nicht getraut …"

„War auch besser so. Vielleicht war es einer."

„Solltest du auch mal machen. Und jetzt zum Geschäft."

„Ich bleibe bis Dienstag, um die Entscheidung abzuwarten."

Walter nickte. „Das ist gut. Das ist gut, Marco. Ich muss morgen zurück, koste es, was es wolle. Danke, dass du hier die Stellung hältst."

„Nicht der Rede wert, aber ich habe eine Bitte an dich."

„Und die wäre?"

„Michiko hat das Treffen mit Masuhara am Sonntag, vielleicht kann sie positiv einwirken, und wenn die beim Board Meeting die Maschinen freigeben, kannst du uns dann die anteilige Provision zügig überweisen?"

„Ja, das kann ich machen … abzüglich der Kosten für die zwei Monteure. Das Elend teilen wir fifty-fifty."

„Einverstanden."

„Warum habt ihr es so eilig mit der Provision?"

Ich überlegte noch einen Moment, ob ich Eberhardter ins Bild setzen sollte. Dann sagte ich: „Die Bank steht uns plötzlich auf den Füßen. TransGlobal läuft gut bis sehr gut, bis auf das Japan-Problem, um es mal so auszudrücken. Wir nutzen höchstens zwanzig Prozent unseres Kreditrahmens, aber plötzlich werden die Herren von der Bank nervös. Je schneller die beruhigt werden, desto besser."

„Da stimmt doch was nicht. Wird im Country Club schlecht über euch geredet?"

Jetzt stand mir die Verblüffung wohl ins Gesicht geschrieben, und Eberhardter sagte: „Marco, wenn man so eine Firma, wie ich sie habe, erfolgreich führen will, muss man mit allen Wassern gewaschen sein. Der alte Eberhardter ist nicht so blöd, wie er aussieht und wie er sich manchmal verhält."

„Da bin ich aber beruhigt. Es ist so ähnlich, wie du sagst. Verletzte Eitelkeiten. Der Vater meiner Ex-Verlobten grätscht uns wohl rein. Das bleibt aber unter uns."

„Selbstverständlich. Weißt du, ich meine mich zu erinnern, dass die Privatbank, bei der ich meine Firmenkonten habe, eine Filiale in Düsseldorf hat. Ja, ich glaube schon … was meinst du?"

„Eine Filiale in Düsseldorf, so was Feines."

„Wir verstehen uns. Ruf mich an, wenn du Bedarf siehst."

Mitten in unser Gespräch tippte Michiko auf Eberhardters Schulter.

„Was macht ihr beiden denn hier?"

„Hallo Michiko, setzt dich zu uns. Wir lecken unsere Wunden, die uns heute Morgen geschlagen wurden."

Eberhardter guckte Michiko an, als erwarte er dringend Absolution. Aber Michiko sagte nichts zu dem Thema, sondern erklärte, wie in japanischen Firmen Entscheidungen gefällt werden, und wir lernten wieder ein neues Wort: Ringi System.

„Aber das ist doch furchtbar unpraktisch", sagte Eberhardter. „Entweder ich bin der Chef oder ich bin der Chef."

„In Deutschland vielleicht."

„Ich bleibe bis Dienstag", sagte ich.

„Ja, Marco bleibt tapfer hier. Ich fliege morgen. Obwohl ich gerne noch geblieben wäre ..."

Michiko warf Eberhardter einen strengen Blick zu und er verstummte.

„Habt ihr Lust auf Nudeln?"

„Aber sicher", sagte ich, obwohl ich noch satt von all den Köstlichkeiten aus dem Kaufhaus war, aber egal. Eberhardter war sofort Feuer und Flamme, und ich würde den Teufel tun, Michiko mit ihm alleine zu lassen.

Mit der U-Bahn der Ginza-Line fuhren wir von Shimbashi nach Asakusa. Vor dem Asakusa-Kanon-Tempelbezirk angekommen, gerieten wir in die Menge der Touristen, die sich vor dem Tor fotografieren ließen. Unübersehbar hing über ihren Köpfen ein mindestens vier Meter hoher Lampion.

„So etwas habe ich noch nie gesehen", sagte Eberhardter.

„Das ist hier jeden Tag so voll. Warte erst mal, wie eng es hinter dem Tor wird. Komm Polo, wir stellen uns zum Gewittergott." Schon hatte Michiko mich vor die imposante Statue gezogen und Walter schoss ein Foto. Natürlich wollte er auch ein Foto mit ihr. Offenbar hatte er die Lektion verstanden und behielt seine Finger bei sich.

Im Inneren des Tempelbezirks konnte Eberhardter kaum an sich halten. Die vielen Verkaufsstände zogen ihn magisch an. Schließlich verloren wir ihn aus den Augen, bis er nach zwanzig Minuten voll bepackt

wieder auftauchte. Er erwartete uns breit grinsend an einem Waffel-
stand.

„Was hast du gekauft?"

„Zu viel, vermutlich. Für die Enkelkinder ... Michiko, kannst du bitte
mal übersetzen?"

„Das sind Nigyo jaki, Waffeln mit süßer Bohnenfüllung."

Der Meister an den heißen Backformen füllte eine Butterteig-Waffel-
seite mit süßer Bohnenmasse, dann legte er eine andere Butterteigseite
darüber, um die Waffel mit den Eisenwerkzeugen immer wieder über
dem heißen Feuer zu wenden, bis sie fertig waren. Sein gesamter Kör-
per zappelte mit jeder Drehbewegung mit. Er sah ein wenig irre dabei
aus, weil sein Kopf stetig mitwackelte. Eberhardter fotografierte den
Mann, der sich bei seinem Waffeltänzchen nicht aus der Ruhe bringen
ließ.

„Wir möchten drei Tüten", sagte Eberhardter und wedelte mit Yen-
Scheinen herum. Michiko übersetzte und eine Minute später hatte jeder
seine Portion.

„Das nächste Tor ist das Niomon", sagte Michiko, während wir
mampfend weiterschlenderten und auf zwei Himmelswächter stießen."

„Und warum hat der eine den Mund offen und der andere zu?",
fragte Eberhardter.

„Anfang und Ende, Tod und Geburt."

„Aha ..."

„Der offene Mund bedeutet *aaa*, der geschlossene Mund *mmm*."

„Und dazwischen?", fragte ich.

„Mjamjam", sagte Eberhardter und biss in seine Waffel.

Michiko guckte mich fragend an.

„Schwäbischer Humor", erklärte ich.

Und schon musste der nächste Lampion unbedingt von Eberhardter
fotografiert werden. Mittlerweile trug ich seine Tüten, weil immer irgendwas vor ihm auftauchte, das mit dem Fotoapparat abgeschossen
werden musste. Tore und Lampions,

Tempel und Götter – mit Michiko und ohne. Mit mir eher selten. Und
schon hatte er wieder etwas Neues entdeckt, das an kleinen Verkaufsständen feilgeboten wurde.

„Was ist das?", fragte er und schoss ein Foto.

„Horoskope", sagte Michiko, „Die kann man nicht kaufen, die könnt ihr nur gegen eine Spende bekommen."

„Da steht aber ein Preis dran."

„Das ist der Mindestpreis für eine Spende."

„Komisches Land."

„Man soll ja nicht zu wenig geben."

„Auch wieder wahr." Walter bot Michiko noch eine Waffel an, aber sie winkte ab. „Nein, danke. Gleich gibt`s noch Nudeln."

Ich beobachtete eine Frau, die den heiligen Qualm der Räucherstäbchen in ihre Handtasche wedelte. „Wozu ist das gut?", fragte ich.

„Sie hat eventuell zu wenig Geld und erwartet Heilung, das heißt, sie bittet um Geld oder Reichtum."

Eberhardter wedelte den Qualm mehrfach mit großer Geste in Richtung seines Herzens. Ich sollte meine Brieftasche zücken, um sie mit heiligem Rauch füllen zu lassen.

„Hast du den Mann im Anzug gesehen, der sich den Rauch vorne an seine Hose wedelt. Merkwürdig, was der wohl hat?" Eberhardter lachte.

„Weiß ich jetzt auch nicht", sagte ich.

Ich stellte mich vor das Räucherbecken und wedelte mir den Rauch an den Kopf.

„Hast du es da nötig?", fragte Eberhardter.

„Vielleicht?"

„Wenn wenigstens Geduld dabei herauskommen würde … Ich finde Grips hat Marco genug", sagte Michiko und zog uns weiter in Richtung Allerheiligstes.

„Zuerst haltet mal Geld bereit. Münzen reichen. Schaut einfach, was die anderen tun. Sobald ihr am Spendenkasten ankommt, werft ihr euer Geldstück rein, legt eure Hände zusammen und betet für wen und für was ihr wollt. Meine Eltern kommen häufig hierher und mein Vater sagt, Mama hat immer eine so lange Liste, die sie abbeten muss, und bis die Götter das alles angehört haben, dauert es eben länger."

Von der Decke schaute ein gewaltiger Drache auf uns herab, vor uns die Menschentraube, die von hinten immer weiter nachwuchs und nach vorne drängte. Offenbar hatten die Menschen den Himmelswesen jede Menge mitzuteilen und für ihr Leben zu erbitten.

Wir schwammen in der Masse mit bis zum Spendenkasten. Ich schnippte eine hundert Yen Münze in hohem Bogen in den Kasten, danach legte ich die Hände zum Gebet zusammen. Ich kam kaum dazu, mir etwas zu wünschen, weil immer wieder jemand von hinten drängelte oder von der Seite schob. Die Göttin Kanon, zuständig für Barmherzigkeit, gab keine Privataudienzen. Walter stand ganz andächtig mit zusammengelegten Händen da.

„Was hast du dir gewünscht, oder ist das geheim?", fragte ich ihn, als wir mit der Menge zum Ausgang geschoben wurden.

„Die sollen die Anlage freigeben, Marco, das habe ich mir gewünscht. Und du?"

„Genau das." Den Rest meines Wunsches unterschlug ich. Das betraf nur mich und Michiko. Auch wenn sie es noch nicht wusste. Walter schüttelte mir auf einmal die Hand. „Marco, das klappt schon. Danke für all eure Mühe. Ich hoffe, dass ich mich bei dir eines Tages revanchieren kann."

„Hallo, ihr beiden, wir müssen zum Nudelladen, sonst ist da alles besetzt." Michiko schob uns weiter.

Wir hatten Glück, der Laden war voll, aber es gab noch keine Warteschlange. Eine Kellnerin führte uns zum letzten freien Tisch, und während wir aßen, fragte Michiko: „Habt ihr hier nur einmal an etwas gedacht, das euch bedrückt?"

Eberhardter und ich schauten uns an. „Nein, bis wir beide für das Gleiche gebetet haben", sagte er.

„Ihr seid so deutsch."

„Ja, und weil wir das sind, bringen wir alles zu Ende, was wir angefangen haben, mein Mädchen. Nur heute nicht. Ich werde auf Karaoke verzichten. Ich muss morgen früh raus." Walter schaute auf seine Uhr. „Leute, ich muss packen. Ich fahre schon mal ins Hotel."

Bevor er wieder mit Geld wedeln konnte, bezahlte ich für alle und sorgte dafür, dass er seine Einkäufe selbst trug. Ein Beweisfoto vom schwäbischen Packesel machte ich auch noch, damit seine Frau was zu lachen hatte. Wir verließen den Tempelbezirk, und Michiko winkte für Eberhardter ein Taxi herbei.

„Danke für deine Einladung, Walter," sagte ich.

„Es war schön, dich kennenzulernen. Ich bleibe am Ball, es klärt sich alles auf", sagte Michiko.

„Danke, Marco und danke Michiko, und bis hoffentlich recht bald."
Er wollte ihr einen Kuss aufdrücken, aber Michiko verbeugte sich, bevor er überhaupt in ihre Nähe kommen konnte. Wir beide winkten dem Taxi nach.

Der Abend brach herein und überall wurden Lampions entzündet. Ich hakte Michiko unter, und wenn es nach mir gegangen wäre, hätte ich so mit ihr bis zum Ende der Welt flanieren können.

Neben dem Eingang eines Restaurants saß eine dick in Decken eingemummelte Frau auf einem niedrigen Campingstuhl. Ein Lampion warf nur spärliches Licht auf sie. Neben ihr lehnte ein handgeschriebenes Plakat an der Hauswand. Ein paar Meter weiter saß schon der Nächste und der Nächste.

„Was machen die hier in der Kälte?", fragte ich.

„Das sind Handleser. Wie wär's?"

„Übersetzt du?"

Die Dame klappte ein weiteres Stühlchen aus und ich versuchte so elegant wie möglich, darauf Platz zu nehmen. Michiko musste sich vorbeugen, um mir die Worte der Handleserin zu übersetzen. „Streck mal beide Hände aus", forderte sie mich auf. „Was willst du wissen? Gesundheit, Geschäfte, Liebe?"

„Alles!", sagte ich, denn es war mir peinlich, nach einem ganz bestimmten Thema zu fragen.

Nach ausführlicher Inspektion der Innen- und Außenseite meiner Hände begann die Handleserin mit ihrer Erklärung. Ich konnte währenddessen nur ein intelligentes Gesicht machen, bis Michiko übersetzte: „Sie sagt, deine Eltern seien früh gestorben." Ich nickte. „Und, du hättet viel aus deinem Leben gemacht. Du hättest keine Schwierigkeiten, Kontakte zu knüpfen und fremde Menschen zusammenzubringen. Du bist fröhlich, aber ungeduldig, unruhig und immer in Eile. Du möchtest alles schnell umsetzen. Im Augenblick hast du Probleme. Es wäre gut für dich, wenn du dich wieder mit der Freude am Leben anfreunden würdest."

Mich fröstelte, ich zog meinen Schal enger um den Hals. „Woher weiß sie das?"

„Lass sie ausreden. Also, sie sagt, du solltest dir weniger Gedanken machen. Mehr schlafen. Geduld üben. Das ist die Kurzfassung."

Die Wahrsagerin zog mit einem Holzstift die Handlinien nach. „Frag sie mal, wie ich mein Problem lösen kann."

Michiko übersetzte, die alte Dame wiegte ihren Kopf hin und her und lächelt mich an, bevor sie weitersprach.

„Sie fragt mich, ob du weißt, was ‚tätige Geduld' bedeutet."

Ich zuckte die Achseln. „Nicht so richtig."

„Mit Gelassenheit am Thema bleiben. Nicht das Problem sehen, sondern auf die Lösung schauen. Entspannt. Dann kannst du darauf vertrauen, dass sich alles regelt. Daran sollst immer denken."

„Ja, aber…"

„Sie ist noch nicht fertig. Warte. Sie will dir etwas über die Liebe sagen."

Zwischen Michiko und der Handleserin entwickelte sich ein Gespräch. Zum Schluss guckten mich beide zufrieden an, warum, konnte ich mir nicht erklären.

„Und?"

„Soweit sie sehen kann, findest du alles, was du dir wünschst, weit weg von deiner Heimat. Große Veränderung und viele weite Reisen. Mehr will sie nicht sagen."

„Und dafür habt ihr so lange gebraucht? Ist es was Schlimmes?"

„Ganz im Gegenteil."

Ich zahlte das Wenige, das die Dame verlangte, und fuhr mit Michiko zum Hotel. Schade, dass ich nicht direkt mit der Handleserin hatte sprechen können. Ein paar Fragen hätte ich noch gehabt.

An der Rezeption holte ich meine Einkäufe ab. Der Concierge war erfreut, mir mitzuteilen, dass meine Umbuchung erledigt sei. Ich bedankte mich, und dann warteten Michiko und ich schweigend vor dem Aufzug, bis ein Pling seine Ankunft ankündigte. Im Lift waren wir allein. Ich hätte jetzt gerne was Romantisches gesagt, aber ich brachte kein Wort heraus.

„Und bevor ich es vergesse, Marco, in diesem Monat findet der Empfang der deutschen Handelskammer ausnahmsweise am Sonntagabend statt. Gut für dich. Eigentlich ist das sonst immer montags. Ich rufe Dr. Klein an und lasse dich auf die Gästeliste setzen."

„Danke."

„Wirst du hingehen?"

„Natürlich."

Michiko stieg im 5. Stockwerk aus. Ich hätte am liebsten ihre Hand genommen, aber die Aufzugtür schloss sich so schnell, dass ich mir die Finger eingeklemmt hätte. Und so schwebte ich der 8. Etage entgegen. Die Schmetterlinge in meinem Bauch legten eine Bruchlandung hin, denn im Zimmer wartete eine Nachricht von Irene auf mich: *Bitte anrufen.*

Sie war sofort am Telefon, kaum dass es einmal in Düsseldorf geklingelt hatte. „Hallo Chef, ich habe schon gelesen, dass es nicht gut gelaufen ist. Das ist bedauerlich." Dann flüsterte sie in den Hörer: „Hier läuft was Seltsames. Karl hat mehrfach mit Kathrins Vater telefoniert."

„Haben Sie gehört, um was es geht?" Jetzt flüsterte ich auch.

„Leider nicht." Plötzlich sprach sie wieder normal. „Soll ich Sie mit Herrn Schumann verbinden?"

„Ja bitte. Halten Sie Augen und Ohren offen, Irene. Und danke."

„Natürlich, Ihnen auch einen schönen Tag."

Es knackte in der Leitung und schon wurde ich von Karl angepoltert. „Wie läuft's mit dem Amüsement?"

„Hallo Karl, ich konnte meinen Flug umbuchen, bin Dienstagabend wieder zurück in Düsseldorf."

„Bist du irre? Hier ändern sich die Dinge von Stunde zu Stunde und du bist nicht da."

„Und was genau? Hat die Bank schon ihre Geldeintreiber geschickt?"

„Ich verhandele mit Kathrins Vater über unsere Zukunft, damit genau das nicht passiert. Treib du dich nur weiter in Tokyo rum und spiel den Grüßaugust für alle."

„Ich habe schon Nein dazu gesagt. Schon vergessen? Wenn ich zurück bin, werden wir nicht mit *Papa* reden, sondern mit der Privatbank, bei der Eberhardter seine Konten führt. Wenn unsere Bank nicht mehr will, bitte sehr."

„Und dazu habe ich bereits Nein gesagt. Komm zurück auf den Boden der Tatsachen. Am besten schnell. Ich guck nicht dabei zu, wie die Firma wegen deiner exotischen Flausen in den Ruin geht."

„Und du wirst TransGlobal nicht an Gregorius verschachern. Vergiss nicht, du brauchst meine Unterschrift, und die wirst du nicht bekommen!"

„Dann mach doch deinen Scheiß alleine, Marco."

Es krachte in der Leitung, und ich stand da wie ein begossener Pudel.

Freitag, 26.Januar 1979, Tokyo

In der Nacht konnte ich leider keinen einzigen Ratschlag der freundlichen Handleserin befolgen. *Mach doch deinen Scheiß alleine …* hallte noch sehr lange nach. So lange, dass der Weckdienst mich noch wach antraf, um mir mitzuteilen, dass die Nacht vorbei sei.

Um kurz vor sieben traf ich Eberhardter am Cashier Desk. Nach allem, was ich von mir im Spiegel gesehen hatte, sah er im Gegensatz zu mir aus wie das blühende Leben.

„Ah, Marco. Eine kurze Nacht gehabt?"

Wenn er nicht sofort mit dem Augenzwinkern aufhört, kann ich für nichts mehr garantieren.

„Ja, mehr so gar keine Nacht. Aber nicht, was du denkst. Ich brauche deine Hilfe."

Ich lotste ihn in der Lobby zu einer Sitzgruppe in der hintersten Ecke.

„Was ist los, Marco?"

„Ich wäre dir sehr dankbar, wenn du den Kontakt mit deiner Bank kurzfristig vermitteln könntest."

„Ei, heiligs Blechle …"

„Allerdings. Jemand streckt seine Finger nach unserer Firma aus und mein Kompagnon will darauf eingehen. Ich aber nicht. Ich weiß nicht, was Karl geritten hat, über so was überhaupt nachzudenken."

Ein Page machte uns darauf aufmerksam, dass der Wagen für Eberhardter vor der Tür stand.

„Ich würde gerne die ganze Geschichte hören … erzähl's mir später. Aber das mit der Bank geht in Ordnung. Versprochen ist versprochen."

Eberhardter und ich folgten dem Pagen nach draußen. Gerade als sein Gepäck in den Kofferraum verladen wurde, kam Michiko angerannt.

„Guten Morgen meine Herren. Entschuldigung, dass ich so spät dran bin."

„Du fehlst mir jetzt schon", sagte Eberhardter und zwinkerte ihr zu. „Komm, lass dich noch mal in den Arm nehmen, Mädchen." Er drückte sie, flüsterte ihr etwas ins Ohr und stieg ins Taxi.

Die Tür schloss sich und der Wagen rollte davon. Wir winkten, bis er außer Sichtweite war.

„Frühstück?", fragte Michiko.

„Unbedingt. Und danach ein Spaziergang? Hast du Zeit?"

„Ja."

Beim Frühstück ließ ich mich nicht dazu hinreißen, die schlechten Neuigkeiten auf den Tisch zu bringen. Ich wollte mich nur darauf konzentrieren, mit Michiko an diesem Tisch zu sitzen, Kaffee zu bestellen und den lieben Gott einen guten Mann sein zu lassen. Nach dem zweiten Kaffee und dem dritten Pfannkuchen mit Ahornsirup hatte ich das Gefühl, dass ich immer besser darin wurde. Michiko zeigte einen Moment der Irritation, als ich mir auch noch einen vierten Pfannkuchen bestellte.

„Ist was? Willst du auch einen?"

Sie schüttelte den Kopf und pickte mit ihren Essstäbchen ein Stück gebratenen Lachs auf.

Ich weiß nicht, ob ich mich an japanisches Frühstück gewöhnen werde.

Satt und zufrieden machten wir uns Händchen haltend mit der U-Bahn auf den Weg zum Meiji Schrein.

„Warum haben wir uns nicht schon früher kennengelernt?", sagte ich, als wir in der Bahn Platz nahmen, denn es fühlte sich an, als hätten wir zeitlebens nichts anderes getan.

„Es war noch nicht so weit."

„Aha? Also ist unser Zusammentreffen der Beweis dafür, dass es jetzt so weit war?"

„Ja."

Die Bahn raste mit quietschenden Rädern durch den Tunnel. Ich hatte das Gefühl, mein Leben würde sich in diesem Moment ebenfalls beschleunigen. Die Dinge änderten sich rasant, aber wollte ich dabei sein? Hatte ich überhaupt eine Wahl? Konnte ich in voller Fahrt aussteigen? Würde ich mir den Hals brechen? Vermutlich. *Mach doch deinen Scheiß alleine …*

Ich tauchte aus meinen Grübeleien auf, als Michiko sagte:

„Nach unserem herrlichen Abend konnte ich nicht einschlafen. Ich habe überlegt, warum wir beide uns so schnell wiedergetroffen haben und was das für uns bedeutet."

„Es bedeutet, dass wir heiraten werden … wenn du einverstanden bist, irgendwann … und wir werden zusammen die Welt auf links drehen."

Oh, mein Gott, hatte ich das wirklich gesagt? Muss wohl, denn Michiko guckte mich an, als hätte ich einen Käfer auf der Nase. Schließlich lachte sie und sagte: „Beim Dolmetschen habe ich immer wieder gesehen, welche Fehler ihr mit Japanern macht. Ihr gebt euch keine Mühe, uns zu verstehen und …"

Ich war aus meiner Schockstarre erwacht und wollte etwas sagen, doch Michiko winkte ab. „Beide Seiten brauchen eine Brücke zum gegenseitigen Verständnis. Beide Seiten benötigen Hilfe. Und ich rede jetzt nicht übers Heiraten, Marco."

„Und warum nicht?" Manchmal möchte ich mich wegen meiner Flapsigkeit selbst übers Knie legen. Und die Quittung kam auch sofort.

„Schlechtes Timing."

„Entschuldige, kommt nicht wieder vor. Was wolltest du sagen?"

„Es geht nicht darum, wer hier richtig oder falsch liegt. Sondern darum, gegenseitiges Verstehen und Vertrauen herzustellen. Man gibt sich Mühe, investiert Zeit, man bohrt dicke Bretter, verschafft sich Freunde und Ansehen. Das ist der Weg zum Ziel. Gemeinsam gehen, gemeinsam atmen. Und das, Marco, kann man auch auf eine Ehe anwenden."

Ich wollte vor Scham im Erdboden versinken und konnte nur ahnen, dass mein Gesicht in diesem Augenblick einer Tomate ähnelte, denn heiß war es mir bis in die Haarspitzen. Die Bahn hielt an und wir stiegen aus.

Nach einem langen, schweigsamen Spaziergang standen wir vor dem riesigen Gelände des Meiji Schreins. Irgendwo weit aus dem Inneren hörte ich einen Gong schlagen, wie ein Aufruf, eine Mahnung: Marco, sag jetzt irgendwas Sinnvolles …

„Michiko, ich wollte das nicht sagen … ich … ich weiß eigentlich gar nichts von dir … wir kennen uns erst … und du mich auch … Und ich weiß nicht, was da in mich gefahren ist … Ich bin übermüdet. Bei uns sagt man: Nach müde kommt blöd … Herrje, bitte … sag doch irgendwas."

„Nicht entschuldigen, Marco. Falscher Zeitpunkt. Nichts passiert. Weißt du, was meine Freunde in Köln immer sagen? „Nein."

„Jemaach, jemaach, erss de Jetränke, Liebelein."

Wir schauten uns in die Augen und schließlich brachen wir beide in Lachen aus. Der peinliche Moment war dahin. Michiko hakte sich bei mir unter und wir versuchten noch lange, den Eindruck eines seriösen Paares zu machen, was uns aber kaum gelang, denn wir kicherten und lachten wie die Teenager. Von der Schönheit der Tempelanlage bekam ich, ehrlich gesagt, nicht so viel mit, denn wenn ich bisher so getan hatte, als wäre nichts …, ich war in Michiko verknallt, Leugnen zwecklos.

„Also, Michiko, was schlägst du als Übung vor, damit das mit dem gemeinsamen Atmen auch funktioniert? Ich meine, das Atmen mit meinen Geschäftspartnern, natürlich …"

„Alle Westler haben dieselben Probleme: kurzfristiger Erfolgsdruck, kein Investment, Interesse nur am schnellen Geschäft, keine Zeit und auch keinen Willen zu verstehen. Auch Arroganz, mein Lieber! Rein geschäftlich …"

„Nehmen wir an, dass es so ist. Ich habe keine Ahnung von Japan. Aber hier geht die Post ab, das sehe ich schon."

„Und so fügt sich eins zum anderen. Bleib mal drei Wochen hier. Ich zeige dir, was du beisteuern kannst."

„Bist du verrückt? Drei Wochen! Karl zerreißt mich in der Luft."

„Sieh es als Investition. Als ich in Düsseldorf bei TransGlobal Services war, habe ich gespürt, das ist es, was ich machen möchte, nur nicht weltweit, sondern auf Japan und Deutschland beschränkt. Außerdem … wir haben uns schließlich getroffen."

„Verstehe … Du willst deine Kontakte und dein umfassendes Wissen einsetzen, um mitzuwirken, um dabei zu sein, wenn Japan die Welt erobert."

„Ja genau. Ich möchte langfristige Verbindungen und Geschäfte einleiten und begleiten, die über mein, wenn auch sehr lukratives, Dolmetschen und Vermittlergeschäft, hinausgehen."

Wir blieben beide abrupt stehen, als hätte uns der Schlag getroffen.

„Ha! Michiko, ich hab's! Wir bauen die Brücke zwischen unseren Ländern. Du an der einen Seite in Japan, ich auf der anderen in Deutschland. Wenn wir unsere Kontakte und unsere Hirne zusammenlegen … Ich bin begeistert von der Idee, Frau Tsurumi."

„Hey, hey, nicht so schnell, Herr Welter. Du hast schon eine Firma, und bis auf das Missverständnis mit Masuhara läuft es ja gut."

„Die Dinge ändern sich, Michiko."

Sie schaute mich fragend an, und ich erzählte ihr von dem Telefonat mit Irene und Karl.

„Oh, das ist nicht gut. Was machst du jetzt?"

„Shoganai!", rief ich. „Wir werden sehen. Aber *deine ... unsere* Idee ist die beste, die ich seit Jahren gehört habe. Dabei bleibe ich."

„Jemach, jemach ..."

Wir folgten einem Pfad, der von beiden Seiten von Urwald begrenzt wurde, und Michiko erteilte mir die nächste Lektion: „Dieser dichte Wald ist das Ergebnis von hunderttausend Bäumen, die neunzehnhundertzwanzig aus allen Gegenden Japans gespendet und hier angepflanzt wurden. Unsere Landschaftsarchitekten waren damals schon so weitsichtig und haben diesen Wald so angelegt, wie er heute, über ein halbes Jahrhundert später, einmal aussehen sollte. Das Ergebnis: heiliger Urwald, in dem kein Mensch etwas verändern darf. Das nennt man langfristiges Planen."

„Ja, Urwald. Brücken finde ich viel interessanter. Michiko, glaub mir, das ist es. Die Brücke wird zehntausend Kilometer lang. Lass mich noch ein bisschen träumen ..."

Wir kamen an einer ordentlich aufgestapelten Reihe von Sake Fässern mit bunten Firmenemblemen vorbei. Der ungewöhnliche Anblick holte mich aus meinen Fantastereien.

„Alkohol an einem heiligen Ort?"

„Eine typisch japanische Geschichte. Willst du sie überhaupt hören, sie hat nichts mit Brücken zu tun."

„Auf jeden Fall."

„Also ... Brauereien haben früher Sake in Fässern gespendet, die hier in Flaschen abgefüllt und als heiliger Sake abgegeben wurden. Natürlich gegen Spende. Damit wurde ein Teil des Unterhalts des Schreins bezahlt. Als Gegenleistung durften die Brauereien ihre Fässer zur Werbung ausstellen."

„Und was ist daran typisch Japan?"

„Dazu komme ich jetzt: Das war alles zu umständlich, abfüllen, verkaufen und so weiter. Heute spenden die Brauereien das Geld direkt an den Schrein, dafür dürfen sie ihre Fässer ausstellen."

„Arbeitsgänge gespart. Werbefläche angemietet."

„Genau."

„Aber keinen gesegneten Sake mehr."

„Man wird auch ohne Segen betrunken."

„Stimmt. Woher weißt du das alles, Michiko?"

„Keine Dolmetscher-Qualifikation, ohne Prüfung zur offiziellen Reiseleiterin am Ministerium für Transport inklusive amtlichem Ausweis."

Sie holte ein schwarzes Mäppchen aus ihrer Handtasche und zeigt mir das amtliche Dokument.

„Aha. Meine Hochachtung, Frau Tsurumi!" Ich verbeugte mich vor ihr, wie ich mir vorstellte, dass man sich vor einer hochgestellten Persönlichkeit eben zu verbeugen hat.

„Wofür?"

„Der Botschafterin der japanischen Kultur gebührt ein Kotau."

„Übertreib es mal nicht."

Vor dem Eintritt in den Schrein, am Brunnenbecken mit dem ewig fließenden Wasser, bekam ich eine Gebrauchsanweisung: „Bevor du in den heiligen Bereich eintrittst und den Göttern gegenüberstehst, musst du rein sein. Gieß zuerst aus der Schöpfkelle mit der rechten Hand Wasser über die linke Hand, dann mach es umgekehrt. Danach nicht vergessen, deinen Mund mit Wasser zu spülen. So kannst du innerlich und äußerlich gereinigt vor die Götter treten."

Ich bekleckerte meinen Mantel gleich beim ersten Versuch, meine Lippen nur ja nicht an die Schöpfkelle kommen zu lassen, die andere schon vor mir zum Mund geführt hatten. „Darf ich darüber im Angesicht eurer Götter lachen?"

„Lachen ist immer willkommen!" Sie öffnete ihre Handtasche und gab mir ein Taschentuch.

Um von meinem Missgeschick abzulenken, fragte ich „Was bedeuten die Holztäfelchen, die da am Gestell hängen?"

„Das sind Wünsche und Danksagungen der Besucher, die später im heiligen Feuer verbrannt werden, also die Tafeln, nicht die Besucher. Der Rauch steigt direkt zu den Göttern auf. Im Shinto soll man eigentlich nur seine Dankbarkeit zeigen und sich nichts von den Göttern wünschen, aber das ist im Laufe der Zeit, wie so vieles, durcheinandergekommen."

„Die Herrschaften sind offenbar sehr geduldig.

„Allerdings. Willst du auch was schreiben, Polo?"

„Wenn ich schon mal da bin."

Ich erstand bei den weiß gekleideten Priestergehilfinnen ein Täfelchen und kritzelte darauf. *Danke Michiko!* Dann hängte ich es zu den anderen, aber so, dass Michiko nicht lesen konnte, was drauf stand. Nun baumelte mein Dank zwischen: *Thank you that I was invited to Japan … Help me to find a loving husband … I want to improve my English.* Auf vielen Tafeln waren bunte Sprechblasen aufgemalt, wahre Kunstwerke. Da wollte ich nicht zurückstehen und zeichnete noch eine Brücke auf meine Tafel und schrieb *10.000 km* dazu.

„Hast du einen Roman verfasst?"

„Geheim, Michiko, geheim."

„Dann weiß ich es schon. Du hast dir das Okay von Masuhara gewünscht."

„Nein."

„Okay … dann gib deine Spende, die Götter arbeiten nicht umsonst."

Vor dem Gebäude klatschte ich zweimal in die Hände und verbeugte mich. Da meine Wünsche für den Bau der Brücke entsprechend groß und meine Dankbarkeit darüber, Michiko getroffen zu haben, noch größer war, warf ich zwei einhundert Yen-Münzen in die Geldbox, um die Götter zu motivieren. Viel hilft viel.

Michiko stand dicht neben mir und war in ein inniges Zwiegespräch mit ihren Göttern vertieft. Ich wünschte mir, dass es so immer sein möge, wir beide, Seite an Seite. Es war, als hätte diese kleine Frau für mich ein Fenster in eine mir bisher verborgene, unbekannte, bezaubernde Welt aufgestoßen, in deren Fettnäpfchen ich beherzt trat, wann immer sich die Gelegenheit dazu bot. Bis jetzt hatte Michiko mir noch nicht damit gedroht, Finger abzuschneiden, also konnte ich davon ausgehen, dass ich ihr nicht ganz gleichgültig war.

Unser Mittagessen nahmen wir bei Mama-san ein. Michiko war die Irritation anzusehen, dass ich mit großem Hallo von der Hausherrin begrüßt wurde. Darauf war ich ein bisschen stolz. Mama-san präsentierte die neuen Schüsseln und verbeugte sich, und wir durften bei ihr an der Theke sitzen.

„Du siehst, Michiko, ich habe schon Freunde gefunden und ein Ansehen habe ich mir auch gemacht. Ich hoffe, du bist ein bisschen beeindruckt."

„Und wie. Die Handleserin hatte recht, Kontakte machen kannst du. Was hat es mit den Schüsseln auf sich?"

„Lass es dir von Mama-san erzählen … das war nicht meine glorreichste Stunde."

Mama-san brachte das Essen, und dann redeten die beiden Japanisch, während ich mal wieder versuchte, mir mit den Stäbchen nicht die Augen auszustechen. Am Ende des Gesprächs guckte Michiko mich mit durchdringendem Blick an und sagte nur: „Aha."

„Ist das jetzt gut oder schlecht?"

„Gut."

„Dann bin ich beruhigt. Wo findet eigentlich dein Essen am Sonntag statt?"

„Im Zakuro, dem First Class Shabu Shabu-Restaurant in Tokyo. Wenn Banker einladen, dann nur vom Feinsten."

„Was ich mich die ganze Zeit frage: Warum machen sich eigentlich Herr Shimura und seine Kollegen so viel Mühe,

uns zu helfen?"

„Das kann ich dir beantworten. Mit unserem ungeheuren Leistungsbilanzüberschuss haben wir Japaner die Welt aufgeschreckt und auch gegen uns aufgebracht. Wir müssen den Druck der Amerikaner und Europäer mindern, indem wir unsere Märkte öffnen und mehr importieren. Die Dainichi Kokusai Bank, wie andere japanischen Banken auch, will dazu beitragen. Da passt es nicht gut ins Bild, wenn solche Schwierigkeiten wie bei Masuhara auftreten. Es sind schon einige große Handelspartner verprellt worden. Die Amerikaner sind mittlerweile ziemlich sauer und drohen mit diplomatischen Konsequenzen. Im Wirtschaftsministerium schrillen alle Alarmglocken. Außerdem scheint Shimura-san in dir Hilfe bei der Kontaktaufnahme zu exportinteressierten deutschen Firmen ausgemacht zu haben. Du bist ja das beste Beispiel, warum Hilfe benötigt wird. Und da will die Bank nicht untätig sein."

„Das wäre ein Supereinstieg für unsere Firma. Doch das hieße, Investment von unserer Seite. Karl wird da kaum mitziehen."

„Denk nicht so weit. Nimm nur genügend Visitenkarten zum Empfang am Sonntagabend mit. Hör dir einfach an, was da gesprochen wird. Je nachdem, wie lange das Abendessen dauert, sehen wir uns vielleicht später noch dort."

Der Abschied von Michiko fiel mir schwer, als sie im Hotel im 5. Stockwerk ausstieg. Diesmal bekam ich keinen Kuss. Aber wir hatten eine Frühstücksverabredung.

In meinem Hotelzimmer erwartete mich eine Nachricht. *Please call your office in Germany.* Ich wählte die Durchwahl von Karl, doch es meldet sich Irene.

„Schon so früh im Büro? Was gibt's?"

„Chef, ich wollte Sie unbedingt alleine sprechen. Unsere Bank drückt auf die Tube. Jeden Tag Anrufe bei Karl, und der flucht danach hier rum. Er meint, dass Sie sich einen schönen Tag in Tokyo auf Firmenkosten machen. Ehrlich gesagt, in so einer Atmosphäre macht's keinen Spaß zu arbeiten. Das wollte ich Ihnen nur sagen, Chef. Es wird Zeit, dass Sie mit einem guten Ergebnis zurückkommen."

„Ja Irene, das weiß ich. Das ist nicht schön für Sie, aber Sie kennen doch unsere Umsätze. Daran ist nichts auszusetzen. Der Einzige, der das nicht verstehen will, ist Karl. Der beruhigt sich auch wieder."

„Ganz offen gesagt, ich glaube, der hat sich schon mit Haut und Haar dem alten Gregorius in die Arme geworfen. Er telefoniert andauernd mit dessen Notar, ich weiß es nicht ganz genau, aber es scheint so zu sein, dass er einen Vertrag ausarbeiten lässt. Anne ist mir gegenüber plötzlich zugeknöpft. Wie gesagt … es wird Zeit. Ach ja, Kathrin war schon zweimal im Büro. Sie spricht mit Karl hinter verschlossenen Türen. Normal ist das alles nicht."

„Verstehe."

„Wirklich?"

„Und ob."

Glücklicherweise konnte sie nicht sehen, dass meine Hände zitterten. „Was sagt denn die Freundin von Anne zu der Situation in ihrer Abteilung?"

„Die ist auch so merkwürdig still geworden, oder Anne gibt mir nichts mehr weiter."

„Eine Bitte habe ich an Sie: Bleiben Sie im Moment ruhig. Sammeln Sie so viele Infos wie möglich, und … Sie wissen ja, dass ich Sie brauche."

„Okay. Wir müssen weiterreden, wenn Sie wieder da sind, Chef. Ich höre die Aufzugtüren klappern. Gute Nachrichten von Ihnen wären die beste Lösung für uns alle."

„Danke für Ihr Vertrauen, Irene, ich melde mich."

Samstag, 27. Januar 1979, Yokohama

Um acht Uhr traf ich Michiko in der Garden Lounge zum Frühstück. Mir fiel sofort ihr strenger Mittelscheitel mit dem dicken Zopf auf. Ich könnte ewig so stehen bleiben und sie anschauen.

„Gut geschlafen, Marco?"

„Nicht wirklich. Aber bevor ich anfange zu klagen, brauche ich was zu essen."

„Ich lasse gerade zwei Bento Boxen mit Sandwiches fertig machen, die essen wir unterwegs. Wir fahren nach Yokohama."

„Was machen wir da?"

„Wart's ab."

„Hab ich noch Zeit für einen Kaffee?"

„Wir essen unterwegs."

Kaum ausgesprochen, brachte der Ober die Verpflegung in einer großen Papiertasche mit Hotelemblem darauf und wünschte uns einen schönen Ausflug.

Im dritten Untergeschoß der Hotelgarage stand Michikos weißer Mitsubishi Celeste, ein schnittiges Coupé. Hatte ich was anderes erwartet? Auf dem Rücksitz prangte ein Geschenkekorb für eine zehnköpfige Familie samt riesigem Blumenstrauß in Zellophanfolie. Ich musste über Eberhardter grinsen … Klein kann er wohl nicht. Das Lachen verging mir schnell, denn Michiko fuhr wie der Teufel. Der Weg von Tokyo nach Yokohama führte uns über eine enge, zweispurige Autobahn, hoch über den Straßen Tokyos.

„Darf ich nachher auch mal fahren?"

„Kennst du dich mit Linksverkehr aus?"

„Nein … ich bin nur einmal kurz in England …"

„Ich fürchte, das reicht nicht. Zu viele typisch japanische Situationen für dich, die du mit dem Verkehr in Deutschland nicht vergleichen kannst. Hier geht's nicht darum, wer Recht hat, sondern um gegenseitige Rücksichtnahme."

„Und du meinst, das könnte ich nicht?"

„Doch, aber der Wagen ist erst ein paar Monate alt … Du verstehst?"

„Natürlich. Trotzdem schade."

„Ist deine männliche Ehre jetzt gekränkt?"

„Ein bisschen, ein ganz kleines bisschen."

Michiko klaubte bei voller Fahrt die Bento Box vom Rücksitz. „Und jetzt brauch ich was zu knabbern."

Wie auf Stichwort tat sich vor uns ein Stau auf und es ging nur noch Stop and Go. Mir fielen Salatblätter auf die Hose, als mir Michiko ihr angebissenes Sandwich hinhielt.

„Halt mal. Ich glaub, es geht wieder voran."

Ein Motorradfahrer raste in hohem Tempo an uns vorbei. Michiko musste etwas nach links ausweichen, dabei fiel mir ihr Brot aus der Hand und landet neben dem Salat auf meiner Hose. So viel zur allgemeinen japanischen Rücksichtnahme im Straßenverkehr.

„Ziemlich ungeschickt der Polo-san", sagte sie und startete das nächste Überholmanöver. Ich stopfte mir ihr Sandwich in den Mund, damit der Rest nicht auch noch den Weg auf meine Hose fand. Sie fingerte das nächste aus der Box und biss hinein.

Am Boden der Pappbox fand ich eine Papierserviette und wischte damit leider die Mayonnaise noch tiefer in die Rillen des schwarzen Cords. Wie sollte ich mich so irgendwo blicken lassen? Michiko war nach dem Stau wieder im Rennfahrermodus und wechselte rasant die Fahrbahnen – ohne zu kleckern.

„Zu viele Autos, zu wenige Autobahnen und kein geschlossener Autobahnring um Tokyo herum. Der tägliche Wahnsinn. Für die fünfunddreißig Kilometer brauche ich je nach Verkehrslage zwischen dreißig Minuten und zweieinhalb Stunden bis nach Hause. Die Leute sagen, dass die Autobahn in Tokyo der teuerste Parkplatz der Welt sei."

„Wie hält man das aus?"

„Shoganai."

„Du hörst dich schon an wie Ono."

„Ich höre mich an wie alle Japaner. Im Moment gibt es keine Lösung für den Stau, also füge ich mich ins Geschehen und denke nicht darüber nach."

„Okay, das ist wohl ein nationales Hobby, Probleme unter den Teppich zu kehren."

„Ach, meinst du, sich zu ärgern, zu schimpfen und den Blutdruck hochzutreiben würde etwas am Stau ändern?"

„Aber ..."

„Hm? Was, Polo-san?"

„Du hast recht. In diesem Moment ändert das nichts."

„Eben."

Nach mehr als einer Stunde hatten wir unser Frühstück beendet. Michiko fuhr von der Autobahn ab und bog unterhalb der Bahn auf eine breite Einfallstraße ab.

„Verstopft. Nebenwege gibt es wohl auch nicht?", fragte ich, „Also bei dem Verkehr hier bekäme ich einen Herzanfall. Dass ihr euch das bieten lasst. Und das auch noch jeden Tag."

„Das, lieber Polo, ist supergutes Training für dich, um Geduld zu üben, aufzuhören rumzuzappeln und dir unnötige Gedanken über *unser* Verkehrschaos zu machen. Nimm es so hin, wie es ist, dann bleibst du automatisch ruhig. Oder du fährst mit der Bahn, dann bist du in fünfunddreißig Minuten von Tokyo in Yokohama. Noch besser, du bleibst im Hotel, dann hast du deine Ruhe, aber du siehst auch nichts."

Irgendwie hatte sie ja recht, zugegeben, doch in mir sträubte sich alles.

„Lassen wir das", sagte Michiko, „ich möchte dir gerne eine Stelle zeigen, die ich in Yokohama so liebe. Die Spitze vom Osanbashi Pier, wo die großen Kreuzfahrschiffe aus aller Welt anlegen, auch die *Queen Elisabeth II.* Von da kann man die drei Wahrzeichen meiner Stadt sehen. Wir müssen durch den Zoll. Hast du deinen Pass mit?"

„Nein, der liegt im Hotelsafe."

„Oh!"

Ein paar Meter weiter war über die Straße eine Sperrkette gespannt, wo wir von zwei uniformierten Zöllnern begrüßt wurden. Sie sprachen erst mit Michiko und fragten dann mich auf Englisch nach meinem Pass. Zunächst tat ich so, als ob ich es nicht verstanden hätte. Doch die Zöllner wollten unbedingt meinen Pass und baten uns in ihr kärglich eingerichtetes Büro, das sich neben der Kette in einem unscheinbaren kleinen Haus befand.

„Sorry Gentlemen, mein Pass liegt im Safe des Hotels New Otani in Tokyo. Mit Hilfe meiner Dolmetscherin, Frau Tsurumi, will ich eine Reportage über diesen Pier machen", sagte ich auf Englisch.

Michiko blinzelte nervös und sagte auf Deutsch: „Marco, was wird das?"

„Frau Tsurumi, zeigen Sie doch bitte mal Ihren Reiseleiterausweis." Ich holte eine Visitenkarte aus meiner Hosentasche, überreichte sie formvollendet einem der Zöllner und schob die Karte des Hotels über den Schreibtisch. „Hier können Sie anrufen, das Hotel wird Ihnen bestätigen, dass mein Pass dort ist."

Michiko legte ihren Reiseleiterausweis vor. Die Herren drehten und wendeten Ausweis und Karten, zogen sich kurz in den hinteren Bereich des Büros zurück und verkündeten dann: „Bitte vergessen Sie ihren Ausweis in Japan nicht, den müssen Sie immer bei sich tragen. Für heute können Sie einfahren. Viel Erfolg für Ihre Reportage, Welter-san. Wir freuen uns, wenn Menschen aus aller Welt über die Schönheiten Japans berichten."

Keine Minute später setzten wir unsere Tour zur Spitze des Piers fort.

„Was war das denn, Polo?"

„So macht man das in Düsseldorf, ein bisschen Schlitzohrigkeit gehört dazu. Du Japan-Style, ich Düsseldorf-Style. Hat doch geklappt."

„Und für welche Zeitung schreiben Sie denn, Herr Welter?"

„Für die Shoganai-Gazette. Internationales Wirtschaftsmagazin zur Förderung bilateraler Beziehungen zwischen Japan und Deutschland. Noch Fragen, Frau Tsurumi?"

Sie lachte immer noch, als wir mit dem Wagen auf der einspurigen Straße zur Spitze des Piers entlangschlichen. Der Weg war so schmal, dass ich direkt in das zehn Meter unter uns liegende Hafenbecken schaute und die Luft anhielt.

„Du kannst jetzt weiteratmen. Wir sind da. Darf ich vorstellen: Da hinten Queen, das Zollamt mit dem minarettartigen Turm, das Präfektur Gebäude, genannt King, und unsere Port Opening Memorial Hall mit dem Belle Époque-Turm, genannt Jack."

„Das nenn ich einen Ausblick! Dafür lohnt sich jede Lebensgefahr, in die du mich bringst."

Michiko küsste mich aufs Ohr: „Lass uns weiterfahren. Meine Eltern warten mit dem Mittagessen."

„Deine Eltern?" Mit Eltern hatte ich nicht gerechnet. Nicht so früh. Gestern war doch noch *schlechtes Timing*. Versteh mir einer die Frauen, egal wo auf der Welt.

„Was ist? Willst du sie nicht kennenlernen?"

„Doch, natürlich … aber so plötzlich … und guck dir meine Hose an, was sollen die denken? Ein wildfremder Mann aus Deutschland …"

Michiko schien verstimmt.

„Ist was?"

„Nein. Wenn du meine Eltern nicht sehen willst … Dann machen wir was anderes."

„Moment, Michiko. Einen Moment." Mir schwante, dass wir beide gerade einem kulturellen Missverständnis aufsaßen. „Ich weiß ja nicht, ob du das weißt, aber wenn in Deutschland eine erwachsene Frau ihren Eltern einen Mann vorstellt, dann ist das wie … wie … die Abnahme. Verstehst du?"

„Ehrlich gesagt, nein."

„Das ist was Hochoffizielles, irgendwie. Die Eltern lernen den zukünftigen Ehemann kennen. Das ist so gut wie verlobt."

„Aha?"

„Ja. So ist das in Deutschland. Der Vater nimmt sich den Zukünftigen zur Brust, horcht ihn aus, prüft ihn auf Herz und Nieren, ob er gut genug für die Tochter ist."

„Aha?"

„Ja."

„Mein Vater ist zwar Arzt, aber ich glaube nicht, dass er sich deine Nieren angucken will, Polo. Ich bringe andauernd irgendwelche Leute mit nach Hause, Freunde, Bekannte, Geschäftspartner von überall her. Wenn ich die alle hätte heiraten müssen … oh là là. Meine Eltern führen ein offenes Haus. Die lieben Besuch. Das ist alles."

„Auch Deutsche in fleckigen Hosen? Und ich habe gar kein Mitbringsel für sie … Shimura-san hat gesagt, dass man Omydingsbums braucht – oder so ähnlich, bei uns kann man auch nicht ohne irgendwas auftauchen … Konfekt … Cognac für den Vater … Blumen für die Dame des Hauses vielleicht?"

„Haben wir alles auf der Rückbank."

„Ich gebe doch Walters Geschenke nicht als meine aus."

„Na dann … ein freundliches Hallo reicht. Meine Eltern sehen mich so selten, die freuen sich, dass du *mich* mitbringst."

Michiko drückte wieder auf die Tube, und nach ein paar weiteren haarsträubenden Fahrmanövern durch die City, bei der sie mir alles Wissenswerte über Yokohama im Telegrammstil beibrachte, Erdbeben, Taifune, das Präfekturgebäude, das größte China Town Viertel in Japan bis zur Nihon Odori, der schönsten Flaniermeile mit dem einzigen Deutschen Restaurant, genannt Alte Liebe, hielten wir in einer kleinen

Seitenstraße an. Ich wunderte mich, dass wir keinen der zahlreichen Ginkgobäume, die die Straßen säumten, touchiert hatten.

Das Haus der Tsurumis stach aus der Nachbarschaft heraus, es hatte drei verschiedenen Dachebenen, die mit dunkelblauen Ziegeln gedeckt waren. Im Vorgarten stand ein knorriger Pflaumenbaum, der sich über den Zugang zum Haus beugte. Große Trittsteine führten zum Eingang. Schon von außen hörte man das Geplärre eines Fernsehers.

Michiko schob die Tür auf und rief: „Tadaima."

Aus der Tiefe kam ein fröhliches „Okairinasai" zurück.

„Schließt ihr die Haustür nicht ab?"

„Nee, die ist eigentlich immer offen."

Wir stellten den Präsentkorb und die Blumen in den Eingang.

„Schuhe wechseln, Polo."

Ich schlüpfte in gelbe Hauslatschen und trottete hinter Michiko her, wusch mir die Hände und gurgelte wie sie mit Wasser.

„Ist das da nebenan das Bad?" So was hatte ich noch nie gesehen. Eine mit Mosaik ausgelegte Badewanne, die frei im Raum stand. Darunter schwarzer Fußboden, bedeckt mit eingelassenen Kieselsteinen.

„Wofür sind die denn?"

„Früher wurde unter der Badewanne Feuer gemacht. Jetzt haben wir einen Gasboiler."

Eine Schiebetür öffnete sich und Michikos Mutter erschien.

„Good afternoon. I am Marco from Germany."

Die Dame des Hauses guckte mich fragend an.

„*Okairinasai*, Marco-san." Michikos Mutter machte eine knappe Verbeugung und redete ohne Unterbrechung auf Japanisch mit Michiko, als ob ich gar nicht da wäre.

„Michiko, wo ist eure Toilette?", unterbrach ich ihre Unterhaltung.

„Gleich nebenan. Und wechsle die Schlappen, bitte."

Kaum stand ich mit neuen Schlappen an den Füßen in dem kleinen Raum, wartete die nächste Herausforderung. Auf dem Boden, etwas erhöht auf einer Stufe, war ein längliches, schmales Becken eingelassen. Am Ende dieses Beckens, an der Wand die Spülgarnitur für das Wasser. Am oberen Ende der Spülkasten mit einem Hebel und darüber ein schmales Röhrchen, das in den Spülkasten führte. Bevor ich lange herumrätselte, setzte ich mich auf das Becken. Das war nicht bequem, und das war vermutlich der Hinweis darauf, dass es auch falsch war. Das

Toilettenpapier hing auch zu weit weg. Beim Abziehen lief aus dem Röhrchen Wasser in den Spülkasten. Andere Länder, andere Sitten dachte ich ... nur ich weiß mal wieder nicht Bescheid. Immerhin hatte ich keine Überschwemmung verursacht. Aber kaum stand ich wieder im Flur, wurde ich mit mahnenden Blicken auf meine Füße bedacht, und hastig wechselte ich die Hausschuhe.

„Sorry, ich bin so irritiert von der Toilette. Wie benutzt man die? Ich habe mich auf das Becken gesetzt, das war bestimmt falsch."

Michiko rief ihrer Mutter, die gerade dabei war, den Inhalt des Präsentkorbs wegzuräumen, etwas zu, was einen Heiterkeitsausbruch zu Folge hatte.

„Man steigt auf die Stufe und hockt sich einfach hin."

„Und wie komme ich wieder hoch?"

„Bist du ein Greis? Wir haben auch eine amerikanische Toilette, aber das sagen wir unseren Gästen immer erst hinterher. So haben wir mehr Spaß."

„Ah, ja?"

„War ein Witz, Marco. Jetzt komm, du kannst mir helfen."

In der Küche lagen auf dem Tisch farblich sortierte Papierstückchen. „Lass uns das wegräumen."

Endlich konnte ich mich nützlich machen und schob die Papiere zusammen.

„Oh, nein! So nicht! Das war die Vorlage für ein Washi-Chigiri-e, das meine Mutter zusammenstellt."

„Tut mir leid … was ist ein Waschi …?"

Michikos Mutter kam in die Küche und sah die Bescherung, die ich angerichtet hatte. Ich verbeugte mich und entschuldigte mich vielmals. Michiko übersetzte, ihre Mutter lächelte und sagte: „Shoganai." Dann stellte sie Becher auf den Tisch und schenkte Tee ein. „No problem."

„Trink den Tee."

Ich nahm den kleinen Becher vorsichtig auf und setzte ihn in meine linke Handfläche.

„Mama fragt, ob du etwas von Keramik verstehst."

„Nein, ich versuche nur, der nächsten Katastrophe aus dem Weg zu gehen. Sag ihr, dass ich den wunderschön finde, ein Kunstwerk."

Draußen klapperte die Tür zum Carport. Sofort sprangen beide zur Haustüre. „Irasshai. Irasshai."

Michiko rief mir zu: „Das ist mein Vater."

Ich rüstete mich innerlich zur Begrüßung, aber er verschwand im Bad, wusch sich die Hände und gurgelte.

Kurz darauf kam er in die Küche und Michiko sagte ein paar Sätze auf Japanisch, aus denen ich nur die Worte Marco und Düsseldorf identifizieren konnte. Er stellte einige Pakete ab und begrüßte mich auf Englisch, so ein bisschen erinnerte mich seine Aussprache an Ralph.

„Hi Marco, welcome to our home."

„Thank you very much, Mister Tsurumi. I hope I do not disturb your privacy."

„Not at all." Und plötzlich fragte er mich auf Deutsch: „Wie ist Ihr Allgemeinzustand?"

„Bestens, auch die Nieren."

Michikos Vater nickte und sagte: „Wunderbar."

„Woher können Sie so gut Deutsch, Herr Tsurumi?"

„Wie Sie vielleicht wissen, waren deutsche Ärzte unsere Vorbilder. Dr. Bälz aus Bietigheim, der Leibarzt unseres Kaiserhauses, hat in Japan die moderne Medizin bekannt gemacht. Wir haben während der Ausbildung sein Grab in Bietigheim besucht. Am besten ist, wenn man keinen Arzt braucht."

„Aber es ist immer gut, einen in der Familie zu haben."

Herr Tsurumi nickte. Vermutlich hatte ich den ersten Test bestanden. Und egal, was Michiko über die Gepflogenheiten in ihrem Zuhause gesagt hatte, Väter testen Männer immer, wenn sie in die Nähe ihrer Töchter kommen. Und schon fiel mir der alte Gregorius ein, dessen erste Frage an mich gewesen war: „Welcher Verbindung gehören Sie an und wo haben Sie gedient?" Meine Antwort hatte ihm nicht gefallen, denn ich hatte mit meiner Banklehre nicht studiert, und beim Bund war ich schon gar nicht gewesen. Ich hatte meinen Ersatzdienst in einem Altenheim abgeleistet.

Michiko und ihre Mutter hatten zwischenzeitlich den Tisch gedeckt. In der Mitte des Tisches zwischen gefüllten Schalen, Schüsseln, Tellern und Essstäbchen auf kleinen Keramikriegeln lagen zwei feuchte Tücher. Herr Tsurumi forderte mich immer wieder auf, mir noch mehr Reis und Gemüse zu nehmen. Michikos Mutter schenkte mir grünen Tee nach, alle unterhielten sich auf Japanisch, im Hintergrund brüllte weiter der Fernseher und ich kleckerte in Maßen. Als ich versuchte ein paar flüchtende Reiskörner mit den Fingern vom Tisch zu klauben, wies Michiko auf die Tücher und sagte: „Nimm die Familienlappen. Damit kannst du dir deine Hände abwischen."

Nach dem Essen nahm sich der Vater die Pakete vor, die er mitgebracht hatte. Sie waren in zarte Rosenmusterpapiere eingewickelt und mit roten Schleifen verschnürt. Ich erfuhr, dass das Neujahrsgeschenke seiner Patienten waren.

„Du kannst mir beim Öffnen helfen." Er legte ein kleines Messer und eine Schere auf den Tisch. Das kann ich gut, dachte ich, und nahm mir ein Paket nach dem anderen vor, schnitt flott die Schleifen durch und riss das Geschenkpapier auf. Eine Sekundenarbeit. Michiko und ihre Mutter widmeten sich derweil mit aller Sorgfalt dem Inhalt, als würden sie eine knifflige Operation am offenen Herzen durchführen, und ich hatte schon wieder das Gefühl, ins Fettnäpfchen getreten zu sein. „Habe ich was falsch gemacht?"

„Nein, nein", sagte Dr. Tsurumi. „wir bewundern nur, wie du die Pakete auspackst, das ist alles. Früher haben die großen Firmen beim Einstellungsgespräch einen Bewerber Pakete auspacken lassen. Daran konnten sie sehen, was für ein Typ der ist."

Meine Wangen wurden heiß „Und wie lautet Ihr Urteil?"

„Etwas … wie sagt man? Rasches Handeln. Aber bist du denn ein Bewerber?"

„Marco denkt zu viel", sagte Michiko, bevor das Thema vertieft werden konnte. „Meine Mutter schneidet die Einpackpapiere in handliche Abschnitte und macht daraus Origami-Umschläge.

„Darin übergibt sie kleine Trinkgelder", erklärte Michikos Vater.

Ich dachte, es gibt keine Trinkgelder in Japan.

„Komm mal mit ins Wohnzimmer, da kann dir meine Mutter ein paar ihrer Washi-Chigiri-e-Bilder zeigen."

Zunächst zierte sich die Künstlerin, dann aber erklärte sie sich doch bereit und präsentierte mir ihre Kunstwerke, bei deren Anblick mir der Mund vor Bewunderung offen stehen blieb. „Sind die schön …"

„Du hast bestimmt in der Küche das Bild vom Seventy Miles Drive in Kalifornien gesehen. Das hat sie dort skizziert und danach zu Hause in tagelanger Arbeit mit dem Washi-Papier ‚gemalt'. Sie ist eine Meisterin. Unser Geschirr hast du ja schon gesehen; alles von ihr entworfen und gebrannt. Mama hofft, dass es dir gefällt."

„Und ob."

Michikos Mutter packte die Bilder zurück in die Kartons und sprach mit Michiko.

„Mama fragt, ob du ein Bild haben möchtest."

„Aber das ist doch viel zu kostbar. Und wie soll ich das heil nach Düsseldorf transportieren?"

Michiko übersetzte. Ihre Mutter verbeugte sich und ging hinaus, nur um ein paar Minuten später mit einem kleinen, kunstvoll eingeschlagenen Karton wiederzukommen. Sie überreichte mir das Päckchen und ich verbeugte mich.

„Zwei Teebecher für dich", sagte Michiko. „Leichter zu transportieren. „Pass gut drauf auf."

„Das werde ich. Ganz bestimmt."

Mittlerweile war es später Nachmittag geworden und höchste Zeit, mich auf den Weg zu machen.

„Wie komme ich jetzt zurück nach Tokyo?"

„Ganz leicht mit der Bahn. Ich bring dich zur nächsten Station und schreib dir auf, wie du zum Hotel kommst."

Ich verabschiedete mich mit vielen Verbeugungen und Dankesworten von Michikos Eltern. Wenn ich gedacht hatte, ich würde nun bequem von Michiko im Auto zur Bahnstation gebracht werden, hatte ich mich getäuscht. Sie stellte mir ihr Moped vor, auf dem ich als Sozius für eine weitere nervenaufreibende Tour Platz nehmen durfte. Sobald es bergauf ging, wurde das Ding zwar lauter, aber so langsam, dass ich absteigen musste. Dann raste Michiko davon und ich musste hinterherrennen. Kaum war ich wieder aufgestiegen, ging es bergab und sie ließ das Moped laufen, als ob es um den Sieg auf dem Nürburgring ginge. Am kleinen Bahnhof angekommen stieg ich Schweiß gebadet ab und löste mit Michikos Hilfe zunächst das Ticket zum Hauptbahnhof nach Yokohama.

„Ein herrlicher Tag mit dir. Sag deinen Eltern noch mal Dank."

„Ruf mich an, wenn du im Hotel angekommen bist. Pass auf dich auf, und verlier den Zettel mit der Wegbeschreibung nicht. Und vergiss nicht, am Hauptbahnhof das Ticket nach Tokyo zu kaufen."

Mit einer scheuen Umarmung und einem schnellen Kuss verabschiedeten wir uns an der Sperre. Ich wusste nicht, ob Küsse in der Öffentlichkeit in Japan gern gesehen waren. Aber für große

Abschiedszeremonien war eh keine Zeit mehr. Ich musste mich beeilen, die einfahrende Bahn noch zu erreichen.

Bis Yokohama-Station ging auch alles glatt; ich schaffte es sogar, das Anschlussticket nach Tokyo für die Tokaido-Line zu kaufen. Sogar den Bahnsteig fand ich, und der Zug kam nach ein paar Minuten. Die Menschen quollen aus den Waggons, und ich freute mich über einen Sitzplatz. Die nächste Station hätte Kawasaki sein müssen. Ich versuchte, den Namen der Station zu lesen, der alle 50 Meter abwechselnd mal in Japanisch und mal in Englisch angezeigt wurde. Die Türen öffneten sich und ich las: Ofuna. Das stand nicht in Michikos Beschreibung. Eine rasselnde Klingel deutete an, dass der Zug im nächsten Moment weiterfahren würde. Kurzentschlossen sprang ich aus dem Waggon und lief mit den anderen Reisenden in Richtung Ausgang. Auf einer Anzeigetafel sah ich, dass die Bahn nach Yokohama, Kawasaki, Tokyo auf der anderen Seite abfuhr. Mit knapper Not erreichte ich den Zug, und bei jeder Station verglich ich die Liste mit den Namen der Haltestellen und beruhigte mich allmählich, vor allem, weil ich bei der Rennerei die Schachtel mit den Teetassen nicht verloren hatte. Endlich erreichte ich nach Shinagawa Shimbashi die nächste Umsteigestation. Ich ließ die Bahn links liegen, nahm ein Taxi zum Hotel und rief von dort Michiko an, um ihr von meiner Irrfahrt zu berichten. Der Report wurde sogleich für ihre Eltern übersetzt, und ich konnte sie durch den Hörer und den Lärm des plärrenden Fernsehers lachen hören. Zum Abschied hauchte Michiko ein *Oyasumi nasai* durch den Hörer. Was auch immer das bedeuten mochte, für meine Ohren klang es verheißungsvoll … aber vielleicht hieß es auch einfach nur: Wärst du doch in Düsseldorf geblieben.

Sonntag, 28. Januar 1979, Tokyo

Ich gönnte mir den Luxus, mal richtig auszuschlafen. Zum späten Frühstück saß ich in der Garden Lounge und bestellte zu einem Milchkaffee frische Früchte mit Joghurt. Ich beobachtete, wie schnell frei gewordene Tische abgeräumt und wieder sauber gemacht und Neuankömmlinge an die Tische gesetzt wurden. Außer mir sah ich keinen Einzelgänger wie mich. Meist saßen zwei Frauen oder Familien mit Kindern zusammen. Der Geräuschpegel war trotz des dicken Teppichbodens enorm, klapperndes Geschirr, Besteck, das auf Tellern kratzte, und dazu ein Stimmgewirr in mir ungewohnt hoher Frequenz. Der Andrang war groß. Die Kellner gaben mir dezent das Gefühl, dass ich lange genug einen Tisch für vier Personen blockiert hatte. Am Ausgang unterzeichnete ich die Rechnung, eilte zum Aufzug und kaum im Zimmer angekommen, griff ich zu Kladde und Kugelschreiber.

Mit den Füßen auf der Fensterbank und dem Heft auf einem Kissen auf dem Schoß, flog der Kuli über die leeren Seiten. Überschrift: *Bau einer zehntausend Kilometer langen Brücke zur Verbindung der Wirtschaft Japans und Deutschlands. Hilfsangebot für deutsche Firmen beim Markteintritt in Japan. Grundlage: Der weltweite, rasante Aufstieg Japans und die damit verbundenen Marktchancen in der deutsch-japanischen Zusammenarbeit.*

Genau, das ist es, dachte ich, aber schon im nächsten Moment nagte der Zweifel an mir. War das ein Geschäftsmodell, oder war das ein Beziehungsmodell für mich und Michiko? Könnte sich Karl für diesen Plan begeistern? Machte ich mich zu abhängig von Michiko, wenn wir voll in den japanischen Markt einstiegen? Wäre es überhaupt fair, alles an ihr festzumachen? Und schon war ich dabei, mich auszubremsen. Ich ermahnte mich, einen Schritt nach dem anderen zu machen und schriftlich zu analysieren, was der Istzustand war. Diagnose: Bis auf Karl mit seinem Hang zum alten Gregorius lief es. Und es würde noch besser laufen, sobald Masuhara einlenkte und Karl keinen Grund mehr zum Kuscheln mit Papa Gregorius hätte. Warum, Marco Welter, willst du dann das Risiko einer Expansion mit hohen Investitionen?, fragte ich mich. Ist das dein ewiger Hang zum Ritt auf der Rasierklinge oder Intuition fürs Big Business? Oder ist es eine Reaktion auf Karls böse Worte? Vielleicht? Wer mir mitteilt, ich möge meinen Scheiß alleine machen, bringt deutlich zum Ausdruck, dass er mit mir nicht mehr will. Aber warum? Und warum so schnell? Angst?

Gerade war ich dabei, mich zur Quelle von Ursache und Wirkung zurückzuarbeiten, als es an der Tür klopfte und die Zimmermädchen fragten, ob sie aufräumen dürften. Nein, hätte ich am liebsten gebrüllt, stören Sie meine kostbaren Gedanken nicht. Aber die beiden lächelten mich zuckersüß an, und ich räumte das Feld, um ein bisschen in der Lobby herumzuschlendern. Dort fiel mir eine kleine Buchhandlung auf, die auf ihrem Firmenschild das Wort ,International' besonders hervorgehoben hatte. Bei näherer Betrachtung der Auslage stach mir ein Titel ins Auge: *35 Dos and Don'ts – Successful Business in Japan* von einem gewissen Ralph D. Delaney. Wenn das mal nicht das Buch war, das ich schon dringend vor drei Wochen gebraucht hätte. Das hätte mir der Kerl aber auch eher sagen können. Ich ließ 3000 Yen im Laden und machte mich mit Ralphs hoffentlich weisen Ergüssen auf den Weg zu meinem Zimmer.

Dort angekommen holte ich die beiden Teebecher von Michikos Mutter aus der Schachtel und bestellte beim Zimmerservice eine Kanne grünen Tee, die umgehend geliefert wurde. So gerüstet machte ich mich wieder an die Arbeit.

Kaum hatte ich mich beim Brückenbau für Stahl und roten Backstein entschieden und ein dreisprachiges Firmenschild entworfen (deutsch, englisch, japanisch): *Welter & Tsurumi GmbH* oder *Tsurumi & Welter GmbH* oder *Michiko & Marco Welter GmbH*, wurde ich durch den Knall, den meine Kladde beim Aufschlagen auf den Boden machte, aus meinen Träumen gerissen

Der Tee war kalt geworden, und ein Blick auf die Uhr sagte mir, dass ich noch zwei Stunden bis zum IHK-Empfang hatte. Ich nahm mir Ralphs Buch vor, ein bisschen schmökern, konnte nicht schaden. Da schrieb er doch allen Ernstes, dass Amerikaner und Europäer sich nur ein oberflächliches Bild von Japan machten, während sich Japaner umfassend über fremde Kulturen, Wirtschaft sowie Stärken und Schwächen ihrer Geschäftspartner in spe informierten, bevor sie mit ihnen in den Ring stiegen. In mir klangen Michikos Worte nach: Polo, du musst noch viel lernen! Und ich hatte mich in meiner Überheblichkeit gefragt: Etwa von dir, Michiko? Wie gut, dass sie meine Gedanken nicht lesen konnte. Ralph haute es mir schwarz auf weiß um die Ohren: ... *doing business in Japan is very different to doing business in U.S., or elsewhere in the world. If you want to be successful you must understand and accept these differences. The 35 points below are an essential guide to business in Japan and making friends as well. Ignore them at your peril. And now: practice, observe, learn, and become successful.* Lernen! Lernen! Lernen! Mit jedem Satz meines wissenden Freundes, wurde mir klar: Oh je, ich bin genauso einer, wie er hier beschrieben wird. Immerhin konnte ich mir dafür auf die Schulter klopfen, dass ich im Flieger wenigstens meinen Polyglott konsultiert hatte. Lieber fünf vor zwölf als nie. Und mein Plan, den Masuhara Leuten mal eben die Möbel gerade zu rücken, war ja auch entsprechend in die Hose gegangen. Wenn auch ohne Absicht, hatte ich, laut Ralphs Ausführungen, eine ziemlich peinliche Vorstellung abgegeben – und nicht nur bei Michikos Eltern. Ralphs Buch las sich spannend wie ein Krimi, aber auch er benutzte die bösen Worte: Geduld, langer Atem und noch ein paar Dinge, für die ich bislang noch keinen Orden bekommen hatte. *You may think the Japanese are strange; for sure, they think the same way about you.* Wie wahr.

Bevor ich mich festlas, musste ich mich in meinen italienischen Anzug werfen und auf den Weg machen.

Vor dem Saal *Fuyo* standen japanische und deutsche Herren in der der Anmeldeschlange. Die Stimmung war gut, alle schienen in Plauderlaune zu sein, und alle sprachen Englisch. Aus der hinteren Reihe hörte ich jemanden sagen: „Heute ist aber wenig los. Ich musste mich auch vom Golfen loseisen, um rechtzeitig hier zu sein. Sonntag ist einfach ungewöhnlich."

Und ein anderer mischte sich ein: „Aber alle wichtigen Leuten sind wie immer da."

Ich nannte meinen Namen und wurde von einer freundlichen Dame mit einem Namensschild ausgerüstet, das mich als *Marco Welter, TransGlobal Services, Düsseldorf* auswies. Ich betrat den Saal, griff nach dem angebotenen Glas Wein und wanderte zwischen den Gästen umher, bis ich auf einen einzelnen japanischen Herrn stieß. Ich stellte mich vor, reichte ihm meine Visitenkarte und fragte, was ihn mit Deutschland verbinde. Reflexartig zupfte er seine Visitenkarte aus seinem silbernen Kartenetui. Nachdem er meine Karte studiert hatte, fragt er mich über TransGlobal Services aus. Weitere Herren gesellten sich im Laufe unseres Gesprächs dazu, mit denen er mich bekannt machte: „Mister Welter ist im Globalisierungsgeschäft, er ist aus Düsseldorf …"

Mir schien, dass unser Geschäftsmodell auf reges Interesse stieß. Ich war überrascht, wie viele Visitenkarten ich austauschte und wie schnell man mit allen ins Gespräch kam. Plötzlich tippte mir jemand auf die Schulter. Ich drehte mich um.

„Ah, Dr. Klein."

Er nahm mich zur Seite. „Sind Sie immer noch da, Herr Welter, oder schon wieder? Wie ist es gelaufen mit Ihrem Problem?"

„Danke für Ihre Vermittlung von Frau Tsurumi. Sie ist heute mit Herrn Masuhara verabredet. Morgen könnte also im Board Meeting die Aufhebung des Stornos beschlossen werden. Alles sehr kompliziert."

„Ja, ja. Sie brauchen Zeit, viel, viel Zeit in Japan. Die Banker, mit denen Sie sich gerade unterhalten haben, sind ein guter Anfang für Sie. Bleiben Sie dran, kommen Sie häufig nach Tokyo. Beginnen Sie Japan zu verstehen, machen Sie sich Freunde." Während er sprach, schaute er sich um, als suchte er jemanden. Aus der Menge kam ein freundlich aussehender Mann mittleren Alters auf uns zu. Dr. Klein winkte und sagte: „Ah, da ist er ja. Darf ich Sie mit unserem Geschäftsführer bekannt machen? Herr Welter, das ist Dr. Neudorf, Dr. Neudorf, Herr Welter."

„Angenehm. Ich habe von Ihrem Pech gehört, soll ich Sie gleich mal mit einem der deutschen Anwälte bekannt machen?"

„Das wäre sehr freundlich von Ihnen, Dr. Neudorf. Ich glaube aber, dass wir mit Frau Tsurumi auf sehr gutem Weg sind."

„Frau Tsurumi? Da haben Sie Glück, dass sie sich Ihres Projekts annehmen kann."

„Ein Amerikaner hat mir empfohlen, mein Problem höher aufzuhängen und über Sie oder die Botschaft an die japanische Regierung zu appellieren. Was halten Sie von dieser Idee?"

„Ich glaube, dass das noch viel zu früh ist. Mir ist kein vergleichbarer Fall bekannt. Schauen Sie erst mal, was Frau Tsurumi erreichen wird. Dann sehen wir weiter." Mit einem Lächeln verschwand Dr. Neudorf in der Menge. Wie mir schien, um der Diskussion aus dem Wege zu gehen.

Später am Abend lernte ich tatsächlich einen der deutschen Anwälte kennen und sagte ihm mein Sprüchlein auf. Im Gegensatz zu Dr.

Neudorf ging er fast täglich mit ähnlichen Problemen um, die auch mich umtrieben. Auch er riet mir, erst alle anderen Mittel auszuschöpfen, bevor die Anwälte bemüht wurden. Aber so ganz abwegig fand er Ralphs Idee nicht, er deutete an, dass die Amerikaner und Franzosen im Moment mit dem MITI im Gespräch seien, um ihren Unmut über das Geschäftsgebaren ihrer japanischen Partner kundzutun. Leider konnte oder wollte er keine Details rausrücken. Aha, daher weht der Wind, und Ralph, das Schlitzohr, weiß mit Sicherheit mehr darüber, als er mir verraten hatte – und Dr. Neudorf bestimmt auch, dachte ich.

Gegen 21 Uhr war der Empfang beendet. Der Saal leerte sich.

Als ich mich auf den Weg zu den Aufzügen machte, kam ein Page mit einem kleinen Silbertablett auf mich zu. „Welter-san? Eine Nachricht für Sie."

Ich öffnete den Umschlag und las: *In zehn Minuten im Trader Vics, ich bin durstig. Michiko*

In der Bar suchte ich ein lauschiges Plätzchen, bestellte zwei Mai Tai und wartete. Als Michiko endlich kam, fiel sie gleich mit der Tür ins Haus. „Also Marco, keine besonderen Nachrichten."

„Was heißt das genau?"

„Ich mach's mal kurz. Im Hause Masuhara gibt es unterschiedliche Lager. Eins ist grundsätzlich gegen Direktimporte von Maschinenanlagen aus dem Ausland, insbesondere wenn es keinen Service in Japan gibt. Team Kizawa-san. Team Tsuda vertritt den Standpunkt: Aufbruch und Neuerungen in der Firma. Was Masuhara Nutzen bringt, kaufen wir, auch ohne Service in Japan, den leisten wir selbst."

„Aber was sagt Herr Masuhara dazu? Der ist doch der Präsident."

„Er kauft die Maschine nicht und arbeitet auch nicht mit ihr. Das müssen seine Leute entscheiden. Als Präsident wird er nur seine Meinung vortragen und keinen Aufstand im Unternehmen zulassen."

„Sorry Michiko, ich habe zwar vorhin erst in einem schlauen Buch über Entscheidungen in japanischen Unternehmen gelesen, aber das ist doch schwach", ereiferte ich mich. „Er ist der Boss, er kann doch sagen: Hü oder Hott."

„Wird er aber nicht. Das ist unser System. Morgen wird das Board Meeting ein Ergebnis präsentieren. Masuhara-san wird zuvor mit den Beteiligten sprechen und dafür sorgen, dass es zu einer Meinungsbildung kommt."

„Schwer zu ertragen, dann kau ich mir bis morgen eben die Fingernägel ab."

Mich hatte der Muff gepackt, mein Vertrauen in Michikos Verhandlungsgeschick bekam Risse. Vermutlich stand mir die Enttäuschung ins Gesicht geschrieben, denn sie sagte:

„Warum so verzagt, es ist doch nichts passiert."

„Ja, eben. Es passiert nichts. Ach, Michiko, mit der ständigen Warterei ist noch nie was gewonnen worden."

„Aber mit blindem Aktionismus auch nicht."

„Du hast gut reden, du hast nicht meine Probleme mit der Bank und mit Karl. Soll ich etwa gar nichts tun?"

„Genau. Nimm es so, wie es ist. Tut mir leid, dass ich keine besseren Nachrichten habe."

„Und wenn's morgen schiefgeht?"

„Dann ist das so. Man kann nicht immer gewinnen."

„Sollte man aber!"

„Marco, ich muss morgen sehr früh raus. Es wird ein harter Tag. Ich ruf dich an."

„Hab ich dich verärgert?"

„Kannst du gar nicht." Sie drückte mir einen Kuss auf die Wange, und wenigstens bei *Tsurumi & Welter GmbH in spe* hing der Haussegen wieder im Lot.

Montag, 29. Januar 1979, Tokyo

Die Entscheidung von Masuhara konnte ich frühestens nach dem Mittagessen erwarten. Mich überfiel ein Gefühl der Verlorenheit in dieser Millionenstadt. Eine neue Erfahrung für mich. Um meine Stimmung nicht komplett in den Abgrund rauschen zu lassen, erkundigte ich mich am Empfang nach dem Weg zum Pool.

„Es tut mir leid, unser Garden Pool ist im Winter leider geschlossen."

„Wie sieht es mit einer Massage auf dem Zimmer aus?"

„Ich kann Ihnen gerne einen Termin buchen, Mr Welter."

„Wann?"

„Zwölf Uhr?"

„Das passt."

„Der Preis für sechzig Minuten sind zehntausend Yen."

Karl würde durchdrehen, wenn er auch noch eine Massage auf meiner Hotelabrechnung sah.

Wie versprochen klopfte es um zwölf Uhr an meiner Tür. Eine Dame mittleren Alters in weißem Kittel trat ein und sprach mit mir Japanisch. Wie ein Samurai sah sie nicht direkt aus. Eher wie Heidis Frau Rottenmeier. Ich versuchte es mit Englisch, aber unsere Konversation endete in einer Pantomime. Immerhin verstand ich, dass ich die Schublade der Kommode aufziehen sollte. Ich fand einen zusammengefalteten Baumwollkimono. Die Dame zeigte darauf und sagte: „Yukata o kiru", dann wanderte ihr Zeigefinger zu mir, „o kiru."

Endlich begriff ich, dass ich den anziehen sollte. Ich verschwand im Bad und lag ein paar Minuten später auf meinem Bett auf dem Bauch und endlich konnte Frau Rottenmeier mit ihrer Arbeit anfangen. Ich lernte, dass die Massage über dem Yukata, ohne Massageöl stattfindet. Immer wieder fragte sie mich etwas und ich antwortete: „Hai, hai." Ich wurde wie ein nasses Handtuch geknetet und durchgewalkt. Sie zog an jedem meiner Finger und brachte ihn zum Knacken. Das Gleiche macht sie mit meinen Zehen. Ich musste mich entscheiden, ob ich den Schmerz genießen wollte oder die Flucht ergreifen. Die sechzig Minuten kamen mir vor wie zwei Stunden Folter. Mit einem „Arigato gozaimasu" ließ sich mein Quälgeist zum Abschluss der Tortur ein Formular unterschreiben und verschwand unter Verbeugungen im Rückwärtsgang aus dem Zimmer. In einer Sekunde war ich eingeschlafen und wurde erst wieder wach, als das Telefon klingelte. Ich konnte kaum meinen rechten Arm heben, um den Hörer zu nehmen. „Marco Welter…", röchelte ich schlaftrunken.

„Michiko hier. Marco?"

Plötzlich war ich hellwach. „Ja, Hallo …"

„Polo, bleib bitte ganz ruhig, ich habe leider keine guten Nachrichten."

„Sag bloß nicht, dass Masuhara die Stornierung nicht zurücknimmt."

„Die Abnahme ist wieder verschoben. Tsuda-san konnte sich nicht endgültig durchsetzen."

„Und jetzt? Ist der Deal geplatzt?!"

„Nein. Das heißt es nicht. Ich komme gegen zehn Uhr ins Hotel, dann besprechen wir, was zu tun ist."

„Deine Ruhe möchte ich haben …!"

„Viel üben, Marco. Bis nachher."

Ich legte auf und ließ mich mit einem „Scheiße!", in die Kissen fallen. Lange durfte ich nicht schmollen, denn ein paar Minuten später klingelte das Telefon wieder. Es war Karl, und er war auf Krawall gebürstet. „Ono ruft mich an und sagt, dass der Deal geplatzt ist. Und du?! Von dir höre ich nichts!" Es krachte in der Leitung, dann war es still. Ich starrte minutenlang an die Decke, dann packte mich die Wut. Mein Rückruf landete bei Irene.

„Chef, ich hab's schon gehört. Hier ist der Teufel los. Karl schreit rum, Anne heult, und Gregorius ist auf dem Weg zu uns."

„Mist!"

„Seh ich genauso."

„Verfluchter Mist! Irene, holen Sie Karl ans Telefon, und wenn Sie ihn an den Füßen ranschleifen müssen. Der Deal ist nicht geplatzt!"

„Ich versuch's."

Die Sekunden vergingen. Ich hechtete aus dem Bett und tigerte im Zimmer auf und ab. Nach einer gefühlten Ewigkeit knackte es in der Leitung und Irene sagte: „Sprechen Sie jetzt, Chef."

„Ist Karl da?"

„Ja."

„Gefesselt und geknebelt?"

„So ähnlich. Legen Sie los."

„Also Karl, der Deal ist nicht geplatzt! Ono erzählt Unsinn! Frau Tsurumi kommt gleich ins Hotel, und wir werden eine neue Strategie besprechen."

„Pah! Ich weiß überhaupt nicht, woher dein hohler Optimismus kommt! Was wollt ihr jetzt noch tun? Wir sind am Arsch, Marco, endgültig!"

„Sind! Wir! Nicht! Hör auf, mit Gregorius zu reden. Ich fliege morgen zurück, dann ist immer noch genug Zeit für alles."

„Ich werd' mir die Zeit nehmen und dir jedes Haar einzeln ausreißen!"

„Gerne, wenn es dir Spaß macht. Aber TransGlobal wird nicht verhökert und schon gar nicht an diesen Farben-und-Lacke-Pinsel!"

„Träum weiter, Marco."

Diesmal warf ich den Hörer auf die Gabel und machte mir einen Tee mit der kleinen Maschine, die auf der Kommode stand, um Irene Zeit zu geben, an ihren Platz zurückzukehren. Dann wählte ich ihre Nummer. Sie nahm sofort ab.

„Sind Sie allein, Irene?"

„Ja, und die Tür ist zu."

„Okay. Können wir uns Mittwochmorgen bei mir zu Hause treffen? So gegen acht?"

„Ja."

„Danke Irene, danke."

„Guten Flug."

Ich legte auf und warf meine Siebensachen in den Koffer. Um den Deckel zuzumachen, hätte ich mich draufsetzen müssen. Mit einem Seufzer hob ich den Deckel wieder hoch, kippte den Inhalt auf dem Bett aus und packte alles ordentlich wieder ein.

Ich schreckte auf, als es an der Tür klopfte. Michiko stand mit einer Reistasche auf dem Gang.

„Sorry, ich bin zu früh. Darf ich reinkommen?"

„Natürlich."

Sie gab mir einen Kuss. „Das Hotel ist ausgebucht, ich konnte mein Zimmer nicht verlängern."

Nicht dass ich das sehr bedauerte. Sie stellte ihre Tasche ab und setzte sich mit Blick auf meinen gepackten Koffer in den Sessel.

„Möchtest du was trinken? Ich habe Tee gemacht."

„Nein danke, ich gehe gleich wieder. Ich übernachte bei einer Freundin."

Die Information hatte eine ähnliche Wirkung wie ein Tonarm, der über eine Schallplatte schrappt.

„Wie schade. Ich begleite dich natürlich."

„Gut. Lass uns vorher Walter anrufen." Michiko grinste mich an, ich fühlte mich ertappt und wählte Eberhardters Telefonnummer.

„Hallo Walter, hier ist Marco. Schlechte Nachrichten."

„Hab ich schon von deinem Partner gehört. Was sagt Michiko dazu?"

„Moment, ich gebe sie dir eben."

Ich setzte mich auf die Sessellehne und wir legten die Köpfe zusammen an den Hörer.

„Walter, wie geht's dir?", säuselte Michiko.

„Meinetwegen darf das Containerschiff mit meiner Anlage im Suezkanal absaufen, dann würde wenigstens die Versicherung bezahlen."

„Ach nein, so schlimm ist es nicht. Die Entscheidung ist nur vertragt. Ich bleibe dran. Du kannst ab Mittwoch alles mit Marco besprechen, wenn er wieder in Düsseldorf ist. Mach's gut."

„Wir kriegen die Kuh vom Eis. Hör einfach nicht auf Karl. Tschüss."

„Dein Wort in Gottes Ohr."

Ich hätte noch stundenlang so auf der Sessellehne sitzen bleiben können, aber aus dem Hörer kam nur Tuuuut ... Tuuuut, und es gab keinen Grund dafür.

Michiko klemmte sich ihre Tasche unter den Arm. „Ich geh dann mal."

„Wo wohnt deine Freundin?"

„Nicht so weit von hier. Ich nehme ein Taxi und bin in zehn Minuten da."

„Ich komm mit."

„Bist du verrückt?"

„Ja. Das hast du mich schon mehrfach gefragt."

„Ziemlich verrückt. Ein Mann im Yukata auf offener Straße. Oh ja, Herr Welter, das wird Eindruck machen."

Ich schaute an mir herunter und verstand. „Okay, ich werf mir schnell was über.

„Ich warte unten auf dich."

„Gib mir fünf Minuten …"

Hinter Michiko fiel die Zimmertür zu. Ich drehte mich um, guckte in den leeren Schrank und begriff erst nicht, was ich sah. Schließlich dämmerte es mir und ich kippte den Koffer wieder auf dem Bett aus.

Dienstag, 30. Januar 1979, Tokyo/Düsseldorf

Nicht nur ich war verrückt. Michiko war es auch. Sie wartete um 7.00 Uhr auf mich in der Lobby und sah dabei umwerfend aus. Mehr als ein „Du hier?" kam bei mir nicht raus.

„Ich will dich nicht so einfach abreisen lassen."

„Dann komm doch einfach mit, dann reisen wir beide ab."

Michiko knuffte mich in die Seite. Arm in Arm gingen wir zum Ausgang.

Mein Koffer war im Taxi verstaut und alles zum Einsteigen bereit. Michiko stellte ihre Tasche ab, umarmte mich und schob mich ins Taxi. Bevor ich noch irgendetwas sagen konnte, schloss sich die Tür und der Wagen rollte los. Als ich mich umdrehte, sah ich, wie sie sich verbeugte. Ich winkte, bis der Wagen sich in den Verkehr eingefädelt hatte und sie nicht mehr zu sehen war. Arigato Michiko, ich hoffe, dass wir uns wiedersehen werden. 10.000 Kilometer fern der Heimat musste ich mir selbst eingestehen: Ich war schockverliebt.

Meine bahnbrechende Erkenntnis führte dazu, dass der Rückflug tatsächlich wie im Fluge verging. Immerhin konnte ich mich mit frischer Motivation zu lernen, in Ralph D. Delaneys Business-Bibel vertiefen.

Ohne ein Auge zugetan zu haben, kam ich nach zweiundzwanzig Stunden Flug in Düsseldorf an. Kaum hatten die Reifen die Landebahn berührt, war ich wieder im Planungs- und Organisationsmodus und machte mir im Geiste eine Liste: Irene treffen, ohne Karl bei Eberhardters Bank vorsprechen und die Lage peilen.

Mittwoch, 31.Januar 1979, Düsseldorf

Irene war noch gar nicht ganz durch die Tür, da sprudelte es aus ihr heraus: „Chef, ich bin so froh, dass Sie wieder da sind. *Papa* herrscht im Büro wie Napoleon. Er lässt sich von Karl Aktenordner ins Besprechungszimmer tragen und von mir Kaffee servieren. Als er mich nach Details des Japanauftrags gefragt hat, habe ich ihn an Karl verwiesen. Der feine Herr Gregorius glaubt wohl, dass, wenn er sagt: ‚Spring!', das Fräulein Irene auch noch fragt: ‚Wie hoch?' Was glaubt der eigentlich, wer er ist?"

Während ihres atemlosen Vortrags deponierte sie ihren tropfenden Regenschirm in der Badewanne, ging wie selbstverständlich in die Küche, warf eine Brötchentüte auf den Tisch und setzte Kaffee auf. Ich deckte den Tisch und plünderte den Kühlschrank.

„Irene, ich erkläre unser konspiratives Treffen hiermit für eröffnet."

„Ich finde das eigentlich nicht richtig, Chef."

„Was denn?"

„Dass wir uns hinter Karls Rücken zusammentun."

„Aber was soll ich denn machen? Mit ihm ist ja nicht mehr zu reden. Und glauben Sie, ich will solche Diskussionen vor Gregorius' Nase führen?"

„Nein, auf keinen Fall. Ich wollte es nur gesagt haben."

„Ich hab es zur Kenntnis genommen. Ungewöhnliche Situationen erfordern ungewöhnliche Maßnahmen. Können Sie damit leben?"

„Kann ich."

„Dann mal los, Irene. Warum will sich Gregorius bei uns finanziell beteiligen? Irgendeine Idee?"

„Abgesehen davon, dass der seine Finger überall drin hat, wo es Geld abzuschöpfen gibt, fällt mir nichts ein. Eventuell noch Rache für sein entlobtes Töchterlein ... Aber nein, ich denke eher Geld."

„Und Karl glaubt wirklich, dass mit dem Geld von Gregorius bei der Bank wieder alles okay ist? Und dass er über ein Netzwerk verfügt, das TransGlobal bei der Akquise von Neukunden helfen wird? Ich finde das ziemlich kurz gesprungen."

„Gregorius bei TransGlobal? Ohne mich, Chef."

„Und ohne mich."

Wir bissen beide in unsere Marmeladenbrötchen und guckten gedankenverloren vor uns hin.

„Wie gehen wir vor?", fragte Irene schließlich und unterzog die Butter einem Geruchstest.

„Ranzig?"

„Nein, nein, ich dachte nur. Bei Junggesellen muss man auf alles gefasst sein."

„Tja, was werden wir also tun? Erstens: herausfinden, was gespielt wird; zweitens: wer die Musik bezahlen soll; drittens: Plan B entwickeln, für den Fall, dass Karl mit Gregorius geht. Und viertens: den Auftrag mit Eberhardter retten. Und dabei Irene, können Sie mir helfen, wenn Sie wollen."

„Das mach ich. Ich guck doch nicht seelenruhig dabei zu, wie Karl den Laden verscherbelt."

Ich füllte die Kaffeebecher nach.

„Und jetzt zum gemütlichen Teil der Veranstaltung, Chef: Wie steht es denn mit Michiko?"

Bevor ich das beantworten wollte, holte ich den Karton mit der Glückskatze aus dem Wohnzimmer und überreichte ihn.

„Oh, wie schön, dass Sie dran gedacht haben. Vielen Dank. Aber lenken Sie nicht ab, Chef."

„Ja … Irene …" Ich spürte, wie meine Wangen heiß wurden.

„Weiß sie es schon?"

„Ich glaube ja, aber noch lässt sie mich zappeln."

„Wenn sie schlau ist."

„Vielen Dank für die Beziehungsberatung."

„Keine Ursache. Für Sie immer gern. Übrigens, wann starten wir mit der Aktion?"

„Wenn wir mit dem Brötchen fertig sind."

„Dann gehe ich jetzt mal los. Wir sollten nicht zusammen ankommen, sonst gibt es gleich Gerüchte."

„Sie lesen zu viel John le Carré, Irene."

„Man kann nie wissen, Chef."

Eine Dreiviertelstunde später begrüßte ich unsere Damen im Sekretariat und ging direkt in Karls Büro. Er schaute kaum von seinen Papieren auf, als er murmelte: „Ach, der Samurai von der traurigen Gestalt ist wieder da."

Ich überhörte es geflissentlich, aber auf der Flipchart hinter seinem Schreibtisch sah ich ein Organigramm, dessen Inhalt mir das Blut in die Schläfen trieb. So also stellte sich mein Kompagnon das Leben mit Gregorius vor. Ich setzte mich in den Stuhl vor seinem Schreibtisch, beugte mich vor und legte meine gefalteten Hände auf seine Papiere. Jetzt konnte Karl mich nicht mehr ignorieren und schaute hoch. „Gibt es was Neues aus Japan, außer Rechnungen?"

„Schon mit *Papa* gefrühstückt und ihm das Ei gepellt?"

Karl starrte mich an, ich starrte zurück und wies mit ausgestreckter Hand auf das Organigramm. „Ist es das, was du willst?"

„Dein neuer Freund Eberhardter hat seine Rechnungen bisher nicht zurückgerufen. Die Bank will praktisch übermorgen eine Besicherung. Du hast die Kuh offensichtlich in Tokyo nicht vom Eis gekriegt … und Ono will auch sein Geld. Und jetzt bist du dran, Marco."

„Ganz einfach Karl … Keine Panik. Ich sage es dir noch mal: Wir können mit unserem privaten Geld den Kredit absichern. Eberhardter wird sein Wort halten, und Ono bezahlen wir aus der Portokasse. Im Übrigen werde ich in Tokyo die Kuh vom Eis kriegen. Michiko und ich arbeiten an einer neuen Strategie. Das geht aber alles nicht in fünf Minuten."

„Wir haben noch nicht mal fünf Minuten, falls dir das noch nicht aufgefallen sein sollte, Marco. Und ich sage es dir auch noch mal: Ich werde kein privates Geld in die Firma investieren. Ich plane, fünfundzwanzig Prozent meiner Anteile an Herrn Gregorius zu verkaufen. Du solltest das auch machen, dann haben wir das Problem vom Tisch und brauchen keine weiteren finanziellen Risiken einzugehen, davon hält er uns frei. Außerdem will er Gas geben und uns bei allen möglichen potenziellen Kunden einführen. Seine fünfzig Prozent sind für uns mehr als Gold wert."

„Sehe ich nicht so. Für die fünfzig Prozent holst du dir den Teufel ins Haus."

„Marco, ich kann auch meine fünfzig Prozent an Gregorius verkaufen, falls dir das lieber ist."

„Werd' mal nicht albern, dazu brauchst du meine Einwilligung, egal ob fünfundzwanzig oder fünfzig Prozent. Und die wirst du nicht bekommen."

Karl stopfte seine Pfeife. Wenn Blicke töten könnten.

„Soll das jetzt eine Sandkastenprügelei werden?"

„Nicht wenn es nach mir geht. Karl, lass dich doch nicht von Gregorius blenden. Ich will ihn nicht in der Firma haben. Ich bin bereit, alles, was ich habe, in den Topf zu werfen."

„Ich aber nicht. Du hast keine Familie, keine Frau und keine Kinder, für die du verantwortlich bist."

„Das ist wahr, aber eine Familie zu haben ist nicht die Lizenz für Feigheit vor dem Feind. Und noch eins: Was glaubst du, macht Gregorius mit TransGlobal, wenn der Masuhara-Deal wirklich platzt?"

Ich ließ ihm ein paar Sekunden, damit meine Frage richtig einsickern konnte, und gab selbst die Antwort. „Du musst gar nicht lange nachdenken. Ich sage es dir: Er wird TransGlobal abwickeln, wie er alles abwickelt. Und bestimmt hat er schon irgendwelche Leute in der Hinterhand, die dann mit unserem Knowhow und unseren Kontakten genau dasselbe aufziehen, nur unter anderem Namen. Und was willst du dann sein? Irgendein angestellter Justiziar bei Gregorius? Viel Vergnügen und weiterhin beruflich viel Erfolg, mein Freund!"

„Vielleicht hast du recht, aber ich stünde nicht auf der Straße. Du kannst ja meinetwegen mit Mann und Maus untergehen – ganz nach deinem Geschmack, Marco, aber ich spiele nicht Russisch Roulette "

Wir waren beide aufgesprungen und standen uns wie Kampfhähne gegenüber. Die Tür flog auf und Irene kam ins Büro marschiert. „Wenn Sie beide sich nicht einig werden, kündige ich auf der Stelle! Dann sitzen Sie hier ab sofort ohne Sekretärinnen! Denken Sie etwa, dass Anne nur eine Erkältung auskuriert? Nee, die hab ich nach Hause geschickt, weil die sich seit Tagen schon die Augen ausheult!" Sie drehte sich um, marschierte wieder aus dem Büro und bevor die Tür zuknallte, lief ich ihr hinterher. „Irene, bitte, tun Sie das nicht, mir zuliebe. Bitte!"

„Ist schon gut Chef, aber hören Sie auf, sich anzuschreien. Bitte!"

Sie ließ mich stehen, ging ins Sekretariat und machte mir die Tür vor der Nase zu. Ich ging zurück zu Karl. Der stopfte die nächste Pfeife und sagte: „Herr Gregorius wird heute Nachmittag zu Verhandlungen wegen der Übertragung der Anteile zu uns kommen. Ich hoffe, du bist dann da?"

„Wüsste nicht wieso. Sag ihm ab. Wir beide sind noch lange nicht klar miteinander."

„Der Einzige, der hier noch im Trüben fischt, bist doch du."

Ich drehte mich auf dem Absatz um und ging nach Hause. Keine zehn Pferde, und Karl schon gar nicht, würden mich an den Verhandlungstisch mit Gregorius bringen. Ich musste erst mal Walter anrufen und dabei ungestört sein.

In der Küche goss ich die Reste des kalten Kaffees in die Tasse und starrte aus dem Fenster. Draußen herrschte Eiszeit, genau wie im Büro. Ich schaute den wirbelnden Schneeflocken zu und brauchte ganze fünfzehn Minuten, um mich über Karls Verhalten zu beruhigen und endlich Eberhardters Nummer zu wählen. Entgegen meiner Befürchtung war er ganz entspannt. „Marco, noch im Jetlag?"

„Ja, Walter. Heute erster Tag, bin gestern Abend angekommen."

„Was sagt denn nun Michiko zur Entscheidung von Masuhara?"

„Sie ist die Ruhe selbst. Im Gegensatz zu Ono, der meint, der Deal wäre endgültig geplatzt. Sie sagt, dass ihre Arbeit jetzt erst anfängt.

„Und wie siehst du das, abseits von Wunschdenken?"

„Ehrlich, Walter, Japan hat mich in den letzten Wochen reichlich positiv überrascht und genauso grausam erschreckt, aber ich glaube, dass wir das Ruder noch herumreißen können."

„Dann lass Michiko weitermachen. Ich hab mein Geld bis auf die letzten dreißig Prozent ja schon – und das gebe ich ohne Gerichtsurteil nicht mehr her. Für dich ist es nur blöd."

„Ja, deshalb möchte ich kurzfristig mit deiner Bank sprechen."

„Kein Problem, der Leiter der Düsseldorfer Niederlassung heißt Hans Lechner, er ist informiert und erwartet deinen Anruf. Meine Sekretärin gibt dir gleich die Nummer durch. Bist du im Büro?"

„Nein, sie soll meine Privatnummer anrufen."

„Macht sie. Dann lass uns in den nächsten Tagen weiter beratschlagen, was wir tun können und hören, wie Michiko vorankommt. Erst mal viel Glück."

Ich legte auf, mein Blick wanderte über den Küchentisch, der voller Krümel war, hin zu meiner vollen Spüle ... irgendetwas stimmte hier nicht. Ich guckte auf die Uhr. Schon zwölf, und dann fiel es mir wie

Schuppen von den Augen, Hildchen war seit zwei Stunden überfällig. Ich griff zum Telefonhörer, um nachzufragen, was los sei. Aber kaum hatte ich die erste Nummer gewählt, klingelte es Sturm, im nächsten Augenblick hörte ich den Schlüssel im Schloss und Hilde kam herein.

„Hier sind Sie, Herr Welter!"

„Wie man sehen kann, Hilde. Ich geh auch gleich wieder, damit Sie freie Bahn haben."

Sie knallte ihre Handtasche und einen vollen Einkaufsbeutel auf einen Stuhl. Dann fegte sie mit der Hand die Brötchenkrümel vom Tisch und seufzte. Schließlich stützte sie ihren Kopf in ihre Hände und schon flossen Tränen. Ich war, ehrlich gesagt, etwas überfordert und setzte Kaffee auf in der Hoffnung, dass sie sich in absehbarer Zeit beruhigen würde. Als ich ihr den dampfenden Kaffee in meiner letzten sauberen Tasse vor die Nase stellte, war es so weit. Sie schluchzte und sagte: „Sie können sich nicht vorstellen, was gestern passiert ist."

„Ist jemand gestorben?"

„Nein. Ich hatte einen Streit mit dem Fräulein Gregorius."

„Ach? Warum?"

„Ich putze doch auch bei Ihnen im Büro."

„Ja."

„Und da lässt die mich gestern von der Anne anrufen, und die Anne sagt, ich soll mal das Fräulein Gregorius in ihrer Galerie aufsuchen. Ich denk mir, ach Hildchen, noch ein Job, vielleicht soll ich da auch putzen. Die ganze Kunst verstaubt ja auch irgendwann … aber nee, ich bin da hin, und dann sagt die zu mir, ich soll gucken, was *Sie* machen, und ich soll ihr das erzählen. Was *Sie* so treiben … und so … vor allem beruflich. … Ich sag zu ihr: Wieso? Sagt die zu mir: ‚Das geht Sie nichts an. Wenn Sie Ihren Job behalten wollen, machen Sie, was ich Ihnen sage.' Ich sag zu ihr: ‚Aber ich arbeite doch gar nicht für Sie.' Sagt sie: ‚In ein paar Tagen schon, und dann werden Sie ja sehen.' Herr Welter, ich weiß gar nicht, was ich denken soll. Wie meint die das? Was mach ich denn jetzt?"

Ich dachte, erst mal Luft holen wäre lebensrettend, aber ich sah die Angst in Hildes Augen und war selbst nicht minder entsetzt über Kathrin. Mir kam es so vor, als hätte ich die Frau, die ich hatte heiraten wollen, überhaupt nicht gekannt.

„Also, Hilde. Es gibt in der Tat ein paar Turbulenzen in der Firma, aber das muss Sie nicht beängstigen."

„Ja, wird denn das Fräulein Gregorius bei uns arbeiten?"

„Kann ich noch nicht beantworten. Sie machen weiter wie bisher und lassen sich nichts anmerken. Und wenn das Fräulein Gregorius Sie fragt, was ich so treibe, dann sagen Sie ihr, dass Sie mich seit Wochen nicht gesehen und gesprochen haben."

„Und dann?"

„Dann sehen wir weiter. Wenn es zu schlimm mit ihr wird, sagen Sie mir Bescheid. Es wird alles nicht so heiß gegessen, wie es gekocht wird."

„Wenn Sie es sagen, Herr Welter."

„Versprochen. Und jetzt hau ich ab, und Sie können sich hier austoben. Wäre toll, wenn Sie ein paar Sachen in die Reinigung bringen, die Waschmaschine anwerfen und mir den Kühlschrank voll machen. Frühstückszeug reicht. Aber erst mal ..." Ich flitzte ins Schlafzimmer und hole das Geschenk für sie. „ ... ein Geschenk. Für Sie, Hilde. Direkt aus Tokyo."

Sie packte den Schal mit ungläubigem Staunen aus. Es dauerte ewig, denn sie schien Verfechterin der japanischen Methode zu sein.

„Der ist wirklich für mich? Das ist doch bestimmt Kaschmir."

„Ist es. Steht Ihnen prima."

Zu meiner Verwunderung packte sie den Schal umgehend wieder ein und legte ihn behutsam in ihre Tasche.

„Gefällt er Ihnen nicht?"

„Doch, aber da muss ich erst mal in Ruhe drüber wegkommen. Wann soll ich den denn tragen?"

„Täglich, wenn's geht."

„Sie sind mir einer, Herr Welter. Vielen Dank." Und weil Hildchen eben Hildchen war, kniff sie mir freundschaftlich in die Wange, trocknete ihre Tränen und machte sich entschlossen ans Werk.

Als ich die Wohnung verließ, hörte ich sie im Bad herumwirtschaften und murmeln: „Wenn das mal alles gut geht."

Wenig später saß ich bei einer Tasse Kaffee im Besprechungszimmer bei Herrn Lechner, der Gott sei Dank kurzfristig eine halbe Stunde Zeit für mich hatte.

„Nach Überfliegen Ihrer Bilanzen stehen Sie doch gut da. Was ist Ihr Problem und wie kann ich Ihnen helfen, Herr Welter?"

Wahrheitsgemäß informierte ich ihn über sämtliche Details. Ich ließ auch die geplatzte Verlobung mit Kathrin und die damit verbundenen Schwierigkeiten mit ihrem Vater nicht aus. Lechner zog bei Nennung des Namens Gregorius die Augenbrauen hoch.

„Gibt es ein Problem?!"

„Herr Welter. Gar nicht. Ich meine nur … Dr. Friedrich-Wilhelm Gregorius ist nicht irgendwer, wenn Sie verstehen, was ich meine."

„Interessenkonflikt?"

„Nein, absolut nicht. Was ich sagen will …"

„Dass ich mir da so richtig was eingebrockt habe. Ist es das?"

„Wenn Sie es so ausdrücken wollen."

„Wir kochen alle nur mit Wasser, Herr Lechner. Insofern …"

„Natürlich. Ich muss Ihr Anliegen erst noch mit den persönlich haftenden Gesellschaftern in Stuttgart klären. Meinerseits steht einem Engagement mit TransGlobal Services nichts im Wege, zumal Herr Eberhardter ein gutes Wort für Sie eingelegt hat. Bezüglich der Besicherung Ihrer Überziehungen müssten Sie und ihr Partner eine Bürgschaft hinterlegen, das wird ja bestimmt kein Problem sein, oder?"

„Bei mir gibt es da kein Problem, aber mein Partner, Karl Schumann, ziert sich noch."

Lechner runzelte die Stirn, und bevor er weiter dachte, als mir lieb sein konnte, sagte ich: „Darf ich ganz offen zu Ihnen sein?"

„Das sollten Sie."

„Würden Sie als meine Hausbank fungieren, wenn ich mich von TransGlobal löse und eine Gesellschaft nur auf Japan ausgerichtet gründe?"

„Das ist ja eine ganz neue Situation … Aber warum nicht, Herr Welter. Was schwebt Ihnen vor?"

„Sozusagen eine Brücke zwischen Deutschland und Japan. Die Dainichi Kokusai Bank würde mich bei der Umsetzung beratend unterstützen."

„Sind Sie mit Dainichi bereits über eine Beteiligung an Ihrer Neugründung im Gespräch? Das würde uns die Sache sehr vereinfachen."

„Beteiligung nicht, aber Herr Shimura ist sehr interessiert an meinem Vorhaben."

„Sie kennen ihn?"

„Vielleicht ist er sogar so etwas wie ein Freund."

„Interessant, Herr Welter. Wirklich interessant."

Hatte ich zu viel Kaffee getrunken oder war ich dabei, überzuschnappen? Ich ging ins Schiffchen, ließ mir ein Mittagessen bringen und war froh, dass ich keine Bekannten oder Freunde dort antraf und ich mit meinen Gedanken alleine sein konnte. Gebratene Blutwurst mit Kartoffelpü und Apfelmus würde mir dabei helfen, wieder in der Realität anzukommen. Auf einem Bierdeckel notierte ich eine Pro- und Kontra-Liste zu einem Ausstieg bei TransGlobal. Lang war sie nicht, denn in der Spalte Pro prangte über allem der Name Gregorius. Solange der im Spiel war, hatte ich keine Zukunft bei TransGlobal. Soviel war mir klargeworden. Also war es nur ein natürlicher Schritt, den ich gehen musste. Wenn auch sehr riskant, aber es war unvermeidlich. Das Wagnis allerdings würde ich mir teuer bezahlen lassen. Ich schaute auf die Uhr, zahlte, steckte den Bierdeckel ein und machte mich mit dem Gefühl, dass sich plötzlich ganz neue Welten auftaten, auf den Heimweg.

Auf dem Küchentisch lag der Abholzettel für die Reinigung, der Kühlschrank war voll und alles duftete nach blankpolierter Sauberkeit. Einzig und allein störte das hektische Blinken des Anrufbeantworters. Drei Anrufe von Karl: „Marco, wo bist du?! Herr Kurtz war mit Herrn Gregorius hier. Unverschämtheit, dass du einfach abhaust und mich alleine mit den Herren lässt!"

Mehr musste ich nicht hören. Ich wählte Karls Durchwahl und hatte ihn auch sofort an der Strippe. Grußlos preschte er vor: „Um es kurz zu machen, ich werde fünfundzwanzig Prozent meiner Anteile verkaufen. Du musst nur noch deine Anteile verkaufen, dann können wir zum Notar gehen. Einen Vertragsentwurf habe ich vorliegen, die Kopie lege ich auf deinen Schreibtisch."

Bei den Worten *nur noch deine Anteile verkaufen*, wusste ich: Jetzt oder nie!

„Den Vertragsentwurf kannst du dir in die Haare schmieren!"

Und bevor ich selbst gehört hatte, was ich da von mir gab, wurde mir klar, dass es kein Zurück gab. „Ich steige bei TransGlobal aus und gründe eine eigene Firma."

Und als hätte Karl gemerkt, dass sich etwas Grundlegendes zwischen uns verändert hatte, war die Aggression aus seiner Stimme verschwunden. „Komm mal runter, Marco. Es gibt keinen anderen Weg für uns."

„Doch, gibt es. Wir haben noch gar nicht über den Preis gesprochen, den *Papa* bereit ist, für die fünfzig Prozent zu zahlen."

„Das kann ich dir sagen, mit der Übernahme der Kredite will er uns sechshunderttausend geben."

„Für fünfzig Prozent?! Das ist ja mehr als lächerlich. Karl, das ist ein Almosen!"

„Sehe ich nicht so. Was stellst du dir denn vor?"

„Ein Abschiedsgeschenk. Nur für dich. Ich verkaufe *meine* fünfzig Prozent an Gregorius, dein Einverständnis vorausgesetzt. Aber nicht unter zwei Millionen. Du kannst mit ihm die Geschäfte weiterführen, und Friede auf Erden."

Ich wusste nicht, ob Karl vom Stuhl gefallen war, aber die Stille am anderen Ende der Leitung war alarmierend. Ich wartete einfach ab, und endlich sagte er: „Das ist eine Wende, die ich so nicht durchdacht habe. Wie sieht es dann mit Masuhara aus? Du kannst uns damit nicht sitzen lassen."

„Mach ich auch nicht. Ich übernehme das Projekt mit allen Risiken. Ich glaube, Eberhardter hätte nichts dagegen."

„Du bist doch verrückt, Marco. Das ist Selbstmord."

„Lass das mal meine Sorge sein. Die Übernahme wird in den Vertrag aufgenommen, auch, dass mir die gesamte Provision dafür zusteht. Damit bist du aus dem Schneider. Über die Details können wir morgen weitersprechen."

„Deine Forderung ist abartig. Gregorius wird dem niemals zustimmen."

„Alles hat seinen Preis. Bis morgen." Ich legte auf und tigerte noch zwei Stunden durch meine Wohnung, bis ich in voller Montur aufs Bett fiel. Den Wecker stellte ich auf 22 Uhr. So leicht, mein lieber Karl, kommst du mir nicht davon. Bevor ich meine Haut endgültig zu Markte trage, will ich genau wissen, was ihr vorhabt.

Der Wecker klingelte und ich war sofort hellwach, zog meinen Mantel an und machte mich auf den Weg. Von meiner Wohnung zum Büro waren es zu Fuß gerade mal fünfzehn Minuten. Obwohl mir der

Schneeregen in den Kragen tropfte, blieb ich im Schutz der Dunkelheit vor dem Haus stehen. Ich wollte sicher sein, dass niemand mehr da war. Meine Vorsicht war berechtigt, denn nach fünfzehn Minuten sah ich Hilde aus der Tür treten. Dann war die Luft rein. Obwohl ich jedes Recht hatte, herauszufinden, was in meiner Firma gespielt wurde, schlich ich mich wie ein Dieb hinein. Im Flur hinterließ ich nasse Fußabdrücke mit Schneerändern. Ich knipste das Licht in Karls Büro an. Lange musste ich nicht suchen, denn auf der Flipchart war das Organigramm verschwunden. Stattdessen hatte Karl fein säuberlich die Planung für die Jahre 1980 bis 1990 für alle gut sichtbar aufgelistet. Es ging um Lackieranlagen für die amerikanische Automobilindustrie und um die Lieferung entsprechender Lacke von Gregorius. Ein Package, das sich sehen lassen konnte. Und wie zu lesen war, erwarteten die Herren innerhalb der nächsten zehn Jahre bis zu zehn Millionen Mark an Provisionen. Schlagartig war mir klar, was *Papa* vorhatte. Doppelt kassieren: An seinen Lacken *und* an den Provisionen, die er über TransGlobal auch noch bekommen würde. Gut eingefädelt, alter Mann, dachte ich. Zwei Millionen konnte ich locker für meine Anteile fordern – und selbst wenn Karl es noch nicht wusste, Gregorius wusste das längst. Karl wird sich bei mir bedanken müssen, dass er die schäbigen 600.000 nicht annehmen musste.

Donnerstag, 1. Februar 1979, Düsseldorf

Karl rief mich um 7.00 Uhr an, um mir mitzuteilen, dass Gregorius mich zu sehen wünsche, und zwar um 10 Uhr in seinem Büro auf der Kö.

„Sagen wir 10.30 Uhr, Karl."

„Wie du willst."

Ich legte auf und starrte an die Zimmerdecke. Herr Welter, das Spiel beginnt.

Das Telefon klingelte wieder, Irene war dran. „Guten Morgen, Chef. Ich bringe Brötchen mit. Was halten Sie von 8.30 Uhr?"

„Gerne. Ich habe große Neuigkeiten für Sie."

„Dann bin ich in fünf Minuten schon da."

„Geduld, Irene, Geduld, sonst sitzt hier ein ungewaschener Kerl am Tisch, das wollen Sie doch nicht."

Um halb neun klingelte es, und mit Irene kam der Duft von frischen Brötchen herein.

„Also Chef, was sind die Neuigkeiten?"

„Ich verkaufe meine Anteile an Gregorius."

Irene, die sich gerade Kaffee in die Tasse goss, drehte sich zu mir um und starrte mich mit offenem Mund an.

„Vorsicht! Es läuft über."

Und schon war das Malheur passiert.

„Tut mir leid, Chef, aber Sie sehen mich gerade sprachlos. Wo ist der Wischlappen?"

„Ich mach das schon, setzen Sie sich lieber hin."

Sie ließ sich auf einen Stuhl fallen. „Also gut, Sie verlassen TransGlobal – und was dann?"

„Neue Firma. Japan-Düsseldorf."

„Sie sind ja verrückt."

„Das sagen in letzter Zeit alle. Vielleicht stimmt es sogar.

Sind Sie denn verrückt genug, um mitzugehen?"

„Ich bin dabei."

„Wunderbar, zwei Verrückte sind besser als einer. Wie wär's mit italienischer Salami oder heute lieber Käse?"

„Salami."

Ich reichte ihr die Verpackung.

„Um 10.30 Uhr starten die Verhandlungen mit Gregorius auf der Kö. Wünschen Sie mir Glück."

„Kann ich mit? Sie brauchen doch jemanden, der protokolliert."

„Lieber nicht, gehen Sie zu TransGlobal, tun Sie so, als hätten Sie von nichts eine Ahnung, und halten Sie Augen und Ohren offen."

„Okay, Chef, aber ich werde mir die Fingernägel abkauen, das sage ich Ihnen."

„Kein Grund nervös zu sein. Die wollen ja was von mir und ich nicht von denen."

Das Düsseldorfer Hauptbüro von Gregorius Farben & Lacke AG befand sich in einem mehrstöckigen Haus aus der Jahrhundertwende. Der Chef residierte in der Beletage. Ich war in den vergangen Jahren schon oft hier gewesen, alles war mir vertraut. Das Vorzimmer und sein Büro mit den schweren, dunklen Möbeln aus der Gründerzeit wirkten daher nicht mehr so bedrückend auf mich wie zu Beginn, als der alte Gregorius darauf bestanden hatte, dass mein Antrittsbesuch dort stattzufinden hatte.

Die Vorzimmerdame sagte: „Sie werden bereits erwartet, Herr Welter", und öffnete die Tür zum Allerheiligsten. Nur von einer Tischlampe beleuchtet thronte der Boss hinter einem Monstrum von Schreibtisch. Karl saß in einem der beiden Besuchersessel und wirkte, als wäre er geschrumpft.

„Aha, der Herr Welter kommt auch schon", wurde ich begrüßt.

„Guten Morgen, Herr Gregorius, wie schön, dass Sie es so zügig einrichten konnten."

Ich setzte mich in den zweiten Besuchersessel. „Also, Sie wollen meine fünfzig Prozent von TransGlobal?"

Karl und Gregorius guckten sich an. Schließlich, da ich nichts mehr sagte, ergriff Gregorius das Wort. „Von Wollen kann hier keine Rede sein. Ich glaube eher, dass Sie die Flucht antreten."

„Das sehe ich anders. Ich mache vielmehr den Weg für Ihr Konzept frei. Wissen Sie, Farben und Lacke interessieren mich nicht."

„Wie dem auch sei. Ich bin bereit, Ihnen 600.000 zu zahlen. Mehr sind die Anteile nicht wert."

Ich packte die Sessellehnen und stemmte mich hoch. „Tja Herr Gregorius, dann wird das nichts mit uns."

Karl guckte entsetzt von einem zum anderen.

„Kommen Sie mir jetzt nicht mit Ihren zwei Millionen, junger Mann. Das sind doch Luftschlösser. Sie machen sich am besten mit meinen sechshunderttausend aus dem Staub, bevor ich mein Angebot zurückziehe."

„Marco, bitte ...", sagte Karl beinahe flehentlich.

„Also, hier ist mein Angebot, Herr Gregorius: Ich nehme den Masuhara-Auftrag mit allen Verantwortlichkeiten als erste Hypothek auf meine Firma und stelle Sie somit frei von Forderungen seitens Eberhardter *und* Masuhara. Da ist es mit 600.000 nicht getan."

Die Stille, die sich im Raum breit machte, wurde von der Sekretärin unterbrochen, die Getränke brachte, und kaum hatte sie den Raum verlassen, sagte Gregorius: „Selbstmörder. Ich weiß gar nicht, wie es Herr Schumann so lange mit Ihnen ausgehalten hat."

„Das können Sie ihn selber fragen, er sitzt ja vor Ihnen."

Karl fuhr sich mit der Hand über die Stirn, als wolle er bei dem Gemetzel nicht zuschauen. Er konnte noch nicht mal an seiner Pfeife kauen, weil Tabak in jeder Form bei Gregorius verboten war. Armer Hund.

Und bevor Gregorius sich von seinem Schreck erholen konnte, sagte ich: „Ihr Interesse gilt meines Wissens Amerika und Europa. Ich interessiere mich für Asien, inklusive Russland. Wir teilen die Märkte auf und schon haben wir klare Verhältnisse."

„Russland auf keinen Fall, Herr Welter. Wer weiß, ob wir da nicht über Polen auch noch tätig werden wollen. Russland können Sie vergessen."

„Russland gehört doch zu Asien ..." Zumindest bis zum Ural, ich wollte man nicht so kleinlich sein.

„Nein. Das ist unser Territorium. Da halten Sie sich raus."

„Dann halten wir fest: Verbindliche Marktaufteilung nach Ausscheiden und Zahlung von zwei Millionen. Ihr Amerika und Europa. Ich Asien inklusive Russland."

„Ich habe doch eben gesagt, Russland nicht." Der Kopf von Gregorius lief rot an. Der alte Herr verlor den Überblick, hatte plötzlich gegen die zwei Millionen nichts einzuwenden, kämpfte aber um Russland, das ich ihm nur als Köder hingeworfen hatte.

„Wenn wir uns über die Marktaufteilung einig sind, dann müssen wir nur noch die Details klären. Wie machen wir das mit der Information an Eberhardter, Masuhara und Ono, dass ab Tag X Rechte und Pflichten inklusive aller Provisionen an mich übergehen, die Korrespondenz über mich läuft und ich allein zuständig für die Abwicklung bin?"

„Du bist vollkommen verrückt, du rauschst mit wehenden Fahnen in den Untergang, Marco", sagte Karl und schüttelte heftig den Kopf, als ob er mir als altem Freund doch noch beistehen wollte.

„Karl, das kann dich doch nicht mehr interessieren. Ich schenke euch quasi meine Anteile, befreie euch von den Forderungen von Masuhara und Eberhardter. Ist es nicht das, was dir den Schlaf raubt?"

„Um hier mal zu Potte zu kommen, meine Herren", sagte Gregorius, „Ich honoriere Ihr Angebot, den Masuhara Deal zu übernehmen und zahle 1,5 Millionen. Und das auch nur, wenn wir Russland behalten."

„Haben Sie bei der Preisfindung berücksichtigt, dass Sie die neuen Geschäfte, die Sie einbringen wollen, jetzt ohne mich machen können? Haben Sie bestimmt nicht. Die zwei Millionen sind ein Pappenstiel für das, was ich mit Karl in den vergangenen Jahren aufgebaut habe. USA läuft gerade erst richtig an, Lizenzverträge mit der Automobilindustrie, neue Aufträge für Eberhardters Maschinen und, und, und. Sie, Herr Gregorius, legen sich ins gemachte Nest und müssen nur noch Ihre Freunde einladen, mitzumachen. Eigentlich müsste ich für meinen Anteil drei Millionen verlangen."

„Frechheit! Woher wollen Sie denn wissen, was für Geschäfte ich in Planung habe?"

„Sie reden seit Jahren von nichts anderem. Nur ist bisher nichts dabei herausgekommen. Jetzt ist Ihre Chance endlich da, das ohne mich wahrzumachen. Schöner wird's nicht für Sie."

„Ihre Zeit ist um, Herr Welter. Sie hören von Herrn Schumann. Er setzt sich mit Ihnen in Verbindung und macht die Details fest."

Ich blieb trotz des Rauswurfs auf dem Sessel kleben. „Zwei Millionen sind meine Untergrenze. Morgen könnten es schon mehr sein."

„Auf Wiedersehen, Herr Welter."

„Auf Bald, Herr Gregorius."

Karl und ich verließen gemeinsam das Büro. Karls Gesicht war bleich wie die Wand hinter ihm, gestrichen mit Gregorius' berühmtem

Eskimo-Weiß. Als sich die schwere Tür hinter uns schloss, sage ich zu ihm: „Das war eine verhältnismäßig schnelle Rasur. Meinst du nicht?"

In bester Stimmung verließ ich Gregorius' Festung. Karl blieb mit hängenden Schultern zurück. Der Alte würde ihm den Vertrag vermutlich gleich in die Pfeife diktieren.

Bei TransGlobal wurde ich von Irene erwartet, die vor Aufregung von einem Fuß auf den anderen tippelte. Sie folgte mir in mein Büro und schloss die Tür.

„Und?"

„Läuft wie geschmiert. Wir sind nur noch 500.000 von meiner Forderung entfernt."

„Gut gemacht. Den Rest kriegen Sie auch noch."

„Das will ich doch meinen, Irene."

„Käffchen, Chef?"

„Gerne. Und Kekse, bitte."

Zwei Stunden später kündigte der Qualm im Flur aus Karls Pfeife ihren Besitzer an. Er klopfte an und steckte den Kopf durch die Tür. „Was machst du hier?"

„Ich sitze in meinem Büro und systematisiere meine Papiere. Noch darf ich das ja. Aber je schneller du den Vertrag aufsetzt, desto schneller bist du mich los."

Karl zuckte die Achseln. „Wie wär es mit jetzt? In deinem oder in meinem Büro?"

„Am besten im Besprechungszimmer. Ich glaube, neutraler Boden ist hier angebracht."

Wäre der Graben zwischen Karl und mir nicht so tief geworden, hätte es fast wie in alten Zeiten sein können. Auch wenn es kein Wir mehr gab, versuchten wir professionell mit der Situation umzugehen. Die Präambel hatten wir schnell abgehakt, doch schon bei den Zahlungsmodalitäten gerieten wir uns in die Haare. Nach zähem Ringen einigten wir uns auf Zahlung der gesamten Kaufsumme, sobald meine neue Firma gegründet und im Handelsregister eingetragen war. Ich würde die Einwilligung von Masuhara und Eberhardter, den Deal auf meine neue Firma zu übertragen, schnellstens einholen. Karl konnte es nicht lassen wieder mit mir über den Preis zu diskutieren. „Wenn ich dir einen guten Rat geben darf, Marco, treib es mit deinen Forderungen nicht zu weit, sonst steigt Gregorius aus."

„Wessen Problem wird das dann sein? Meins jedenfalls nicht. Ich bleibe einfach hier auf meinem Stuhl sitzen. Eine meiner leichtesten Übungen."

„Willst du mir drohen?"

„Ich sag nur, wie es ist. *Drei* Mille wären eigentlich das Minimum. Mach dem alten Herrn klar, dass ich noch sehr moderat mit meinen Forderungen bin."

Karl hob beide Hände und stieß einen Seufzer aus. „Das wird schief gehen, aber du willst es so."

„Zu wenig fordern ist Faulheit, mein Freund. Umsonst ist nur der Tod."

„Wir lassen den Paragraphen offen, ich bespreche das."

„Dann rede auch gleich mit ihm über Russland."

Hoffentlich erfuhr Breschnew das nicht und beschwerte sich bei Helmut Schmidt. Nicht dass ich noch dazu beitrug, den kalten Krieg noch frostiger zu machen. Ich musste über meinen Gedankengang selbst grinsen, und Karl guckte mich scheel an.

„Ach, weißt du was, ich rede selbst mit ihm."

Er schien erleichtert. „Er kommt gegen fünf hierher. Bis dahin sollten wir den Entwurf fertig haben."

Kaum eine Stunde später gab Karl den kompletten Vertrag Anne zur Abschrift.

Um fünf rauschte Gregorius ins Büro und schloss sich mit Karl in dessen Zimmer ein. Irene kam in mein Büro geschlichen und sagte: „Wie lange bis zur Explosion?"

„Zehn Minuten."

„Ich sage acht, ab jetzt."

Wir lauschten dem Ticken der Wanduhr, beobachteten das Vorrücken der Zeiger und aßen noch einen Keks. Bei 7 Minuten und 57 Sekunden sagte Irene: „Drei, zwei …"

Mein Telefon klingelte und Anne bat mich, in Karls Büro zu kommen. Irene grinste und sagte: „Wette gewonnen, Chef. Das kostet Sie eine Schwarzwälder Kirsch von Buschmann.

„Aber immer gern."

In Karls Büro wurde ich von Gregorius mit den Worten: „Ihre Forderungen sind jenseits von Gut und Böse", regelrecht überfallen. „Eins Komma fünf und keinen Pfennig mehr."

„Zu billig, Herr Gregorius. Sie müssen fünfhunderttausend drauflegen. Und selbst das ist noch preiswert. Schauen Sie mal."

Ich ging zur Flipchart und zeigte auf den Businessplan. „Hier steht es doch schwarz auf weiß: Sie wollen in den nächsten zehn Jahren zehn Millionen an Provisionen allein aus Amerika kassieren, zusätzlich werden Sie für wer weiß wie viele Millionen auf lange Sicht Ihre Farben und Lacke an Uncle Sam verkaufen und haben bei meinen fünfhunderttausend den Igel in der Tasche? Sie werden das Ungleichgewicht sicher jetzt auch selbst bemerken."

Gregorius sprang auf und polterte Karl an: „Was hat der Businessplan hier zu suchen? Das sind *unsere* Geschäfte, damit hat Herr Welter nichts zu tun."

Karl war anzusehen, dass er am liebsten im Erdboden versinken wollte, aber ich rettete ihn aus der Not. „Noch ist das Herrn Schumanns und *mein* Büro, Herr Gregorius. Wenn Sie nicht wollen, dass hier an der Tafel steht, was ich nicht sehen soll, dann schreiben Sie es hier nicht hin. Noch habe ich Hausrecht. Wenn Sie sich das bitte merken wollen. Ich hoffe, wir verstehen uns."

Karl schrumpelte auf Zwergengröße zusammen und schickte mir einen flehenden Blick. Aber ich war noch nicht fertig. „Nun, Herr Gregorius, nachdem wir das geklärt hätten, weiter im Text."

Der alte Herr ließ sich wieder in den Besuchersessel fallen und schnaufte. „Hören Sie auf, Herr Welter! Ich erhöhe auf eins Komma sieben fünf. Wir treffen uns auf der Hälfte. Das ist mein letztes Wort." Sein Gesicht war dunkelrot angelaufen und er fuchtelte mit seinem rechten Arm in der Luft herum. Hoffentlich überstand er unsere Verhandlung ohne Herzinfarkt. Ich dachte: Jetzt oder nie. „Zwei Millionen und keinen Pfennig weniger. Ich komme Ihnen entgegen: Ich verzichte auf Russland."

„Lassen Sie uns einen Moment allein, Herr Welter, ich muss mit Schumann sprechen."

Auf dem Weg in mein Büro hörte ich aus dem Sekretariat keinen Laut, es war mucksmäuschenstill, als ob Anne und Irene in Schockstarre verfallen waren.

„Kopf hoch, meine Damen, das wird schon", flüsterte ich den beiden zu und schloss die Tür hinter mir.

Keine Viertelstunde später baute sich Karl vor meinem Schreibtisch auf. Sein Gesicht war fleckig und der Schweiß stand ihm auf der Stirn.

„Und?"

„Er ist nicht bereit, mehr zu zahlen."

„Setz dich, Karl. Ich klär das jetzt."

Er blieb verdattert zurück, als ich den Raum verließ. Gregorius saß mittlerweile hinter Karls Schreibtisch. Ich sagte gar nichts und schaute ihn mit ausdruckslosen Masuhara-Augen an, bis ihm unbehaglich wurde und er das Wort ergriff: „Denken Sie, ich hätte Säcke voller Geld im Keller?"

Ich ließ mir mit meiner Antwort Zeit. „Ehrlich, Herr Gregorius? Mir ist egal, wo Sie ihre Säcke stapeln, es geht einzig und allein um einen fairen Deal. Zwei Millionen. Immer noch."

„Das wird mir hier allmählich zu bunt. Mit Ihnen ist nicht vernünftig zu verhandeln."

Ich lächelte ihn an. „Russland gehört ganz Ihnen und das Japan-Risiko bleibt bei mir."

Aus dem Augenwinkel sah ich Karl, der mit einer Kaffeetasse in der Hand in der Tür stand. Der alte Herr lehnte sich zurück und schnauzte uns beide an. „Macht doch, was ihr wollt! Schumann! Setzen Sie zwei Millionen ein."

Ich reichte Gregorius die Hand, die er nur widerwillig annahm.

Spiel – Satz – und Sieg: Welter-san.

„Wann ist Notartermin, Schumann?", blaffte Gregorius.

„Sobald wie möglich. Ich melde mich umgehend bei Ihnen."

Anne kam ins Büro und verteilte die Vertragsentwürfe. „Alle fehlenden Punkte sind bereits eingetragen, Herr Schumann."

„Vielen Dank, Anne", sagte ich, als sie mit gesenktem Kopf hinausging. Sie tat mir leid mit ihrem leicht derangierten Make-Up und der rotgeweinten Nase.

Auf dem Nachhauseweg sah alles ganz neu und verheißungsvoll aus, obwohl es Hunde und Katzen regnete. Ich hätte vor Freude jede Dame, die mir entgegenkam, in den Arm nehmen und mit ihr über den Bürgersteig tanzen können. Und als ich vor meiner Haustür ankam, setzte ich mein Vorhaben in die Tat um, weil Irene dort bereits auf mich wartete. Ich wirbelte sie ein bisschen herum.

„Ich könnte Sie küssen, Chef", sagte sie, ohne aus dem Takt zu kommen.

„Meinetwegen, Sieger dürfen alles." Ich ließ sie los und schloss die Haustür auf.

Irene ließ sich auf der ersten Treppenstufe nieder. „Puh! Sie haben dem alten Gockel tatsächlich zwei Millionen aus dem Kreuz geleiert. Ich bin beeindruckt."

„Wir sollten das feiern. Im Schiffchen. Haben Sie Lust? Ich muss nur noch schnell mit Eberhardter telefonieren."

„Ja, gerne."

Während wir gemeinsam die drei Etagen zu meiner Wohnung hinaufgingen, kam ich aus dem Plappern nicht heraus. Zu viel Adrenalin. „Eine Firma in Yokohama und eine in Düsseldorf, natürlich mit Michiko."

„Was sonst?"

„Sie sind doch dabei, Irene, oder?"

„Sicher. Ich fürchte, Karl wird mich sowieso nicht behalten wollen."

„Aber kündigen Sie erst, wenn der Vertrag beim Notar beurkundet wurde und ich meine Firmengründung angemeldet habe."

„Natürlich, Chef."

In der Diele nahm ich sofort den Hörer in die Hand. Irene machte hinter mir die Tür zu. Eberhardter hatte ich nach dem zweiten Klingeln in der Leitung. „Große Neuigkeiten, Walter. Ich gründe mit Michiko eine neue Firma. Nein. Eigentlich zwei. Düsseldorf und Yokohama. Was sagst du dazu?"

„Erst mal nichts. Aber trotzdem Glückwunsch."

„Ich übernehme Masuhara."

„Inklusive meiner dreißig Prozent?"

„Komplett, aber dafür geht auch die gesamte Provision an mich. Du musst dir keine Sorgen machen. Lechner wird meine Hausbank und die Dainichi Kokusai hole ich mit ins Boot. Wir werden später ausführlich darüber sprechen."

„Auf jeden Fall. Das ist ein großer Schritt, Marco. Ich hoffe, du hast dir das gut überlegt."

Ehrlich gesagt hatte ich fast gar nichts überlegt, aber das musste Eberhardter ja nicht wissen, und ich sagte: „Das wird alles klappen. Hauptsache, ich bin Gregorius los. Bis dann."

Kaum aufgelegt, klingelte das Telefon und Karl war dran. „Notartermin Dienstag, 11 Uhr."

„Ich werde da sein."

Eine Stunde später saßen Irene und ich bei Heringstipp und Altbier unter den strengen Augen Napoleons im Schiffchen.

„Ich weiß jetzt, warum Karl und Gregorius so heiß auf Ihre Anteile waren. Anne hat es mir vorhin unter dem Siegel der Verschwiegenheit mitgeteilt."

„Und das wäre?"

„Der Alte wollte Sie auf gar keinen Fall beim Amerikageschäft dabei haben, deswegen hat er seine Zähne in Karls Nacken geschlagen. Er gönnt es Ihnen nicht. Und im Übrigen sorgt er für sein Töchterlein vor."

„Ach?"

„Ja, raten Sie mal, wer zweiter Geschäftsführer bei TransGlobal wird."

„Nein …!"

„Doch. Kathrin."

„Jetzt tut mir Karl beinahe leid, Irene. Denn ich fürchte, wenn Gregorius ihn nicht mehr braucht …"

„Der ist doch wohl dreimal sieben Jahre alt - das kann er sich selbst an seinen fünf Fingern ausrechnen. Ich habe da ehrlich gesagt kein Mitleid mehr."

„Vielleicht haben Sie recht. Ach, übrigens, wissen Sie, wann das Schiff mit unseren Containern in Yokohama ankommt?"

Irene musste keine Sekunde überlegen. „Am 25. Februar. Bis dahin muss alles geregelt sein."

Ich erhob mein Glas.

„Das wird es. So wahr ich Marco Welter heiße."

Freitag, 2. Februar 1979, Düsseldorf

In meiner Ungeduld rief ich um 9.00 Uhr Michiko zu Hause an. In Yokohama war es 16 Uhr, am Telefon meldete sich ihr Vater.

„Good afternoon, Dr. Tsurumi, here is Marco. Thank you very much for your invitation last time. "

„Ah, not at all Marco. How are you? Sure, you want to talk to Michiko? Wait a moment."

Ich hörte, wie er im Haus nach ihr rief und sie die Treppe heruntersprang.

„Hallo Marco. Ich habe deinen Anruf gar nicht erwartet. Ist was passiert?"

Ich erzählte ihr, was sich seit meiner Rückkehr abgespielt hatte und wie ich mir die Zukunft vorstellte. „Eine Firma in Yokohama, eine in Düsseldorf."

Ich erwartete zumindest etwas Enthusiasmus, aber Michiko ging gar nicht darauf ein und sagte nur: „Übrigens werde ich in der kommenden Woche mit der Dainichi Kokusai Bank noch mal beraten, wie wir bei Masuhara weiter vorgehen."

„Oh ja, es eilt jetzt noch mehr. Ab Vertrag ist es unser Projekt."

„Wissen Masuhara und Ono das schon?"

„Nein, noch nicht."

„Das wird dann noch ein Thema werden. Pferdewechsel lieben wir nicht. Du musst Shimura-san informieren."

„Das werde ich, Michiko. Bist du dabei?"

Sie zögerte einen Moment, und mir rutschte das Herz in die Hose. Was würde ich machen, wenn sie Nein sagt?

„Natürlich bin ich dabei. Warum die Frage?"

Mir fiel beinahe der Telefonhörer aus der Hand. „Wunderbar! Dann lass uns sofort über einen Firmennamen, den man in Deutschland und in Japan verstehen kann, nachdenken."

„Am besten wäre es, wenn er mit A beginnt, damit jeder im Telefonbuch als Erstes auf unseren Namen stößt. Aber lass mich mal überlegen."

„Schick mir ein Telex ins Büro, wenn dir was eingefallen ist. Irene wird sich drum kümmern, dass es nicht in falsche Hände gerät."

„Okay. Ach, Marco, das geht jetzt aber alles ziemlich schnell."

„Du weißt doch, wie ich Pakete auspacke - schnipp, schnapp und schon ist alles fertig."

Sie lachte. „Meine Eltern haben mich gewarnt."

„Ai shiteru Michiko."

„Woher hast du das denn?"

„Aus einem Wörterbuch."

„Ich dachte schon aus deinem Buch über Geschäfte in Japan."

Ich wartete eigentlich auf eine Antwort auf mein Geständnis, das laut Oxford Japanese Dictionary „Watakushi mo" wäre. Aber sie sagte es nicht. Hatte ich mich mal wieder zu weit aus dem Fenster gelehnt?

„Wartest du auf eine Antwort, Marco?"

„Wenn ich ehrlich sein soll, ja."

„Das sagen wir Japaner nicht."

„Nein?"

„Wir kehren unsere Gefühle nicht nach außen."

„Aha?! Woher wisst ihr es dann?"

„Wir sprechen mit den Augen."

„Am Telefon?"

„Natürlich nicht. Aber weil du es bist: Ich dich auch, Marco."

„Einen schönen Abend, und sorry, wenn ich deine Eltern gestört habe."

„Die freuen sich, Polo. Kein Problem."

Ich legte auf und konnte mein Glück nicht fassen. Neue Firma, neue Liebe, neue Herausforderungen … was könnte es jetzt noch Besseres geben? Gar nichts, dachte ich. Wir bringen das Pferdchen an den Start und geben alles, damit es das Rennen gewinnt.

In der Diele öffnete ich den Wandschrank und wühlte darin herum – irgendwo musste noch eine alte Tapetenrolle und Klebeband sein. Die Rolle fiel mir auf den Kopf und das Klebeband purzelte hinterher. So ausgerüstet ging ich in die Küche und hängte als Erstes ein großes Bild von Freddo ab, um ein paar Meter Tapete auf Links an die Wand zu kleben. Dann schrieb ich mit einem dicken Filzstift die erste Überschrift für mein Brainstorming: 1. FIRMENNAME

Ich trat zwei Schritte von der Wand zurück und betrachtete mein Werk. Irgendwas Einprägsames müsste es sein, wie JAL für Japan Airlines. Wie wäre es mit: MMJG … Marco, Michiko, Japan, Germany … nein, nicht wirklich … Connection? Bridge? Irgendwas mit Economy?

Project? Ich setzte erst mal einen Kaffee auf. Asien, Asien hatte ich noch nicht. AC – Asia Connection, lieber nicht, das hörte sich an wie ein Agentenfilm. Nein, AEC – Asian European Connection oder Asian European Projects oder Asian European Services? Die Kaffeemaschine gurgelte. AEMD – Asian European Market Development, Untertitel: We support your business. Oder: Meet the Asian-European Trading Specialists. Jetzt hatte ich immer noch nicht mein Lizenzgeschäft untergebracht. Das würde schon noch. Ich wand mich stracks der großen To-do-Liste zu. 2. Firmengründung, Düsseldorf/Yokohama. (Steuerrecht?) Karl konnte ich ja nicht mehr fragen.

Die Liste wurde von Minute zu Minute länger, und als ich damit fertig war, war der Kaffee schon wieder kalt geworden. Ich sah ein, dass ich dringend eine ordnende Hand brauchte, sonst würde ich bald nicht mehr durchsteigen, und rief im Büro an.

„Chef, wo sind Sie denn?", fragte Irene in konspirativem Ton.

„Zu Hause. Warum sollte ich mir das Freitagsgesicht von Karl angucken? Oder am Ende noch das Freitagsgebet von Gregorius anhören? Es hat doch nicht etwa jemand nach mir gefragt?"

„Keiner von beiden. Aber ein paar von unseren amerikanischen Freunden wollten eigentlich mit Ihnen sprechen."

„Na, immerhin vermisst mich bereits irgendjemand."

„Ich vermisse Sie schon seit 9.00 Uhr. Was kann ich denn für Sie tun?"

„Haben Sie morgen Zeit für mich?"

„Worum geht's?"

„Ich arbeite gerade an der To-do-Liste für die neue Firma, da könnte ich Ihre Unterstützung gut gebrauchen. Ich meine, wenn Sie nichts Besseres vorhaben."

„Hab ich nicht. Wann soll ich da sein?"

„Passt Ihnen 11 Uhr?"

„Passt."

„Wunderbar. Anschließend Essenfassen im Schiffchen."

„Einverstanden."

„Und noch etwas, Irene. Ich warte auf ein Telex von Michiko. Passen Sie bitte auf, dass es kein anderer liest."

„Selbstredend. Bis morgen, Chef."

Nachdem das geklärt war, fläzte ich mich auf der Couch und widmete mich dem Vertragsentwurf. Ich guckte nach, ob ich auch nichts übersehen hatte. Dem Alten traute ich alles zu. Schade, dass Karl die Fronten gewechselt hatte. Höchste Zeit, meinen Freund Vito für Rechtsfragen ins Boot zu holen. Noch ein Punkt für die To-do-Liste. Wenn das so weitergeht, werde ich eine neue Tapetenrolle brauchen.

Im Vertrag fand ich nichts, das meinen Argwohn erregte. Eigentlich konnte und mochte ich mir nicht vorstellen, dass Karl es wagen würde, mir ein Kuckucksei ins Nest zu legen. Ich war begeistert von diesem Tag. Mein Magen war es weniger, er knurrte. Darum würde ich mich später kümmern, ich hatte zuvor noch etwas Dringendes zu erledigen, packte den Zweikaräter, die Quittung und meine Brückenskizzen ein und ging direkt um die Ecke zum Altstadtjuwelier Stern.

Frau Stern, von allen nur Sternchen genannt, regierte unverrückbar hinter ihrer alten Eichenholztheke und vertrat mit ihrer Bienenkorbfrisur, ihren Bleistiftröcken und steifen Blusen immer noch die sechziger Jahre. Beim Schmuckdesign war sie allerdings stets auf der Höhe der Zeit und kannte sich damit aus wie kaum ein Zweiter. Sie begutachtete den Ring durch ihr Okular und schnalzte mit der Zunge. „Herr Welter! Was ist passiert?"

„Jetzt tun Sie doch nicht so unschuldig. Das Gerücht kursiert doch schon seit zwei Wochen in ganz Düsseldorf. Es hat nicht sollen sein, Sternchen. Et is wie et is. Reisende soll man nicht aufhalten."

„Ja, schade … Ich kann Ihnen aber nicht die vollen 8500 Mark erstatten, das wissen Sie schon."

„Ja, das weiß ich. Aber ich möchte etwas Neues bei Ihnen machen lassen. Wie sieht das dann aus mit dem Preis?"

Frau Stern wog ihren Kopf hin und her, dass man Angst um ihre Frisur haben musste. „Kommt drauf an."

Ich holte meine Skizzen aus der Manteltasche und breitete sie auf der Theke aus. „So ungefähr soll es aussehen. Eine Brosche, aber im japanischen Stil und ein Zweikaräter in der Mitte, lupenrein, bitte."

„Da nehmen wir doch gleich den hier aus dem Ring."

„Genau das will ich nicht. Neues Gold, neuer Stein, neues Glück."

„Verstehe", sagte Frau Stern gedehnt, „der Herr Welter hat mal wieder Feuer gefangen. Hoffen wir, dass es diesmal die Richtige ist."

„Und ob sie das ist."

„Das haben Sie das letzte Mal auch gesagt. ‚Sternchen', haben Sie gesagt, ‚ich weiß, dass es diesmal ernst ist.'"

„Hm. Aber diesmal ist es anders. Diesmal weiß ich es nicht nur, ich fühle es auch."

Sie piekste mir mit ihrem Zeigefinger in die Brust und trällerte: „Eine neue Liebe ist wie ein neues Leben …"

Wir lachten und sie musste ihr Okular vorm Absturz retten. „Sie sind mir vielleicht ein Schwerenöter. Was halten Sie davon: Sie legen noch zweieinhalbtausend obendrauf, und ich mache Ihnen ein Schmuckstück, bei der jede Frau sofort ohnmächtig umfällt – und Sie kriegen mindestens zwei Karat aus meiner neuen Lieferung aus Antwerpen."

„So machen wir es."

„Aber nicht mit diesen Skizzen. Wir wollen die Dame doch beeindrucken. Ich zeig Ihnen mal was, einen Moment."

Frau Stern verschwand in den hinteren Räumlichkeiten und kam mit einem dicken Bildband über japanische Holzschnitte zurück. „Schauen Sie mal, jede Menge Brücken, Herr Welter."

Da keine weitere Kundschaft im Laden war, hatten wir alle Zeit der Welt, uns die Bilder anzuschauen. Ich entschloss mich für ein Winterbild von Hiroshige – Trommelbrücke bei Meguro. Sie bestand aus einem einzigen stark gewölbten Bogen und war gemauert. Frau Stern beglückwünschte meine Wahl. „Wird gemacht. Das kriege ich hin." Sie schrieb in ihr Auftragsbuch und murmelte: „Etwas Zartes, etwas Schwebendes, etwas Massives …?" Sie schaute auf und sagte: „Wie groß ist Ihre Angebetete?"

„Bitte, was?"

„Wie groß, Herr Welter? Es muss passen. Ich kann ihr ja keinen dicken Klunker ans Revers heften, wenn sie klein und zart ist. Das würde ja aussehen, als würde sie vornüberfallen oder von der Brücke erschlagen werden."

„Ach so. Ja. Klein und zart. Ungefähr einsfünfzig. Aber innerlich ist sie eine Riesin, das kann ich Ihnen versichern."

„Muss sie ja auch sein, wenn sie es mit Ihnen zu tun bekommt." Frau Stern zwinkerte mir zu. „Dauert ungefähr zwei Wochen. Ich hoffe, die Holde kann so lange warten."

„Die Holde heißt Michiko und lebt in Japan. Ich weiß gar nicht, wann ich sie wiedersehen werde."

„Armes Kerlchen, warum einfach, wenn es auch kompliziert geht? Ich rufe an, wenn ich fertig bin. Danke für den Auftrag. Und ich hoffe, dass Ihre Michiko ihre Meinung nicht so schnell ändert wie Kathrin."

„Davon gehe ich aus. Michiko ist ein ganz anderes Kaliber, Sternchen. Irgendwann werden Sie sie kennenlernen und mir Recht geben."

„Kann es kaum erwarten. Sayonara."

Ich verbeugte mich ganz japanisch, sage: „Arigato", und verließ beschwingt den Laden. Hinter meinem Rücken hörte ich Sternchen leise singen: „Beim Suki-Sukiyaki, in Naga-Nagasaki, da traf ich sie …"

Samstag, 3. Februar 1979, Düsseldorf

Wie verabredet stand Irene mit neuer Kladde und Farbstiften bewaffnet vor meiner Tür. „Gottchen, ist das ein Mistwetter da draußen. Wenn das so weitergeht, kriege ich melancholische Schübe."

„Kommen Sie rein. Hier ist es warm."

Ich nahm ihr den Mantel ab und hängte ihn an die Garderobe.

„Wollen Sie eine Wärmflasche?"

„Danke, nicht nötig."

Sie zog ihre Stiefel aus und holte aus ihrer großen Handtasche ein Paar Schafwollpuschen. „Und wo steht das Klavier, Chef? Womit sollen wir anfangen?"

„Mit dem Firmennamen. Kommen Sie mal mit in die Küche, ich hab da schon was vorbereitet. Michiko meint, der sollte mit A anfangen, damit er im Telefonbuch ganz oben steht. Drei Buchstaben, so wie JAL Japan Airlines."

Irene stellte sich vor die Tapete und studierte meine Ideen.

„Das sieht ja schon mal nicht so schlecht aus. Ich sag mal so, wir ziehen zwei Sachen zusammen: AEC, Asian-European Connection, Untertitel: We support your business."

„Könnte gehen. Lassen wir das mal so stehen."

Irene schrieb in ihre Kladde. „Haben Sie schon über das Büro nachgedacht? Hier am Küchentisch oder gibt es andere Optionen? Soll ich einen Makler anrufen?"

Ich setzte Kaffee auf und holte Tassen aus dem Schrank. „Küchentisch nein, Makler nein. Ich habe noch die Wohnung auf der Cecilienallee, in die ich mit Kathrin ziehen wollte. Da könnten wir das neue Büro vorübergehend einrichten. Vielleicht ein bisschen zu groß ..."

„Ach was, Pflanzen werden nur in großen Töpfen groß. Und wie ich Sie kenne, Chef, werden Sie keine Bonsaibäumchen züchten wollen. Aber ganz andere Frage: Darf man denn da ein Büro betreiben? Das ist doch ein Wohnhaus."

„Machen wir einfach."

„Das glaube ich eher nicht. Sie müssen die Eigentümer fragen, sonst gibt es Ärger. Wir wollen doch ganz legal ein Firmenschild an der Tür, oder?"

Wo sie recht hatte, hatte sie recht. Noch ein Punkt auf der Liste. Irene schrieb und schrieb.

„Möbel, wir werden Möbel brauchen und Telefone …"

„Telex, Kopierer … ich schreib das mal alles runter. Am besten wäre es, wir besprechen die Möbel vor Ort."

„Wenn Sie wollen, können wir das morgen machen. Da kriegen Sie eine Führung in der Cecilienallee."

„Ich bringe unsere alten Kataloge aus der Firma mit. Das wird teuer, Chef. Aber vielleicht tut's auch was Gebrauchtes?"

„Das müsste aber topp in Ordnung sein. Ich bin nicht so für gebrauchte Möbel. Aus dem Alter bin ich eigentlich raus."

„Sparen hat noch keinem geschadet. Wir werden uns umsehen, und dann entscheiden Sie das."

„Ach, einen Moment, Irene."

Ich ging in die Diele und wühlte in meinen Manteltaschen nach der Karte von Jussef. „Schauen Sie mal hier. Jussef – Import/Export. Vielleicht kann der uns was zeigen. Wie ich mir vorstelle, hat der eine Armada an Brüdern und Cousins, die mit allem möglichen handeln. Rufen Sie ihn mal an, schönen Gruß von mir, ich wär aus Japan zurück."

Irene drehte und wendete die Visitenkarte hin und her und steckte sie nach kurzem Stirnrunzeln in ihre Kladde.

„Warum so skeptisch, Irene? Es muss nicht immer Pohlschröder sein."

„Ikea aber auch nicht – oder Basar in Bagdad. Wie sieht eigentlich unser Zeitplan für all das aus?"

„Am besten gestern. Am Montag gehe ich zur IHK, Firmennamen besprechen. Dann zu Vito, Firmengründung. Irgendwo da muss ich noch Herrn Shimura einschieben. Dienstag unterschreibe ich den Vertrag mit Karl und Gregorius, und dann wäre es hervorragend, wenn in der Woche drauf bei uns schon die Telefone klingeln würden."

„Das werden wir sehen. Vergessen Sie nicht, Chef, dass ich noch einen Job bei TransGlobal habe."

„Aber nicht mehr lange. Sobald die Firma eingetragen ist, können Sie sich auf den Weg machen in Ihr neues Büro."

„Bis das alles in trockenen Tüchern ist, darf ich aber nicht auffallen, sonst sitze ich direkt auf der Straße. Karl guckt mich sowieso schon immer so komisch an."

„Sie klauen ja keine silbernen Blechlöffel. Der soll sich nicht so anstellen. Und jetzt, Irene, habe ich Hunger, wir können beim Essen weiterplanen."

„Aber zuerst will ich meinen Spaß – ich will alles über Japan hören. Das besteht ja nicht nur aus Masuhara Sangyo."

„Wenn ich erst mal was auf dem Teller habe, dürfen Sie mich alles fragen."

Im Schiffchen brummte der Bär. Der Köbes lotste uns zu einem freien Tisch in einem der hinteren Räume. Das dauerte ein bisschen, weil wir immer wieder von Freunden und Bekannten aufgehalten wurden. Die meisten von ihnen nahmen kein Blatt vor den Mund und gratulierten mir zur aufgelösten Verlobung. „Haben wir die Ausladungen denn schon verschickt, Irene?"

„Ja, habe ich gestern gemacht, die können noch gar nicht angekommen sein. Aber vielleicht hätten Sie sich das sparen können, es weiß eh schon jeder Bescheid. Es heißt ja nicht umsonst Düssel-Dorf und nicht Düssel-Stadt."

„Wie wahr."

Kaum hatten wir uns hingesetzt und bestellt, feuerte Irene ihre Fragen auf mich ab. Ich musste ihr praktisch das ganze Tokyo-Abenteuer erzählen. Angefangen von Ono über Ralph D. Delaney, Michikos Eltern und Eberhardters Eskapaden musste alles dabei sein.

„Und, was glauben Sie denn nun, was die Unterschiede zwischen Japanern und uns wirklich sind? Ich meine, Chef, das sind doch auch nur Menschen."

„Ja, aber ein bisschen anders. Wo wir explodieren, bewegen die sich noch nicht mal. Ich hätte Masuhara den Hals umdrehen können, aber Ono und auch Michiko sagen: ,Geduld, Geduld, Geduld, das wird schon werden'. Und ich steh daneben und möchte mir die Haare raufen. Alles zieht sich zu einem ewig langen Prozess. In der Firma entscheidet nicht der Chef alleine, das kommt mir alles vor, wie so ewig lange Sitzungen in irgendeiner Studenten-WG. So richtig übernimmt da keiner die Alleinverantwortung, und alles dauert ewig. Und Michiko sagte, sie empfänden uns als laut, aufdringlich, arrogant und pushy."

Irene nahm einen Schluck Altbier. „Also, mit anderen Worten: Der Herr Welter musste ruhiggestellt werden."

„So ungefähr. Ich glaube, über mich ist noch nie so viel gelacht worden wie dort. Besonders Michiko lacht gerne über mich. Und ich sage Ihnen Irene, für mich waren die Fettnäpfchen ganz dicht aufgestellt. Vielleicht werde ich eines Tages in Japan als bestes schlechtes Beispiel im Museum ausgestellt. Oder vielleicht malt mich ihre Mutter in Öl: Der Gaijin und seine zweitausend Fettnäpfchen, im Hintergrund der Hafen von Yokohama mit Osanbashi-Pier."

„Und warum wollen Sie denn dann unbedingt Geschäfte mit Japan machen? Oder geht es nur um Michiko? Ich muss Sie das so direkt fragen. Ich muss schließlich wissen, worauf ich mich einlasse."

„Ich würde lügen, wenn ich nicht zugeben würde, dass es auch um Michiko geht. Aber eben nicht nur. Das Land fasziniert mich, so viele Chancen, und kaum ein anderer Europäer hat die Finger bisher im Business. Noch nicht! Da unter den Ersten zu sein, egal, wie dick die Bretter sind, die ich bohren muss …"

„Hm. Verstehe. Abenteuer, Drama, Wahnsinn."

„Genau, Irene. Das will ich. Alles andere ist doch langweilig."

„Geht's auch 'ne Nummer kleiner, Chef? Wenn ich Sie nicht kennen würde, ich würde Gott weiß was von Ihnen denken."

„Schließen Sie doch einfach mal die Augen, stellen Sie sich vor, wie das ist, eine zehntausend Kilometer lange Brücke – und wir sind die Bauherren: Michiko, Sie und ich."

Irene schaute auf ihre Uhr.

„Langweile ich Sie schon?"

„Nein, ganz und gar nicht. Ich bin nur um drei verabredet. Und wenn ich heute Abend etwas Zeit habe, rühre ich schon mal den Mörtel für Ihre Brücke an."

„Wunderbar. Ich glaube, das wird alles hervorragend laufen. Wir sehen uns morgen um elf in der Cecilienallee."

Kaum war Irene gegangen, hatte ich Freddo und den Rest der Clique am Tisch, die mich ins Uerige verschleppten, weil sie mit mir mein wiedergefundenes Junggesellenleben begießen wollten. Widerstand war zwecklos.

Sonntag, 4. Februar 1979, Düsseldorf

Zugegeben, die gestrige Sause war ein bisschen ausgeufert. Das merkte ich daran, dass es mir schwerfiel, meinen Kopf zu heben, kaum dass mich das Land der Träume entlassen hatte. Ich wusste nicht, was in meine Freunde gefahren war. Als ich noch nüchtern genug war, hatte ich den Eindruck, sie hätten es darauf abgesehen, mich mit ihren Altbierrunden in die Notaufnahme zu bringen. Ich musste schwer nachdenken, aber es gelang mir nicht, mich daran zu erinnern, wie ich nach Hause gekommen war. Aber an eins konnte ich mich erinnern: den Trinkspruch für jede Runde, „Immer rin in de hohle Kappes!"

So, wie sich mein Allgemeinzustand darstellte, war die Kur erfolgreich gewesen. Wehe, wenn Freddo mir in die Finger geraten würde. Aber eins nach dem anderen, Herr Welter, dachte ich, erst mal unfallfrei die Füße auf den Boden setzen und ohne Genickbruch das Badezimmer erreichen, dann würden wir weitersehen.

Die Uhr war unerbittlich, eine Stunde später musste ich schon vor dem Haus in der Cecilienallee stehen.

Nach einer ausgiebigen kalten Dusche mixte ich mir einen Ausnüchterungsdrink. Man nehme: einen ultrastarken Espresso und frischen Zitronensaft. Schmeckt grauslich, hilft aber, vor allem, wenn man noch einen halben Liter lauwarme Maggi-Rinderbouillon für den Ausgleich des Salzhaushaltes hinterherschickt. Danach ist einem kurzfristig speiübel, aber man ist wieder nüchtern und kann es genießen. Stufe 2 der Prozedur ist ein strammer Fußmarsch durch Eiseskälte.

Irene erwartete mich vor der Haustür, und sie war nicht allein. Zu meiner Überraschung hatte sie Jussef mitgebracht. Als er mich sah, strahlte er über das ganze Gesicht. „Ich wusste, dass wir uns wiedersehen. Frau Irene hat mir schon gesagt, dass Sie Büromöbel brauchen. Kein Problem."

„Guten Morgen, Irene. Hallo Jussef. Lasst uns erst mal reingehen. Hier draußen holt man sich ja den Tod."

„'morgen Chef. So, wie Sie aussehen, haben Sie ihn gestern schon kurz gesehen. Ein Alt zu viel?"

„Könnte man sagen. Ich glaube, ich muss Freddo und die ganze Bande in den nächsten Tagen erschießen."

Wir erklommen den dritten Stock. Ich schloss die Wohnungstür auf. „Tadaa! Das ist es. Wenn Sie mir bitte folgen wollen – die Besichtigung beginnt jetzt: Wie Sie sehen, befinden wir uns im großzügigen Eingangsbereich; zur Rechten die Küche mit anschließendem Esszimmer. Nicht trödeln, meine Lieben. Hier das Wohnzimmer mit Kamin. Weiter geht's ins Schlafzimmer und drei weitere Zimmer, immer mit angeschlossenen Bädern. Eine Abstellkammer und das Gäste-WC erreichen wir wahlweise durch das Wohnzimmer oder die Diele. Und um das Gesamtbild abzurunden, folgen Sie mir bitte durch das Wohnzimmer auf die Terrasse."

„Mensch, die ist riesig - die läuft ja einmal ums Haus." Irenes Augen leuchteten.

„Fhantastisch, nicht wahr? Ein Zimmer richten wir als Gästezimmer für Michiko ein."

Wir schritten jeden Quadratmeter ab. Irene notierte, während Jussef ganz professionell mit einem Zollstock alles ausmaß.

„Und wo wird mein Büro sein?", fragte Irene.

„Im Esszimmer. Eins der Zimmer nehmen wir als Besprechungsraum: großer Tisch mit 8 Stühlen. Ich nehme das Wohnzimmer für mich."

„Brauchen Sie Küchenaufbau?", fragte Jussef beim Anblick der Kartons.

„Nein, die Firma kommt Montag oder Dienstag. Aber wir brauchen Möbel. Gute Büromöbel."

Jussef kratzte sich den Kopf. „Wie gut?"

„Irgendwas zwischen Pohlschröder und Resch", sagt Irene.

„Verstehe."

„Also, Jussef: Erst mal drei Schreibtische, zwei Bürostühle und einen Chefsessel, Aktenschränke, große Ablage, Regale etc. Das Gästezimmer machen wir richtig gemütlich. Ich mache eine Liste und eine Zeichnung. Die gebe ich Ihnen in den nächsten Tagen."

„Nicht nötig, Frau Irene. Hab schon eine Idee. Mein Cousin hat vor ein paar Tagen eine große Firma aufgelöst. Können wir uns angucken. Da müsste alles dabei sein. Wenn es gut ist, kaufen Sie es, wenn nicht – dann nicht."

Ich hatte mich im Wohnzimmer an die Fensterbank gelehnt, starrte in den kalten Kamin und ließ die beiden machen. Irgendwie schien man mich nicht zu brauchen. Mögliche Besichtigungstermine wurden in den Raum geworfen, Telefonnummern ausgetauscht. Ich hätte auch im Bett bleiben können.

„Chef? Chef …?"

Irgendwie erreichte mich doch Irenes Ruf aus irgendeinem der anderen Zimmer.

„Ja, ich komme."

Ich fand sie im Gästezimmer.

„Das hier muss topp werden. Da fahren wir zu Resch nach Köln."

„Okay. Wo ist Jussef hin?"

„Draußen, sucht eine Telefonzelle, um seinen Cousin anzurufen. Haben Sie im Stehen geschlafen?"

„Reden wir lieber nicht drüber. Sie machen das ganz hervorragend. Was ist mit der Beleuchtung?"

„Da muss ein Fachmann ran, würde ich sagen. Das ist eine Wohnung, wenn Sie verstehen, was ich meine, wir haben viel zu wenig Steckdosen und nur eine Telefondose. Und es muss irgendwas vor die Fenster. Bei diesem … Moment, Chef, wie heißen die gleich? Ach ja, Tapetenpassage, da gibt es diese Vertikaljalousien neuerdings in allen möglichen Farben. Das machen wir zum Schluss, hängt ja von den Möbeln ab. Möchten Sie Teppiche? Ich würde vorschlagen, das Parkett bleibt, sieht ja hervorragend aus – und Hilde macht nichts lieber als polieren. Sie werden sie doch fragen, ob sie hier auch putzt? Vielleicht nur im Gästezimmer Teppich, wenn Sie einen in Ihrem Büro wollen, sagen Sie es jetzt. Darf ich das kleinste Zimmer als Lagerraum einrichten – für Papier und den Kopierer?"

Mir schwirrte der Kopf. Irene guckte mich unverwandt an. Sie erwartete Antworten von mir.

„Wissen Sie was, Irene? Das Einzige, was ich im Moment weiß, ist, dass ich den Kimono in Ihr Büro hängen werde. Und ich weiß auch, dass Sie das alles hervorragend managen werden."

„Und ich weiß, dass Sie sich heute Nachmittag besser hinlegen." Sie schloss die Kladde mit einem lauten Knall, der in meinem Kopf widerhallte.

„Hab ich was Falsches gesagt?"

„Nein, nicht wirklich, Chef. Aber ab jetzt müssen wir richtig Gas geben."

Sie musste es gar nicht aussprechen, ich wusste auch so, was sie meinte, und versuchte, Sie zu beruhigen. „Das ist alles eine Menge Holz, das weiß ich. Und ich verspreche: Keine Altstadt-Eskapaden mehr, bis der Laden steht."

„Danke, Chef."

Die Türklingel ging und Jussef stand vor der Tür. „Ich habe mit meinem Cousin gesprochen. Wenn wir wollen, fahren wir sofort in sein Lager nach Reisholz und gucken uns alles an. Na?"

Ich straffte die Schultern, jetzt bloß nicht schlappmachen. „Haben Sie noch Zeit, Irene? Wenn ja, auf geht's. Jussef, haben Sie ihr Taxi dabei?"

Er breitete die Arme aus, drehte sich auf dem Absatz um. „Ist der Papst katholisch, Herr Welter?"

Stunden später fiel ich erschöpft aufs Bett. Was für ein Tag! Ich hatte noch nie in meinem ganzen Leben so schnell ein Büro eingerichtet. Die Möbel im Lagerhaus hatten sich mehr als tauglich erwiesen. Wie der Cousin uns erzählt hatte, war die Firma, für die er die Auflösung gemacht hatte, nach einem knappen Jahr pleitegegangen.

„Vollkommen verspekuliert", hatte er gesagt.

„Hoffen wir mal nicht, dass das ein schlechtes Omen ist", hatte Irene geantwortet und skeptisch jedes einzelne Stück begutachtet. Am Ende musste ich sagen, wir hätten es nicht besser treffen können. Alles war wie neu, aber einen Wermutstropfen gab es schon – es war alles Danish Design pur in Teakholz. Von Pohlschröder keine Spur.

„Können Sie darin leben?", hatte ich Irene gefragt. Und sie hatte genickt. „Wenn man es gut mit Metall und Keramik mischt, wird es gut aussehen."

Das Lagerhaus hatte sich als unerschöpflich erwiesen, und in null Komma nichts war unser Büro mit allem ausgestattet, was das Herz begehrte, sogar mit einem Safe, den Irene für unerlässlich hielt. Zwei fast neue IBM-Kugelkopfschreibmaschinen und ein Telexgerät hatten wir gefunden. Den Kopierer wollte Jussefs Cousin nicht hergeben, den hatte er bereits in seinem eigenen Büro stehen. Aber er versprach uns, sich umzuhören.

„Zur Not leasen wir den, mit Servicevertrag. Das geht neuerdings, Chef", hatte Irene gesagt und eine Minute später ihrer Kladde eine weitere Visitenkarte hinzugefügt, denn Jussefs Cousin hatte versprochen, auch hier Abhilfe zu schaffen. „Ja, neu mit Servicevertrag ist eine sehr gute Idee. Unser Cousin Mohamed macht das für Sie. Der arbeitet bei Xerox."

Der Scheck, den ich ausstellen musste, belief sich auf über 18.000 Mark, inklusive Lieferung und Aufbau. Wenn ich alles neu hätte kaufen müssen, wäre es mehr als das Dreifache gewesen. Und nach so einem guten Geschäftsabschluss konnten wir nicht Nein sagen, als Jussef und sein Cousin uns zu einem späten Mittagessen in das türkische Lokal eines weiteren Cousins entführten, wo wir uns mit allen Köstlichkeiten des Orients vollstopften, und dank meiner morgendlichen Radikalkur, blieb auch alles dort, wo es sein sollte. Genudelt und zufrieden wurden wir anschließend von Jussef nach Hause kutschiert. Irene schwärmte immer noch von den gefüllten Weinblättern und dem zuckertriefenden Baklavah, als ich vor meiner Haustür ausstieg.

Und nun lag ich auf dem Bett und konnte nicht schlafen, weil ich gerne mit Michiko gesprochen hätte, aber in Japan war es 1.00 Uhr nachts. Da wollte man ja nicht stören. Stattdessen nahm ich eine Cassette für sie auf und erzählte, was sich heute zugetragen hatte. Die würde sie zwar erst in ein paar Tagen bekommen, aber ich hatte das Gefühl, ich müsste die Ereignisse festhalten, weil sie mir vielleicht doch zu märchenhaft vorgekommen waren. Und in der Gewissheit, vom Glück verfolgt worden zu sein, konnte ich endlich einschlafen.

Montag, 5. Februar 1979, Düsseldorf

In Hochstimmung suchte ich mir durch den dicken Nebel, der sich über Düsseldorf gelegt hatte, den Weg zur Post, um die Kassette für Michiko auf die Reise nach Japan zu schicken. Aber das Hoch bekam einen Dämpfer, als ich später die Fahrt ins Büro zu TransGlobal antrat, es fiel mir schwerer, als ich gedacht hatte. Noch hatte ich den Schlüssel zum Büro, schloss die Tür wie eh und je auf und fühlte es sofort – die Atmosphäre hatte sich verändert. Kein würziger Geruch von Karls Pfeifentabak, kein fröhliches Klappern des Fernschreibers. Die distanzierte Begrüßung von Irene mit einem knappen: „Guten Morgen, Herr Welter", hätte mir einen Stich versetzen können, hätte ich ihr Augenzwinkern nicht gesehen. Anne nickte mir nur zu und schrieb weiter.

Auf einmal war ich kein Teil des Teams mehr.

Karl war nicht im Haus. Hätte ich gerne noch ein paar Worte mit ihm gewechselt? Ich wusste es nicht. Für Wehmut war keine Zeit.

Ich packte meine persönlichen Sachen vom Schreibtisch zusammen. Nach und nach verschwanden meine Reiseandenken, Geschenke und Trophäen aus aller Herren Länder in einem großen Pappkarton. Keine der Damen brachte mir Kaffee oder Kekse, und ich kam mir allmählich vor wie ein Waisenkind. Mit dem schweren Karton im Arm wankte ich am Sekretariat vorbei und sagte: „Vielen Dank für alles, meine Damen. Meine Schlüssel gebe ich morgen Herrn Schumann nach der Vertragsunterzeichnung."

„Danke", sagte Anne knapp.

Ich stellte den Karton ab und wollte ihr die Hand reichen, aber sie tippte einfach weiter. Mit einem scheelen Blick auf Anne schüttelte Irene den Kopf und stand auf, um mich hinauszubegleiten. Ich nahm den Karton. Im Gänsemarsch gingen wir zur Tür.

„Alles Gute, Herr Welter", sagte sie laut und schob flüsternd hinterher: „Ich bin um 18 Uhr bei Ihnen in der Ceci. Und was mit Anne los ist, weiß ich auch nicht, nehmen Sie es ihr nicht übel."

Nach fünf Jahren TransGlobal Services GmbH schlich ich mich mit einem Karton aus dem Haus und ließ einen leeren Schreibtisch zurück. Leider auch unsere Kämpfe und Erfolge und nicht zuletzt die Freundschaft mit Karl.

Der allerletzte Rest von Hochstimmung wich den Hindernissen, die mir im IHK-Büro in den Weg gestellt wurden. Es wurde ein zähes Ringen um den neuen Firmennamen.

„AEC, mein lieber Herr Welter, geht so nicht. Wir müssen den Gegenstand des Unternehmens klar herausstellen." Der Sachbearbeiter war unerbittlich und das schon seit geraumer Zeit.

„Gut, dann nehmen wir die Abkürzung und einen Untertitel."

„Und zwar?"

„Asian European Connection GmbH mit Untertitel: We support your business. Geht das?"

„Nein." Die Miene des Sachbearbeiters verfinsterte sich weiter und heftete einen genervten Blick auf die große Uhr an der Wand. „Da wissen wir doch immer noch nicht, worum es geht. Also, worum geht es denn konkret? Was wollen Sie denn genau machen?"

„Agentur für Handel und Lizenztransfer zwischen Asien und Europa."

„Dann schreiben Sie das doch so. Geht auch in Englisch."

„Okay. AEC GmbH, Klammer auf: Deutschland, Klammer wieder zu und mit dem Zusatz: Agency for Trading and Licensing."

„Herr Welter, das geht auch nicht. Sie müssen das schon vollständig ausschreiben. Jetzt mach ich mal einen Vorschlag, den ich genehmigen kann: Asian European Connection GmbH, Untertitel: Agency for Trading and Licensing."

Ich war etwas verwirrt, hatte ich das nicht fast genauso gesagt? Mein Gegenüber strahlte mich an, also dachte ich, dann machen wir das lieber so, bevor er es sich anders überlegt. Und dafür hatten wir jetzt fast zwei Stunden gebraucht. Ich konnte nur hoffen, dass Michiko den Namen auch gut fand, sonst müssten wir wieder von vorne anfangen.

Zufrieden fuhr ich mit meinem neuen Firmennamen nach Hause, um von dort einen Termin für die Firmengründung mit meinem Freund Vito, seines Zeichens Notar und anerkannter König der Düsseldorfer Schlitzohren, zu machen. Ich hoffte, dass er sich von unserer Sause in der Altstadt noch nicht erholt hatte, immerhin gingen mindestens 50% meines Katers auf seine Kappe.

Kaum stieß ich meine Wohnungstür auf, hörte ich das Telefon klingeln, und ich schoss durch die Diele. Ich konnte Irene kaum verstehen, weil sie wieder im konspirativen Flüsterton sprach. „Telex von Michiko, Chef."

„Ah, wunderbar. Was schreibt sie?"

„Asian European Connection GmbH, Untertitel: Agency for Trading and Licensing. Sind Sie noch da, Chef?"

„Ja, natürlich. Mir ist nur grad die Luft weggeblieben."

„Warum? Gefällt Ihnen der Firmenname nicht?"

„Sie werden es nicht glauben, Irene, ich habe denselben auf dem Zettel stehen. Und er ist auch schon von der IHK abgenickt."

„Wenn das mal kein Zeichen ist."

„Es ist eins. Das können Sie mir glauben. Schicken Sie Michiko bitte eine Antwort, dass alles okay ist ... und es ist eine Kassette für sie per Luftpost unterwegs. Bis nachher." Ich legte auf und packte den Roboter, die Teetassen von Michikos Mutter und den Kimono in eine Tüte und hängte sie an die Türklinke, damit ich sie nicht vergaß. Meine erste Dekoration für die Cecilienallee. Mein Magen knurrte, aber noch warteten ein paar Telefonate, die ich dringend erledigen musste.

Während ich mit Vito sprach und einen Termin machte, kramte ich in den Küchenschränken.

„Du klingst so dumpf, und was sind das für Geräusche, Polo?", fragte er.

„Ich suche was zu essen, was nicht wie ein Marmeladenbrot aussieht."

„Hatten wir bei deinem Umzug in die Altstadtwohnung nicht eine ganze Palette Ravioli in Tomatensauce mitgebracht?"

„Stimmt. Dein Gedächtnis möchte ich haben."

„Es ist nicht immer nur ein Segen."

„Auch wieder wahr. Aha! Da ist er ja, noch eine Dose drin. Der letzte Mohikaner. Meinst du, das kann man noch essen? Das ist schon drei Jahre her."

„Kommt auf einen Versuch an. Aber lass uns den Termin festhalten, bevor du mit einer Lebensmittelvergiftung umfällst."

„Ich notiere also Mittwoch, den siebten Februar."

„Komm am Nachmittag rein, da hab ich alle Zeit der Welt für dich. Ciao ragazzo ... und bring deinen Ausstiegsvertrag mit. Am liebsten würde ich den heute noch sehen, bevor du was unterschreibst."

„Nein, lass mal. Karl wird mich schon nicht in die Pfanne hauen. Ciao, Vito."

Ich legte auf, wog die Dose in der Hand und überlegte. Schließlich gewann der Hunger und ich setzte den Dosenöffner an. Roch alles noch ganz gut. Ich nahm eine Gabel aus der Schublade und machte einen ersten Geschmackstest. Nicht übel. Aufwärmen wird überwertet. Mampfend setzte ich mich auf die Couch und betrachtete die Eiszapfen vor meinen Fenstern, die in der Sonne vor sich hin tropften. Sie schmolzen genauso, wie mein Guthaben auf der Bank, wenn ich es recht betrachtete. Die Ausgaben für das neue Büro würden noch steigen, und ich konnte nur noch hoffen und beten, dass Gregorius keinen Rückzieher in letzter Minute machte. Zuzutrauen wäre es ihm, und sei es nur, um mich auf dem Boden zu sehen. Ich konnte es kaum erwarten, morgen meine Unterschrift unter den Vertrag zu setzen. Und dann dräute ja noch am Horizont der Masuhara Deal. Würden die Japaner auf das neue Geschäftsmodell einsteigen? Oder hatte ich damit alles endgültig kaputt gemacht? Ja, mein lieber Marco, das hättest du dir vorher überlegen können. Jetzt gab es nur eins: Auf sie mit Gebrüll und keinen Zentimeter zurückweichen. Ich stellte die leere Raviolidose auf den Couchtisch und machte mich bereit, einen Termin mit Herrn Shimura zu vereinbaren. Er würde der erste Prüfstein für die neue Situation sein. Wenn ich ihn überzeugen konnte, würde Masuhara über kurz oder lang mitziehen und mich als alleinigen Verantwortlichen akzeptieren.

Um kurz vor 18 Uhr marschierte ich mit meiner Tüte und einem drei Meter langen Bambusstock auf die Cecilienallee zu. Den Stock hatte ich schnell noch beim Blumenhändler gekauft, weil ich mich daran erinnert hatte, dass man Kimonos nicht einfach mit Nägeln an die Wand pinnt. Ich vermutete, dass Michiko mir das nicht verzeihen würde.

Irene war wie immer pünktlich. Auch sie hatte eine große Einkaufstasche dabei.

„Wozu der Stock, Chef?"

„Unsere erste Deko. Ich werde den Kimono aufhängen, in Ihrem Büro, wenn es recht ist."

„Ist das der, den Sie eigentlich für Kathrin gekauft hatten?"

„Genau. Er wird sich gut an der Wand machen. Sie werden sehen. Und was ist in Ihrer Tasche?"

„Ein paar nützliche Dinge. Unter anderem zwei Stehlampen, die hab ich grad billig erworben, damit wir überhaupt Licht haben. Und etwas, das Ihnen vermutlich die Laune verderben wird. Zeig ich Ihnen gleich."

Ich schloss die Tür auf und war überrascht, dass die Maler und Küchenmonteure noch da waren.

„Wir sind gerade fertig geworden, Herr Welter", sagt der Vorarbeiter. „Küche steht und funktioniert. Wände, Türen, Fuß – und Deckenleisten, alles gestrichen. Die provisorischen Fassungen mit den Birnen lassen wir hängen, die können Sie mir später mal vorbeibringen."

„Wunderbar. Haben Sie Hammer, Nägel und noch einen Moment Zeit dabei?"

„Natürlich."

Während der Rest des Renovierungsteams Farbeimer, Rollen, Pinsel und Werkzeug einpackte und heruntertrug, brachte der Vorarbeiter den Kimono in Irenes Zimmer an. Keine Viertelstunde später war alles erledigt, und mit meinem Scheck über knapp 3000 Mark in der Tasche verabschiedeten sich die fleißigen Herren.

Ich drückte Irene die Schlüssel, die mir der Vorarbeiter zurückgegeben hatten, in die Hand. „Willkommen in Ihrem neuen Büro, Irene. Warum machen Sie so ein strenges Gesicht?"

„Mannomann, gestern achtzehntausend, heute dreitausend Mark. Das summiert sich."

„Allerdings. Kann es kaum erwarten, den Vertrag zu unterschreiben, damit endlich Geld fließen kann. Firmengründung ist in der Mache und danach auch das Firmenkonto – und Ihr Vertrag natürlich auch."

„Darf ich Sie mal was Persönliches fragen, Chef?"

„Aber sicher."

„Wird Ihr privates Geld bis dahin reichen?"

„Könnte knapp werden, aber ich kann noch mein Aktiendepot auflösen oder diese Wohnung verkaufen. Und wenn alle Stricke reißen, gibt es noch meinen Küchentisch in der Altstadt."

„Hm, und was tun wir, wenn Gregorius morgen plötzlich einen Rückzieher macht?"

Irene hatte das fatale Talent, immer den Finger in die Wunde zu legen.

„Dann arbeiten Sie weiter bei Karl und ich gehe ins Gefängnis, weil ich dem Alten nämlich vor den Augen seines Notars und vor Karl den Hals umgedreht haben werde, sollte ihm das einfallen. Zufrieden?"

„Also haben Sie auch schon drüber nachgedacht."

„Na sicher. Ich trau ihm keinen Meter mehr über den Weg. Aber jetzt mal weg mit den trüben Gedanken. Wie gefällt Ihnen die Deko?"

„Der Kimono sieht fantastisch aus. Eigentlich ein bisschen schade für die Wand."

„Wenn Ihnen danach ist, können Sie ihn ja ab und zu tragen."

Die Teetassen von Michikos Mutter stellte ich auf den Kaminsims und packte den Roboter aus, setzte ihn auf den Boden und ließ ihn herummarschieren. Zu meinem großen Erstaunen holte Irene aus ihrer großen Tasche nicht nur zwei Stehlampen, die wir noch zusammenbauen mussten, sie hatte auch die beiden Schachteln mit den Robotern, die ich für Karls Zwillinge gekauft hatte, dabei.

„Was ist das denn?"

„Ich hab es ja gesagt, es wird Ihnen nicht gefallen."

„Wo haben Sie die her?"

„Sie werden es nicht glauben. Aus dem Müllsack. Hilde war schon fast aus der Tür damit. Also habe ich die beiden gerettet. Schumann ist doch ein Stoffelkopp."

„Er hat sie seinen Söhnen gar nicht mitgebracht."

Wenn ich bis dahin schon mehr als einen Stich von Karl versetzt bekommen hatte, dieser hier tat richtig weh. Das war schlimmer, als sich mit ihm im Büro anzubrüllen. Und er hatte es noch nicht mal gewagt, mir die persönlich zurückzugeben. Er hatte sie einfach entsorgt.

„Die beiden bleiben hier bei ihrem Freund."

Wir packten sie aus, setzten sie auf den Boden und ließen sie durch Irenes Büro marschieren.

„Hat was", sagte sie, „ich weiß nur nicht, was."

Ich stellte das Geblinke und Geplärre aus und postierte die drei auf den Kaminsims in meinem Büro.

„Das sind wir, Irene. Michiko, Sie und ich. Zusammen auf dem langen Marsch über die große Brücke."

Sie schüttelte den Kopf, während sie auf dem Boden hockte und die Einzelteile der Lampen auspackte und zusammensteckte. „Sie haben eine außerordentliche Gabe, Chef, wissen Sie das eigentlich?"

„Und welche soll das sein?" Ich hockte mich daneben und reichte ihr eine Glühbirne an.

„Sie sind immer im richtigen Augenblick albern, und das meine ich positiv."

„Ich bin schon so geboren. Meine Mutter hat immer zu meinem Vater gesagt, lassen wir ihn bloß nicht Bestatter werden, da geht die Pietät zum Teufel."

Eine Viertelstunde später waren die Lampen fertig und setzten zumindest in Irenes und meinem Büro einen heimeligen Akzent. Irene griff wieder in ihre große Tasche und holte einen Karton, Dosenmilch, Filtertüten, ein Paket Kaffee, eine Flasche Pril, zwei Rollen Toilettenpapier, ein Trockentuch, eine Schachtel Würfelzucker, zwei Tassen, eine Stange Pappbecher, Löffel und zwei große Dosen Kekse hervor.

Wir trugen alles in die Küche. „Also, wissen Sie was, Irene, sollte ich jemals eine Expedition zum Nord- oder Südpol planen, werde ich als Erstes Sie auf meine Mannschaftsliste setzen."

„Danke, Chef, aber geht es auch etwas wärmer? Karibik vielleicht?"

„Wie Sie wollen. Wann kommen eigentlich die Möbel?"

Sie schaute auf ihre Armbanduhr. „Müssten jeden Moment da sein."

Und wie auf Stichwort klingelte es. Ich drückte den Türöffner. Jussef mitsamt einem Tross seiner Verwandtschaft kam polternd mit unserer Ausstattung die Treppe hinauf. Bevor Irene und ich uns überhaupt umgedreht hatten, war alles da, sogar der Safe, nur nicht am richtigen Ort. Irene nahm das Zepter in die Hand und kommandierte Jussef und seine Mannen herum, damit alles an die richtige Stelle gebracht wurde. Unter ihrem strengen Regiment wurde geschoben und gezerrt, wurden Regale hochgezogen und fachmännisch Ergebnisse besprochen. Ich kam mir mal wieder überflüssig vor, verschwand in der Küche, packte die Kaffeemaschine aus und setzte Kaffee für alle auf.

Im Handumdrehen hatte sich die Wohnung in ein repräsentables Büro verwandelt. Wir standen mit unseren Pappbechern in der Hand inmitten der neuen Pracht und bewunderten das Ergebnis.

„Zufrieden?", fragte Jussef.

„Natürlich. Mehr als das", sagte ich.

„Frau Irene, darf ich Sie nach Hause bringen?"

Irene guckt mich fragend an.

„Ich glaube, wir sind hier soweit fertig, oder?"

„Wenn Sie meinen, Chef. Dann geh ich mal."

„Vielen Dank. Ich ruf Sie morgen an und berichte, wie es beim Notar gelaufen ist."

„Wenn es nicht läuft, werde ich es wohl aus den Nachrichten im Radio erfahren."

So schnell, wie der Sturm hereingebrochen war, war er auch schon wieder fort und ich konnte in Ruhe herumwandern. Dabei stellte ich mir vor, wie es hier in ein paar Tagen summen und brummen würde vor Geschäftigkeit. Ich probierte alle Wasserhähne und Toilettenspülungen aus, schaltete in der Küche den Herd an und aus, betätigte die Dunstabzugshaube und erschrak beinahe zu Tode, als ich aus der Küche kam und einen Mann mitten in Irenes Büro stehen sah. Irgendjemand musste vergessen haben, die Wohnungstür zu schließen.

„Krumbigl, mein Name", sagte er und reichte mir die Hand. „Sind Sie endlich eingezogen?"

Er schaute sich um, und mir dämmerte allmählich, wen ich da vor mir hatte. Meinen Nachbarn, Herrn Krumbigl, den Kathrin und ich bei unserer ersten Eigentümerversammlung kennengelernt hatten. Ein emeritierter Professor für Mathematik. Ich wollte seinen Gruß erwidern, aber er fiel mir ins Wort: „Sagen Sie mal, Herr Welter, das sieht ja aus wie ein Büro. Das ist hier aber nicht erlaubt. Sie haben versäumt, die Eigentümer darüber zu informieren. Also, wenn wir das vorher gewusst hätten …"

„Kaffee, Herr Krumbigl?" Ich ging in die Küche. „Mit Milch und Zucker?"

„Danke, schwarz, bitte. Haben Sie Kekse?"

„Natürlich. Bitte sehr." Ich gab ihm den Pappbecher und er suchte sich aus den kläglichen Resten in der Keksdose zwei Waffelröllchen mit Schokolade aus.

Um das Eis zu brechen, führte ich ihn herum. „Das ist sozusagen nur vorübergehend, Herr Krumbigl. Ich werde natürlich die Eigentümer darüber informieren. Aber Sie müssen sich keine Sorgen machen, das hier ist ein stilles Büro, wir haben keinen Publikumsverkehr. Und es war ein Notfall. Wie so was manchmal geht. Das Einzige, was ich noch brauche, ist ein klitzekleines Firmenschild neben der Haustür. In Messing."

„Und was sagt Ihre zukünftige Gattin, das Fräulein Gregorius, dazu, dass Sie das hier so umfunktionieren?"

„Nun, um ehrlich zu sein, gar nichts. Sie wird hier nicht einziehen."

Er zog die Augenbrauen hoch, und ich konnte sehen, dass im großen Gehirn des Herrn Professors gerade eins und eins zusammengezählt wurde. Um ihm die Mühe zu ersparen, sagte ich: „Das Fräulein Gregorius hat sich anders entschieden."

„Ach was?"

„Ja. Aber sehen Sie mal hier. Das wird ein Wohnraum, mit Blick über die Kastanien und den Rhein." Ich führte ihn ins leere Gästezimmer. „Leider sind die Möbel noch nicht da. Aber damit ist doch allem Genüge getan, finden Sie nicht?"

Herr Krumbigl grummelte und biss krachend in ein Waffelröllchen. Ich schaute aus dem Fenster, aber der Nebel behinderte die Aussicht. Als ich mich umdrehte, war mein Nachbar verschwunden. Ich fand ihn in Irenes Büro. Er stand vor dem Kimono und nippte an seinem Kaffee.

„Schön", sagte er. „Ist der echt?"

„Aus Japan. Alles echt. Wollen Sie auch einen, dann bringe ich einen mit, wenn ich das nächste Mal in Tokyo bin."

„Fliegen Sie da oft hin?" In seiner Stimme schwang Fernweh mit.

„Ja, Business eben."

„Mit dem Spielzeug, was Sie da auf dem Kamin stehen haben?"

„Nein, eher große Maschinen, Autoindustrie und so weiter. Ich betreue die Lizenzen und die Abwicklung der Deals und bringe überhaupt erst Käufer und Verkäufer zusammen."

„Aha. Rentiert sich das denn?"

„Wenn es läuft. Und was verbindet Sie mit Japan?"

„Schach", sagte er. „Ich habe einen Schachfreund in Tokyo, auch Mathematiker. Wir spielen Fernschach, schicken uns die Züge per Luftpost."

„Dann dauert eine Partie aber so richtig lang."

„Wie man es nimmt, Herr Welter, man braucht Geduld und Akzeptanz für das, was sich nicht ändern lässt. Shoganai, heißt das, hat mein Freund mir gesagt … aber genug geplaudert, ich muss dann mal wieder runter, sonst macht sich mein Dackel noch Sorgen. Danke für den Kaffee."

„Werden Sie bei der nächsten Eigentümerversammlung ein gutes Wort für mich einlegen?"

„Sagen wir: einen roten Kimono und einen Roboter für meinen Enkel? Und wenn Sie das nächste Mal nach Japan fliegen, dann nehmen Sie meinen Brief mit dem Schachzug bitte mit. Ich will meinen Freund mit der Geschwindigkeit meiner Antwort verwirren."

„Warum kommen Sie nicht einfach mit? Das würde ihn richtig aus dem Konzept bringen."

„Wir wollen es mal nicht übertreiben, nicht wahr?"

Dienstag, 6. Februar 1979, Düsseldorf

Zum Termin bei Gregorius' Notar verspätete ich mich um wenige Minuten. Am großen Besprechungstisch neben ihrem Herrn Papa und Karl saß Kathrin.

„Guten Morgen allerseits, es tut mir leid, dass ich mich verspätet habe."

„Selbst an so einem Tag hast du bestimmt noch etwas sehr Wichtiges vorgehabt", sagte Kathrin und zog einen Flunsch. Am liebsten hätte ich ihr vorgehalten, dass ich soeben beim Schneider 1500 Mark für meinen Hochzeitsanzug, der nun nicht mehr zu gebrauchen war, gelassen hatte. Aber der Leierkastenmann aus der Altstadt hatte ihn dankend entgegengenommen, inklusive Zylinder. Was hätte ich auch sonst damit machen sollen als verschenken?

„Natürlich", sagte ich. „Habe ich das nicht immer?"

Der Notar, ein weißhaariger, streng dreinblickender Herr, schaute von einem zum anderen und räusperte sich vernehmlich. „Meine Dame und meine Herren, ich beginne also mit der Verlesung."

Ich lehnte mich zurück, nahm mein Vertragsexemplar zur Hand und las mit. Alles war wie besprochen. Der Passus für den Gebietsschutz Asien, genauso wie die Beschreibung, dass ich das Projekt Eberhardter/Masuhara bei eigenem Risiko übernahm, vorbehaltlich der Zustimmung beider Kunden, und der Preis von zwei Millionen für meinen fünfzigprozentigen Anteil war drin.

„Ich bin einverstanden," sagte ich.

Kathrin rollte die Augen. Sie wollte offenbar Stunk, aber den gönnte ich ihr nicht.

„Da keine Einwände vorgebracht werden und die Zustimmung von Herrn Karl Schumann über den Verkauf der Anteile des Herrn Marco Welter ebenso vorliegt, schreiten wir zur Unterschrift."

Die Vertragsdokumente wurden herumgereicht und von mir, Gregorius und dem Notar unterschrieben. Kaum war die Tinte trocken, schaute mich Kathrins Vater streng an. „Sie haben einen Riesenfehler begangen, Herr Welter, das wissen Sie selbst. Sie müssen noch viel lernen."

Karl verzog das Gesicht und sah schon wieder aus, als wäre er gerne woanders.

Ich lächelte in die Runde und blieb stumm. Was die Masuhara-Leute können, konnte ich schon lange.

Gregorius war wieder rot angelaufen. Widerspruch duldete er nicht, aber wenn man gar nicht reagierte, war es noch viel schlimmer für ihn. Und weil es so schön war, wurde mein Lächeln noch breiter. Wenn er glaubte, mich aus der Reserve locken zu können, hatte er sich geirrt. Kathrin legte beschwichtigend eine Hand auf seinen Arm. Und bevor der Alte wieder das Wort ergreifen konnte, rettete der Notar die Situation.

„Dann können wir jetzt mit der ersten Gesellschafterversammlung beginnen, in der wir Frau Kathrin Gregorius zur zweiten Geschäftsführerin ernennen."

Der Notar und Gregorius schauten Karl an, als erwarteten sie etwas von ihm. Schließlich begriff er, dass er sein Sprüchlein aufsagen sollte, das sie ihm zugestanden hatten. Er guckte mich hilfesuchend an, aber ich ließ ihn nicht vom Haken.

„Marco, wir sind hier fertig. Alles, was nun folgt, ist interne Angelegenheit von TransGlobal", brachte er endlich leise hervor.

„Danke, Karl. Da wäre ich im Leben nicht selbst drauf gekommen."

Kathrin guckte mich schon wieder an, als müsste ich sofort mit einer Fliegenklatsche erledigt werden. Der Notar schien ein wahrer Seismograf für zwischenmenschliche Verwerfungen zu sein, stand auf und begleitete mich hinaus.

Doch der alte Gregorius wollte unbedingt das letzte Wort haben. „Eins noch, Herr Welter, nur zum Verständnis: Geben Sie uns Ihre Firmendaten bekannt, sobald Sie sie haben. Bevor Ihre Firma nicht gegründet und eingetragen ist, können wir nicht tätig werden. Und dementsprechend wird bis dahin auch kein Geld fließen."

Ich sah das zwar grundsätzlich anders, wollte aber hier und jetzt in keine Diskussion einsteigen. Wenn der Alte Ärger wollte, konnte er ihn haben, aber nicht jetzt. Spitzfindigkeiten konnte ich auch. Ich drehte mich um und drückte dem Notar die Schlüssel fürs Büro von TansGlobal in die Hand. Dem Alten entgleisten sämtliche Gesichtszüge, weil sein Triumph zu Konfetti zerbröselte, da ich nicht so reagieren wollte, wie er es sich erhofft hatte. Natürlich hatte er mich kalt erwischt. Ein zweistufiger Zahlungsplan, 50 Prozent bei Vertragsabschluss und 50 Prozent bei erfolgter Firmengründung und endgültiger Übergabe des

Projekts wäre zuträglicher für mich gewesen. Ich dachte kurz an Vito, der mich am nächsten Nachmittag in der Luft zerreißen würde, weil ich ihm den Vertrag nicht vorgelegt hatte. Und recht hatte er!

„Wünsche noch einen guten Tag allerseits", sagte ich, schaffte es aber noch nicht mal durch die Tür, weil Kathrin mir hinterherrief: „Sei so gut und bring morgen den Firmen-BMW samt Schlüssel und Papieren vorbei."

„Warum so lange warten? Er steht vor der Tür. Der Fahrzeugschein ist hinter der Sonnenblende." Ich griff in meine Hosentasche und gab dem Notar die Schlüssel für das Auto.

„Es wäre nett, wenn du ihn noch in die Bürogarage fahren würdest, Marco."

„Ja, das wäre es, Kathrin. Aber ich habe keine Zeit, dir auch noch Autos hinterherzutragen. Das macht Karl heute Abend bestimmt gerne für dich. Auf Wiedersehen."

Karl warf mir einen biestigen Blick zu. Ich lächelte zurück.

„Und weiterhin beruflich viel Erfolg für TransGlobal."

Ich ersparte dem Notar die Peinlichkeit, mich aus der Tür schieben zu müssen, gab ihm die Hand, bedankte mich bei ihm für seine Arbeit und ließ endlich alles hinter mir. Am Abend würde ich noch genug Zeit haben, mit mir selbst über meine Eselei ins Gericht zu gehen, und lenkte meine Schritte in die Altstadt, um im Uerige wenigstens ein Alt auf diesen Vormittag zu trinken und danach, war mir eben schmerzlich klar geworden, musste ich zur Bank, um meine Aktien zu verkaufen. Mir gefiel zwar das Tempo nicht, in dem Plan B angegangen wurde, aber: Was muss, das muss. Wenn mir die Aktienkurse gnädig waren, könnte ich in der folgenden Woche um circa 500.000 Mark flüssiger sein.

Als ich nach Altbier und nach dem Besuch bei der Bank, bei dem ich meinen Berater davon überzeugen musste, dass mein Aktienverkauf nicht bedeutete, ich sei auf der Flucht, mit einem Pizzakarton unterm Arm nach Hause kam, machte sich große Müdigkeit breit. Ich warf Mantel und Jackett an die Garderobe, zerrte mir den Schlips vom Hals und hatte das dringende Bedürfnis, mich noch mal zu duschen, vielleicht konnte das helfen, die Ereignisse des Vormittags zumindest zu verdünnen, damit sie genießbar würden. Im Bad hinterließ ich eine halbe Überschwemmung, weil ich vergaß, die Tür der Duschkabine zu schließen. Da mussten wieder zwei Badetücher dran glauben. Hilde würde sich freuen. Ich zog mir Jeans und Pullover über und ging in die Küche. Die Pizza, mittlerweile kalt geworden, spülte ich mit den kalten Resten vom morgendlichen Kaffee herunter und legte den Kopf auf die Tischkante. Aber bevor meine innere Stimme anfangen konnte zu meckern, nahm ich lieber das Telefon, setzte mich auf die Couch und rief Eberhardter an.

„Griessgod, der Marco! Was gibt's Neues?"

„Allerhand, Walter. Ich hoffe, du sitzt gut."

„Aber immer. Leg los."

In knappen Sätzen erzählte ich ihm, dass der Ausstieg bei TransGlobal vollzogen sei und ich die volle Verantwortung für das Masuhara-Geschäft übernommen hatte. Vorausgesetzt, er und die Japaner stimmten dem zu.

„Erst mal Glückwunsch, aber ich fürchte, so einfach wird das nicht. Du musst bedenken, dass ich bei der Übertragung auf deine neue Firma, alle Ansprüche gegen TransGlobal aufgebe. Und dann stell dir mal vor, alles geht schief. Dann hätte ich zwar einen Titel gegen dich, aber noch lange kein Geld. Wohingegen durch Gregorius bei TransGlobal noch was zu holen wäre. Bitte versteh das nicht falsch, Marco."

„Tu ich nicht, Walter. Ich verstehe vollkommen, was du meinst. Aber je eher ich wenigstens ein positives Signal von dir habe, desto eher wird auch Masuhara mitziehen."

„Schon klar. Aber du musst deine neue Firma ja erst gegründet haben. Auf was oder wen soll ich sonst die Rechte übertragen? Lass mich das bitte mit meinem Juristen besprechen."

„Verstehe. Aber je eher ich die Zustimmung beider Parteien habe, desto besser. Kannst du das kurzfristig klären?"

„Kann ich. Aber dir ist schon klar, in was für eine Zwickmühle du dich begeben hast?"

„Durchaus."

„Ich kümmere mich drum, kannst dich drauf verlassen."

„Du erreichst mich unter meiner Telefonnummer zu Hause, das neue Büro ist noch in der Mache. Tschüss, Walter und vielen Dank. Ich halte dich auf dem Laufenden."

Nachdem ich aufgelegt hatte, schoss mir der Gedanke durch den Kopf, dass ich zu viele Leute eingeladen hatte, mir eine Rasur zu verpassen.

Mein Kopf sank unweigerlich auf das Couchkissen, obwohl mein Kopf ratterte, wie ein Maschinengewehr. Bevor mich der Schlaf übermannte, sprang ich auf und klebte weitere zwei Meter Tapete an die Wand. Was zuerst?

1. Firmengründung, Mittwoch, Vito.
2. Schnellstens neues Büro betriebsbereit machen.
3. Mit Michiko besprechen, wie wir die Änderung der Verantwortlichkeiten an Masuhara verkaufen.
4. Gespräch mit Herrn Shimura!

Bei der Betrachtung meiner Liste fühlte ich mich wie vom Bus überrollt. Frischluft täte mir gut. Ich warf meinen Mantel über und ging zum Rheinufer. An der Pegeluhr schaute ich einen Moment über den Fluss auf die Oberkasseler Rheinwiesen; wer hatte das noch mal gesagt: Am Ufer sitzen und die Leichen seiner Feinde vorbeitreiben sehen? War es am Ende Ralph D. Delaney oder irgendein anderer weiser Mann?

Das Wasser stand ziemlich hoch und bewegte sich träge und langsam durch das Flussbett. So viel nasse Gelassenheit bei Vater Rhein war heute doch nichts für mich, weil die einzige Leiche, die ich womöglich vorbeitreiben sehen würde, meine eigene wäre. Ich machte auf dem Absatz kehrt und lief nach Hause, um Herrn Shimura anzurufen.

„Guten Tag, Herr Welter. Ich freue mich, dass Sie sich melden, ich würde zwar gerne jetzt schon mit Ihnen sprechen, aber ich bin auf dem Sprung in eine Sitzung", sagte er, kaum dass ich mit der Begrüßung fertig war. „Wir sehen uns morgen im Dojo. Meine Sekretärin gibt Ihnen die Adresse."

Mir blieb nur, mich bei ihm zu bedanken und darauf zu warten, dass Shimuras Sekretärin das Gespräch wieder übernahm und mir die Adresse nannte. Was ein Dojo ist, wusste ich zwar nicht, aber ich würde mich überraschen lassen.

Ich trug die Adresse in meinen Kalender ein, dabei sprang mir beim Blättern der Termin für die Ankunft der Container in Japan ins Auge. Noch neunzehn Tage, und die würden verdammt schnell vorbei sein. Wenn Masuhara bis dahin nicht eingelenkt hatte, würde die Lagerung auch noch auf meine Kosten gehen. Und dann: Gute Nacht Marie.

Ich war froh, dass meine Gedanken vom Klingeln des Telefons unterbrochen wurden. Egal, wer da gerade was von mir wollte, alles war besser, als weiter in den Abgrund zu schauen. Zu meiner grenzenlosen

Freude war es Michiko. Als hätte sie es bis Japan gespürt, dass ich gerade schwer an mir und meinen Entscheidungen zweifelte.

„Michiko, ich bin so froh, dass du anrufst."

„Wie geht es dir? Gibt es Neuigkeiten von Ono, hat sich irgendwas bewegt?"

„Nein, aber es gibt Neuigkeiten von mir, falls du sie hören willst."

„Aber sicher."

Ich erzählte ihr, was in den letzten 48 Stunden passiert war. Dann war es erst mal am anderen Ende der Leitung still.

„Michiko, bist du noch da?"

„Ja, bin ich. Aber du legst ein solches Tempo vor, dass mir grad schwindelig wird."

„Was hätte ich anders machen sollen?"

„Eine fifty-fifty Zahlungsvereinbarung vielleicht?"

„Möchtest du jetzt auch noch darauf rumreiten? Ich bin kurz davor, mit dem Kopf gegen die Wand zu rennen, so dämlich komme ich mir vor."

„Das lass mal lieber sein. Dinge passieren, Marco. Du kannst es nicht mehr ändern. Lass uns lieber die neue Lage besprechen. Wie können wir es schaffen, Masuhara ins Boot zu holen. Eberhardter ist ja wohl nicht abgeneigt. Das wird ein dicker Baum, den wir bohren müssen."

„Brett. Man bohrt ein Brett."

„Ja, meinetwegen auch das."

„Ich habe morgen einen Termin mit Herrn Shimura."

„Das ist gut. Sprich mit ihm über alles. Vielleicht kann ich dann mit seiner Mannschaft in Japan schon mal die Wogen glätten und den Weg ebnen. Masuhara wird nicht begeistert sein. Und eins noch, hast du sämtliche Papiere, die mit dem Deal zusammenhängen?"

„Wie ich Karl kenne, wird er mir die erst aushändigen, wenn die Zustimmung beider Parteien vorliegt. Ich werde ihn trotzdem darum bitten. Das wird schon."

„Verbreitest du gerade Optimismus, den du nicht hast?"

„Ja, Michiko, das tue ich. Ich nenne es tätigen Irrsinn, habt ihr dafür auch ein Wort?"

„Zur Not erfinde ich eins für dich."

„Es ist doch schon toll, dass wir beide denselben Namen für die Firma haben. Das ist ein gutes Zeichen, oder"

„Ja, das ist es."

„Und sag mal, wie möchtest du dein Gästezimmer eingerichtet haben? Japanischer Stil oder europäisch?"

„Ich soll in deinem Büro übernachten, wenn ich nach Deutschland komme?!"

„Du kannst wohnen, wo du willst, am besten natürlich bei mir, aber ich dachte ... na ja ... vielleicht willst du ... Das Büro ist riesig, mit einer rundlaufenden Terrasse, mit Blick auf den Rhein."

„War ein Scherz, Marco. Hörst du den Gebührenzähler ticken? Wo ich wohnen werde, werden wir sehen, wenn ich da bin. Hängt ganz davon ab, wie du dich benimmst. Und jetzt lach mal wieder, mein seltsamer deutscher Ritter. Alles wird sich finden. Ich kann es kaum erwarten, dich wiederzusehen. Egal wo, Hauptsache, es ist gemütlich."

„Ich vermisse dich in jeder Sekunde des Tages."

„Ich dich auch."

„Atmen wir schon zusammen?"

„Sagen wir mal so – es wird ..."

Wir legten beide auf, bevor das noch zu einer endlosen Verabschiedungsarie wurde. Jetzt wusste ich immer noch nicht, wie ich das Zimmer einrichten sollte. Aber ich wusste, dass wenigstens etwas in meinem Leben wieder an Stabilität gewann. Mir ging es nach dem Telefonat mit Michiko viel besser, und um wie viel besser würde es mir erst gehen, wenn wir uns wiedersehen.

Ich kochte einen frischen Kaffee und machte mir ein Marmeladenbrot. Dann atmete ich tief durch und wählte die Telefonnummer von TransGlobal. Anne war am Telefon. „Ich weiß nicht, ob Herr Schumann Zeit für Sie hat", sagte sie steif.

„Na, dann fragen Sie ihn mal."

Ich konnte nicht glauben, wie sie sich mir gegenüber benahm. Einem Knacken in der Leitung folgte ein nicht sehr freundliches „Marco, was willst du?"

„Ich brauche die Unterlagen vom Masuhara-Projekt. Kannst du mir die bis morgen zusammenstellen, damit ich weitermachen kann? Ich hatte damit gerechnet, dass du die zur Vertragsunterzeichnung wenigstens in Kopie mitbringst."

„Die Unterlagen kannst du erst bekommen, wenn Masuhara und Eberhardter zugestimmt haben. Sollte dir doch klar sein."

„Mach's doch nicht so umständlich, Karl. Oder willst du gar nicht, dass ich die Kuh vom Eis kriege? Je länger ihr rumzappelt, desto größer ist die Chance, dass TransGlobal auf dem Schlamassel sitzen bleibt. Ist das dem Alten nicht klar? Was würdest du dann am Ende machen? Einem nackten Mann in die Tasche greifen?" Ich musste mich wirklich zusammenreißen, um meinem alten Freund nicht an den Hals zu springen, zumindest verbal.

„Ich werde das mit Kathrin besprechen. Die ist erst am Donnerstag wieder im Büro."

„Lass mich nicht hängen, das ist alles, was ich von dir will. Bleib fair. Ich hoffe, das kannst du."

„Warum sollte ich? Vor einer Stunde hat mir Irene die Kündigung hingelegt. Hast du die etwa abgeworben?"

„Was hat das jetzt mit den Unterlagen zu tun? Irene kann doch wohl machen, was sie will. Und wenn sie wirklich gekündigt hat, wäre ich ja schön blöd, sie nicht einzustellen, wenn sie morgen bei mir auf der Matte stehen sollte."

„Lüg mich nicht an. Bei allem, was man so hört, könnte es sein, dass ihr beide was miteinander habt."

„Wie kommst du auf diese irrsinnige Idee?"

„Tja, der Altstadtfunk ist die beste Informationsquelle. Ihr seid schwer miteinander gluckend im Schiffchen gesehen worden."

„Mach dich doch nicht lächerlich, Karl!"

„Wer weiß? Wo Rauch ist, ist auch Feuer. Ich werde sie freistellen müssen bei vollem Gehalt, das Risiko ist zu groß, dass sie hier noch über sechs Wochen arbeitet und dir alles brühwarm weiterreicht. Ich kann mir schon vorstellen, dass ihr beide eine Standleitung habt."

„Ach, soweit ich weiß, hat Kathrin nichts gegen Betriebsspionage. Frag sie mal, wen sie versucht hat, anzuheuern."

„Was? Von wem redest du?"

„Das kannst du auch am Donnerstag mit Kathrin besprechen. Und was Irene angeht – wirklich schade für euch, dass ihr sie nicht halten konntet."

Ich knallte den Hörer auf die Gabel und hob die Siegerfaust. Wenn Irene freigestellt wird, bezahlte TransGlobal sie noch bis Ende März, praktisch dafür, dass sie längst bei mir am Schreibtisch saß. Besser ging's doch gar nicht.

Und schon wieder klingelte das Telefon. Es war mein Nachbar aus der Cecilienallee, Professor Krumbigl.

„Ich wollte noch mal auf das Firmenschild zurückkommen, Herr Welter. Ich dachte, Sie kämen heute ins Haus ..."

„Leider nicht. Was gibt es denn, Herr Krumbigl?"

„Ich wollte vorschlagen, dass Sie den fünf Parteien im Haus Ihr Anliegen vortragen, am besten schon mit den genauen Maßen Ihres Schildes, und um eine außerordentliche Versammlung in den nächsten Tagen bitten. Am besten in Ihrem neuen Büro, damit alle sich das anschauen können. Die nächste ordentliche Versammlung wäre erst im April diesen Jahres. So lange wollen Sie doch wohl nicht warten."

„Herr Krumbigl, vielen Dank für Ihren guten Rat. Werde ich umgehend machen."

„Kekse und Kaffee und Käsekuchen vom Café Buschmann für Frau Schreiber wird sich bestimmt positiv auf die Stimmung auswirken. Ach, ja, und Herr Behnke hat gerne Tee, vorzugsweise Darjeeling mit einem Tröpfchen Sahne. Bei den anderen ist es egal."

„Wird alles so vorbereitet. Sind Sie sicher, Herr Krumbigl, dass Sie Mathematikprofessor sind?"

„Warum?"

„Bei Ihren Fähigkeiten würde ich eher auf einen Top-Spion und Unterhändler in schwierigen diplomatischen Fragen tippen."

„Wer weiß das schon, Herr Welter? Bitte nur keinen Termin an einem Mittwoch, da kann ich nicht."

„Ist notiert. Bis dahin, Herr Krumbigl. Für Sie wieder Waffelröllchen mit Schokolade?"

„Ich mag auch die Kekse mit Marmelade drin. Wir sehen uns."

Ich ging zu meinem provisorischen Wandplaner und schrieb: Kekse, Ochsenaugen, Käsekuchen, Buschmann, Darjeeling, Sahne Einladungen für Eigentümerversammlung wg. Firmenschild. Nicht an einem Mittwoch und setzte, einer plötzlichen Erkenntnis folgend, noch hinzu: 4. Auto kaufen! Mit einem dicken Ausrufezeichen. Fragte sich nur, was für eins. Etwas Schnittiges sollte es schon sein, aber ich konnte mein Geld nicht für meine Dumme-Jungen-Träume unter die Leute bringen. Rasant und vernünftig schloss sich eigentlich aus. Bevor ich dem Drang nachgab, mich sofort ins nächste Autohaus aufzumachen, legte ich meine Wünsche auf Eis und holte meine Reiseschreibmaschine, Papier und den Ordner mit der Aufschrift Cecilienallee aus dem Schrank und suchte die Liste mit den Namen meiner Nachbarn heraus. So lange Irene ihren Dienst noch nicht angetreten hatte, musste ich mich mit dem Einfinger-Adlersuchsystem begnügen. Ich kämpfte mich durch und nach einer Stunde hatte ich fünf Exemplare einer ausgesucht höflichen Einladung an meine Nachbarn fertig. Die Briefumschläge legte ich auf die Kommode in der Diele, damit ich nicht vergaß, sie am nächsten Tag einzustecken. Wäre doch gelacht, wenn nicht trotz allen Widerstandes, der mir im Augenblick entgegenwehte, wenigstens ein kleines Firmenschild drin wäre.

Mittwoch, 7. Februar 1979, Düsseldorf

Nach einem kurzen Umweg über die Cecilienallee, wo ich die Einladungen in die Briefkästen meiner Nachbarn geworfen hatte, brachte Jussef um 9.50 Uhr sein Taxi vor der japanischen Schule in Niederkassel zum Stehen.

„Was wollen wir denn hier, Herr Welter?"

„Ich treffe mich mit jemandem."

„Ist das die richtige Adresse?"

„Muss wohl." Ich schaute noch mal in meinen Kalender. „Ja, steht hier so. Dann gehe ich mal rein."

„Soll ich lieber warten?"

„Nicht nötig, wenn ich fertig bin, rufe ich an."

Ich stieg aus und machte mich auf den Weg, das Sekretariat zu suchen, um nach Herrn Shimura zu fragen. Die Japanerin, die mich in Empfang nahm, nickte und sagte: „Sie finden Shimura-san in der Turnhalle. Einfach hier den Gang entlang, bitte folgen Sie mir."

Ein bisschen irritiert war ich schon. Was hatte der Banker in einer Schule zu suchen?

Als wir uns der Halle näherten, hörte ich eins ums andere Mal lautes Krachen von Holz auf Holz und Geschrei. Die Dame öffnete die Tür, ich trat ein und war erstaunt, zehn kleine Samurai in voller Kampfmontur samt Helmen und langen Holzschwertern zu sehen, die sich höflich vor ihrem Lehrer verbeugten. Der Lehrer zog seinen Helm vom Kopf und winkte mir zu. „Ah, Herr Welter, kommen Sie. Setzen wir uns auf die Bank."

Ich war noch ganz fasziniert vom Anblick der Schüler, die leise und geordnet in Zweierreihen die Halle verließen, und folgte Herrn Shimura zu einer Holzbank, die am Ende der Halle stand.

„Meine nächsten Schüler kommen in zwanzig Minuten. Setzen Sie sich doch. Haben Sie schon mal Kendo gesehen?"

„Nur im Fernsehen. Und Sie sind ein Meister?"

„Ich vermittle den Kindern darüber japanische Kultur und ich wecke ihren Kampfgeist. Mein Beitrag zu unserer kleinen Gemeinde in Düsseldorf. Aber nun zu Ihnen, Herr Welter. Ich habe schon von meinen Leuten in Tokyo gehört, dass Sie Ihre Anteile an TransGlobal verkauft haben und jetzt mit Michiko ein neues Geschäft aufbauen. Und Sie haben den Masuhara-Deal übernommen. Das nenne ich mutig."

„Was noch zu beweisen wäre. Sie sind der Erste, der nicht sagt, dass ich verrückt bin."

Auf Herrn Shimuras Gesicht zeichnete sich ein feines Lächeln ab. „Michiko hat uns darum gebeten, bei Masuhara sozusagen für Sie zu werben, damit er dem Wechsel der Zuständigkeiten zustimmt."

„Richtig. Mit Herrn Eberhardter bin ich einig." Worüber, sagte ich lieber nicht. „Fehlt nur noch Masuhara. Das ist der erste Punkt, den ich ansprechen wollte."

Herr Shimura nickte. „Das kann ich gerne in die Wege leiten. Ich denke, dass Michiko da eine Idee hat und meine Leute in Tokyo sie unterstützen können."

„Vielen Dank. Das weiß ich sehr zu schätzen."

„Aber ich sehe Ihrem Gesicht an, dass Sie noch etwas auf dem Herzen haben."

„In der Tat. Vielleicht etwas ungewöhnlich oder auch zu forsch, aber Sie sind der Einzige, auf dessen Einschätzung und Sachkenntnis ich vertrauen kann."

„Ich bin gespannt, um was es geht."

„In Tokyo habe ich Ralph D. Delaney aus Amerika getroffen, der den Ratgeber 35 Dos and Don'ts geschrieben hat."

„Ah ja? Ich kenne das Buch."

„Er hat mir geraten, das Projekt Masuhara so hoch wie möglich aufzuhängen, quasi an die Regierungsebene anzudocken."

„Sie hatten es bereits kurz erwähnt. Also wollen Sie das immer noch?"

„Wenn es sein muss, möchte ich vorbereitet sein, diesen Schritt zu gehen. Können Sie mir dabei helfen?"

„Ich kann Ihnen eines sagen: In diesem Jahr soll das Handelsbilanzdefizit zwischen Japan und Amerika bei mehr als zwölf Milliarden Dollar liegen. Und das mit weiter steigender Tendenz. Die Carter-Regierung kommt durch die massiven Beschwerden amerikanischer Firmen über angeblich unfaire Handelspraktiken unserer Firmen unter Druck. Die amerikanische Seite spricht mittlerweile von gezielten Importbehinderungen seitens unserer Regierung. Da könnte meine Bank ansetzen. Nicht zuletzt sind wir indirekt direkt betroffen."

„Verstehe. Die Frage ist dann, was können wir tun?"

„Das weiß ich noch nicht. Das muss ich mit meinen Leuten in Tokyo besprechen. Wie sieht es denn mit Ihrer deutschen Botschaft aus?"

„Mit denen habe ich noch nicht geredet, aber mit unserer Industrie und Handelskammer in Tokyo. Ich bin nicht richtig weitergekommen. Ralph Delaney meinte wohl damit, dass Ihr Wirtschaftsministerium Interesse an dem Fall haben müsste."

„Um den Druck von allen Seiten auf die japanische Regierung zu entschärfen, will das MITI tatsächlich den Import heftig ankurbeln und Hemmnisse abbauen."

„Da wäre doch mein Projekt ein typischer Fall."

„Herr Welter, ich möchte gerne helfen, allerdings nur im Rahmen unserer Möglichkeiten. Wie gesagt, lassen Sie mich das besprechen. Was Sie tun können, wäre, das Projekt schon mal chronologisch aufzubereiten. Wir würden für ein Gespräch mit dem Ministerium Unterlagen wie Verträge usw. benötigen. Japaner, Welter-san, brauchen Evidenz und müssen dazu die Fakten in allen Einzelheiten belegen können."

„Das hat mir Michiko auch schon gesagt. Ich besorge die Unterlagen und melde mich bei Ihnen, so schnell es geht. Danke für Ihre Unterstützung."

„Mache ich gerne. Aber versprechen Sie sich nicht zu viel davon. Wenn Sie wollen, bleiben Sie doch noch ein paar Minuten und schauen uns zu. Meine Schüler müssten jeden Augenblick kommen."

Ich gab Herrn Shimura die Hand. „Ich will Sie ungern beim Unterricht stören und sage schon mal auf Wiedersehen."

Er nickte, und wie auf Stichwort erschien eine neue Trainingsgruppe, die vor ihrem Lehrer Aufstellung nahm. Ich wartete noch die Begrüßung ab und war von den ersten Übungen, die darauf folgten, fasziniert und begeistert und hätte am liebsten noch länger zugeschaut. Aber die Zeit drängte, ich musste mich um die Unterlagen kümmern. Ich nickte Herrn Shimura noch mal zu, dann schlich ich mich hinaus.

Jussefs Taxi stand noch immer vor der Schule.

„Was machen Sie denn noch hier, Jussef?"

„Ich habe keine neue Fahrt bekommen. Wie war es drinnen? Haben Sie gefunden, was Sie gesucht haben?"

„Kann man so sagen. Und jetzt ab nach Hause. Es gibt viel zu tun."

Dort angekommen, hängte ich mich ans Telefon, um Eberhardter anzurufen. Wenn Karl sich zierte, mir die Unterlagen zu geben, musste ich sie mir eben auf anderem Weg besorgen. Ich wurde vom Sekretariat sofort durchgestellt und schon schallte mir seine energiegeladene Stimme entgegen.

„Der Marco! Hat sich etwas getan?"

„Hallo Walter, noch nichts Weltbewegendes, aber ich stiele gerade etwas mit Shimura ein. Dafür brauche ich deine Hilfe."

„Was darf es denn sein?"

„Die kompletten Unterlagen über den Deal mitsamt der Korrespondenz."

„Das liegt doch alles bei TransGlobal."

„Tut es, Walter, aber Karl will nichts rausrücken. Vorerst nicht. Das dauert mir alles zu lange. Je eher Shimura die Unterlagen hat, desto schneller kann er reagieren. Wir haben nämlich vor, eventuell über das japanische Wirtschaftsministerium eine Beschwerde einzureichen, wenn Masuhara weiter stur bleibt."

„Ui, ui, ui … jetzt gehst du aber in die Vollen, was?"

„Bleibt uns denn was anderes übrig? Ich weiß, dass die Amerikaner auch schon dran sind."

Eberhardter schwieg. Ich konnte es regelrecht in seinem Kopf rattern hören. Schließlich sagte er: „Du hast recht. Ich lasse dir die Unterlagen zusammenstellen. Wo sollen wir die hinschicken?"

„Am besten eine Kopie zu mir und eine zur Dainichi Kokusai Bank per Express."

Ich gab ihm die Adressen durch.

„So machen wir es, Marco."

„Ich danke dir, Walter. Wir hören voneinander."

Kaum hatte ich das Gespräch beendet, klingelte das Telefon erneut.

„Hallo, hier Welter."

„Michiko hier. Polo ich wollte dir nur sagen, dass ich ein kleines Büro in einem Neubau am Hauptbahnhof von Yokohama in bester Lage gekauft habe. Die Firmengründung kann ich gleich morgen angehen. Das läuft bei uns ziemlich schnell."

„Wieso gekauft und nicht gemietet?"

„Wie sonst könnte ich eine Firmenadresse nachweisen? Erstens war kaufen die schnellere Option und zudem auf lange Sicht betrachtet die preiswertere Lösung. Du kannst dir ja nicht ausmalen, was eine Büromiete hier kostet. Das ist ein sogenanntes One-Room-Mansion. Neunzehn Quadratmeter groß, mit Unit-Bath wie im Hotel New Otani, kleine Junggesellenküche, Klimaanlage ist im Fenster eingebaut."

„Neunzehn Quadratmeter? Das ist ja ein Besenschrank."

Michiko lachte. „In Tokyo und Yokohama ist das Luxus, mein Lieber. Nachher kaufe ich einen kleinen Schreibtisch, einen Sessel, ein Regal und eine Couch zum Ausziehen. Dann kannst du da übernachten, wenn du in Japan bist."

Meine Gedanken kreisten um 19 Quadratmeter Wohnklo mit Schlafküche.

„Aber das ist doch gar nicht repräsentativ, Michiko."

„Wozu auch? Niemand wird sich im Büro mit mir treffen wollen. Wir besprechen unsere Deals bei unseren Kunden."

„Wenn du es sagst."

„Wie groß ist denn dein Düsseldorfer Büro?"

„Zweihundertzwanzig."

„Was?"

„Quadratmeter."

„Verrückt. Vollkommen verrückt."

„Und was kosten die 19 Quadratmeter?"

„Zwölf Millionen Yen. Das sind umgerechnet ca. 140.000 D-Mark."

„Und die hast du bezahlt?"

„Natürlich. Ich verdiene sehr gut und habe im Laufe der Jahre einiges zurückgelegt."

„Wahnsinn."

„Übrigens, das Büro ist in der 4. Etage und hatte eigentlich die Nummer 404. Aber Vier heißt auf Japanisch shi, das bedeutet auch Tod. Deshalb war der Raum auch noch frei. Keiner wollte ihn als 404 kaufen. Ich habe so lange verhandelt, bis sie 10% Nachlass auf den Kaufpreis gewährt haben und aus der 404 eine 403 B gemacht haben. Und deswegen ist es sogar ein Schnäppchen. Wer hätte da noch nein gesagt?"

„Verrückt. Aber danke, dass du an mich gedacht hast wegen der Couch. Denk dran, die muss lang sein."

„Ich fürchte, Polo, bei den Maßen in Japan werden deine Füße immer über den Rand hängen."

Wir mussten beide lachen bei der Vorstellung. Nachdem wir uns wieder beruhigt hatten, kam ich endlich dazu, Michiko auf den neuesten Stand der Entwicklungen zu bringen. Sie staunte nicht schlecht, dass auch Shimura es nicht für unmöglich gehalten hatte, das MITI einzuschalten.

„Shimura wird sich bei dir melden, Michiko. Und dann sehen wir weiter. Ich überlege, nachdem ich bei meinem Notar, Vito, gewesen bin, nach Japan zu kommen, um dich, das neue Büro und Masuhara in neuer Konstellation zu sehen."

„Nicht notwendig. Ich fliege in zwei Wochen nach Europa. Ich kann ein paar wichtige Leute vom Patentamt in Tokyo nach Paris begleiten. Da hätte ich auch Zeit für dich. Die Herren sind relativ anspruchslos und werden zeitweise von der japanischen Botschaft betreut. Ich bin da nur das Kindermädchen auf Abruf."

„Oh? Okay. Wann soll ich in Paris sein?"

„Am besten vom 19. Februar bis zum 22. Wir können uns Montagabend zum Essen treffen. Dienstag, ab 15 Uhr, bin ich frei."

„Das wird knapp. Bis dahin müssen wir die Kuh vom Eis haben. Am 25. Läuft das Schiff in Yokohama ein. Ach, weißt du was? Ich komme auf jeden Fall nach Paris. Entweder wir beide trinken Champagner oder ich werfe mich in die Seine. Je nachdem, wie es ausgeht. Ich muss nur noch ein neues Auto kaufen. Meinen Firmenwagen musste ich ja abgeben."

„Aha?"

„Was hättest du lieber, Michiko? BMW oder Mercedes?"

„Keinen von beiden. Schau mal nach einem Datsun Fairlady 260 ZX. Ich gebe dir die Telefonnummer des Verkaufschefs in Wesseling. Guck dir das Auto mal an. Der flotteste Nissan auf vier Rädern. Wird dir gefallen."

Ich notierte brav alles, was Michiko mir in den Stift diktierte.

„An ein japanisches Auto habe ich gar nicht gedacht."

„Hättest du aber sollen. Eine gewisse CI kann nicht schaden. Viel Glück beim Notar."

„Und du viel Glück mit Masuhara. Ach, Michiko, welche Farbe?"

„Rot."

„Was auch sonst? Wir sehen uns in Paris."

War das zu fassen? Wir hatten ein Büro in Düsseldorf und eins in Yokohama. Das, mein lieber Karl, musst du uns erst mal nachmachen! Firmengründung in Düsseldorf kann doch jeder.

Ich ging in die Küche, warf zwei Scheiben Brot in den Toaster und holte ein Glas Nutella aus dem Schrank. Dann nahm ich den dicken Filzstift und strich Firmengründung, Yokohama, Düsseldorf und Einrichtung Büro auf dem Tapetenplan durch und schrieb unter alles Paris 19.-22. Und wenn nicht schon wieder das Telefon geklingelt hätte, hätte ich bestimmt ein Herz auf die Tapete gemalt. Stattdessen lief ich ins Wohnzimmer und ging ran. Alles, was ich durch den Hörer mitkriegte, war ein heiseres Flüstern.

„Wer ist denn da?", fragte ich.

„Ich bin's, Irene. Karl stellt mich mit sofortiger Wirkung frei. Gehalt bis 31.März. Ich könnte gegen drei bei Ihnen sein."

„Nee, kommen Sie lieber ins neue Büro", flüsterte ich zurück.

„Warum flüstern Sie denn, Chef?"

„Aus Solidarität. Ich muss jetzt gleich zur Bank, Firmenkonto eröffnen. Wir sehen uns in der Ceci."

„Okay, in der Zwischenzeit spreche ich schon mal bei der Post vor und bestelle die Anschlüsse für Telefon und Telex. Bis dann, Chef."

Ich warf den Hörer auf die Gabel und rannte in die Küche, wo schwarzer Rauch aus dem Toaster kam. Na gut, in der Not schmeckt die Wurst auch ohne Brot, dachte ich, und löffelte Nutella aus dem Glas, denn viel Zeit hatte ich nicht mehr, wenn ich pünktlich bei Herrn Lechner sein wollte.

Zwanzig Minuten später stand ich am Hofgarten vor den schmiedeeisernen Türen der Privatbank Hauser & Friedmann. Ich wischte mir ein letztes Mal über die Mundwinkel, damit nur ja keine Schokoreste an mir hafteten, und wurde nach dem Eintreten sogleich in Herrn Lechners Büro geführt. Kaum hatte ich mich hingesetzt, brachte die Sekretärin Tee und Gebäck.

„Herr Welter, wie schön Sie zu sehen. Kann ich dem entnehmen, dass Ihr Ausstieg bei TransGlobal stattgefunden hat?"

„Ja, Herr Lechner. Der Vertrag wurde gestern unterschrieben. Morgen bin ich bei meinem Notar zur Anmeldung der neuen Firma. AEC, Asian European Connection. Und deshalb möchte ich jetzt schon alles für das neue Firmenkonto bei Ihnen in die Wege leiten."

„Ich befürchte, das ist ein wenig zu früh, Herr Welter. Wir benötigen den Handelsregisterauszug. Und falls Sie einen Kredit benötigen, auch Ihren Businessplan."

„Hm. Ich würde die Dinge gerne beschleunigen. Wir wäre es, wenn ich mein Privatkonto zu Ihnen übertrage, hilft das?"

„Sehr nett von Ihnen, doch ohne Handelsregisterauszug können wir leider für die neue Firma nicht aktiv werden. Es sei denn, wir machen eine vorläufige, inaktive Kontoeröffnung, dann geht es bei Übergabe des Handelsregisterauszugs ganz schnell."

„Das wäre schon mal ein Schritt in die richtige Richtung. Denn Handelsregisterauszüge dauern etwas, wie Sie sicherlich wissen. Einen Kredit benötige ich allerdings nicht."

„Sehr gut. Können Sie nach dem Notartermin wieder herkommen und den Vertrag mitbringen? Ich sehe zwischenzeitlich, was ich für Sie tun kann und bereite alles so weit vor."

„Das mache ich, Herr Lechner. Wir sehen uns so bald wie möglich."

So ganz zufrieden verließ ich das Bankhaus nicht. Mit dieser Verzögerung hatte ich nicht gerechnet. Aber was soll's? Die Dinge waren, was sie sind. Und jetzt waren sie etwas auf gebremstem Schaum unterwegs. Shoganai, würde Michiko sagen.

Wenig später saß ich in Vitos Büro. Er kaute auf einem Bleistift herum, während er meinen Ausstiegsvertrag las. Ich war schon beim dritten Espresso, als er endlich aufschaute. „Sieht vordergründig ganz gut aus. Aber ich hätte zumindest eine Fifty-fifty-Zahlung ausgemacht."

„Ich wollte Gregorius nicht noch mehr auf die Palme bringen. Dem Alten zwei Millionen aus dem Kreuz zu leiern, war schon schwierig genug."

Vito beugte sich über den Schreibtisch und zielte mit dem Bleistift auf meine Brust. „Und deswegen hast du dich auch darauf eingelassen, dass Masuhara und Eberhardter zustimmen müssen? Bist du des Wahnsinns fette Beute? Was machst du, wenn sie das nicht tun, ragazzo? Hm?!"

„Das wird nicht passieren."

„Marco!"

„Was? Es steht ja auch drin, dass nach erfolgreichem Abschluss des Masuhara-Deals eh alles an mich geht."

„Was ja auch noch in den Sternen steht. Du sitzt auf der Rasierklinge, mein Lieber."

„Ich sitz da immer gut."

„Deine Nerven möchte ich haben. Ich hoffe für dich, dass das gut geht. Dann schreiten wir mal zur Firmengründung."

Wie nicht anders zu erwarten, hatte er bereits alles vorbereitet, und in weniger als einer Stunde waren wir damit durch. Ich nahm meine Kopie und verabschiedete mich.

„Wann gehen wir wieder zum Squash, Marco? Ich hätte nicht übel Lust, dir ein paar Bälle um die Ohren zu hauen."

„Sobald die Kuh vom Eis ist. Bis dahin muss alles warten. Aber du kannst gerne, wenn dir danach ist, im neuen Büro vorbeikommen. Sobald es wärmer wird, wirst du nur noch auf meiner Terrasse liegen wollen."

„Okay. Bin wirklich gespannt. Ciao ragazzo."

Ein Blick auf die Uhr sagte mir, dass es für einen erneuten Besuch bei Herrn Lechner leider schon zu spät war. Also lenkte ich meine Schritte in Richtung Cecilienallee. Irene musste wohl schon da sein, denn ich sah Licht in der dritten Etage.

Immer drei Stufen gleichzeitig nehmend eilte ich die Treppe hinauf. Kaum dass ich durch die Tür war, kam sie auf mich zu und hielt mir ein Tablett mit frischen Berlinern unter die Nase. Ihr Lächeln wirkte etwas gequält. Ich nahm einen. „So, wie Sie gucken, Irene, gibt es irgendwas Unerfreuliches."

„Kann man wohl sagen. Das mit dem Telex und Telefonanschluss und der Installation der Telefonanlage kann dauern."

„Wie lange?"

„Ich sag es ungern, Chef, ein bis zwei Monate."

Ich biss in den Berliner und die Marmelade quoll mir aus den Mundwinkeln. Vor Schreck hätte ich mich beinahe verschluckt.

Irene reichte mir wortlos eine Papierserviette.

„Kann man da nichts beschleunigen?", sagte ich, während ich mir den Mund abwischte.

„Ich könnte mit dem Fernmeldeamt telefonieren, die Nummer habe ich. Ob es helfen wird, wenn ich auf die Tränendrüse drücke? Wer weiß?"

„Mist. Wir müssen improvisieren."

„Und wie?"

„Küchentisch in der Altstadt. Da können wir wenigstens telefonieren. Und gleich um die Ecke in der Hunsrückenstraße gibt's das kleine Hotel Heine. Die haben ein Telex und den Chef kenne ich gut, das wird schon gehen."

„Gute Idee. Bin dann morgen ab 10 Uhr bei Ihnen einsatzbereit. Denn ein Gutes gibt es, der Kopierer wird morgen um neun hier angeliefert. Der Mietvertrag liegt auf Ihrem Schreibtisch. Bitte unterschreiben."

Ich ging in mein zukünftiges Büro und setzte meinen Otto unter alle Kopien.

„Eigentlich müssten wir ein Foto machen, Irene. Meine erste Amtshandlung im neuen Büro."

Sie lehnte im Türrahmen. „Gar nicht eitel, der Herr, was? Kommen Sie, ich habe frischen Kaffee gemacht. Sie krümeln hier auch wieder alles voll."

Ich zog meinen Mantel aus und folgte ihr in die Küche.

„Gibt es noch irgendwelche Katastrophen?"

„Setzen Sie sich erst mal."

Ich klemmte mich an den Küchentisch. Irene nahm einen Briefumschlag von der Anrichte und schob ihn über den Tisch. „Der ist von Karl. Er hat mir den Brief geradezu aufgenötigt. Sozusagen meine letzte Amtshandlung für TransGlobal."

„So, wie Sie das sagen, wird der Inhalt dazu führen, dass ich den Überbringer der schlechten Nachrichten einen Kopf kürzer machen werde?"

„Könnte sein."

Ich riss den Umschlag auf. Es war die Rechnung über die 2,8 Millionen, die mir Masuhara seinerzeit in Tokyo über den Tisch geschoben hatte. Jetzt war sie ausgestellt auf mich. Karl traute sich was. „Haben Sie das gewusst?"

„Ja, hab ich. Anne hat an dem Morgen von nichts anderem geredet. Hm, das war, bevor Karl mir die Tür gezeigt hatte. Angeblich spioniere ich ihn aus. Sie können sich gar nicht ausmalen, was der für ein Fass aufgemacht hat. Anne ist wieder heulend in der Toilette verschwunden. Ich habe meine Sachen zusammengepackt, meine Papiere genommen und bin gegangen, ohne ihm auf Wiedersehen zu sagen. Bin gespannt, wie mein Arbeitszeugnis ausfallen wird. Das bekomme ich aber erst im März. Karl ist wirklich auf dem Kriegspfad."

„Oh, Mann, das tut mir leid für Sie. Aber jetzt wird alles besser – oder sagen wir, mindestens fast wieder normal."

„Was machen Sie jetzt mit der Rechnung?"

„Einrahmen?"

„Chef, wie können Sie da nur so ruhig bleiben?"

„Bin ich gar nicht, Irene. Das sieht nur so aus. Gut, wenn wir hier nichts weiter ausrichten können, essen wir unsere Berliner und trinken unseren Kaffee und dann gehen wir einfach nach Hause."

Aus meiner Jackentasche holte ich einen Umschlag und übergab ihn Irene.

„Was ist da drin?"

„Tausend Mark, legen Sie bitte eine Portokasse an und nehmen sich schon mal Geld für Kuchen und Bürokram usw. heraus. Gleich als Erstes schreiben Sie morgen Ihren Vertrag und eine Vollmacht, damit Sie in meinem Namen Dinge bestellen können und was sonst noch so alles anfällt, wenn ich nicht da sein sollte. Und ich werde nicht da sein, und zwar vom 19. bis 22., da bin in Paris. Buchen Sie mir ein kleines Hotel in der Nähe der Oper."

„Aha? Privat oder geschäftlich?"

„Beides. Und wenn Sie's genau wissen wollen: Ich treffe Michiko dort. Zufrieden?"

„Ich bin immer zufrieden, wenn es meinem Chef gut geht."

„Ihre Bankvollmacht machen wir, wenn das Firmenkonto eröffnet ist … und bevor ich es vergesse: Am Sonntag findet in diesen heiligen Hallen eine außerordentliche Eigentümerversammlung statt. Wir müssen einen guten Eindruck machen. Es geht um das Firmenschild. Ich habe eine Liste, was alles noch besorgt werden muss. Sind Sie dabei?"

Endlich lächelte Irene wieder. „Ja", sagt sie, „bin ich gerne. Das fühlt sich fast normal an."

Eine Stunde später trennten wir uns vor der Haustür in der Cecilienallee. Zu Fuß ging ich zur Goltsteinstraße und klingelte kurz nach 17 Uhr bei TransGlobal. Anne öffnete mir die Tür. „Der Herr Schumann ist schon nach Hause gegangen und Irene arbeitet hier nicht mehr", sagte sie.

„Das macht nichts, Anne." Ich schob ihr den Umschlag mit der Rechnung in die Hand. „Den können Sie meinetwegen in den Reißwolf werfen. Das können Sie Karl auch gerne ausrichten."

Bevor sie mir die Rechnung zurückgeben konnte, drehte ich mich um und lief die Treppe hinunter.

„Aber, Herr Welter, das geht doch nicht", rief sie mir hinterher.

„Doch, Anne, das geht alles. Und falls Karl was einzuwenden hat, soll er gerne persönlich mit mir sprechen. Er findet mich in meiner Wohnung in der Altstadt, falls er sich da hintraut. Wiedersehen."

Während meines Marsches in Richtung Altstadt kam mir schon der Gedanke, dass das gerade nicht wirklich effektiv gewesen war. Aber man durfte seinem Unmut auch mal Luft machen. Was Karl sich dabei gedacht hatte, würde ich wohl nie erfahren. Und es musste mir ab diesem Punkt der Geschichte auch egal sein.

Als ich durchgefroren nach Hause kam, hatte ich auf dem Anrufbeantworter eine Nachricht von Herrn Shimura. Er lud mich für den nächsten Tag zum Mittagessen im Nippon Kan ein. Ich rief schnell zurück und bestätigte den Termin.

Dann wählte ich die Nummer der Nissanvertretung und vereinbarte mit dem Verkaufsleiter für den nächsten Nachmittag einen Besichtigungstermin.

Mein Magen schlug Purzelbäume, denn bis jetzt hatte er nichts anderes gesehen als Nutella, Berliner Ballen und Kaffee. Im Gefrierfach fand ich eine Fertigpizza. Die musste für den Abend reichen. Und ab morgen, nahm ich mir vor, musste es wieder besseres Essen geben, sonst würde ich noch vom Fleisch fallen.

Ich schob die Pizza in den Backofen und drehte den Regler auf. In der Zwischenzeit kam mir in den Sinn, könnte ich Ralph D. Delaney anrufen. In Texas war es Mittagszeit. Ich kramte in meinem Kalender nach seiner Visitenkarte und wurde fündig. Am anderen Ende der Leitung meldete sich eine tiefe, raue Frauenstimme, die sich eher nach einer Bardame anhörte als nach einer Sekretärin. Ich fand es auch ungewöhnlich, kaum dass ich meinen Namen und mein Anliegen vorgetragen hatte, mit ‚Honey' betitelt zu werden. Elaine, so hieß die Sekretärin, stellte mich durch, aber nicht ohne ein rauchiges „Have a nice day, honey", an mich zu richten. Ein paar Sekunden später hatte ich Ralph in der Leitung. „Marco! Ich hoffe, du hast deine Koffer schon gepackt. Ich brauche ein paar Leute auf der Ranch." Er schickte ein kehliges Lachen hinterher.

„So weit ist es noch nicht. Schade für dich."

„Dann lädst du mich zur Hochzeit ein? Weil ich das Versöhnungsgeschenk so gut ausgesucht habe?"

„Leider nein, Ralph."

„Oops. War die Farbe falsch?"

„Sagen wir es mal mit deinen Worten: Die Dame hatte längst ihr Pferd gesattelt und war auf und davon. Der Letzte, der es gemerkt hat, war ich."

„Das kann passieren. Was kann ich dann für dich tun?"

„Erzähl mir was über die amerikanischen Anstrengungen, sich beim MITI über die Japaner zu beschweren."

„Du bist ja lustig."

„Bin ich meistens."

„Was krieg ich dafür?"

„Kommt drauf an. Ich brauche zumindest die Namen der Firmen, die sich daran beteiligen. Und am besten auch den Grund der Beschwerden und eventuell noch, welche Anwaltskanzleien sich darum kümmern, oder welcher Senator oder wer auch immer dafür zuständig ist bei euch. Damit könnte ich meine Beschwerde untermauern. Es ist immer gut, wenn die Gegenseite merkt, dass sich da was zusammenbraut und man nicht der Einzige ist. Argumentationshilfe, du verstehst?"

Ich hörte, wie am anderen Ende der Welt mein seltsamer Teilzeitmönch tief ein- und ausatmete.

„Sei ehrlich, Ralph, du weißt es nicht", sagte ich.

„Ralph D. Delaney redet nie über Dinge, von denen er keine Ahnung hat, das solltest du dir hinter die Ohren schreiben, mein Freund."

„Okay. Dann haben wir einen Deal?"

„Du hast immer noch nicht gesagt, was ich dafür kriege, Cowboy."

„Was würde dich denn überzeugen? Tausend Dollar? Länger als eine Stunde wirst da ja nicht dafür brauchen."

„Du kriegst die Liste und ich lass mir was einfallen."

„Das klingt bedrohlich."

„Ist es auch. Ich könnte mir vorstellen, ein neues Buch zu schreiben: How to do Business with the Krauts."

„Klingt doch gut."

„Und du wirst mir dabei behilflich sein, sagen wir als Kontaktmann in Düsseldorf."

„Wenn es weiter nichts ist, bist du herzlich willkommen. Ich habe sogar ein schönes Gästezimmer, mit Balkon und Blick auf den Rhein."

„Freu dich nicht zu früh. Und noch eins: Was nachher über den Ticker geht, hast du nicht von mir."

„Natürlich nicht, Ralph. Obwohl, es ist doch kein Staatsgeheimnis? Oder etwa doch?"

„Das nicht. Aber ich trete generell nicht gerne in Erscheinung. Alle Welt weiß, dass ich ein Quell des Wissens bin, aber es ist immer gut, wenn man sich bedeckt hält. Du verstehst?! Ich geb dich zurück an Elaine, der kannst du sagen, wohin ich das Telex schicken soll. Sei nett zu ihr."

„Bin ich doch immer. Die hat ja eine Stimme, dass sich einem die Nackenhaare kräuseln. Hast du die aus einer Bar abgeworben?"

„Nein, mir gehört die Bar. Elaine managt sie und mich, während ich im Hinterzimmer meinen Geschäften nachgehe. Für's Offizielle habe ich noch ein großes Büro in der City, aber da bin ich selten."

„Das wird immer verrückter, Ralph."

„Man tut, was man kann, Marco. Wir sehen uns."

„Ich danke dir, Ralph."

Ich gab Elaine die Telexnummer vom Hotel Heine durch. Am Ende des Telefonats musste ich ihr versprechen, irgendwann auf einen Drink nach Austin zu kommen. Sie mochte europäische Männer wegen ihrer guten Manieren, sagte sie.

Ja, Elaine, irgendwann komme ich bestimmt mal vorbei. Vielleicht auf meiner Hochzeitsreise. Hoffentlich bist du dann nicht enttäuscht.

Ich legte auf und wählte das Hotel Heine an, um dem Portier mitzuteilen, dass in den nächsten Stunden ein Telex für mich reinkommen würde, und bat um einen Anruf, egal zu welcher Uhrzeit.

Kaum hatte ich aufgelegt, bemerkte ich den Brandgeruch aus der Küche. Ich konnte gerade noch verhindern, dass der Backofen in Flammen aufging, riss die Fenster auf und wedelte den Rauch mit einem Geschirrtuch hinaus. Hilde würde sich freuen, wenn sie den festgebrannten Aschehaufen auf dem Backblech sah.

Donnerstag, 8. Februar 1979, Düsseldorf

Irenes Ankunft erlöste mich von Hildes nicht enden wollender Schimpftirade über meine Küchenmissgeschicke. Gott sei Dank widmete sie sich gerade dem Bad. Das war weit genug von der Küche entfernt. Da hörte ich nur noch die Hälfte von dem, was sie von sich gab.

„Puh, das war eine knifflige Operation, den Kopierer in den kleinen Raum zu kriegen. Aber jetzt steht er und alles funktioniert."

Bevor ich ihr zu Hilfe eilen konnte, wuchtete Irene eine große Tasche auf den Küchentisch. „Ich hab mal schnell noch Büromaterial eingekauft. Für die Ceci bestelle ich noch. Aber wir brauchen ja jetzt was für hier."

„Sie denken aber auch an alles."

Es klopfte an der Wohnungstür.

„Ach, das ist Jussef", rief Irene, „Er bringt eine elektrische Schreibmaschine aus dem Büro. Ich kann hier nicht an Ihrer Reiseschreibmaschine versauern. Da werden mir ja die Finger steif, bei dem harten Anschlag. Herr Jussef, kommen Sie bitte, das Ding muss in die Küche."

Hilde kam mit einem nassen Feudel aus dem Bad, stemmte die Fäuste in die Seiten und sagte: „Sie machen ja alles wieder durcheinander." Sie zeigte auf Jussefs nasse Fußabdrücke in der Diele.

„Äh, Hilde, ja, das wird jetzt ein paar Wochen so sein, danach ist alles wieder okay", sagte ich schnell.

Sie warf sich den nassen Lappen über die Schulter und ging zurück ins Bad. „Das will ich auch hoffen. Es ist bei TransGlobal schon kaum mehr auszuhalten vor lauter Chaos. Und jetzt auch noch das hier."

„Klingt wie meine Mutter", sagte Jussef.

Ich eilte Hilde hinterher. „Hildchen, Frau Schenk. Ich verspreche, es wird sich alles wieder finden."

Sie hockte auf dem Badewannenrand und war den Tränen nahe. Ich setzte mich daneben. „Was ist los?"

„Ach", schniefte sie. „Ich sag lieber nichts."

Ich wartete einen Moment, denn das war immer die Ankündigung dafür, dass sogleich jede Menge gesagt werden würde. Und ich lag mit meiner Vermutung auch diesmal richtig.

„Also, es geht drunter und drüber. Diese Kathrin … also … entschuldigen Sie, Herr Welter, aber das muss mal gesagt werden, auch wenn es Ihre Ex-Verlobte ist, die bringt alles durcheinander. In Ihrem Büro sind die Maler und machen alles dreckig, jeden Tag. Jeden Tag sag ich: ‚Legen sie doch verdammich mal Papier oder eine Plane …', aber nein! Und wenn ich das Kathrin sage, dass das so nicht geht, dann sagt sie: ‚Wofür bezahle ich Sie eigentlich?' Aber so ruinierte Teppiche kriege ich auch nicht wieder hin. Sie will alles neu, neu, neu … Und dann wird umgeräumt, und Anne weiß nicht, wo ihr der Kopf steht … Vor ein paar Tagen war doch noch alles normal."

Ich konnte sie gut verstehen und sagte: „Das gibt sich wieder. Und eins kann ich Ihnen sagen, Hilde, wenn es gar nicht mehr geht, dann habe ich ein anderes Büro für Sie, das Sie putzen können. Mein neues Büro. Dann brauchen Sie sich Kathrin nicht mehr anzutun. Irene wird Ihnen einen Schlüssel nachmachen, und dann gehen Sie mal gucken, ob Ihnen das zusagt. Aber bis dahin geht es hier eben auch drunter und drüber. Das kriegen wir doch hin, oder?"

Sie schniefte noch mal vernehmlich und wischte sich mit dem Lappen über die Stirn. Dann straffte sie die Schultern. „Ich habe den Krieg überlebt, ich werde auch das hier überleben."

„Danke, Hilde. Bis dahin mache ich erst mal einen Kaffee für Sie."

„Und jetzt raus hier, Herr Welter. Sonst werde ich ja nie fertig. Ich muss ja auch noch für Sie einkaufen gehen."

Der Kaffee lief schon, als ich in die Küche kam. Jussef saß am Küchentisch, während Irene ihren Bürokram sortierte.

„Ich wollte nur fragen, ob Sie mich heute noch mal brauchen, Herr Welter", sagte er.

„Allerdings. Wir fahren am Nachmittag ins Autohaus. Ich kaufe einen neuen Wagen."

„Das gefällt mir. Ich bin Autoexperte", sagte Jussef. „Bis später also, rufen Sie mich einfach über die Zentrale an. Auf Wiedersehen Frau Irene. Falls Sie wollen, heute Abend macht mein Cousin im Restaurant einen Lammbraten aus dem Holzofen. Ich könnte Sie abholen."

„Das klingt gut. Sehr gut sogar. Aber ich weiß noch nicht, ob das klappt. Ich melde mich."

Jussef rieb sich die Hände und stolzierte hinaus. „Sie werden es nicht bereuen. Der beste Lammbraten weit und breit."

Ich schaute ihm hinterher und dann Irene an. Als die Tür hinter ihm zugefallen war, sagte ich: „Läuft da was?"

„Wie kommen Sie darauf?"

„Hm. Sie haben Lippenstift aufgelegt und Jussef trägt einen Anzug."

„Das geht Sie gar nichts an, Chef." Irene stach mir mit dem Zeigefinger in die Brust und grinste. Ich schüttelte amüsiert den Kopf. „Ich will nur sagen, dass er eventuell eine oder zwei Frauen und zehn Kinder hat. Wenn nicht hier, dann in seiner Heimat."

„Was Sie alles wissen wollen. Und nein, hat er nicht. Weder hier noch dort. Er ist ein Witwer ohne Kinder. Hat der Cousin gesagt, der den Kopierer gebracht hat. Sie werden es nicht glauben, Jussef hat ihn vorgeschickt, um mich auszuhorchen, ob ich verheiratet oder sonst wie vergeben bin."

„Ist ja niedlich."

„Finde ich auch. Und jetzt zu meinem Vertrag und vielen anderen Dingen, Chef. Wonach riecht das hier überhaupt so streng?"

Ich zeigte hinter mich. „Backofen. Die Pizza hat es nicht überlebt."

„Aha."

„Bevor Sie anfangen, wäre es nett, Sie würden das Telex schnell abtippen, mit Durchschlag, bitte. Brauche ich für das Treffen mit Herrn Shimura. Aber schreiben Sie nicht den Absender dazu." Ich gab ihr die meterlange Telexfahne, die ich schon in Allerherrgottsfrühe vom Hotel Heine abgeholt hatte.

„Und die Antwort?"

„Die habe ich im Kopf. Sie lautet einfach nur Danke. Das erledige ich gleich auf dem Weg. Ach ja, und das Päckchen da auf der Anrichte, da sind die Unterlagen von Eberhardter drin. Kam heute früh per Express. Ich werfe mich jetzt in den Anzug."

„Sind Sie irgendwo zu erreichen, wenn was ist?"

„Hm. Erst bin ich bei Hauser & Friedmann, danach im Nippon Kan. Wenn Sie was zu essen haben möchten, sagen Sie Hilde Bescheid, die geht gleich einkaufen. Zahlen Sie's aus der Portokasse. Sie können ihr den Schlüssel für die Ceci mitgeben, damit sie einen für sich nachmachen lässt."

„Was Karl wohl dazu sagen wird?"

„Wenn wir Glück haben, hören wir ihn bis hierher fluchen. Ach, und wenn heute Nachmittag nichts mehr anliegt, können Sie auch gerne mitfahren zum Autohaus."

„Spielen Sie hier mal nicht den Amor, Chef. Sie gehen schön alleine da hin. Ich habe hier genug zu tun."

Ich nahm eine saubere Tasse aus dem Schrank, goss Kaffee hinein, gab drei Stücke Zucker hinzu und ganz viel Milch. Damit ging ich ins Bad, um Hilde bei Laune zu halten. Ich liebe es, wenn es brummt und summt. Und vor allem, wenn Telexe aus einer Bar in Texas so aufschlussreich sind. Ich war gespannt, was Herr Shimura dazu sagen würde.

Geschniegelt und gespornt verließ ich die Damen und machte mich auf den Weg. Im Hotel schickte ich ein Dankeschön an Ralph mit einem lieben Gruß an Elaine. Und schon war ich auf dem Weg zu Herrn Lechner, um ihm die Unterlagen zur Firmengründung zu übergeben.

„Sie sind ja von der schnellen Truppe, Herr Welter."

„Tja, Herr Lechner, wenn ich einmal losgerollt bin, gibt es kein Halten mehr."

„Herr Eberhardter hat mir nicht zu viel versprochen."

„Ich tue, was ich kann. Dann sehen wir uns wieder, sobald ich den Handelsregisterauszug habe."

Herr Lechner legte mir noch diverse Formulare vor, die ich alle unterschreiben musste. Das Vollmachtsformular für Irene steckte ich ein, und keine Viertelstunde später saß ich mit Herrn Shimura im Nippon Kan bei grünem Tee, Hummersuppe und Sashimi.

„Haben Sie heute schon Expresspost bekommen, Herr Shimura?"

„Soweit ich weiß, noch nicht."

„Sollte heute doch nichts bei Ihnen ankommen, schicke ich meine Sekretärin mit Kopien zu Ihnen. Bei mir war der Eilbote schon da. Aber ich habe noch etwas sehr Interessantes für Sie."

Herr Shimura schaute mich fragend und überrascht an. Ich holte die Abschrift des Telex' aus meiner Jackentasche und reichte Sie über den Tisch. Er legte die Stäbchen beiseite, faltete das Schreiben auseinander und las. Mein Gegenüber zog ein um das andre Mal die Augenbrauen hoch, aber mehr konnte ich an seinem Gesicht nicht ablesen.

„Woher haben Sie das, Herr Welter?"

„Aus Amerika. Ich habe gute Kontakte. Aber einen Namen darf ich Ihnen nicht nennen."

„Ich bezweifele, dass das MITI eine solch vollständige Liste hat. Zweifellos, Herr Welter, sind das brisante Neuigkeiten. Ich werde mit meinen Leuten besprechen, was wir daraus machen."

„Es ist Ihnen sicher aufgefallen, dass Masuhara Sangyo zweimal vermerkt ist. Und wie Sie sehen, geht es um Deals mit zwei großen Firmen in Amerika aus der Automobilindustrie, die etwas zu beklagen haben, nicht wahr?"

Herr Shimura nickte.

„Sehen Sie, und mit Eberhardter und mir sind es dann drei."

Ich nahm ein paar Bissen vom Sashimi und gab ihm Zeit, die Information zu verdauen.

Er nickte und sagte: „So ist das."

„Sieht nicht gut aus für Masuhara, oder sehen Sie das anders?"

Herr Shimura nickte wieder.

„Gut. Mögen Sie meine Strategie dazu hören?"

„Gerne."

„Meine Meinung ist, dass wir Masuhara damit unter Druck setzen können. Schon drei Firmen, die sich beim MITI beschweren. Das kann doch auch Masuhara nicht kaltlassen. Wie steht denn seine Firma da? Das MITI muss doch dazu was sagen. Ich schlage vor, dass Michiko noch mal mit Masuhara spricht und ihm die Tatsachen auf den Tisch legt."

Herr Shimura orderte erneut grünen Tee und sagte nicht eher etwas, bis die Kanne auf dem Tisch stand. Allmählich hatte ich Sorge, dass ich auch bei ihm auflaufen würde, wie ich schon bei Masuhara aufgelaufen war. Endlich, nach mehreren Schlucken Tee, ergriff er doch das Wort. „Welter-san. Ich fürchte, dass das eine typisch deutsche Vorgehensweise ist. Aber ich muss Sie enttäuschen. In Japan funktioniert das nicht auf diese Art und Weise."

„Aber wie denn dann? Erklären Sie es mir bitte. Wie kommt man in Japan zum Ziel?"

„Das kann ich Ihnen sagen. Ich werde die neuen Informationen mit meinen Leuten besprechen, die werden mithilfe von Michiko alles so verpacken, dass es auf fruchtbaren Boden beim MITI und somit später auch bei Masuhara fällt. Bitte verstehen Sie, dass wir nur im Hintergrund agieren können. Ein direktes Eingreifen steht meiner Bank nicht zu. Ihre vorgeschlagene Vorgehensweise steht unserem Wunsch nach

Harmonie entgegen. Kampf hat immer Sieger und Verlierer, wir hingegen streben eine Win-Win-Lösung an."

„Das kann ich so annehmen, Herr Shimura. Aber wie erklären Sie mir dann, dass Sie Ihren Schülern das Kämpfen mit Holzschwertern beibringen?"

„Aber ganz anders, als Sie denken. Es gibt Kampf und es gibt Kampf."

Das Fragezeichen über meiner Stirn war mittlerweile drei Meter groß.

„Aber wie wird das MITI dann überhaupt Masuhara zu irgendwas bewegen?", fragte ich.

„Bedenken Sie bitte Folgendes: Die Beamten im Ministerium wollen nur verstehen, keinen Druck machen. Wenn Ihr Projekt angenommen werden sollte, wird lediglich ein Gespräch mit Masuhara geführt. In diesem Gespräch wird es nur darum gehen, Details des Deals zu verstehen und zu erörtern. Nichts weiter. Keine Anklage, kein Druck."

„Und dann? Was passiert dann?"

„Dann wissen alle bei Masuhara, dass sie sich bewegen müssen und, dass die Verantwortung bei Masuhara liegt zu verstehen, warum das MITI dieses Gespräch führt."

„Und wenn sie das nicht verstehen sollten?"

„Dann ist das so."

„Hm. Aber es wäre doch viel effektiver, man würde sagen, was Sache ist. Zum Beispiel, ‚Herr Masuhara, da braut sich richtig was zusammen über Ihrem Kopf. Und es ist an Ihnen, die Situation zu bereinigen.' Könnte doch ganz einfach sein."

Herr Shimura goss mir Tee ein.

„Jetzt kommen wir zu, wie Sie sagen würden, des Pudels Kern, Herr Welter. Es geht dem Ministerium einzig darum, Masuhara daran zu erinnern, dass er, mit allem, was er macht, Japan repräsentiert. Es geht um Japan, nicht um Sie, um Eberhardter oder sonst etwas. Nur Japan. Und es geht darum, den Druck seitens Amerika auf Japan zu mindern. Und ein wichtiger Beitrag dazu wäre in unserem Fall das Verhalten von Masuhara."

Ich nippte an meinem Tee und versuchte zu verstehen. Da würde ich noch ein paar Stunden brauchen, um dahinterzukommen. Ich fragte mich, wie hoch die Erfolgsquote bei dieser Vorgehensweise sei und ob alle Anwälte in Japan den ganzen Tag Däumchen drehten.

„Vertrauen Sie unserem System, Welter-san. Wie wird denn Ihre neue Firma heißen?"

„AEC, Asian European Connection, Agency for Trade and Licensing."

„Das klingt doch gut. Viel Erfolg. Aber Sie hatten gestern noch ein anderes Problem angesprochen."

„Allerdings."

„Ich habe darüber nachgedacht und bin zu dem Schluss gekommen, dass Sie sich unnötig Sorgen machen."

„Warum?"

„Sehen Sie, Welter-san: Wenn Masuhara von seinem Storno zurücktritt und die Anlage freigibt, wird die Restsumme an Eberhardter bezahlt. Und Eberhardter zahlt Ihnen die Provision. Best Case Scenario."

„Und Worst Case?"

„Sehen Sie das mal aus dieser Perspektive. Ich bin mir sicher, dass Michiko die Einwilligung von Masuhara bekommen wird."

„Wissen Sie mehr als ich?"

„Soweit ich das beurteilen kann, ist sie auf einem guten Weg, denn es gibt für Masuhara kein Argument, Ihnen die Einwilligung vorzuenthalten. Ob er sich mit Eberhardter und TransGlobal oder Eberhardter und AEC über die Anzahlung streitet, kann ihm bei einem Worst Case Scenario egal sein."

„Wie das?"

„Deutsches Recht, Herr Welter. Die 2,8 Millionen sind an Eberhardter gezahlt worden und nicht an TransGlobal. Heißt: Masuhara hat Eberhardter als Vertragspartner akzeptiert. Und somit war die Rechnung an TransGlobal nichts als eine Finte. Und das weiß Masuhara auch."

Ich ließ mir das Gesagte kurz durch den Kopf gehen. „Das hört sich alles gut an, Shimura-San. Aber wir alle wissen: Auf hoher See und vor Gericht sind wir in Gottes Hand. Auf den Ausgang eines Gerichtsverfahrens zu unseren Gunsten würde ich mich nicht hundertprozentig verlassen wollen."

Er nickte. „Das ist auch wieder wahr."

Wir plauderten noch ein wenig über mein neues Büro und die weiteren Pläne von AEC. Herr Shimura war entsprechend beeindruckt und wünschte mir beim Abschied viel Glück. „Und wenn Sie ein paar Ideen haben, wie wir die deutsche Industrie für Exporte gemeinsam unterstützen können, Sie wissen ja, wo Sie mich finden. Bis bald, Welter-san."

Vor der Tür verabschiedeten wir uns ganz auf japanische Art mit einer Verbeugung.

Jussefs Taxi stand ein paar Meter weiter an der verabredeten Straßenecke. Ich stieg ein und er fragte mich direkt: „Wie schmeckt eigentlich japanisches Essen?"

„Also mir schmeckt das sehr gut. Sie müssen es einfach mal probieren, Jussef. Frau Irene mag das auch sehr gern."

„Wollen Sie mich verkuppeln?"

„Ich hab doch Augen im Kopf."

Er lachte und sagte: „Sie sind mir vielleicht einer."

„Na, stimmt es denn nicht?"

„Was wollen Sie eigentlich mit einem japanischen Auto?"

„Jetzt lenken Sie aber ab."

„Ich will dem Kismet nicht vorgreifen. Also, warum ein japanisches Auto? Es gibt so schöne andere ... Mercedes oder BMW ... oder was James Bond fährt. Rasant!"

Jussef unterstrich seine Vorschläge mit ausufernden Gesten.

„Sie werden sehen, der 260 ZX ist ein tolles Auto."

„Ist der denn direkt lieferbar, oder kommt der mit dem Tretboot aus Japan?"

„Keine Ahnung, werden wir sehen."

„Also ich würde Mercedes kaufen. Dieses Taxi hier, das hat über dreihunderttausend runter und fährt wie'ne Eins. Denken Sie an meine Worte."

„Ich glaube, Jussef, Sie wollen gar nicht, dass ich mir überhaupt ein Auto kaufe."

„Na, wer verliert schon gerne einen guten Kunden?"

„Sie dürfen Frau Irene weiterhin fahren, wohin sie will."

Der Wagen bog mit Schwung in die Einfahrt des Nissan-Händlers ein, und Jussef bremste direkt vor dem großen Schaufenster. Ein Mann winkte uns zu und zeigte auf einen roten Sportwagen, lange Schnauze, kurzes Heck, rasantes Finish. Wir stiegen aus und ich winkte zurück.

Jussef postierte sich vor dem Schaufenster und sagte: „Das da? Etwa diese rote Reisschüssel?"

„Ja. Was dagegen? Sieht doch aus wie ein Ferrari."

„Für Arme, wenn Sie mich fragen."

„Wollen Sie mit reinkommen, Jussef?"

„Warum nicht? Einer muss ja den Preis drücken. Und gucken Sie nicht so begeistert auf das Auto, Herr Welter, das schwächt die Position. Sie haben ja schon glänzende Augen. Lassen Sie mich das machen."

Der Verkaufsleiter, Herr Wendt, nahm uns in Empfang. Jussef lief direkt auf den Wagen zu und malträtierte zuerst die Türen. Er machte sie auf und zu, auf und zu. Auch die Heckklappe ließ nichts zu wünschen übrig, sie knallte mit einem satten Ton wieder ins Schloss. Da konnte Jussef so lange probieren, wie er wollte, die fiel nicht ab. Herr Wendt verfolgte irritiert Jussefs Untersuchungen. Mittlerweile saß mein persönlicher Verkaufsberater hinter dem Lenkrad, tauchte in den Fußraum ab und plötzlich sprang die Frontklappe auf. Er stieg wieder aus und unterzog den Motor einer eingehenden Sichtprüfung. Ich schaute mir das amüsiert an, bis Jussef mit seinem Tänzchen rund um den Wagen fertig war. Er stellte sich neben mich und sagte zu Herrn Wendt: „Wieviel PS hat das Ding?"

Der Verkaufsleiter schaute mich fragend an, ich nickte, und er drückte Jussef einen Prospekt in die Hand. „Aha, 126 PS, von null auf hundert in 10 Sekunden."

„Aber zweihundert Spitze", sagte Herr Wendt.

„Bisschen lahm", gab Jussef zurück.

Ich fürchtete, es wurde Zeit, dass ich mich ins Gespräch einmischte, weil ich Herrn Wendt ansehen konnte, dass er mit der Situation nicht gut zurechtkam.

„Also, mir reichen 126 PS." Ich nahm Jussef den Prospekt aus der Hand. Herr Wendt lächelte gequält. „Fahren Sie den mal ein paar Tage zur Probe und dann entscheiden Sie sich. Wir können Ihnen ein gutes Angebot machen."

„Lieferzeit?", krähte Jussef dazwischen.

„Der hier ist zurzeit der einzige Wagen in Nordrhein-Westfalen. Die nächste Verschiffung ist für Ende Februar anvisiert."

„Zu spät", sagte Jussef. „mein Chef braucht den Wagen jetzt. Am besten gestern. Am besten, wir gehen woanders hin."

Ich schickte ihm einen strengen Blick. Jussef zuckte nur mit den Schultern.

„Herr Wendt, ich muss am 19. nach Paris. Wäre schön, wenn ich mit dem Fairlady hinfahren könnte."

„Ach ja, verstehe. Nun … also … wir können Ihnen einen Skyline mit 130 PS bis zur Lieferung zur Verfügung stellen."

„Wir fahren erst mal den hier zur Probe, wer weiß denn sonst, ob sich das Warten überhaupt lohnt", sagte Jussef und streckte die Hand nach den Schlüsseln aus.

„Ja", sagte ich, „Gute Idee, aber die Schlüssel nehme ich."

Herr Wendt eilte ins Büro und holte alles Nötige. Während wir im Wagen Platz nahmen, öffnete ein Monteur das große Schiebefenster des Ausstellungsraumes und zwei andere schleppten eine Holzrampe an die Kante, sodass wir problemlos hinausfahren konnten. Ich lenkte das Auto zum Tor hinaus und konnte im Rückspiegel sehen, dass unser Verkäufer nicht eben glücklich aussah, als ich die Kupplung trat und den Motor ein bisschen aufheulen ließ.

„Jetzt geben Sie mal Gas, Herr Welter", sagte Jussef.

„Ist der Geist von Niki Lauda in Sie gefahren, kaum dass Sie keinen dieselnden Benz mehr unterm Hintern haben?"

Wir sausten durch die Straßen auf den Zubringer und die A3 in Richtung Oberhausen. Da ließ ich die Pferdchen ein bisschen von der Leine. Der Wagen lag gut in der Hand und schnurrte auf der Überholspur an allen anderen vorbei. Auf Jussefs Gesicht erschien ein breites Grinsen. Ich glaubte, jetzt hatte ich sein Placet.

Zwanzig Minuten später waren wir zurück. Herr Wendt stand vor der Tür und erwartete uns.

„Jetzt sagen Sie mal nichts, Herr Welter. Ich leier dem die Karre aus dem Kreuz."

„Aber Jussef. Er hat doch gesagt …"

„Ja, ja, auf dem Basar wird viel geredet, aber wenn Bargeld lacht, werden sie alle weich. Sie haben doch Bargeld dabei?"

„Eine Anzahlung."

„Na, immerhin. Sie fragen ihn jetzt, was der kostet, alles andere übernehme ich. Wollen Sie dieses Auto oder nicht?"

„Also, ich kann noch ganz gut für mich selber …" Weiter kam ich nicht, denn Jussef war schon ausgestiegen und reichte Herrn Wendt die

Hand. Mir blieb nichts anderes übrig, als hinterherzudackeln und zu lernen, wie ein richtiger Basarhändler das machte.

Zwei Stunden später saß ich mit Irene am Küchentisch. Sie heftete den Kaufvertrag für den Wagen ab. Eben hatten wir uns von Jussef verabschiedet. Sie schaute auf den Vertrag und schüttelte den Kopf. „Also, Chef, wie war das jetzt? Dreitausendfünfhundert Mark Preisnachlass, inklusive Sportsitze, Radio mit Kassettenrecorder, Sommerreifen, und! der Wagen wird morgen umgemeldet hierher gebracht?"

„Sie haben Jussef doch gehört. Ich hab mich da rausgehalten, so einen Verhandlungsstrategen habe ich noch nie gesehen. Und Sie wissen, Irene, wir haben schon einiges erlebt."

Irene klatschte in die Hände.

„Und nicht zu vergessen, Herr Wendt hatte, glaube ich, Tränen in den Augen. Was für ein Tag! Und morgen fahre ich Sie ein bisschen herum, damit Sie das Auto auch mal kennenlernen."

Ich schob ihr noch das Vollmachtsformular von der Bank über den Tisch. „Wenn Sie das bitte unterschreiben und zu Lechner bringen."

„Mach ich gleich morgen früh. Die Sekretärin von Herrn Shimura hat angerufen. Die Papiere von Eberhardter sind angekommen."

„Sehr gut. Was können wir jetzt noch verbrechen, ohne dass es jemandem auffällt?"

„Ich mache Feierabend, wenn es recht ist. Hier ist mein Anstellungsvertrag. Mein Gehalt setzen Sie bitte selbst ein."

Ich las den Vertrag schnell durch, strich das Wort Sekretariat und ersetzte es durch Assistenz der Geschäftsleitung und trug das Gehalt ein. Irene nickte zufrieden. „Immer eine Freude, mit Ihnen Geschäfte zu machen, Chef."

Freitag, 9. Februar 1979, Düsseldorf

Kurz nach der Öffnung stand ich an diesem Morgen am Bankschalter, um Geld von meinem Girokonto abzuheben. Den Wagen musste ich bei Lieferung bar bezahlen. Ich schaute auf den Kontoauszug und war nicht begeistert, mit welcher Geschwindigkeit die schwarzen Zahlen schrumpften. Leider war die Auszahlung meiner Aktienverkäufe noch nicht gutgeschrieben worden. Aber mein Berater beruhigte mich, höchstens noch drei bis fünf Tage, dann sollte das erledigt sein. Ich biss mir auf die Zunge, um nicht zu sagen, dass das bis dahin erledigt sein *musste*.

Bis das neue Auto geliefert wurde, hatte ich noch etwas Zeit und klopfte bei meinem Freund Freddo an die Ateliertür. Ich hatte ihn in letzter Zeit sträflich vernachlässigt. Mit einer Kaffeetasse in der Hand kam er zur Tür geschlurft.

„Hallo", sagte er matt.

„Was ist los? Die Nacht durchgemacht?"

„So was Ähnliches."

Ich warf mich auf das alte abgeschabte Ledersofa und schaute mich im Atelier um. An jeder Wand lehnten riesige Bilder. Es war beinahe kein Durchkommen mehr.

„Warum ist das hier so voll? Hattest du einen Anfall von Arbeitswut?"

Freddo schlurfte zu einem alten Ölofen, der das Atelier beheizte, und befüllte ihn. Jetzt stank es nicht nur nach Farben und Lacken, sondern auch noch nach Heizöl.

„Nein, Transportwut. Deine Kathrin ..."

„Ex-Kathrin, bitte."

„Also gut, Ex-Kathrin hat mir den Galerievertrag gekündigt. Sie sieht keine Zukunft für meine Bilder. Sie sagt, ich bin out. Out, verstehst du? Out!"

„Was?! Und das sagst du mir erst jetzt?"

„Ist doch noch früh genug. Was hättest du denn auch machen wollen?"

Ich war ehrlich erschüttert. Jetzt nahm sie auch noch meine Freunde in Sippenhaft, oder wie sollte ich das verstehen?

„Sag mal, kann es sein, dass sie die Galerie verkauft und die Interessenten dich nicht wollen?"

„Ist das jetzt besser, als out zu sein?"

„Nein. Aber Kathrin ist bei TransGlobal eingestiegen."

„Du arbeitest mit ihr?"

„Nein. Ich bin ausgestiegen."

„Wow, Vito hat so was erwähnt."

„Was fragst du dann überhaupt?"

„Erster Hand, beste Hand."

„Na, egal. Die Geschäftsführung und parallel noch die Galerie ist doch kaum zu schaffen."

„Könnte sein, jetzt, wo du es sagst." Freddo nippte an seinem Kaffee.

„Hast du schon eine andere Galerie aufgetan?"

„Nicht wirklich. Ich bin noch bei der Traumabewältigung. Was glaubst du denn? Kaffee?"

Mit anderen Worten, mein Freund machte mit seinen Kumpanen die Altstadt unsicher. Jedenfalls war das bisher die gängige Traumabewältigung gewesen.

„Danke, nein. Ich muss nach Hause, mein neuer Wagen kommt gleich. Was ich eigentlich wollte: Wann hast du Zeit, dir mein neues Büro anzugucken? Du darfst alles machen. Wandbilder, Farbkonzept, Vorschläge für die Beleuchtung … Hauptsache Japan. Und ich brauche Visitenkarten und Briefpapier. Demnächst. Wir haben noch keine Telefonanschlüsse."

„Jederzeit."

„Dann zieh dir mal was Ordentliches an und komm nachher zu mir. Wir fahren zusammen ins Büro und du kannst Maßnehmen."

„Stets zu Diensten."

„Ich lade dich zum Mittagessen ein. Ohne Traumabewältigung."

„Ich bestehe auf Barzahlung, Marco."

„Natürlich, aber bitte gegen Quittung."

„Und ich will den Kopf von Kathrin Gregorius auf einem Silbertablett."

„Wenn's weiter nichts ist. Hauptsache, du schneidest dir kein Ohr ab. Bis nachher."

Kaum zu Hause angekommen, musste ich Irene von Kathrins neuem Coup berichten.

„Aber sie hat Freddo doch von Anfang an vertreten."

„Zählt wohl alles nicht mehr in ihrer Welt."

„Was macht er denn jetzt?"

„Freddo geht nicht unter. Der findet einen anderen Galeristen, da bin ich mir sicher. Und bis dahin wird er das neue Büro verschönern. Sobald wir Telefon in der Ceci haben, macht er die Visitenkarten und das Briefpapier. Er wird erst mal nicht verhungern. Er ist sowieso reicher als ich, Sie wissen ja, dass er kürzlich erst einen Onkel beerbt hat und nicht zu knapp, aber das nur nebenbei. Das ewige Gesetz des Geldes. Es geht schneller, als es kommt."

Irene seufzte und räumte eine Ecke des Küchentisches frei. „Wie ich Freddo kenne, wird er gleich vorbeikommen?"

„Wird er."

Kaum ausgesprochen, klingelte es an der Tür. Aber es war nicht Freddo, sondern Herr Wendt persönlich, der den Wagen brachte. Wir liefen die Treppe hinunter. Und da stand er in seiner ganzen Pracht. Hochglanzpoliert überstrahlte er mit seinem Rot alle anderen Autos auf der Straße. Herr Wendt stand daneben und strahlte mit. Wir tauschten Geld gegen Quittung, Fahrzeugpapiere und Schlüssel.

„Wie kommen Sie jetzt zurück zum Autohaus? Soll ich Ihnen ein Taxi rufen?", sagte Irene.

„Wohl nicht nötig." Ich zeigte nach rechts.

„Ach, was für ein Zufall", sagte Herr Wendt und sah seinem Schicksal gefasst ins Auge, das in einem nagelnden Diesel auf uns zufuhr.

Jussef hielt an und kurbelte das Fenster herunter. „Braucht hier jemand zufällig ein Taxi?" Er reichte einen kleinen Karton aus dem Fenster. Irene nahm ihn entgegen.

„Baklavah für Sie, Frau Irene."

„Vielen Dank, Herr Jussef, das wäre doch nicht nötig gewesen."

„Nächste Woche haben wir einen orientalischen Abend im Restaurant – mit Bauchtanz. Sie sind eingeladen." Jussef grinste wie ein Honigkuchenpferd. „Die Herren natürlich auch."

Herr Wendt nickte schicksalsergeben und stieg ein.

„Gute Fahrt, Herr Welter. Und wenn was ist, melden Sie sich."

Irene und ich winkten dem Wagen hinterher.

„Haben Sie eigentlich auch den Eindruck, dass Jussef sich erstaunlich oft in unserer Reichweite aufhält, Irene?"

Sie schüttelte den Kopf und sagte: „Ich geh dann mal wieder nach oben. Freddo will bestimmt einen Kaffee, wie ich ihn kenne."

„Und dieses süße Zeug mag er auch. Vielleicht hilft es seiner Laune auf die Sprünge." Ich hielt ihr die Haustür auf. „Hatten Sie mittlerweile eine Idee, wie das Gästezimmer eingerichtet werden soll?"

„Ja, hatte ich."

„Aber nicht IKEA."

„Nein. Wir probieren morgen das Auto aus und fahren nach Köln. Was halten Sie davon, Chef?"

„Was soll ich denn in Köln?"

„Wir wollten doch zu Resch."

„Stimmt."

Und wieder sah ich vor meinem geistigen Auge ein Scheinchen nach dem anderen davonfliegen.

Nach einem späten Mittagessen mit Freddo und Irene im Schiffchen, fuhr ich mit dem Herrn Künstler in die Cecilienallee, und Irene ging zurück in meine Wohnung, um das Telefon zu bewachen.

Freddo war plötzlich sehr still.

„Magst du das neue Auto nicht? Bist du im Suppenkoma oder was ist los?"

„Nein, das Auto ist toll. Ich hab schon mindestens fünf Leute gesehen, die sich den Nacken verrenkt haben, als wir an ihnen vorbeigefahren sind. Darunter mindestens sieben Blondinen."

„Halluzinierst du? Raus mit der Sprache, was ist es?"

„Meine Künstlerseele, Polo. Sie leidet."

„Wegen Kathrin?"

„Ja."

„Tut mir leid. Ich glaube, neben allen anderen Möglichkeiten hat sie dich nur rausgeworfen, weil du mein Freund bist. Also bin ich eigentlich schuld."

„So was traust du ihr zu? Die Königin der Nacht? Der Rache Hölle kocht in meinem Herzen …? Ich bin gar nicht out? Ich bin nur dein Freund?"

„So was in der Art."

„Ich bin nicht sauer auf dich. Und wenn das zehnmal stimmen sollte."

„Aber? Ich höre ein großes Aber."

„Kein Aber. Ich bin stinksauer auf die Frau."

„Ich auch. Aber wie der Japaner sagt: Shoganai, mein Freund. Du wirst sehen, ruck zuck hast du einen neuen Galeristen. Oder mach doch einfach dein Atelier zur Galerie. Du weißt doch, wo eine Tür zugeht, geht woanders eine auf ..."

„Ich wusste nicht, dass es in deiner Agentur auch Kalendersprüche gibt, Polo. Seit du in Japan warst, frage ich mich, was die da mit dir gemacht haben. Du bist ... so ..." Freddo fuchtelt mit den Händen in der Luft herum.

„Spuck's aus. Ich will nicht, dass deine miese Laune hinterher auf meinen Bürowänden zu sehen ist."

„Harmoniesüchtig ... für deine Verhältnisse."

„Was? Und vorher war ich streitsüchtig?"

„Ach, ich hätte nichts sagen sollen."

„Doch sollst du. Du bist mein Freund. Du darfst das."

Ich parkte den Wagen. „Und jetzt lass uns raufgehen und ein bisschen streiten, falls dir das besser gefällt."

„Da! Du machst es schon wieder."

„Was denn, um Himmels willen?!"

„Du bist so zuvorkommend, fast weichgespült."

„Lässt sich schnell ändern: Bambi! Hear my advice, pull down your pants and slide on the ice."

Endlich grinste Freddo, wenn auch nur sehr gequält.

„Danke, Polo, mir geht's schon viel besser."

Kaum standen wir im Büro, hatte sich mein Freund geistig ausgeklinkt. Er schritt in Zeitlupe von Raum zu Raum wie ein Reiher auf Beutefang und schnüffelte, dabei berührte er ab und zu die Wände, fast sah es aus, als würde er ein Ohr an die Wand legen, um zu hören, was sie ihm zu sagen hatte. Das war für mich nichts Neues. Freddo schnüffelte und horchte eben, um herauszufinden, was ein Zimmer brauchte, um gut auszusehen. Ich setzte mich in die Küche und wartete. Zwischenzeitlich sah ich ihn auf der Terrasse die Wohnung im Reihertempo umrunden. Nach einer Dreiviertelstunde war er mit seiner Begehung fertig und stand im Türrahmen. „Schade, dass die Möbel schon da sind. Das wird mich einschränken."

„Die Möbel waren günstig. Konnte ich mir nicht entgehen lassen."

„Egal. Hat ja alles Stil. Ich mach dir was Schönes. Kannst dich drauf verlassen."

„Vergiss Japan nicht. Und es muss was mit einer Brücke zu tun haben. Vielleicht eine von Hiroshige oder Hokusai."

„Das hab ich schon verstanden."

„Ich wollte es nur noch mal sagen."

„Japan, Brücke, Japan, Brücke … und auf deinem Briefpapier ein roter Punkt. Zufrieden?"

„Und die Visitenkarten zweisprachig. Hinten und vorne, Englisch und Deutsch."

„Da also kein Japan?"

„Doch, der rote Punkt muss mit drauf. Aber auf der Rückseite muss es Englisch sein. Die Japaner stehen drauf."

„Mach ich. Und wo ist jetzt der versprochene Kopf von Kathrin Gregorius auf dem Silbertablett?"

„Ich arbeite noch dran."

Es klopfte an der Tür. Es war Professor Krumbigl mit seinem Dackel. Während Herrchen lächelte, knurrte der Dackel in Richtung Küche. Freddo war kein Hundefreund, und so, wie er Räume erschnüffelte, hatte vermutlich der Dackel auf dieselbe Weise herausgefunden, wie es mit Freddos Sympathien für Vierbeiner stand.

„Kommen Sie rein."

„Nein danke, nur ganz kurz … Aus, Wastl! Alle werden am Sonntag kommen."

„Vielen Dank."

„Und Ihre Putzkraft, die Frau Schenk, habe ich auch schon kennengelernt. Die hat ja gestern hier losgelegt. Ich muss schon sagen."

„Ach, das ist ja gut."

„Ja, allerdings, die Hausgemeinschaft war schon seit Wochen auf der Suche nach einer Putzfrau für den Hausflur. Da habe ich gleich Nägel mit Köpfen gemacht. Sie war einverstanden."

„Freut mich."

„Also dann bis übermorgen, Herr Professor."

Ich schloss die Tür. Als ich mich umdrehte, stand Freddo direkt hinter mir. Ich bekam beinahe einen Herzinfarkt.

„Entschuldigung. Ich gehe jetzt auch."

„Warum? Du hast ja noch gar nichts ausgemessen."

„Muss ich nicht. Hab schon alles im Kopf."

„Kann ich vorher wenigstens Entwürfe sehen, bevor du die Wände entjungferst?"

„Wenn es sein muss."

„Ja, muss es. Ich fahre dich nach Hause."

„Nicht nötig. Ich laufe. Das ist gut für die Inspiration."

„Na, dann … Und an deiner Stelle würde ich Wastl weiträumig umgehen."

„Beruht auf Gegenseitigkeit."

„Wenn du hier rein willst, ruf an. Irene hat einen Schlüssel."

Und schon schritt mein Künstler von dannen. Wenn ich Freddo nicht seit meiner frühesten Jugend gekannt hätte, wäre ich in Sorge gewesen um meine Wände und alles, was damit zusammenhing.

Ich machte mir einen Kaffee, schleppte einen Stuhl aus dem Besprechungszimmer auf die Terrasse und ließ mir den kalten Wind um die Ohren pfeifen, während ich ein paar Kekskrümel vom Boden der leeren Dose knabberte. Auf der Kastanienallee sah ich Herrn Krumbigl mit Wastl. Freddo ging an den beiden vorbei, den Kopf wie immer in den Wolken, wenn er der Inspiration auf der Spur war. Der Herr Professor wurde beinahe umgerissen, weil Wastl, wie immer wachsam, es auf die Hosenbeine von Freddo abgesehen hatte. Mein Freund sprang zur Seite, um der kleinen Bestie auszuweichen. Schließlich, nachdem Krumbigl sich aus dem Gewirr der Hundeleine wieder befreit hatte, vollführte er eine Pirouette, schaffte einen U-Turn und ging in die andere Richtung davon. Ich musste über die Szene laut lachen und kleckerte Kaffee auf meine Hose und lachte noch lauter. Die letzten Tage waren an Absurdität kaum zu überbieten gewesen. Aber alles in allem konnte ich zufrieden sein. Ich hatte viel geschafft und viel verändert. Ich war auf einem guten Weg. Wir waren auf einem guten Weg. Hallo Düsseldorf, hallo Japan. AEC, zu allen Schandtaten bereit! Fehlten zu meinem Glück nur noch die Telefone … und ein Telex … und die Einrichtung für das Gästezimmer … und ein Firmenschild … und … Michiko.

Samstag, 10. Februar 1979, Düsseldorf

Aus dem Radio tönte *By the Rivers of Babylon*. Ich stand im Bad mit Rasierschaum im Gesicht und summte mit, als es an der Tür Sturm schellte. Ich schaute aus dem Küchenfenster und sah Karls Volvo vor der Tür stehen. Ich rubbelte mehr schlecht als recht den Schaum mit einem Handtuch aus dem Gesicht, eilte in die Diele und drückte den Türöffner. Karl hastete die Treppe hinauf, als nähme er Anlauf, um mir die Tür einzurennen. Schon auf den letzten Stufen blaffte er mich an: „Was denkst du dir eigentlich dabei, mir die Rechnung zurückzugeben?!"

Ich atmete tief durch und beschloss, dem Affen diesmal keinen Zucker zu geben. „Dir auch einen schönen guten Morgen, Karl."

Er stürmte durch die Diele in die Küche und schreckte erst mal vor dem Chaos zurück.

„Nimm doch Platz, falls du einen findest. Oder geh ins Wohnzimmer. Willst du auch Kaffee?"

„Ich will vor allem eine Erklärung, Marco."

„Kannst du haben, wenn du dich abgeregt hast."

„Einen Teufel werd' ich tun. Ich weiß nicht, was du hier für ein Spiel spielst."

„Ach, da sind wir ja schon zwei." Ich füllte eine große Tasse, gab zwei Stücke Zucker hinzu und stellte sie im Wohnzimmer auf den Couchtisch. „Willst du auch Milch?"

„Natürlich will ich Milch!" Karl warf einen Umschlag neben die Tasse, dass es schwappte. „Und du nimmst gefälligst die Forderung, die wir an dich haben, an."

Ich setzte mich aufs Sofa. Die Reste des Rasierschaums härteten aus und es kribbelte im Gesicht. Karl tigerte herum.

„Punkt eins, mein Freund. Ich werde die Rechnung nicht annehmen, weil ich sie auch nie bezahlen werde."

Karl blähte sich auf und wollte mir in die Parade fahren, aber ich ließ ihn nicht zu Wort kommen. „Und warum werde ich das nicht tun? Erstens, weil ich sicher bin, dass der Deal über die Bühne gehen wird. Zweitens, weil die Rechnung unrechtmäßig ist ..."

„Was weißt du denn schon davon?"

„Ja, die Frage könnte ich dir auch stellen. Hast du vergessen, dass Masuhara die Anzahlung direkt ohne Umwege über uns an Eberhardter geleistet hat? Hat er doch, oder?"

Karl wurde bleich, denn er musste mir recht geben.

„So, und was bedeutet das? Möchtest du es sagen oder soll ich?"

Karl schnappte nach Luft wie ein Fisch auf dem Trockenen.

„Ich übernehm das mal. Masuhara hat mit der direkten Zahlung stillschweigend Eberhardter als Geschäftspartner anerkannt. TransGlobal war in dem Moment raus. Hast du selbst gesagt."

Karl verschränkte die Arme vor der Brust und starrte aus dem Fenster.

„Hab ich recht oder hab ich recht?"

Endlich drehte er sich um. „Das vor einem Gericht durchzusetzen ist ja wohl ein ganz anderes Paar Schuhe."

„Mag sein. Aber noch mal: Hab ich recht oder hab ich recht?"

Er nickte widerstrebend.

„Und jetzt setz dich endlich mal hin, damit wir vernünftig reden können."

Bei Karl schien die Luft raus zu sein, denn er warf sich in einen Sessel und rührte vehement in seinem Kaffee.

„Du scheinst immer noch nicht zufrieden zu sein."

„Bin ich auch nicht. TransGlobal hat immer noch keine Antwort von Masuhara und Eberhardter, ob sie der Übergabe der Verantwortlichkeiten an dich zustimmen."

„Ich arbeite noch dran."

„Ich glaube eher, du machst gar nichts und willst den Schwarzen Peter bei uns lassen."

Ich lachte, was Karl noch mehr auf die Palme brachte. „Was soll das Gegacker, Marco?!"

„Weil ihr euch den Schwarzen Peter selbst in den Vertrag geschrieben habt. Das war nicht ich. Darüber haben wir beide im Konferenzraum als Bedingung auch nie geredet, wenn ich mich recht erinnere. Ich hatte dir nur gesagt, ich kümmere mich darum. Oder bin ich schon senil?"

Es war, als würde Karl zu einem schlaffen Luftballon zusammenschnurren. Er holte seine Pfeife aus der Manteltasche und klopfte sie vehement im Aschenbecher aus. Kaum hörbar nuschelte er: „Stimmt."

„Und wer hat das dann da reingeschrieben? Ich habe es wohl bei der Verlesung beim Notar mitgekriegt, aber nichts gesagt."

„Der Justiziar von Gregorius. Er hat die Endfassung geschrieben."

„Na, toll, Karl. Weißt du was, ein bisschen kannst du mir leidtun. Wenn du mich fragst, solltest du Gregorius und seinem Justiziar die Köpfe waschen, aber nicht mir."

Er trank seinen Kaffee aus und knallte die Tasse auf den Tisch.

„Lass es bitte nicht an meinen Möbeln aus, mein Lieber. Du sitzt zwischen allen Stühlen. Und du weißt es. Schöne neue Partner hast du, die dich einfach übergehen."

„Hör auf damit. Ich hab schon seit Tagen Magenschmerzen."

„Beruhig dich mal. Michiko ist in Verhandlung mit Masuhara, was das angeht und wegen des Deals sowieso."

„Und Eberhardter?"

„Mit dem rede ich."

„Und was ist, wenn beide nicht wollen?"

„Tja, dann hat der Alte dir eine deftige Suppe eingebrockt."

„Aber dir auch, Marco, dann bekommst du nämlich kein Geld."

„Was noch zu beweisen wäre. Vito sagt, die Auszahlung für meinen Ausstieg kann nicht von der Zusage von Eberhardter und Masuhara abhängig sein. Gregorius zahlt mir zwei Millionen für meine Anteile, um mich loszuwerden, das hat mit dem Japandeal nix zu tun. Dass das mal klar ist."

Zugegeben, das hatte Vito nie gesagt, aber ich sagte es jetzt. Karl schien mir sowieso schon am Ende zu sein, dann konnte ich das Sahnehäubchen auch noch oben drauflegen.

Er fuhr sich mit beiden Händen durch die Haare und sah aus, als wäre er in den letzten fünfzehn Minuten um zehn Jahre gealtert. Aber da konnte ich ihm nicht helfen.

Ich beugte mich über den Couchtisch und sagte: „Karl, ich verstehe dein Elend voll und ganz. Aber das hast du dir selbst eingebrockt. Ich hab heute noch was vor. Wenn du also die Güte hättest, hier nicht weiter rumzupesten. Wenn was ist, ruf ich dich an. Und glaub mir, ich tue alles, damit der Deal läuft. Aber für Gregorius' Sperenzchen kann ich nichts."

Er stand auf und marschierte wortlos aus der Wohnung. Ich ging zum Küchenfenster und sah, wie er sich in sein Auto warf. Aber er ließ den Motor nicht an. Vermutlich stopfte er seine Pfeife. Ich schaltete das Radio aus.

Als ich eine halbe Stunde später ausgehfertig wieder nach draußen guckte, war der Volvo immer noch da. Armer Karl. Da schien daheim wohl auch der Haussegen schief zu hängen, wenn der Herr Anwalt in seinem Auto auf besseres Wetter warten musste.

Ich drehte mich auf dem Absatz um, nahm das Telefon und wählte Michikos Nummer in Japan. Diesmal hatte ich sie sofort in der Leitung.

„Hallo, meine Schöne, ich hoffe, ich störe nicht."

„Hallo Marco. Ich hatte das Telefon in der Hand, ich wollte dich auch gerade anrufen, weil ich dir schnell erzählen wollte, dass ich das Firmenkonto eröffnet habe. Und ich habe extra für dich einen Fernseher gekauft und eine zweite Schreibmaschine mit deutscher Tastatur."

„Danke dir sehr. Schick mal ein Foto, wenn alles fertig ist. Bin gespannt. Ich hab aber auch Neuigkeiten. Gestern ist mein neues Auto geliefert worden."

„Ach, und was ist es?"

„Ein Fairlady 260 ZX."

„Oh, du machst aber Nägel mit Köpfen. Kommst du damit nach Paris?"

„Natürlich. Wie denn sonst? Ich will schließlich mit dir über die Champs-Èlysées rauschen. Das gehört sich doch so in der Stadt der Liebe."

„Da werden die Herren vom Patentamt aber Augen machen."

„Das hoffe ich doch."

„Aber jetzt mal zu etwas anderem, Marco. Ich bin mit Tsuda und Kizawa in Kontakt. Hat Herr Shimura bereits die Unterlagen für das MITI bekommen?"

„Aber sicher. Die sind bestimmt auf dem Weg zu euch. Und ein Geheimnis kann ich dir verraten. Ich habe Infos aus Amerika, der gute Herr Masuhara wird auch von der Seite angeschossen."

„Oh, tatsächlich?"

„Wenn wir wollten, könnten wir mal so richtig Dampf machen. Aber ich weiß, so was macht ihr nicht."

„Genau."

„Und wie sieht es mit der Einwilligung von Masuhara zwecks Übergabe an mich aus?"

„Ich habe die Informationen schon vorgelegt und hoffe, in den nächsten Tagen das Okay zu bekommen. Bis jetzt habe ich noch nichts Negatives dazu gehört."

„Klingt gut. Ich drück uns die Daumen."

„Die Leute von der Dainichi Kokusai sind übrigens sehr daran interessiert, was wir mit AEC vorhaben und wie sie uns möglicherweise unterstützen können. Die haben großes Interesse daran, dass wir erfolgreich sind."

„Was wollen wir mehr? Haben wir uns das vor ein paar Tagen vorstellen können?"

„Nein, mein Lieber, haben wir nicht. Aber, do do do."

„Und was heißt das?"

„Immer mit der Ruhe."

„Eine meine leichtesten Übungen, wie alle Welt weiß."

„Ha, ha. Wir sehen uns in Paris. Ich melde mich, wenn es zwischendurch was Neues gibt."

„Einen Moment noch, Michiko. Kannst du mir einen Riesengefallen tun?"

„Und der wäre?"

„Kannst du einen roten Kimono mitbringen, einen aus dem Shop im Basement vom New Otani. Also nicht so einen ganz teuren. Und einen Blechroboter aus dem Kaufhaus Matsuzakaya? Das ist ein bisschen Bestechung für einen Nachbarn. Netter alter Herr."

„Mach ich."

„Soll ich dir Geld anweisen?"

„Nicht nötig. Kannst du mir in Paris geben."

„Ich freue mich irrsinnig darauf, dich wiederzusehen."

„Ich auch. Ich leg jetzt auf ..."

„Nein, ich leg jetzt auf ..."

„Dann mach doch ..."

„Kann ich nicht ..."

„Hallo, Chef, sind Sie so weit?"

Ich fuhr erschrocken herum. „Sorry, Michiko, das ist Irene, wir fahren nach Köln zum Möbelhaus. Bis dann in Paris."

„Bis dann."

Ich legte auf und brauchte ein paar Sekunden, um mich zu sammeln. Irene stand im Türrahmen und wedelte mit einem Briefumschlag. Hatte

Karl die Rechnung doch dagelassen? „Guten Morgen, Chef. Ich hab geklingelt. Aber Sie haben nicht …Warum sind Sie so rot im Gesicht?"

„Was?"

„Ihr Gesicht ist knallrot. Hat es was mit dem Brief hier zu tun, oder haben Sie mit Michiko telefoniert?"

„Erzähl ich Ihnen unterwegs. Mit dem Brief können Sie den Reißwolf füttern, wenn Sie wollen."

„Ich glaube nicht, dass ich das tun sollte." Sie riss das Couvert auf, las und stieß einen tiefen Seufzer aus. „Vielleicht übergebe ich den lieber an Ihren Anwalt. Eine geharnischte Antwort ist wohl sinnvoll. Hier stehen Zahlungsfristen drin."

„Vito wird begeistert sein."

„Davon gehe ich aus", sagte Irene, legte den Brief auf den Küchentisch und rief: „Können wir, Chef?"

„Wir können."

Eine halbe Stunde später standen wir im Möbelhaus Resch, umwabert von sanft dahinplätschernder Musik. Wir schauten uns um. Irene holte eine Liste aus ihrer Handtasche. Ein Verkäufer wieselte auf uns zu. „Was kann ich für Sie tun?"

Irene reichte ihm die Liste. „Das können Sie für uns tun. Alles muss zu Danish Design passen und die Grundfarbe ist dunkelgrün mit satten, tiefen, dunklen Rottönen … und vielleicht ein paar schwarze Akzente. Aber das alles nicht zu feminin. Vielleicht das Sofa in Leder. Das wird ein Gästezimmer."

Der Verkäufer sah mich fragend an. Ich zuckte nur die Schultern und sagte: „Vertrauen Sie ihr ruhig. Sie weiß, was sie tut."

Und schon schlenderten wir durch die Möbelausstellung. Wir saßen zur Probe auf Sesseln und Sofas herum. Klemmten uns hinter zarte Schreibtische mit noch zarteren Beinchen, entschieden uns aber dann doch für einen cooleren Look in Metalloptik; rotierten auf Schreibtischstühlen und testeten Matratzenstärken, befühlten Stoffmuster, während der Verkäufer die dicken Musterkataloge hinter uns herschleppte. Ein Stück nach dem anderen wurde auf der Liste abgehakt, und der Verkäufer kriegte sich kaum mehr ein vor Freude. In der Teppichabteilung fuhr Irene zu Hochform auf. Woher sie jetzt wusste, wie viele Knoten auf wieviel Quadratzentimetern so ein Ding haben müsste, konnte ich nicht sagen, aber der Verkäufer geriet ins Schwitzen, als sie ihn immer wieder korrigierte, wenn er die Fachbegriffe für Auslegware verwechselte. Er wurde immer wieseliger und wuseliger, bis Irene ihn mit den Worten: „Ich glaube, wir haben alles. Es wird Zeit für einen Kaffee, meinen Sie nicht?" erlöste. „In der Teppichabteilung hat es mächtig gestaubt, junger Mann."

Wir wurden in ein Büro geführt. Unser Verkäufer eilte davon, um wenig später mit einem vollen Tablett zurückzukommen. Er verteilte Tassen und Löffel, Kaffee und Milch und säuselte: „Dann schreiten wir mal zur Bestellung." Er notierte alles ordentlich auf ein Bestellformular. Dann ging es ans Zusammenrechnen. Irene beugte sich zu mir und flüsterte: „Jetzt könnten wir Jussef gebrauchen."

Ich flüsterte zurück: „Ich hatte einen Crashkurs bei ihm."

„Wenn Sie dann hier unterschreiben möchten?", sagte der Mann, schob mir das Bestellformular über den Tisch und reichte mir einen Kugelschreiber. Ich lehnte mich in aller Gemütsruhe zurück und studierte die zwei Bögen. Irene las mit. Die Minuten vergingen und ich ließ mir noch mehr Zeit. Als der Verkäufer zappelig wurde, sagte ich: „Wir zahlen bar bei Lieferung. Wie viel Rabatt gibt es da?"

Er schaute mich verdutzt an. „Soviel ich weiß, gewähren wir keine Rabatte."

Irene schnaubte. „Na hören Sie mal … bei der Rechnung."

„Sehe ich auch so", sagte ich, „Wenn das so ist, müssen wir wohl woanders hin."

„Ja", sagte Irene. „Müssen wir wohl."

Wir tranken unseren Kaffee aus und standen auf. Ich lächelte den Verkäufer an und steckte die Bestellformulare ein. „Vielen Dank für Ihre Beratung."

Der Verkäufer sprang auf. „Warten Sie bitte einen Moment. Ich hole meinen Abteilungsleiter. Ich bin sicher, wir können da doch noch was machen."

Er warf noch einen letzten Blick auf uns und ging hinaus.

„Den haben Sie aber erschreckt."

„Sie glauben ja nicht, wie oft Jussef aufgestanden und schon halb aus dem Autohaus war, bis er den armen Herrn Wendt da hatte, wo er ihn haben wollte."

Ein Herr im dunkelgrauen Anzug und perfektem Haarschnitt kam herein und nahm hinter dem Schreibtisch Platz. „Guten Tag. Ich habe mir Ihre Bestellung angesehen. Das ist natürlich eine beträchtliche Liste, die Sie abgearbeitet haben, da wollen wir mal nicht so sein."

„Sehr freundlich von Ihnen", sagte ich. „Ich hatte da so an fünfzehn Prozent gedacht. Ich zahle bar bei Anlieferung. Wann wird die überhaupt sein?"

„Nun, das Sofa müssen wir in Italien bestellen ... und den Sessel auch. Die Farbe Papstrot haben wir nicht auf Lager. Das Bett ist recht schnell zu beschaffen. Bei den anderen Sachen müsste ich erst nachschauen."

Ich guckte Irene an. „Das kann ja heiter werden."

„Stimmt", sagte sie. „Vielleicht doch IKEA? So dauert das ja ewig."

Und schon hatten wir wieder die Stuhllehnen in der Hand, um aufzustehen.

„Das sind aber nun mal die Lieferzeiten für exklusive Möbel. Was soll ich da machen?"

Ich lehnte mich wieder zurück, als müsste ich mir das alles durch den Kopf gehen lassen. „Ich mache Ihnen einen Vorschlag. Wir nehmen die Sachen aus der Ausstellung, Sofa und Sessel in Schwarz, dann darf der Schreibtischstuhl dunkelrot sein. Bett und Schrank auch. Sagen wir dreißig Prozent Nachlass. Die Sachen sind ja benutzt. Und Sie legen noch diesen, wie hieß noch der hübsche kleine Teppich, Irene?"

„Kelim. Und wir brauchen noch drei Badezimmergarnituren komplett."

„Richtig, wenn Sie die auch noch drauflegen, gebe ich Ihnen sofort einen Scheck und Sie machen mit meiner Sekretärin einen Liefertermin aus."

Der Abteilungsleiter schien Probleme zu haben, das Gesagte zu verdauen. Ich griff in meine Manteltasche und zückte mein Scheckbuch. Der arme Mann rang mit sich, dass konnte man sehen. Dann stotterte er: „Sagen wir zwanzig Prozent auf den Neupreis und ich lege die Badezimmergarnituren drauf."

„Fünfundzwanzig, den Kelim und die Badezimmergarnituren. Lieferung dann aber frei Haus." Ich reichte ihm über den Schreibtisch hinweg meine Hand. „Deal?"

„Ich glaube, ich muss da noch mal mit meinem Vorgesetzten ..."

Irene griff in ihre Handtasche, holte eine Puderdose heraus und klappte sie auf, als würde sie die ganze Diskussion gar nicht mehr interessieren. „Wissen Sie was, Chef. Wir vergeuden hier nur unsere Zeit." Sie puderte ihre Nase. „Wird Zeit, dass wir was Vernünftiges auftun. Wir müssen schließlich noch ein paar Quadratmeter mehr vom Büro einrichten."

„Sie haben sie gehört", sagte ich und steckte mein Scheckbuch wieder ein.

Der Abteilungsleiter schaute uns mit großen Augen an. Die Verzweiflung war ihm ins Gesicht geschrieben. „Also gut. Welche Lieferadresse darf ich eintragen?"

Wir lachten immer noch, als ich Irene vor ihrer Haustür in Düsseldorf wieder absetzte.

„Und was machen wir jetzt mit dem kleinen Kelim?", sagte sie. „Den wollten wir doch eigentlich gar nicht."

„Der kommt in die Küche unter den Tisch, oder er passt woanders hin."

„Ich muss schon sagen, Sie haben schnell bei Jussef gelernt."

„Macht doch auch Spaß, finden Sie nicht?"

„Allerdings. Ich glaube, wir sind die Ersten, die Rabatt bei Resch bekommen haben. Ich sollte die BILD-Zeitung anrufen."

„Tun Sie das. So, ich flitze mal schnell bei Buschmann vorbei und hole den Kuchen für morgen."

„Nicht nötig, Chef. Hildchen hat die Einkaufsliste. Sie ist ganz versessen darauf, morgen dabei zu sein. Sie will unbedingt servieren, damit das alles hochherrschaftlich vonstattengeht."

Mehr als zufrieden fuhr ich nach Hause und legte mich für den Rest des Tages auf die Couch. Ob Karl tatsächlich mit Gregorius sprechen würde? Am Ende wollte der Alte noch eine Nachverhandlung haben, weil er gemerkt hatte, dass er sich in die Nesseln gesetzt hatte mit seinen ausgelegten Fettnäpfchen, in die er gerade selber trat. Es stimmte natürlich, was Karl gesagt hatte – wie ein Gericht darüber entscheiden würde, stand in den Sternen. Ein Grund mehr für mich, nicht locker zu lassen, was den Deal anging. Aber ich musste Eberhardters Einwilligung bekommen, sonst stritt ich mich am Ende noch mit TransGlobal um die Provision. Dem Alten war alles zuzutrauen.

Sonntag, 11. Februar 1979, Düsseldorf

Ich hatte endlich mal so richtig ausgeschlafen, ein ausgiebiges heißes Bad genommen, und danach genoss ich die Ruhe in meiner Wohnung. Nicht dass ich Irenes Gegenwart nicht zu schätzen gewusst hätte, aber so ein richtiges Zuhause war es nicht mehr, wenn am Küchentisch der Bär tobte, die Wände mit To-do-Listen bepflastert waren und die Papiere und Ordner sich überall stapelten.

Ich warf einen Blick in die Tageszeitung und schlurfte im Bademantel ins Wohnzimmer. Vor dem Fenster tanzten die Schneeflocken, aus dem Radio war wenig Erbauliches über das Wetter in den nächsten Tagen zu erfahren. Irgendwann hörte ich den Schlüssel in der Wohnungstür, und Irene guckte ziemlich verwirrt, als sie mich auf dem Sofa sitzen sah.

„Oh, so spät schon?", sagte ich.

„Ja, so spät schon. Wo finde ich Tischdecken?"

„Schlafzimmer. Kommode. Schublade ganz unten. Wozu brauchen wir Tischdecken?"

„Für die Kaffeetafel heute. Eigentümerversammlung. Schon vergessen?"

Allerdings.

Ich hörte sie im Schlafzimmer herumhantieren.

„Was gefunden?"

„Nein. Vielleicht hat Hilde die woanders hingeräumt?"

„Geht's nicht auch ohne? Wollen Sie einen Kaffee?"

„Nein danke, Chef. Hier ist nichts."

Ich gesellte mich zu Irene, und gemeinsam durchstöberten wir die Kommode und den großen Kleiderschrank. Nichts.

„Kann es sein, dass Sie gar keine haben, Chef?"

Wenn ich es recht überlege, könnte das sogar sehr gut sein. Bei meinen Eltern lagen die Tischdecken in der Schlafzimmerkommode.

„Keine Antwort heißt also ja?"

„Hm? Das kriegen wir hin, wir leihen eine aus dem Hotel Heine."

„Vorher sollten Sie sich aber was anziehen."

Ich schaute an mir herunter. In Pyjama und Bademantel würde ich definitiv die Sonntagsanspruch meiner neuen Nachbarn verletzen. „Sie haben ja so recht."

Um eins waren wir samt frisch gebügelter Tischdecke in der Ceci-lienallee. Hilde hatte Kuchen, Kekse, Kaffeesahne und alles Mögliche und Unmögliche eingekauft und schon am Vortag in der Küche bereit-gestellt. Irene und ich deckten den Tisch im Konferenzraum, bereiteten Tee und Kaffee vor und waren um halb drei bereit, unsere Gäste zu empfangen.

„Fehlt nur noch Hilde", sagte Irene.

Kaum ausgesprochen, betrat Hilde das Büro in einem schwarzen Kleid mit weißem Kragen, samt einer weißen Schürze, ihre Haare wa-ren zu einem ordentlichen Dutt gesteckt. Sie sah aus, als würde sie im teuersten Wiener Kaffeehaus bedienen. Ich nahm ihren Mantel und hängte ihn an die Garderobe. Sie begrüßte uns kurz, eilte ins Konferenz-zimmer, begutachtete unser Werk und schob noch hier und da eine Ku-chengabel zurecht. Mit einem zufriedenen Seufzer kam sie zurück in die Küche. „Dann mach ich mal den Grüßaugust. Der erste Eindruck zählt."

Irene warf mir einen irritierten Blick zu.

„Wir sind hier doch nicht bei Von und Zu, Hilde. Das ist alles ganz zwanglos", sagte ich.

„Wir sind aber auch nicht bei Hempels unterm Sofa, Herr Welter. Ich habe alle Nachbarn schon kennengelernt, die sind eher nicht so leger, wenn Sie wissen, was ich meine."

Wir konnten die Diskussion nicht weiterausführen, denn es klingelte an der Tür und besagte Nachbarn begehrten Einlass. Hilde nahm Jacken und Mäntel entgegen, obwohl sich mir nicht erschloss, warum man für einen kurzen Gang durchs Treppenhaus einen Mantel mitnehmen musste. Irene und ich schüttelten Hände. Herr Behnke, irgendein hohes Tier bei der Landesregierung, kam mit Gattin; Frau Schreiber, mindes-tens kurz vor achtzig, ehemalige Rektorin eines Mädchengymnasiums, kräuselte die Nase und sagte: „Ich rieche Käsekuchen, wie wunderbar."

„Ich trinke aber keinen Kaffee", sagte Herr Behnke und schaute sich um, als erwartete er Angriffe von allen Seiten. Die Sorgenfalten auf sei-ner Stirn waren unübersehbar. Ich befürchtete, er würde uns heute das Leben nicht leichter machen.

„Wir haben Darjeeling, wenn Ihnen der lieber ist", säuselte Irene.

„Aber mit einem Tröpfchen Sahne."

„Selbstverständlich, wie denn sonst?"

Professor Krumbigl zwinkerte mir zu, ich zwinkerte zurück. Die Gattin von Herrn Behnke hatte sich bereits abgesetzt und erkundete die Räumlichkeiten. Damit waren wir fast vollzählig, es fehlte nur noch das Souterrain. Soweit ich wusste, wohnte da ein Student namens Lasse Sundberg aus Malmö, dessen Eltern die Wohnung für ihn gekauft hatten, damit der Junge in Düsseldorf studieren konnte. Entweder hatte Lasse keine Lust auf Kaffee und Kuchen oder er war in der Altstadt versackt, wie sich das für eine gelungene Samstagnacht gehörte.

„Soll ich mal runtergehen?", fragte Irene.

„Ach was. Lassen wir den armen Kerl einfach seinen Rausch ausschlafen. Vielleicht kommt er später dazu."

Ich setzte mich an die Spitze der Gruppe und führte meine Nachbarn durch alle Räumlichkeiten. Frau Behnke staunte, besonders über den Kimono. Aber das griesgrämige Gesicht ihres Gatten verhinderte Begeisterungsstürme. Die alte Frau Schreiber fuhr bei jedem Möbelstück sanft mit ihren Fingern über die Politur und schien zufrieden. Hoffentlich kontrolliert sie nicht auch noch die Türrahmen auf Sauberkeit, dachte ich.

Endlich hatten alle alles gesehen und wir konnten Platz nehmen. Hilde rauschte mit Kaffee und Tee herein, dann verschwand sie in der Küche. Irene verteilte den Kuchen. Zwischen zwei Gabeln Käsekuchen grummelte Herr Behnke: „Wie viele Leute sollen denn hier arbeiten?"

„Nur Herr Welter und ich", sagte Irene zuckersüß.

„Und was machen Sie hier überhaupt? Verkaufen Sie was?"

Um ihm den Wind aus den Segeln zu nehmen, riss ich das Gespräch an mich und hielt einen kleinen Vortrag über AEC.

Als ich geendet hatte, hob Frau Schreiber die Hand, wie in der Schule. „Kommen dann auch Japaner hierher? Ich meine, Sie brauchen doch Arbeiter, wenn Sie eine Brücke bauen?"

Irene hielt sich die Hand vor den Mund, denn sie war kurz davor, eine Lachsalve abzufeuern. Herr Krumbigl legte seine Hand auf Frau Schreibers Arm und sagte: „Das war doch nur metaphorisch gemeint. Herr Welter bringt Firmen zusammen. Das hat er doch gesagt. Die Brücke ist nur symbolisch. Wir haben damals doch auch gesagt: Die Luftbrücke nach Berlin. Da war ja keine echte Brücke."

„Ach so. Ja, aber was ist dann mit den Japanern? Kommen die hierher? Ich meine, man kann sich doch so schlecht verständigen."

„Frau Schreiber, da wird sicherlich der ein oder andere vorbeischauen. Sie werden das gar nicht bemerken. Und wenn Sie einen im
Hausflur sehen sollten, sagen Sie einfach Sayonara."

„Na, wenn ich mir das mal merken kann. Aber nicht zu viele, wenn
ich bitten darf."

„Japan ist so weit weg", sagte Herr Krumbigl, „machen Sie sich da
mal keine Sorgen."

Herr Behnke stand auf und schaute in die Runde. „Ich glaube, ich
muss mal grundsätzlich was klarstellen: Das hier ist kein Bürohaus.
Was Sie hier machen, Herr Welter, ist eine feindliche Übernahme. Wenn
das einreißt, dann könnte ja jeder kommen und hier im Haus irgendwas
machen. Wir sind doch nicht bei den Hottentotten."

Irene legte Frau Behnke und Frau Schreiber noch ein Stück Käsekuchen nach und füllte Herrn Behnkes Teetasse. Bestechung geht auch
über den Magen.

„Aber das ist doch Unsinn", mischte sich Krumbigl ein. „Der Herr
Welter hat diese Wohnung gekauft und damit kann er machen, was er
will, solange er hier keine Autowerkstatt oder ein Bordell aufmacht."

„Das glauben Sie doch selber nicht, Krumbigl. Wenn hier was anderes reinkommt als eine Wohnung, dann muss das beantragt werden.
Wohnraum darf nicht zweckentfremdet werden."

„Es ist doch nur übergangsweise", sagte ich.

Frau Behnke kicherte hinter vorgehaltener Hand und erntete einen
strengen Blick von ihrem Gatten. Frau Schreiber horchte auf und krähte:
„Ein Bordell? Mit Japanern?"

Allmählich kam ich mir vor wie in einem Sketch von Loriot. Ich
klopfte mit dem Kaffeelöffel gegen meine Tasse, um mir die Aufmerksamkeit aller zu sichern.

„Liebe Miteigentümer, ich weiß, dass das hier ein Wohnhaus ist, und
ich verspreche Ihnen, dass hier niemand gestört werden wird. Zunächst
werden nur Irene und ich hier arbeiten. Eventuell, in ein- oder zwei Jahren, werden wir eine weitere Sekretärin brauchen – oder wir haben bis
dahin unsere endgültigen Büroräume gefunden. Ab und zu werden wir
Besuch von Geschäftsfreunden aus dem Ausland bekommen. Aber ansonsten wird das hier alles sehr ruhig vonstattengehen. Das verspreche
ich Ihnen. Das Einzige, worum ich Sie bitte, ist die Genehmigung für

ein Firmenschild neben der Eingangstür, höchstens Din A5, mehr nicht."

Herr Behnke ließ sich zurück auf den Stuhl fallen, verschränkte die Arme vor der Brust und sagte: „Von mir bekommen Sie die Genehmigung nicht."

„Aber Arthur", sagte seine Frau. „Nun sei mal nicht so."

„Das verschandelt die Außenfassade, und davon hast du keine Ahnung, Erika. Erst ein Büro, dann noch ein Schild und morgen Gott weiß was!"

„Es wird sehr ordentlich. In poliertem Messing", sagte ich und lächelte Frau Behnke an, die bereits ihr drittes Stück Käsekuchen auf dem Teller hatte. „Ich wäre sehr froh, wenn Sie dem zustimmen würden, denn irgendwie braucht der Postbote ja auch Anhaltspunkte, nicht wahr. Und ich garantiere Ihnen, es wird von einem Fachmann angebracht. Ich bohre da nicht selbst."

Frau Schreiber hob wieder die Hand: „Ist das dann auf Deutsch?"

„Ja, auf Deutsch und Englisch, Frau Schreiber."

Sie schien zufrieden und nahm noch einen Keks.

„Also, wenn Sie mich fragen, Herr Welter, meine Einwilligung haben Sie. Rechts neben der Eingangstür ist jede Menge Platz für so was", sagte Professor Krumbigl.

„Was reden Sie denn? Es geht nicht um Platz, es geht ums Prinzip. Außerdem! Wir sind gar nicht beschlussfähig, weil dieser … dieser ausländische Student nicht da ist." Herr Behnke schaute sich triumphierend um.

„Die Eigentümerversammlung ist beschlussfähig, wenn vier von fünf Parteien anwesend sind", konterte Krumbigl.

„Mag ja sein, aber Herr Welter darf gar nicht mit abstimmen. Es geht ja um seine Anfrage."

„Macht nach Adam Riese dann drei von vier, um Beschluss zu fassen, Herr Behnke, oder soll Frau Irene Ihnen einen Rechenschieber bringen?"

„Ich sage, das muss von allen betroffenen Parteien beschl …"

„Jetzt werden Sie mal nicht kindisch." Professor Krumbigl warf seine ganze Autorität ins Feld. Ich hob beschwichtigend die Hände. „Meine Herren, meine Sekretärin holt mal eben unsere Teilungserklärung, dann schauen wir nach."

Irene stand auf, um in ihr Büro zu gehen.

„Und bis dahin … wer will noch echten warmen japanischen Reiswein? Ich habe sehr guten Sake, das japanische Nationalgetränk. Wer möchte?"

„Sie machen mich nicht betrunken, Herr Welter. Wäre ja noch schöner." Behnke schleuderte mittlerweile Blitze aus seinen Augen.

Seine Gattin hob die Hand. „Ich möchte das gerne mal probieren."

„Ich auch", zirpte Frau Schreiber.

Krumbigl musste ich gar nicht erst fragen.

Hilde brachte das Tablett herein und ich verteilte den warmen Sake in winzig kleinen Porzellantassen. Irene kam mit den Papieren zurück und gleichzeitig klingelte es. Hilde öffnete und rief: „Ach, der Herr Sundberg. Kommen Sie bitte herein."

Als unser Student den Konferenzraum betrat, sah er aus, als wäre eins von den dreißig Altbieren in der vergangenen Nacht vielleicht schlecht gewesen. Er winkte in die Runde, nahm einen Sake vom Tablett und sagte leicht nuschelnd: „Skol und Bonsai, ich stimme zu. Guten Tag, Herr Welter, was auch immer es ist, meine Stimme haben Sie."

Er trank den Sake, schüttelte sich, drehte sich um und strebte wieder, von Hilde in der Spur gehalten, der Wohnungstür zu.

Professor Krumbigl lachte. „Eigentlich ein ganz netter Bursche, aber wenn er so weitermacht, kriegt er ein Bierdiplom, aber sonst nichts."

Herr Behnke schnaubte. „So ein Flegel!"

„Mein Gott, waren Sie denn nie jung?", sagte Frau Schreiber, und Frau Behnke schüttelte den Kopf, beugte sich zu Frau Schreiber und flüsterte ihr zu, aber so, dass es jeder hören konnte: „Mein Arthur war schon bei seiner Geburt erwachsen. Nicht wahr, Arthur?"

Frau Schreiber biss vergnügt in ihren Keks und nuschelte: „Das erklärt alles." Sie tätschelte Frau Behnke den Arm, als bräuchte sie Trost.

„Dann schlage ich doch vor, wir schreiten zur Abstimmung, meine Damen und Herren." Ich hatte das Gefühl, die ganze Angelegenheit zu einem Abschluss bringen zu müssen.

Ich erhob meinen Sake-Becher. „Kampai, auf gutes Gelingen."

Um fünf war endlich alles überstanden. Wie eine kichernde Horde Teenager verließen meine Nachbarn das Büro. Der Sake war alle. Herr Behnke hatte einen in der Krone, Professor Krumbigl hatte die

Schriftzeichen von der Sake-Flasche abgemalt und die Adresse aufgeschrieben, wo man ihn kaufen konnte. Frau Behnke und Frau Schreiber sagten nicht nein, als Irene für jede Kuchen einpackte. Frau Schreiber steckte noch Kekse in ihre Handtasche.

Als sich die Tür hinter allen geschlossen hatte, warfen wir drei uns auf die Sessel im Empfangsbereich und atmeten auf.

„Also dieser Behnke ist doch …"

„Sagen Sie es nicht, Hilde."

„Werd ich auch nicht, Chef, sonst muss ich mir den Mund mit Seife auswaschen. Ich weiß gar nicht, wie die Frau das mit dem aushält."

„Ich glaube, sie hat die Hosen an", sagte Irene und Hilde nickte.

„Ist ja oft so. Hunde, die bellen, beißen nicht. Aber der Professor, der ist nett und der Lasse auch. Der hat mir den ganzen Putzkrempel hier hochgetragen. Dafür hab ich ihm gezeigt, wie man Abflüsse wieder frei kriegt … diese jungen Männer heutzutage …" Sie wuchtete sich aus dem Sessel. „Ich geh jetzt mal spülen."

Zu dritt war der Abwasch schnell erledigt, obwohl Hilde protestierte, das sei ihre Aufgabe, gingen wir ihr zur Hand. Gerade, als wir aufbrechen wollten, klingelt es. Ich drückte auf den Türöffner. Wir hörten, wie jemand die Stufen erklomm. Es schepperte, als würde etwas Schweres geschleppt. Und dann stand Freddo mit Sack und Pack vor der Tür. Eine Leiter, eine riesige Tasche, vermutlich für Pinsel und was man sonst noch so braucht, und eine Kiste mit Farbtöpfen und große Papierrollen zum Abdecken des Fußbodens hatte er sich aufgeladen wie ein indischer Kuli. Er stolperte herein, keuchte und sagte: „Tach, die Damen, ich hoffe, ich störe nicht."

„Was willst du dann?"

„Ich habe eine Inspiration, Polo."

„Ah, ja?"

„Ja. Ich fange sofort an."

„Skizzen?"

„Alles im Kopf. Skizzen würden mich nur ausbremsen."

„Ich hab aber jetzt keine Zeit, Freddo, um deine Ideen zu besprechen."

„Nach dir hab ich auch gar nicht gefragt. Du kannst gehen. Ich arbeite."

„Na, dann. Ich fahre die Damen nach Hause und komm noch mal zurück. Soll ich dir 'ne Pizza mitbringen?"

„Nicht nötig. Lass mich nur machen."

Freddo klapperte mit seinen Sachen ins Konferenzzimmer.

Hilde war entsetzt. „Macht der jetzt alles wieder dreckig?"

„Vermutlich. Kommen Sie, wir fahren. Lassen wir den Künstler allein. Eine Muse küsst einen ja nicht andauernd."

Ich half den Damen in die Mäntel und verabschiedete mich von Freddo. „Wenn du Kaffee brauchst, der ist in der Küche. Da ist auch noch Keks und im Kühlschrank Kuchen."

Ich bekam keine Antwort, mein Freund schien vollkommen entrückt.

„Wenn das mal gut geht", sagte Irene und Hilde seufzte.

„Das werden wir in ein paar Tagen sehen."

„Ich schau morgen mal lieber nach dem Rechten, Herr Welter."

„Lieber nicht, Hildchen, das könnte nach hinten losgehen. Der Künstler hasst es, gestört zu werden, nicht dass Sie am Ende auch noch bemalt werden."

„Hoffentlich ist er fertig, bis die Sachen von Resch kommen", sagte Irene.

„Wird schon klappen. Wenn Freddo einmal anfängt, dann zieht er es auch durch."

Hilde warf noch einen bangen Blick in Richtung Konferenzraum, aus dem undefinierbare Geräusche kamen. „Ihre Ruhe möcht ich haben."

„Shoganai, wie der Japaner sagt. Und jetzt meine Damen, wohin? Nach Hause oder ein japanisches Abendessen? Wir müssen unser Firmenschild feiern."

„Muss ich da etwa mit Stöckchen essen?"

„Ja, Hilde", sagte Irene. „Aber, wer Abflüsse wieder flott macht, bekommt auch das hin."

„Und da ist doch alles roh, habe ich gehört … und von dem vielen Reis bekommt man Verstopfung …"

Wir gingen die Treppe hinunter, ich voraus, die Damen hinterher. Ich war mir sicher, dass die Diskussion noch bis zum Restaurant anhalten würde. Aber am Ende würde sich Hildchen ins kulinarische Abenteuer stürzen und begeistert sein. Fragte sich nur, wie ich es schaffen sollte, sie dazu zu überreden, in den Sportwagen einzusteigen, denn für meine Perle war alles, was kleiner war als ein Linienbus oder eine Straßenbahn, ein Sarg auf vier Rädern. Und als wir aus der Haustür traten und Hilde meines neuen roten Flitzers ansichtig wurde, sagte Irene, die das alles zur Genüge kannte in ihrer unnachahmlichen Art: „Hilde, Sie dürfen vorne Sitzen, da können Sie dem Tod direkt ins Auge sehen."

Montag, 12. Februar 1979, Düsseldorf

Als Irene an diesem Morgen um halb zehn ins Büro kam, war ich schon gestiefelt und gespornt und hatte bei Stempel Bergmann bereits das Firmenschild in Auftrag gegeben.

Irene war angemessen beeindruckt. Sie kam direkt von Hauser & Friedmann, wo sie sämtliche Vollmachtsformulare unterschrieben und hinterlegt hatte. Sie schnappte sich den Telefonhörer und wählte. Wen sie anrief, erfuhr ich ziemlich schnell. Es ging um die Telefonanschlüsse, die immer noch nicht bestätigt worden waren.

„Und wie lange sollen wir, Ihrer Meinung nach, darauf noch warten", fragte sie. „Es geht um eine Firma, nicht um irgendeinen Privatanschluss."

Ich beugte mich zu Irene und hörte mit.

„Das wird noch mindestens vier bis sechs Wochen brauchen, Sie können sich ja nicht vorstellen ..."

Ich nahm ihr den Hörer aus der Hand. „Und Sie können sich nicht vorstellen, was bei uns los ist. Ich brauche die Telefone und ein Telex. Wollen Sie dafür verantwortlich sein, dass unsere Firma pleitegeht? Wir sind so gut wie nicht erreichbar, mein Herr! Das ist ein unhaltbarer Zustand!"

„Ich kann da nichts für Sie tun. Sie müssen einfach warten, bis Sie an der Reihe sind."

„Das wäre ja noch schöner!"

Bevor ich mich richtig aufregen konnte, nahm mir Irene den Hörer aus der Hand und säuselte: „Sie würden uns wirklich sehr weiterhelfen, wenn Sie die Sache beschleunigen könnten. Auf Wiederhören." Sie war angefressen und warf den Hörer auf die Gabel. „Was machen wir denn jetzt bloß, Chef? Die führen sich auf wie die Herren der Welt."

Ich starrte wütend aus dem Fenster. „Wir rufen da täglich an. Jeden Tag. Bis wir sie weichgekocht haben. Was sollen wir sonst tun?"

„Das mache ich. Aber ich schreibe auch noch einen Brief an die Hauptverwaltung. Vielleicht hilft das ja."

Mitten in unsere Diskussion klingelte das Telefon. Ich ging ran, vielleicht war doch ein einsichtiger Mitarbeiter der Post dran? Aber es war Eberhardter.

„Grüß dich, Walter. Was gibt es?"

„Ich bekomme seltsame Post von TransGlobal. Heute der zweite Brief, diesmal per Eilboten."

„Ja, und?"

„Die wollen mich wohl loswerden. Ich soll einwilligen, dass du den Masuhara-Deal übernimmst. Aber den Gefallen werde ich ihnen nicht tun. Noch nicht."

„Das sagtest du mir bereits. Ich bin da, ehrlich gesagt, auch nicht glücklich darüber. Aber es ist deine Entscheidung. Der Punkt ist aber: Gregorius wird mir Ärger machen, wenn der Deal stattfindet und du mir nicht die Verantwortung übertragen hast. Sie werden die Provision einbehalten wollen."

„Verstehe, Marco. Das will ich natürlich auch so nicht. Also, was tun?"

„Machen wir Folgendes aus, Walter: Ich bin guter Hoffnung, dass Masuhara in den nächsten Tagen sein Okay für die Übertragung auf meine neue Firma gibt. Will heißen, ich werde es wohl als Erster erfahren, wenn auch der Deal klappt."

„Oder auch nicht klappt."

„Nicht so pessimistisch. Wenn Masuhara einlenkt, rufe ich dich an, und bevor bei TransGlobal irgendeiner Wind davon bekommen kann, schickst du ein Telex, egal um welche Uhrzeit, an TransGlobal, dass du dem Wechsel zustimmst."

„Du bist ein Fuchs. Soll ich neben dem Telex schlafen?"

„Wenn du so freundlich wärest? Ich halte dich in allem auf dem Laufenden. Das muss irgendwie klappen."

„Gut, ich gebe meinem Sekretariat Bescheid und formuliere das vor, das bleibt so lange liegen, bis wir eine Nachricht von dir haben. Aber noch etwas: Ich habe schon wieder eine Anfrage aus Amerika von General Motors. Und soll ich dir was sagen? Ich habe nicht die geringste Lust, das mit TransGlobal abzuwickeln. Du wärst mir lieber."

„Kann ich verstehen, aber mich darfst du da nicht fragen – wir haben Gebietsschutz ausgemacht. Da darf ich meine Finger nicht reinhalten."

Irene kritzelte etwas auf einen Notizblock und schob ihn mir hin. Darauf stand: Ralph D. Delaney?

Ich schüttelte den Kopf.

Eberhardter schnaufte durch den Hörer. „Das ist aber nicht schön."

„Ja, glaub mal bloß, ich hätte die Provision gerne kassiert. Aber du hast einen Vertrag mit TransGlobal. Ich würde Selbstmord begehen … du verstehst?"

„Verstehe ich. Man muss auch mal sauber bleiben, oder?" Eberhardter lachte.

„Aber ich gebe dir eine Telefonnummer von einem Kontakt in den USA, der Mann heißt Ralph D. Delaney, residiert in Texas, und was er nicht weiß, existiert auf dieser Welt nicht. Falls du also eventuell spezifische Fragen zu Amerika hast, lass dich von ihm zusätzlich beraten. Nicht billig, aber er ist ein sehr lustiger Vogel, besonders seine Assistentin Elaine. Gönn dir das Vergnügen."

Ich gab Eberhardter die Telefonnummer durch.

„Was ist denn mit Elaine?", fragte er.

„Wirst schon hören. Überraschung. Und bestell ihr liebe Grüße von mir." Ich legte auf, und Irene guckte mich fragend an. „Was ist denn mit Elaine, das würde ich jetzt auch gerne wissen."

„Vielversprechende Stimme, Irene. Ich wette, dass, wenn die bei uns in den Bahnhöfen die Ansagen machen würde, die Herren hechelnd auf den Gleisen lägen."

„Ach so. Was liegt heute noch an?"

„Ich gehe mit Karls Brief zu Vito, dann muss ich noch kurz zur Bank."

„Okay Chef, dann gehe ich ins Reisebüro und mache die Buchungen für Paris, damit Sie auch ordentlich unterkommen. Und, ich muss Ihren Steuerberater anrufen, damit ich hier das Geld ordentlich als Ihr Darlehen an AEC verbuchen kann, das wir gerade in die Welt verteilen."

„Stimmt. Hab ich noch gar nicht dran gedacht."

„Dafür bin ich ja da."

Vito schüttelte nur den Kopf, als er den Brief las. „Ich sag es immer wieder, Polo, hättest du mir das doch vorher gezeigt."

„Sollen wir darauf antworten?"

„Und ob wir darauf antworten werden. Ich mache Gregorius ein bisschen kribbelig und dann gucken wir mal, wie hoch er springen kann. Überlass das mir."

„Es geht mir nur ums Hinhalten. Aber mach ihm klar, dass er mein Ausstiegshonorar pronto bezahlen muss, sobald der Firmeneintrag da ist."

„Ragazzo, du bist einer der Wenigen, außer mir natürlich, der zwei völlig verschiedene Sachverhalte in einem Satz abwickeln kann."

„Karl hat mir schon gedroht."

„Dann droh ich eben zurück."

„Mit tutti la famiglia in Neapel?"

„Wenn es sein muss? Jetzt guck doch nicht so … alle Martinellis sind entweder kriminell oder Politiker. Ich bin vollkommen aus der Art geschlagen mit meiner ehrlichen Haut. Und falls du jetzt fragst, was mit deinem Handelsregisterauszug ist: Er ist noch nicht da."

„Schade. Na, gut. Ist irgendjemand aus deiner weitverzweigten famiglia vielleicht bei der Post?"

„In Italien vielleicht, aber hier nicht."

„Noch mal schade. Die machen mich wahnsinnig. Noch vier bis sechs Wochen, bis die Anschlüsse kommen."

„Soll ich meinen Bruder Enzo hinschicken? Der kann sehr überzeugend sein."

„Schreib lieber einen Brief … Bei Enzo muss man hinterher immer so viel aufräumen und Blut aufwischen." Ich griff in meine Manteltasche und legte ihm die Mitteilung der Post auf den Tisch.

Vito lachte aus vollem Halse, und ich fragte mich – und hatte es schon oft getan – wie viel Enzo in Vito stecken mochte. Enzo hatte ich auf einer Familienfeier kennengelernt, ein ausgesucht höflicher und lustiger Kerl, aber in seinen Augen konnte man ablesen, dass es für die Gesundheit nicht günstig war, sich mit ihm anzulegen. Vielleicht konnte Vito diesen Blick einfach nur besser verbergen als sein Bruder.

„Wenn du es schaffst, die Wartezeit zu verkürzen, darfst du ein Jahr lang von meinem Büro aus kostenlos deine Mama in Neapel anrufen."

Wir tranken noch schnell einen Espresso zusammen, dann machte ich mich auf den Weg zur Bank, und eine Dreiviertelstunde später tanzte ich schon durch die Altstadt in Richtung Sternchens Goldschmiede, denn mein Geld aus den Aktienverkäufen war gutgeschrieben worden. Das ließ hoffen und ich könnte ein bisschen freier atmen.

Im Juweliergeschäft bekam meine gute Laune wieder einen Dämpfer, denn die Künstlerin war noch nicht fertig und weigerte sich auch standhaft, mir zu zeigen, wie die Brosche für Michiko bisher gediehen war. Sie war wenig beeindruckt, als ich ihr sagte, dass das Schmuckstück unbedingt am 19. mit nach Paris müsse.

„Es ist fertig, wenn es fertig ist. Ich rufe an."

Dann wurde ich oberlehrerhaft durch ihre Lupenbrille angeschaut. Also zog ich unverrichteter Dinge wieder ab, holte den Wagen und fuhr zum Parkhaus am Karlsplatz, um einen Dauerparkplatz und ein Tankkonto für das neue Auto einzurichten.

Ich stand noch keine fünf Minuten in der vollverglasten Pförtnerloge und füllte Formulare aus, damit mir der Parkwächter einen Platz zuweisen konnte, als ich ein unangenehmes Kribbeln im Nacken spürte. Ich drehte mich um und sah Kathrin an meinem Wagen lehnen. Sie starrte mich unverhohlen an. Ich unterschrieb den Mietvertrag und erhielt zwei Schlüssel für den Autoaufzug. Das war der letzte Schrei, rein aus der Raumnot geboren.

„Kann ich sonst noch was für Sie tun, Herr Welter?", fragte der Parkwächter, als ich mit dem Schlüssel in der Hand an seinem Schreibtisch stehen blieb. Am liebsten hätte ich gesagt: „Ja, können Sie mal bitte das Fräulien Gregorius irgendwo einparken?" Stattdessen schüttelte ich den Kopf und warf ich mich in die Schlacht, was sollte ich auch sonst tun? Kathrin würde da so lange stehen bleiben, bis ich rauskäme, also tat ich ihr den Gefallen.

„Ach, sieh an, der Herr Welter. Rechnungen kann er nicht bezahlen, aber für ein neues Auto reicht's noch, und sogar für einen Sportwagen."

„Und die Miete für die Garage. Könntest du jetzt bitte von meinem Wagen weggehen, damit ich ihn parken kann?"

„Und wann gedenkst du, die Rechnung zu bezahlen, die Papa dir geschickt hat?"

„Sobald er mich bezahlt hat. Ist doch nur fair, oder?"

„Ich glaube, du verstehst wieder nur die Hälfte von dem, was du hier von dir gibst, Marco."

„Sagt die studierte Kunsthistorikerin. Ich komm bei dir in der Galerie vorbei, wenn ich die Rechnung einrahmen lassen will. Also ... beweg dein zartes Hinterteil von der Tür weg, oder muss ich den Sicherheitsdienst rufen? Und falls hier jemals eine Schramme an meinem Auto ist, weiß ich ja, wen ich fragen muss. Nicht wahr?"

Wenn ich mittlerweile eines gelernt hatte – eine zornige Kathrin war zu allem fähig.

Endlich gab sie die Tür frei. Vor Wut war sie ganz blass um die Nase geworden. „Was erlaubst du dir …?!"

„Nicht mehr als du auch. Schönen Tag noch."

Ich stieg ein, startete den Motor und fuhr rückwärts von Kathrin weg. Dann musste ich aber leider wieder vorwärts fahren, weil mein Parkplatz in dem Teil der Garage war, dessen Zufahrt sie gerade mit ihrem BMW blockierte. Ich sah aus dem Augenwinkel, wie der Parkwächter die Szene beobachtete. Kathrin hatte die Arme vor der Brust verschränkt und machte keine Anstalten, ihren Wagen irgendwohin zu bewegen. Unvermittelt nahte die Rettung, der Wächter verließ seine Loge und ging auf sie zu. Was er zu ihr sagte, konnte ich nicht verstehen, dafür aber ihre kratzbürstige Antwort: „Nicht nötig, das schaffe ich schon alleine." Kathrin stieg in den BMW, knallte die Tür zu und brauste mit quietschenden Reifen auf die Straße.

An manchen Tagen ist mir Düsseldorf einfach zu klein.

Auf dem Nachhauseweg nahm ich eine Pizza Quattro Stagioni von La Candeletta mit und kam in eine stille Wohnung. Irene war schon gegangen. Auf dem Küchentisch lag die Reservierungsbestätigung für das Hotel in Paris und eine Nachricht von ihr: *Mit dem Steuerberater alles geklärt. Hilde war auch da. Von der Post nichts Neues. Ich habe einen halben Lastwagen voll Büromaterial für die Ceci bestellt und nehme das morgen um 9.00 Uhr dort in Empfang. Dann kann ich mal gucken, was Freddo gemacht hat. Liebe Grüße Irene*

Ich warf mich in Jogginghose und T-Shirt, legte Miles Davis auf, live in Paris 1949, holte ein Bier aus dem Kühlschrank, schnitt die Pizza im Karton in handliche Stücke und legte mich auf die Couch. Kaum wollte ich den ersten Bissen nehmen, geisterte Kathrin durch meinen Kopf, vermutlich weil mich meine Art, Pizza aus dem Karton zu essen, in ihren Augen zu einem Barbaren machte. Jedenfalls hatte sie das immer gesagt. Ich fragte mich, wie ich das Xanthippen-Potenzial in ihr jahrelang nicht hatte bemerken können. Oder wollen? Liebe macht vielleicht doch blind. Ihr Verhalten fand ich allmählich bemitleidenswert. Schade nur, dass Düsseldorf wirklich ein Dorf ist und wir uns auch in Zukunft zwangsläufig über den Weg laufen würden. Es schellte an der Tür, und immer noch konnte ich den ersten Bissen Pizza nicht verklappen. Es war Freddo, der den direkten Weg ins Wohnzimmer nahm und sich den Mund mit meiner Pizza vollstopfte. „Toll, mir hängt der Magen auf den Schuhsohlen."

„Was verschafft mir die Ehre?"

Er holte mit seinen fettigen Fingern ein verknittertes Papier aus seiner Manteltasche und legte es auf den Tisch. „Dein Briefpapier, Polo."

Bevor er mir die Pizza gänzlich verputzte, biss ich ein Stück ab und faltete das Papier auseinander.

„Sehr schön, Freddo."

„Du klingst ja nicht begeistert."

„Doch, bin ich. Ehrlich. Aber könntest du mir bitte das letzte Stück Pizza übrig lassen?"

Freddo leckte sich die Finger ab. Ich ging in die Küche und warf ihm eine Küchenrolle zu, die er zu spät kommen sah. Sie flog an ihm vorbei, krachte in die Stereoanlage, und Miles Davies hatte jetzt einen Kratzer und leierte vor sich hin. Freddo zuckte die Schultern und sagte: „Du hast geworfen, nicht ich."

„Schon gut."

Er wischte sich die Finger an seiner Arbeitshose ab, stoppte den Plattenteller und legte Charly Parker auf. „Bringst du mir ein Bier mit?"

„Willst du hier Wurzeln schlagen? Falls ja, hol eine Pizza, ich hab immer noch Hunger."

Freddo kam in die Küche und machte den Kühlschrank auf. „Ach, guck mal hier – gegrillte Hühnerbeine. Hast du Toast?"

„Die muss Hilde hier abgestellt haben. Toast ist oben im Schrank."

„Ich brauch noch Ketchup. Also, willst du das Briefpapier so?"

„Wo ist der rote Punkt?"

„Unten in der Adresszeile."

Während Freddo die Teller mit Hühnchen und Toast herrichtete, schaute ich mir das Briefpapier genauer an. „Der rote Punkt muss nach oben, dann stimmt's wieder. Der Toaster steht übrigens direkt neben dir."

„Ich mags lieber labberig."

Freddo nahm die Ketchupflasche, quetschte das Zeug auf seinen Teller, tunkte den Zeigefinger hinein und machte einen roten Punkt auf das Briefpapier. „Ungefähr da?"

„Ja, oben mittig ist okay. Wie viel muss ich bestellen?"

„Ist 'ne kleine Druckerei. Ich schlage vor, erst mal fünfzig Visitenkarten und fünfzig Blatt erste Seite und fünfzig zweite Seite."

„Gute Idee, wir haben ja immer noch keine Telefonnummer in der Ceci. Und mach auch 50 Visitenkarten für Irene. Aber nimm 80 Gramm Papier für die Briefbögen, nicht dieses billige Zeug."

„Ich kann auch in Büttenpapier."

„Nicht nötig."

Freddo fläzte sich im Sessel und knabberte Toast und Hühnchen. Ich guckte unentschlossen auf meinen Teller.

„Welche Laus ist dir über die Leber gelaufen, mein Freund? Willst du das Hühnchen nicht?"

Ich zog den Teller vom Tisch, bevor Freddo zulangen konnte. „Ja, ich will mein Hühnchen noch. Und es sind Läuse, Plural, Freddo, Läuse, ganze Armeen, die mir über die Leber laufen."

„Dann fang mal mit der ersten an."

„Kathrin und ihr Vater. Nichts als Ärger. Nichts als Steine in den Weg legen, absurde Rechnungen schicken und drohen. Und Karl macht mit. Ich dachte mal, der ist ein Freund. Aber nichts da. Und Kathrin hat mich heute im Parkhaus erwischt, selbst da kann sie die Klappe nicht halten."

„Wie viel will der Alte denn von dir?"

„Alles in allem vier Komma fünf Millionen. Du verstehst? Sechs Nullen hinter der Vier."

Freddo nahm einen Schluck Bier und drehte sich eine Zigarette. „Hast du nicht immer gesagt, alles, was sechs Nullen hat, ist surreal? Also, worüber machst du dir Sorgen?"

„Ja, du hast gut reden, du hast geerbt."

„Stimmt. Sechs Nullen hinter der Acht, aber leider alles in Immobilien."

„Dann kannst du ja verkaufen und mich raushauen, wenn die Schwarte kracht."

„Könnte ich. Frag mich einfach."

„Spinner. Das könnte ich dir niemals im Leben wieder zurückzahlen. Behalt dein Geld."

„Okay, kommen wir zur nächsten Laus."

„Diese Japaner. Diese Bande bei Masuhara, die sich einfach nicht rührt. Und alles wird immer nur hin und her gerollt, aber nix passiert. Harmonie und Geduld – ich kann die Worte schon nicht mehr hören. Ich krieg schon Plaque, wenn das einer sagt."

Freddo klappte sein Zippo auf und zündete sich die krumme Zigarette an, die beinahe zur Hälfte runterbrannte. Die Asche fiel auf den Teppich. Ich sagte mal lieber nichts.

„Also, wie ich dich kenne, Polo, hast du schon mit der Faust auf den Tisch gehauen."

„Hab ich. Hat nix gebracht. Die sind stumm wie die Fische und grinsen nur."

„Also, du kannst noch mal auf den Tisch hauen, so nach dem Motto: Gewalt ist keine Lösung, solange man's nicht tut; aber die Chancen stehen schlecht, wenn die Brüder so drauf sind. Dann doch lieber Plaque."

„Freddo! Alles hängt in der Luft, der Deal, die Telefone – und Telexanschlüsse, Sternchen kommt nicht aus dem Quark – ich werde in Paris nicht ohne ein Geschenk vor Michiko treten, und es muss ein Geschenk sein, dass ihr die Luft wegbleibt, verstehst du?"

„Absolut."

„Die dämliche Post ist im Schnarchmodus, der Handelsregisterauszug vom Amtsgericht liegt vermutlich auf der Ablage Fensterbrett bis zum Sankt-Nimmerleins-Tag und wird da verstauben – nix läuft, wie es soll. Und die neue Firma muss ich auch ans Laufen kriegen – Akquise machen, Konzepte, etc. pp … aber wie soll ich das ohne Handelsregister und ohne Firmenkonto, Telefone und Telex - und jeden Tag nix als Rechnungen … Und! Am 25. kommt das Schiff in Yokohama an, und wenn sich bis dahin nichts getan hat, dann Gnade mir Gott."

„Ich konstatiere, mein Freund – die Bleischuhe gefallen dir nicht. Aber ist das nicht auch der Lauf der Dinge? Eins nach dem anderen? Du weißt doch, den Hans Dampf in allen Gassen zu geben ist die Kunst, zehn Sachen gleichzeitig zu versauen. Sieh es doch mal so: Du hast die wunderbare Irene, die hier alles am Laufen hält, du hast Hildchen, die dir Hühnerbeine in den Kühlschrank stellt und die Bude sauber macht, du hast ein super Auto, du hast mich, das wollen wir mal nicht vergessen, ein Wahnsinnsbüro – und du hast eine schnuckelige Freundin in Japan, die du nächste Woche wiedersehen wirst. Und wenn die wirklich okay ist, dann ist ihr das Geschenk egal. Glückspilz."

„Ja, aber der Rest, Freddo, der Rest …! Die Bleischuhe machen mich wahnsinnig."

„Dann lass es doch sein. Vielleicht hast du dich in was verrannt. Warum überhaupt?"

„Weil Asien die Zukunft ist."

„Die aber grad sehr finster daherkommt. Vergiss die nervigen Japaner. Oder ist deine Abenteuerlust wieder größer als dein Verstand? Oder ist es die Liebe, die dir das Hirn vernebelt?"

„Quatsch. Chancen muss man ergreifen. Und Japan ist eine große Chance. Karl wollte das nicht sehen, der versauert lieber mit Gregorius, weil er sich noch nicht mal traut, aus dem Fenster zu gucken, geschweige denn, über Grenzen zu gehen. Man muss neue Märkte aufmachen, man muss sich reinwerfen. Sonst bringt das nichts. Ich bin nicht vernebelt. Bin ich noch nie gewesen …"

„Ach? Soll ich den bösen Namen mal sagen?"

„Lass es lieber, wenn du hier lebend rauskommen willst."

Freddo lachte. Ich wäre ihm am liebsten an die Gurgel gegangen. Stattdessen nahm ich ihm die Zigarette aus der Hand und inhalierte bis in die letzte Bronchie. Viel zu spät fiel mir auf, dass es ein Joint war. Jetzt kams auch nicht mehr drauf an. Ich hustete und sagte: „Dreh mal gleich noch einen. Vielleicht schaffe ich es heute Abend noch bis zur Erleuchtung, die du ja schon längst gehabt hast."

„Willst du meinen Rat oder nicht, Polo?"

„Nein. Ich will jammern und klagen und ein bisschen wüten. Ich glaube, das bekommt mir jetzt ganz gut."

„Dann lass uns wüten. Iss gefälligst dein Hühnerbein, pack deine Klamotten, wir gehen in die Squash-Halle und toben uns richtig aus."

Dienstag, 13. Februar 1979, Düsseldorf

Bevor Irene kam, ließ ich das Chaos, das ich mit Freddo am Vorabend hinterlassen hatte, verschwinden. Ich hatte Muskelkater überall und jeder Schritt tat mir weh. Freddo hatte mich von einer Ecke in die andere gejagt, als gäbe es kein Morgen.

Um halb zehn war ich dann endlich so weit, dem Tag zu begegnen, und schaute mich in der Küche um. Es gab einfach nichts zu tun. Vor lauter Verzweiflung rief ich im Hotel Heine an, aber da war kein Telex für mich angekommen. Also kochte ich noch einen Kaffee, damit mein inneres Rennpferd mit irgendwas beschäftigt war.

Irene kam um kurz nach zehn die Treppe hinaufgehastet und winkte mit einem wattierten Umschlag, auf dem reichlich Briefmarken und Stempel zu sehen waren.

„Morgen, Chef, ich hab den Eilboten auf der Straße getroffen. Das hier ist für Sie. Aus Japan."

„Oh."

Ich drehte den Umschlag um. Von Michiko.

„Ist bestimmt privat." Irene schob mich ins Wohnzimmer und machte die Tür hinter mir zu. „Sie gucken sich das in Ruhe an und ich nerve jetzt wieder bei der Post."

Der Umschlag enthielt eine Cassette. Ich legte sie ein, setzte mir Kopfhörer auf und drückte den Startknopf: „Moshi, Moshi, Polo. Ich habe Herrn Kizawa in seinem Büro besucht. Hier die Zusammenfassung des Gesprächs: Zu mir ist er ausgesucht höflich, ja fast väterlich. Er erklärte mir, warum er beim strikten Nein für den Deal bleibt. Schon bei der Bestellung der Maschine hätte er seine Bedenken angemeldet. Die Maschine sei dann auf Drängen von Tsuda zu überhastet geordert worden, weil man zu der Zeit im Hause Masuhara der Meinung war, dass sie nur durch diese deutsche Anlage Qualitätsprobleme in den Griff bekommen könnten. Ob er der Bestellung letztendlich auch zugestimmt hat, konnte ich nicht aus ihm herauskitzeln. Auf meine Frage, ob er wisse, welche Probleme er auf Seiten des Lieferanten TransGlobal und Eberhardter ausgelöst habe, meinte er nur, dass er Masuhara Sangyo schützen müsse. Ohne Service vor Ort, ohne Einfahren der Maschine durch Eberhardters Techniker sähe er keine Chance für eine Abnahme. Ich habe ihm erklärt, dass die gesamte Anlage auf ihre

Anforderungen hin gebaut worden wäre und somit unverkäuflich an andere Kunden sei. Er zuckte dazu nur mit den Schultern. Auf meine Frage, ob er für die entstandenen Probleme kein Verständnis habe, antwortete er nicht. Der Kompromissvorschlag von Walter, Techniker zur Aufstellung und zum Einfahren zu schicken, könne er zwar zustimmen, doch würde das nichts an seiner Einstellung ändern. Dann sagte er plötzlich: Ich habe den Auftrag im Haus gegeben, eigene Lösungen für unsere Probleme zu entwickeln, die viel preiswerter und viel flexibler einsetzbar sein sollen. Die deutsche Anlage sei bestimmt sehr gut, aber viel zu teuer und müsse für jeden Produktwechsel umgerüstet werden, und jede Umrüstung müsse bei Eberhardter beauftragt werden. Somit würde sich Masuhara von seinem Lieferanten abhängig machen. Das scheint mir der Kern der Aussage zu sein.

Ich habe ihn dann auf die rechtliche Seite hingewiesen, auch, dass Eberhardter die Anzahlung von siebzig Prozent auf keinen Fall zurückzahlen würde. Seine Antwort: „Wir fordern das Geld vom Auftragnehmer, TransGlobal, zurück, nicht von Eberhardter." Daraufhin habe ich ihm die Zusammenhänge noch einmal erläutert. So hätte er das nicht verstanden, meinte er dazu. Meinen Einwand, dass er nicht einfach von einem einmal geschlossenen Vertrag zurücktreten könne, beschied er damit, dass man darüber sprechen müsse. Was das denn hieße, fragte ich ihn. Warum sollten sie Maschinen abnehmen, für die sie eigene Lösungen suchen würden, das solle ich der deutschen Seite klarmachen. Wir sind so verblieben, dass ich wieder auf ihn zukommen werde, nachdem ich mit euch gesprochen habe. Ich werde in den kommenden Tagen noch einmal mit ihm und Masuhara-san reden. Ich muss auch erst mal Vertrauen zu ihm aufbauen. Es kann dauern Polo. Shoganai, ich bleibe am Ball. Die Zusage, dass Masuhara zukünftig AEC als alleinigen Ansprechpartner akzeptiert, erwarte ich eigentlich stündlich. Da hat mir Tsuda bereits telefonisch ein positives Zeichen gegeben.

Ich freue mich auf Paris. Michiko."

Die Cassette war zu Ende und der Rekorder sprang auf Stopp.

„So ein Idiot! Bestellt eine Anlage für viereinhalb Millionen und versucht parallel eigene Entwicklungen. Spinnt der, oder ich?!"

Plötzlich stand Irene in der Tür und guckte mich fragend an. Ich nahm die Kopfhörer ab.

„Brauchen Sie Baldrian, Chef? Man kann Sie bis auf die Straße fluchen hören."

„Eine Literflasche, Irene. Die Japaner stellen sich immer noch quer. Können Sie sich vorstellen, dass jemand so einfach einen Auftrag über mehr als vier Millionen storniert, nur weil ihm plötzlich in den Sinn kommt, selbst an preiswerteren und flexibleren Lösungen zu arbeiten? Und ich verwette die Oberkasseler Brücke, dass sich Kizawa die Pläne, die Eberhardter ihm hat zukommen lassen müssen, zu Gemüte geführt hat und jetzt glaubt, er könnte es alleine."

„Bleiben Sie mal ganz ruhig. Atmen Sie tief ein und lange aus. Sie sind ja ganz blass. Ich hole Ihnen ein Glas Wasser."

„Ich sehe Kizawa direkt vor mir. Mit diesem arrogantem Gesicht, ohne Ahnung der rechtlichen Konsequenzen, besser gesagt mit Missachtung aller Geschäftsgepflogenheiten. So viel Squash kann ich gar nicht spielen, um mir die Wut aus dem Leib zu prügeln. Ich muss sofort Eberhardter anrufen, denn wenn Kizawa es schafft, die Maschinen zu kopieren, dann gehen hier bei uns allen die Lichter aus." Ich eilte in die Küche und wählte Eberhardters Nummer, aber niemand hob ab. Genervt knallte ich den Hörer auf die Gabel.

„Gehen Sie mal eine Runde um den Block, Chef."

„Sie haben recht. Ich muss mal raus, und danach rufe ich Shimura an und versuche es noch mal bei Eberhardter."

Im selben Moment klingelte das Telefon, Irene nahm ab und kam gar nicht zu Wort. Ich zog Mantel und Schal an und hörte sie aus der Küche rufen: „Moment mal, Chef, einen Augenblick!"

„Was gibt's?"

„Wenn Sie eh rausgehen, machen Sie doch bitte einen Abstecher zum Hotel Heine. Der Concierge sagt, da kommt gerade meterweise Telex für uns rein."

„Mach ich. Hat er gesagt, von wem?"

„Nein. Hat er nicht."

„Okay."

Fünf Minuten später war ich im Hotel und erlöste den Portier vom Papierkram. Ich bedankte mich und ging raus, hatte aber längst die Augen auf dem Papierstreifen, sodass ich beinahe eine Frau samt Kinderwagen umrannte. Mit jeder Zeile, die ich las, wurde ich wütender und mein Schritt schneller. Den Papierstreifen zog ich hinter mir wie eine

Fahne. Ein paar Leute drehten sich nach mir um. Schließlich erreichte ich das Rheinufer und fluchte, was das Zeug hält. Den Papierstreifen knüllte ich zusammen und stopfte ihn in die Manteltasche. Ich atmete ein und ich atmete wieder aus – mit wenig Effekt. Auch konnte mich der Anblick der träge dahingleitenden Frachtschiffe nicht beruhigen. Also ging ich nach Hause, um Irene auf die Nerven zu fallen, die mit spitzen Fingern den feuchten und verknüllten Telexstreifen in Empfang nahm und in aller Ruhe glattstrich.

„Ist von Ono", sagte ich.

„Aha? Soll ich es noch mal vorlesen?"

„Lieber nicht, sonst zerreiße ich es in der Luft."

„Was will er denn?"

„Er hat mit Matsui gesprochen. Der hat ihm gesteckt, dass die Diskussion zwischen den Lagern Kizawa und Tsuda weitergeht. Er bestätigt praktisch das, was Michiko mir eben per Cassette mitgeteilt hat. Kizawa will unbedingt sein eigenes Ding durchziehen und opponiert gegen den jüngeren Tsuda. Und, Irene – ich habe die Oberkasseler Brücke gewonnen, denn Ono schreibt, dass Kizawa die Eberhardter-Konstruktionszeichnungen in Teilen abändert, um Angebote für Module von japanischen Zulieferern einzuholen. Was sagen Sie dazu?"

„Mal lieber nichts, sonst muss ich mir den Mund mit Seife auswaschen, wie Hilde immer so schön sagt. Aber was sagt denn die andere Seite dazu? Hat Ono da auch Erkenntnisse?"

„Ja, hat er. Tsuda will immer noch mit aller Macht unsere Maschine, weil ihm das alles viel zu lange dauert, und er arge Zweifel an der Qualität hat, die er von seinen Landsleuten bekommen wird."

„Und Herr Masuhara selbst?"

„Hält sich weiter vornehm zurück. Ach ja, … und Ono möchte, dass wir seine Rechnung bezahlen. Mit anderen Worten, er glaubt nicht mehr an einen guten Ausgang der Geschichte und will schnell sein Geld."

„Dann schreibe ich ihm ein liebenswürdiges Telex, bedanke mich für die Informationen und sage, er soll die Rechnung gerne schicken, aber wir bezahlen die erst, wenn wir die Provision haben. Was halten Sie davon?"

„Gute Idee."

Irene drückte mir eine heiße Tasse in die Hand und sagte: „Und jetzt trinken Sie einen Kakao und danach rufen Sie bitte Herrn Shimura zurück, der klingelte an, als Sie gerade aus der Tür waren."

„Aye, Aye, Madam."

Ich schlürfte meinen Kakao und merkte tatsächlich, wie es in meinem Magen wieder wärmer wurde. Dann rief ich Shimura an und erzählte ihm von Michikos und Onos Neuigkeiten.

„Das tut mir leid. Ich habe für Sie auch noch keine gute Nachricht, denn das MITI hat unser Projekt Masuhara zunächst nicht angenommen. Ich entschuldige mich, dass ich nicht Besseres berichten kann."

„Es ist doch nicht Ihr Fehler, Shimura-san. Aber was machen wir jetzt?"

„Nichts, wir bleiben dran. Es dauert eben."

„Soll ich mal raten? Shoganai?", sagte ich und wir verabschiedeten uns.

Irene schrieb das Telex an Ono vor. Ich ging ins Wohnzimmer und versuchte, eine Cassette für Michiko aufzunehmen. Als ich mir das Tape nochmal anhörte, kam ich mir vor wie ein Jammerlappen und löschte alles wieder. Vielleicht könnte ich am Abend in aller Ruhe eine Cassette aufnehmen, die nicht danach klang, als wäre mir der Himmel auf den Kopf gefallen.

Es klopfte an der Wohnzimmertür und ich sagte: „Herein."

„Ich sag es ja ungern, Chef, aber ich habe die Möbelfahrer von Resch in der Leitung, die stehen in der Ceci, kommen aber nicht rein, weil da jemand sei, wie sie sagen, der sie nicht reinlassen will."

„Was? Ich dachte, die kommen erst in drei Stunden."

„Dachte ich auch. Nun sind sie aber da und wollen abladen."

„Na, toll. Und wer lässt sie nicht rein?"

„Ich befürchte, Freddo verteidigt die Burg."

„Ach, du liebe Zeit. Ich geh sofort hin und regele das."

„Okay." In den Hörer sagte sie: „Mein Chef ist in fünfzehn Minuten da. Bitte warten Sie auf ihn." Sie legte auf und hielt den Ketchup besudelten Papierfetzen hoch. „Was soll das sein?"

„Ach das? Briefpapier. Freddo lässt eine kleine Menge machen. Bekommen wir in den nächsten Tagen."

„Mit oder ohne Ketchup?"

„Ohne."

Ich griff mir Schal und Mantel und sauste aus der Tür. Ich ging zu Fuß, denn der Verkehr sah mörderisch aus, da wäre mit dem Wagen nichts gewonnen.

Vor dem Haus in der Cecilienallee stand der Möbelwagen von Resch, aber von Möbelpackern weit und breit keine Spur. Ich betrat das Haus und schon öffnete sich die Tür von Prof. Krumbigl. „Die Herren sind hier. Ich konnte die doch nicht in der Kälte stehen lassen."

Die vier Männer saßen bei Krumbigl auf der Couch und tranken Kaffee.

„Vielen Dank, Professor. So, meine Herren, wo brennt's denn?"

Der größte von den Vieren stand auf und reichte mir die Hand. „Da oben ist ein Irrer, der sagt, wir sollen seine Inspiration nicht stören."

„Okay, Sie holen die Möbel schon mal rein und ich kümmere mich um den Irren."

Nur anderthalb Stunden später war das Gästezimmer eingerichtet. Freddo musste ich in die Küche verbannen, und er durfte erst wieder rauskommen, als alle Möbel oben waren, damit er sie mit Künstlerhand in die richtigen Ecken schieben konnte. Die Möbelpacker waren mehr als irritiert, den Meister bei der Arbeit zu beobachten.

Froh über ihr Trinkgeld, suchten sie das Weite.

Ich warf mich in einen Sessel und schaute mich um. „Und jetzt erklär mir mal, Freddo, was diese riesigen farbigen Quadrate auf den Wänden sollen."

Er raufte sich die Haare und stolzierte auf und ab. „Ich habe es gewusst. Du solltest das nicht vorher sehen. Keiner sollte das sehen. Es ist eben noch nicht fertig."

„Ja?"

„Die Farbe auf den Wänden ist die Verlängerung des eigentlichen Bildes. Ich gehe über den Rahmen hinaus, verstehst du? Kathrin hat gesagt, ich bin langweilig. Vielleicht hatte sie ja recht. Ich muss was Neues wagen, genauso wie du. Über Grenzen gehen. Und das mache ich gerade."

„Aha? Ich sehe aber keine Rahmen."

„Noch nicht. Die Bilder sind ja auch noch nicht fertig. Die stehen im Atelier."

„Und da, wo der Kimono ist, ist auch Farbe. Wo ist das gute Stück überhaupt?"

„Im Atelier. Wirst schon sehen, das wird besonders."

„Warum glänzt die Farbe wie Gold?"

„Weil es Gold ist, mein Lieber. Blattgold. Deswegen konnte ich die Möbelpacker nicht reinlassen. Wenn man Blattgold aufbringt, dann darf sich kein Lüftchen regen …"

Ich schluckte meine Antwort zum Thema Blattgold, das unregelmäßig auf 6 Quadratmeter Wand verteilt war, herunter, denn ich wusste, wenn mein Freund in diesem Zustand war, ich nannte es das kreative Fieber, konnte ich mir die Worte sparen. Über die Kosten würde ich später mit ihm reden.

„Okay, mach dein Ding. Wir sehen uns. Irene findet das Briefpapier auch toll."

Endlich beruhigte sich Freddo wieder, und die roten Flecken in seinem Gesicht verblassten allmählich.

„Ich geh dann mal und lasse das Genie allein."

Ich bekam keine Antwort, weil das Genie sich schon wieder seinen Farben gewidmet hatte. Ich fragte mich, ob ich überhaupt wissen wollte, wie das Ergebnis aussehen würde. Es war das erste Mal, dass ich an ihm zweifelte. So wie ich mittlerweile an mir zweifelte. Aber bringen das Grenzüberschreitungen nicht zwangsläufig mit sich? Unbetretene Pfade haben ihre Tücken – Freddo belegte sie mit Blattgold. Und ich? Ich bestellte eine goldene Brücke bei Sternchen. Kommt ungefähr aufs selbe raus.

Zurück in meiner Wohnung, fand ich eine Nachricht von Irene, dass Eberhardter auf dem Weg nach London sei und bis auf Weiteres nicht erreichbar. Ich zog den Mantel gar nicht erst aus, drehte mich auf dem Absatz um und verfügte mich in die Altstadt. Wenn schon grad gar nichts lief, dann wenigsten der Zapfhahn.

Mittwoch, 14. Februar 1979, Düsseldorf

Um 8.00 Uhr rief mich die Sekretärin von Herrn Shimura an und bat mich, gegen 10 Uhr ins Büro zu kommen. Die Dringlichkeit in ihrer Stimme ließ keine Absage zu, und bei mir schrillten alle Alarmglocken.

„Worum geht's?"

„Herr Shimura hat Neuigkeiten für Sie, mehr weiß ich auch nicht. Bis nachher also. Auf Wiederhören."

Hätte sie nicht wenigstens sagen können, ob es gute oder schlechte Neuigkeiten waren? Solche kryptischen Ansagen zerfraßen mir die Nerven.

Ich kleidete mich sorgfältig an, schrieb Irene eine Nachricht, damit sie wusste, wo ich war. Dann machte ich mich zu Fuß auf den Weg, um mir die kalte Luft um die Nase wehen zu lassen.

Herr Shimura empfing mich im weißen Hemd mit Krawatte, ohne Anzugjacke und schien guter Dinge zu sein.

„Danke, dass Sie so schnell kommen konnten."

„Wenn Sie rufen, Herr Shimura, dann bin ich da, bei allem, was Sie für uns bereits getan haben."

Er wischte meine Wort mit einer Handbewegung fort. „Ich glaube, Ihre Brücke beginnt zu wachsen."

„Ach? Was ist passiert, das diese Annahme zulässt?"

„Was ich Ihnen bisher noch nicht erzählt habe: Unsere Leute in Tokyo haben ein bekanntes Handelshaus für den Import und den Service von Maschinen aus dem Ausland eingeschaltet, das bereits Beschwerden für einige amerikanische Firmen beim MITI vorgelegt hat."

„Wo haben Sie die Leute aufgetrieben?"

„Ihre Liste aus Amerika ist Gold wert, Welter-san. Ein bisschen Recherche, übrigens auf Anraten von Michiko, und schon wussten wir, dass wir da ansetzen können. Das mussten wir tun, denn die Dainichi Kokusai Bank kann das nicht direkt machen, wegen unserer Verbindung zu Masuhara. Und heute Morgen wurde eine Delegation von diesem Handelshaus vom MITI eingeladen. Der Termin ist schon morgen, und sie werden unseren Fall in die Präsentation mitnehmen. Unsere Ausarbeitungen mit den begleitenden Informationen scheinen unseren Fall auch für das Handelshaus interessant zu machen."

„Das ist ja mal eine gute Nachricht."

„Sagen wir mal so, ein erster Schritt. Ich hoffe, dass Michiko an der Präsentation teilnehmen kann, weil sie sehr gut im Thema ist. Schauen wir mal. Meine Leute kümmern sich drum. Ich bin aber sicher, dass es auch ohne sie gut laufen wird, sollte sie keine Zeit haben."

„Dann drücken wir uns die Daumen. Ich bin mehr als dankbar für Ihre Unterstützung. Wann erwarten Sie Nachrichten aus Tokyo?"

„Ich rufe Sie an, sobald ich mehr weiß, Welter-san."

Shimuras Sekretärin kam herein und mahnte den nächsten Termin an. Leider mussten wir uns voneinander verabschieden. Die Zeit reichte leider nicht, um mit Shimura noch über Kizawas wilde Pläne zu sprechen.

Auf halber Strecke nach Hause hielt neben mir ein Taxi. Der Fahrer ließ die Scheibe herunter. Es war Jussef.

„Hallo, Herr Welter." Er wies mit dem Daumen nach hinten und kurbelt die Scheibe wieder hoch. Die Tür im Fond ging auf.

„Kommen Sie, Chef. Sie holen sich ja noch den Tod bei dem Wind."

Ich nahm neben Irene Platz. Sie wirkte aufgeregt wie selten. „Ich habe gerade die Lieferung des Büromaterials in der Ceci entgegengenommen. Ich befürchte, Ihr Freund Freddo ist vollkommen verrückt geworden", sagte sie atemlos.

„Oh! Geht es um das Blattgold?"

„Sie wissen das?"

„Ich habe es gestern gesehen."

„Ist das irre?"

„Ein bisschen, Irene. Warten wir das Ergebnis ab."

„Und haben Sie auch den Glaskasten gesehen?"

„Nein. Wofür soll der sein?"

„Wenn Freddo da gewesen wäre, hätte ich ihn gefragt. Es lag ein Zettel in der Küche: Bin bei Kessenich, Lampen kaufen."

„Hm. Ich fürchte, jetzt ist eh alles zu spät. Ich lass ihn machen."

„Wenn Sie es sagen? Ich würde lieber einen Psychologen anrufen."

„Kann ich per Funk über die Zentrale machen", sagte Jussef, der bislang vornehm geschwiegen hatte.

„Nein, lassen Sie mal. Freddo hat kreatives Fieber. Das legt sich wieder."

„Was das alles wieder kostet", sagte Irene.

„Wenn es zu viel ist, versenke ich ihn im Rhein. Zufrieden? Ist das Büromaterial vollständig?"

„Und schon alles verstaut, Chef. Das Gästezimmer sieht wirklich gut aus. Fehlen nur noch die Telefonanschlüsse."

Wir waren vor meiner Wohnung angekommen und ich wollte Jussef bezahlen, aber er winkte nur ab.

„AEC hat ein Firmenkonto bei mir, Herr Welter. Hat Frau Irene schon alles geregelt."

„Na dann ... wollen Sie auf einen Kaffee mitkommen, Jussef?"

„Nein danke, ich habe mächtig zu tun. Bei dem Wetter trauen sich die Leute nicht mehr, selbst zu fahren. Gut für mich."

Wir verabschiedeten uns und gingen die Treppe hinauf.

„Seit wann gibt es denn Firmenkonten bei Jussef?", fragte ich.

„Seit ich ihm den Vorschlag gemacht habe. Er baut gerade seine Flotte aus. Taxen ohne Taxischild. So was wie einen Promiservice mit schwarzen Mercedes-Limousinen, und die Fahrer tragen Uniform. Alles ein bisschen chic. Da kann sich jeder Kunde fühlen wie ein Staatsgast. Er will ja nicht ewig auf dem Bock sitzen. So sagen die Taxifahrer."

Noch einer, der zu neuen Ufern aufbrach.

„Dann wünsche ich ihm viel Glück."

Noch bevor Irene Hut und Mantel abgelegt hatte, klemmte sie sich hinters Telefon und traktierte den armen Mann, der für unsere Telefonanschlüsse verantwortlich war. Ich war gespannt, wann dieses Ritual der morgendlichen Belästigung endlich ein Ende finden würde. Nachdem Irene genug Dampf abgelassen hatte, legte sie auf.

„Wie war es bei Herrn Shimura?"

„Sehr gut. Morgen wird das MITI unsere Unterlagen entgegennehmen. Wir haben zumindest einen Fuß in der Tür. Das haben wir alles Michiko und Shimura zu verdanken."

„Fantastisch. Es tut sich was."

„Walter sollte es als Erster erfahren."

„Chef, ist das nicht ein bisschen früh? Nicht dass Sie ihm zu viel Hoffnung machen. Und nicht zu vergessen, das Unheil in Form von Herrn Kizawa."

„Da haben Sie recht, aber das muss er unbedingt wissen."

Ich wählte Walters Telefonnummer. Seine Sekretärin teilte mir mit, dass er immer noch in London sei und erst am Freitag zurückerwartet würde.

„Dann bitten Sie ihn, mich zurückzurufen, sobald er kann. Es ist dringend."

„Soll ich das Telex losschicken?"

„Nein, so weit sind wir noch nicht. Aber es ist wirklich dringend. Auf Wiederhören."

Ich freute mich, dass die Sekretärin nach dem Telex gefragt hatte. Walter hatte seine Hausaufgaben gemacht und sein Team war in Alarmbereitschaft.

„Können Sie mir bitte einen Kaffee machen, Irene. Ich muss meine Nerven beruhigen."

„Mit Kaffee?"

„Ja, mit Kaffee. Und dann setzen wir uns beide hin und stecken unsere Köpfe zusammen."

„Zu welchem Thema?"

„Akquise. Ich brauche einen Plan. Oder haben Sie noch was anderes zu tun?"

„Bis jetzt nicht."

„Oder möchten Sie lieber nach Hause gehen? Sie haben ja die letzten Tage schwer geschuftet."

„Nicht nötig. Ich möchte mich nur heute Nachmittag etwas früher abseilen."

„Haben Sie was vor?"

„Ja, Opernabend, Salomé von Richard Strauss."

„Kommt Jussef mit?"

„Das macht er."

Ich pfiff durch die Zähne.

„Sie machen es ihm aber auch nicht leicht."

„Warum sollte ich?"

Wir klebten einen neuen Tapetenstreifen über den alten an die Wand. Irene machte Kaffee, und dann hätte es eigentlich losgehen können, aber das Telefon unterbrach uns, bevor wir überhaupt eine Idee haben konnten. Gottlob war es Eberhardter. Es knisterte in der Leitung, als riefe er vom Mond an.

„Mooorsche, Marco, wo brennt's denn?"

„Zuerst die gute Nachricht oder die schlechte, Walter?"

„Die gute, bitte, dann hab ich noch fünf Minuten länger gute Laune."

„Okay, Shimura und Michiko haben es geschafft, dass unser Projekt beim MITI zumindest vorgetragen wird. Wir haben einen Fuß in der Tür."

„Sehr gut. Und nun die schlechte?"

„Ich habe erfahren, dass Kizawa versucht, mithilfe deiner Konstruktionspläne was Eigenes auf die Beine zu stellen. Hat man je was Unverschämteres gehört? Tsuda stehen die Haare zu Berge, aber Kizawa ist fest entschlossen. Es gibt regelrechte Lager bei Masuhara, die sich deswegen mittlerweile bekriegen."

Ich hörte nur das Rauschen, aber plötzlich drang ein dröhnendes Lachen durch den Hörer. Eberhardter wollte gar nicht mehr aufhören zu lachen. Irene zog die Augenbrauen hoch und stellte sich neben mich, um mitzuhören.

„Walter?"

Er keuchte und hustete und es dauerte ein paar Minuten, bis er sich wieder gefangen hatte.

„Das ist so lustig, Marco. Es ist immer lustig, wenn die Falle zuschnappt."

„Warum denn um Himmels willen? Jemand will deine Maschine kopieren, für lau, und wenn er das schafft, dann Gnade uns Gott."

„Schafft er nicht, Marco. Schafft er nicht. Meine Pläne, die ich Kunden überlasse, sind chiffriert. Wer den Code nicht kennt, wird keinen Nachbau hinkriegen. Ich kenn doch meine Pappenheimer, mein Lieber."

„Ich versteh nicht …"

„Die Maße, die Maße, wenn man sie so nimmt, wie sie da stehen, und glaubt, das seien Zentimeter oder Inch oder sonst was …"

„Aha?"

„Die Maße sind in Eberhardter. Und was 1 Eberhardter ist, das wissen nur der Eberhardter und seine Ingenieure, und der Code ändert sich von Konstruktionsblatt zu Konstruktionsblatt."

„Hast du eine alte Enigma abgestaubt?"

„So ungefähr. Außerdem hat Kizawa keinerlei Kenntnis über die verbauten Metalle, ihre Legierungen, Härtung und Verarbeitung, das ist eine spezielle Kunst, dafür sind wir berühmt und darauf halte ich mehrere Patente. Lass den Schlaumichel nur machen, das wird ein Fiasko. Da freu ich mich jetzt schon drauf."

Ich war sprachlos.

„Bist du noch da, Marco?"

„Ja. Ich bin baff, Walter."

„Wer dem Eberhardter in die Suppe spucken will, muss früher aufstehen. Mach dir da mal keine Sorgen. Da Vinci hat auch alles kodiert – aus gutem Grund."

„Okay, Leonardo. Dann noch eine schöne Zeit in London."

„Habe ich. Und jetzt geh ich mit Peggy in den Pub. Halt mich auf dem Laufenden."

„Wer ist Peggy?"

Eine Antwort bekam ich nicht. Eberhardter hatte aufgelegt. Irene guckte mich fragend an. Ich zuckte nur die Schultern. „Eberhardter eben. Immer für eine Überraschung gut."

„Hab ich das richtig verstanden? Der hat seine eigene Maßeinheit?"

„Ja. Ganz schön ausgefuchst, was?"

„Ich bin begeistert. Dieser Kizawa tut mir jetzt schon leid."

„Muss er nicht, Irene. Ich glaube, er hat's verdient. Dann wollen wir mal. Brainstorming. Okay, was machen wir zuerst? Wie wäre es mit einem Empfang für die japanischen Geschäftsleute, sagen wir im März? Mit der IHK?"

Irene nahm einen dicken Filzstift und schrieb auf die Tapete. „Gute Idee. Wo sollen wir das machen? Im Breidenbacher?"

„Ist mir zu pompös."

„Dann in unserem Büro, Chef. Ist doch groß genug. Wie viele Leute werden da zusammenkommen?"

„Kann ich noch nicht sagen: Das müssen wir recherchieren, wer da überhaupt wichtig ist."

„Ich guck mal, was ich rausfinden kann, und telefoniere noch mal mit der IHK oder mach direkt einen Termin mit denen, und Sie fragen Herrn Shimura."

Während Irene schrieb, klingelte schon wieder das Telefon. Es war Freddo. „Du musst sofort zum Kessenich kommen. Der will mir die Lampen nicht auf Rechnung geben."

„Kluger Mann."

„Kommst du?"

„Muss ich ja wohl."

Ich legte auf. „Irene, das Brainstorming ist bis auf Weiteres verschoben. Ich geh Freddo auslösen."

Sie schüttelte den Kopf.

„Falls wir uns heute nicht mehr sehen, viel Spaß in der Oper."

Ich holte den Wagen aus der Garage und schlidderte zum Lampenladen. Der Verkäufer war sichtlich erleichtert, mich zu sehen. Bevor der arme Mann überhaupt was sagen konnte, schleifte Freddo mich durch die Ausstellungsräume und zeigte mir die Lampen, die er kaufen wollte. Ich hatte es mir schlimmer vorgestellt. Vermutlich steckte meinem Freund noch immer mein Unmut über das Blattgold in den Knochen und er hatte zielgerichtet am Teuersten vorbeigewählt. Ich gab mein Placet zu jedem Leuchtkörper und bezahlte die Rechnung mit einem Scheck. Der Verkäufer half uns, alles zum Auto zu tragen und zu verstauen. Mit Licht für knappe 1500 Mark machten wir uns auf den Weg.

„Ich dachte, du bestellst die erst mal, Freddo."

„Wozu warten?"

„Wir werden einen Elektriker brauchen."

„Der kommt doch sowieso, wegen der Steckdosen und so weiter. Sind ja nicht genug da für all den Kram, Schreibmaschinen etc., den ihr so habt."

„Hat Irene das gesagt?"

„Nicht direkt, aber ich habe gesehen, dass sie schon mit Bleistift Markierungen auf die Wand gemalt hat, wo überall was hin muss. Du musst dem Elektriker nur sagen, dass da noch Lampen dazukommen. Ich werde ja da sein, um Anweisungen zu geben."

„Aha?!"

„Ja. Ich denk an alles. Glaub mal nicht, dass ich scharf darauf bin, an einer 220 Volt Leitung zu hängen. So weit geht mein Wunsch nach Erleuchtung dann doch nicht."

Meiner ehrlich gesagt auch nicht.

Vor dem neuen Büro wollte Freddo partout nicht, dass ich ihm beim Hochtragen half, und ich war froh, dass ich zurück nach Hause fahren konnte.

Irene war noch da, aber schon in Hut und Mantel.

„Ich habe ein bisschen vorgearbeitet, Chef. Können Sie alles in Ruhe angucken." Sie zeigte mit ausladender Geste auf die vollgeschriebene Tapetenbahn. Dann drückte sie mir mehrere Blätter in die Hand.

„Was ist das?"

„Eine vorläufige Gästeliste, erst mal nur aus ‚Wer liefert was'. IHK mache ich morgen. Und ein Vorschlag für die neue Firmenbroschüre. Sie wollen doch eine Broschüre, oder? Zumindest für den Empfang empfiehlt sich das."

„Natürlich. Hervorragend, Irene. Wann kommt übrigens der Elektriker für die Ceci?"

„Morgen Nachmittag. Er ruft an."

„Okay. Dann will ich dabei sein."

„Haben Sie Angst, Freddo belegt den armen Kerl auch noch mit Blattgold?"

„So was in der Art."

Sie war schon halb aus der Tür und rief: „Auf dem Schreibtisch ist ein Brief von Vito Martinelli. Vermute, die Antwort auf die Rechnungen von Gregorius. Ich eile jetzt zum Tanz der sieben Schleier."

„Viel Spaß."

„Ihnen auch einen schönen Abend."

„Den werde ich haben. Für ausreichend Lektüre ist ja gesorgt."

Ich schaltete das Radio ein und fuhr zusammen, als ich die letzten Worte einer Sondersendung hörte: „ … deutet sich eine Schneekatastrophe in Niedersachsen und Schleswig-Holstein an. Kleinere Gemeinden und die Inseln sind mittlerweile von der Außenwelt abgeschnitten …"

Donnerstag, 15. Februar 1979, Düsseldorf

Kaum hatte ich an diesem Morgen eine halbe Tasse Kaffee intus und die immer dramatischer klingenden Wetternachrichten aus dem Radio verdaut, klingelte das Telefon. In der Hoffnung, es könnte Michiko sein oder Herr Shimura, ging ich ran. Aber es war leider Karl. „Was fällt dir eigentlich ein, Marco?"

„Das würde ich auch gerne wissen, worum geht's?"

„Dieser Brief von Martinelli. Was sollen diese Unverschämtheiten? Du weißt, dass du zahlen musst."

„Glaube ich nicht, Karl. Hab ich dir auch schon alles erklärt. Aber abgesehen davon: Das Einzige, was ich von euch will, ist, dass ihr mal endlich die Füße stillhaltet, bis es zu einer endgültigen Entscheidung gekommen ist. Ich arbeite mit Hochdruck dran, und bis dahin wird kein Geld fließen, bis auf das, was Gregorius mir für meinen Firmenanteil schuldet. Ich bekomme unabhängig vom Ausgang der ganzen Geschichte das Geld. Bis das nicht da ist, gehört Gregorius gar nichts."

Ich konnte hören, wie Karl auf seiner Pfeife herumkaute. „Gregorius sieht das aber anders – und ich auch."

„Dann haben wir ein Problem, Karl. Schlimmstenfalls bin ich ab morgen früh wieder bei euch an meinem Schreibtisch und das Fräulein Gregorius wird in der Teeküche Platz nehmen. Solange ihr das Geld nicht zahlt, bin ich nicht weg. Sag das dem Alten. Und den Rest werden die Anwälte regeln."

„Bist du von allen guten Geistern verlassen? Du kannst nicht zurück in die Firma."

„Will ich eigentlich auch nicht. Aber wenn ihr euch weiter ziert, bleibt mir gar nichts anderes übrig. De facto gehört mir immer noch die Hälfte von TransGlobal und nicht Gregorius. Insofern bin ich auch immer noch zu fünfzig Prozent verantwortlich. Wer weiß, was ihr in meiner Abwesenheit alles anstellt?"

„Mach dich mal nicht lächerlich. Im Vertrag steht was anderes, da steht: Das Geld fließt vorbehaltlich der Zustimmung von Masuhara und Eberhardter."

„Nicht ganz, mein Lieber." Ich habe Vitos Schreiben an TransGlobal sorgfältig gelesen. „Gregorius zahlt für meine Anteile zwei Millionen. Den Masuhara-Deal kann ich nur übernehmen, wenn Masuhara und

Eberhardter zustimmen. Verstanden? Das was eure Idee. Da ihr aber für den Deal sowieso keinen Finger krumm macht, wer glaubst du, wird das Ding zum Abschluss bringen? So oder so, egal ob mit Masuharas und Eberhardters Einwilligung oder ohne. Und das weiß Gregorius ganz genau. Der glaubt, lass den Marco sich abrackern. Wenn der Deal läuft, kann er meinetwegen die zwei Millionen haben, aber TransGlobal kassiert die Provision. Aber da hat er sich geschnitten. Gregorius gehört bis jetzt noch gar nichts bei TransGlobal. So ist das nun mal, wenn du etwas kaufst, gehört es erst dir, wenn du es bezahlt hast. Frag den Otto-Versand."

„Aber wenn der Deal nicht läuft, hängt TransGlobal bis zum Hals im Dreck, du allerdings nicht."

„Wer hat denn diese Zwickmühle aufgestellt? Ich war es nicht. Im Übrigen hast du selbst gesagt, dass Masuhara Eberhardter als Geschäftspartner mit der Überweisung der ersten und zweiten Rate sowieso anerkannt hat und TransGlobal raus aus der Nummer ist."

„Ich weiß nicht, was du dir mit Vito zusammengereimt hast."

„Und ich weiß nicht, was du dir mit Gregorius zusammengereimt hast. Vor allem er mit seinem Anwalt. Es wäre besser, du würdest dafür sorgen, dass er dich bei solchen Dingen nicht außen vor lässt, sonst steckst du bald bis zum Hals im Dreck. Gregorius überweist mir das Geld, dann streiten wir im Erfolgsfall nur noch um die Provision. Alles andere wird wohl schlimmer für dich und den Alten."

„Und wohin, bitte sehr, soll Gregorius das überweisen …? Du hast doch noch nicht mal 'ne eingetragene Firma!"

„Auf mein Privatkonto, wo es hingehört. Wo ist das Problem? In ein paar Tagen ist die Kopie des Handelsregisterauszuges für meine neue Firma sowieso da. Kein Wenn und Aber. Mach ihm das klar."

Karl schwieg.

„Sprich mit Gregorius. Über mein Geld gibt es keine Diskussionen mehr zu führen. Und ich kann dir nur raten, mit deinen Rechnungen und Mahnungen an mich aufzuhören, bis ich hier belastbare Informationen über den Ausgang der Geschichte habe."

„Und wie lange soll das noch dauern?"

„Spätestens bis die Container am fünfundzwanzigsten in Yokohama ankommen. Bis dahin werden wir wissen, wie der Hase läuft. Bis dahin spar dir deine Spucke."

„Kein Grund unhöflich zu sein, Marco."

„Gilt auch für dich. Ich melde mich, wenn ich Neuigkeiten habe – und du, Karl, bändigst gefälligst den Alten."

Karl seufzte. Ich wusste genau, was das zu bedeuten hatte und sagte in verbindlichem Ton: „Und was das Fräulein Gregorius angeht, da kann ich dir nicht helfen. Schütte ihr was in den Tee, wenn es sein muss."

Ohne sich zu verabschieden, legte Karl auf und im nächsten Augenblick klingelte das Telefon schon wieder. Diesmal war es Michiko, und ich hätte vor Freude auf die Knie fallen können.

„Michiko! Wie schön, dass du anrufst."

„Hast du die Cassette bekommen?"

„Habe ich. Und ich habe auch schon mit Eberhardter über Kizawas Pläne gesprochen."

„Genau darum geht es. Eberhardter muss dringend was unternehmen."

Jetzt war ich es der lachte. „Muss er nicht, eher gesagt hat er schon. Kizawa wird keine Erkenntnisse aus den Konstruktionsplänen ziehen können, die sind kodiert. Aber gib die Info bitte nicht weiter."

„Mir fällt ein Stein vom Herzen, Marco. Ich habe gedacht, wenn er das macht – und das auch noch schafft, dann ist alles vorbei."

„Wird nicht passieren. Eberhardter ist mit allen Wassern gewaschen."

„Gott sei Dank. Und jetzt zu den guten Nachrichten. Masuhara hat persönlich zugestimmt, die Verantwortung an AEC zu übertragen. Der Brief geht heute an TransGlobal und eine Kopie an dich."

„Wunderbar. Warst du schon beim MITI? Herr Shimura hat so was gesagt."

„Ja, das war heute Vormittag. Wir haben unsere Sprüchlein aufgesagt, und das war es. Aber die Unterlagen liegen jetzt beim Ministerium. Das MITI ist am Zug. Ich muss leider auflegen, Marco, habe noch einen Termin mit den Leuten vom Patentamt, mit denen ich nach Paris fahre."

„Können die nicht noch ein bisschen auf dich warten?"

„Leider nein. Wir haben in Paris genug Zeit füreinander. Ich verspreche es."

„Na gut. Bis dahin, Michiko. Ich werde leiden, das verspreche ich."

„Bis bald, mein Lieber."

Ich legte auf und hatte gar nicht bemerkt, dass Irene in die Küche gekommen war.

„Wie war die Salomé?", fragte ich.

„Tödlich, wie immer für einen gewissen Johannes jedenfalls."

„Und Jussef, wie fand er es?"

„Gut natürlich, wenn ihm sein Leben lieb ist."

„Dann hat er hoffentlich verstanden, dass die Oper mehr über Sie aussagt, Irene, als über Richard Strauss?"

„Es ist immer wichtig, welche Signale man sendet, Chef. Und je eher man sie sendet, desto klarer wird die Beziehung. Oder?"

„Stimmt."

„Der Rest des Abends war auch amüsant. Jussef hat jede Menge Visitenkarten für seinen neuen Service verteilt."

„Oha. Das dynamische Duo. Dann ist er ja schon weiter als ich. Muss ich befürchten, dass er Sie in den nächsten Tagen abwirbt?"

„Müssen Sie nicht. Ich bin eine unabhängige Frau, und das werde ich auch bleiben. Komme, was wolle. Und jetzt mal ran an die Arbeit. Haben Sie den Text für die Broschüre gelesen?"

Irenes Wangen hatten sich zartrosa eingefärbt. Ich hatte jetzt nicht übel Lust, sie noch ein bisschen zu necken, aber ich ließ es lieber sein, sonst hätte sie noch auf die Idee kommen können, mit ihrem Taxiprinzen in den Sonnenuntergang zu fahren.

„Ah ja, der Text. Bin ich gestern Abend durchgegangen."

Ich legte ihr die Blätter auf den Tisch. „Nur hier und da ein paar Schnörkel. Sehr gute Arbeit, Irene. Vielen Dank. Wenn Sie das noch ins Reine tippen? Ich rede mit Freddo über das Design."

Sie schaute meine Korrekturen an und nickte. „Gut. Machen wir mit dem Brainstorming weiter. Ich habe mir überlegt, dass wir die großen Speditionen mit der Broschüre beschicken sollten, das sind gute Multiplikatoren für uns."

„Gute Idee. Wir dürfen Eberhardter und seine Kontakte nicht vergessen. Er soll mit ein paar Freunden zum Empfang kommen. Wir füllen die alle mit Samtkragen ab."

„Wir können die IHK in Tokyo kontaktieren, Doktor Klein kann uns sagen, bei wem sich das Klinkenputzen lohnen könnte."

„Ich werde sowieso in absehbarer Zeit wieder nach Japan müssen, um mit Michiko in Yokohama alles auf die Beine zu stellen." Ich rieb mir die Hände. So sah Zukunft aus. Den quengeligen Karl hatte ich schon fast vergessen. „Irene, können Sie Shimuras Sekretärin anrufen und fragen, wann er Zeit für ein Mittagessen im Kikaku hat?"

Sie wollte eben den Hörer in die Hand nehmen, da klingelte das Telefon.

„Ach, ja … natürlich", sagte Irene. „Wir sind auf dem Weg."

„Wohin?", fragte ich.

„Der Elektriker ist in einer Viertelstunde in der Ceci."

„Das ist aber früh. Dann sause ich mal los. Wollen Sie mitkommen?"

„Nein. Der Mann hat alle Angaben für die Steckdosen. Und das mit den Lampen muss Freddo ihm selbst erklären."

Nach drei Stunden mit dem Elektriker und Freddo fuhr ich in der Gewissheit nach Hause, dass ich die Gandhi-Medaille verdient hatte und der Elektriker einen Innovationspreis. Mir hing der Magen auf den Schuhsohlen. Mein Kopf rauchte, und ich hörte meine Couch und Charly Parker rufen.

Irene war noch da, als in die Wohnung kam. „Oh, hallo Chef, ich wollte gerade gehen."

„Nur zu. Ich bin fix und alle. Bitte kein Brainstorming mehr."

„Wie lief es mit dem Elektriker?"

„Das fragen Sie noch? Sehen Sie meine Augenringe?"

„Allerdings. Aber alle leben noch?"

„Ja." Ich ließ mich auf einen Küchenstuhl fallen. „Soll mir nochmal einer was von Harmonie und Geduld erzählen."

„Ich werde Sie für den Friedensnobelpreis vorschlagen, wenn es recht ist. Aber bevor ich gehe: Herr Shimura freut sich auf ein Treffen mit Ihnen morgen, 12.30 Uhr im Kikaku. Vito Martinelli hat angerufen: Der Handelsregisterauszug ist da."

„Sehr gut."

„Hilde war hier und hat Erbseneintopf mit Würstchen mitgebracht. Steht im Kühlschrank, Sie sollen beim Aufwärmen aufpassen, dass nichts anbrennt. Brötchen sind in der Tüte im Brotkasten. Bei der Post bezüglich der Anschlüsse nichts Neues."

„Danke, Irene, vielen Dank. Wir sehen uns morgen. Ich bin dann wohl bis Mittag unterwegs. Vito, Bankhaus, Shimura."

„Soll ich es aufschreiben?"

„Nicht nötig. Aber schreiben Sie morgen bitte einen Brief an Trans-Global, dass der Handelsregisterauszug da, und der Brief von Masuhara unterwegs ist, in dem er AEC als verantwortliche Firma bestätigt ... ach, und schreiben Sie noch, dass Eberhardter derzeit im Ausland weilt und ich seine Einwilligung erwarte, sobald er zurück ist."

„Nur ein ganz klein bisschen gemogelt, Chef."

„Aber es wird reichen, Karl den Wind aus den Segeln nehmen und Gregorius klarzumachen, dass er zahlen muss. Ich glaube, das war es für heute. Danke. Einen schönen Abend."

„Werde ich haben, Chef. Und denken Sie an die Suppe."

Kaum war Irene weg, zerrte ich mir die Krawatte vom Hals, kickte die Stiefel in die Diele, und mit dem Gefühl, dass ich alles getan hatte, was möglich war, und dass es zumindest in kleinen Schritten vorwärts ging, setzte ich mich mit dem Topf lauwarmer Suppe im Arm vor den Fernseher und verfolgte die Sondersendung über das Schneechaos.

Stunden später wurde ich vom Rauschen des Testbildes wach. Davon, dass ich die Suppe gegessen hatte, zeugten einzig der leere Topf und die Brötchenkrümel auf meiner Hose. Der Schlaf vor dem Fernseher soll ja angeblich der Beste sein, und so konnte ich mich relativ ausgeruht um vier Uhr morgens an den Küchentisch setzen, in meinem Reiseführer über Paris blättern und hoffen, dass sich die Schneewalze nicht südwärts bewegte. Und falls doch? Könnte ich es auf Skiern bis Paris schaffen?

Freitag, 16. Februar 1979, Düsseldorf

Nachdem ich an diesem Morgen schon bei Vito gewesen war, um den Handelsregisterauszug und mehrere Kopien abzuholen, und bei Herrn Lechner im Bankhaus Hauser & Friedmann das Geschäftskonto für AEC aktiviert und mit dem Grundkapital von 50.000 Mark ausgestattet hatte, saß ich pünktlich im Kikaku auf der Klosterstraße mit Herrn Shimura an einem Tisch ganz am Ende des Raums.

„Welter-san, setzen Sie sich bitte so, dass Sie in den Raum sehen können, wenn man nur meinen Rücken sieht, kommt keiner auf die Idee, mich begrüßen zu müssen."

„Das nächste Mal, Shimura-san, können wir uns ganz inkognito in meinem neuen Büro treffen. Wir warten nur noch auf die Telefonanschlüsse, alles andere ist fertig."

„So weit sind Sie schon?" Er klatschte in die Hände und machte eine kleine Verbeugung.

„Und, ich habe ein japanisches Auto gekauft. Was sagen Sie dazu? Einen Fairlady 260 ZX."

„Rasant, rasant. Damit ist Ihre CI komplett." Herr Shimura nickte anerkennend und nippte an seinem grünen Tee.

„Wenn schon Geschäfte mit Japan, dann aber auch richtig."

„Ich bin beeindruckt, Welter-san. Warum wollten Sie mich sprechen?"

„Es gibt neue Entwicklungen, darüber wollte ich Sie informieren. Erstens: Meine neue Firma ist im Handelsregister eingetragen. Zweitens: Masuhara hat anerkannt, dass ich in diesem Deal die Verantwortung übernehme und TransGlobal aus dem Spiel ist."

„Aha?"

„Und drittens: Das ist nicht so angenehm, habe ich erfahren, dass Herr Kizawa mit den Ingenieuren von Masuhara versucht, die Maschinen zu kopieren. Er glaubt, dass ihm die Pläne, die Eberhardter ihm beim Angebot überlassen musste, dazu ausreichen."

Shimura hob die Augenbrauen und seine Essstäbchen blieben ein paar Sekunden in der Luft hängen. „Nicht möglich, Welter-san."

„Vielleicht sollte man das dem MITI auch noch mitteilen, was meinen Sie?"

„Diese Information behalten wir für den richtigen Zeitpunkt im Hinterkopf, würde ich vorschlagen."

„Klingt gut. Abgesehen davon, dass Kizawa niemals in der Lage sein wird, diese Maschinen zu plagiieren. Eberhardter hält so viele Patente auf seine Erfindungen, und vor allem im Bereich Metallverarbeitung, da wird Kizawa nicht mitkommen." Den Rest der Information verschwieg ich geflissentlich. Nicht weil ich Sorge hatte, Shimura könnte damit hausieren gehen, aber es konnte wichtig und richtig sein, nicht alles zu erzählen, was man weiß.

„Aber wenn Sie das alles wissen, Welter-san, was wird Eberhardter unternehmen?" Shimuras Tonfall ließ echte Sorge erkennen.

„Gar nichts. Er sieht da keinen Handlungsbedarf, weil er sich sicher ist, dass Kizawa es nicht schaffen wird. Er lehnt sich gelassen zurück."

„Das beweist Nervenstärke."

„Die hat Herr Eberhardter."

„Nun ja, das sind alles in allem mehr erfreuliche Nachrichten als schlechte. Ich habe aber auch noch etwas für Sie. Wir rechnen damit, dass das MITI circa zwei Wochen für die Überprüfung des Materials brauchen wird. So lange müssen wir uns noch gedulden."

Er musste an meinem Gesicht gesehen haben, dass ich bessere Neuigkeiten erwartet hatte, und fuhr erklärend fort: „Wie wir ja bereits erfahren haben, gibt es mehrere Fälle, und die werden sehr sorgfältig geprüft. Das müssen wir dem MITI zugestehen. Schade, aber sie haben ja nichts abgelehnt. Und Michiko bleibt weiterhin im direkten Austausch mit Herrn Masuhara, und soweit ich weiß auch mit Herrn Kizawa."

Das war zwar nicht das, was ich hören wollte, aber so standen die Dinge nun mal. Der 25. Februar rückte unaufhaltsam näher, aber jetzt hieß es auch für mich: Ruhe bewahren. „Ich verstehe. Wir haben alle Eisen im Feuer, wie man hier so sagt. Mehr können wir nicht tun. Also, Shimura-san, das ist Shoganai."

„Sie haben es erfasst."

Der Kellner brachte die Hauptgerichte. Ein Tempura für mich und einmal das Karaage für Herrn Shimura.

„Eine Bitte habe ich noch an Sie, Shimura-san: Wir möchten AEC in der japanischen Community in Düsseldorf vorstellen. Dazu möchte ich im März zu einem Empfang einladen. Abgesehen von Ihnen als Ehrengast möchte ich weitere japanische Firmenvertreter und Banker dazu bitten. Können Sie mir helfen, die richtigen Herren zu kontaktieren? Meine Assistentin hat diese Liste vorbereitet." Ich schob ihm das Papier über den Tisch. Herr Shimura überflog es und nickte. „Das ist eine gute Idee. Und danke für Ihre Einladung. Mein Sekretariat wird die Liste vervollständigen. Außerdem werde ich, sobald das Masuhara Projekt erfolgreich abgeschlossen werden kann, darüber im japanischen Club berichten."

„Danke sehr, Shimura-san. Das wird uns sehr weiterhelfen, AEC bekannt zu machen. Dasselbe werden wir übrigens in absehbarer Zeit in Tokyo wiederholen. Ich bin vom neunzehnten bis zum zweiundzwanzigsten in Paris. Geschäftlich. Ich treffe dort unter anderem auch Michiko."

„Bitte grüßen Sie sie von mir."

„Das werde ich."

In der Wohnung erwartete mich Irene mit einem dicken Brief von einer bekannten Anwaltskanzlei in Düsseldorf, die so viele Namen im Briefkopf hatte, dass einem schwindelig wurde.

„Oha! Haben Sie ihn schon gelesen, Irene?"

„Nein, Chef. Das Vergnügen liegt ganz bei Ihnen. Das ist die Kanzlei, die Gregorius vertritt, nicht wahr?"

„Allerdings. Schauen wir dem Löwen in den Rachen." Ich riss das Couvert auf und gemeinsam lasen wir das Elaborat, in dem auf mehreren Seiten ausgeführt war, warum ich die in Kopie beiliegenden Rechnungen von TransGlobal über zwei Komma acht und eins Komma sieben, also insgesamt viereinhalb Millionen Deutsche Mark innerhalb von sieben Tagen zu begleichen hätte. Andernfalls drohe Gregorius mit einem gerichtlichen Mahnverfahren.

„Jetzt will er es aber wissen."

„Kann er haben. Geben Sie mir bitte mal den Telefonhörer, Irene."

Sie reichte ihn mir über den Tisch. „Welche Nummer soll ich wählen, Chef?"

„Die von Gregorius' Hauptbüro, da wird er ja wohl sein."

Irene wählte, ich hörte das Freizeichen und Sekunden später meldete sich die Sekretärin.

„Guten Tag, hier Marco Welter, verbinden Sie mich bitte mit Herrn Gregorius", sagte ich mit fester Stimme und wunderte mich, dass sie keine Einwände hatte, sondern mich sofort durchstellte.

„Gregorius!", tönte es durch den Hörer.

„Marco Welter, Herr Gregorius, ich habe heute das Scheiben Ihrer Anwaltskanzlei bekommen. Ich muss befürchten, dass Sie Karl Schumann nicht richtig zugehört haben. Deshalb will ich es Ihnen gerne noch einmal auseinanderlegen."

„Ich wüsste nicht, worüber ich mit Ihnen noch sprechen sollte."

„Das merke ich. Es wäre aber von Vorteil für Sie und alle Beteiligten, mir zuzuhören. Sie, Herr Gregorius, sind der Allerletzte, der im Namen von TransGlobal Rechnungen oder Mahnungen auf den Weg bringen darf. Sie haben meine Anteile noch nicht bezahlt. Ihnen gehört gar nichts. Alles, was Sie hier produzieren werden, ist ein ziemlich teures Hornberger Schießen, falls Ihnen das was sagt."

Ich hörte ihn auf der andere Seite schnaufen und konnte mir vorstellen, wie der Herr *Papa* rot anlief. Jetzt durfte ich nicht nachlassen. „Pfeifen Sie also Ihre Hunde von der Anwaltskanzlei zurück. Es wird Ihnen viel Geld sparen. Einen schönen Tag noch." Ich legte auf.

Irene hatte wohl während des Telefonats die Luft angehalten, die sie jetzt mit einem großen Seufzer ausstieß. „Chef, das war hart."

„Das war nötig. Der Alte hat wohl den Überblick verloren."

„Soll ich den Brief nachher zu Herrn Martinelli bringen?"

„Nein, das mach ich selbst."

Meine Hände zitterten, denn wenn Gregorius wirklich Ernst machte, dann hätte ich ein großes Problem. Bis jetzt war alles, was zwischen Karl, Gregorius und mir diskutiert wurde, ein reines Scheingefecht. Aber sobald ein Mahnverfahren eingeleitet wurde, war der Ofen aus. Dann würde es richtig teuer.

Irene wählte Vitos Nummer und bat die Sekretärin um einen raschen Termin. Sie bedankte sich und legte auf. „Gleich heute Nachmittag um vier, Chef. Sie haben noch eine halbe Stunde."

„Wunderbar. Dann mach ich mich mal auf den Weg."

„Viel Glück."

Vito saß entspannt in seinem großen Ledersessel und las in aller Seelenruhe das Schreiben. Dass auch er ein wenig nervös wurde, erkannte ich an seiner wippenden Schuhspitze. Ich trank schon den dritten

Espresso, bis er endlich aufschaute und sagte: „Porca miseria, mein Freund, aber sieben Tage haben wir noch. Und du sagst, du hast mit dem Alten gesprochen?"

Ich nickte.

„Und wie schwer hast du ihn beleidigt?"

„Gar nicht. Ich habe ihm nur reinen Wein eingeschenkt."

„Gut. Was willst du machen? Soll ich antworten?"

„Nein. Wie gesagt, wir haben noch sieben Tage. Fünf davon will ich ihn mindestens schmoren lassen, wenn nicht gar sechs. Er soll ruhig glauben, dass er gewonnen hat. Ich muss am 19. nach Paris und bin am 22. mittags wieder zurück. Wenn ich es recht überlege, reicht es, wenn wir am 22. eine Antwort schicken, sollte sich bis dahin das ganze Elend nicht von selbst in Luft aufgelöst haben. Was sagst du dazu, Vito?"

Vito beugte sich in seinem Sessel vor und guckte mich fragend an.

„Was ist los?"

„Ich schaue nach, ob du irgendwelche Drogen nimmst, mein Freund. Willst du den Ritt auf der Rasierklinge wirklich?"

„Ja, will ich. Du kannst ein Schreiben vorbereiten, das du für sinnvoll hältst, und selbst wenn ich am 22. bis in die Nacht auf der Rückfahrt im Stau stehen sollte, werde ich dich von irgendwoher anrufen. Dann kannst du den Brief immer noch per Boten in Gregorius' Büro schaffen."

„Deine Nerven möchte ich haben, Marco. Mein Bruder Enzo plant übrigens einen sehr schrägen und weitestgehend illegalen Diamantendeal in Brüssel, möchtest du den auf dem Rückweg nicht auch noch mitnehmen? Es würde deinem Spaß am Risiko ebenfalls sehr entgegenkommen. Ich mein' ja nur …"

„Ich weiß deine Fürsorge sehr zu schätzen …"

Wir guckten uns an und grinsten.

„Okay, Marco, dann machen wir das so. Aber hinterher nicht heulen, wenn es schiefgeht."

„Keine Sorge. Wenn es schiefgeht, muss ich das Land verlassen, da werde ich keine Zeit für Tränen haben. Lust auf ein Abendessen im Schiffchen? Ich lade dich ein, solange ich noch bezahlen kann."

„Nein danke, heute nicht. Hab was anderes vor. Amore, Amore, du verstehst?"

„Vollkommen. Wünsche gutes Gelingen. Bis dann also. Ich melde mich."

Auf dem Rückweg schlitterte ich durch die Kasernenstraße und sah vor dem Schaufenster von Radio Ziesel eine Menschentraube stehen, die den Bürgersteig blockierte. Sogar der Leierkastenmann hatte seine Arbeit unterbrochen. Er sah in meinem Hochzeitsanzug eindeutig wesentlich besser aus als ich. Er winkte mir zu und ich winkte zurück.

Ich gesellte mich zu den Umstehenden und sah, wie aus einem seltsam anmutenden, ziemlich großen Apparat, der das halbe Schaufenster ausfüllte, ein bedrucktes Blatt Papier herauskam.

„Wie geht das denn?", fragte einer aus der Gruppe.

Alle zuckten die Schultern.

„Was ist das?"

Die Tür des Ladens ging auf und Herr Ziesel persönlich gab die Antwort: „Das ist eine Fernkopie, meine Damen und Herren. Stellen sie sich vor, an einem Ende von Deutschland schiebt jemand einen Brief in dieses Gerät, und am anderen Ende hat jemand ebenfalls ein solches Gerät, und dort kommt das bedruckte Papier wieder raus. Was sagen Sie dazu?" Er breitete die Arme aus, wie ein Zauberer im Zirkus, der einen Elefanten erfolgreich vor den Augen der Zuschauer hatte verschwinden lassen.

„Das Papier wird durch irgendwelche Leitungen gequetscht?", fragte ein Junge, „Glaubt doch kein Mensch."

„Nein, mein kleiner Naseweis, nicht das Papier. Die Daten werden durch eine Leitung gequetscht und auf der anderen Seite auf ein neues Blatt Papier aufgedruckt."

„Und wie lange dauert das?", wollte ein junger Mann wissen.

Herr Ziesel setzte ein Siegerlächeln auf. „Gar nicht, mein Herr. So gut wie zeitgleich. In Hamburg in die Maschine, in Düsseldorf wieder raus."

Die Menge murmelte. „Wer's glaubt, wird selig", sagte eine Dame. „Wie soll das denn gehen? Das sieht ja aus wie ein billiger Zaubertrick, Herr Ziesel. Wir lassen uns doch nicht auf den Arm nehmen."

Die Menschentraube löste sich auf, und der Leierkasten spielte *Tulpen aus Amsterdam*. Herr Ziesel verschränkte die Arme vor der Brust und sagte: „Wenn man heute von irgendwelchen Wilden im Dschungel Polaroidfotos macht, dann denken die auch, es ist Magie. Was man ihnen ja nicht verdenken an. Es war auch nicht anders, als das Fernsehen erfunden wurde, und heute hat fast jeder ein Gerät. Oder?"

„Da könnten Sie recht haben", sagte ich.

Ich war begeistert und begleitete Herrn Ziesel in sein Geschäft. „Was wird so was kosten?"

„Irgendwas zwischen fünftausend und siebentausend Mark. Das ist die Zukunft."

„Aha? Und was braucht es noch dazu?"

„Viel Platz, das Ding ist ja groß, und eine Telefonnummer. Dieses Gerät braucht eine eigene Leitung. Und Sie brauchen natürlich auch noch jede Menge Leute, die auch so was haben, sonst nützt es ja nichts. Wenn man das weiterdenkt, dann könnte bald die ganze Welt Fernkopien verschicken."

„Was Sie nicht sagen. Nur eine Telefonnummer?"

„Ja, aber Minister Gscheidle und die Post sind noch nicht so weit. Ich habe das gute Stück von einer Messe mitgebracht. Die Firma, die es herstellt, hat es mir zu Werbezwecken überlassen."

Ich war regelrecht elektrisiert von diesem Wunderwerk der Technik. Briefe von Düsseldorf nach Japan und zurück in der Zeit eines Fingerschnippens. Keine Telexfahnen mehr, kein abtippen … Das Blatt kommt raus, wird gelesen und abgeheftet. Wahnsinn. Aber was sollte ich jetzt damit, wenn die Post noch nicht so weit war? Die schafften es ja noch nicht mal, mir ein paar Telefonanschlüsse zu legen. Ich bedankte mich bei Herrn Ziesel und ging beschwingt nach Hause, um Irene von der Sensation zu erzählen. Aber leider war sie schon gegangen. Auf dem Tisch lag eine Nachricht für mich: *Rufen Sie mich heute Abend bitte noch an, wenn Sie vom Anwalt zurück sind. Die Briefbögen und Visitenkarten hat Freddo vorbeigebracht. Ich finde sie gelungen und habe mir schon ein paar Karten mitgenommen. Der Elektriker hat angerufen, er wird heute Abend schon fertig sein. Schönes Wochenende.*

Ich wählte sofort ihre Nummer und berichtete ihr über das Fernkopiergerät in leuchtenden Farben.

„Sie haben es doch nicht etwa gekauft?"

„Natürlich nicht, aber ich werde eins kaufen, das kann ich Ihnen versprechen, sobald die Post so weit ist. Am besten, wir bestellen gleich noch eine Telefonnummer."

„Das kann ja dann noch Jahre dauern. Und was sagt jetzt der Anwalt, Chef? Ich sitze auf heißen Kohlen."

„Wir haben beschlossen, die Sache bis zum 22. auszusitzen, bevor wir antworten."

„Mannomann, das kann ja heiter werden. Schönes Wochenende."

„Danke, Irene. Ihnen auch."

Ich blieb am Küchentisch sitzen und dachte darüber nach, dass Michiko mir mit einem Fernkopierer sehr viel näher wäre. Geradezu euphorisch wählte ich ihre Nummer in Yokohama, um ihr über die Wundermaschine zu erzählen, aber niemand ging ran, was kein Wunder war, in Japan war es nach Mitternacht, wie mir plötzlich siedend heiß einfiel. Ich legte schnell auf und tat so, als wäre es nicht passiert. Also Marco, schimpfte mich meine innere Stimme, manchmal bist du einfach ein Spielkind.

Samstag, 17. Februar 1979, Düsseldorf

An diesem Morgen gönnte ich mir eine Mütze mehr Schlaf und ein ruhiges Frühstück. Aus dem Radio war wenig Erfreuliches zu erfahren, die Amerikaner evakuierten ihre Botschaftsangestellten aus dem Iran, dann folgte ein eingehender Bericht zur Verurteilung eines RAF-Anwalts zu zwei Jahren Gefängnis. Auch die Nachrichten aus Norddeutschland klangen wie aus einem Horrorfilm. Auf den Wetterbericht wollte ich gar nicht warten, da musste ich nur aus dem Fenster schauen. Es schneite wieder knüppeldick. Ich schaltete das Radio aus und rief Freddo im Atelier an, aber niemand ging ran. Entweder er lag noch in Essig oder er werkelte in der Ceci herum. Ich beschloss, ins neue Büro zu gehen, um nachzuschauen, ob der Elektriker wirklich fertig geworden war, und vielleicht fände ich bei der Gelegenheit auch Freddo wieder.

Nichts ist erfrischender als ein Spaziergang im Schneegestöber bei Temperaturen weit unter null Grad.

Mit brennenden Wangen und tiefgefrorener Nase kam ich im Büro an. Auf Zehenspitzen tappte ich ins Bad, zog die mit Schneematsch verdreckten Stiefel aus und schüttelte den Schnee aus Mütze, Schal und Mantel. Dann rutschte ich auf Socken durch mein neues Reich. Der Elektriker hatte nicht zu viel versprochen, alles sah sehr gut aus, und Freddo dürfte keinen Grund zum Meckern haben, die Schäden an seinen Farbflächen waren minimal. Die Rechnung des Elektrikers fand ich auf dem Küchentisch, ebenso den Schlüssel fürs Büro, den er dagelassen hatte. Ich stopfte alles in die Taschen meiner Jeans. Ich konnte mit den Fortschritten mehr als zufrieden sein. Aber das alles, würde sich in Luft auflösen, wie einst Cinderellas Kürbiskutsche nach Mitternacht, wenn der Deal nicht klappte. Ich stand am Küchenfenster und sah dem Verkehr auf der Cecilienallee zu, der mit jeder Schneeflocke, die vom Himmel fiel, chaotischer wurde. Wagen stellten sich quer, Fußgänger rangen um ihr Gleichgewicht und auf den Rheinwiesen tobten die Kinder. Sie bewarfen sich mit Schneebällen und hatten ihren Spaß. Am liebsten wäre ich runtergegangen, um einfach mitzumachen. Kaum gedacht, knatterte ein knallbunter alter Ford Transit vorm Haus in eine Parklücke. Freddo stieg aus und guckte nach oben. Ich machte das Fenster auf und rief: „Hallo!"

„Oh, gut, du bist da. Hab schon versucht, dich anzurufen. Die Bilder sind fertig. Komm runter und hilf mir tragen."

Ich schloss das Fenster, stieg wieder in die Stiefel und hinterließ dunkelbraune Pfützen auf dem Parkett.

Dann rannte ich die Treppe hinunter und arretierte die Haustür.

„Freddo! Du Wahnsinniger. Woher wusstest du, dass ich hier bin?

„Ich bin hellsichtig, hast du das immer noch nicht kapiert?" Zusammen hoben wir vier große Bilder aus dem Laderaum. Sie waren so dick in Decken und Plastikfolie verpackt, dass man sie kaum festhalten konnte.

„Meine Güte, sind die schwer", sagte ich.

„Und da sagen die Leute immer, Künstler wären faul."

„Hab ich nie behauptet."

Gemeinsam machten wir den Weg nach oben viermal und waren ordentlich aus der Puste, als wir das letzte Kunstwerk im Büro abstellten.

Freddo rannte sofort los, um nachzuschauen, wie groß die Schäden an seinen Farbquadraten waren. Da ich keinen Aufschrei hörte, konnte davon ausgegangen werden, dass der Künstler zufrieden war. Er holte sein Equipment aus dem Abstellraum und machte sich sofort an die Arbeit.

„Kann ich dir irgendwie helfen?", fragte ich.

„Mach Kaffee, ich repariere die Farbquadrate, dann hänge ich die Bilder auf. Und vielleicht wischt du mal über den Boden, sonst flippt dein Hildchen aus, wenn sie das sieht."

Ich schaute mich um. Überall braune Wasserlachen und Schneeränder. Also betätigte ich mich als Hausfrau, startete die Kaffeemaschine und feudelte, was das Zeug hielt, und weil ich schon mal dabei war, ging ich mit dem Lappen auch einmal durch den Hausflur, damit die Nachbarn nichts zu meckern hatten.

„Darf ich jetzt die Bilder auspacken, großer Meister?", fragte ich, als ich aus dem Treppenhaus zurück war.

„Nein. Ich bin mit den Farben fertig. Du gehst jetzt in die Küche und machst die Tür zu, und ich kümmere mich um den Rest."

„Ich soll was?"

„Ist wie Weihnachten. Geh, Marco, sei brav und warte aufs Christkind."

Freddo schob mich in die Küche und machte die Tür hinter mir zu.

„Und wenn du guckst, dann schließe ich dich ein."

„Willst du deinen Kaffee nicht?", rief ich durch die geschlossene Tür.

„Der ist für dich. Stillbeschäftigung für zappelige Kinder, und gib endlich Ruhe."

Fast eine Stunde lang hörte ich ihn bohren, fluchen und herumklappern. Wenn es ganz still wurde, machte ich mir wirklich Sorgen. Dann endlich die Erlösung. Die Tür ging auf und Freddo stand mit wirren Haaren, aber glücklich vor mir. „Schade, ich hätte jetzt gerne noch mit einem Glöckchen gebimmelt. Kannst gucken kommen."

Bevor ich überhaupt einen Blick auf das Gesamtkunstwerk werfen konnte, schellte es.

„Akzeptiert der Künstler bereits Publikum?", fragte ich Freddo, aber der hatte die Türklinke schon in der Hand.

„Ah, der Herr Professor, kommen Sie rein."

„Sie sind der Künstler, nicht wahr? Entschuldigen Sie, dass ich Sie störe und neugierig bin. Ich sah, dass Sie Bilder abgeladen haben."

„Herein, herein, Herr Krumbigl", sagte ich. „Es gibt was zu sehen."

Zu dritt schritten wir in ehrfürchtigem Schweigen die Räume ab. Freddo hatte nicht zu viel versprochen. Diese Art und Weise, über die Rahmen hinweg zu malen und das Bild erst im farbigen Quadrat auf der Wand enden zu lassen, hatte was. Es war, als hätte er die Japanmotive eingefangen, aber letztendlich sprengten sie doch den Rahmen.

„Toll", sagte ich. „Einfach toll.

„Ungewöhnlich", sagte Krumbigl. „Sehr ungewöhnlich, vor allem diese Brücke, die irgendwo am Horizont verschwindet … aber bestrickend. Es ist beinahe, als könne man in die Bilder hineingehen."

Freddo strahlte über das ganze Gesicht. „Er hat es verstanden. Danke, Herr Professor. Ist es nicht so, Marco? Es ist beinahe dreidimensional."

„Das war das Wort, das ich gesucht habe. Und der Kimono vor dem Gold ist bombe."

Freddo machte die Lampen über den Bildern an. „Und jetzt?"

„Wunderbar. Einfach perfekt. Das leuchtet richtig."

Herr Krumbigl schien seine Neugier befriedigt zu haben und verabschiedete sich. „Ich will mal nicht länger stören. Und Sie denken auch an Ihr Versprechen, Herr Welter?"

„Aber sicher, Herr Professor."

Er beugte sich zu mir hinüber und flüsterte: „Ob der Künstler wohl auch für meinen Kimono ... so eine Installation machen kann?"

Ich nickte. „Fragen Sie ihn einfach."

„Wenn es so weit ist, dann komme ich noch mal auf Sie zu, Herr Welter."

„Machen Sie das."

Er warf einen sehnsüchtigen Blick auf den in Gold gerahmten und hinter Glas sicher verwahrten Kimono, dann verschwand er auf der Treppe.

„Komischer Heiliger", sagte Freddo.

„Aber nett. Ohne ihn hätte ich das Firmenschild nicht durchgekriegt. Nicht alle Nachbarn waren begeistert. Wenn er nicht gewesen wäre ..."

Freddo schnappte sich die drei Roboter vom Kaminsims, schaltete sie ein und setzte sie auf den Boden. Die Blechkameraden wankten lärmend durchs Büro. Wir schauten ihnen hinterher, wie sie Kurs auf die Küche nahmen.

„Ist noch Kaffee da?", fragte Freddo.

„Aber sicher. Es ist bald Zeit für ein Mittagessen, hast du Lust? Wir gehen in die Altstadt."

„Mir wäre ein Scheck lieber. Ich brauche Geld. Du kannst dir gar nicht vorstellen, was allein der Erbschein für mein Erbe kostet. Bevor man überhaupt was bekommt, muss man ohne Ende Geld ausgeben. Das Nachlassgericht berechnet das nach der Höhe des Erbes, das man ja noch gar nicht hat."

„Oh. Das wusste ich nicht."

„Ich auch nicht. Verstehst du, bevor mein Onkel gestorben ist, kannte ich das Wort *Nachlassgericht* noch nicht mal. Aber ich wette, mein Onkel, Gott hab ihn selig, hat das gewusst. Der ist sich auch für keinen Scherz zu schade, der alte Raffzahn. Der liegt jetzt drei Meter unter der Erde und lacht sich ins Fäustchen, weil er seinen missratenen Neffen noch mal so richtig hochnehmen kann. Da baumelt das Erbe vor mir wie die Mohrrübe vor dem Esel und ich muss erst mal blechen, bevor ich rankomme. Und Vito wird auch bald Geld von mir haben wollen. Der hat das ja alles für mich gedeichselt. Weißt du was, ich werde die Immobilien verkaufen. Alle. Was soll ich damit? Ich bin doch kein Vermieter oder so ein Immobilienhai ...!"

Mein Freund hatte sich in Rage geredet. Wurde Zeit, dass ich ihn wieder auf den Teppich holte.

„Freddo, alles wird gut. Mach alles der Reihe nach, und lass dich beraten, bevor du hinterher irgendwas bereust."

„Von einem Immobilienhai, vermutlich."

„Genau. Die wissen, wie das geht. Vito kennt jede Menge davon. Und jetzt lass uns was essen gehen, wir sausen vorher noch kurz bei mir vorbei und ich gebe dir einen Scheck. Vorausgesetzt, du hast eine Rechnung."

Ohne mit der Wimper zu zucken, wühlte Freddo in den tiefen Taschen seiner Arbeitshose und förderte einen zerknitterten Umschlag zutage. „Bidde sehr."

„Danke sehr." Ich warf einen Blick auf die Aufstellung. „Du hast das Blattgold vergessen, mein Freund."

„Ich hab doch gesagt, es ist nicht teuer. Und vor allem nicht, weil ich es von einem anderen Auftrag übrig hatte."

„Danke dir."

„Für dich immer. Und nach diesem ganzen Japangedöns brauche ich rheinischen Sauerbraten, wenn es recht ist."

„Sollst du haben."

Ich fing die Roboter wieder ein, und Freddo packte seine sieben Sachen zusammen. Zur Dokumentation hatte er seine Polaroidkamera dabei.

„Mach mir bitte auch Fotos. Die will ich Michiko zeigen."

„Na, da will ich mir mal Mühe geben. Nicht dass es am Ende an mir hängen bleibt, wenn die kleine Kirschblüte nicht mit dir zufrieden ist."

„Freddo! Du redest von meiner zukünftigen Ehefrau."

„Tut mir leid. Bei Japanerinnen muss ich immer an Geishas, Kirschblüten und Schirmchen denken."

„Mächtig großer Fehler. Lern sie erst mal kennen, dann vergeht dir das ganz schnell. Michiko ist alles andere als kirschblütig. Sie ist eher so … drachenblütig … auf eine sehr kirschblütige Art, aber nur, wenn sie will."

„Werd's mir merken, Welter-san." Er verbeugte sich und reichte mir die Polaroids. „Ha! Jetzt weiß ich, was hier noch fehlt!"

„Und das wäre?"

„Samurai-Schwerter! Die echten kosten zwar ein paar Tausend ... aber was tut man nicht alles?"

Ich fürchtete, mein Freund war übergeschnappt. Als ich ihn nur stumm anguckte, sagte er: „War'n Witz, Marco."

„Das hoffe ich doch. Ich wollte aus dem Büro kein Museum machen."

Wir warfen noch einen letzten Blick in alle Zimmer und konnten hochzufrieden unserem Sauerbraten entgegensehen. Wir sammelten Freddos Arbeitsutensilien und Farbtöpfe ein, und bepackt wie die Sherpas auf Himalaya-Expedition begannen wir den Abstieg.

Am frühen Abend war ich wieder daheim. Der Sauerbraten und ein paar Altbiere hatten eine einschläfernde Wirkung auf mich. Bevor mich das Suppenkoma dahinraffte, wählte ich Irenes Telefonnummer. Sie begrüßte mich mit einem Hustenanfall. „Hallo Chef", krächzte sie. „Mich hat's erwischt."

„Oh, dann will ich mal nicht stören. Wollte nur sagen, dass das Büro super aussieht. Sie werden es lieben ..."

„Falls ich Montag noch lebe ..."

„Und der Handelsregisterauszug ist da. Das Betriebskonto ist aktiv."

Statt Jubelrufen kam von Irene ein Niesanfall, durchsetzt mit der Frage: „Soll ich eine Aufstellung machen, was Sie für AEC schon alles ausgelegt haben?"

„Das wäre hervorragend. Aber werden Sie bitte erst mal gesund."

„Ich arbeite dran."

„Ich kann die Aufstellung schon mal vorbereiten."

„Kassenbuch liegt neben der Kaffeemaschine. Wiederhören, Chef. Vielleicht sehen wir uns Montag, vielleicht auch nicht."

„Brauchen Sie noch irgendwas? Ich könnte zur Notapotheke fahren und was vorbeibringen."

„Nicht nötig, hab alles da. Jussef hat Berge von Mahlzeiten, Wärmflaschen und einen türkischen Zaubertrank, den seine Cousine dritten Grades für mich gebraut hat, vorbeigebracht. Schmeckt scheußlich, aber scheint zu helfen. Ich bin versorgt. Bleiben Sie bloß weg, sonst stecken Sie sich auch noch an."

„Dann wünsche ich gute Genesung, Irene."

„Bis dann."

Ich nahm das Kassenbuch von der Anrichte, um mir die Zahlen anzusehen, und legte mich auf die Couch. Aber schon beim zweiten Posten hatte das Suppenkoma gewonnen.

Sonntag, 18. Februar 1979, Düsseldorf

Nachdem ich mich an diesem Morgen in inniger Umarmung mit meinem Kassenbuch auf dem Teppich vor der Couch wiedergefunden hatte, hatte ich erst mal ein heißes Bad genommen, um die Verspannungen in meinem Nacken zu lockern. Eine Joggingrunde wäre nicht schlecht gewesen, aber ein Blick aus dem Fenster hielt mich zurück. Ich wäre bis zu den Knien im Schnee versunken. Als WDR 2 mir berichtete, dass es in der Sahara seit 40 Jahren zum ersten Mal wieder geschneit hatte und in der Kieler Förde die Frachtschiffe im Packeis festlagen, fing ich ernsthaft an, mir Sorgen zu machen, wie die Fahrt nach Paris wohl verlaufen würde. Vielleicht sollte ich mir am Montag noch schnell ein paar Schneeketten besorgen, falls die Winterreifen nicht reichten. Ich rief in meinem Hotel in Paris an und fragte den Portier wie das Wetter sei. Auf mich ging ein Schwall französischer Erklärungen nieder. Ich spreche die Sprache zwar recht ordentlich, aber für einen waschechten Franzosen, der offenbar sehr aufgeregt war, reichte es nicht wirklich. Ich verstand nur so viel: Es wäre eisig kalt, es läge Schnee. C'est une catastrophe, monsieur. Aber alles letztendlich kein Problem, wie er mir versicherte. Pas de problème.

Nun war ich schlauer oder auch nicht und verabschiedete mich bei dem aufgeregten Herren. Mir wurde auch nicht wohler, als ich die Auslagen für AEC auflistete. Wir waren schon weit über die 50.000 Mark Grundkapital hinaus, und ich würde weiter mein Privatkonto schröpfen müssen, um die Beträge später als verzinstes Darlehen an AEC zu geben. Mein Steuerberater würde sich freuen. Ich stellte die Unterlagen zusammen und legte sie für Irene auf den Küchentisch. Da ich weiterhin nichts zu tun hatte, als auf den Montag zu warten, nahm ich mir wieder Ralph D. Delaneys Buch vor. … *in Japan giri, on and ningen kankei is thicker than blood and water and it lasts longer than a lifetime if you play your cards well and honest. In Japan, giri (obligations) and ningen kankei (human relations) are the central elements of developing a viable business relationship.*

Ich konnte mich nicht richtig konzentrieren, dachte über das Wetter nach und wünschte mir, dass Michiko anruft, aber vermutlich war sie schon auf dem Weg nach Paris. Nebenbei kritzelte ich auf einen

Notizzettel: Sternchen, Brosche abholen! Hoffentlich war das Schmuckstück überhaupt fertig.

Bei so vielen Fragen und Unwägbarkeiten war es wohl das Beste, ich würde meine Reisetasche packen, damit wenigstens etwas erledigt war. Ich ging ins Schlafzimmer und betrachtete meine Garderobe im Schrank. Was war arktistauglich? Ich nahm auf jeden Fall meinen mit Fell gefütterten Wildledermantel, Skisocken und die dicken gefütterten Stiefel mit, die ich mir vor zwei Jahren auf einer Geschäftsreise in Kanada gekauft hatte. Als ich damit bei TransGlobal im Büro aufgetaucht war, hatten alle gelacht. Aber jetzt würde niemand lachen, denn ich würde warme Füße haben. Als ich sicher war, genug eingepackt zu haben, bekam ich die Reisetasche kaum zu. Pullover, Schal und Mantel forderten einfach zu viel Platz. Aber egal, ich würde alles ins Auto werfen, guckt ja keiner hin, außer die Zöllner. Ich war gerade dabei, den Reißverschluss zusammenzuquetschen, da klingelte das Telefon. Ich ging ran und war überrascht, Michikos Stimme zu hören.

„Wo bist du?"

„Am Flughafen. Ich muss dir schnell noch was erzählen. Kizawa-san möchte mich dringend sprechen. Er kommt sogar her."

„Zum Flughafen?"

„Ja, es muss wirklich dringend sein. Wir treffen uns gleich kurz vorm Boarding im Café."

„Wahnsinn. Weißt du, was er von dir will?"

„Kein Stück, nur, dass er sehr nervös ist. Bin gespannt. Wollte dir das nur mitteilen."

„Na toll, jetzt sitze ich auf heißen Kohlen."

„Wir sehen uns ja morgen. Bis dahin."

„Gute Reise, Michiko. Kann's kaum erwarten."

Sie hatte schon aufgelegt. Ich starrte auf das Telefon und mein Adrenalin schoss schon wieder durchs System. Ich konnte es nicht haben, wenn ich nicht wusste, was lief. Für meinen Geschmack waren da zu viele Unbekannte in der Gleichung. Angefangen vom Wetter bis hin zu Kizawas kryptischen Andeutungen über etwas Dringendes. Und ich konnte gar nichts tun, als abzuwarten. Vermutlich würde ich mir die Fingernägel bis Montagabend final abgekaut haben. Damit das nicht passierte, widmete ich mich wieder meinem Buch. Wenn ich mit all dem fertig und erfolgreich war, würde ich Ralph ein neues Kapitel für sein Buch schreiben, da konnte er sich drauf verlassen.

Montag, 19. Februar 1979, Düsseldorf/Paris

Es war schon halb zehn, im Küchenbüro war es sehr still, bis das Telefonklingeln die heilige Ruhe zerstörte. Es war Irene, die mitteilte, dass der Kampf gegen die Erkältung noch nicht gewonnen sei.

„Was machen wir denn jetzt bloß? Sie in Paris und ich auf der Bleiche?"

„Machen Sie sich mal keine Sorgen. Ich erwarte keine weltbewegenden Nachrichten. Und vielleicht sind Sie ja morgen auch schon wieder auf dem Damm."

„Hoffentlich. Können Sie wenigstens im Hotel Heine meine Privatnummer hinterlegen, für den Fall, dass doch noch ein Telex kommt?"

„Wenn es Sie beruhigt. Mach ich."

„Gut. Und vergessen Sie die Reservierungsbestätigung fürs Hotel nicht … und fahren Sie bloß vorsichtig bei dem Wetter."

„Werde ich alles beherzigen. Ich rufe Sie aus Paris an, wenn ich angekommen bin. Okay?"

„Okay. Dann mal gute Reise, Chef."

„Gute Besserung, Irene."

Die Türklingel ging und eine Sekunde später höre ich, wie sich der Schlüssel im Schloss drehte. Hildchen, mit dunkelroten Wangen von der Kälte, kam herein. „Oh, Sie sind ja noch da."

„Aber nicht mehr lange. In zehn Minuten haben Sie freie Bahn, Hilde."

„Wollen Sie bei dem Wetter wirklich fahren?"

„Ja, sicher. Es ist ein bisschen Schnee. Und die Autobahnen sind bestimmt schon geräumt."

„Immer diese jungen Leute. Haben Sie auch warme Socken eingepackt?"

„Habe ich."

„Soll ich Ihnen noch schnell ein Butterbrot und eine Thermoskanne mit Kaffee machen? Man weiß ja nie."

„Gute Idee, Hilde. Vielen Dank."

„Und was mache ich, wenn das Telefon klingelt?"

„Dann schreiben Sie die Telefonnummer und den Namen auf und sagen, ich sei auf Geschäftsreise. Falls es was ganz Dringendes ist, die

Nummer vom Hotel in Paris liegt auf dem Küchentisch und die von Irene haben Sie sowieso, aber dazu wird es wohl nicht kommen."

„Wenn Sie es sagen. Nicht dass ich noch was falsch mache, Herr Welter."

„Können Sie gar nicht, und Irene ist doch nicht aus der Welt, wahrscheinlich ist sie morgen schon wieder da."

Während ich meine Sachen zusammenkramte, die Reisetasche vor der Tür abstellte, meine Barschaft im Portemonnaie kontrollierte und meinen Pass einsteckte, hatte Hilde ein richtiges Proviantpaket hergerichtet. Mit allem bepackt, verabschiedete ich mich und ging zum Parkhaus, um das Gepäck zu verstauen und um den Tankwart zu bitten, vollzutanken und noch mal nach dem Öl zu schauen.

In der Zwischenzeit würde ich zum Juwelier gehen und Michikos Geschenk abholen. Falls es denn fertig war. Voller Enthusiasmus machte ich mich auf den Weg, ging kurz bei der Bank vorbei, um D-Mark in Franc umzutauschen und ein paar Eurocheques mitzunehmen. Dann hinterlegte ich im Hotel Heine Irenes Privatnummer und die meines Hotels in Paris und vom Interconti – für alle Fälle.

Als ich die Goldschmiede betrat, war dort niemand. Ich wartete, aber nichts rührte sich. Allmählich wurde ich unruhig.

„Sternchen, große Meisterin?! Wo sind Sie?"

Endlich wurde der Vorhang zum hinteren Bereich beiseitegeschoben und Frau Stern, mit ihrer Lupenbrille auf der Nase, erschien im Verkaufsraum. „Was ist denn so dringend? Alte Frau ist doch kein D-Zug."

„Ich komme wegen der Brosche."

„Hab ich etwa angerufen?"

„Nicht, dass ich wüsste, aber ich fahre gleich nach Paris, und das Schmuckstück muss mit."

„Ach, was das alles muss. Haben Sie noch was zu erledigen?"

„Eigentlich nicht."

„Dann warten Sie eben hier und passen auf den Laden auf. Ich muss noch polieren."

Ich wickelte den Schal ab, knöpfte den Mantel auf und machte es mir auf dem einzigen Stuhl bequem, der im Laden stand, während Sternchen wieder in der Werkstatt verschwand und die Poliermaschine anwarf. Zeit genug, um mich umzusehen. Ich rückte den Stuhl an die Auslage für Trauringe und studierte das Angebot. Vielleicht war es dafür noch zu früh, aber man kann ja nicht vorbereitet genug sein. Mein Blick fiel auf ein sehr zartes Exemplar und ich stellte mir vor, wie dieses filigrane Etwas an Michikos feingliedrigem Ringfinger aussehen würde. Bestimmt fantastisch.

Die Tür ging auf und eine junge Frau betrat den Laden. Sie schaute mich fragend an und ich sagte: „Die Meisterin poliert. Möchten Sie sich setzen?" Ich stand auf und bot ihr den Stuhl an. Sie hatte die Türklinke schon wieder in der Hand und wollte gehen, daher sagte ich: „Weder der Stuhl noch ich beißen. Nehmen Sie ruhig Platz."

Sie musterte mich noch mal eingehend und setzte sich endlich hin. Dabei hielt sie ihre Handtasche fest an ihre Brust gepresst, als hätte sie Angst, überfallen zu werden. Ich lehnte mich an die Auslagen für Uhren und guckte in die Luft.

„Holen Sie etwas ab?", fragte die junge Frau.

„Allerdings. Und Sie?"

„Ich bringe was." Ein leises Schniefen begleitete den Satz und ich ahnte, worum es ging. Da war wohl ein Traum geplatzt. Ich war ja wohl der Letzte, der nicht wüsste, wie sich das anfühlt.

„Lassen Sie sich was Schönes von Frau Stern daraus machen, was immer es ist."

„Ja, vielleicht." Sie betrachtet ihre nassen Stiefelspitzen, als könne sie dort eine Antwort finden.

„Hab ich auch gemacht."

„Ach, ja?"

„Werden Sie gleich sehen, wenn Frau Stern mit dem Ergebnis kommt."

Ein paar stille Minuten später erschien die Meisterin im Verkaufsraum. Sie trug eine kleine Schachtel vor sich her, wie ein Butler die Kronjuwelen der Queen. Sie nickte der jungen Frau zu. „Ich bin gleich für Sie da, meine Liebe." Dann wandte sie sich mir zu und ich nahm Haltung an.

„Wenn Sie dann mal schauen wollen, Herr Welter." Frau Stern legte ein schwarzes Samtkissen auf den Verkaufstresen und zog weiße Baumwollhandschuhe an, bevor sie die Schachtel öffnete. Mittlerweile war auch die junge Frau aufgestanden, hatte sich hinter mir postiert und lugte an meiner Schulter vorbei. „Oh mein Gott, ist das schön", sagte sie.

„Ja, die Beschenkte wird sich glücklich schätzen." Frau Stern legte mir das Kissen, auf dem sie die Brosche platziert hatte in meine Hände.

„Ich wäre auf jeden Fall glücklich", sagte die junge Frau.

„Zufrieden, Herr Welter?"

„Und ob", sagte ich. „Das ist so wunderschön. Danke Sternchen."

Ich war ganz ergriffen beim Anblick dieses Kleinods. Auf einer kleinen goldenen Brücke ging eine winzig, winzig kleine Geisha mit einem Schirm, in den Diamantsplitter eingelegt waren, sodass die kleine Figur funkelte und strahlte.

Die junge Frau hinter mir konnte einen tiefen Seufzer nicht unterdrücken. „Schade, dass ich nicht die Glückliche bin." Sie öffnete ihre Handtasche, holte eine Schachtel heraus und legte eine große Brosche in Form einer ausladenden und völlig überladenen Chrysantheme auf den Tresen, die bestenfalls an den wogenden Busen einer Matrone mit dicken Wurstfingern gepasst hätte, aber nicht zu dieser jungen Frau. „Machen Sie mir bitte auch so was Schönes", sagte sie zu Frau Stern.

Die runzelte die Stirn. „Ach, Gottchen, aber unbedingt, meine Liebe, aber unbedingt."

„Lebt er noch?", fragte ich beim Anblick des Monstrums.

Die junge Frau schniefte. „Ja, aber nicht mehr mit mir."

„Recht so", sagte Frau Stern und tätschelte der jungen Frau die Hand.

„Wäre das dann alles, Herr Welter? Sie sehen ja, die Dame hier wartet auf Erlösung von dem Übel."

„Noch nicht ganz. Ich nehme noch dieses Paar Trauringe mit."

„Tatsächlich?"

„Tatsächlich."

„Sie wissen doch gar nicht, ob die passen", sagte die junge Frau.

„Müssen sie ja auch noch nicht. Zwei dünne Goldkettchen dazu, bitte."

Sternchen schüttelte den Kopf. „Hoffnungsloser Romantiker, der Herr Welter."

Eine Viertelstunde später verließ ich beschwingt den Laden und ging zum Parkhaus, wo mein Auto fertig zur Abfahrt stand. Leider stand auch Karl in der Pförtnerloge und wusste vor Verlegenheit nicht wohin mit sich, als er mich sah.

Ich unterschrieb die Rechnung, ohne von ihm Notiz zu nehmen. Nur beim Hinausgehen sagte ich: „Karl, lach mal wieder. Das würde dir gut-tun."

Ohne eine Antwort abzuwarten, setzte ich mich in mein Auto und hatte nur noch Paris im Kopf.

Die Autobahnen waren freigeräumt und der Fairlady flog regelrecht bis zum Grenzübergang Aachen-Lichtenbusch. Ich kam mir vor wie Starsky und Hutch in einem, mindestens. Danach begann leider das Schleichkommando. In Belgien waren nur 120 km/h erlaubt. Die ersten Kilometer bekam ich noch ganz gut hin, weil ich ein Butterbrot aß und während der Fahrt versuchte, einen Kaffee einzuschenken. Wer würde denn dafür anhalten wollen, wenn in Paris Michiko wartete? Es gelang mir auch, fleckenfrei alles unter Zuhilfenahme meines linken Knies am Lenkrad im Griff zu behalten. Aber leider gingen die Pferdchen dann doch wieder mit mir durch, bis wie aus dem Nichts neben mir ein Poli-zeiauto erschien und eine rote Kelle mir befahl, auf den Seitenstreifen zu fahren.

Zwei Polizisten stiegen aus dem Wagen, bewunderten erst mal das Auto und kontrollierten die Papiere. In gutem Deutsch fragte mich ei-ner der beiden: „Wissen Sie, warum wir Sie angehalten haben?"

„Ja. Ich bin zu schnell gefahren. Habe vollkommen vergessen, dass ich schon in Belgien bin."

„Sie sind nicht nur zu schnell gefahren, Sie haben unser Straßenver-kehrsgesetz maximal verletzt. Sollten Sie nicht in der Lage sein, die Strafe von zehntausend belgischen Franc zu zahlen, müssen wir Ihr schönes Auto leider beschlagnahmen."

Der jüngere der beiden grinste, als würde er sich schon auf Fahrt mit meinem Fairlady freuen.

„Was ist das in D-Mark?"

„Nehmen wir nicht an. Sie müssen in belgischen Franc zahlen."

„Geht Kreditkarte?"

„Die können wir nicht akzeptieren."

„Aber einen heißen Kaffee können Sie doch akzeptieren?"

„Wollen Sie uns bestechen?"

„Kein bisschen. Aber mit Kaffee plaudert es sich besser."

Ich goss den Schraubbecher der Thermoskanne voll und reichte ihn durchs offene Fenster. „Wissen Sie, ich reise in Amors Namen."

„Was?"

Endlich nahm der ältere der beiden Polizisten den dampfenden Becher entgegen.

„L'Amour, verstehen Sie? Auf mich wartet in Paris das süßeste Mädel, das Sie je gesehen haben." Dann holte ich aus meiner Jackentasche die Schachtel mit den Trauringen und machte sie auf. „Sehen Sie, darum geht's."

Der ältere Polizist grinste.

„Es ist ja nicht so, als wollte ich die Strafe nicht bezahlen. Ich habe Eurocheques, Kreditkarte, D-Mark, aber das wollen Sie ja alles nicht. Sie haben vollkommen recht. Ich bin zu schnell gefahren, aber aus gutem Grund, wie Sie sehen."

Der ältere Polizist gab den Rest des Kaffees an seinen jungen Kollegen weiter. „Kurz hinter der nächsten Ausfahrt ist ein kleiner Ort mit einer Bank. Dort können Sie Geld umtauschen."

Ich guckte auf meine Armbanduhr. „Ich muss um acht im Interconti in Paris sein. Nehmen Sie doch bitte das deutsche Geld, tauschen es um, und voilà, alles erledigt."

Der junge Polizist reichte mir den leeren Becher durchs Fenster. Der alte schüttelte den Kopf. „Also gut. Nehmen Sie in Gottes Namen endlich Ihre Ringe und fahren Sie einfach weiter, bevor wir es uns anders überlegen, aber nur Hundertzwanzig, ja?"

„Versprochen."

„Wir fahren hinter Ihnen her."

„Natürlich. Vielen Dank die Herren. Und was ist mit dem Geld?"

„Sehen Sie zu, dass Sie Land gewinnen, Sie kleiner Casanova. Viel Glück in Paris."

„Danke, meine Herren, und falls Sie jemals in Düsseldorf sein sollten, rufen Sie mich an, die längste Theke der Welt wartet auf Sie." Ich gab jedem eine meiner neuen Visitenkarten. „Ich hoffe, das ist keine Bestechung. Wiedersehen."

Ich kurbelte das Fenster hoch, legte den ersten Gang ein, gab Gas und schlich nach Paris, wo ich, dank der freundlichen Polizisten und meinem Versprechen, mich zukünftig an Geschwindigkeitsbegrenzungen zu halten, erst um Viertel vor acht an meinem Hotel ankam. Ich checkte in Windeseile ein, bat den Concierge, mein Gepäck aufs

Zimmer bringen zu lassen, und sauste zum Interconti, sofern das bei dem Verkehr überhaupt möglich war.

Drei Minuten nach acht bog ich in die Zufahrt ein und sah Michiko vor dem Eingang stehen. Klein und zart, ihr hübsches Gesicht umrahmt von zwei dicken schwarzen Zöpfen. Fast wie ein Kind in der großen Stadt, das auf Abenteuer wartete. Für mich der schönste Anblick der Welt, ohne Übertreibung. Einfach nur meine Michiko in Paris. Ich hielt an, sofort sprang ein livrierter Portier hinzu und öffnete die Fahrertür. Ich stieg aus, und bevor der gute Mann mich überhaupt etwas fragen konnte, umarmte ich Michiko.

„Sollen wir eine Runde drehen?", sagte ich und sie nickte. Der Portier hielt ihr die Tür auf und lächelte nachsichtig. Vermutlich sah er täglich zehnmal, wie in dieser Stadt Armors Pfeile herumflogen wie Konfetti im Karneval.

„Wir sind gleich wieder da", rief ich ihm zu. Und dann kurvten wir durch das hell erleuchtete Paris. Michiko hatte ihren Kopf an meine Schulter gelehnt. Am Fenster sausten die Champs-Élysées und der Place de la Concorde vorbei, den ich dreimal umrundete, weil es einfach Spaß machte. Wir sagten kein Wort, bis wir eine halbe Stunde später wieder vor dem Interconti ankamen.

Der Portier parkte den Wagen neben diverse Nobelkarossen vor dem Hotel, Michiko und ich nahmen ein Taxi.

„Hast du Hunger?"

„Und ob."

„Wie war deine Reise?"

„Gut."

„Willst du mir erzählen, wie dein Treffen mit Kizawa war?"

„Erst essen. Ich sterbe vor Hunger, ehrlich."

„Natürlich. Ich bin aber auch ein Flegel ..."

Der Taxifahrer räusperte sich. Wir standen immer noch vor dem Hotel und allmählich wurde er ungeduldig.

„Ins La Coupole, Montparnasse, bitte", sagte ich auf Französisch. „Warst du da schon mal, Michiko?"

„Nein. So ein feiner Laden stand noch nicht auf meiner Liste. Und ich glaube, die Herren vom Patentamt bevorzugen heimische Küche. Egal, wo."

„Dann wird es aber Zeit. Ich hoffe, du musst dich später nicht noch um deine Reisegruppe kümmern?"

„Nein. Mein Dienst beginnt erst morgen früh. Ich habe alle Zeit der Welt, falls ich nicht vorher einschlafe."

„Wirst du nicht. Versprochen."

Im La Coupole bekamen wir einen Tisch an einer der vielen Säulen zugewiesen.

„Das ist ja wie zu Beginn des Jahrhunderts hier", sagte Michiko.

„Ja, das ist Belle Époque in Reinkultur. Hier soll Hemingway einen Roman geschrieben haben. Ich habe auch schon Alain Delon hier gesehen, vielleicht entdecken wir heute noch den ein oder anderen Schauspieler. Einen Aperitif?"

„Warum nicht? Wenn man in Frankreich ist, muss man alles so machen wie die Franzosen."

Wir gaben unsere Bestellung auf und dann entstand plötzlich eine Pause. Keiner von uns beiden sagte etwas. Es war, als wäre die Zeit stehen geblieben. Wir schauten uns an und jedes Wort würde diesen magischen Augenblick zerstören. Die Welt da draußen und hier drinnen schien verschwunden.

Als der Kellner mit den Steaks an den Tisch kam, platzte die Blase. Die Wirklichkeit ist überall, vor allem, wenn man sie nicht gebrauchen kann. Wir genossen unser Essen, dann endlich legte Michiko Messer und Gabel beiseite und sagte: „So, jetzt bin ich wieder zu allen Schandtaten bereit. Es war vorzüglich."

Ich hob die Hand. „Einen Moment noch, bevor wir über profane Dinge reden."

Ich griff in die Hosentasche und holte das Kästchen mit der Brosche hervor. „Mach auf."

„Was …?"

„Mach auf."

Der Kellner brachte zwei Champagnergläser und zwinkerte mir zu. Wie hatte er das jetzt mitgekriegt? Ich hatte doch gar nichts geordert.

Michiko schaute irritiert das Geschenk, den Champagner und dann mich an.

„Nur zu", sagte ich.

Endlich hob sie den Deckel der Schachtel an, führte sie ganz nah an ihre Nase und linste hinein. Dann endlich machte sie sie ganz auf. Ihr Gesicht leuchtete. „Ist das schön, Marco."

„Für dich. Unsere Brücke."

„Ja, unsere Brücke."

Sie steckte die Brosche an. Eine Dame am Nachbartisch nickte beifällig und schaute ein bisschen wehmütig.

„Steht dir wunderbar."

„Danke", sagte Michiko und drückte sanft meine Hand. „Vielen Dank, Marco."

„Von ganzem Herzen gern, meine Liebe."

Wir nippten vom Champagner und hätten ewig so sitzen bleiben und uns in die Augen schauen können, aber der Rest der Welt rief und war nicht zu überhören. Michiko stellte das Champagnerglas ab. „Es ist viel zu schade, jetzt über Geschäfte zu sprechen, nicht?"

„Ja", sagte ich. „Das ist es."

„Aber wir tun es trotzdem, oder?"

„Ja, das tun wir."

Ich bestellte Wein, und als die Gläser vor uns standen, schoss es aus Michiko heraus: „Halt dich fest, Polo. Herr Kizawa und Herr Tsuda waren beide am Flughafen."

„Oh."

„Ja, und jetzt kommt's: Sie haben einen Anruf vom MITI erhalten und eine Einladung, das Projekt Eberhardter und TransGlobal dort vorzustellen. Die Beamten hätten Interesse, daran zu lernen, wie Importe von Maschinen und Anlagen abgewickelt würden … Bla bla bla."

„Wow. Das ging aber flott."

„Sie haben mich allen Ernstes gefragt, ob ich wüsste, wer das MITI auf diese Idee gebracht hat."

„Was hast du geantwortet?"

„Nichts. Warum sollte ich auch? Dann haben sie mir erklärt, sie müssten das gesamte Projekt vom Beginn der Verhandlungen bis zum Abschluss und Auftrag inklusive der Korrespondenz mit dem Verkäufer und ihren Zahlungen aufbereiten … Innerhalb von zwei Tagen!"

„Was!?"

„Und dann haben sie mich gefragt, ob ich dabei helfen kann."

„Du?"

„Ja, ich."

„Warum nicht Ono? Der hat doch alle Infos."

„Weiß ich nicht. Habe sie auch nicht gefragt, offiziell weiß ich von Ono-san gar nicht, dass es ihn gibt. Ich habe den Herren nur gesagt, dass ich auf dem Sprung nach Paris wäre und erst nächste Woche wieder zur Verfügung stehen könnte."

„Und dann?"

„Nichts. Die beiden haben sich wie die begossenen Pudel verabschiedet und sich auf den Weg gemacht. Die haben jetzt viel Arbeit. Zumal wir ja wissen, dass das MITI noch zwei weitere Fälle mit Masuhara-Beteiligung vorliegen hat. Die werden bestimmt Nachtschichten einlegen müssen. Wir sollten morgen Shimura-san informieren."

„Unbedingt. Hat Kizawa von seiner Neukonstruktion erzählt?"

„Nein, hat er nicht. Aber er sah so unglücklich aus, ich vermute, dass es nicht gut läuft. Im Verhalten der beiden untereinander kam es mir so vor, als hätte Tsuda ein bisschen Oberwasser." Michiko lachte und warf ihre Zöpfe nach hinten. „Wie sagt ihr in Deutschland? Gottes Mühlen mahlen lange …?"

„Sie mahlen langsam, aber sie mahlen gerecht."

„Meinetwegen auch das."

Wir erhoben unsere Weingläser und stießen an.

„Mögen sie mahlen", sagte Michiko.

„Shoganai", sagte ich.

„Ich glaube, jetzt hast du es verstanden."

„Wenn du es sagst, Michiko, will ich es gerne glauben. Möchtest du noch ein Dessert?" Ich hob die Hand und winkte nach dem Ober. Aber der stand am Nebentisch und war in eine Diskussion verwickelt. Die Dame, die eben noch Michikos Brosche bewundert hatte, sah verzweifelt aus und auch ihr Begleiter schien unzufrieden. Ich vermutete ein babylonisches Sprachgewirr. Die beiden sprachen Englisch mit amerikanischem Zungenschlag, der Ober antwortete auf Französisch. Das konnte ja nicht gut gehen. Michiko und ich beobachteten das Ganze amüsiert, bis Michiko sagte: „Ich glaube, da müssen wir was für die Völkerverständigung tun."

„Das glaube ich auch", sagte ich und ging zum Tisch der beiden hilflosen Amerikaner. „Kann ich helfen?", fragte ich auf Englisch.

Die beiden schauten mich erleichtert an.

„Das wäre wunderbar", sagte die Dame. „Wir möchten noch ein Dessert, aber der Ober versteht noch nicht mal, dass wir die Speisekarte sehen möchten. Er hat uns die Rechnung gebracht und zeigt immer wieder darauf. Wir möchten doch noch gar nicht gehen."

„Das haben wir gleich." Ich bat den Ober auf Französisch um vier Dessertkarten. Er nickte, winkte einem der Piccolos zu, der im Sauseschritt mit den Karten kam.

„Vielen Dank", sagte die Dame, „Möchten Sie sich nicht zu uns setzen? Dann kann ich die Brosche Ihrer Begleiterin noch ein wenig bewundern. Und wir haben es mit der Bestellung leichter."

Ihr Begleiter hatte sich schon aufgemacht und war an unseren Tisch getreten. Michiko schaute verwundert, als er sie ansprach. Ich winkte ihr zu.

„Stell dir nur vor, Marco, der Herr spricht Japanisch", sagte sie auf Deutsch.

Wir nahmen Platz und der Mann sagte: „I am Fred from San Francisco, California. And this is my wife, Missie."

„Und wir sind Marco aus Düsseldorf und Michiko aus Yokohama."

Missie klatschte in die Hände und sagte: „Das nenne ich mal einen internationalen Tisch."

Wir steckten unsere Nasen in die Dessertkarten und Michiko und ich erklärten, was es zu bestellen gab. Schließlich einigten wir uns auf je zwei Crème Brûlée und zwei Tarte Tatin mit Kaffee.

„Was führt euch hierher?", fragte ich.

„Scheidungstour. Wir haben uns vor dreißig Jahren in Paris kennengelernt und jetzt ist es gut, alle Orte noch mal zu besuchen, bevor man endgültig auseinandergeht", sagte Fred. „Im Grunde genommen versuchen wir rauszufinden, warum wir den Fehler gemacht haben."

„Vielleicht hat Amor hier besonders freies Schussfeld?", sagte Michiko.

„Das könnte sein. Paris ist schuld. Können wir damit leben, Fred?", sagte Missie.

„Wenn es dich zufriedenstellt. Unser Therapeut hat was anderes behauptet."

„Ach, der ... war eine schlechte Idee."

„Da sind wir uns mal einig", sagte Fred und grinste in die Runde. „Und ihr beide seid bestimmt gar nicht verheiratet. Leute, die sich so viel zu erzählen haben, sind nicht verheiratet."

„Sind wir tatsächlich nicht", sagte Michiko. „Wir kennen uns erst seit ein paar Wochen."

„Und wenn man so wunderbare Geschenke bekommt", sagte Missie, „ist man auch nicht verheiratet. Du wirst merken, meine Liebe, je länger man verheiratet ist, desto kleiner werden die Geschenke."

„Das ist jetzt aber übertrieben", sagte Fred mit gespielter Entrüstung. „Ich habe dir im Scheidungsvertrag eben erst unser Haus in Florida geschenkt, schon vergessen?"

Das Dessert wurde an den Tisch gebracht. Fred versuchte Crème Brûlée und Tarte Tatin auszusprechen. Der Kellner verzog das Gesicht, wie es nur Franzosen können, deren Sprache in aller Öffentlichkeit gemetzelt wird.

„Sorry", sagte Missie zum Ober, beugte sich zu ihrem Noch-Gatten und flüsterte: „Du wirst es in diesem Leben nicht mehr lernen, mein Lieber, iss es einfach."

„Und was macht ihr hier so?", fragte Fred. „Romantische Auszeit?"

„Nicht ganz", sagte Michiko, „Ich begleite eine Delegation aus Japan."

„Oh?"

„Und ich laufe ihr einfach hinterher. Und wenn wir zwischendurch Zeit haben, besprechen wir die Zukunft unserer neugegründeten Firma", sagte ich und erklärte in drei Sätzen, um was dabei ging.

„Das klingt ja alles andere als romantisch", sagte Missie. „Gebt Amor wenigstens eine Chance."

„Es kommt auf die Zwischentöne an", sagte ich. „Und du Fred, du sprichst Japanisch?"

„Allerdings. Und du?"

„Gar nicht, bis auf ein Wort."

„Ich bring dir gleich noch was bei, keine Sorge."

„Fred war im Krieg in Japan." Missie guckte Michiko entschuldigend an. „Er war in Okinawa stationiert. Ich hoffe, es macht dir nichts aus, Michiko, mit einem Ex-Besatzer am Tisch zu sitzen."

Michiko setzte ihr unergründliches Mona-Lisa-Lächeln auf und sagte: „Das ist lange her, und ich war noch gar nicht geboren, als das alles passierte."

„Darf ich die Brosche noch mal sehen?", wechselte Missie schnell das Thema, und Fred sagte: „Ich bringe dir jetzt den wichtigsten japanischen Satz bei, hör gut zu, Marco: Benjo wa doko desu ka?"

Seine Noch-Gattin schüttelte nur den Kopf und schaufelte Crème Brûlée in sich hinein. Mir schien, sie hatte diesen Witz schon einmal zu oft gehört.

„Und was heißt das jetzt, Fred?"

Michiko mochte sich ausschütten vor Lachen, sagte es mir aber nicht. Endlich klärte Fred mich auf: „Es heißt: Wo ist die Toilette?"

„Dann bin ich ja bestens ausgerüstet, nicht wahr?"

„Bist du", sagte Michiko. Sie beugte sich zu mir hinüber und flüsterte mir ins Ohr: „So lustig das hier auch ist, lass uns gehen, mir sinkt gleich der Kopf auf die Tischplatte."

„Aber natürlich."

Ich winkte dem Ober nach der Rechnung.

„Wollt ihr nicht noch ein bisschen bleiben?", fragte Fred.

„Leider geht das nicht", sagte Michiko. „Ich muss morgen früh raus."

Fred schien enttäuscht, aber Missie sah auch müde aus.

„Und ich dachte, wir gehen noch ins Moulin Rouge", trötete Fred.

„Du bist ein freier Mann, Freddy", sagte Missie. „geh, wohin du willst. Ich gehe ins Hotel."

Als wir vor die Tür traten, wurden wir von einer kalten Windböe gepackt und fast wieder zurück durch die Tür gedrückt. Ein Piccolo winkte für uns ein Taxi heran. Missie wollte zu Fuß gehen, weil sie es nicht weit hätte, wie sie beteuerte. Kaum hatten wir im Fond Platz genommen, schlief Michiko an meiner Schulter ein und wachte erst wieder auf, als der Wagen vor dem Interconti anhielt.

„Puh. Schon da?", sagte sie schlaftrunken. „Das war ein wunderbarer Abend, Marco. Wir sehen uns morgen hier um fünf. Danke für das Geschenk."

Der Portier öffnete die Autotür, Michiko hauchte mir einen Kuss auf die Wange, den ich gar nicht erwidern konnte, so schnell war sie ausgestiegen, aber bevor sie im Hotel verschwand, drehte sie sich noch einmal um und winkte mir mit beiden Armen zu. Ich stieg aus dem Taxi, verbeugte mich und warf ihr eine Kusshand zu. Dann stand ich da, wie bestellt und nicht abgeholt. Der Taxifahrer fragte ungeduldig, ob ich noch weiterfahren wolle. Ich bezahlte, weil ich lieber durch die Pariser Nacht zu meinem Hotel laufen wollte.

Der Nachtportier war in heller Aufregung, weil eine Dame bereits viermal angerufen und gefragt hatte, ob ich auch gut angekommen sei. Er hätte ihr gesagt, dass ich mich eingetragen, er mich aber nicht gesehen hätte, da ich wohl vor Schichtwechsel angekommen wäre, aber das wäre ihr wohl nicht genug gewesen.

Ich ließ mir das Telefon geben und rief schnell Irene an. Und obwohl es weit nach Mitternacht war, ging sie ran.

„Ich lebe noch, ich bin gesund angekommen. Und schlafen Sie endlich mal."

„Mehr wollte ich nicht hören, Chef."

„Ach, ich dachte, ich erzähle Ihnen noch die lustige Geschichte von Missie und Fred aus Amerika, die auf Scheidungsreise sind. Haben wir im La Coupole getroffen."

„Nee, Chef, zu viel Information. Das erzählen Sie mir ein andermal."

„Na, dann, gute Nacht."

Ich nahm meinen Zimmerschlüssel in Empfang und plötzlich stand Fred neben mir. „Ah, du wohnst auch hier? Hast du meine Frau gesehen?"

„Nein."

Ich übersetzte Freds Frage für den Nachtportier, aber auch der schüttelte den Kopf. Madame Missie war noch nicht aufgetaucht. Freds Miene verdüsterte sich.

„Sie wird bestimmt bald kommen. Vielleicht braucht sie einen Spaziergang", sagte ich. „Ein bisschen die Gedanken auslüften."

„Ha." Fred zurrte den Schal fester um den Hals und machte den Eindruck großer Entschlossenheit. „Schlaf gut, Marco. Ich gehe Missie suchen. Ich will mich gar nicht von ihr trennen. Das ist mir heute klar geworden. Und wenn es Paris ist, dann ziehen wir eben nach Paris. Sie soll ihr Paris haben, so wahr ich Fred heiße."

Bevor ich ihm eine gute Nacht wünschen konnte, war er schon zur Tür hinaus. Der Concierge guckte mich fragend an.

„L'amour", sagte ich.

Er breitete die Arme aus und nickte, wie eben nur Franzosen nicken können. Eine Mischung aus Louis de Funès und Jean Gabin. Am liebsten hätte ich noch ein bisschen gewartet, um herauszufinden, ob Fred erfolgreich gewesen war, aber die Müdigkeit trieb mich aufs Zimmer und ins Bett. Vielleicht würde ich beim Frühstück erfahren, ob es ein Happy End gegeben hatte.

Dienstag, 20. Februar 1979, Paris

Meine erste Tat am Morgen war ein Anruf bei Irene. Ich stand mit meinem Kalender unterm Arm am Empfangstresen, weil ich von dort direkt durchwählen konnte, und ließ es lange klingeln, aber niemand ging ran. Auf gut Glück wählte ich meine Privatnummer und hatte sie sofort am Telefon, allerdings immer noch sehr verschnupft und mit schwer belegter Stimme.

„Was machen Sie denn im Büro, Sie hören sich gar nicht gesund an."

„Mir geht es besser, Chef. Und ob ich daheim oder auf Ihrem Sofa liege, ist doch egal. Hauptsache, jemand bewacht das Telefon."

„Wie Sie meinen. Machen Sie es sich gemütlich. Ich hoffe, im Kühlschrank ist noch was Essbares. Ich muss jetzt Shimura anrufen, stellen Sie sich mal vor, Masuhara ist vom MITI eingeladen worden."

„Das ging aber schnell."

„Das dachte ich auch. Shimura wird es freuen. Also, bis dann, Irene."

Zum Abschied bekam ich einen Hustenanfall von ihr zu hören und legte auf, um sofort Shimuras Telefonnummer zu wählen. Ich hatte ihn direkt am Apparat.

„Was gibt es, Herr Welter?"

Ich erzählte ihm ausführlich, was mir Michiko berichtet hatte. Nur einmal unterbrach er mich: „Haben die Herren gesagt, woher das Interesse des Ministeriums kommt?"

„Nein. Sie fragten Michiko, ob sie wüsste, wer Informationen ans MITI weitergegeben hätte. Aber sie hat nicht geantwortet."

„Gut. Dann warten wir mal ab, was kommt. Ich werde meine Leute in Tokyo anspitzen. Wie kann ich Sie in den nächsten Tagen erreichen?"

„Rufen Sie einfach meine Assistentin an. Sie kann mich dann im Hotel in Paris kontaktieren und ich rufe Sie zurück. Vielleicht bewegt sich jetzt was."

„Das könnte sein, aber richten wir uns weiter auf Wartezeit ein. Danke für Ihre Information. Schönen Aufenthalt in Paris. Und grüßen Sie Michiko."

„Das mache ich. Sie ist gerade mit den Herren vom Patentamt unterwegs, die Arme. Bis bald, Shimura-san."

Vor den Türen des Hotels war Paris längst erwacht, und ich beobachtete das rege Treiben auf der Straße. Wir waren einen Schritt weiter. Der erste Stein hatte offenbar schon Wellen geschlagen. Mein Magen knurrte und ich ging in den Frühstücksraum. Der war beinahe leer, kein Fred und keine Missie weit und breit. Vielleicht würde ich nie erfahren, ob die beiden sich wieder versöhnt hatten. Da ein Frühstück im Hotel sich meistens nicht lohnte, begab ich mich auf die Suche nach einem ordentlichen Café mit ordentlichen Croissants und wurde schon zwei kleine Seitenstraßen weiter fündig. Allein die Tatsache, dass sich offenbar kein Tourist dort aufhielt, sondern die Übriggebliebenen der Nacht, die den Weg nach Hause nicht fanden, und ein paar Männer in dicken Jacken und Arbeitshosen, ließ das Beste hoffen. Ich warf mich frohgemut in das morgendliche Durcheinander und wurde nicht enttäuscht. Nach drei Croissants und ebenso vielen *bols* mit leckerstem Café au Lait hatte ich drei neue Freunde, die bei der Müllabfuhr arbeiteten, und einen Heiratsantrag der betagten Besitzerin des Cafés als Bonus obendrauf. Ich bezahlte die Rechnung für mich und meine neuen Freunde, und mir stand der Tag zur freien Verfügung. Also machte ich mich zum Louvre auf, vielleicht hatte die Mona Lisa auch ein Lächeln für mich.

Am Vormittag war die Dame noch nicht von Menschenmassen umlagert. Das Bild war viel kleiner, als ich es mir vorgestellt hatte. Immerhin lächelte sie tatsächlich unergründlich, und die Venus von Milo strahlte mich von ihrem Sockel an. Ich schlenderte durch die heiligen Hallen der Kunst, mäanderte durch alle möglichen Stilepochen und staunte ein um das andere Mal über monumentale Schlachtenbilder, Götter, Nymphen und Medusen.

Anschließend nahm ich ein Taxi zum Musée des Armées. Hier wollte ich mir das Grab Napoleon Bonapartes ansehen. Ich war überwältigt von der Größe des Museums und dass sein Mausoleum im Musée des Invalides an gleicher Stelle zu bewundern war. Gegen aufkommende Müdigkeit, die eher von der Flut der Eindrücke kam als von echtem Schlafmangel, kämpfte ich mich von Saal zu Saal und von Etage zu Etage, um endlich vor Napoleons schwarzem Zweispitz zu stehen. Auch hier lagen meine Vorstellungen und die Wirklichkeit weit auseinander. Ich hatte mir einen pompösen Kaiserhut ausgemalt. Was ich in der Vitrine sah, war ein Zweispitz, den ich einem normalen Fußsoldaten zugeordnet hätte, aber nicht dem großen Feldherrn. Sein Schimmel hinterließ nun gar keinen Eindruck bei mir, seit 150 Jahren ausgestopft, irgendwie schaurig.

Vor lauter Kunst und Historie hatte ich das Mittagessen vergessen, aber nun war es schon bald an der Zeit, mich zum Hotel Interconti aufzumachen. Ich nahm ein Taxi. Als ich ankam, stand der Fairlady vor dem Hotel zwischen zwei Rolls Royce und machte eine gute Figur. Der Portier fragte, ob ich den Wagen bräuchte, aber ich winkte ab. Sicherer konnte mein Auto gar nicht aufbewahrt werden, da dachte ich doch nicht über die horrenden Parkgebühren nach.

In der gediegenen Lobby des Interconti fiel ich in die tiefen Kissen eines Sofas. Über mir spannte sich eine Glaskuppel von immenser Größe. Ich bestellte einen Pernod, den ein Kellner, vornehmer als die Gäste selbst, mit einer Kristall-Karaffe mit Wasser und einer weiteren mit Eiswürfeln auf einem Silbertablett brachte. Er fragte mich, ob er mir einschenken dürfe, und mir kam nur ein müdes „Oui, oui " über die Lippen. Wenn ich mich so umschaute, war ich in der Lobby der Einzige, der keinen Anzug mit Krawatte trug. Dass mich der Kellner überhaupt bediente, hielt ich daher schon für ein Wunder.

Während ich den Pernod genoss, behielt ich den Eingang im Auge. Die Zeiger meiner Armbanduhr rückten quälend langsam auf fünf Uhr, auf fünf nach fünf und auf zehn nach fünf. Als die Zeiger auf vierzehn nach fünf sprangen, kam ein Pulk Japaner ohne Mäntel, nur in schwarzen Anzügen, wie ich es im kalten Tokyo schon gesehen hatte, in die Lobby. Michiko entdeckte ich sofort. Auch sie hatte mich gleich gesehen und winkte mich zu sich. Ich wurde jedem einzelnen der Herren vorgestellt, die natürlich ihre Visitenkarten überreichten. Ich griff in die Manteltasche und stellte erleichtert fest, dass ich so klug gewesen war, welche einzustecken. Unter Michikos wachsamem Blick absolvierte ich die Zeremonie und sie schien zufrieden zu sein.

Michiko sprach Japanisch. Irgendwie schien es um mich zu gehen, denn die Herren lauschten und nickten in meine Richtung. Dann sagte einer der Herren in perfektem Englisch zu mir: „Wir haben von Ihrem Vorhaben schon gehört. Es ist mutig, eine Brücke bauen zu wollen. Das ist sehr, sehr wichtig für die guten Beziehungen zwischen unseren Ländern."

Und ein anderer ergänzte: „Wenn Sie in Tokyo sind, melden Sie sich. Michiko weiß ja, wo sie uns findet."

Ich bedankte mich artig mit einer tiefen, vielleicht etwas zu tiefen Verbeugung. Die Herren begaben sich zu den Aufzügen und Michiko sagte: „Ich muss mir nur eben die Hände waschen und etwas aus dem Zimmer holen."

Und schon war sie wieder verschwunden. Ich hielt das Sofa warm, trank den Pernod aus und bezahlte die Rechnung. Aber von Michiko war weit und breit noch nichts zu sehen. Der Alkohol entfaltete seine Wirkung auf leeren Magen ziemlich rasch, und ich musste mich fragen, ob ich je wieder aus diesen weichen Kissen herauskommen könnte. Also bestellte ich schnell noch einen Espresso, um wieder auf die Beine zu kommen.

Endlich, nach einer kleinen Ewigkeit, kam Michiko. Sie trug einen schwarzen Rolli, an dessen Kragen die kleine goldene Brücke blitzte und blinkte, dazu eine schwarze Felljacke mit passender Mütze und eine eng anliegende, karierte Hose. Ihre Füße steckten in schwarzen Fellstiefeln. Sie sah umwerfend aus und für einen Augenblick blieb mir das Herz stehen. Einige Gäste schauten ihr hinterher und sogar einer der ehrwürdigen Bediensteten des Hotels geriet beinahe ins Str{au}cheln. Ich stand auf und eilte ihr entgegen, denn sie schleppte zwei große Tüten.

„Das hier ist die Bestellung für deinen Professor", sie reichte mir eine Tüte. Ich warf einen Blick hinein, ein Roboter und ein Kimono. „Oh, danke. Das ist wirklich lieb von dir, dass du daran gedacht hast."

„Finde ich auch. Und das hier ist für dich." Sie reichte mir die andere Tüte. „Das wollte ich dir eigentlich gestern schon geben."

„Oh, danke, was ist das so Schweres?"

„Schau nach."

Wir stellten die Tüten auf das Sofa. Ich holte einen großen Karton heraus. Die Bilder auf der Verpackung sagten mir sofort, dass es Glasabdeckungen für die langen Scheinwerfer-Einlassungen in den Kotflügeln des Fairlady waren.

„Toll." Ich gab Michiko einen dicken Kuss. „Du bist ja verrückt, meine Liebe."

„Das hat in Japan jeder, der so ein Auto fährt. Damit sieht es noch schnittiger aus, als es sowieso schon ist."

„Der Wagen steht ja noch draußen, wir können mal eben eine kleine Anprobe machen."

„Dann los."

„Außerdem habe ich Hunger wie ein Wolf. Ich hatte nur einen Pernod zum Mittag. Wo wollen wir essen und was willst du essen?"

Arm in Arm gingen wir zum Ausgang und wieder kam es mir vor, als würde die ganze Welt einen Schritt zurücktreten.

„Ganz in der Nähe gibt es den Ramen-Laden Osaka, da kannst du so viel essen, wie du willst."

„Ramen?"

„Japanische Nudelsuppe. Lass dich überraschen. Ich hoffe nur, dass wir niemanden aus meiner Gruppe da sehen."

„Das klingt gut."

Vor der Tür ließ ich mir die Schlüssel für das Auto geben. Während ich die Sachen für Herrn Krumbigl verstaute, packte Michiko eine der Scheinwerferabdeckungen aus und hielt sie an den Kotflügel. „Siehst du. Das macht richtig was her."

„Einfach toll. Damit muss er sich vor keinem anderen Auto in der Stadt verstecken, und keiner wird mehr Reisschüssel zu ihm sagen."

Michiko kicherte. „Reisschüssel?"

„Ja, so sagen die Deutschen zu euren Autos: Reisschüssel auf vier Reifen."

„Das ist aber gar nicht nett."

„Ich entschuldigte mich für meine Mitbürger in aller Form." Ich verbeugte mich vor Michiko.

„Nicht nötig, Langnase, nicht nötig."

Wir verstauten lachend die Tüte im Auto und der Portier nahm den Autoschlüssel wieder zurück. Er schaute mich irritiert an und ich klärte ihn über unseren Heiterkeitsausbruch auf Französisch auf, in dem ich auf den Wagen zeige und sage: „Bol de riz." Michiko zeigt auf mich und sagt: „Long nez."

Schließlich schien der Portier zu verstehen, zeigte auf sich und sagt: „Mongeur de cuisses de grenouille."

Der Völkermissverständigung war hiermit gebührend mit Humor begegnet worden. Wir konnten alle zufrieden sein, und Hand in Hand schlenderten wir zum Restaurant.

„Wie es wohl Missie und Fred geht?", sagte sie.

„Es bahnt sich ein Happy End an, jedenfalls, wenn es nach Fred geht."

„Ach, tatsächlich?"

„Jedenfalls war es gestern Abend noch so. Ich habe ihn im Hotel wiedergetroffen, da war er sehr entschlossen."

„Das muss die Wirkung von Paris sein."

Ich drückte ihre Hand etwas fester und sage: „L'amour, l'amour. Wer kann schon dagegen an? Ich nicht. Du vielleicht?"

Leider standen wir schon vor dem Osaka und Michiko blieb mir die Antwort schuldig oder ich konnte sie nicht hören, weil uns beim Eintreten ein ohrenbetäubendes Geschnatter mit allerlei Nebengeräuschen entgegenschwappte. Der Laden war rappelvoll. Voll mit Japanern, aber niemand vom Patentamt dabei. Ein Kellner bat uns, draußen zu warten, bis zwei Plätze frei würden. Wir mussten nicht allzu lange in der Kälte stehen, bis wir wieder hineingebeten wurden, obwohl es mir nichts ausgemacht hätte, mit Michiko im Arm bis in alle Ewigkeit zu warten. Das Osaka war nicht sehr groß, es dampfte aus riesigen Töpfen, einer Armeeküche würdig, in denen die Nudeln gekocht werden. An der Wand hing ein Angebot in mehreren Sprachen: *Schaffen Sie fünf Portionen, bekommen Sie die sechste gratis.*

„Mal sehen, bei meinem Hunger!", sagte ich in meiner grenzenlosen Unwissenheit und schon standen zwei große Suppenschüsseln mit Ramen-Nudeln, einem hart gekochten Ei, Sojasprossen und zwei Fleischscheiben als Einlage vor uns auf dem Tisch.

„Glaubst du wirklich?", sagte Michiko. „Fünf Portionen davon?"

„Ich nehme meine Prognose zurück, davon wird ja eine ganze Familie satt."

Ich schaute mich um, die anderen Gäste hatten sich tief über ihre Schüsseln gebeugt, um die Suppen abartig laut zu schlürfen.

„Der echte Gegenentwurf zum La Coupole, findest du nicht?", sagte Michiko.

„Schlürfen war bei uns zu Hause verboten."

„Ich weiß, eure Erziehung. Aber schlürfen ist echt japanisch. Hier musst du schlürfen, sonst schmeckt's nicht."

Und schon legte sie los. Gerade war sie noch im Businesskostüm mit den hohen Herren vom Patentamt unterwegs, jetzt fischte sie die Nudeln mit den Stäbchen aus der Suppe und saugte sie mit lautem Zischen in den Mund. Es war wie bei einem Wettbewerb, wer kann schneller zutzeln und wer macht dabei den größten Lärm. Ich guckte etwas unschlüssig auf meine Portion.

„Mach mal, Marco. Nimm eine Serviette und halte die vor deinen Pullover."

Meinen Mantel hatte ich längst ausgezogen, aber mir war immer noch heiß. Also was soll's, es war so warm in dem Laden, dass ich mir den Pullover über den Kopf zog. Ein schlichtes weißes T-Shirt musste reichen, um der Kleiderordnung Genüge zu tun. Die anderen männlichen Gäste saßen in ihren weißen Hemden am Tisch, hatten ihre Schlipse nach hinten geschlagen, die Manschetten aufgerollt und leerten ihre Schüsseln um die Wette.

Ich gab mir Mühe, aber so richtig klappen wollte es nicht. Ich fischte die Nudeln mit den Stäbchen aus der Suppe und biss kleine Häppchen ab. Alles war so heiß, dass ich mir schon die Zunge verbrannt hatte.

Unsere Tischnachbarn waren schon fertig, da hatte ich kaum die Hälfte geschafft.

„Wie machen die das?"

„Die vertilgen mindestens zwei oder drei Portionen, und das in einer Zeit, in der du noch an deine gute Erziehung zu Hause denkst und kaum etwas gegessen hast." Michiko lachte. „Das musst du ausprobieren. Das ist auch japanische Kultur."

Ich sagte nichts, versuchte es mit einem zaghaften Schlürfen ohne nennenswertes Geräusch. Vor lauter Verlegenheit stand mir der Schweiß auf der Stirn und mir klebte das T-Shirt auf dem Rücken.

Michiko schüttelte den Kopf. „Mach einfach. Genieß es."

Vom Ehrgeiz gepackt, tauchte ich Essstäbchen ein, stopfte mir die Nudeln in den Mund und schlürfte, so laut ich konnte.

„So ist es richtig, Marco." Michiko klopfte mir auf die Schulter, als hätte sie einem Baby das Laufen beigebracht. „Je lauter, desto besser."

„Du hast recht, so schmeckt es viel besser."

Nach einer Portion war ich im wahrsten Sinne des Wortes genudelt. Der Kellner fragte, ob wir noch eine zweite wollten, aber wir winkten ab und ich bezahlte. Vermutlich sehr zur Freude der Menschen, die draußen in einer langen Schlange auf einen Platz am Nudeltopf warteten.

„Das könnte mein Lieblingsladen werden. Nirgendwo ist es schöner, sich schlecht zu benehmen", sagte ich. „Was wollen wir mit dem angebrochenen Abend noch anstellen? Willst du ein bisschen Paris unsicher machen, oder sollen wir im Zimmer ein Glas Wein trinken und du erzählst mir mehr vom Gespräch mit Kizawa und Herrn Tsuda oder erzähl mir irgendwas …"

„Hauptsache ein bisschen Ruhe, Marco. Meine Patentmänner sind ein wenig anstrengend. Und ich muss immer schauen, dass mir keiner irgendwo verloren geht."

Ich nahm Michikos Hand. „Ich werde dir bestimmt nicht verloren gehen."

Als wir in meinem Hotel ankamen, zwinkerte mir der Concierge zu und flüsterte: „Madame Missie und Monsieur Fred sind heute Mittag abgereist. Monsieur Fred hat das hier für Sie dagelassen." Er reichte mir eine zusammengefaltete Ansichtskarte von Paris. *Es hat geklappt, wir werden wiederkommen. Danke noch mal für den schönen Abend.*

„Was schreibt er?", fragte Michiko.

Ich reichte ihr die Karte und sie las. „Sind wir jetzt gute Vermittler oder sind wir keine guten Vermittler? Hm?"

„Erster Erfolg."

Ich bestellte eine Flasche Wein und zwei Gläser. In zwei Minuten hatte der Concierge das Gewünschte gebracht. Er reichte uns noch eine Tüte Kartoffelchips und Erdnüsse über die Theke. Hinter vorgehaltener Hand fragte er mich flüsternd, ob ich noch Kondome bräuchte. Ich schüttelte den Kopf und er guckte enttäuscht.

„Was wollte er?", fragte Michiko, die sich die Flasche Wein unter den Arm geklemmt hatte.

„Ach, nichts", sagte ich.

Im Zimmer gab es zwei kleine Sessel, die nicht sehr bequem aussahen. Wie selbstverständlich zog Michiko ihre Stiefel aus, setzte sich aufs Bett und lehnte sich ans Kopfende. Ich tat es ihr gleich.

„Puh, was für ein Tag", sagte sie.

„Dann wird dich das hier erfreuen, schau mal." Ich zeigte ihr die Polaroidfotos vom neuen Büro. Beeindruckt klatschte sie in die Hände. „Wunderbar, das ist ja noch viel schöner als in der alten Firma. Und diese irren Bilder. Fantastisch."

„Ja, Freddo hat es wirklich drauf. Ich werde ihm ausrichten, dass du begeistert bist. Das baut ihn wieder auf."

„Was hat er denn?"

„Sein Onkel ist gestorben und hat ihm Immobilien im Wert von mehreren Millionen hinterlassen. Außerdem ist ihm der Galerievertrag gekündigt worden."

Michiko schaute mich von der Seite an. „Das mit dem Galerievertrag und dem toten Onkel kann ich ja noch verstehen, aber das mit dem Erbe?"

Ich zuckte die Schultern. „Ein schweres Erbe."

„Ach so. Vielleicht sollte er mal in Japan ausstellen."

„Warum nicht …? Jetzt erzähl mir mehr von deinem Gespräch mit Kizawa und Co … Aber einen Moment. Ich muss mich mal kurz bei Irene melden und fragen, ob es was Neues gibt."

„Mach mal. Ich kümmere mich um den Wein."

Ich wollte eben den Telefonhörer in die Hand nehmen, als es klingelte. Ich hob ab.

„Ein Gespräch aus Deutschland", sagte der Concierge und legte auf. Das Erste, was ich hörte, war ein pfeifendes Keuchen.

„Irene? Geht es Ihnen gut?"

„Ja, Chef. Ich bin nur so furchtbar gerannt."

„Warum denn das?"

Ich winkte Michiko zu, damit sie mithörte. Wir saßen beide Kopf an Kopf auf dem Bett und lauschten Irenes Bericht.

„Ich war im Hotel Heine. Aber der Reihe nach. Vorhin hat mich die Sekretärin von Eberhardter angerufen, eine gewisse *Anne* von Trans-Global hätte sich gemeldet und erklärt, ein gewisser Herr *Ono* aus Japan müsse dringend mit Herrn Eberhardter sprechen und TransGlobal sei ja nicht mehr zuständig. Als sie Anne erklärte hatte, dass Eberhardter nicht mehr im Büro sei, hatte sie einfach aufgelegt. Ts! … Moment, Chef …" Es folgte eine Hustenattacke. „So, geht wieder … Und dann, Chef, hat sich hier ein Herr Tsuda gemeldet. Der sprach aber nicht sehr gutes Englisch. Ich habe kaum verstanden, was er wollte. Ich habe ihm die Telexnummer vom Hotel Heine gegeben, damit er sein Anliegen zu uns schicken kann. Ich hatte die Hoffnung, etwas mehr zu verstehen, wenn ich es schriftlich vor mir habe."

„Gut. Und dann?"

„Hat das Hotel Heine angerufen und gesagt, dass ein Telex aus Japan da sei. Und dann bin ich losgelaufen. Puh! Einen Moment. Ich lese es Ihnen vor."

Michiko sprang vom Bett.

„Einen Augenblick, Irene. Moment. Wo willst du hin, Michiko?"

„Ich rufe von unten das Interconti an. Vielleicht hat Masuhara ein Telex an mich geschickt oder Tsuda hat versucht, mich zu erreichen." Sie zog ihre Stiefel an und rannte die Treppe hinunter.

„Okay, Irene, weiter im Text."

„Dringend Eberhardter sprechen. Neue Entwicklungen."

„Das war alles?"

„Das war alles. Aber ich habe sofort zurückgeschrieben. Er soll umgehend in Paris anrufen oder ein Telex an Ihr Hotel schicken."

„Bis jetzt ist nichts hier angekommen. Aber Michiko ist eben runtergegangen, um im Interconti nachzufragen."

„Was soll ich jetzt machen, Chef? Ich kann ja schlecht Anne anrufen. Wahrscheinlich weiß die auch nichts. Oder soll ich Ono anrufen?"

„Müssen Sie nicht. Ich hab alle Nummern dabei. Ich kümmere mich. Einen Moment noch, Irene. Michiko kommt grad zurück."

„Leg auf, Marco. Wir müssen sofort Tsuda anrufen. Ich habe seine Privatnummer. Er hatte mir tatsächlich ein Telex ins Hotel geschickt. Nicht offiziell, wie er schreibt. Wie gut, dass es im Interconti jemanden gibt, der japanisch spricht, der hat mir das Telex vorgelesen."

„Haben Sie mitgehört, Irene?"

„Ja."

„Wir legen jetzt auf. Bleiben Sie bitte noch ein bisschen im Büro, wenn Sie können. Ich melde mich gleich wieder."

„Okay."

Ich legte auf und sofort ließen wir uns mit Japan verbinden. Wir konnten vor Anspannung kaum atmen. Endlich wurde am anderen Ende abgenommen. Michiko sprach Japanisch. Einen ganzen Schwall Japanisch. Dann war es plötzlich still.

„Das war seine Frau. Sie holt Tsuda ans Telefon. Er war schon im Bett."

Endlich konnte es weitergehen, und wieder stand ich da wie bestellt und nicht abgeholt, während Michiko mit Tsuda sprach. Ich nahm mir vor, als Nächstes unbedingt Japanisch zu lernen.

Das Gespräch dauert fast eine Viertelstunde. Endlich legte sie auf.

„Was ist denn?"

„Tsuda weiß aus sicherer Quelle, dass ein Telex nicht nur an Eberhardter und dich vorbereitet wird. Ob auch eins an TransGlobal geht, wusste er nicht."

„Du liebe Zeit!"

„Halt dich fest: Masuhara wird sein Storno unter Vorbehalt weiterer Gespräche über den Service für die Maschinen zurücknehmen und dem Deal bei Einigung, zustimmen."

Einen Moment lang stockte mir der Atem. Die Luft knisterte, die Gedanken rauschten durch meinen Kopf. Und plötzlich riefen Michiko und ich wie aus einem Mund: „Eberhardter!"

„Ja, er muss sein Telex an TransGlobal losschicken, bevor da eventuell was von Masuhara reintickert und irgendjemand es sieht."

Der Nachtportier bekam was zu tun, ich gab ihm die Telefonnummer von Eberhardters Büro durch, aber da ging niemand mehr ran. Ich blätterte in meinem Kalender und fand endlich die Privatnummer. Es klingelte und klingelte. Endlich meldete sich eine weibliche Stimme: „Bei Eberhardter."

Ich sagte mein Sprüchlein auf. Es nutzte nicht viel, denn bei der Dame handelte es sich um die Haushälterin, die, wie sie mir mitteilte, längst Feierabend hatte. Die Herrschaften wären nicht im Hause, teilte sie mir mit.

„Wo sind sie denn?"

„Auf einem Empfang."

„Und wo, bitte? Ich muss Herrn Eberhardter dringend sprechen. Sehr dringend."

„Irgendwo in Frankfurt? Oder ...? Ich weiß es nicht genau."

Ich war kurz davor, die Geduld zu verlieren. Michiko legte mir sanft eine Hand auf die Schulter.

„Aber irgendwie müssen wir ihn finden", sagte ich schon merklich ruhiger. „Es geht ein bisschen um Leben und Tod."

„Hm ... Warten Sie mal, da mir fällt was ein. Ich piepse den Chauffeur an. Der wird mich zurückrufen. Der wird ja wohl wissen, wo er den Chef hingefahren hat."

„Wenn er Herrn Eberhardter gefahren hat, wartet er dann, bis der Empfang vorbei ist, um ihn nach Hause zu fahren?"

„Ja, freilich."

„Dann richten Sie ihm aus, dass Herr Eberhardter dringend in Paris anrufen muss. Ich diktiere Ihnen jetzt eine Telefonnummer. Haben Sie was zu schreiben?"

„Ja, freilich."

Ich gab die Nummer durch. „Gut, dann legen wir jetzt auf und ich rufe Sie in zwanzig Minuten wieder an, damit ich erfahre, ob der Chauffeur zurückgerufen hat."

„Ja, machen Sie das ruhig. Meine Güte, was für eine Aufregung."

„Ich wette, Sie bekommen eine Gratifikation, wenn der Herr Eberhardter erfährt, was Sie gerade für ihn tun. Und er soll mich anrufen, und wenn es fünf Uhr morgens ist."

„Nun ja ..."

Sie legte auf und dann saßen Michiko und ich auf dem Bett und sagten kein Wort. Ich goss Wein in die Gläser und wir nippten ab und zu daran. Ich guckte immer wieder auf meine Uhr, bis endlich zwanzig Minuten vorüber waren, dann musste der Nachtportier wieder ran.

Die Haushälterin meldete sich.

„Haben Sie den Chauffeur erreicht?"

„Freilich."

„Ja, und?"

„Er wird es ausrichten. Der Herr Eberhardter ist gar nicht in Frankfurt, sondern im Nassauer Hof in Wiesbaden."

„Haben Sie die Telefonnummer?"

„Ich schaue im Telefonbuch nach."

„Ja, bitte machen Sie das."

Es dauerte eine ganze Weile, bis die Haushälterin so weit war. „Aber Sie müssen da nicht anrufen, der Herr Peters, was der Chauffeur ist, wird alles dem Chef sofort ausrichten."

„Ich danke Ihnen. Ich danke Ihnen vielmals."

„Wiederhören."

Ich legte auf. „Jetzt können wir nur noch warten."

Michiko zuckte die Schultern. „Dann warten wir eben."

„Ich werde wahnsinnig. Und was, wenn die Info von Tsuda gar nicht stimmt, wenn er sich verhört hat? Wenn noch irgendwas dazwischen kommt?"

„Das kann ich dir alles nicht beantworten, Marco. Er schrieb in seinem Telex, dass Kizawa wohl eingeknickt ist, nicht zuletzt auch vor den drei Projekten, die sie ans MITI berichten sollten. Und auch ein bisschen, weil seine Eigenkonstruktion nicht vorwärts kommt. Kizawa war wohl am Mittag zum Rapport im Vorstandstreffen mit Masuhara. Lehn' dich einfach zurück, lass uns Wein trinken und dann werden wir sehen."

„Ich gehe runter. Ich brauche Zigaretten."

„Du rauchst doch gar nicht."

„Jetzt schon."

Ich stieg in die Stiefel und war nach zehn Minuten mit einer Schachtel Gauloises wieder zurück.

„Hat sich was getan?"

„Nein. Ich habe dem Concierge die Lage erklärt. Er hat versprochen, das Telefon zu bewachen und wenn er auf die Toilette muss, ruft er uns an, damit ich in der Zeit unten bin."

Ich öffnete das Fenster, um den Zigarettenqualm nach draußen zu paffen. Michiko schlüpfte samt Mantel unter die Bettdecke. Die Minuten vergingen. Plötzlich fing sie an zu lachen.

„Was ist so komisch?", fragte ich.

„Du benimmst dich wie ein werdender Vater. Jedenfalls in den amerikanischen Filmen benehmen sie sich immer so."

„Stimmt. Ich komme mir auch vor wie bei einer schweren Geburt."

Ich drückte die Zigarette im Aschenbecher aus und warf mich lachend aufs Bett.

„Und was findest du jetzt komisch, Marco?"

„Dass wir unsere erste gemeinsame Nacht unter diesen Umständen verbringen. Mitten in Paris, im Bett, mit Mänteln an, wartend auf ein kleines Wunder."

„Das jeden Moment passieren kann. Du könntest mich zwischenzeitlich einfach warmhalten, vielleicht vergeht die Zeit dann schneller."

„Gute Idee." Wir rückten ganz nah zusammen, bis ich Michiko samt Bettdecke fest im Arm hatte. Kaum wurde es gemütlich, klingelte das Telefon. „Tut mir leid", sagte ich. „Ich muss da leider rangehen, die Kinder rufen."

Der Concierge meldete ein Gespräch aus Deutschland. Es knisterte und rauschte im Telefonhörer, aber ich erkannte Eberhardters Stimme.

„Wenn das jetzt nicht wirklich wichtig ist, Marco ... Ich sitze mit dem Wirtschaftsminister von Hessen und ein paar Abgeordneten zusammen."

„Da kannst du gleich gerne wieder hin." In knappen Worten erklärte ich ihm die ganze Geschichte. „Du musst das Telex an TransGlobal schicken. Jetzt."

„Du sagst, vorbehaltlich Nachverhandlungen wegen Service. Was hab ich darunter zu verstehen?"

„Die Verhandlung müssen wir wohl führen. Aber willst du das am Ende doch über TransGlobal machen?"

„Nein, nein ... Ich will nur nicht wieder bei Adam und Eva anfangen müssen. Aber das ist schon okay. Egal, Marco. Ich schicke jetzt ein Telex vom Nassauer Hof aus, eins an TransGlobal und eins an dich. Morgen könnte es ja zu spät sein, oder?"

„Schätze ja."

„Gut. Wir sprechen morgen miteinander über die weitere Vorgehensweise, und deine Irene kann morgen ein Telex an Ono schicken, dass ich zu Verhandlungen bereit bin und mit dir nach Tokyo komme. Wir müssen das abfrühstücken, bevor die Kisten in Yokohama an Land gehen."

„So machen wir es. Und sei lieb zu deiner Haushälterin und deinem Chauffeur, ich habe sie beide schwer genötigt."

„Bin ich doch immer. Adele und Glückwunsch. Bis morgen."

Ich ließ mich wieder mit Deutschland verbinden und berichtete Irene, was sich getan hatte. Ich konnte sie nicht davon abbringen, auf dem Nachhauseweg im Hotel Heine das Telex an Ono abzuschicken. Sie wollte das unbedingt sofort erledigen.

„Aber dann gehen Sie endlich nach Hause und ins Bett, ja?"

„Versprochen, Chef."

„Und wenn es Ihnen morgen nicht gut geht ..."

„Ja, Chef. Aber es wird mir gut gehen, einfach aus dem Grund, weil wir gewonnen haben."

„Noch nicht ganz, aber die letzten Meter schaffen wir auch noch. Und rufen Sie morgen Eberhardters Sekretärin an, wir müssen schnellstens noch mal nach Tokyo."

Ich legte auf und konnte mein Glück nicht fassen. Michiko lag mit geschlossenen Augen wie eine Mumie neben mir.

„Schläfst du etwa?"

„Nein."

„Was tust du dann?"

„Den Augenblick genießen. Ich sehe es vor mir, alle Knoten lösen sich. Solltest du auch machen."

Ich legte mich neben sie und starrte an die Decke.

„Ich sehe nichts."

„Augen zu und ganz ruhig atmen."

„Ah, ja … ich glaube, jetzt kann ich es auch sehen. Mein Knoten ist grün, und deiner?"

„Du machst dich lustig über mich."

„Nein, niemals."

„Ein bisschen aber schon. Und jetzt ruf mir bitte ein Taxi. Ich muss ins Hotel zurück. Es geht morgen schon sehr früh los."

„Ich dachte, wir köpfen noch eine Flasche Champagner."

„Lieber nicht. Du hast morgen eine lange Reise vor dir."

Wie sie das einfach so sagte. Ich konnte mich noch lebhaft an eine ähnliche Situation erinnern, die mich meine Verlobung gekostet hatte. Nicht, dass ich Kathrin noch irgendeine Träne nachweinen würde, aber ich war ein gebranntes Kind.

„Ja. Ich werde morgen früh leider zurückmüssen." Ich nahm Michikos Hände, hauchte einen Kuss darauf und sagte: „Ich habe die klügste Frau von allen gefunden. Womit habe ich das nur verdient?"

Michiko legte ihren Kopf an meine Schulter.

„Ich habe mich nicht getraut, es auszusprechen. Du glaubst mir doch, dass ich eigentlich hier nicht weg will?"

„Das weiß ich doch, Marco. Aber was muss, das soll."

„Muss. Was muss, das muss."

„Meinetwegen auch das. Aber jetzt wird es Zeit, mein Lieber."

Ich sprang aus dem Bett, verbeugte mich und reichte ihr eine Hand. „Ich begleite Sie selbstverständlich zum Hotel, Madame. Die kostbare Zeit mit Ihnen überlasse ich doch keinem Taxifahrer."

Als wir nach unten gingen, schaute uns der Nachtportier fragend an. Ich hob den Daumen und bedankte mich für seinen Einsatz. Dann traten wir vor die Tür, wo uns ein eisiger Wind entgegenschlug. Hand in Hand spazierten wir zum Interconti. In diesem Moment hätte die Welt untergehen können, wir hätten es nicht bemerkt.

Mittwoch, 21. Februar 1979, Paris/Düsseldorf

Um halb zehn fuhr ich in Cambrai von der Autobahn, bretterte auf die nächstbeste Tankstelle und fragte den Tankwart nach einem Telefon. Er zuckte erst die Schultern und wackelte mit dem Kopf, als hätte er mich nicht verstanden. Ich drückte dem Mann 200 Franc in die Hand und sagte mit Nachtdruck: „J'ai besoin de téléphoner, c'est urgent."

Der Mann betrachtete ungläubig das Geld, schließlich schien er überzeugt zu sein, dass ich ihn nicht ausrauben wollte, und bat mich in eine Art Büro, in dem von Aktenordnen, Schraubenschlüsseln bis hin zu löchrigen Auspuffrohren alles durcheinander auf dem Boden und auf dem einzigen wackeligen Schreibtisch lag. Es roch nach abgestandenem Kaffee und jeder Menge Benzin. Unter einem schwarzen Öllappen zog er das Telefon hervor und zeigte mit der Hand darauf. „Voilà, Monsieur, le téléphone."

„Merci beaucoup", ich gab ihm die Wagenschlüssel. „Et faites le plein, s'il vous plait."

Der Mann ging hinaus, um das Auto zu betanken, und ich rief im Küchenbüro an.

„Irene, ich bin auf dem Weg nach Düsseldorf und gegen Mittag da."

„Oh, jetzt schon! Ich bin grad mit Eberhardters Sekretärin zugange. Wenn wir Glück haben, bekommen wir noch zwei Flüge. Ono hat bereits auf mein Telex geantwortet und wird das Angebot von Eberhardter, nach Tokio zu kommen, sofort an Masuhara weitergeben."

„Hervorragend. Gehen auch drei Flüge?"

„Für wen denn?"

„Na, für Sie, Irene. Nach dem ganzen Theater, Japan wird Ihnen gefallen."

„Sehr nette Geste, Chef, aber übermorgen, Sie werden es nicht glauben, kommen die Telefone für die Ceci. Halleluja! Den Termin werde ich nicht absagen."

„Sie sind so tapfer. Wir sehen uns nachher."

Als Nächstes rief ich Vito an, um ihm zu sagen, dass der Brief an TransGlobal nicht mehr nötig sei, was ihn hörbar aufatmen ließ.

„Wo bist du?"

„An einer Tanke kurz vor Cambrai."

„Hm. Bestimmt nett da. Und sag mal, ich habe gehört, AEC bekommt neue Telefonanschlüsse?"

„Woher weißt du das denn? Ich habe es doch eben erst selbst erfahren."

„Meine Briefe haben eine starke Wirkung ... und falls dich jemand fragt, du bist in ständigem Kontakt mit dem japanischen Wirtschaftsministerium. Ich war der Meinung, da müsste doch was zu machen sein, bei einer so wichtigen Düsseldorfer Persönlichkeit. Und wie du siehst...."

„Du bist doch ein Schlitzohr."

„Kommt immer drauf an, wie man die Informationen verpackt, oder?"

„Ich danke dir. Würde gern weiter plaudern, aber der Wahnsinn rollt. Ich melde mich später noch mal."

„Alles klar. Bis dann, Marco."

Der nächste auf meiner Liste war Herr Shimura. Aber der war leider nicht zu sprechen, weil er den kleinen Samurais in spe Kendo beibrachte, erfuhr ich von seiner Sekretärin.

„Ach ja, das hätte ich mir denken können, heute ist Mittwoch. Dann richten Sie ihm bitte so bald wie möglich aus, dass Masuhara einlenkt. Ich bin auf dem Weg zurück nach Düsseldorf und melde mich dann später bei ihm."

Und jetzt nichts wie weg hier. Ich hatte die Klinke der Tür schon in der Hand und musste grinsen, denn der Tankwart schlich um den Fairlady herum und guckte sich alles ganz genau an. Ich ging hinaus und sagte: „Impressionné?"

„Mervellieux, si seulement ce n'était pas un bol de riz japonais."

„Vous verrez, c'est l'avenir."

Er schüttelte den Kopf. „Jamais." Dann griff er in die Lederbörse, die an seinem Gürtel hing, und wollte mir Wechselgeld herausgeben. Ich winkte ab. „Tout va bien."

Ich gab dem Pferdchen die Sporen und ließ einen verdutzten Franzosen, der nun eventuell sein Urteil über die Boches revidieren musste, zurück. Meine Freunde von der belgischen Autobahnpolizei schienen außer Dienst zu sein, und so schaffte ich die Strecke Cambrai/Düsseldorf in 2 Stunden, 59 Minuten. Genug Zeit, noch mal eben im

Blumenladen vorbeizuflitzen, um für Irene den schönsten Strauß zu kaufen, der aufzutreiben war.

Mit den Blumen im Arm eilte ich nach Hause und nahm drei Stufen auf einmal.

„Irene, ich bin da", rief ich.

„Es ist nicht zu überhören, Chef. Oh, sind die für mich?"

Ich überreiche ihr den Strauß. „Aber sicher."

„Vielen Dank."

„Wie stehen die Aktien?"

„Eberhardters Sekretärin und ich haben die zwei Plätze. Ich kann das Ticket gleich bei Hansen abholen. Das war knapp. Zimmer im New Otani. Alle Welt scheint im Moment nach Japan zu wollen. Sie fliegen morgen um die übliche Zeit. Allerdings treffen Sie Eberhardter erst in Hamburg."

„Ist der Flughafen wieder frei?"

„Ist er."

„Okay. Hoffen wir mal, dass das klappt."

Das Telefon klingelte und ich ging ran. Das Hotel Heine meldete ein Telex aus Japan.

„Irene, ich flitze mal eben zum Hotel. Ich muss eh noch mein Gepäck aus dem Auto holen. Ich geh auch schnell im Reisebüro vorbei. Falls Shimura anruft, ich bin gleich wieder da."

„Und was mache ich?"

„Legen Sie die Füße hoch und bewundern Sie die Ranunkeln."

Schon war ich aus der Tür und eilte im Laufschritt zum Hotel. Dort erwartete mich ein Telex von Ono: *Masuhara jederzeit gesprächsbereit, bitte Info Ankunft in Haneda.*

„Ja!", rief ich laut, und die Leute auf dem Gehsteig drehten sich nach mir um. Bei Hansen war das Ticket fertig. Ich stopfte es zum Telex in die Manteltasche und ging zurück zum Hotel. Ja! Ja! Ja! So musste das laufen. So und nicht anders. Ich schickte Ono meine Ankunftszeit. Dann holte ich zwei Pizzen im La Caneletta und lief nach Hause.

Mit Pizzakartons und Reisetasche balancierte ich die Treppe hinauf. Als ich die Tür aufschloss, hörte ich Irene am Telefon sprechen. Ich versuchte herauszuhören, mit wem sie telefonierte. Als sie mich sah, winkte sie mich heran und legte eine Hand auf die Sprechmuschel. „TransGlobal, Karl."

Ich nickte und sie sagte: „Herr Schumann, Herr Welter ist gerade reingekommen. Einen Augenblick."

Ich ließ meine Tasche fallen und nahm den Hörer. „Hallo Karl, was gibt's?"

„Eberhardter hat zugestimmt, die gesamte Verantwortung an dich zu übergeben. Was hat seinen Sinneswandel herbeigeführt? Hat es eventuell mit dem seltsamen Anruf von Ono zu tun, der dringend Herrn Eberhardter sprechen wollte?"

„Weiß ich doch nicht. Wann sind meine zwei Millionen auf dem Konto?"

Karl schnaufte: „Sind heute Vormittag von Gregorius angewiesen worden."

„Gibt es noch irgendwas?"

„Nein."

„Wiederhören."

Ich legte auf. „Irene, ist das Telex von Masuhara hier schon aufgeschlagen?"

„Ja, Chef. Hier ist es." Sie hielt es mir hin. „Herr Eberhardter hat seines auch schon."

„Aber warum dann TransGlobal nicht? Karl wusste von nichts."

„Vielleicht hat Ono Masuhara gesagt, dass das nicht nötig ist. Nach seiner Kenntnis sind die ja raus."

„Das wäre dann aber mal die erste Großtat, die Ono vollbracht hat."

„Sie können ihn ja fragen, wenn er Sie vom Flughafen abholt. Und jetzt her mit der Pizza, sonst wird die noch kalt."

Ich hatte gar nicht bemerkt, dass ich die Kartons immer noch in der Hand hielt und legte sie auf der Anrichte ab. In meinem Kopf leuchtete die Zahl 2.000.000 auf.

„Was ist los, Chef? Ist Ihnen nicht gut?"

Ich drehte mich um und breitete die Arme aus. „Ein Tänzchen, Irene. Wir brauchen ein Tänzchen."

„Warum?"

Ich wirbelte sie in der Küche herum. „Der Alte hat die zwei Millionen heute Vormittag angewiesen."

Irene rief: „Na dann: Alles Walzer!"

Drei Stunden später fuhr ich Irene nach Hause. Zuvor hatte ich mit Shimura telefoniert, um ihm die frohe Botschaft von Masuhara zu überbringen. Am liebsten wäre er wohl gerne mit nach Tokyo geflogen. Sein letzter Satz war wie immer sehr zurückhaltend: „Bedanken Sie sich erst bei mir, wenn Ihre Verhandlung erfolgreich war."

Japaner freuen sich wohl nie zu früh.

Irene entließ mich vor ihrer Haustür mit der Versicherung, dass Jussef mich zum Flughafen bringen würde, dass ich Eberhardter in der Business-Lounge in Hamburg treffe und dass ich nicht vergessen sollte, mir einen sehr guten Anzug einzupacken, falls es eine Siegesfeier geben würde. Ich versprach ihr, an alles zu denken, obwohl mein Kopf sich mittlerweile so leer und hohl anfühlte wie ein alter Bierschlauch.

Danach fuhr ich in der Cecilienallee bei Professor Krumbigl vorbei, um die Geschenke abzuliefern, trank noch einen Kaffee mit ihm, steckte den Brief mit seinem Schachzug ein, den ich von einem Boten des Hotel New Otani ausliefern lassen würde, und stellte den Wagen in der Garage ab. Der Tankwart versprach, die Scheinwerferabdeckungen anzubringen. Bis ich aus Japan zurück war, sollte das fertig sein. Bei Busch in der Altstadt kaufte ich noch schnell eine Flasche Killepitsch für Ono. Und dann, als ich endlich wieder daheim war, kam ich zum ersten Mal ein wenig zur Ruhe. Ich saß auf der Couch und konnte es nicht fassen, dass plötzlich alles lief wie am Schnürchen. Nur noch eine Hürde, nur noch eine Verhandlung mit Masuhara. Ein letzter kleiner Knoten, dann war es endlich geschafft.

Bevor mir die Augen zufielen, stand ich auf und ging ins Schlafzimmer, um den Koffer zu packen.

Donnerstag, 22. Februar 1979, Düsseldorf/Tokyo

Ich war schon seit fünf Uhr wach und tigerte reisefertig in der Wohnung herum. Ich konnte mich nicht erinnern, vor meiner ersten Reise nach Japan so aufgeregt gewesen zu sein. Heute waren die Vorzeichen andere. Heute musste ich mir ernsthaft eine Strategie zurechtlegen. Mehr denn je fühlte ich, dass der Deal auf Messers Schneide stand. Masuhara hatte sich, bei näherer Betrachtung, durch sein Gesprächsangebot das MITI vom Hals geschafft, aber zugesagt hatte er immer noch nicht. Eberhardter und ich mussten unbedingt verhindern, dass Masuhara uns in letzter Sekunde die Tür vor der Nase zuschlug. Was, wenn er Forderungen bezüglich der Serviceleistungen und des Aufbaus stellen würde, die unerfüllbar waren? Ich musste darüber mit Eberhardter ausführlich sprechen, bevor wir in den Ring stiegen. Was war er bereit anzubieten? Wie weit könnte er auf Masuhara zugehen? Fragen über Fragen, die mir durch den Kopf schossen. Ich setzte mich an den Küchentisch und schrieb alles auf. Die beste Methode, den Kopf freizukriegen. Ich war so vertieft in meine Arbeit, dass ich beinahe das Klingeln des Telefons nicht gehört hätte. Ich ging ran und war elektrisiert, als ich Michikos Stimme hörte. Mit gespielter Entrüstung sagte sie: „Marco, wie ist das in meine Jackentasche gekommen?"

„Was meinst du denn?"

„Ich meine den Ring an der Kette."

„Ich habe ihn gestern da reingeschmuggelt, als du nicht hingesehen hast. Ich würde mich freuen, wenn du ihn trägst. Ich will dir ein Versprechen geben. Ich weiß, es ist bestimmt zu früh, dir einen Antrag zu machen. Wie du gesagt hast, wir müssen zusammen atmen. Bis es so weit ist, hast du eine Erinnerung daran, was ich dich am liebsten fragen würde. Ich weiß ja nicht, wie man das in Japan so handhabt, aber ..."

Die Leitung war wie tot.

„Hallo, Michiko? Ist was nicht in Ordnung?"

„Doch, Marco, alles ist in Ordnung."

„Du klingst ein bisschen schockiert. Kein Grund zur Panik. Ich werde nicht drängeln. Ich werde warten. Und wenn es Monate dauern sollte."

„Und wenn ich nach einem Jahr Nein sagen sollte?"

„Dann warte ich auf das nächst Jahr. Wirst du den Ring tragen?"

„Ich muss auflegen. Unser Flug ist aufgerufen und einer meiner Patentmänner ist schon wieder nicht zu sehen. Bis bald."

„Gute Reise."

„Gute Reise."

„Denk an dich."

Michiko hatte aufgelegt. Hoffentlich hatte ich jetzt nicht alles falsch gemacht und Michiko würde mich für den größten Trottel aller Zeiten halten.

Vielleicht sollte ich Ralph bitten, noch ein Buch zu schreiben: 35 Dos and Don'ts - How to get married in Japan. Ich starrte einen Moment auf meine Zettelparade, raffte alles zusammen und stopfte sie ins Handgepäck. Dann holte ich mein Exemplar des Rings aus der Schachtel und hängte ihn mir um den Hals. Verehrte Michiko, und wenn ich zehnmal keine Antwort bekomme, ich gebe dir meine jetzt schon. Und plötzlich hatte ich Sternchens Stimme im Kopf. ‚Ein hoffnungsloser Romantiker, der Herr Welter.'

Dann sei's drum. Dann bin ich das eben.

Es klingelte an der Tür. Jussef kam die Treppe herauf und sah so ganz anders aus als sonst. Er trug eine schwarze Uniform mit goldenen Knöpfen, schwarze Lederhandschuhe und eine Chauffeurmütze.

„Tadaa! Was sagen Sie dazu, Herr Welter?"

„Sieht fantastisch aus, Jussef. Werde ich in der goldenen Kutsche gefahren?"

„So ähnlich. Sie werden staunen."

Er nahm meinen Koffer und ich schloss die Tür, klopfte meine Manteltaschen ab. Die Checkliste schien vollständig. Jussef war schon fast an der Haustür und rief durch den Hausflur: „Kaffeemaschine?"

Ich drehte mich auf dem Absatz um, schloss wieder auf, spurtete in die Küche und machte die Maschine aus. Dann eilte ich nach draußen, wo mir Jussef die Tür zu einer schwarzen Mercedes-Limousine aufhielt. „Wenn ich bitten darf."

Ich ließ mich in die Polster fallen. „Toller Wagen."

„Und was der alles kann. Möchten Sie einen Kaffee?"

„Danke nein, ich habe schon einen Liter drin. Aber woher würden Sie den Kaffee holen, wenn ich einen gewollt hätte?"

Jussef öffnete das Handschuhfach. Wie von Zauberhand klappte sich dabei eine Konsole samt kleinem Tablett aus, mit Minikaffeemaschine und zwei Bechern. „Tadaa! Ist das nicht toll? Kann man über den Zigarettenanzünder betreiben."

„Wo holen Sie bloß immer diese Sachen her?"

„Ich fahre so viele Leute von der Messe. Ich kriege immer mit, wenn es was Neues gibt. Und mein Cousin, also der mit den Möbeln, guckt sich auch immer um. Der möchte übrigens diese Roboter importieren, die bei Ihnen auf dem Kaminsims stehen, aber nur, wenn Sie nichts dagegen haben."

„Warum sollte ich?"

„Er hat seinen Kindern davon erzählt. Die sind verrückt danach."

„Herr Ono kann bestimmt einen Kontakt herstellen, wenn Ihr Cousin das möchte. Fragen Sie Irene, die gibt Ihnen die Kontaktdaten."

Ich lehnte mich in den Sitz zurück und genoss die Fahrt in der Luxuskutsche. So viel Beinfreiheit würde ich in den nächsten Stunden nicht mehr haben.

Den Flug nach Hamburg bekam ich so gut wie gar nicht mit, denn ich war sehr beschäftigt damit, meine Papiere zu sortieren und zu ergänzen. In Hamburg begab ich mich in die Businesslounge. Von Eberhardter war weit und breit nichts zu sehen. Ich fragte die Stewardess am Counter, ob die Maschine aus Stuttgart schon angekommen sei, aber sie musste verneinen. „Schlechtes Wetter. Die Maschine ist mit Verspätung gestartet."

Mir krampfte sich der Magen zusammen. Ich setzte mich in einen Sessel und starrte die Wand an. Die Zeiger der Uhr rückten unaufhaltsam vorwärts, und das Zeitfenster bis zum Boarding der JAL-Maschine nach Haneda schloss sich unaufhaltsam.

Ich fragte noch mal am Counter nach und bekam die Botschaft: „Stuttgart ist im Landeanflug. Aber ich muss Sie jetzt bitten, Herr Welter, zum Gate zu gehen."

„Aber in der Maschine ist mein Geschäftspartner, Herr Eberhardter, der muss unbedingt noch auf den Flug nach Japan."

„Das kann ich nicht versprechen. Wir tun, was wir können."

Sie wies mir freundlich, aber bestimmt den Weg zum Gate. Mir blieb nichts anderes übrig, als ihrer Aufforderung Folge zu leisten. Besser einer war in Tokyo als keiner. Und Eberhardter würde sich schon zu helfen wissen, falls er diesen Flug verpasste.

Alle Passagiere saßen längst angeschnallt auf ihren Plätzen, als die Motoren plötzlich wieder gedrosselt wurden und sich die vordere Tür des Flugzeugs noch mal öffnete. Drei Passagiere mit hochroten Köpfen kamen mit ihrem Handgepäck in den Gang gestolpert. Einer davon war Eberhardter, der schon wieder einen obskuren Koffer mit sich schleppte.

Die Stewardess schob ihn zu unserer Sitzplatzreihe und hievte sein Handgepäck ins Fach.

Eberhardter ließ sich schnaufend neben mich in den Sitz fallen. „Kerle, Kerle, was für ein Stress. Aber da bin ich, Marco, auch wenn es mich einige Überredungskunst gekostet hat, dass sie die Tür noch mal aufgemacht haben."

„Wie hast du das geschafft?"

„Mit meinem natürlichen Stuttgarter Charme und einer Notlüge. Du solltest wissen, mein Lieber, dass wir beide für das japanische Wirtschaftsministerium unterwegs sind."

Allmählich kam es mir so vor, als sei das MITI der Türöffner für alles. Für meine Telefone und sogar für Anschlussflüge nach Japan.

„Was ist mit deinem Gepäck?"

„Kommt eine Maschine später und wird mir ins Hotel gebracht. Und falls nicht, muss ich in Tokyo noch schnell was einkaufen, das wie ein Anzug aussieht."

„Keine Sorge, im New Otani gibt es jede Menge Läden. Hauptsache, du bist an Bord."

Das Flugzeug hatte sich in Bewegung gesetzt, die Startbahn erreicht und beschleunigte. Zwei Minuten später waren wir in der Luft und ich fühlte echte Erleichterung. Eberhardter schien es ähnlich zu gehen. Kaum hatten wir die Flughöhe erreicht, brachten die Stewardessen die ersten Getränke und Eberhardter sagte: „So, Marco, und jetzt zum Geschäft. Wie schätzt du die Lage ein?"

Ich holte meine Zettel hervor.

„Das ist die große Frage. Ich habe mir schon Gedanken gemacht. Noch gehen wir auf sehr dünnem Eis, Walter. Mir kommt es eher so vor, als würde sich Masuhara noch jede Tür zur Flucht offenhalten."

„Sehe ich genauso. Wir müssen dafür sorgen, dass wir den Sack zumachen und nicht er. Und deswegen werde ich ihm ein Angebot machen, zu dem er nicht Nein sagen kann."

„Da bin ich aber gespannt, lass hören."

„Ich pampere Masuhara, bis er gluckst wie ein sattes Baby. Wir müssen einfach bis zum Äußersten bereit sein."

„Wenn du es sagst, okay, aber wir brauchen ein Limit. Das wäre vernünftig."

„Ich werde dir in der Verhandlung ein Zeichen geben, wenn wir aussteigen müssen. Sollte es je so weit kommen. Wir werden ja sehen, wie Kizawa und Masuhara sich verhalten."

„Mir macht Kizawa die größten Sorgen. Der liegt mit seinen Ideen vor den Augen von Masuhara am Boden. Das ist gefährlich. Er wird alles versuchen, wieder Oberwasser zu kriegen. Tsuda ist definitiv auf unserer Seite, Matsui wohl auch. Und Tsuda hat sich ganz schön weit aus dem Fenster gelehnt, als er Michiko in Paris informiert hat."

„Denke ich auch. Wir werden Zückerchen verteilen müssen. Überlass das mir."

„Und sind deine Zückerchen in dem komischen Koffer, den du dabei hast?"

„So ungefähr. Überraschung, Marco, für die Siegesfeier."

In Anchorage waren wir die letzten Passagiere, die das Flugzeug verließen, denn Eberhardter und ich hatten die Sleeping Lady verpennt und auch das Essen. Wir waren erst wach geworden, als das Flugzeug stand und alle Passagiere mit den Hufen scharrten und darauf warteten, dass sich die Türen öffneten. Da unser Flug mit etwas Verspätung in Anchorage gelandet war, wurde uns von den Stewardessen mitgeteilt, dass sie das Tanken so schnell als möglich abwickeln würden. Wir sollten uns nicht zu weit vom Gate entfernen und auf die Lautsprecherdurchsagen achten. Nichtsdestotrotz bestand Eberhardter auf einem Besuch im Duty-Free-Shop, um sich mit Cognac einzudecken. Wir eilten am ausgestopften Eisbären vorbei, kauften Cognac und waren pünktlich wieder am Gate, um unsere Reise fortzusetzen. Die Stewardess führte uns direkt zur Gangway. Wir waren die Ersten, die saßen, während der Rest mal wieder viel Zeit hatte.

„Ich glaube, wir hätten doch noch Krabben kaufen können, wenn ich mir das so angucke", sagte Eberhardter.

„Ehrlich? Mir ist es so lieber."

Diesmal blieben wir wach und genossen Essen und Getränke. Eberhardter erzählte mir von seinem London-Abenteuer mit Peggy, seiner

Dolmetscherin, und immer wieder mussten wir wie die Pennäler lachen. Ich vor allem, weil Peggy dem Stuttgarter Charmebolzen mit steifer Oberlippe widerstanden hatte. Ab und zu schauten wir aus dem Fenster, aber lange Zeit war nichts anderes zu sehen als der unendliche Pazifik, bis die russische Halbinsel Kamtschatka wie eine Fata Morgana am Horizont auftauchte und der Pilot uns darüber informierte, dass es nun auf Japan zuginge. Unter uns erschien die Insel Hokkaido und dann die Hauptinsel Honshu. Eberhardter und ich stellten unsere Uhren auf Ortszeit um.

„Marco, wird Ono uns abholen?"

„Das will ich ihm raten. Angekündigt hat er es auf jeden Fall. Wir werden ihn als Dolmetscher mitnehmen müssen."

„Ich dachte, die holde Michiko wird das für uns übernehmen."

„Wir haben noch nicht darüber gesprochen. Mache ich später vom Hotel aus. Aber mein Gefühl sagt mir, wir sollten Ono nicht vor den Kopf stoßen. Noch hat er den Job. Schauen wir mal, ob Michiko überhaupt Zeit hätte und wie sie das sieht."

„Ich schicke ihr einfach noch einen Präsentkorb."

Ich klopfte ihm auf die Schulter und sagte: „Mach du nur. Michikos Mama wird sich freuen."

Endlich verstand er, was ich meinte, und sagte: „Ich sehe schon, Marco. Du warst einfach schneller mit deiner Düsseldorfer Charmeoffensive."

„Vielleicht ist es auch einfach nur mein markantes Kinn, das den Ausschlag gegeben hat."

Eberhardter wusste, wann er verloren hatte, und bestellte ganz brav noch mal Tomatensaft für uns – ganz ohne Wodka.

Freitag, 23. Februar 1979, Tokyo

Wie verabredet wartete Ono am Ausgang. Diesmal sah er wesentlich entspannter aus als bei den letzten beiden Begegnungen, sogar sein Anzug war gebügelt, und er war in Plauderlaune. Eberhardter drückte ihm breit grinsend den Karton mit der Cognacflasche in die eine Hand und ich meine Flasche Killepitsch in seine andere.

„Omiyage, Ono-san", sagte Eberhardter und Ono guckte uns fragend an.

„Stimmt was nicht?", sagte Eberhardter.

„Doch, doch." Ono hielt beide Flaschen von sich weg, als wären es Bomben.

„Ono-san, das ist ein Geschenk für Sie", sagte ich und deutete eine Verbeugung an.

„Mann, Junge, eine ordentliche Flasche Cognac, oder mögen Sie keinen?", polterte Eberhardter und klopfte ihm auf die Schulter.

Ono verbeugte sich. „Danke, vielen Dank, Eberhardter-san und Welter-san."

Ich vermutete, dass Onos Irritation auf fehlendes Zeremoniell bei der Übergabe zurückzuführen war. Aber nun schien er zufrieden zu sein und wirkte merklich entspannter.

Eberhardter beugte sich zu mir und sagte auf Deutsch: „Man muss schnell lernen, nicht wahr, Marco?"

„Auf jeden Fall."

Da Ono sein Reiseführerprogramm bei meinen vorherigen Besuchen schon abgespult hatte, konnten wir gleich dazu übergehen, uns für ein Abendessen bei Mama-san zu verabreden.

„Wie sieht es mit dem Termin bei Masuhara aus, Ono-san?", sagte ich.

Er verbeugte sich kurz und sagte: „Die Herren freuen sich, Sie morgen um zehn Uhr begrüßen zu dürfen."

Eberhardter klopfte dem kleinen Mann auf die Schulter, dass er beinahe in die Knie ging, und rief in seinem unnachahmlichen Schwabenglisch: „Na, geht doch, warum nicht gleich so!"

„Wir sind guter Hoffnung", sagte Ono. „Herr Masuhara erwartet Sie."

Im New Otani waren wir flugs eingecheckt. Ich vergaß mein Versprechen nicht und fragte am Empfang, wie ich am schnellsten einen Brief innerhalb von Tokyo überbringen lassen könnte. Dort versprach man mir, einen Motorradboten mit dem Brief von Professor Krumbigl loszuschicken. Schade, dass ich bei der Auslieferung nicht dabei sein konnte. Das Gesicht hätte ich gerne gesehen. Eberhardter war bass erstaunt, als ich ihm erklärte, worum es ging.

Wir gingen auf unsere Zimmer, um uns frisch zu machen. Ich warf mich aufs Bett und wählte Michikos Telefonnummer in Yokohama. Ihre Mutter meldete sich und rief nach Michiko, die ich kurz darauf die Treppe herunterkommen hörte.

„Angekommen?", fragte sie.

„Ja, wir sind heile angekommen. Nur Walters Koffer fehlt. Ich hoffe, du konntest alle Patentmänner beisammenhalten."

„Ja, das hat geklappt. Was macht ihr heute Abend?"

„Wir sind gleich mit Ono zum Abendessen verabredet. Willst du auch dazukommen? Wir gehen zu Mama-san. Wir könnten mit dir unsere Strategie besprechen."

„Ach, Marco, das geht leider nicht. Ich habe noch einen Termin."

„Wie schade, du könntest nämlich in den Genuss kommen, mit einem echten Millionär auszugehen."

„Hast du im Lotto gewonnen?"

„Nein, der alte Gregorius hat das Geld für meine Anteile an Trans-Global überwiesen. Ich fühle mich wie Krösus."

„Das ist doch wunderbar. Ich werde dein Geld einfach später ausgeben müssen, wenn es dir recht ist."

„Früher oder später … Fällt das unter die Rubrik Shoganai?"

Michiko lachte. „So ähnlich."

„Dann muss ich dich jetzt aber noch was fragen: Wirst du morgen mit uns zu Masuhara gehen? Oder hältst du das für ungünstig wegen Ono? Könnte er beleidigt sein? Ich frage, weil wir noch nicht restlos davon überzeugt sind, dass Masuhara nicht die Gelegenheit nutzen wird, um auszusteigen. Es würde ihm leicht fallen, unerfüllbare Wünsche in den Raum zu stellen … du verstehst, was ich meine."

„Ja, Marco, das verstehe ich. Aber ich halte es nicht für richtig, mit zwei Dolmetschern aufzutauchen. Das würde Ono ins Abseits drängen.

Im Übrigen habe ich morgen bereits einen Termin, den ich unmöglich absagen kann."

„Das ist sehr schade. Wann sehen wir uns dann?"

„Vielleicht am Abend, wenn du magst. Wir treffen uns im New Otani gegen sechs?"

„Das ist gut. Wirklich schade, dass du morgen nicht dabei sein kannst."

„Bis dann. Und grüß mir Walter ganz herzlich von mir."

„Und du grüß bitte deine Eltern von mir."

„Mama ist übrigens entzückt von der Brosche."

„Das werde ich der Goldschmiedin ausrichten. So von Künstlerin zu Künstlerin."

„Bis dann, Marco."

Ich legte auf, ging kurz unter die Dusche und stand pünktlich am Aufzug.

Eberhardter wohnte diesmal auf demselben Flur wie ich. Er hatte ein riesiges Fragezeichen über der Stirn, als er angelaufen kam.

„Michiko hat leider keine Zeit, weder heute Abend noch morgen, wenn du das fragen wolltest."

„Na gut, dann werden wir mit Ono zurechtkommen müssen."

Der Abend bei Mama-san verging wie im Fluge. Die Hausherrin, kaum hatte sie uns erkannt, kam aus ihren Verbeugungen gar nicht heraus, und wir genossen ihre Vorzugsbehandlung.

Ono war voller Optimismus, was das Treffen mit Masuhara anging, denn nun, so glaubte er, würde alles wie von allein passieren. Eberhardter und ich waren da anderer Meinung. Ono konnte sich nicht erklären, wie es zu Masuharas Meinungsumschwung gekommen war. Vermutlich glaubte er, dass es an seinem Verhandlungsgeschick gelegen hatte und wir ließen ihn in dem Glauben. Weder Eberhardter noch ich erzählten ihm, wer wann und wo die Fäden gezogen hatte, damit es zu diesem Ergebnis kommen konnte. Ein entspannter Ono war mir lieber als das zerknautschte Exemplar, das mir bis dahin begegnet war.

Später verabschiedeten wir uns von Ono vor dem Hotel, der sich nicht auf einen Absacker im Trader Vic's überreden lassen wollte. Er müsse noch mal in sein Büro, wie er uns versicherte.

Also hielten Eberhardter und ich allein die Stellung an der Bar, aber nach zwei Mai Tai war für uns Schluss. Leider verstand der Barmann das Prinzip eines Samtkragens nicht und Boonekamp hatte er auch nicht im Kühlschrank. Eberhardter musste ohne Samtkragen ins Bett. Aber er versprach dem Barkeeper, beim nächsten Besuch in Tokyo alles Nötige dafür mitzubringen.

Auf unserem Weg zum Aufzug kam ein Page auf uns zu, der froh verkündete, dass Herr Eberhardters Koffer angekommen und bereits auf dem Zimmer sei.

Für mich hatte er auch eine Nachricht. Sie war von Ono. Ich faltete den Zettel auseinander und las: *Bitte fahren Sie morgen allein zu Masuhara Sangyo. Ich bin von Masuhara-san zu einem anderen wichtigen Meeting gebeten worden. Es wird ein anderer Dolmetscher vor Ort sein. Der Portier wird morgen Ihren Taxifahrer instruieren. Ich wünsche Ihnen gutes Gelingen. Ono.*

Wortlos reichte ich Walter das Papier. Er las einmal, zweimal und noch ein drittes Mal.

„Was soll das werden, wenn's fertig ist?"

„Kann ich dir nicht sagen, Walter. Ich dachte immer, ich bezahle Ono. Was fällt dem eigentlich ein?"

Ich bat den Concierge, mir ein Telefon zu geben und wählte Onos Büronummer. Aber da ging niemand ran.

„Was machen wir jetzt?", fragte Eberhardter.

„Wir werden dem Tiger in den Rachen gucken müssen, um das rauszufinden, Walter. Jetzt noch einen anderen Dolmetscher aufzutreiben ist müßig. Selbst wenn Michiko mit ihren Kontakten weiterhelfen könnte, was hätte das für einen Sinn? Die Person ist nicht im Thema … Ach, weißt du was ... Wir lassen es drauf ankommen. Um Ono kümmere ich mich später."

Wir gingen zum Aufzug und fuhren nach oben. Auf dem Flur verabschiedeten wir uns.

„Wird schon gut gehen, Marco", sagte Eberhardter. „Wir sind ja keine Flaschenkinder, die man ans Händchen nehmen muss."

„Bis morgen. Acht Uhr Frühstück im Azalea?"

„Worauf du dich verlassen kannst. Die können die Kaffeemaschinen schon mal warmlaufen lassen."

Eberhardter ging den Gang hinunter zu seinem Zimmer und pfiff die Melodie von *Auf in den Kampf Torero*.

Ich saß eine Viertelstunde später im Pyjama im Sessel vor dem großen Fenster, starrte auf die Lichter der Stadt und fragte mich, was der morgige Tag bringen mochte. Das Einzige, was ich machen konnte, war, vor dem Frühstück Ono noch mal anzurufen, um ihn in die Puschen zu stellen. Wollte er seine Provision oder wollte er sie nicht?

Um noch mit Michiko zu sprechen und um Rat zu fragen, war es viel zu spät. Also rief ich im neuen Büro in der Ceci an, und tatsächlich schien alles installiert und betriebsbereit. Ich sprach auf den Anrufbeantworter, dass ich gut angekommen sei, damit sich Irene keine Sorgen machen musste. Wie ich sie kannte, würde sie am Samstag auf jeden Fall im Büro vorbeischauen. Und wenn es nur darum ginge, die neue Telefonanlage zu bewundern.

Samstag, 24. Februar 1979, Tokyo

Mit einem vom Kaffee aufgeputschten Eberhardter neben mir wurde ich im Taxi zur Hauptverwaltung von Masuhara Sangyo kutschiert. Ono konnte ich am Morgen nicht erreichen und auch Michiko war, soweit ich ihre Mutter verstehen konnte, schon auf dem Weg zu ihrem Termin. Ich fühlte mich ein bisschen verraten und verkauft. Eberhardter war guter Dinge und klopfte in Abständen auf seinen kleinen Koffer. „Weißt du was, Marco? Wir müssen von Anfang an zusehen, das Gespräch in den Griff zu bekommen. Wir müssen sie überrollen. Ich werde ein Angebot machen. Ich will gar nicht erst hören, was Masuhara von uns will. Wenn er es erst mal gesagt hat, sind wir diejenigen, die reagieren müssen. Ich hätte es lieber umgekehrt."

„Na gut. Mach dein Angebot. Aber was, wenn sie viel weniger gewollt hätten, als du ihnen anbietest? Schon mal drüber nachgedacht?"

„Das macht nichts."

„Aha? Es ist auch ein bisschen mein Geld, was du da in den Pott wirfst. Ich bin eher dafür, erst mal die Stimmung zu sondieren."

„Ich gebe dir fünf Minuten dafür. Ich kann diese Japse nicht lesen, das sag ich dir frank und frei. Aber das Gute ist, die können uns auch nicht lesen, wenn du verstehst, was ich meine."

Ich hätte meinem Freund die dritte Kanne Kaffee verweigern sollen, so viel stand fest.

Der Wagen hielt vor dem Firmengebäude und die Empfangszeremonien nahmen ihren Lauf. Nur eines war anders. Wir wurden nicht von einer der hübschen Damen eskortiert, sondern von einem ziemlich aufgekratzten Herrn Tsuda, der über beide Backen grinste wie ein Honigkuchenpferd.

„Sie sind guter Dinge, Herr Tsuda", sagte ich auf Englisch, aber er gab keine Antwort, außer einem Gemurmel, das sich anhörte wie: „Everything okay. Will see."

Er führte uns in den Konferenzraum, wo heiße Lappen und Teetassen hereingebracht wurden. Dann öffnete sich die Tür und Kizawa mit Leichenbittermiene erschien, gefolgt von Herrn Matsui, dessen Gesicht unergründlich war.

Wir brachten noch mal das Visitenkartenritual hinter uns, schließlich musste ich meine neuen an den Mann bringen. Die Herren schienen zumindest hocherfreut, dass diesmal die Rückseite auch bedruckt war.

Dann erschien Herr Masuhara, im Schlepptau den neuen Dolmetscher. Mir blieb die Luft weg und auch Eberhardter war irritiert.

Michiko bedeutete uns mit einer kleinen Geste, dass wir die Füße stillhalten sollen. Was ich gerne tat, denn ich sah, dass sie die goldene Kette um den Hals trug und sich der Ring unter ihrer Bluse abzeichnete. Ich war jetzt schon der glücklichste Mensch auf Erden. Und egal, wer das hier inszeniert hatte, zumindest hatte ich die Garantie, dass wir in der Übersetzung nicht absaufen würden.

Masuhara sprach einige Worte auf Japanisch, die Michiko übersetzte: „Herr Masuhara freut sich, dass Sie erneut nach Japan gekommen sind. Sie mögen bitte nicht irritiert sein, dass ich heute für Sie übersetzen werde, aber Masuhara-san war der Auffassung, dass dieses Gespräch nicht den Umweg über die englische Sprache gehen sollte, damit keine Missverständnisse entstehen. Herr Masuhara möchte Ihnen nun darlegen, wie er sich eine weitere Zusammenarbeit vorstellt." Sie verbeugte sich kurz und zwinkerte mir zu. Also war ich wohl dran. Auch weil ich verhindern musste, dass Eberhardter vorpreschte.

„Herr Eberhardter und ich freuen uns, wieder in Japan zu sein. Und wir freuen uns vor allem darüber, dass wir wieder ins Gespräch kommen. Herr Eberhardter und ich sind uns sicher, dass wir eine gute und praktikable Lösung für das angesprochene Problem bezüglich des Aufbaus und der weiteren Betreuung der neuen Anlage finden werden."

Michiko übersetzte. Dann sprach Herr Masuhara wieder. Ich beobachtete währenddessen die Miene von Kizawa, der alles andere als zufrieden schien. Das hier lief ihm komplett gegen den Strich, so viel stand fest.

„Herr Masuhara möchte nun Herrn Eberhardter bitten, ein Angebot zu machen oder eine Idee darzulegen, wie der Aufbau und der Service zu unterstützen sind. Auch würde er gerne wissen, wie man Ersatzteile und nötige Neuteile bei Typänderungen der Autokarosserien so schnell als möglich in die Wege leiten kann."

Kizawa war kurz davor zu platzen. Matsui blieb bei seinem Steingesicht. Tsuda schaute uns erwartungsvoll an.

Eberhardter räusperte sich. Ich zischte ihm zu: „Greif nicht zu hoch."
Aber ich hatte Eberhardter unterschätzt, denn er legte einen Powerslide
hin und lenkte das Gespräch instinktiv in die entgegengesetzte Richtung.

„Wenn es Herrn Masuhara recht ist, möchte ich gerne von ihm hören, was seine Firma en détail braucht, um zufrieden und sicher zu sein,
dass mit meiner Anlage der Erfolg erreicht wird, den er sich für
Masuhara Sangyo wünscht. Dann werde ich meine Ideen darlegen und
mein Möglichstes tun, um Masuhara Sangyo entgegenzukommen.
Schließlich wollen wir alle den Erfolg für Masuhara Sangyo."

Ich sah ein kleines Lächeln über Michikos Gesicht huschen. Gut gemacht.

Herr Masuhara wandte sich an Matsui und Tsuda. Tsuda ergriff das
Wort. Er sprach lange auf Japanisch. Michiko machte sich Notizen.
Dann endlich hörten wir die Übersetzung.

„Masuhara Sangyo benötigt Monteure aus Deutschland, die den
Aufbau begleiten und unterstützen und das Einfahren noch eine Zeit
lang betreuen. Und eine Zusage, wie schnell Lieferungen für Ersatzteile
und Neuteile für die Maschine erfolgen können. Und auch darüber, wie
in Notfällen, sollten die Maschinen ausfallen, reagiert wird."

Das war jetzt aber eine sehr kurze Übersetzung für die lange Rede
von Tsuda, aber er schien zufrieden zu sein.

Eberhardter holte Papiere aus seinem Koffer, beugte sich vor und
sagte: „Dann wollen wir mal. Ich möchte schließlich auch, dass die Anlage läuft, wofür es selbstverständlich geschultes Personal braucht. Ich
bin bereit, für die Aufbauphase einen meiner besten Techniker bereit zu
stellen. Den Flug bezahle ich, ebenso den Lohn, aber ich würde mich
freuen, wenn Masuhara Sangyo für eine angemessene Unterkunft in
Firmennähe, Spesen und einen Übersetzer aufkommen würde. Ich gehe
von maximal drei Wochen aus. Aufbau inklusive Einfahren." Eberhardter schaute auf. Kizawa meldete sich zu Wort und Michiko übersetzte: „Herr Kizawa möchte gerne, um sicher zu gehen, drei Monteure."

„Sie müssen mir schon vertrauen, Herr Kizawa", sagte Eberhardter,
„aber drei Techniker sind absolut nicht nötig. Meine Leute können die
Maschinen mit verbundenen Augen zusammenbauen, wenn nötig. Sie
sind ja in Deutschland bereits zur Probe installiert worden und ohne

Probleme gelaufen. Aber um Ihnen entgegenzukommen, sagen wir mal zwei Techniker aus Deutschland und sechs Monteure von Ihnen. Sie haben ja auch hochqualifizierte Mitarbeiter, und gemeinsam wird das wunderbar funktionieren."

Kizawa lehnte sich zurück, sichtlich unzufrieden, und Eberhardter sprach weiter: „Ersatzteile und Neuteile für die Maschinen werden, so es die Größe zulässt, per Luftfracht geliefert. Herstellung der Ersatzteile wird für die nächsten 365 Tage als Vorzugsauftrag behandelt."

Herr Kizawa wollte drei Jahre. Eberhardter gewährte zwei.

„Auch bin ich bereit für die nächsten zwei Jahre jederzeit einen Techniker freizustellen, um eventuelle Notfälle vor Ort zu begutachten und zu beheben, wenn wir das Problem von Deutschland aus nicht lösen können."

Kizawa wollte wieder das Wort ergreifen, aber Eberhardter hob die Hand und sprach einfach weiter: „Einmal im Jahr wird ein Techniker von Eberhardter Präzisionsmaschinen zu Ihnen kommen, um die Anlage zu inspizieren. Alles Weitere werden wir in einem separaten Servicevertrag, wie er für jede meiner Maschinen auf der Welt gilt, noch regeln. Haben Sie das?" Er lächelte Michiko an.

Während sie übersetzte nickte ich Eberhardter zu. „Das ist ganz schön viel Holz. Mehr als man je erwarten kann."

„Wart's nur ab, ich bin noch nicht fertig."

„Was denn noch?"

Eberhardter rieb sich die Hände und wollte nichts rauslassen.

Ich sah, wie sich Matsuis Gesichtszüge allmählich entspannten, Kizawa machte einen geschlagenen Eindruck.

Eberhardter hob die Hand, um Michiko zu bedeuten, dass er noch etwas sagen wollte. Er straffte die Schultern. „Da ich davon ausgehe, dass nun alles zu unser aller Zufriedenheit ist, möchte ich ganz herzlich zwei Ihrer Monteure und einen Dolmetscher nach Deutschland einladen, die zwei Wochen lang in meinem Werk zusätzlich Erfahrungen sammeln können und die von meinen Ingenieuren und Technikern spezielle Einweisungen für meine Maschinen erhalten. Somit ist Masuhara Sangyo für alle Eventualitäten gerüstet, und ich kann mir sicher sein, dass Fehler und Ausfälle vermieden werden."

Michiko machte große Augen und übersetzte. Herr Masuhara nickte. Die erste Reaktion, die er während des Gesprächs überhaupt zeigte.

Eberhardter wandte sich ihm zu: „Ganz persönlich möchte ich Sie alle herzlich einladen, die Eberhardter Werke in Augenschein zu nehmen. Sie sind jederzeit willkommen."

Wir waren kurz davor auszuatmen, aber Kizawa wollte keine Ruhe geben.

„Herr Eberhardter, ich muss Ihnen leider mitteilen, dass Ihre Anlage nicht funktionieren wird. Wir haben alle Pläne noch einmal genauestens studiert, wir haben sogar ein Modul nachgebaut. Es funktioniert nicht", übersetzte Michiko seine Einlassung.

Eberhardter bebte, seine Bäckchen färbten sich rot und er musste sich auf die Lippe beißen, um nicht loszuwiehern. Michiko zog ganz leicht die Augenbrauen zusammen und Eberhardter nahm einen Schluck Wasser, bevor er antwortete. Kizawa wartete mit vor der Brust verschränkten Armen, als würde er in seinem bevorstehenden Triumph schon mal ein Bad nehmen.

„Herr Kizawa", sagte Eberhardter, „Meine Pläne eins zu eins zu kopieren hat keinen Sinn. Hätten Sie mich ganz offen gefragt, hätte ich Ihnen natürlich gerne den Schlüssel für die Zahlencodes gegeben, die notwendig sind, um meine Konstruktionen zu lesen. Ich will Ihnen selbstverständlich nichts unterstellen und verstehe Ihre Sorge, die dazu geführt hat, dass Sie sich noch mal eingehend mit den Konstruktionszeichnungen beschäftigt haben, aber meine Pläne schütze ich überall auf der Welt, denn es hat bedauerlicherweise im Laufe der Zeit unlautere Absichten gegeben, was mich am Anfang meiner Karriere viel Geld gekostet hat."

Nachdem Michiko übersetzt hatte, fielen Kizawas Mundwinkel herunter und ich hatte den Eindruck, dass er am liebsten im Boden versinken wollte. Masuhara schaute ihn noch nicht einmal an, aber Tsudas Miene verriet, dass wir voll ins Schwarze getroffen hatten.

„Haben Sie noch Fragen zu den Plänen, Herr Kizawa?", sagte Eberhardter, „Oder möchten Sie die Codes?"

Da von Kizawa und Matsui nichts mehr kam, ergriff Herr Tsuda das Wort, bedankte sich im Namen aller und bat uns zu einem Mittagessen in die Kantine, während sich die Mitarbeiter von Masuhara zu einer Beratung zurückzogen.

Ich hatte gehofft, dass Michiko uns begleiten würde, aber leider folgte sie der Masuhara-Truppe. Beim Hinausgehen war sie die Letzte vor uns, die den Raum verließ. Mit der rechten Hand hinter ihrem Rücken machte sie das Victory-Zeichen.

Eberhardter und ich wurden von einer uniformierten Mitarbeiterin zum Essen begleitet. Sie sprach ein ausgezeichnetes Englisch, und Eberhardter war entzückt über ihre Anwesenheit, was er ihr deutlich zeigte. Ich musste aufpassen, dass er sie nicht auch noch nach Deutschland einlud. Als wir mit ihrer Hilfe unser Essen ausgewählt und serviert bekommen hatten, verließ uns die Dame mit dem Versprechen, uns rechtzeitig wieder abzuholen.

„Na, wie haben wir das gemacht?", tönte Eberhardter. Ein paar Schultern um uns herum zuckten erschrocken zusammen.

„So weit, so gut. Wenn sie jetzt noch Nein sagen, häng ich mich auf."

„Jetzt sei mal nicht so, Marco. Du gehst mit für die Auslagen der beiden Techniker. War ja ausgemacht. Alles andere setze ich als Kosten ab. Mach einen Kunden zufrieden, und weitere werden folgen. Eine recht kleine Investition für einen Markt, den es noch zu erobern gilt. Und das wollen wir doch, oder?"

„Wo du recht hast, hast du recht. Und ich ziehe meinen Hut vor deiner Großmütigkeit."

„So großmütig bin ich gar nicht. Ich weiß über die Qualität meiner Anlagen bestens Bescheid, ich kenne jede Schraube beim Vornamen. Wenn sie nicht den totalen Unfug damit anstellen, hält die Kiste ewig."

„Ich bin trotzdem nervös."

„Wieso? Kizawa haben wir doch hervorragend ins Abseits gedribbelt – und bei der Steilvorlage, die er mir gegeben hat, musste ich den Ball doch ins Tor schießen."

„Allerdings. Das war der spaßigste Teil der Veranstaltung. Hoffentlich ist er nicht rachsüchtig."

Eberhardter lachte. „Und wenn schon … was will er denn machen? Schrauben rausdrehen, die wir am Tag zuvor reingedreht haben? Meine Leute sind nicht von gestern, Marco. Die wissen, was sie tun. Und jetzt mal zu Michiko, wie ist das alles zustande gekommen? Da sitzt sie plötzlich und ich denk, mich tritt ein Pferd."

„Weiß ich nicht. Aber immerhin kann ich eins über sie sagen: Ein Geheimnis kann sie für sich behalten. Und jetzt weiß ich auch, warum Ono nicht mehr zu erreichen ist. Wahrscheinlich ist er beleidigt bis in die Knochen, egal, wer das eingestielt hat."

„Wir rufen ihn nachher an und laden ihn zum Essen ein, oder? Irgendwie tut mir der arme Kerle leid."

„Machen wir. Verteilst du gleich wieder Zigarren?"

„Was Ähnliches."

Ich bemerkte kaum, was ich aß. Irgendwie war es lecker, aber ich war zu nervös, um es genießen zu können. Eberhardter haute rein wie ein Löwe und ließ Kaffee bringen. Ich nahm auch einen, und kaum hatten wir den ausgetrunken, kam unsere englischsprachige Mitarbeiterin wieder zurück.

Im Konferenzraum fehlten Masuhara und Kizawa. Was hatte das zu bedeuten? Ich versuchte Michikos Blick zu erhaschen, aber sie wandte sich Tsuda zu, der der Verkünder der Nachrichten war. Matsui begnügte sich mit einer Statistenrolle.

Eberhardter flüsterte: „Oh, oh …"

„Eberhardter-san, Welter-san, ich muss zunächst Herrn Masuhara und Herrn Kizawa entschuldigen, die dringend in einem anderen Meeting erwartet werden. Ich bin es nun, der Ihnen die guten Nachrichten überbringen darf. Die Vorstandsmitglieder stimmen Ihnen in allen Punkten zu. Herr Masuhara freut sich, dass der Deal zu einem guten Abschluss gekommen ist und lädt Sie beide morgen dazu ein, einem kleinen Empfang in Yokohama am Hafen beizuwohnen, um der Ankunft des Schiffes mit den neuen Maschinen entgegenzusehen. Ein Wagen wird Sie morgen um 11 Uhr im Hotel New Otani abholen, um Sie nach Yokohama zu bringen."

„Kein Wenn und Aber?"

„Kein Wenn und kein Aber, Herr Welter", sagte Michiko. „AEC wird den Servicevertrag mit Eberhardter aufsetzen und Masuhara so schnell als möglich zukommen lassen."

Eberhardter sprang vor Freude auf und strahlte über das ganze Gesicht. Herr Matsui erschrak und warf beinahe seine Teetasse um, Herr Tsuda sagte leise auf Englisch: „I am very happy too."

Ich fühlte mich plötzlich so leer wie lange nicht mehr. Aber ich schaffte es noch, Michiko einen Blick zuzuwerfen und zu lächeln. Sie lächelte zurück.

Eberhardter ließ sich in den Stuhl zurückfallen und rief: „Danke! Vielen Dank. Und auch Dank an die Herren."

Ich lenkte den Freudentaumel in geordnete Bahnen und sagte: „Herr Tsuda, Herr Matsui, wie Sie sehen können, freuen Herr Eberhardter und ich uns sehr über den glücklichen Ausgang der Verhandlungen und nehmen die Einladung von Herrn Masuhara mit Freuden an. Nur seiner Geduld und Weitsicht ist es zu verdanken, dass alle Missverständnisse ausgeräumt und alle Fragen beantwortet werden konnten. Wir freuen uns auf weitere gute Zusammenarbeit."

Michiko übersetzte. Tsuda und Matsui nickten. Der Kaffee wurde serviert, die Herren holten ihre Zigaretten heraus und qualmten alles voll. Ein zufriedenes Schweigen hatte sich über uns gesenkt. Dann waren wir entlassen. Herr Tsuda begleitete uns zum Taxi und winkte uns hinterher.

Auf der Fahrt zum Hotel sagte keiner von uns ein Wort. Wir waren beide fix und alle, aber glücklich.

Auf dem Gang zu unseren Zimmern klopfte mir Eberhardter auf die Schulter. „Gut gemacht, Marco."

„Gut gemacht, Walter. Aber warum hast du deinen Koffer nicht ausgepackt?"

„Weil Masuhara und Kizawa nicht mehr da waren. Morgen ist auch noch ein guter Tag für Geschenke."

„Bis nachher in der Lobby. Michiko wird da sein. Und ich will verdammt sein, wenn heute die längste Theke der Welt nicht in der Ginza steht."

„Karaoke?"

„Unbedingt."

In meinem Zimmer durchstöberte ich die Minibar nach einem Wodka. Es war sonst nicht meine Art, aber ich brauchte einen Schluck, um unter der Dusche meine eigene kleine Feier abzuhalten. Aber zuvor wählte ich Irenes Privatnummer und trötete, kaum dass das Gespräch angenommen wurde und ich ein verschlafenes „Hallo?" hörte: „Wir haben's geschafft, Irene!"

„Und ich bin jetzt taub, Chef." Sie lachte, wie ich sie noch nie hatte lachen hören in all den Jahren unserer Zusammenarbeit. Dagegen war Liselotte Pulver ein Waisenkind.

„Ich genehmige mir jetzt einen Schnaps, wenn es recht ist."

„Mache ich auch gleich. Prost, Irene. Und nehmen Sie sich in den nächsten Tagen so viel frei, wie Sie wollen. Es wird erst richtig losgehen, wenn ich wieder da bin."

„Mache ich. Alles wird gut."

„Ja, das wird es."

Kaum aufgelegt rief ich in Herrn Shimuras Büro an und hinterließ die frohe Botschaft und meinen Dank auf dem Anrufbeantworter.

Danach war Vito dran, der leider nirgendwo zu erreichen war. Vermutlich war er wieder in Sachen Amore, Amore unterwegs. Bei Freddo versuchte ich es erst gar nicht, der war an Wochenenden nie zu sprechen und schon gar nicht vor Rosenmontag.

Dann stand ich da, hatte die frohe Botschaft an alle verkündet, die es was anging, und am liebsten hätte ich auch Karl angerufen, nicht um den Hab-ichs-doch-gesagt-Tanz aufzuführen, sondern um die Freude über ein gelungenes Husarenstückchen zu teilen. Aber dann erinnerte ich mich an unser letztes Gespräch und verzichtete drauf.

Ich konnte immer noch nicht richtig begreifen, was und vor allem wie schnell es passiert war. Ich hatte mich von Menschen getrennt, die ich jahrelang kannte und von denen ich dachte, dass ich mich auf sie verlassen könnte. Was das für ein Irrtum gewesen war. Und ich hatte neue Menschen kennengelernt, manche davon etwas seltsam, aber nett; und ich hatte eine spontane Hilfsbereitschaft erlebt, die ihresgleichen suchte. Und ich hatte den Menschen gefunden, mit dem ich wirklich den Rest meines Lebens verbringen wollte. Mehr konnte ich nicht verlangen.

Ich schaute aus dem großen Fenster auf die Stadt und erhob die kleine Flasche Wodka. „Was sagst du dazu, Tokyo, der Langnasensamurai hat's geschafft."

Am liebsten hätte ich sofort auch mit Ralph D. Delaney in Texas gesprochen, aber wenn ich mich mit dem Umziehen jetzt nicht beeilte, käme ich zu spät in die Lobby. Und ich wollte Michiko nicht eine Sekunde mit Eberhardter allein lassen, sonst kam mein Spätzlecasanova wieder auf dumme Gedanken und es regnete wieder Präsentkörbe.

Sonntag, 25. Februar 1979, Tokyo/Yokohama

Ich konnte nicht wirklich sagen, wie Eberhardter und ich an diesem Morgen heile das Frühstück überstanden und anschließend in den Nissan President eingestiegen waren, den Herr Masuhara uns zur Abholung geschickt hatte. Ein riesiges schwarzes Schiff mit Luxusausstattung und livriertem Chauffeur.

Tokyo raste an mir vorbei, Eberhardter kriegte nichts mit. Er hatte die Gardine an seinem Fenster zugezogen, hielt seinen ominösen Koffer im Arm und schnarchte.

Drei Stunden Schlaf reichten nicht wirklich. Ich zählte auf die vielen Staus bis Yokohama, die diesmal einen Erholungswert für mich darstellen würden.

Unsere Anzüge waren zwar geschniegelt und gebügelt, aber alles in allem waren wir innerlich zerknittert und zerknautscht und ich fürchtete, wir beide sahen auch so aus, da halfen auch zwei Alkaselzer nicht mehr. Vermutlich würde man sich in der Ginza noch in zehn Jahren an uns erinnern. Zwei Gaijin außer Rand und Band. Der Abend hatte so harmlos wie möglich im feinen Shabu-Shabu Restaurant Zakuro in Akasaka angefangen. Alle, die uns geholfen hatten, waren dabei gewesen: Dr. Klein, zwei Mitarbeiter der Dainichi Kokusai Bank und Michiko natürlich und Ono. Aber nachdem wir nach dem Essen in die Karaokebar Moon gegangen waren, hatte es kein Halten mehr gegeben, bis wir alle heiser waren. Michiko musste sich leider gegen halb zwölf von uns verabschieden, weil sie unbedingt noch nach Yokohama zurückwollte, und so waren wir mit großem Bedauern ohne sie weiter um die Häuser gezogen. Zu einer nicht näher benannten Stunde hatten wir beim Zug durch die Gemeinde die beiden Herren von der Dainichi und Dr. Klein verloren. Ono hatte uns in Bars geschleppt, die aus einer Theke mit fünf Hockern bestanden, in die wir ohne ihn niemals hineingelassen worden wären. Zu meinem Erstaunen war er nicht im Mindesten beleidigt. Vielmehr hatte er seine Sorge zum Ausdruck gebracht, wir könnten beleidigt sein, weil er in letzter Minute durch Herrn Tsuda gebeten worden war, bei einem Meeting mit einer amerikanischen Delegation zu dolmetschen.

An den Höhepunkt des Abends, eine Sake-Verkostung zu später Stunde, konnte ich mich nur noch vage erinnern. Ich wusste noch, dass

Eberhardter viel Applaus und Gelächter geerntet hatte, weil er sich wie ein französischer Weinkenner aufführte, schnüffelte, schlürfte und schmatzte, die wildesten Urteile abgab, um anschließend allen etwas von der schwäbischen Eisenbahn vorzusingen. Danach verschwanden, ehrlich gesagt, die Ereignisse der Nacht weitestgehend im Sake-Nebel.

Der Fahrer musste den Wagen etwas abrupt abbremsen und Eberhardters Koffer drohte in den Fußraum zu rutschen. Er hielt ihn fest und murmelte: „Sag mal, habe ich gestern Nacht *Blau, blau, blau blüht der Enzian* mit Michiko gesungen?"

„Hast du. Und nicht nur das. Auch *Schwarzbraun ist die Haselnuss*. Ich wusste gar nicht, dass du ein Fan von Heino bist."

„Ist mir auch neu. Muss wohl der Sake gewesen sein, mit Bier wäre mir das nicht passiert."

Er rappelte sich hoch und setzte sich aufrecht hin. „Jetzt ist aber Schluss mit Schlafen. Wer feiert, kann auch arbeiten."

„Wir müssen heute ein gutes Bild abgeben, Walter, egal, was es uns kostet. Ich bin bloß froh, dass Michiko das Ende unserer Sause nicht miterlebt hat."

„Wieso, was war denn?"

„Sie würde nie wieder ein Wort mit uns sprechen. Du hast in der Lobby vom New Otani vor einem großen Strauß Chrysanthemen in einer Bodenvase eine Rede über Völkerverständigung gehalten, und wir beide haben dann *Wenn bei Capri die rote Sonne im Meer versinkt* gesungen und haben verlangt, dass die Bar noch mal aufmacht. Ich glaube, man hat uns auf unsere Zimmer abführen lassen. Wir müssen ewig dankbar sein."

„Ich werde morgen meinen Dank gebührend zum Ausdruck bringen. Vielleicht singe ich noch was für alle."

Der Stau löste sich auf und der Wagen flog regelrecht über die Autobahn. In kürzester Zeit hatten wir Yokohama erreicht und bogen in eine breite Allee ein, an deren Ende die Stahlkonstruktion eines Leuchtturms auftauchte. Ungefähr in der Mitte der Allee hielt der Wagen vor dem Hotel New Grand, das aussah, als hätte ein Bauhausarchitekt es entworfen. Eines der ersten im westlichen Stil gebauten Hotels in Japan, wie uns der Fahrer in perfektem Englisch mitteilte. Er ließ auch nicht aus, dass während der Okkupation durch die Amerikaner General MacArthur samt seiner Maiskolbenpfeife dort gewohnt hatte. Der

Chauffeur geleitete uns in die Lobby, wo wir von einer Mitarbeiterin in Empfang genommen und über eine breite, herrschaftlich anmutende Treppe zum Starlight Grill geführt wurden. Von dort aus konnte man einen Großteil des Hafens überblicken. Eine bezaubernde junge Dame in einem prachtvollen, himmelblauen Kimono kam herangetippelt. Erst an der Stimme erkannte ich, dass es Michiko war, die uns da begrüßte. Eberhardter stutzte auch kurz. Dann ging er einen Schritt zurück, breitete die Arme aus und sagte: „Du siehst fantastisch aus, meine Liebe", und mit einem Blick auf mich schob er hinterher: „Ich hoffe, du weißt das zu würdigen, Marco."

„Atemberaubend, Michiko, einfach atemberaubend", stammelte ich.

„Jetzt hast du den Salat, Mädchen. Ab jetzt nur noch im Kimono."

„Das glaube ich eher nicht, Walter. Kommt mal mit, Herr Masuhara erwartet euch. Wir haben einen Tisch direkt am Fenster."

Sie führte uns in den hinteren Bereich des Restaurants. Auf einem ovalen Tisch standen Getränke bereit und ein Kellner reichte Fingerfood auf einem großen Tablett.

Von Herrn Masuhara wurden wir herzlich begrüßt und auch Herr Tsuda war sichtlich erfreut, uns zu sehen, was man von Kizawa nicht gerade sagen konnte. Ono schien keine Mühe zu haben auszusehen, als wäre gestern Nacht gar nichts passiert. Sein feiner Anzug saß perfekt. Herr Matsui immerhin schien entspannt wie lange nicht. Ich wurde aus dem Kerl einfach nicht schlau.

Die nächsten Minuten waren Eberhardter und ich fleißig bemüht, beim Small Talk einen guten Eindruck zu hinterlassen. Nach ein paar Minuten konnten wir uns entspannen, denn die Tür des Restaurants öffnete sich und eine weitere Delegation, bestehend aus vier Leuten, betrat den Raum. Ich konnte es nicht fassen, unter ihnen meinen texanischen Mönch, Ralph D. Delaney in feinstem Zwirn zu entdecken, der eine elegante Dame fortgeschrittenen Alters in einem Chanel-Kostüm am Arm hatte.

„Das ist Ralph", sagte ich zu Eberhardter, „mein amerikanischer Freund. Hattest du schon Kontakt mit ihm?"

„Aber sicher. Er macht wegen des Amerika-Deals, den TransGlobal gerade für mich verhandelt, den alten Gregorius wuschig. Aber wer ist die schwarze Göttin an seinem Arm?"

Michiko lachte und sagte: „Das ist Elaine, seine Assistentin. Er war gestern für die amerikanische Delegation der ACC zuständig, die ebenfalls bei Masuhara war."

„Dieser Schlawiner. Er hätte ja mal ein Wort sagen können."

Nachdem für die Amerikaner die Begrüßungszeremonie erledigt war, gesellten sich Ralph und Elaine zu uns. Eberhardter schlug die Hacken zusammen, deutete einen Handkuss an und sagte in seinem Schwabenglisch: „Elaine, bitte lesen Sie mir jeden Abend das Telefonbuch von ganz Texas vor. Ich bin verrückt nach Ihrer Stimme. Ihr ergebenster Diener."

Als Elaine mit ihrer rauchigen, tiefen Stimme antwortete, drehten sich alle nach uns um. „Wenn Sie Walter sind, dann ist das wohl Marco aus Düsseldorf."

Ich ließ mich nicht lumpen und machte einen Diener. „Elaine, ich freue mich, Sie persönlich kennenzulernen."

Kaum hatte ich meinen Satz ausgesprochen, hakte Eberhardter Elaine unter und entführte sie zum Fenster, um ihr Gott weiß was ins Ohr zu säuseln. Ich wandte mich Ralph zu. „Du hättest ja mal sagen können, dass du auch hier bist."

„Hätte ich, Cowboy. Hab ich aber nicht. Je weniger Informationen unterwegs sind, desto besser. Wie ich sehe, seid ihr erfolgreich gewesen."

„Ich bin dir zu ewigem Dank verpflichtet. Und das meine ich ernst."

„Hättest du dich nicht danebenbenommen, hätten wir uns nie kennengelernt."

Michiko schaut fragend erst mich dann Ralph an.

„Ich habe in Tokyo auf der Straße gegessen und er hat mich gerettet."

„Aha?!"

„Du kennst Michiko?"

„Wir haben uns gestern auf dem Flur bei Masuhara getroffen. Schade, dass sie eine eigene Firma hat und mit dir arbeitet. Ich hätte sie sonst sofort einkassiert."

„Zu spät, Ralph. Zu spät."

„Wenn es mir mit dir nicht gefällt, kann ich auch nach Amerika gehen, oder?", sagte Michiko.

„Mir hat er auch schon ein Jobangebot gemacht. Ich soll seine Zäune reparieren."

Wir stießen mit Champagner an und Ralph gab einen Toast aus: „Der gelungene Regelverstoß bringt den Erfolg. Merkt euch das, meine Freunde."

„Ist notiert. Wann kommst du nach Düsseldorf? Das Gästezimmer ist fertig. Ich würde mich sehr freuen."

Es ertönte ein Gong und Herr Masuhara bat alle, sich um den Tisch zu versammeln und Platz zu nehmen. Ralph, Michiko und ich mussten unsere Plauderei fürs Erste unterbrechen.

Egal, wie aufregend das hier alles war, ich hatte Mühe, mich während der Rede von Herrn Masuhara wach zu halten. Es klappte nur, weil ich Michiko in ihrem Kimono bewunderte und Eberhardter mir ab und zu gegen das Knie trat. Danach waren die Amerikaner mit ihrer Rede dran, die Ralph, wie es mir schien, in perfektem Japanisch hielt. Michiko nickte anerkennend. Nur Ono sah überrascht aus. Er fragte sich vermutlich, warum er gestern als Dolmetscher bei dem Meeting hatte dabei sein sollen. Dann war Eberhardter mit seiner Rede dran. Er hievte den Koffer auf den Tisch und klappte ihn auf. Nach den üblichen wortreichen Freudenbekundungen über einen gelungenen Geschäftsabschluss, die Michiko ins Japanische übersetzte und Ralph für seine Leute wiederum ins Englische, holte Eberhardter jede Menge runde Lederetuis aus dem Koffer und überreichte jedem der Anwesenden mit einer Verbeugung eines davon. „Wie gut, dass ich gleich einen ganzen Koffer voll davon dabei habe. Ich dachte, man kann ja nie wissen …"

Herr Tsuda öffnete als Erster das Futteral und holte ein kleines Fernrohr aus Messing heraus.

„Die sind von der Firma Zeiss. Ich habe mir gedacht, meine Damen und meine Herren, dass wir unserem Schiff auf angemessene Art und Weise entgegensehen sollten."

Er trat ans Fenster, zog das Fernrohr aus, und seine Pose, wie er stolz auf das Meer hinausblickte, war einem Admiral Nelson würdig. Wir alle taten es ihm gleich und standen in einer Reihe entlang der großen Fenster. Alle waren begeistert, sogar Herr Kizawa. Herr Masuhara erklärte die Lage der Piers am Hafen und Michiko übersetzte.

Und dann, ganz ohne Vorwarnung, schoben sich zwei riesige Containerschiffe am Honmoku-Pier, von je zwei Schleppern gezogen, vorbei und glitten majestätisch in die Yamashita-Bucht und auf den Pier zu. Wir schauten uns das Manöver in gespanntem Schweigen an. Nach ein paar Minuten brachen die Amerikaner in Siegesgeheul und Applaus aus und Eberhardter reckte beide Fäuste in die Luft.

Ich nahm Michikos Hand und drücke sie sanft.

„Ja", hauchte sie kaum hörbar.

„Ja", antwortete ich.

Freitag, 25. Oktober 1980, Düsseldorf

Auf meinem Nachhausweg über die Kastanienallee wehten mir braungefärbte Blätter entgegen. Es wurde unweigerlich Herbst. Am Rheinufer blieb ich in Höhe der Hochwasserschlange an der Kaimauer stehen. Meine Gedanken trugen mich zurück, als wir im Alter von sechs oder sieben Jahren die immer größer werdenden Bögen der Schlange bis zu ihrem Kopf hochgerobbt waren und Geschicklichkeit gefragt war, wenn wir keinen Boden mehr unter den Füßen hatten. Vito, Freddo und ich hatten die Mutprobe bereits bestanden, aber unser Freund Dieter blieb mit seiner neuen Lederhose hängen, die noch nicht speckig genug war, um über das Metall zu gleiten. Er knallte einen Meter tiefer auf die Kaimauer und brach sich den Arm. Unter Schmerzgeheul brachten wir ihn mitsamt seinem Ballonreifenroller zu einer Arztpraxis in der Scheibenstraße und mussten danach seiner Mutter beichten, was geschehen war. Nach anfänglicher Bestürzung gab es von ihr aber keine Schimpftirade, was uns mehr einschüchterte als jedes Gezeter. Sie kochte Pudding und lobte uns kleine Knirpse, dass wir ihren Sohn schnell zum Arzt gebracht hatten. Und dann saßen wir alle im Wohnzimmer und löffelten warmen Vanillepudding mit Himbeersauce, nur Dieter wurde von seiner Mutter gefüttert, weil sein Arm in Gips war. Er fand es peinlich und wir zum Totlachen. Zum Abschied schrieben wir mit einem dicken Bleistift unsere Namen auf den Gips. Den hat er heute noch, er liegt auf einem Regal in seiner Arztpraxis.

Vor lauter Übermut kickte ich einen Stein vor mir her und dribbelte über den Spazierweg. Ein Fahrrad überholte mich, die Bremsen quietschten und das Rad blieb schlingernd stehen.

„Sieh an, der Herr Welter."

Die unverkennbare Stimme von Karl. Er stand breitbeinig über der Mittelstange, ließ sein Rad von rechts nach links gegen seine Oberschenkel kippen und sah so aus, als wüsste er nicht, ob er mit mir reden oder weiterfahren sollte. Vermutlich tat ihm seine Spontanität schon wieder leid. Wir hatten uns lange nicht gesehen.

„Wie geht's, Karl", sagte ich, um nicht unhöflich zu sein.

„Gut, und dir?"

Endlich stieg er ab. Wir schlenderten weiter, und er schob das Rad neben sich her.

„Bestens. Was macht TransGlobal?"

„Geschäftlich läuft's prima. Da können wir uns nicht beklagen. Und du, bist du mit Michiko verheiratet? Man hat euch mal in der Stadt zusammen gesehen."

„Nächstes Jahr vielleicht. Wir haben es nicht so eilig. Ich bin auch so der glücklichste Mann der Stadt. Sag mal: Was macht Familie Gregorius? Seltsamerweise ist mir von denen bislang keiner mehr über den Weg gelaufen. Das Letzte, was ich von Kathrin gehört habe, war, als Freddo festgestellt hat, dass das Haus, in dem sich ihre Galerie befand, zu seinem Erbe gehörte."

Karl lachte. „Ja, das habe ich mitbekommen. Kathrin war außer sich, als er ihr den Mietvertrag gekündigt hat. Die Geschichte war in der Altstadt der große Lacher."

„Allerdings. Manchmal gibt es so was wie ausgleichende Gerechtigkeit."

„Kathrin ist täglich im Büro. Der Alte auch, er denkt vor und sie führt aus. Einen Fachmann für Farben und Lacke haben wir auch schon im Laden, ich glaube, er soll zum Nachfolger aufgebaut werden. Zurzeit fliegt er meistens in den Staaten rum und bringt da Lackieranlagen für die Autoindustrie zusammen mit unseren Farben & Lacken an die Firmen."

„Laufen denn die Geschäfte mir der DDR und Polen noch?"

„Marco, darf ich mal ganz ehrlich sein?"

„Tu dir keinen Zwang an."

Wir hatten eine Parkbank erreicht und setzten uns. Wie in alten Zeiten, wenn wir am Rheinufer saßen, um uns zu streiten, und nicht wollten, dass Anne und Irene das mitbekamen.

„Die Produktionen laufen beide im kommenden Jahr aus. Um die Akquise für Resteuropa hat sich niemand mehr richtig gekümmert … und um Russland schon gar nicht." Karl wirkte etwas zerknirscht. „TransGlobal ist eigentlich zur Exportabteilung von Gregorius Farben & Lacke verkommen, alles andere ist nur noch Beiwerk und wird mitgenommen, wenn es von alleine den Weg zu uns findet."

„Und was machst du jetzt in der Firma?"

„Tja … Meine Position als Geschäftsführer und Firmenjurist ist immer mehr zurückgestutzt worden; es gibt zwei neue Juristen im Haus, die zwar was von Patentschutz verstehen, aber nichts vom

Außenhandel und seinen Besonderheiten in der Vertragsgestaltung. Anne ist auch nicht mehr da."

„Irgendwie schade. Das war doch ein nettes Mädchen."

„Allerdings, aber Kathrin hat sie zuletzt ziemlich mies behandelt. Sie hat aber schon was Neues. In Frankfurt."

„Ach? Anne zieht weg vom Rheinischen Saubraten und dem Düsseldorfer Karneval?"

„Ja, allerdings. Dass Eberhardter uns den Vertrag gekündigt hat, weißt du sicherlich. Er wickelt Amerika nur noch über diesen ominösen Ralph D. Delaney ab."

„Wieso ominös? Der Typ ist eine Granate. In ein paar Monaten kommt sein neuestes Buch heraus: 35 Dos and Dont's, Surviving Business with the Krauts."

„Muss ich das lesen?"

„Unbedingt. Ich hab mitgeholfen."

Karl guckte mich ungläubig an und schüttelte den Kopf. „Wie geht's eigentlich Irene?"

„Wunderbar. Immer noch mit ihrem Taxiunternehmer zusammen und zurzeit nicht in Düsseldorf. Sie bildet mit Michiko gerade zwei Mitarbeiterinnen in Yokohama aus, die für uns arbeiten werden."

„Wow."

„In der Cecilienallee beschäftige ich auch eine neue Sekretärin und einen japanischen Wirtschaftsstudenten als Aushilfe. Warum hat Anne nicht mich gefragt?"

„Sie hat sich nicht getraut. Außerdem war das Angebot in Frankfurt sehr gut."

„Aber was heißt das jetzt für dich bei TransGlobal, Karl? So richtig glücklich bist du ja wohl nicht, oder?"

„Um mich mach dir mal keine Sorgen. Familie Schumann zieht morgen nach Frankfurt um; ich hab mich da in eine große Anwaltssozietät eingekauft und beginne am 1. November. Anne ist schon seit drei Wochen da und bereitet das Büro vor. Für meine Söhne habe ich auch schon Plätze auf dem Gymnasium und für die beiden Nachzügler einen Kinderhort gefunden und meine Frau ist froh, wieder in ihrer alten Heimat zu sein. Der Einzige, der vielleicht fremdeln wird, bin ich. Alles ist gut."

„Und deine Anteile bei TransGlobal?"

„Hättest du die kaufen wollen?"

„Das wäre ein Spaß geworden."

„Hab leider nur eine Mille dafür bekommen. Der Alte meinte, dass jetzt alles nur noch von seinen Geschäften abhinge. Du bist zur richtigen Zeit abgesprungen. Aber uns reicht das Geld dicke, und ich freue mich auf die neue Kanzlei."

Karl schaute nervös auf seine Armbanduhr. „Ich muss los. Meine Frau wird glauben, ich bin auf meiner Abschiedstour verloren gegangen. War schön, dich noch mal zu treffen."

„Finde ich auch."

„Mach's gut, Polo. Hat alles nicht so sollen sein. Wenn du mal in Frankfurt bist, melde dich."

„Guten Start in der neuen Kanzlei."

Karl stieg aufs Rad, trat in die Pedale und war schnell außer Sichtweite. Ich setzte meinen Weg nach Hause fort, wo bestimmt eine neue Cassette von Michiko auf mich wartete. Solange Fernkopiergeräte noch so groß wie Schuhschränke waren, schickten wir Cassetten hin und her, wenn wir uns nicht sehen konnten. Ich freute mich immer, ihre Stimme zu hören. Mehr als ich je in Worte fassen konnte.

In einem Punkt musste ich Karl widersprechen. Es hat alles so sein sollen, genau so. Und anders wollte ich es gar nicht haben.

Glossar

Akkreditiv	Zahlungsverpflichtung der Bank gemäß ver- einbarter Vorlage von Dokumenten.
FOB	Free on board – Frei (Lieferkosten) an Bord
Onsen	Thermalbad
Senpai	Senior einer Schule/Uni/ eines Unterneh mens
Kohai	Junior einer Schule/Uni/Unternehmen
Depatoo	Kaufhaus, Department Store
Fugu	Kugelfisch
Omiyage	Mitbringsel
Monorail	Einschienenbahn
Shinagawa	Stadtteil von Tokyo
Hajimemashite	Schön, Sie zu treffen
Obi	breiter Kimonogürtel
Zori	Zehensandalen
Obento	Lunchbox
Kampai	Prost!
Domburi	Reisbowl
Irrashaimasse	Herzlich willkommen
Noren	Vorhang
Ego damme	spreche kein Englisch
Shojin Ryori	Klosteressen
Keisaku	Stock des Meditationsmeisters, um unauf- merksame Schüler aufzuwecken
Moshi, Moshi.	
Tsurumi desu	Hallo, Hallo, hier ist Tsurumi
Tanoshimimasho	Lasst uns Spaß haben
Irrashai	Willkommen
Ringi-System	Entscheidungsfindung mit allen relevanten Mitarbeitern
Shimbashi	Stadtteil von Tokyo
Meji Shrine	Große Shinto Anlage zu Ehren Kaiser Mejis 1852 – 1912
Shabu Shabu	chinesisches Fondue
Tadaima	Ich bin zurück

Okairinasai	Willkommen zu Hause
Washi-Chigiri-e	Collage aus gezupftem Japanpapier
Origami	japanische Papierfaltkunst
Oyasumi nasai	Gute Nacht
Hai	Ja
Arigato gozaimazu	Herzlichen Dank
Ai shiteru	Ich liebe dich
Watakushi mo	Ich dich auch
MITI	Japanisches Wirtschaftsministerium
Karaage	frittiertes Hühnchenfilet
Tempura	Gemüse und Krabben in Tempurateig in Öl ausgebacken
Unit Bath	aus Plastik gegossenes Badezimmer, inkl. Waschbecken, Toilette und Badewanne
ACC	American Chamber of Commerce (ähnlich der Industrie – und Handelskammer mit Ablegern weltweit)

... doing business in Japan is very different to doing business in U.S., or elsewhere in the world. If you want to be successful you must understand and accept these differences. The 35 points below are an essential guide to doing business in Japan, and making friends as well. Ignore them at your peril. And now: practice, observe, learn, and become successful ...

...Geschäfte in Japan sind ganz anders als in den Vereinigten Staaten oder anderswo auf der Welt. Wenn Sie erfolgreich sein wollen, müssen Sie diese Unterschiede verstehen und akzeptieren. Die folgenden 35 Punkte sind ein wichtiger Leitfaden für Geschäfte in Japan und dafür, dass Sie dort Freunde finden. Ignorieren Sie sie auf eigene Gefahr. Und jetzt: üben, beobachten, lernen und erfolgreich werden ...

You may think the Japanese are strange; for sure, they think the same way about you.

Sie denken, dass die Japaner seltsam sind? Garantiert denken sie dasselbe über Sie.

Dear Mr Welter, on behalf of Mr Shimura we would like to inform you that you could get in touch with Ms Tsurumi under her well-known telephone number in Yokohama. If you require any further assistance, please call.

Lieber Herr Welter, auf Veranlassung von Herrn Shimura informieren wir Sie, dass Sie Frau Tsurumi unter ihrer Telefonnummer in Yokohama erreichen können.

… in Japan giri, on and ningen kankei is thicker than blood and water and it lasts longer than a lifetime if you play your cards well and honest. In Japan, giri (obligations) and ningen kankei (human relations) are the central elements of developing a viable business relationship.

… in Japan sind giri, on und ningen kankei dicker als Blut und Wasser und halten länger als ein ganzes Leben, wenn man seine Karten gut und ehrlich spielt. In Japan sind giri (Verpflichtungen), on (Dankbarkeit) und ningen kankei (menschliche Beziehungen) die zentralen Elemente für die Entwicklung einer tragfähigen Geschäftsbeziehung.

Bol	Kaffeeschale
Bol de riz	Reisschüssel
Nez long	Langnase
Mongeur de cuisse de grenouille	Froschschenkelesser
J'ai besoin de téléphoner. C'est urgent.	Ich muss dringend telefonieren
Et faites le plein,s'il vous plait.	Bitte volltanken
Impressionné?	Beeindruckt?
Mervellieux, si seulement ce n'était pas un bol de riz japonais.	Fanastisch, wenn es nur nicht eine Reisschüssel aus Japan wäre.
Vous verrez, c'est l'avenir.	Sie werden sehen, das ist die Zukunft.
Jamais	Niemals
Tout va bien.	Alles okay."

Danksagung

Mein Dank gilt meinen Lesern, die das Abenteuer des Marco Welter in Düsseldorf, Tokyo und Paris des Jahres 1979 mitgefühlt und verfolgt haben.

Ganz besonders danke ich meiner Lektorin, Edda Minck, die durch ihr Lektorat durch alle Höhen und Tiefen diesen Roman erst ermöglicht hat.

Frau Dr. Meike E. Fritz für ihre Korrekturen sowie Klaus Trommer, der das passende Cover gestaltet hat.

Ebenso unvergessen die namentlich nicht genannten deutschen und japanischen Freunde, die mir über die Jahre ihre Gedanken über den positiven Sinn von Shoganai mitgeteilt haben. Peter J. Levine, Potomac, für Übersetzung in Amerikanisches Englisch und Peter Ott, Le Cannet, für die französischen Passagen.

Ganz besonderer Dank geht an alle, die mich bei der Recherche tatkräftig unterstützt und mit Informationen versorgt haben:

Deutsche Oper am Rhein, Archiv, Düsseldorf

Deutsches Hafenmuseum, Hamburg

Hafensenioren Hamburg

Team der Infozentrale Norddeutscher Rundfunk

Wissenschaftsarchiv des NDR, Hamburg

Medientransfer, NDR, Hamburg

Staats – und Universitätsbibliothek, Hamburg

Stadtarchiv, Düsseldorf

Frank. U. Möser

Über den Autor

Frank U. Möser, Jahrgang 1945, Banker, Gründer und Unternehmer, startete 1972 die erste internationale Technologie- und Produkttransfer- gesellschaft in Deutschland, um sich Ende der 70er Jahre beruflich und privat auf Japan zu fokussieren. Mit seiner Firmengruppe produzierte er Lasertechnologie für die weltweite Telekommunikation.
Er lebt mit seiner japanischen Frau in Düsseldorf und Yokohama.
Die Neugier führt ihn immer wieder in die entlegensten Ecken Japans, über die er in seinem Blog berichtet.

Weiterer Titel des Autors:
Ihre Antwort ist Shoganai   -   Ruhe bewahren in Krisenzeiten
ISBN: 9783842368583

shoganai.com